북방의 하늘

북방의 하늘

발행일	2020년 11월 12일

지은이	소쿠리씨		
펴낸이	손형국		
펴낸곳	(주)북랩		
편집인	선일영	편집	정두철, 윤성아, 최승헌, 이예지, 최예원
디자인	이현수, 한수희, 김민하, 김윤주, 허지혜	제작	박기성, 황동현, 구성우, 권태련
마케팅	김회란, 박진관, 장은별		
출판등록	2004. 12. 1(제2012-000051호)		
주소	서울특별시 금천구 가산디지털 1로 168, 우림라이온스밸리 B동 B113~114호, C동 B101호		
홈페이지	www.book.co.kr		
전화번호	(02)2026-5777	팩스	(02)2026-5747

ISBN	979-11-6539-458-5 03810 (종이책)	979-11-6539-459-2 05810 (전자책)

이 도서의 국립중앙도서관 출판예정도서목록(CIP)은 서지정보유통지원시스템 홈페이지(http://seoji.nl.go.kr)와
국가자료공동목록시스템(http://www.nl.go.kr/kolisnet)에서 이용하실 수 있습니다.
(CIP제어번호: CIP2020046983)

(주)북랩 성공출판의 파트너

북랩 홈페이지와 패밀리 사이트에서 다양한 출판 솔루션을 만나 보세요!

홈페이지 book.co.kr   •   **블로그** blog.naver.com/essaybook   •   **출판문의** book@book.co.kr

소쿠리씨 장편소설

북방의 하늘

칼 날 에 돋 는 꽃

북랩 book Lab

사내는 길을 걸었다. 어느 저잣거리에 이르러 여기저기서 떠들썩하게 강연하는 연사들과 마주쳤다. 지구상에서 민족주의 역사가 없는 유일한 나라가 이 땅, 한국이라 했다. 역사는 모두 현대사라고도 했다. 외국의 연사들이 토로한 이 말의 뜻은 인간의 교만에 힘입은 국력과 무관하지가 않다. 가까운 이웃 나라들은 역사의 재발견을 넘어 거짓과 조작까지를 일삼는다. 마치 그것이 국력의 발휘이거나 자존인 것처럼…. 이 땅의 연사들은 우리 역사를 논할 때 이렇게 결론을 맺는다. … 그러나 그것만으로는… 문헌과 유물을 통한 고증이 아직 불충분하여… 좀 더 자료 조사가 필요하고… 우리는 약소하여… 이웃 나라들의 끊임없는 침략과… 지배와 간섭 속에서… 다행히 선진 문물을 받아들여… 요즘 떠도는 고대사는 실상 보잘것없어…. 대체 왜 있었던 사실조차도 감추려 하냐는 외국 연사의 물음에 이 땅의 연사들은 하나같이 파도치듯 고개를 갸우뚱거렸다. 대체 무슨 소린지 모르겠다는 멍한 표정을 지으며…. 마침 지나가는 바람이 살랑거리며 사내에게 일러 주었다. 딴 거 없어, 존재 이유가 사라지기 때문이야. 이 소리를 들은 한 연사가 읊조렸다. 난 결코 오만의 한골 짓을 하고 싶진 않아. 내가 살아생전 웅변한 성과 중 최고의 업적은, 세상에 설파한 내 이론이 오류에 빠진 거짓임을 깨달았을 때 곧바로 시인했다는 것이야. 사내는 고개를 끄덕이며 가던 길을 마저 걸어갔다.

이 소설은 중국 측 문헌과 유적 발굴 및 과학적 연구의 결과물에 근거하여 합리적 유추를 기반으로 작성한 이야기이다.

차례

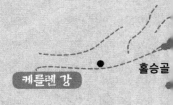

케를렌 강   홀승골

몽고리 고원

한나

북막

부열수   수유

고비 사막

오르도스 지대

청장수

텅거리 사막

상곡

어양

무위

한나

황하

조

연

험독

계성

기련산맥

난주

위

주

한

한단

안양

진

서안

강족

천수

낙읍

회양

회수

초

양자강

묘족

단기 1977년
(제45대 단군 임금 여루 재위 41년, 기원전 356년)

단기 1993년
(제46대 단군 임금 보을 재위 2년, 기원전 340년)

- 약 17년간의 역사 이야기 -

- **단군천자**: 제45대 단군 임금 여루, 진조선의 천자.

- **히누리**: 번조선 공주.

- **신불사**: 번조선 친위 부대 장교, 후에 고리국 칸이 됨.

- **마곡유리**: 진조선 당골 수장.

- **박고시라**: 수로곶 당골.

- **서우여**: 경당(삼조선 학당)의 학장.

- **해인**: 히누리의 오라버니, 번조선 태자.

- **탁발도추**: 진조선 친위 부대 장교.

- **수로**: 아명 개똥이, 히누리의 수양아들.

- **카르로스**: 메디아(페르시아 지역) 대상인.

- **다니엘**: 카르로스의 집사, 유대 족속.

- **해을지**: 스키타이의 히타이트 일족.

- **이사**: 해을지의 조카.

- **무르치**: 이사의 친구.

그 외 다수.

01

"모래바람이 흉흉히 떠도는 대지를 살펴보시어요. 무엇이 보이시나이까? 생기를 잃은 아이와 어미의 허망한 눈빛, 그 찢기어 갈라진 땅거죽을 딛고 가래를 움켜쥔 사내의 투박한 손마디를 처연히 들여다보신 적이 그 어느 때이더이까? 학자가 끼리끼리 귓속말을 하고, 사제가 뒷손으로 옥구슬을 세고, 관리가 성채의 너럭바위를 슬몃슬몃 허물어 가는, 내로라하는 자들이 작당과 착취의 그림자를 드리울 때에 당신은 뒷짐 지고 하염없이 하늘만 우러르지는 않으셨나이까? 들어 보시어요. 외세의 음탕한 기운이 도처에 속속들이 스며들고 비열한 자들의 무르팍이 땅바닥에 닿아 사대의 노래를 드높일 때에 과연 당신의 푸른 기개는 어디서 한숨이 되어 떠돌았나이까? 요동치는 북방의 하늘을 저리 핏빛으로 찢어발기는 검푸른 별똥별들이…."

"아이야, 청원의 통곡을 그만 멎거라. 네게 묻겠다. 어찌하여야 하늘의 새가 노래하고 땅의 풀꽃이 춤을 추겠느냐?"

"부디 이제라도 사악한 역적 무리를 내치시어 그들이 몰래 쟁여 둔 곳간을 활짝 열어젖뜨리시고, 덩달아 꼬무락거리는 귀족주의 풍설의 태동을 끊어 내시어 만백성의 어깨춤이 덩더꿍, 저절로 만방 곳곳에 피어나게끔 하시어야 하옵니다."

폭풍이 불어 닥치려는가. 점점 드세지는 밤바람에도 자욱한 운무는 걷힐 기미가 없다. 허공 높이 솟은 장대 끝에 매달린 오방색의 헝겊 오라기가 사정없이 나부끼며 아우성친다.

말 잔등에 앉아 흰 수염을 휘날리며 고삐를 거듭 잡아채던 노인은 비췻빛의 삼베옷을 입고 맨땅에 부복한 젊은 여인을 향해 더한층 목청을 높였다.

"무근지설이려니 하여 무시할까 했더니만 정녕코 줏대가 세구나. 이름이 '유리'라고 했더냐?"

"단군마마, 그렇사옵니다."

'으음! 이리도 짐의 심사를 뒤흔들어 깨우다니….' 소매 넓은 자포에 쪽빛 비단 바지 차림을 갖춘 천자의 지엄한 풍채를 저리 또렷이 응시할 줄 아는 여인의 눈빛이, 그 도도하리만치 심지가 굳은 자태에서, 일찍이 자기 곁을 떠나갔던 박고시라의 흔적이 너무도 도드라져 여루 천자는 젊은 여인에게서 눈을 떼지 못했고 쉽사리 그 자리를 벗어날 수가 없었다.

"앞으로 궁중 소도에서 일하라. 내가 너를 어여삐 여길 것이다. 탁발도추!"

천자는 근처에서 대기 중인 친위대 장교를 불렀다. 주변을 경계하던 그가 말에서 내려 부리나케 뛰어왔다.

"마마, 대령했사옵니다."

"잊지 말고 내일 여기 이 마곡 당골(天君)을 모셔 가라. 궁중의 여사제로 몸담게 될 것이다. 가자."

말머리를 돌리며 천자가 어둠 속으로 나아가자 젊은 여인은 손에 움켜쥔 청동 방울을 땡강거리며 천천히 몸을 일으켰다. 그녀의 외모를 흘끗 살핀 장교는 잽싸게 말에 올라 천자의 뒤를 따랐다. 말발굽 소리가 점차 어둠 속으로 묻혀 갔다.

이날따라 초저녁부터 밤안개가 짙게 드리우고 있었다. 공교롭게도 운무 자락에 휩싸인 혼돈의 깜깜밤중 그때에 진조선의 교육 기관인 경당에서는 군사 훈련을 실시하고 있었다. 오늘 훈련은 지휘관으로서의 역량을 가늠하는 졸업반 학도들의 평가 과정이기도 했다.

본선을 거쳐 결선에 오른 열두 명의 학도들은 필사적으로 말을 내달렸다. 어두운 심야에 목적지를 찾아, 그것도 희뿌연 밤안개 속을 헤쳐 가며 죽간에 그려진 지도에 의지하여 산하의 낯선 지형지물을 살펴 진출한다는 것은 야전에 잔뼈가 굵은 전사라 할지라도 좀체 쉽사리 이룰 수 있는 과제가 아닌 것이다. 그런 만큼 아직 애송이에 불과한 학도들은 5년간에 걸쳐 터득한 군사 수업의 지식과 경험을 오롯이 짜내는 각고의 노력을 다해야 했다.

때는 단기 1977년으로 여루 단군이 재위한 지 41년째 되는 해이다. 그러니까 기원전 356년 음력 유월 초순의 어느 날이다. 이즈음의 국내외 정세는 이날 밤처럼 한 치 앞을 내다 볼 수 없는 세상, 안개 자욱한 낭떠러지의 비탈길을 걷는 것만큼이나 우울하고 두렵고 막막하기 이를 데 없는 형국이었다.

일찍이 단군조선의 황해 서쪽 편에 자리한 중원 대륙은 그 서남쪽에서부터 올라온 남방의 화하족에 의해 배달겨레의 일족인 상나라가 정복당한 이래로 끊임없는 전쟁을 벌였다. 선조 대대로 중원 땅에 터전을 잡고 살았던 신시배달제국의 동이족(구이, 방이, 래이, 회이, 서이 등의 도시 국가)을 비롯한 예족(농경 국가의 구려, 동호, 선비 등의 유목 부족 국가), 맥족(상나라 유민들로 한나, 고죽국, 수유 등), 진족(하나라 유민과 예족이 결합한 족속, 나중에 진(秦)제국 건설), 그리고 조선족(진한, 번한, 마한, 웅족, 물길국 등의 반농반목 국가) 등의 배달겨레는 학살과 약탈 등의 만행을 저지르는 화하족을 상대로 줄기차게 투쟁해야 했다. 화평이 없는 세상에서 인간다운 삶조차 제대로 누리지 못하는 억압과 고통의 세월을 지속적으로 감내해야만 했던 것이다.

피차간에 야만적 행태를 서슴지 않던 화하족 등의 중원 세력들은 춘추시대를 거쳐 주나라의 패권이 몰락한 혼란의 전국시대(연, 제, 초, 조, 한, 위, 진)를 맞으면서 영토 확장과 패권 다툼에 더욱더 혈안이 되었다. 급기야 여루 단군 재위 기간을 전후로 해서는 연나라가 주축이 되어 대부여제국이 다스리고 있던 서북방의 강토에 대한 야욕마저 노골적으로 드러내어 국경을 맞대고 있던 번조선의 변경을 무시로 침략하던 시기였다.

그러한데 이런 절체절명의 국난 속에서도 삼조선이라는 느슨한 세 개의 국가 형태로 이뤄진 대부여제국의 대신들과 족장, 그리고 관리들은 나라와 겨레의 안위에 관한 중차대한 문제는 뒷전으로 미뤄둔 채 오로지 이권 획득과 세력의 결집에만 골몰했다. 한술 더 떠 사대와 신분제 등의 사상에 함몰되어 고토 회복과 유목민의 자유로운 방목 등, 겨레의 당면한 과제조차 그것의 이해득실을 따지느라 계파 간에 반목과 대립의 골만 더할 따름이었다.

이 같은 정치 세력들의 부질없는 갈등과 다툼에 휘둘리던 변방의 유목 부족들은 마침내 불만과 염증을 느끼고 대부여제국의 연합 체제로부터 속속 이탈하기에 이르렀으니 단군조선의 오랜 역사와 전통을 이어받은 대부여제국의 운명은 이제 풍전등화와 다를 바가 없게 되었다.

운무에 싸인 낯설고 거친 산하를 헤치고 나아간 학도들은 천신만고 끝에 지정된 시각인 자시를 간신히 지키며 목표 지점에 속속 도착했다. 그러나 그들은 숨 돌릴 새도 없이 무장을 해제당한 상태로 자갈밭에 도열해야 했다. 이윽고 나무둥치에 올라선 덥수룩한 콧수염의 교관이 일장 훈시를 했다. 이제 최종 관문만이 남은 것이다.

"길을 찾아가라. 막다른 길을 만나면 탈락이다. 불가피하다면 도중에 후퇴는 용납하되 절대 길을 벗어나선 안 된다."

교관은 칼집을 번쩍 치켜들고 수풀이 우거진 산기슭을 가리키며 목청껏 외쳤다.

"지금부터 시작이다! 자, 출발하라!"

말이 끝나기가 무섭게 학도들은 산기슭으로 난 오솔길을 향해 우르르 달려갔다. 이를 물끄러미 지켜보던 교관이 갑자기 그들을 불러 세웠다.

"어이! 이보게 제군들!"

교관의 외침에 학도들은 엉거주춤 뒤를 돌아보았다.

"자네들에게 특별히 암시를 주겠다. 빨리 간다면 통나무집에서 동트는 해를 볼 수 있을 것이다."

학도들은 교관의 충고를 듣는 둥 마는 둥 앞다퉈 수풀 속으로 사라져 갔다.

'빨리 가야 아침 해를 본다고? …이곳 야산이 그처럼 넓고 높을 리가?'

열네 살의 앳된 히누리는 남들보다 뒤처져 걸으면서 교관의 말을 미심쩍어 했다. 오솔길을 이탈하면 탈락인 만큼 이 짙은 밤안개 속에 서두를 이유가 없을 것 같았다. 그저 남들의 기척을 놓치지 않을 정도로만 뒤따라가면 될 것 같았다. 도중에 추월할 기회가 얼마든지 있을 테니까.

뭐지? 그녀는 길이 이상하다는 것을 직감했다. 오르락내리락하는 곡선의 길이 아무래도 방향과 거리 감각을 무디게 만들려는 함정 같았다. 한번 지나쳤던 길을 재차 반복해서 걷게 될지도 모른다는 기분이 든 것이다. 반드시 길을 따라가라고 했지만, 도중에 나 있는 좁다란 갈림길도 마찬가지로 길이다. 그 길을 외면하고 계속해서 지나칠 수는 없다고 봤다.

그녀는 샛길로 빠졌다. 이 길도 낌새가 이상하면 다른 길을 찾아 늦더라도 돌아 나올 각오를 했다. 아! 길을 잘못 들었나? 다른 길을 모색하며 서둘러 걷는 중에 샛길 구석빼기에 덩그러니 놓인 널평상이 눈에 띄었다. 그곳에는 네 종류의 무기류들이 열두 자루씩 비치되어 있었는데 쇠로 만든 장검, 활과 화살, 청동 도끼, 금제 단검이었다. 거기 세워진 판때기 포고문에는 다음과 같은 글이 적혀 있었다.

"각자 무기 하나를 골라라. 결선에 오른 자에게 주는 천자의 하사품이다."

얼마 걷지 않아 계속해서 두 갈래 길이 나왔다. 하나는 평탄한 길이고 다른 한쪽은 탑처럼 쌓은 돌무더기와 크고 작은 장승들이 버티고 서서 좁다란 오솔길을 가로막고 있었다. 종교적 분위기 탓에 신을 향한 경외가 요구되었지만, 그녀는 오히려 장애물이 없는 길을 지나쳐 간다는 게 어색하게 느껴졌다.

그녀는 단숨에 돌무더기를 밟으며 올라섰고 말뚝처럼 우뚝 가로막은 장승들의 몸뚱이를 장검으로 쳐냈다. 그런 뒤에 그곳을 훌쩍 뛰어넘어 지나갔다.

열일곱 살의 신불사는 길을 걷다가 눈에 띨만한 길가의 나뭇가지를 분질렀다. 밤새워 걸어야 도달할 태산준령이 이 지역에 있을 리만무했다. 교관의 귀띔조차 하나의 속임수일지 모른다는 생각이 번쩍 든 그는, 무작정 빨리 걷는 것보다 사물을 눈여겨보는 쪽을 택했다. 드디어 자신이 꺾었던 나뭇가지를 발견하자 샛길을 찾아 들어섰다. 갈라지는 길목에서 상층부가 허물어진 돌탑과 잘려 나간 장승을 발견하자, 그는 흩어진 돌멩이 하나를 주워 돌무더기 위에 얹은 뒤 다른 길을 택해 걸어갔다.

한참을 걷는 중에 안개가 스멀스멀 사라져 갔고 밧줄이 걸려 있는 야트막한 계곡에 이르렀다. 그것은 맞은편까지 비교적 짧은 거리라서 밧줄에 매달려 얼마든지 건널 수 있을 성싶었다. 혹 밧줄을 놓치더라도 안전하게 뛰어내릴 수 있는 높이였다. 어차피 길로 가랬으니 뫼로 갈 수 없는 것. 길은 외줄기 길이라 선택의 여지가 없었다.

막상 밧줄에 매달리니 개울물 소리가 유달리 사납게 들려왔다. 밧줄 중간쯤에서 밧줄의 두께가 한층 굵어졌다. 계속 나아가다간 밧줄이 손아귀에 잡히지 않게 되어 미끄러지거나 힘이 달려 아래로 떨어질지도 몰랐다. 만약 거기서 떨어진다면 그 아래쪽은 물웅덩이에 소용돌이가 치고 있어 필경 급류에 휩쓸려 떠내려갈 게 분명했다. 그리되면 낙오가 아닌가.

그는 잠시 망설이다가 결단을 내렸다. 바로 밑은 아직 탄탄한 평지 바닥이라 여기서 뛰어내리는 것을 택했다. 바닥에 떨어진 뒤 몸을 일으키니 마침 그곳에 또 다른 오솔길이 눈에 띄었다. 그것은 분명 길이었고 어디론가 뻗어져 있었다. 그는 오솔길을 따라서 거슬러 올라갔다.

어느덧 운무가 걷히고 하늘에 별들이 나타났지만, 숲으로 둘러싸인 주변은 여전히 어둑했다. 이번에는 히누리 앞에 집단 매장지가 펼쳐졌다. 오던 길에 다른 갈림길이 나 있기는 했었다. 불가피하다면 후퇴? 그러나 그녀는 이왕 내친걸음이니 계속해서 나아가기로 했다. 죽은 자들이 대체 무슨 상관이람! 풀벌레 울음조차 괴이한 저승의 신음인 양 섬뜩하게 들려오고 흐늘거리는 물체가 곳곳마다 기괴하게 어리는 것 같은 불안 속에서도 그녀는 꿋꿋이 걸어 나갔다.

초록의 머루와 다래나무들이 엉킨 덤불을 지나서 길게 늘어뜨린 잡목의 잎사귀들까지 헤쳐 나아가자 눈앞에 또다시 갈림길이 나타났다. 계속해서 나타나는 갈림길의 선택은 장수의 능력이 아니라, 다만 천운에 맡기는 허망한 행위가 아니런가? 갈림길 앞에서 히누리는 고심했다.

표범인가 싶은 들짐승의 울음소리가 귓전을 울렸다. 극기 훈련용으로 끌고 왔을 리 없을 터라 신불사는 긴장했다. 무기라곤 오직 하사품으로 고른 장검 하나뿐이다. 주위를 살피며 길을 걷는데 그의 앞에 커다란 멧돼지가 나타났다. 설마, 이것이 시험 과정은 아닐 테지? 그는 씩씩거리며 달려드는 멧돼지를 상대로 칼을 휘둘렀다. 한 차례의 격투 끝에 상처 입고 달아나는 멧돼지의 뒤를 쫓지는 않았다. 자칫 길을 이탈하게 될지 모른다는 생각이 든 것이다.

히누리는 저 멀리 통나무집이 보이는 갈림길에 이르렀다. 벌써 목적지에 도착했다고? 저기 통나무집으로 들어가면 다신 돌아 나오지 못하고 탈락할지도 모른다. 필시 그럴 것만 같았다. 그렇다면 능선 너머로 뻗어 있는 저편 저 황톳길로 나아가야 하지 않을까? 그녀는 거듭 망설였다.

결국 통나무집 문을 열고 들어선 그녀는 장검을 빼 들었다. 어두침침한 실내를 걸을 때마다 삐걱거리는 마룻바닥 소리가 을씨년스럽게 들려왔다. 군데군데 놓인 조그만 등잔불만이 가물거릴 뿐이다. 그녀는 으슥한 구석까지 샅샅이 뒤졌으나 아무것도 발견할 수 없었다.

히누리는 발을 굴려 바닥의 진동을 확인했다. 마침내 지하로 통하는 계단 문짝을 발견하고 조심스레 한 발짝씩 걸음을 내디뎠다. 그녀는 지하에 노출된 공간을 따라 촘촘히 세워진 문들을 가만히 열어젖혔다. 막다른 방에 다다르자 어둑한 공간 저편에는 두 노인이 고즈넉하게 침상에 걸터앉아 있었다.

"문을 닫고, 거기 등잔불이 있는 탁자로 가서 앉으라."

목소리로 보아 지시를 내린 노인은 경당의 학장, 서우여 스승 같았다. 히누리는 문을 닫고 탁자 주변에 놓인 한 나무 의자에 반듯이 앉았다. 어둠이 눈에 익자 어렴풋이 보이던 두 노인의 얼굴이 서서히 드러났는데 바로 학장과 단군천자였다. 그녀는 생각지도 못한 천자의 등장에 깜짝 놀라 몸을 움츠렸다.

"오느라 수고했다. 역시 공주가 가장 먼저 과정을 통과했구나. 소감이 어떠하냐?"

아직 당혹한 기색을 떨치지 못한 그녀는 천자의 물음에 주저하며 주섬주섬 아뢰었다.

"그것이, 너무나 손쉽게도, 아니 얼떨결에 이뤄진 통과라 영문을 모르겠습니다."

앞쪽 측면에 앉은 학장이 다그치듯 물었다.

"어떻게 해서 이 통나무집을 선택하게 됐는지 그 이유를 밝힐 수 있겠는가?"

"딴 뜻이 있어서가 아니라 차마 지나칠 수가 없어서였습니다."

"지나칠 수 없었다니?"

"통나무집을 찾는 목적이 인질의 구출이었던 만큼, 주목할 만한 목표물을 발견한 이상 외면할 수가 없었습니다."

잠시 후 또 한 명의 학도가 문을 열고 들어섰는데 신불사였다. 그는 히누리를 보자마자 반가운 마음에 두 노인의 존재를 미처 눈치채지 못했다.

"이런! 막다른 곳에 온 건가? 어이없게도 우린 탈락이로군!"

신불사의 허탈한 외침에 히누리가 눈치를 주었다. 그러나 그는 무심코 근처에 놓인 의자를 끌어당겨 앉으며 푸념을 늘어놓았다.

"히누리는 아직 나이가 어리니까 재시험을 보면 되겠지만 나는 늘 그막에 입학한 처지라 졸업이 어찌될지 모르겠군, 거참!"

어둠 속에 웃음소리가 터져 나오자 신불사는 움찔하며 저편의 어둠을 응시했다. 그곳에 앉아 있는 천자와 학장의 모습을 발견하곤 황송하여 몸을 벌떡 일으켰다.

천자가 웃음기 가득한 목소리로 말했다.

"허허, 사람 기척을 모를 정도로 농을 하고 막판에 방심까지 하다니. 어디 그래서야 원."

신불사는 아무 대답도 하지 못했다. 히누리는 왠지 자신까지 들먹이는 지적처럼 들린 듯 쑥스러워하며 옷깃을 여몄다. 여루 천자의 느긋한 몸짓과 달리 줄곧 진지한 태도를 견지하던 서우여 학장이 우두커니 서 있는 신불사에게 지시했다.

"자리에 앉게."

신불사 학도가 성큼 의자에 앉자 학장은 말을 이었다.

"자네는 두 번째로 이번 과정을 통과했다. 이곳까지 오게 된 비결을 나름대로 정리해서 말할 수 있겠는가?"

신불사는 자세를 가다듬고 학장의 질문에 대답했다.

"이번 시험 과정에 대비해서 배웠던 이론을 숙지하여 실전에 적용시켰을 따름입니다. 그러니까, 위기가 닥쳤을 때에는 겨레와 국가의 안위에 최우선을 두어야 한다. 그 어떤 누구의 말일지라도 합당한 의심을 하라. 타성과 집착을 끊는 의지를 지녀라. 정의를 따르고 불의 앞에 물러서지 말라. 생명을 소중히 대하라. 이러한 가르침을, 참! 그리고 에, 모든 악의 근원인 탐욕과 거짓을 멀리하라, 이러한 가르침들을 명심했사옵니다."

구구절절이 외는 그의 말이 흡족한 듯 천자는 만면에 미소를 띠며 말했다.

"훌륭하도다. 짐의 마음이 참으로 기쁘구나. 그 많은 훈계를 한마디로 요약한다면 무엇이 되겠느냐? 어디 이번에는 공주가 말해 보거라."

히누리는 아까와 달리 벌떡 일어나 낭랑한 목소리로 똑 부러지게 대답했다.

"단군마마, 한마디로 말해 홍익인간이옵니다. 그것은 단군조선의 운명과도 같은 고귀한 정신이옵니다."

그로부터 6년이라는 세월이 흘러갔다.

02

시린 바람에 저 뭇별들이 하얗게 여울치어 떠내려가는가. 쑥물빛의 아스라한 천공을 가르며 칼에 베인 핏빛의 별똥별이 기다랗게 스러져갈 때에 굶주린 늑대 무리가 적막을 깨며 '우우~', 서편 하늘에 처연히 떠 있는 초승달을 우러러 울부짖는다.

이때, 쇠가죽으로 된 미늘갑옷을 두른 일단의 군사들이 언덕배기 수풀에 일제히 몸을 숨긴다. 자욱이 먼 길을 질풍노도와 같이 달려온 듯 거친 호흡을 가누며 버둥대는 말들을 끌어안고 어루만진다. 그들은 산중턱 아래 성채의 요란한 불빛이 사그라질 때를 기다리며 차디찬 땅바닥에 몸을 눕힌 채 꿈쩍하지 않는다. 한 병사의 투구에 달려 있던 흰 깃털 하나가 바람결에 떨어져 나가 허공 속으로 휘날린다.

얼마큼의 꿈과 미소가 머무르다 사라져 갔는가.

흙먼지를 뒤집어쓴 젊은 장수는 덤불 그늘 속에 눈빛을 번뜩이며 비파형 청동 단검을 빼 들었다. 그는 칼을 높이 쳐들어 밤하늘의 북두칠성에 고했다. 별자리의 기운을 헤아려 하늘의 뜻을 점지 받으려는 것이다. 주문을 외는 그의 뜨거운 입김이 칼날 끄트머리에 서릿발 치며 싸하게 번져 나간다.

별띠의 파편이 심장을 후려쳤는가. '핫!' 하고 장수가 기합을 넣자 움츠린 말들이 거칠게 몸뚱이를 내지른다. 허공에 춤추듯 팔을 휘젓는 말 잔둥의 기병들은 옹골지게 고삐를 잡아채며 저 아래 성채를 향해 느적느적 말을 몰고 내려갔다. 성채는 석성으로 야산을 끼고 높다랗게 돌덩이가 쌓아올려져 있다. 휘뚝거리는 말발굽에 흙먼지를 일으키며 자갈돌이 굴러 내린다.

어느 때에 나타났을까. 푸른 눈빛의 늑대 너덧 마리가 이것을 지켜보느라 언덕배기에서 어슬렁거리고 늙은 잣나무에 걸터앉은 올빼미가 숨죽인 가운데, 스산한 성채에 다다른 기병들은 미리 지령을 받은 위병 장교와 그 심복이 몰래 열어주는 뒷문을 조용히 통과했다.

터벅터벅…. 장수를 필두로 일렬종대로 말을 걸리며 굽이지는 골목길을 휘적휘적 돌 때에 밀짚을 짓이겨 지은 황토 흙집 민가에서 갓난아이의 칭얼대는 소리가 들려온다. 길바닥에 윙윙거리며 떠도는 모래바람을 좇듯 모퉁이를 돌아 나가자 한길에 이르렀다.

이열횡대로 헤쳐모인 기병들은 거기서 바라보이는 시가지 끄트머리에 우뚝 선 병영을 겨누듯 일제히 장검을 뽑아 들었다. 좌측의 두 창기병은 삼지창과 언월도 밑폭에다 단군천자를 상징하는 봉황 깃발과 성스러운 천군의 군대임을 알리는 치우 깃발을 내걸었다.

그때에 휘몰아치는 삭풍을 가르듯 깃발들이 사납게 펄럭이며 천운을 비장하게 노래한다. 기병들은 대기의 기운을 불끈 움켜쥔 오른팔을 쭉 뻗어 번득이는 칼날에 위압감을 더하며 곧장 나아갔다.

병영 입구를 지키는 위병소에는 외투를 덕지덕지 껴입은 늙은 위병이 입김을 불어가며 방어벽 앞에 나와 섰다. 말들이 뛰어넘지 못하게 간격을 두고 이중으로 설치한 통나무 방책은 창끝처럼 뾰족한 쇠막대가 촘촘히 박혀 있었다.

"누구시오? 정체를 밝히시오!"

"조용히 하라. 어명을 받고 왔다."

봉황과 치우의 깃발을 펄럭이는, 서슬이 시퍼런 기병들의 위세에 곧바로 압도당한 노병은 사시나무 떨듯 몸이 흔들거렸다. 그는 저승의 그림자를 지르밟고 칠흑같이 막막한 절망과 공포의 땅끝으로 엄습해온, 살기등등한 이들의 신원을 확인할 엄두조차 내지 못하고 있다.

"딴 놈들은 죄다 어데 처박혔느냐?"

장수의 추상같은 불호령이 떨어지기 무섭게 초소에서 위병 세 명이 땅바닥에 나뒹굴듯 뛰쳐나와 노병 옆으로 쭉 늘어서며 얼어붙듯이 차렷한다. 졸다 깨어났는지 복장이 다들 엉망진창이다.

"뭣들 하느냐. 냉큼 방책을 치우지 않고!"

장수의 호령에 보초병들은 진땀 빼며 가까스로 육중한 방책을 옮겼다.

"부관 두치는 전사 둘과 함께 이놈 데리고 가서 공주를 깨우고, 나머지 전사들은 저놈 둘을 데리고 마구간으로 가라. 나는 대장군을 만나겠다."

'서둘러라!' 장수의 명령에 모두가 뿔뿔이 흩어진다. 기병들 중에 두 명은 장수를 호위하려고 남았다. 혼자 덩그러니 남아 얼떨한 얼굴로 서 있는 노병은 여전히 몸을 부들부들 떨어 댔고, 그 짓거리가 성가신 듯 장수가 눈살을 찌푸렸다.

"자네는 대장군 숙소로 나를 안내하라."

장수의 명령이 떨어지자 노병은 후다닥 앞장서며 종종걸음을 친다.

'이깟 날씨를 추워하다니? 언제부터 병사들이 이토록 약해빠졌단 말이더냐.' 장수의 어둑한 얼굴이 말발굽의 걸음을 따라 끄덕거렸다. 뽑아 든 장검의 칼날이 쭉 뻗어 내린 팔 끝에서 번들거리고 있다.

작전 중에는 급변할지 모를 상황의 흐름을 읽기 위해 침묵이 요구되지만 계속해서 몸뚱이를 떨어 대는 노병의 행태를 보고 있을 수만은 없었다.

"자네는 왜 그다지도 떠느냐?"

"소름이 돋아서, 추워서, 그래… 그렇습니다요."

"춥다고 말까지 더듬다니?"

"소인은 남쪽 초나라 사람이지만 묘족입니다요. 전쟁 포로로 잡혀 이리저리 휩쓸려 다니다 보니 그만 이곳 북쪽까지 오게 됐습니다요."

"묘족이라고? 보아하니 산전수전 다 겪은 노병이로군."

"아닙니다요. 추워서, 정말로 추워서…."

'이놈이 대체 뭘을 봤기에?'

마치 도살장으로 끌려가는 늙은 염소처럼 노병은 초라한 등골을 내보이며 어기적거렸고 거듭거듭 몸을 조아렸다.

"제발 살려주십시오. 고향에 처자가 있습니다요. 살려만 주시면…"

"조용히 하라! 한데 참으로 기이한 놈이로다. 내가 언제 너를 죽인 다 했더냐? …거참, 아무튼 명줄 하나는 질긴 놈이로세."

매서운 골바람이 널빤지로 만든 막사의 담벼락을 잡아 뜯는다. 비 릿한 공포와 절망의 그림자가 어둑어둑 깔린 황량한 땅바닥을 핥으 며 모래바람이 어디론가 달아난다.

공주의 숙소는 장교들이 거처하는 막사와 떨어진 곳에 따로 마련 되어 있었다. 통나무와 암석, 흙벽돌을 얼기설기 엮어 이층으로 만 든, 보기에도 요새처럼 야물게 지은 공주 숙소 앞에도 보초병 둘이 경계 근무를 서고 있었다.

앞장서서 달음질하던 위병이 어명의 하달을 알리자 보초병 중에 한 명은 숙소 귀퉁이를 돌아 쏜살같이 사라졌다. 이윽고 한 여전사 가 늘어지게 하품하며 나타나더니 일단 그들을 제지했다.

"말에서 내리시오! 무슨 일입니까?"

여전히 말에 탄 채로 부관 공양두치가 근엄한 목소리로 알렸다.

"어명을 하달하러 친위대 장교께서 대장군 숙소로 행차하셨소. 공주님을 모셔 오라는 분부이외다."

여전사는 어리둥절해서 기병들과 위병의 모습을 번갈아 살폈다. 위병이 어깨를 으쓱하며 피식 웃어 보이자 여전사의 얼굴에 미소가 번졌다.

"마침내 궁궐로 돌아가게 됐군요? 잠시만요, 들어가서 공주님을 깨울게요."

서둘러 들어가던 여전사는 뭔가 빠트렸다는 듯 돌아섰다.

"아무리 그래도 그렇지, 여기서는 말에서 내려야 하오."

여전사는 말을 마친 뒤 고갯짓을 하고는 기병들을 쳐다보았다. 두 기병은 군말 없이 순순히 그녀의 요구를 따랐다.

어둑한 이층 계단을 성큼 뛰어오르며 여전사는 마음이 들떠 심장까지 두근거렸다. 지독한 훈련과 수색, 잊을만하면 치고받는 적과의 전투, 그야말로 이런 지긋지긋한 악몽으로부터 벗어나게 되는 것이다. 공주 곁에서 시중드는 몸이니 당연히 자기도 궁궐에 따라가게 될 것이었다.

여전사는 들썽거리는 기분에 예법도 갖추지 않고 다짜고짜 공주가 잠든 침소에 들어섰다. 어릴 적부터 공주의 시녀로 있으면서 더불어 우애를 다져 왔던 터라 남의 눈이 없을 때는 친구처럼 허물없는 사이였다.

"죽창 들고 엉기는 곰탱이 놈들 꼬락서니도 이제 끝장이라네, 흐흥!"

어두침침한 방안에서 그녀는 콧바람을 불며 익숙한 손놀림으로 부시쌈지를 열어 등잔에 불을 밝혔다.

"공주님, 일어나 보세요. 자애로운 번조선의 한께서 공주님을 찾으신답니다. 공주님! 어서요, 어서 일어나시어요!"

잠든 공주의 몸을 슬쩍 흔들며 깨우는 여전사의 성화에 공주는 가까스로 눈을 떴다. 여전사가 헤벌쭉 웃으며 자기를 내려다보고 있다.

"아함! 벌써 기상 시간인 게야?"

"아닙니다, 공주님. 지금 궁궐에서 전령이 왔답니다. 어서 일어나서서 채비를 차리세요."

"알겠다, 난 또 뭐라고. 호들갑 좀 그만 떨어라."

"네, 공주님. 저도 후딱 챙겨서 곧장 오겠습니다."

여전사가 우당탕 요란스레 달려 나가자 공주는 귀찮은 듯 실눈을 겨우 뜨고 침상에서 몸을 일으켰다. 손끝으로 입술을 도닥이며 간드러지게 하품하고는 표정이 어리둥절해진다.

"뭐야, 뭘 챙겨? …누가 왔다고?"

공주는 덜 깬 잠을 몰아내려는 모양으로 고개를 젖히며 고양이 등짝 펴듯 휘늘어지게 기지개를 켰다.

대장군 숙사는 단층이지만 규모가 컸다. 무기고와 작전 회의실 등의 부대시설이 이곳에 몰려 있어 외부의 접근을 제한하느라 나무 울타리로 둘러싸여 있고 입구에는 별도로 초소가 마련되어 있었다. 그곳에는 기존 위병들과 달리 완전무장한 네 명의 병사가 지키고 있었다. 그들은 진흙 화로에서 활활 타오르는 장작불을 쬐다가 인기척에 재빨리 전투태세를 갖췄다. '누구냐!'

젊은 장수와 장검을 든 부하는 우뚝 멈춰 섰다. 더 이상 나아가지 않고 멀찍이 거리를 둔 채 말에서 내렸다. 깃발을 단 창기병은 말에 탄 그대로 경계에 임했다. 예상 밖의 병력과 순간적 대치에 언뜻 새벽 공기가 흔들거렸다.

머무적거리는 노병에게 장수가 명령했다.

"먼저 가서 저들을 안심시켜라."

"네?"

무슨 말인지 미처 알아채지 못한 노병은 장수가 장검을 칼집에 집어넣자 그제야 쪼르르 달려갔다. 잠시 뒤 초소를 향해 장수와 부하들이 다가가자 그들은 머리를 조아리며 옆으로 물러섰다. 어명을 받고 온 장수라는 사실을 노병에게서 들은 것이다.

장수는 곁에 선 부하에게 넌지시 말했다.

"일단 나를 따르게."

부하는 초소에 세워 둔 감시용 횃불 하나를 빼 들었다. 그러고서 장수를 따라 숙사 안으로 들어가려는데, 그들을 붙드는 둔탁한 목소리가 들려왔다.

"잠깐! 잠깐만 기다리시오!"

돌아보니 순찰 중이던 병사 둘이 저만치서 뛰어오고 있었다. 철갑과 투구를 걸친 발걸음이 유별나게 털거덕거렸다. 이윽고 그중에 선임으로 보이는 순찰병이 장수 앞에 한 발 다가섰다.

"소관은 대장군의 경호대 부관 우루치라고 하오. 위병 장교로부터 좀 전에 긴급 연락을 받긴 했소이다만 야심한 시각인지라 근무 수칙에 따라 확인을 해야겠소."

"물론 그래야겠지. 나는 번조선의 친위 부대 장교, 신불사다. 단군 천자의 어명을 받고 직접 왔다."

장수는 경호대 부관의 눈치를 힐끗 보면서 허리춤에 매단 가죽

통을 열어 두루마리를 꺼내 들었다. 그것은 비단을 둘둘 말은 좌우의 짧은 박달나무 봉이 오방색의 끈으로 매듭지어져 있는 모양이었다. 경호대 부관이 꼼짝 않고 다음 절차를 기다리는 양 우두커니 서 있기만 하자 당황한 장수는 냉큼 목소리를 높였다.

"기밀문서를 속 내용까지 까발려야 할까? 대장군하고는 사전에 통고가 있었고, 화급을 요하는 회동이니 그리 알라."

"아, 알겠소이다. 그럼 잠시만 기다려…."

"그럴 시간 없다. 내가 바로 대장군과 조우하겠네. 번갯불같이 촉각을 곤두세워야 할 사항이야."

"장교님, 그렇지만…."

장수는 그의 말을 거듭 가로챘다.

"천기가 노출될 청천벽력 같은 어명 하달에 자네도 끼어들 참이라고?"

이 말에 경호대 부관은 한 발 뒤로 주춤 물러섰다. 자칫하면 일을 그르쳐 자기에게까지 불똥이 튈지도 모른다는 예감이 든 모양새였다. 그 틈을 노려 장수는 저편에 멀뚱하니 서 있는 노병에게 소리쳤다.

노병은 아까부터 위압에 짓눌린 차디찬 몰골인 채로 화로 속 불길에 타들어 가는 자작나무 껍질의 탄내를 맡느라 연신 콧방울을 벌렁거리고 있었다.

"꾸물대고 무엇 하느냐. 지금 당장 숙손부해 위병 장교에게 달려가거라. 가면 어떠한 지시가 있을 것인즉 그 명령에 따르라."

지시를 받는 와중에도 잇따라 쿵쿵대며 실룩거리던 노병은 장수의 명령이 떨어지자마자 어둠 속으로 단숨에 달음박질쳤다.

장수는 부하가 든 횃불을 넘겨받으며 명령했다. 작전에 변경을 가하게 된 것이다.

"자네도 여기서 대기하라. 오래 걸리지는 않을 것이다."

바람을 일으키며 숙사로 들어서는 장수에게 경호대 부관이 친절하게 귀띔했다.

"회랑 맨 안쪽에 침소가 있소이다."

히힝! 말이 놀라 푸르르 콧김을 불어 댄다. 기병들이 마구간에 매인 말들의 투박한 숨결을 가라앉히며 밖으로 내몰고 있다. 지금껏 강행군한 말들을 쉬게 하고 생생한 다른 말들로 바꿔 타기 위해서다. 아직 동이 트지 않은 푸른 새벽을 깨트리고 밤새 내려앉은 이슬로 축축해진 야영지의 잡초들이 황망한 말발굽에 밟혀 어지러이 짓이겨진다.

이곳 마구간에 데려다준 위병 두 명은 이미 싸늘한 주검이 되어 구석빼기에 처박혀 있었다. 기병들은 날랜 몸놀림으로 투구와 갑옷을 짚더미 속에 벗어 던졌고 곧바로 말 등에 실린 군장 꾸러미에서 평상복을 꺼내 갈아입기 시작했다. 그 와중에 한 기병이 옆에 있는 동료에게 궁금한 듯 물었다.

"여기다 집어던져 놔도 괜찮을까?"

"어차피 날이 밝으면 바로 들키겠지. 그래봤자 누구 소행인지 알게 뭐람."

03

　대장군은 널찍한 백양목 침상에 두툼한 양털 요와 이불을 덮고 반듯이 누워 잠들어 있다. 지난날의 전투에 심신이 고단했던 듯 이따금씩 거칠게 코를 드르렁거린다.

　머리맡 부근 탁상에는 밤새 작전을 짜느라 고민한 흔적이 뚜렷한 군사 지도가 반쯤 펼쳐진 채 놓여 있고, 그곳에 장검이 비스듬히 세워져 있다. 양가죽 화살통이 매달려 있는 한쪽 벽에는 지척에 단궁이 걸려 있는데, 그것은 산뽕나무와 대나무, 물소 뿔, 아교 따위를 섞어서 만든 대부여의 첨단 개인 병기였다. 그리고 청동 옷걸이에 걸린 쇠 미늘갑옷과 그 옆에 청동 투구, 쇠가죽 방패 등등⋯.

　이것저것을 둘러보며 대장군의 소지품을 조심스레 뒤지던 젊은 장수는 생각보다 별것 없다는 듯 고개를 갸웃하고는 횃불을 중앙 거치대에 걸어놓는다. 그러고는 그대로 우두커니 선 채 잠든 대장군을 바라보기만 하고 있다. 그 짧은 시간 동안에 장수는 무엇을 생각하고 있었던 것일까.

　불빛이 심하게 어른거리자 이윽고 대장군이 두 눈을 벼락같이 떴다.

　"웬 놈이냐!"

　무사답게 즉각 정신을 차린 대장군은 재빠르게 장검을 손에 쥐었다.

　"대장군은 당장 엎드려 단군천자의 어명을 받드시오."

　'어명이라니?' 대장군은 칼을 빼어 들었다.

　"이놈! 괴이한지고! 야밤에 도적처럼 숨어들고서는 이 무슨 허튼

소리냐!"

'어명이 꼭두새벽에 하달될 리가 없다. 적군에게 불의의 습격을 당한 꼴이로구나!' 대장군은 그렇게 전광석화처럼 재빨리 판단을 내리고는, 이 급박한 위기를 벗어날 대응책을 모색하느라 촉각을 곤두세웠다. 그런데 다시금 보니 상대방은 적군이 아니라 낯익은 아군이었다.

"아니? 자네는 번조선의 친위대 소속이 아니더냐? 같은 군대끼리 이 무슨 해괴한 짓이란 말인가?"

"대장군은 내 말을 잘 들으시오. 아직 정황을 파악하지 못하신 모양인데… 그럼 지금부터 단군천자의 어명을 하달하겠소이다."

장수는 아까 그 두루마리를 대장군에게 펼쳐 보였다. 흰 비단에는 어명의 내용이 금색 염료로 쓴 한자가 적혀 있고 서명 끝자락에 단군의 옥새가 붉게 찍혀 있다.

대장군은 분노에 몸을 부르르 떨었다. '분명, 나를 제거하려는 반대파 작당들의 음모임이 틀림없으렷다!'

그는 자신의 존엄이 날벼락을 맞아 뭉개어졌다는 불쾌감을 억누르지 못했다. 피도 안 마른 하룻강아지 장교가 곤히 잠든 호랑이 대장군의 코털을 건드리고서는, 무례하게 면전에다 교서랍시고 들이대는 파렴치한 짓거리를 용납할 수 없었다.

"에잇, 무엄한 놈!"

그는 발밑에 놓인 물통을 걷어찼고 허공에다 대고 칼을 마구 휘둘렀다.

그러나 그뿐이었다. 대장군은 치미는 분노를 삼키며 망나니짓 같은

이 판국을 끝까지 지켜봐야 했다. 장수가 방심하게끔 꾀하는 것일까. 위기의 상황인데도 대장군은 빼든 칼을 도로 칼집에 집어넣었다. 그러나 어명 아래서도 대장군은 꿇어 엎드리지 않았고 당당한 태도를 지니고 있었다. 오히려 젊은 장수가 교서를 낭독하는 와중에 대장군은 날쌔게 갑옷을 챙겨 입었다. 그래야 밤도깨비처럼 들이닥친 이 위기를 막아낼 하나의 방책이 될 거라 생각한 모양이었다.

젊은 장수는 백전노장의 대장군을 앞에 두고서 조금의 흔들림도 없이 교서를 또박또박 읽어 나갔다.

"용맹과 지략을 겸비한 대장군 고충록은 들어라. 귀 대장군은 당대의 뛰어난 명장으로서 적들의 숱한 침략을 분쇄했을 뿐만 아니라, 선조의 옛 영토를 일부 수복하여 단군조선의 명예와 영광을 되살리는 데 혁혁한 공적을 세웠노라. 또한 현재까지 최전선에서 목숨을 마다하지 않고 맹위를 떨치고 있는 귀하의 애틋한 충절을 진작부터 높이 샀노라. 그러나 애석하도다. 안타깝게도 대장군은 요즘 들어 짐의 고귀한 뜻과 정의로운 명령에 어긋나는 전쟁을 함부로 치르고 있다는 소식을 전해 듣고부터 근심과 우려 속에 지새는 날들이 심히 많도다. 이에 대장군에게 반성의 기회를 주고자 어양 지역의 대장군 자리에서 즉시 파직하노니 앞으로 백의종군하기를 명하노라."

대장군은 즉각 반발했다.

"허튼소리로다! 우리는 하늘의 계시를 받아 전쟁을 치렀다. 응당 승리했고 말이다. 번조선의 칸도 나와 뜻을 같이했도다. 아무리 진조선의 천자라 하더라도 화백 회의 때 합의되지 못한 정책을 더 이상 나에게 강요할 권한이 없는 것이고, 마땅히 이것은 우리 번조선의 몫이자 나아가 고죽국의 권리이다. 우리들이 독자적으로 치러 나가야 하는 부족의 명령인 것이다."

항변하느라 잠시 방심한 대장군의 목젖으로 장수의 칼날이 파고들었다.

"이럴 줄 알고 천자께서는 여의치 않으면 사형에 처하라는 어명까지 따로 주셨지."

대장군의 목젖에 갖다 댄 칼날 끝에서 피가 삐져나온다.

"윽! 네놈들이 결국은 이렇게 나올 줄 진작에 알았다마는, 그래도 설마하니 했거늘…."

"노쇠한 대장군에게 젊은 장교가 딱 한 마디만 하겠네. 아무리 권력에 눈이 멀어도 앞뒤는 가려야 하지 않겠나. 대부여의 정신은 각 부족들과 평화로이 연합체를 이루는 것이라네."

"어리석은 소리! 제아무리 같은 겨레였다고 하더라도 적으로 싸웠고 오랫동안 대치하고 있다면 여전히 섬멸해야 할 적들인 게야. 감상에 빠진 네놈들이 나라를 망치고 있어."

장수는 대장군의 목을 겨눴던 칼날을 슬쩍 빼내었다. 대장군은 숨통이 트이자 몸을 주춤 뒤로 옮기더니 잽싸게 자신의 장검을 빼 들었다.

"이놈! 네놈이 감히!"

대장군의 핏발 선 고함에도 젊은 장수는 꿈쩍하지 않았다.

"대장군, 계속 얘기해 보시오. 그래서 어전 앞에서 경거망동하고,

허울 좋은 화하족 주나라의 제후가 되고자 밀사를 보냈던 것이오?"

"그건 모함이다. 반대파의 모함일 뿐이야."

그 말에 번조선의 친위대 장교는 분노하여 언성을 높였다.

"그래서, 모함이라서, 연나라를 코앞에 두고 북막의 부족을 공격했던 것이었소? 그것도 모자라 산동의 동이 제국(諸國) 세력들을 몰살할 계략을 세웠던 것이오?"

"나는 대대로 고귀한 선령의 왕권과 전통을 물려받은 유구한 고죽국의 왕족이다. 그놈들은 우리의 오랜 숙적에 지나지 않는다."

대장군의 고압적인 태도에 젊은 장교의 표정이 격하게 일그러졌다. 일순, 살기가 눈빛을 휘감아 회오리친다.

"무궁한 배달겨레의 혈맥을 끊고자 하는 대장군과 기껏 말싸움하려고 이곳에 온 게 아냐!"

"우리 족속이 살자고 하는 나의 결정을 네놈들이 간섭할 권리는 없다. 암, 없고말고!"

"자, 이쯤 유언을 마쳤으면 이제 어명의 칼을 받아라!"

장수가 장검을 높이 쳐들자 '잠깐!' 하고 대장군이 외쳤다.

"이보게, 장교! 우린 남이 아니라, 다 같은 번조선의 전사가 아닌가! 같은 편끼리 함께 뭉쳐야 하지 않겠나!"

"우리는 이제 남이라네. 자, 어서 겨레의 칼을 받아라!"

다급해진 대장군은 방어태세를 취하며 밖의 군사를 불러 대었다.

"여봐라! 게 없느냐! 적이 침입했도다!"

'늙어빠진 능구렁이 같으니라고!' 친위대 장수의 곧추선 칼날이 대장군을 향해 내려쳤고 되받아치는 대장군의 칼날과 맞부딪히자 불꽃이 사납게 튀었다. 장수가 칼을 비껴드는 순간, 곧바로 대장군의 예리한 칼날이 장수의 정수리를 강타했다. 쨍! 투구 꼭두가 허공으로 날아가고 홈이 파여 찌그러졌다. 그러나 장수는 타격에 비틀거렸을 뿐 멀쩡했다.

'이때다!' 기회를 잡은 대장군은 검붉은 수염을 휘날리며 매서운 공격을 펼쳤다. 그러나 그것도 잠시, 다시금 자세를 가다듬은 장수는 일말의 머뭇거림 없이 몰아쳤고 힘에 겨운 대장군은 뒤로 물러서기에 급급했다.

한순간 대장군이 외쳤다.

"잠깐! 항복하겠다! 어명에 따르겠다!"

장수는 휘두르던 칼을 멈췄다. 순간 어둑하게 내리깔린 적막한 공기가 횃불에 파르르 타들어 갔다. 장수는 고개를 쓰윽 돌려 출입문 쪽을 응시했다. 바깥은 기척 없이 조용하다. 대장군이 한숨을 돌리려는 찰나에 장수의 칼날이 다시 날아들었다.

"이놈, 이 무슨 짓이냐!"

칼자루를 다시금 바로잡으며 장수가 외쳤다.

"이것은 나의 칼이다!"

"뭣이? 네놈이야말로 어명을 어기겠다고?"

아무쪼록 황천길을 피하고 뒷날을 도모하려 했던 대장군의 꼼수는 물거품이 되어 버렸다. '이얍!' 대장군이 격하게 반발하며 저항했지만, 마구 내리치는 장수의 힘찬 칼솜씨를 결국은 제압하지 못하고 휘청거리는 찰나….

날카로운 휘파람 소리에 묻혀 칼날이 허공을 갈랐다. 미처 투구를 챙기지 못한 대장군의 목이 예리한 칼날에 떨어져 나간 것이다.

"썩은 것들은 가랏!"

장수는 떨어져 나가 땅바닥에 나뒹구는 피범벅의 모가지를 향해 저주하듯 얼굴을 들이대며 거칠게 뇌까렸다. '뼈도 못 추릴 지옥불로 썩 꺼져 버리라곳!'

그것은 주술의 저주를 퍼부어서라도 악령마저 소멸시켜 영원히 이세상에 얼씬거리지 못하게 하려는 절규의 몸짓이거나, 자신이 저지른 죄악에 대한 액땜의 발버둥 같았다. 그의 육체는 사납고도 되알지게 치러야 했던 결투의 한순간보다도 더욱더 살기등등해져 있었다.

장수는 피가 뚝, 뚝 듣는 칼을 손에 쥔 채 숙사 밖으로 나섰다.

04

아직 소녀티가 가시지 않은 풋풋한 얼굴에 아리따운 몸매를 지닌 히누리 공주는 선잠에서 깨어난 탓에 옷을 갈아입는 와중에도 투덜거렸다.

"아, 뭐야! 전령이 어쩌고 하더니 얘는 어디 간 거야?"

히누리는 양모로 짠 잠옷을 벗어 던지고 아마천을 가슴에 둘러

질끈 동여맸다.

'설마 되놈들이 어슬렁거린다는 소린 아니겠지?'

그녀는 달라붙는 마포 겉옷과 가죽바지를 걸치고, 그 위에 무소 가죽을 첩첩이 다져 말려 만든 갑옷을 날렵하게 갖춰 입었다. 그렇게 하니 어깨가 다부져 보인다.

'징글맞은 놈들이야. 떼거지로 덮칠 때 보면 들개 떼는 저리 가라야. 아무리 전쟁 통이라도 그렇지, 인간을 방패막이로 써먹다니!'

공주는 청동 대야에 담긴 물에 비친 자기 얼굴을 들여다보았다. 건드렸는지 파문이 일면서 떼꺽 흐트러졌다.

공주 숙소 밖에는 이제 군대 기병의 위풍당당한 모습이 아닌, 양민 차림의 목자로 탈바꿈한 전사들이 숨죽인 채 두 줄로 도열해 있었다.

"제가 너무 늦었나요?"

"아닙니다. 히누리 공주님. 제때 나오셨습니다."

전사들의 지휘관인 젊은 장수가 대열의 맨 앞에 서서 공주를 맞이했다. 낯익은 목소리에 히누리 공주는 의아한 표정이 되어 장수의 어둑한 얼굴을 들여다보았다.

"이게 누구세요? 친위대 장교, 신불사 장수가 아니던가요?"

"그렇습니다, 공주님."

히누리 공주는 뜻밖에 맞는 사람이라 기뻐 허둥댔다.

비록 지금은 아무렇게나 삐져나온 수염 탓에 꺼칠할지라도 신불사 장수의 저 늠름한 얼굴과 다부진 턱선, 또렷한 입술, 우뚝 선 콧날,

지혜로운 눈빛과 잔잔한 눈매…. 이토록 환한 빛으로 부서지는 그의 얼굴을 언제 또 봤었던가!

그러나 공주는 활짝 핀 함박꽃의 환희도 잠시, 이내 냉정을 되찾고 새침을 떼었다.

"그런데 친위대가 여긴 어쩐 일이죠? …혹시 궁궐에 무슨 일이라도 생겼나요?"

"그건 아닙니다."

전장에 출정하는 줄로 오인했는지 공주는 무장을 갖추고 투구까지 쓰고 있었다. 그녀는 주위를 둘러보고는 긴장을 풀었다.

"그런데 이상하네요. 옷차림들이 다들… 이건 위장한 차림인가요? 아니면 말미를 얻어 어디 나들이라도 떠날 건가요?"

전사들은 누가 봐도 평범한 양치기의 옷차림을 하고 있었다. 등에 둘러멘 보따리 속에 무기들이 감춰져 있다는 것을 아직 눈치채지 못한 공주는 모처럼 맛보는 평온한 분위기에 그만 맥을 놓으며 농담을 나누려 했다. 그런데도 모처럼 만나는 신불사 장수의 표정은 무뚝뚝하기만 했다.

'왜 저러지? 뭐야, 저런 표정까지 지을 필요는 없잖나?' 얼음장만큼이나 차갑게 와 닿는 장수의 몸짓 때문에 그녀는 마음이 언짢아졌다. 그러나 그 마음 한편에는 무슨 변고라도 생겨 이러는 게 아닐까 싶어 살짝 두려움까지 스머들었다. '이럴 사람이 아닌데!'

"공주님을 모셔 오라는 어명을 받았습니다."

"번조선의 한께서요? 왜요?"

젊은 장수는 공주의 물음에 또다시 대답하지 않았다. 이런 사소한 푸대접이 그녀의 심기를 건드렸다.

"공주님, 준마에 오르시지요. 투구와 무기는 소관에게 주십시오."

공주는 예전에 경당과 안덕향 궁궐에서 알던, 따사한 굵은 음성과 자애로운 몸짓과는 드다른, 장수의 심상찮은 뻔버듬한 태도에 움츠러들며 지시에 고분고분 따랐다.

"청동 단검은 차셔도 됩니다."

투구와 장검, 어깨에 멘 활과 화살통을 회수한 장수는 귀까지 덮을 수 있는 여우 털모자를 공주에게 투구 대용으로 건네주었다.

"뭣이 무장해제 당하는 기분이야. 흥!"

공주가 지금 내지를 수 있는 투정은 그게 다였다. 그녀는 명주 천으로 둘둘 묶은 머리카락을 풀고 다시 추켜올려 매만지느라 시간을 끌었다. 그러는 동안에 젊은 장수는 양가죽 조끼를 그녀 몸에 걸쳐 주었다. 공주의 복장이 위장한 전사들의 모습과 엇비슷해지자 장수는 비로소 엷은 미소를 지었다. 그리고 겉멋 부리느라 비뚤어진 그녀의 털모자를 꾹 눌러 바로잡아 주고는 호위 전사들을 향해 짧게 연설을 했다.

"우리의 임무는 공주님을 목적지까지 무사히 모셔 가는 것이다. 우리가 목자로 위장한 까닭은 혹시 있을지 모를 연나라 자객들의 습격을 피하기 위해서다. 따라서 지금부터는 임무 수행 중에 불필요한 무력을 행사해서는 아니 된다. 생사를 다투는 모든 결정은 본관이 내릴 것인즉 목숨 걸고 내 명령에 복종할 것을 선포한다. 이것을 따르겠느냐?"

"옛! 명령에 절대복종하겠습니다."

결의를 다지는 전사들의 음성이 어둑한 대지에 낮게 깔렸다. 멀리 수탉이 큼지막하게 홰를 치며 '꼬꼬댁~' 하고 울어 댔다.

"서둘러야겠습니다, 공주님."

장수의 재촉에 공주는 길게 늘어뜨린 가죽 발걸이에 왼쪽 발을 걸쳤다. 그녀의 종아리를 부드럽게 감싼 가죽장화에 시선이 멈춘 장수는 일순간 난처한 표정을 지었다. 감빛 거죽에 검은 삼족오 문양이 어룽져 비치는 가죽장화는 쉽사리 남의 눈에 띌 만한 것이었고 번 조선 칸족의 신분을 상징하는 것이었다. '이걸 못 봤다니!'

장수의 눈빛이 흔들리는 사이, 공주는 디딘 발에 힘을 주고는 날렵하게 말안장에 올라탔다. 그러자 그녀의 까칠한 몸놀림에 툭 삐져나온 금목걸이가 목 언저리에서 출렁거렸다.

'이런!' 하지만 더 이상의 지적은 공주의 허영마저 건드리는 꼴이 될 것 같아 그는 간섭을 포기했다. 고삐를 틀어쥐는 그녀의 손길에 준마는 험준한 자갈길을 각오한다는 듯 맨땅을 발굽으로 거칠게 훑어 내린다. 이에 장수가 날쌘 동작으로 갈기가 쭉 뻗은 백마에 오르자 전사들이 일제히 말에 뛰어오른다.

"성곽을 벗어날 때까지 달리지 않는다."

그러자 뭔가 내키지 않는 듯 공주가 허둥대며 장수에게 물었다.

"참! 이곳 대장군께 말도 없이 떠나가도 괜찮나요? 내 친구 목단이도 보이지 않는데, 아무래도…"

"가자!"

공주의 말을 묵살하듯 장수의 명령이 득달같이 떨어지자, 열두 명의 전사들은 공주를 에워싸며 조용히 그 자리를 빠져나갔다.

잠시 후 둔중한 소리를 내며 꺼뭇한 성곽의 정문이 열리고 공주의 말을 한가운데로 몰아넣은 전사들이 그곳을 통과했다. 해자를 지나 벌판에 들어서게 되자, '하랏!' 하는 외침과 함께 장수들이 일제히 말에다 발을 굴렀고 그들은 앞뒤를 다투듯이 어둠을 뚫고 사라져갔다.

얼마나 시간이 흘렀던 것일까. 전사들이 아무렇지도 않다는 듯이 떠나간 말발굽 흔적의 땅거죽에, 그들이 일으킨 뿌연 흙먼지가 채 가라앉기도 전에, 노병이 황급히 모는 마차가 우당탕탕 달려 나갔고 그때, 여명의 새벽을 맞으려는 듯 숙손부해 위병 장교가 성루에 모습을 드러냈다. 그의 장갑 낀 왼손에는 두루마리 교서가 든 가죽 통이 들려 있었다.

마차에는 꼭두새벽의 소용돌이에 휩쓸렸던 운명들이 거적때기에 허투루 덮인 채로 어디론가 실려 갔다.

단기 1983년, 여루 단군 재위 47년. 기원전 350년, 음력 이월 초순의 어느 날 새벽에, 어양(지금의 북경 부근)에서 일어난 일이다.

05

같은 날, 정오 무렵.

만년설이 흘러내려 땅이 기름지고 드넓은 초원이 펼쳐져 있는 오아시스 도시, 우루무치에는 각처에서 모여든 상인들로 시끌벅적하다. 상인들이 쉬어가고 머물 수 있도록 암석과 흙벽돌로 지은 수많은 여관과 식당, 그리고 물물교역의 가게마다 겨우내 움츠렸던 무역을 다시 열고자 봄 들판에 아지랑이가 채 피어오르기도 전에 너나없이 부산을 떨고 있다.

그 성곽 바깥 초목지에는 상인들이 몰고 온 수많은 말과 낙타, 야크, 나귀 따위들이 그간 짐을 운반하느라 지쳐 빠진 몸뚱이를 달랠 요량으로 파릇파릇 돋아난 새싹을 씩씩거리며 마구 뜯어 삼키고 있다.

군데군데 흙벽돌을 쌓아 칸막이를 치고 장막을 둘러 지붕으로 삼은 널찍한 노천 식당은 들고나는 외지인으로 북적대었다. 그처럼 번잡스런 가운데서도 양모 후드와 얇은 튜닉을 걸친 페르시아풍의 한 노인은 융단을 깐 나무 의자에 앉아 느긋하게 식사를 즐기고 있었다.

일찌거니 먹기 시작했는지 그의 앞에 푸짐하게 차려진 음식 중에는 바닥을 드러낸 질그릇 접시들이 보였고, 화덕에 구운 빵, 발효시킨 양젖 치즈, 숯불에 노릇하게 구운 양고기, 올리브유로 적신 푸성귀 따위들이 길쭉한 통나무 탁자 위에 널브러져 있었다.

이미 거나하게 취기가 오른 노인은 입속에 머금은 고기 살점을 우물거리며 포도주를 들이켰다. 세상이 온통 그의 수중에 있는 양

유유자적하는 모습이었다.

　각 족속의 방언으로 주변이 한창 떠들썩할 때에 성가신 듯 후드를 벗어젖히는 노인 곁으로 엇비슷한 연배의 상인이 땀을 훔치며 바쁜 기색으로 다가왔다. 그는 이동할 참인지 리넨 통옷 차림에 어깨까지 내려오는 세마포 후드로 머리를 가렸다.

　"친구여! 식사가 걸쭉하네그려. 오느라 고생이 많았구먼."

　"오! 반갑네, 친구여. 가족들은 모두 다 평안하신가?"

　"그렇다네. 살아 있으니 다들 이렇게 또 얼굴을 보게 되는구먼."

　"그리 서 있지 말고 내 곁에 앉아 정겨운 내 술 한잔 받게나."

　손사래를 치면서도 동료 상인은 노인 옆에 다가앉았다. 그들은 가볍게 서로 포옹하며 다시금 인사를 나눴다.

　"나는 지금 일손이 바쁘다네. 자네나 어서 들게. 여독을 푸는 데는 술이 그만 아닌가. …카르로스, 그런데 듣자 하니 이번에 직접 주나라에 가겠다는 게 사실인가?"

　"그렇다네."

　"왜 그런 결정을 내렸는가? 그곳은 시방 나라마다 들고일어나 온갖 싸움질에 난장판이라는 걸 모르지 않을 텐데? 그러다 다치기라도 하면 어쩌려고 그러나?"

　"오늘 날씨를 보게나. 뭉게구름 떠 있는 이 화창한 날에 마침 붉은 왜가리까지 날갯짓하며 구성지게 노래하고 있지 않은가. 이처럼 싱그러운 들꽃 내음과 냉이 꽃향기를 호흡하는 이 몸뚱이가 그런 것까지 걱정되면 이 나이에 세상 구경은 언제 하겠나."

"아무리 여행과 풍류를 좋아해도 그렇지, 모험도 때가 있는 법일 세. 중개상은 자네가 온다니까 잔뜩 기대하는 눈치 같던데…. 다시 잘 생각해 보게. 그자는 주나라 낙읍 출신이라 아무 탈 없이 물건 을 운반할 수 있을 게야."

카르로스는 동료 상인에게 긴 타원형의 술잔을 내밀었다.

"자, 한잔 받게나. 이래 봬도 지중해산 포도주라네. …친구, 염려는 고마우이. 하나 이미 통역사랑 안내할 하인들을 부려 놨다네. 중개 상한테도 말해 뒀지."

"고집하고는. 그냥 홀가분하게 걔들 손에 넘겨도 비용은 엇비슷할 텐데 그러는구먼."

"이번에는 거래처 사람을 직접 만나야 해서 그러네."

이때 이들의 뒤로 중년의 사내가 다가와 노인에게 속닥이듯이 아 뢌다.

"주인님, 말과 노새는 다 처분하고 낙타를 충분히 확보해 뒀습니 다. 걱정하지 않으셔도 되겠습니다."

"다니엘, 수고 많았네. 다들 쉬라고 하게."

노인이 손짓을 하자 사내는 바삐 그 자리를 빠져나갔다. 이것을 지켜본 동료 상인은 친구가 내린 결정이 다신 바뀌지 않겠다는 생각 에 김샌 표정이 되어 버렸다.

"보아하니 아무리 말려도 내 말을 곧이들을 것 같지가 않구먼."

동료 상인은 고개를 절절 흔들며 단숨에 술잔을 비웠다.

"이젠 물릴 수가 없다네, 친구."

쓴웃음을 지으며 카르로스는 누런빛의 긴 수염을 쓰다듬었고, 겸연쩍은 듯 희끗희끗한 머리카락을 마저 쓸어 넘긴다.

"참, 그건 그렇고. 낙타 상인 말로는 요즘 사막에 난 길이 예전 같지 않다고 하더구먼. 모래가 많아지고 바람도 잦아져서 더러 지형이 변했다고 하던데, 조심하게나."

"알겠네. 다녀와서 바뀐 지형에 관해 귀띔하도록 하지."

"스키타이 놈만 아니면 초원길도 괜찮은데, 거참."

"그리 따지면 바닷길만큼 편한 것이 또 있을까."

"그러게, 포세이돈 신께서 노하지만 않는다면야. 친구, 그만 일어설까 하네. 나중에라도 마음 바뀌면 기별하게나."

두 사람은 아쉬운 작별의 인사를 나눴다.

"잘 가게나, 친구여!"

동료 상인은 바쁜 몸짓을 피우며 식당을 나섰다. 그때 곁을 스치며 늑대 가죽으로 몸을 두른 사냥꾼 차림의 건장한 사내 다섯 명이 입구에 들어섰다. 주위를 휘익, 둘러보는 그들 중에 유독 짧게 자른 수염과 더벅머리로 앳돼 보이는 사내가 한 곳을 가리키며 외쳤다.

"삼촌! 저기 자리가 있네요."

그들은 빈자리를 찾아 카르로스가 앉은 식탁 근처로 성큼성큼 다가왔다. 삼촌이라 불린, 긴 머리카락을 뒤로 묶은 구레나룻 모습의 사내는 나이가 지긋한 카르로스에게 예의를 표했다.

"잠시 실례 좀 하겠습니다, 영감님."

"괜찮소이다. 앉으시오. 예의 바른 젊은이로군."

자리에 앉은 사내들이 낯선 언어로 자기들끼리 떠들썩거리자, 카르로스는 뼈에 붙은 양고기를 뜯어 먹다가 이들에게 힐끔 눈길을 주었다. 사내들은 주위 사람들이 먹는 음식들을 살피느라 두리번거리더니, 다가온 주인장에게 한 곳의 요리를 가리키며 주문하였다. 그것은 병아리콩을 빻아 올리브유로 걸쭉하게 버무려 만든 죽과 밀 전병이었다.

주문을 받은 주인장은 곧바로 노인에게 다가와 들고 있던 질그릇 접시를 식탁에 내려놓았다. 그러고는 유달리 공손하게 말했다.

"대상인님, 이것은 이식쿨 맑은 물에서 갓 잡아온 물고기인데, 참나무 숯불에 구워 맛이 그만이랍니다. 한번 드셔 보시지요."

"고맙소, 주인장. 올 때마다 별미를 맛볼 수 있게 해 주는구먼그래, 허허."

"별말씀이십니다, 대상인님."

주인장은 고개 숙여 인사하고는 곧장 사라졌다.

노인은 어깨를 으쓱거리며 갓 잡은 생선의 살점을 맛깔스럽게 발라 먹기 시작했다. 그걸 눈여겨보던 구레나룻 사내가 끼어들었다.

"그 생선은 유채기름에 튀겨 먹어도 맛이 좋습니다."

노인은 선이 굵고 강직한 모습의 구레나룻 사내에게 자신의 신상을 알렸다. 아마 말을 붙여도 괜찮은 상대로 여긴 듯하다.

"나는 카르로스라고 하오. 우리에게는 흔한 이름이지. 메디아의 수도, 엑바타나에서 온 상인이라오. 물론 지금은 고작 페르시아의 여름 도시로 내려앉았소이다만. …젊은이는 우리 페르시아 제국의 언어를 유창하게 사용하긴 해도 다른 계통의 혈족처럼 보이네만, 그런 거요?"

"저는 영감님과 어떤 차이가 있는지 잘 모르겠습니다. 저는 해씨 족의 을지라고 합니다."

"그렇군. 이름을 들으니 더 확실해지네. 자네들이 두려움을 모른 다는 바로 그 스키타이 전사가 아닌가!"

"아닙니다. 우리 부족은 영광스런 히타이트 대제국의 후손들입니다. 비록 지금은 다들 흩어져 일부만이 이식쿨 호수 주변의 땅에 머물고 있지만, 그리고 타지 사람들은 우리를 뭉뚱그려 스키타이 족속이라 부른다는 걸 알고 있지만, 옛적에 하투샤를 떠났듯이 언제든 어디든 천도할 태세를 갖춘 유목 족속입지요."

"그렇군! 다들 그러하오?"

자기들을 둘러보며 노인이 물어오자 을지는 일행을 하나하나 손 짓으로 가리켰다.

"영감님, 제가 소개하죠. 이놈이 제 친조카 이사이고, 옆의 얘가 활을 잘 쏘는 무르치, 말을 잘 타는 파미솔나, 힘이 센 묘아리라고 합니다. 여기 셋은 다 조카 친구들인데, 같은 부족의 애들이라 제겐 조카나 다를 바 없습니다."

"그렇군. 어쩐지 기골이 장대하고 기개가 남다르다 싶었네. 내가 알기론 히타이트 족속 또한 일 년 내내 깃털이 흩날리는 얼어붙은 곳, 그곳의 해가 뜨는 동쪽에서부터 미친 듯이 말을 몰고 달려와 단번에 나라를 세운 유목 민족이었다더군."

"깃털이라고요? 그것이, 눈발이 휘몰아치는 곳이라면 또 몰라도…?"

페르시아 노인이 허탈하게 웃는다.

"아무튼 깃털이라면 사족을 못 쓰는 자네들이잖은가. 다들 머리에다 뭔가 꽂고들 다닌다던데? …자네들은 지금 그러진 않았네만."

"아무렇게나 꽂고 다니진 않습니다."

"허참, 그렇군."

노인은 짧게 대꾸하곤, 대화하느라 느슨해졌던 식사를 마저 즐기려는 듯 다시 생선을 발라먹는 일에 몰두하였다. 그 모습을 힐끗 쳐다보며 을지는 속으로 한탄했다.

'우리네들은 살아남으려고 먹고들 있었구나. 이 노인네처럼, 먹기 위해 사는 것처럼 비치는 족속들은 또 얼마나 많을 것인가!'

그는 주문한 음식이 나올 동안 맛보라고 내놓은 바구니 속의 건포도로 손길을 주었다.

잠시 후, 주문한 음식이 나무 쟁반에 들려 나왔다. 사내들은 음식을 앞에 두고도 멀뚱히 쳐다보더니, 구레나룻 사내가 큼직한 밀전병을 손으로 한 줌 뜯으며 뭐라 중얼거리자 그제야 한소리씩 외치며 뒤따라 밀전병을 뜯었다. 그리고 죽에다 찍어 먹기 시작했다.

그런 모습을 물끄러미 바라보던 카르로스는 갑작스레 호기심이 일어난 듯 을지에게 다시 물었다.

"젊은이는 어떻게 해서 페르시아어를 잘하게 됐나? 이곳 사람도 아니라면서."

"어려서부터 용병 일을 해서 그렇습니다."

"지금은 페르시아 제국으로 하나 된 태평성대의 시절이잖은가? 전쟁도 없는데 용병이라니?"

"웬걸요. 곳곳에서 반란군이 들고일어나 소란스러웠었죠."

"그래? 자네 나이가 몇인데 그때 반란이라니?"

"저는 새해를 맞은 지가 서른두 해째랍니다."

"그런데 몇 살부터 했다고?"

"열세 해부터 용병으로 돌아다녔지요."

"허어, 거참! 전사가 따로 없고만. 대체 어디서 반란이 일어났다는 것이지?"

"바빌로니아 왕국하고 아시리아로 해서 소아시아와 페니키아에 유대 쪽까지 쭉 다녀왔습죠."

"그런데 살아남았다고?"

을지는 어깨를 으쓱해 보였다. 노인은 혀를 끌끌 찼다.

06

카르로스 노인은 개울물이 졸졸 흐르는 곳에 얇은 아마포로 차양을 치고, 낮잠을 즐기려는 듯 살평상에 드러누워 뭉게구름의 푸른 하늘을 우러르고 있었다. 햇볕이 약간 따갑기는 했지만, 을지가 보기에 그것은 거드름에 지나지 않았다. 이런 날씨라면 옷을 다 벗어던지고 온몸으로 흠뻑 온기를 받아도 좋을 따사한 햇살이었다.

잠을 청하는 줄 알았더니 노인은 어느새 흥얼거리며 콧노래를 부르기 시작했다.

"만물이 때때로 얼쑤 신명난다고 미풍을 솔솔 불러대더냐. 설산에 샘물이 졸졸 흐르니 유수에 송어가 손뼉을 짝짝 치더냐. 치는 바람에 백학의 날갯짓이 펄펄 요란하니 떠들썩한 가락에 흥흥 만사가 때때로 흥겹지 아니하더냐. 온갖 나비가 훨훨 날아다니니…"

여섯 가닥으로 난 마차 바큇살의 수리를 끝낸 뒤 앳된 이사가 뻣뻣해진 허리를 펴면서 말했다.

"삼촌, 아무래도 저 노인은 우리하곤 차이가 많이 나는 것 같은데요?"

그때 노인이 몸을 일으켜 기대앉았다. 마침 숙소 쪽에서 중년의 사내가 물건 하나를 소중히 두 손에 받쳐 들고 허둥지둥 다가왔다.

"왜 이리도 굼뜨냐?"

"죄송합니다, 주인님. 짐짝 속에 든 걸 뒤지느라…"

을지는 부족의 조카들과 다시 길 떠날 채비를 서두르는데, 노인이 일어서며 을지를 불렀다.

"이보게나, 젊은이!"

만면에 미소를 지으며 몸짓이 더욱 느긋해진 노인은 다가온 을지에게 물었다.

"어디로 가는 길인가?"

"알타이산맥 기슭에 사는 부족으로 갑니다. 철정을 내다팔고 황금 쪼가리를 받아올까 하는 것이죠."

"그건 그렇고, 무슨 배짱으로 무장 없이 알타이까지 가려고 하나? 도처에 비적들이 들끓지 않는가?"

"혹시나 해서 무기를 가져가긴 합니다만, 결국은 다 팔고 돌아오게 되죠. 오히려 페르시아 제국의 관할보다 안전하니까요. 그곳은 부족들 간에 형제의 피를 나눈 지역이라 자유롭게 오가는 땅이랍니다."

"그랬던가? 그쪽하고는 거래를 터본 적이 없어서…. 됐고, 소개하지. 나의 오른팔 다니엘이라네. 바빌론 출신인데 유대 족속일세. 이쪽은 스키타이 아니, 유목 족속이라는데 이름이 뭐랬더라?"

"저는 해씨족의 을지라고 합니다."

구레나룻의 을지가 허리 숙여 인사했다. 마흔이 훌쩍 넘어 보이는 다니엘은 빙긋 웃으며 고개 끄덕여 답례했다.

"자, 이제부터 다들 내가 방금 작곡한 노래를 들어보게나. 청중이 필요해. 리라는 이리 주게."

노인은 살평상에 앉아 다니엘 집사가 들고 온 악기를 받아 들었다. 그는 리라를 무릎에 비스듬히 세워 놓고 손가락을 움직여 몇 번이고 일곱의 줄을 퉁기며 목청을 가다듬더니 마침내 흥얼거리기 시작했다. 하나 연주 솜씨가 신통찮았고 그걸 노인도 아는지 연주를 멈추고는 집사에게 악기를 넘겼다.

"내가 부르면 적당히 반주를 맞추게."

노인은 을지를 바라보며 겸연쩍게 웃었다.

"리라 연주는 이 친구가 최고일세. 들어보게나."

노인은 아까 드러누워 흥얼거렸던 바로 그 노래를 부른다고 했지만 곡조와 노랫말을 그새 잊어먹은 듯, 새로 지은 듯 생소하게 들려왔다. 그럼에도 노인의 흥에 맞추어 칠현을 뜯는 집사의 연주는 놀라웠다.

그 기막힌 연주 솜씨에 길을 가던 사람들이 돌아보았고, 가락에 흔들린 사람들은 춤을 추었다. 가히 번개 맞은 박달 고목의 밑동을 지나는 바람새의 지저귐이라 할 만했다.

노래가 끝나자 을지는 손뼉을 쳤다.

"영감님, 노래 잘 들었습니다. 세상이 영감님 마음 같으면 얼마나 좋겠습니까. 근데 더 듣고 싶어도 제가 좀 바빠서요, 이만 물러가겠습니다."

을지는 풀밭에서 서둘러 몸을 일으켰다. 갈 길이 멀고 조카들의 눈치도 보였다. 그런데 지금까지 풍류를 즐겼고, 쭉 그럴 것만 같았던 노인이 그가 떠난다고 하자 갑자기 어수선한 몸짓을 피웠다. 느긋했던 말까지 한결 빨라졌다.

"젊은이, 그러지 않아도 하나 물어볼 말이 있었다네. 그대들은 알타이를 꼭 가야 하는가, 아니면 철정을 파는 게 주목적인가?"

"그야 물론 철정을 파는 것이죠."

"을지라고 했지? 자네들의 무기는 어디다 뒀나?"

"마차에 실어 놨습니다. 왜, 무기가 필요하십니까?"

"나는 상인이야. 내가 데리고 온 열세 명의 하인들 역시 무술하고는 거리가 멀다네."

07

"장교님, 멀리 민가가 보입니다."

거친 벌판을 달리던 친위대 전사들이 말고삐를 채며 속도를 늦췄다. 운무가 능선을 따라 오를 때에 동산 기슭에는 황토 벽돌에 널돌을 올려 지은 집들이 옹기종기 모여 있다. 진흙을 짓이겨 쌓은 굴뚝 군데군데에 아침을 준비하는 연기가 피어오르고 마을 앞쪽으로 시냇물이 흘러간다. 자갈을 파헤쳐 경작한 듯 마을 주변으로 흩어져 있는 거친 밭뙈기에는 파릇파릇한 수수와 콩, 기장, 밀 따위의 곡식이 자라고 있고, 누렁소와 염소들이 감사나운 언덕을 따라 풀을 뜯고 있다.

"저들의 아침을 흔들어서야 되겠느냐. 말 머리를 저쪽 구릉지로 돌려라."

공주는 자기 곁에 바짝 붙는 장수를 보고 외쳤다.

"장교님! 험준한 산길을 온종일 북동쪽으로 달리더니 이젠 거의 동쪽으로 향하네요? 청장수의 지류도 건넌 것 같으니 이쯤에서 남쪽으로 내려가야 하는 게 아닌가요?"

"공주님, 무열수(지금의 난하)를 건너고 나서 말씀드리려 했지만, 이미 알아차렸으니 아뢸 수밖에 없게 됐습니다. 지금 진조선으로 가는 길입니다."

공주가 깜짝 놀란다.

"거긴 왜요? 그래서 제게는 비밀로 하셨나요?"

"공주님, 자세한 사항은 저도 모릅니다. 어명에 따를 뿐입니다."

갑자기 말고삐를 잡아채며 공주가 외친다. '워, 워!' 공주의 말이 대열에서 이탈하자 장수와 전사들도 급히 말을 돌려세우며 공주를 에워싸듯이 달라붙는다. 이런 모습에 공주는 더욱 심통이 나버렸다.

"답답하십니다. 대체 어명을 누가 내렸다는 말씀입니까? 이런 거동으로 끝까지 잡아떼신다면 더 이상 따르지 않겠습니다."

공주의 단호한 태도에 여태껏 의연한 모습으로 일관하던 젊은 장수의 얼굴이 당혹한 빛을 드러내었다. 자기가 위치한 쪽의 주변을 경계하는 전사들 중 몇몇이 슬쩍 곁눈질로 장수의 눈치를 살핀다.

"공주님, 우리는 단군천자의 부름을 받고 장당경(지금의 장춘 부근으로 추정)으로 가는 길입니다."

"저는 내 아버지인 번조선의 한, 가색께서 머무시는 안덕향으로 가는 줄 알았지 뭡니까?"

번조선에는 부족의 판도에 따른 별도의 오경이 있어 시국의 흐름과 오가의 집권 양상에 따라 번갈아 가며 도읍으로 삼곤 했다. 히누리 부계 쪽 혈통은 구려(九黎) 부족의 한 씨족인 박고족으로, 동이(東夷)의 제국(諸國) 중에 태산 동남부에 나라를 이뤘던 방이(方夷)와 인접한 해안가 지역에 오랫동안 뿌리를 두고 있다가, 지금으로부터 696년 전 그러니까 단기 1287년(기원전 1046년)에 상나라가 망하면서 화하족의 공세가 더욱 거세지자 결국 후퇴하는 고죽국과 함께 이동하여 무열수 하류 유역에 새로이 토대를 구축했던 것이다.

"공주님을 속일 의도는 없었습니다. 무열수를 건너고 안전지대로 진입할 때까지는 아무도 모르게 움직여야 했습니다. 이곳은 아직 적들이 수시로 출몰하는 지역이라 공주님의 옥체를 보존하기 위한 조치였습니다."

"말도 안 돼. 장교님의 그런 주장이 제가 행선지를 알아서는 안 되는 이유가 된다고 생각하세요?"

"어명을 수행할 뿐, 저는 모릅니다."

"어명, 어명, 그래요. 장교님이나 저나 어명이라는데 뭐 어쩌겠어요. 그런데요, 며칠 전만 해도 저는 적진 속으로 뛰어들고 작전을 짜고 죽기 살기로 적을 무찔러야 했던 전사로 살았습니다. 그런 저를 이제 와서 보호하겠다는 것이 가당치나 할까요?"

"외람된 말씀이온데, 번조선의 칸께서는 공주님의 전술 능력을 높이 사셔서 군대의 참모로 내세우셨지만, 단군천자께서는 이것을 우려하셨던 걸로 알고 있습니다. 따라서 이번 공주님의 행보를 아직 칸께서는 모르고 계시지 않나 생각됩니다."

그 말에 공주는 더욱 의혹에 싸였다. '일국의 지존이 딸의 행방을 모른다고? 귀족들 간에 갈등의 골이 깊지 않고서야 어찌 이것이 가능한 일이겠나!' 정치권력 다툼에 얽혀들어 영락없이 볼모로 잡힌 듯한 몰골에 공주는 암담한 심경이 되어 맥이 풀려 버렸다.

공주는 살며시 장수를 쳐다보았다. 그나마 지금 신불사 장수가 자기 곁에 머물러 있어 나름의 의지처로 삼고 싶었지마는…, 소낙비 맞은 독수리처럼 초라해진 자신의 심정을 꿰뚫지 못하고 그는 오직 경계에만 집중하고 있을 뿐이었다.

달리지 않고 주변을 맴도는 시간이 길어지자 장수가 주위를 살펴며 독촉했다.

"공주님, 주변에 언덕과 장애물이 많습니다. 자칫 적의 표적이 되기 쉽습니다."

"그래요? 그럼, 가면서 얘기할까요?"

공주는 서로 간에 두 눈이 마주쳤으면서도 끝내 자신의 속내를 헤아리지 못하는 신불사 장수가 야속하기만 했다.

뚜벅거리던 말들이 서서히 대열을 갖추며 달리기 시작했다.

"장교님은 어떻게 생각하세요?"

"무엇 말입니까?"

"제가 전사로 남는 게 낫겠느냐, 아니면 앞으로 무엇을 하든 다른 것을 선택하는 게 낫겠느냐, 그걸 물어봤어요."

장수는 대답하지 않았다. 공주도 더는 묻지 않았다.

해가 중천에 떠올랐다. 전사들은 험준한 계곡을 따라 말을 몰고 나아가다가 뜻하지 않은 일단의 무리들과 맞닥뜨리게 되었다. 그들은 소달구지 여럿에다 살림 도구와 아이들을 가득 태운 채 수많은 양과 염소 떼를 이끌며 북쪽으로 느릿느릿 이동하고 있었다. 그들은 맞은편에서 달려오던 전사들이 급박하게 말을 세우는 것을 발견하고는 행렬이 흐트러지며 갈팡질팡하는 모습을 보였다.

때늦을세라 추장으로 보이는 사십 대의 사내가 전사들을 향해 말을 몰아 달려왔다. 다가온 그는 허겁지겁 말에서 뛰어내렸다.

"우리는 선량한 부락 양민입니다. 새로 난 풀과 나뭇잎을 찾아 이주할 뿐입니다."

신불사 장수도 말에서 내렸다.

"염려 놓으십시오. 우리는 번조선 군사올시다."

"아, 그런 줄도 모르고 공연히 마음 졸였더랬습니다."

깊은 산중에 불쑥 나타난 무리들이라 마적 떼로 알고 두려워했던 추장은 장수의 말에 비로소 화색이 감돌았다.

"그런데 살기가 어려워진 것입니까?"

"아, 아닙니다. 이제 날씨도 풀려 가니 새싹을 찾아 이동하는 참이랍니다. 조금씩 북쪽으로 나아갔다가 가을이 되면 다시 풀을 따라 추위를 피해 남쪽으로 내려오는 것이랍니다. 우리 부락의 오랜 생활 방식입지요."

"난 또 이 땅을 버리고 떠나는 사람들인가 하여 잠시 마음이 애잔했었습니다. 무사히 다녀오시길 바랍니다."

"고맙습니다. 사실 우리가 이동하느라 초막을 비워 뒀을 때 되놈들이 우리 땅을 차지하고는 내놓지 않고 우길까 봐 그게 매번 두렵긴 했습니다마는. 아, 그렇지! 제 어릴 적에는 그놈들이 괴질을 퍼뜨리고 돌아다니는 바람에 한동안 고향에 돌아가지 못하고 떠돈 기억까지 있답니다."

"놈들이 한때 그런 식으로 우리 겨레의 영토를 점거하면서 북상해 왔었지만, 다시는 결코 그러한 일이 발생하지 않을 것입니다. 우리 군사들이 접경지대를 빈틈없이 방비하고 있으니 안심하십시오."

"정말 애 많이 쓰십니다. 그럼 저는 부락 사람들을 안심시키러가 봐야겠습니다."

추장은 정중하게 허리 굽혀 인사하고는 벼락같이 말을 몰아 자기 부락민 쪽으로 되돌아갔다.

잠시 후 전사들은 소달구지를 탄 아이들의 환한 미소와 손 인사를 받으며 유목민들을 지나쳐 갔다. 부락의 몇몇 장정들은 피륙 속에 양손을 묻은 채 경계의 눈빛을 띠었다. 히누리 공주는 아이들의 손을 더러 잡아 주며 함박웃음을 지었다.

그러고는 한참을 달려도 인기척 하나 없었다. 공주는 '이처럼 사람이 살지 않아도 나라가 지탱될 수 있는 것인가?' 하는 섬뜩한 생각마저 들었다. '대체 시간은 또 얼마나 흘렀단 말인가?'

앞서 달리던 장수를 따라붙으며 온갖 상념 끝에 삐져나온 공주의 물음은 당돌했다.

"설마…? 단군 임금께서 붕어하신 건 아닐 테지요, 장교님?"

이 말에 줄곧 굳은 표정으로 전방만을 응시하던 신불사가 당혹해하는 눈길을 공주에게 던졌다. 그걸로 봐서는 그도 더 이상은 모르는 것 같았다.

히누리는 캐물으려던 생각을 단념했다.

"그래요. 설령 내가 이대로 진조선의 인질이 된들 머 어쩌겠어요. 까짓 그러라지요."

웬만해서는 대답이 없던 장수가 그녀의 이 말에 발끈하는 듯했다. 그는 대열의 속도를 늦췄다.

"무슨 그런 허황된 생각을 하십니까, 공주님. 인질이라니요?"

장수의 이 말에 공주는 모든 시름이 확 사라지는 듯했다. 축 처졌던 그녀의 목소리에 다소 생기가 돌았다.

"하긴 그래요. 45대 단군이신 여루 임금께서 즉위하신 지 어언간 쉰 돌 남짓 지나가니 참으로 연세도 지긋하시고, 막조선이나 번조선의 한께서도 어른이 되신 후에 추대로 오르셨으니 벌써 연세가 만만찮으시고…. 조선의 앞날을 생각하자니 근심이 앞서네요."

장수는 답답해하는 공주의 의혹을 조금이나마 풀어주고 싶었다.

"공주님의 견해를 듣고 보니 짐작건대 이렇습니다. 현재 국가적으로 중대한 상황이 발생했고, 이 상황을 타개함에 있어 공주님의 역할이 중차대해졌다, 그래서 긴급히 공주님을 부르게 되었다…."

공주의 표정이 의미심장해져 갔다. 장수는 얘기를 마무리지었다.

"그러니까 인질이 아니라, 단군천자께서 공주님을 필요로 하신다. 저로서는 그렇게 판단됩니다."

"그렇구나! 그러네요. 그게 아니고서는 답이 없어. 그런데 심각한 문제는 이번에 저를 호출하는 것을 놓고 번조선 한의 뜻과 단군 임금의 뜻이 서로 달랐다는 거예요. 그래서 행선지를 감추고, 다른 길로 가고… 번조선의 안덕향을 거쳐도 얼마든지 장당경에 다다를 수 있는데도 말이죠. 제 추리가 어떤가요, 장교님?"

"제 생각도 공주님 생각과 같습니다."

둘이서 의견의 일치를 봤다고 해서 만사가 해결되는 게 아니다. 그걸 알면서도 공주의 기분은 후련해졌다.

"엉킨 속내도 풀렸는데 다시 달려볼까요, 장교님?"

'핫, 이랴!' 전사들은 다시금 말에 박차를 가했고, 숱한 전투로 피폐해진 벌판을 내달렸다. 사람들이 내버리고 달아난 거칠고 쓸쓸한 땅거죽에는 풀 한 포기조차 나려 하지 않았다.

전사들은 밤이 되면 바위굴과 계곡의 개울가에서 늑대 울음소리를 들으며 야영을 했다. 낮에는 양과 염소, 소 떼를 이끄는 목동들을 멀찌감치 지나쳤고, 장막을 치고 머무는 패거리들이 눈에 띄면 애써 피해 갔다.

그러다가 서녘 하늘이 벌겋게 불타올라 땅거죽이 숯덩이처럼 어둑해져 가는 어느 저녁 무렵에 뜨겁게 달아오른 말발굽을 진정시키며 전사들은 마침내 강기슭에 당도할 수 있었다.

"언제까지 숨차게 말을 몰아야 하나요, 장교님?"

"여기가 무열수입니다. 이 강을 건너면 오랜 역사적 전통이 서려 있는 웅족 땅입니다. 다행히 물이 깊지 않아 쉽게 도하할 수 있겠습니다. 거기서는 역참을 이용할 수 있고 공주님 의도대로 움직일 수 있습니다."

공주는 주변이 낯선 듯 휘둘러보며 말했다.

"듣던 중 반가운 소리네요. 진조선의 경계라는 얘기잖아요. 근데 여기 위치는 어디쯤인가요, 장교님?"

"고죽국과 맞물려 있는 수유의 북쪽 지대입니다."

"수유? 저들이 말하는 기자조선국을 일컫는 것인가요?"

"그렇습니다, 공주님."

"그렇다면 우리 번조선의 강토에 속하는데, 우리가 여태껏 너무 몸을 사리며 움직였던 게 아닌가요?"

"공주님, 그들은 예전과 다릅니다. 하루가 멀다 하고 번조선 칸의 입김이 사그라지고 있습니다. 이미 떨어져 나간 수유에 이어 고죽국마저 딴 목소리를 내는 실정에 처해 있습니다."

"그 정도예요?"

"그보다 더 심각할지도 모릅니다. 그들의 정략에 따라서는 화하족인 연나라 왕 문공이나 제나라 귀족들과의 동맹도 불사할지 모릅니다."

"설마요?"

히누리는 고개를 젖히며 의아한 표정을 짓다가 피곤한 듯 말에서 내렸다. 신불사도 그녀를 따라 말에서 뛰어내리자 전사들은 말을 부려 흩어지며 경계에 들어갔다.

그녀는 불안한 기색을 내보이며 강기슭을 서성거렸다.

"장교님, 제가 알기로 수유와 고죽의 사람들은 공히 화하족하고는 앙숙입니다. 우선 인종 자체가 천양지차로 다릅니다. 그뿐만 아니라 그들에게 나라를 빼앗기고 살해당하고 비참하게 쫓겨난 역사적 사실을 똑똑히 기억하고 있기에 대대손손 철천지원수로 삼아 절치부심 벼르고 있는 줄로 압니다. 그러한데 어찌 동맹이라니요?"

"공주님, 진정 그럴까요? 역사를 뛰어넘는 행위를, 그들은 생각지 못할까요?

"글쎄요, 과연 그리될까요?"

장수는 생각을 돌이켜 보려는 듯 물소리 사나운 어둑한 강물로 고개를 돌렸다. 그리고 그녀의 걸음 따라 간격을 두고 걷다가 다시 차분하게 말을 이어갔다.

"공주님의 견해가 옳겠다는 생각이 들긴 합니다. 그러나 한편으로 그들과 우리 대부여와의 관계가 변절 상태에 처해 있다는 것 또한 사실이라는 게 제 판단입니다. 아직 그 속내를 노골적으로 드러내지 않았을 뿐…."

"장교님, 그렇다면 왜 그들을 제압하지 않는 것이죠?"

신불사가 보기에, 빤한 현실을 되묻는 공주의 심정 한구석에는 구습의 폐해를 질타하는 분노가 깔려 있는 듯했다.

"대부여는 부족 자치제입니다. 화백 제도가 있어서 그들의 자발적 의사를 훼손할 수 없습니다. 단군천자께서 친히 다스리는 진조선에 직접적인 위해를 가하기 전까지는 그렇습니다."

공주도 이미 알고 있는 오랜 단군조선의 제도다. 자율과 자치에 의해 부족이 움직이는 것이다. 오랫동안 전통으로 굳어진 배달겨레의 제도이기에 그 누구도 이것을 범할 수가 없게 되었다. 만약에 어느 한 폭군이 등장하여 이것을 강제하려 할 경우에는 어떻게 되겠는가? 부족장들은 부족을 이끌고 다른 곳으로 떠나버릴 것이다. 늘 떠나기를 고대하는 자들이니까. 또한 부족장이 독재를 한다면 부족 사람들은 부족장을 몰아내고 다른 인물을 그 자리에 앉힐 것이다. 늘 자유를 추구하는 자들이니까. 심지어 단군천자도 추대에 의해 결정되는데 하물며 하부 조직이야 더 말할 나위가 있겠는가.

하지만 공주는 고개를 갸웃거렸다. 번조선 친위대 장교의 주장을 어디까지 인정해야 좋을지 몰랐다. 아무래도 그는 모든 상황을 극단적으로 몰아가려는 것으로 보였다. 그렇지만 그의 우려대로 지금 번조선의 체제가 흔들리고 있다는 것만큼은 사실 같았다. 번조선의 핵심 참모라 할 수 있는 신불사 장수 자신이 다른 목소리를 내고 있으니 말이다.

'이러한 것들이 단군 임금의 어명과 어떤 연관을 갖는 것일까?'

장수는 이미 강바닥이 어두컴컴한데도 도하를 명령했다.

"지금부터 강을 건넌다. 건너편 구릉지에서 야영을 하겠다. 가자."

아직 채 녹지 않은 살얼음이 군데군데 도사렸지만 전사들은 침착하게 일렬종대를 이루며 무사히 강을 건넜다. 그리고 각자 흩어져 맡은 임무를 수행하느라 동분서주했다.

"공주님, 늦어도 사흘 뒤 홍산(지금의 적봉)에 도착합니다. 그곳에는 믿을만한 욕살 부대가 주둔하고 있습니다. 이틀 남짓 머물면서 진조선의 전령과 연락을 취한 후에 심양(지금의 선양)으로 이동하게 됩니다."

"거기서 다시 장당경으로 가게 되나요?"

"그렇습니다, 공주님."

"앞으로 어떤 일이 저에게 일어날지 궁금해집니다. 어휴! 어쨌거나 그래도 한편 생각에 이번 나들이가 피곤한 것만은 아니네요. …장교님, 저만 그런가요?"

신불사는 대답하지 않았다. 히누리는 슬쩍 그의 눈치를 살폈다. 속마음을 알 길 없는 의젓한 장수의 무뚝뚝한 표정은 여전했다. 어쨌든 그녀는 조금씩 마음이 포근해졌다. 어릴 적부터 좋아했지만 좀처럼 만날 수 없었던 사람과 함께, 아니 이제부터라도 서로를 좀 더 알아가는 사랑을 나누고픈 멋진 사내와 더불어, 이처럼 나들이를 같이한다는 사실 하나만으로도 정녕 유쾌한 사건이 아닐 수 없는 것이었다.

'그래, 이런 나의 속마음을 나랏일에 전념하는 장수라고 해서 모를 리가 없어. 신분상의 어색함이거나 아직 수줍을 수밖에 없는 연애의 감정 때문일 뿐인 것이야. 언제고 혼사가 이뤄져 그대를 낭군으로 맞아들이는 날, 신불사 그대는 내 사랑에 눈물 흘리며 감격의 포옹을 하게 될 것이야.'

정녕 그러리라. 그렇게 될 것이라 속으로 되뇌며 은근슬쩍 한숨을 내질렀다. 그녀는 어둠 속을 응시하는 신불사의 옆모습을 슬쩍 훔쳐보며 솟구치는 감정을 애써 추슬렀다.

전사들은 산기슭에 동굴처럼 옴폭 패인 장소를 발견하고 그곳에다 야전 천막을 쳤다.

"진조선에는 호랑이라는 놈이 산다던데?"

말뚝을 박으며 창기병이 너스레를 놓자 동료 전사가 능청스럽게 대꾸했다.

"어마무시한 맹수지. 신출귀몰한 놈이라 언제 불쑥 나타날지도 몰라."

"이런! 그런다고 속을 줄 아나. 늑대가 사방 목청껏 울부짖고 두목 노릇하는 꼴을 봐선 요 골짜기엔 코빼기도 볼 수 없겠구먼, 거 무슨!"

그들은 쇠말뚝 세 개가 서로 맞닿게 땅에 박고 가운데에 청동 솥을 건 뒤, 준비된 숯덩이와 물가에 굴러다니는 나뭇가지로 불을 피웠다. 그러고는 끓는 물에 시래기와 말린 버섯, 메주 가루, 마늘을 넣고 육포와 어포를 잔뜩 집어넣어 걸쭉한 저녁거리를 만들었다.

전사들은 준비된 야전용 청동 수저와 그릇으로 오래간만에 국물 있는 만찬을 즐겼다. 히누리 공주는 빙긋 웃으며 보란 듯이 신불사 장수 옆에 가서 앉았다.

"전사님들, 많이들 드세요."

그러면서 신불사에게 숟가락으로 건더기를 한껏 덜어주기까지 했다. 그녀의 거침없는 행동에 부하들을 대하기 거북해진 장수는 헛기침 끝에 목소리를 높였다.

"제군들도 알다시피 이곳은 후방이다. 다들 긴장을 풀고 편안한 마음으로 식사들 하게."

08

험준한 산맥들과 끝 모를 사막들에 둘러싸인 투루판을 지나는 협곡에는 페르시아 대상의 긴 행렬이 꼬리를 물었다. 길쭉한 터번을 두르고 하얀 리넨 통옷 차림의 무리들이 삼십여 마리는 족히 되어 보이는 쌍봉낙타의 고삐를 잡아끌었고, 그들 가운데 카르로스 노인이 낙타 등짝에 노쇠한 몸을 의지한 채 털레털레 사막 길을 가고 있었다.

대열 틈틈이 조랑말을 탄 세 명의 무사가 상인들을 호위했는데 그들은 바로 을지와 조카 이사 그리고 이사의 친구인 무르치였다. 사막 길에 익숙한 하인과 다니엘 집사가 선두에 섰고, 이사와 무르치는 중간쯤에, 을지가 행렬의 말미에서 뒤따르며 주변의 동태를 살폈다.

을지와 무사들은 머리에 달라붙는 흰 두건을 두르고 삼베로 짠, 소매 끝이 달라붙는 윗도리와 긴바지를 입었다. 가죽띠를 두른 허리춤에는 세형동검과 강철 장검을 찼고, 둥그스름한 작은 활과 가죽 화살통이 말안장에 매달려 덜렁거렸다.

노인은 두 눈만 빼꼼 내놓고 얼굴을 가렸던 아마포를 벗어젖혔다. 뭐가 불만인지 벗은 아마포로 땀을 훔치며 주절거렸다.

"이럴 줄 알고 일찌거니 출발해도 날씨가 이 꼴이니 원! 정말 갈수록 세상이 모래로 넘쳐나는군. 갈수록 세상 날씨가 변덕스러워져 사람 살기가 힘들어지네그려."

어느덧 뒤처진 노인과 나란히 가게 된 을지가 대꾸했다.

"우리 유목민에게 이상기후는 고통 그 자체입죠. 나라 자체가 통째로 옮겨가는 것이죠."

을지는 욕심을 부렸다. 원래는 알타이 족속에게 철정을 팔고 사금 알갱이와 야생 모피를 마차에 싣고 돌아오는 일정이었다. 그랬던 것이 지중해산 특산물을 주나라에 가서 같이 팔자는 노인의 제안에 그만 솔깃해져 발길을 엉뚱한 데로 돌려버린 것이다.

을지는 마차와 보유한 철정 뭉치를 노인이 주선한 우루무치 상인의 청금석, 터키석, 경옥 등의 보석들과 교환했다. 그리고 자기를 따라가겠다는 부족의 조카 둘을 집으로 돌려보내면서 경호의 대가로 미리 받은 페르시아 금화 5백 다릭을 보석과 함께 딸려 보냈다. 이것들에 더해 신독(인도의 옛 이름)의 마가다 왕국을 거쳐 내년 가을쯤 귀향할 때에 받게 될 사례금까지를 보태면 필시 크나큰 장사 밑천이 될 것이었다. 단, 다행히 죽지만 않는다면….

죽음, 그렇게 보니 욕망이 눈앞을 가린 것인지도 몰랐다. 그러나 한편으로 을지는 낯선 땅을 걷고 이국적 풍물을 맘껏 구경할 수 있다는, 그 호기심에 이끌리어 선뜻 결정한 것이기도 했다. 어릴 적부터 낯선 곳을 용병으로 떠돌았던 기억들이 그를 자극했을 것이다. 게다가 연륜이 많은 이 노인과 인연을 맺고 따르다 보면 앞으로 자기가 이루고자 하는 대상인의 길에 커다란 이정표로 우뚝 설 것 같았다. 노인의 지혜를 온전히 전수 받을 수 있다는 기대만으로도 가슴이 설레었으니 오죽하랴.

'우매에!' 낙타 울음소리를 간간이 들으며 야영지 주변을 순찰하던 을지는 묘한 광경을 목격했다. 한 사내가 짐짝을 한데 모아 놓은 어두컴컴한 틈바구니에서 몰래 짐 꾸러미를 뒤지고 있는 것이다.

"거기, 뭐 하는 겁니까?"

당황한 사내는 얼렁뚱땅하던 일을 접으며 일어섰다.

"아 그게, 깜빡하고 챙기지 못한 게 있어서요."

다가오는 사내를 보니 카르로스의 하인, 다오리우스였다.

"다니엘 집사의 허락 없이는 그 누구도 짐짝에 손댈 수 없을 텐데요?"

"네, 알죠. 내일 아침거리에 뭣이 빠진 게 있어서 그랬네요. 갈게요."

그러고 보니 그는 음식 담당이었다. 그러나 허둥대며 사라지는 그의 손에는 아무것도 들려 있지가 않았다.

"그런데 그냥 가세요?"

"어두워서 못 찾겠네요. 내일 아침 일찍이 집사님 허락을 받고 찾아볼게요."

을지가 보기에 상황이 부자연스러웠기는 했지만, 흔히 있을 수 있는 사소한 일로 여겨 카르로스에게 알리지 않았다. 서로 뭉쳐 앉은 낙타들을 쭉 둘러본 을지는 경계 근무를 서고 있는 조카 이사에게 다가갔다.

"고생 많구나. 무르치는?"

"새벽 일찍 일어나야 해서 자고 있어요."

"이제 됐다. 너도 들어가서 자거라."

"네, 삼촌도 주무세요."

살을 에는 것 같은 매서운 바람의 하얀 별자리들…, 그 아래 곤한 잠에 빠졌다가도 문득 그믐달에 걸린 샛별이 천막 틈새를 헤집고 비쳐들 때면…, 그리고 때때로 불어 대는 모래 폭풍과 따가운 햇볕이 내리쬐는 태양 아래를 긴 천 조각으로 감아올린 원뿔 모양의 터번으로 버틸 때면…, 을지는 문득문득 허망한 생각에 빠져들고는 했다.

'길지 않은 인생을, 내키는 대로 아무렇게나 살아가도 되는 것일까?'

노인이 들려주는 역사와 세상의 원리를 깨우칠수록, 그리하여 지금껏 살아왔던 자신의 모습이 각성되어, 그래서 자기 앞에 펼쳐진 삶의 현실이 막막한 것임을 새삼 자각하게 될 때마다 을지는 무력감에 허덕였다. 그리고 그것을 부추기듯 낙타 무리의 황막한 사막 길은 끝없이 계속되었다.

수많은 봇짐을 짊어진 낙타 행렬이 쿰탁 사막과 천산 산맥에서 뻗은 붉은 바위산을 지나게 되자 뜨거운 지열과 모래 폭풍이 이들을 괴롭혔다. 조랑말에서 뛰어내린 을지와 조카들이 그것들을 다독거렸다. 다니엘 집사가 노인이 탄 낙타를 힘겹게 이끌며 소리쳤다.

"주인님, 이제 조금만 더 가면 오아시스입니다. 힘내세요!"

이것이 때로 고역인 것이, 보통 때 같으면 커다란 사암 바위 아래에 몸을 은신하고서 모래 폭풍이 지나가기를 기다렸겠지만, 버젓이 눈앞에 오아시스 마을이 펼쳐져 있을 때는 걸음을 멈출 수도 없는 노릇이었다.

노인 일행은 간신히 수풀이 우거진 곳에 다다랐다.

"여기서 묵었다 가세."

마을에는 알타이 산맥 자락에서 스며든 샘물이 퐁퐁 솟아났고, 거기서 흘러내리는 개울물이 포도나무를 흥건하게 적셨다.

노인 일행은 이곳 부족 사람들의 환대를 받으며 그들이 준비한 돼지 통구이 덕분에 모처럼 오붓한 만찬을 즐길 수가 있었다. 물론 사례로 건넨 장신구와 생활용품을 받고서 부족 사람들은 흡족해하였다.

"오늘, 통역사 하메스 친구의 수고로 이곳 사람들과 정겨운 대화를 나누고 있다네. 덕분에 지극히 돈독한 우정을 쌓을 수 있게 되어 무척 기쁘다네. 그런 뜻에서 박수로 화답하세나."

빙긋 웃으며 카르로스가 말하자 사람들은 일제히 손뼉을 쳤다. 을지 옆에 섰던 더벅머리 이사가 슬며시 말했다.

"저기 부족 사람들의 얘기는 저도 대충 알아듣겠던데요."

"이사 네가 어떻게? 저 사람들 말씨, 나는 도통 모르겠던데?"

"삼촌이 페르시아 제국으로 두루 다녔을 적에 저는 알타이 너머 대평원과 사막 쪽의 땅을 돌아다녀 봐서 잘 알아요. 저 사람들은 부여 말씨를 사용하네요."

"우리 오시 연맹체, 그 부여 족속 말이냐?"

"그래요, 삼촌."

"그들이 왜 이곳까지 들어왔지?"

하긴 말은 그렇게 했지만, 떠도는 유목 족속의 한 부류가 이곳에 머무른다고 해서 하등의 이상할 것도 없었다.

늦은 밤. 잔칫상을 물리고 아늑한 진흙 화롯가에 둘러앉은 카르로스와 일행 몇몇은 이야기 삼매경에 빠져 시간 가는 줄을 몰랐다.

"내가 좋아하고 존경하는 헤로도토스, 그 양반이 다른 건 몰라도 스키타이 족속에 대해서만큼은 왜곡이 심했더군. 그렇다고 하더라도 그가 일부러 그랬을 리는 없지. 스키타이에 관한 기록이나 흔적을 더 이상 찾지 못하다 보니 증언에 의존할 수밖에 더 있었겠나. 공포에 떠는 족속들이 내뱉는 악의적 허풍에 속아 넘어간 꼴인 게지. 선민의식에 염장 된 족속들은 곧 죽어도 이웃을 야만인으로 몰아붙이고 무시해야만 직성이 풀리는 법이니까."

을지는 으쓱해진 기분에 선뜻 맞장구를 쳤다.

"어르신께서는 그전부터 우리에게 호의적이더군요. 아는 것도 많으신 것 같고. 그런데 앞서 하신 말씀 중에 동쪽의 유목 족속이라는 그것이… 설마, 우리 할아버지 적에 먼 동쪽에서부터 왔다는 이웃, 그 부여족을 가리키는 것은 아닐 테지요? 이곳의 사람들도 그러하다시피 그들과 우리하고는 생김새가 엇비슷해 보여도 말씨와 풍습이 많이 다르답니다."

"을지 군, 거기서 그럴 게 아니라…."

노인은 손짓으로 을지를 불러 자기 곁에 앉게 했다.

"히타이트 제국도 그 원주민 백성들과는 다르게, 지배자와 관리들은 동방의 언어를 사용하고 종교와 풍습도 그러했다고 하더구먼. 나도 들어서 안 사실이네만… 동방 그곳의 나라를 일컬어 칸국이라고 했다던가?"

하인들은 두 사람이 얘기에 매달리는 것을 보고 슬슬 눈치를 보기 시작했다.

"우리가 사는 땅에 떠도는 전설로는 먼 옛날에 '한국'이라는 부족 연합체가 존재했다고들 말합디다만, 지금의 우리 연맹체 국호는 '오시'라고 합니다. 가장 강력한 씨족의 이름을 따서 정하곤 하니까 그다지 불만은 없습죠. 우리 연맹체는 크게 봐서 다섯 부족인데 주로 상업을 하는 오시족만 득세하는 건 아닙니다. 농사를 짓는 부락도 있고 우리처럼 철과 금을 다루는 장인 집단도 있고 가축을 많이 기르는 부여 씨족도 있듯이 여러 갈래의 부족들이 평화로이 살고 있지요. 개중에는 흰 피부의 종족이 사는 마을도 있고 뭐, 어울리다 보니 혼혈 족속도 생겨나긴 했습니다만, 아무튼 남쪽 골짜기 아래에 있는 박트리아 왕국이 우리를 함부로 건드리지 않는 한, 어쨌거나 서로 도와가면서 나름 의롭게 살고자 하는 족속임을 자부하고 있습죠."

하인들은 을지가 한참 떠벌리는 틈을 타 슬그머니 자리를 빠져나 갔다. 피곤도 하거니와 이미 오래전부터 노인에게 붙들려 지겹도록 듣고 또 들은 역사 얘기였다.

카르로스는 을지와의 대화에 더욱 빠져든 모습이었다.

"그렇군. 젊은이 얘길 들으니 확신이 가는군. 무엇이든 족속의 문제가 아니라 인간 성향의 천차만별이 문제인 게야. 나도 젊어서는 카스피해에서부터 흑해 북쪽으로 해서 바다 닿는 데까지를 쭉 다녀 봤네만…"

"오, 그곳까지요?"

"왜냐면 사르마타이 족속인가, 키메르 족속? 아니, 쿠르칸이라 했 던가? 어쨌든 우리 메디아족의 선조가 살았던 곳이라는 풍문이 돌 아서 한번 가 봤었지. 호박이라는 광물도 구할 겸 해서…. 근데 막 상 가서 보니 푸른 눈에 금발의 백인들이 유목 생활을 하고 있더군. 우리하고도 무척 다를 정도였으니 이쪽 동방 알타이 산맥의 유목민하고는 언어부터 얼굴 모양까지 눈에 띄게 다를 수밖에 없겠지. 보아하니 헤로도토스는 아마도 그쪽만을 살피고서는 성급하게 유사한 족속으로 묶어 다룬 것일 테지. 아 참, 하기야 또 누가 알겠나? 기동력이 워낙 특출하니 히타이트 경우처럼 스키타이 세력 일부가 실제로 그곳까지 진출했을지도 모를 일이긴 하다만…."

"주인님, 야식입니다."

이야기가 중간에 끊기면서 다니엘이 숙소에 들어섰다. 카르로스가 밤참으로 즐기는 포도주와 안주를 나무 쟁반에 담아 가져온 것이다. 오늘 안줏거리로는 삶은 병아리콩과 건포도가 단출하게 나왔다. 그는 매일같이 카르로스가 식사할 때마다 그리고 잠자리에 들 때마다 가죽 부대에 실린 포도주를 길쭉한 유리병에 옮겨 담고서 술상을 차렸다.

노인은 을지에게 한 차례의 권유도 없이 집사가 따라주는 포도주를 쭉 들이켰다. 자신을 경호해야 할 입장이기에 그럴 것이라 생각되지만 한편으로 카르로스에게 있어 술은 권위를 드러내는 하나의 상징인지도 모른다.

그는 가지런히 오므린 손으로 병아리콩을 훔쳐 입안에 털어 넣었다.

"다니엘도 여기 앉게나. …내가 어디까지 얘기했더라?"

노인은 항상 이렇게 묻는 방식으로 끊어진 이야기를 이어갔다. 주인의 요청에 집사는 을지 옆에 앉았다.

"스키타이족이 북해까지 진출했을지도 모른다고 하셨죠."

"오, 그랬지 그래. 어쩌면 세상은 그다지 넓지가 않은 것 같아. 맘만

먹으면 그곳뿐만 아니라 어디든지, 이를테면 애굽 훨씬 너머 미지의 대륙까지도 갈만한 것 같아."

"그런데요, 영감님. 스키타이 땅은 밟아보지도 않으셨다면서 어쩜 그리도 잘 아시죠? 오히려 저보다도 말입죠."

"자네들은 그렇게 생각지 않나? 스스로 세상의 땅끝까지도 달려 나갈 용맹무쌍한 전사라 생각지 않는가?"

"글쎄요? 저희들은 가축을 키우면서 가족들과 그저 살아갈 뿐입죠. 일부러 군대를 만들지 않습니다."

"그런가? …그게 더 겁나는 소리인지도 모르겠네. 전체가 군대라는 소리니까, 허허."

다음 날, 늦게야 오아시스 마을을 떠난 카르로스 일행은 사람 발자취 하나 없는 사막 길을 쉬지 않고 이동했다. 그리고 하늘에 붉은 노을이 깃들자 서둘러 사암 바위들 사이로 숨어들며 천막을 쳤다. 이렇듯 그들은 저녁 어스름이 내리깔리면 일찌거니 황야 적당한 곳을 찾아 야영했다. 그리고 식사를 마치고 나면 노인은 언제나 을지를 불렀다. 물론 경호를 해야 했기에 그의 곁에 머무는 것이 자연스런 일이기는 했다.

그런데 지금껏 이동하면서 느긋한 몸짓과 미소를 한 번도 잃지 않았던 노인의 안색이 오늘따라 어두워 보였다. 자기처럼 노인도 슬슬 무력감에 빠져드는 게 아닐까 하고 을지는 추측했다.

"영감님, 혹시 몸에 무슨 문제라도 있으십니까? 안색이 좋아 보이지 않습니다."

"아닐세, 막막한 사막 길을 온종일 가다 보니 이것저것 잡생각이 많아져서 그래. …홈, 이것은 내가 처음으로 얘기하는 거라네, 잘 들어보게나. 내 조상은 메디아 왕국을 세운 위대한 족속이었다네. 집안 어른들로부터 그렇게 익히 배웠지. 해방된 유대 족속으로부터도 칭송이 자자했다고 했었지. 그런데 그런 조상이 스키타이 족속에게 삼십 년 가까운 세월을 지배당했었다는 사실을 알게 됐을 때 상당한 치욕감에 빠졌었네. 어찌 야만인들에게…? 하나, 어렸을 적의 순진한 생각이었다네. 점철되는 현실의 역사를 직시하자니 죄다 부질없는 것들이라는 생각이 들지. 헛된 꿈같다고나 할까."

"이게 옳은 방식인지 헷갈리긴 하는데요, 우리들은 조상에 관한 얘기가 더러 전설처럼 구전되긴 해도 역사를 중요시하지는 않습죠. 지금 현재의 삶을 소중하게 생각할 뿐이랍니다."

"그래. 때로 역사란 피곤한 것이야. 풀이 나는 곳이면 어디든 가축을 몰고 다닌다는 것이 자네들 족속의 사고방식이지. 그러니 국경이 어디 있고 혈족이 뭐 중요할 거며 굳이 땅뙈기를 차지하려고 싸울 이유가 없겠지. 부끄럽게도, 문명인이라고 떠드는 우리야말로 잡다한 오락과 탐욕으로 얼룩진 미개한 삶을 살고 있는 꼴이라네. 그것들이 없다면 존재 이유를 도무지 찾지 못하게 되는 것이지."

을지는 평소에 자신이 히타이트의 후손임을 자랑스럽게 떠벌리고 다녔다. 그럼에도 위대했다고 하는 조상의 역사에 관해서는 제대로 아는 게 없었다. 기껏해야 말과 전차를 부리고 철기와 금속을 능수능란하게 다룰 줄 알았다는 것 외에는 아무것도 몰랐다. 그랬던 그가 노인이 들려주는 얘기들을 듣고부터는 점차 역사에 대해 재인식을 하게 되었고 때로 궁금하여 되묻을 정도로 애착을 가지게 되었던 것이다.

그러한데 오늘따라 노인은 자기가 설파했던 역사와 세상을 거부하는, 실망하고 회의하는 목소리를 내고 있으니 을지로서는 그저 눈앞의 바깥 풍경만큼이나 막막할 뿐이었다.

잠시간의 침묵을 깨고 노인이 중얼거렸다.

"나는 이것 없이는 잠을 이루지 못한다네."

노인이 술병을 마저 비울 때까지 을지는 잠자코 기다렸다. 노인은 포도주를 들이켜다 말고 머리맡에 둔, 손아귀에 쏙 들어갈 만큼 작은 등잔을 집어 들고는 거기다 불을 지피고 거기서 나오는 연기를 코 가까이 대고는 들이마셨다.

을지는 이러한 노인의 행동을 묵묵히 지켜보기만 했다. 똑같지는 않지만 이제 이웃이 된 부여족 중에 이런 기이한 행동을 하는 당골이라는 늙은 여자를 본 적이 있었다.

노인이 다시 말을 꺼낸 것은 포도주를 두어 모금 들이켜고 나서였다.

"자네는 결혼하지 않았나?"

"그렇습니다, 영감님."

"왜? …아니지, 용병으로 떠돌았다니 그럴 만도 하겠네, 흠."

"영감님은 가족이 없으신가요? 연세가 지긋하셔도 바깥세상을 생각하시고, 재물이 충분하셔도 장사에만 전념하시고…"

"또?"

"머, 대충 그렇다는 얘기입죠."

"자식들은 죽거나 자라서 떠났고, 아내는 일찌감치 저승길을 갔다네. 내가 주책없이 오래 사는 것일세. 내 주변은 마흔 지나면서부터 다들 떠나가더군. 전쟁으로, 사고로, 질병으로…."

노인은 대추야자를 입 속으로 밀어 넣고 우물우물 씹었다. 을지는 문득 노인의 삶이 불행했을 거라는 생각이 스쳤다. 지난날의 기억들이 새삼스레 그를 우울하게 만든 것인지도 모른다며 을지는 연민의 낯빛을 띠웠다.

"내가 역사에 관심이 많아진 것도 오래 살아서야. 지금 페르시아는 아닥사스다3세가 권력을 장악하여 무력 통치하고 있지. 번번이 일어나는 비열한 패권 다툼에서 모질게 살아남아 말이지. 그런데 실상 그의 앞날도 암담하다고나 할까. 역사가 그것을 예시로 말해 주고 있지. 나는 일찍 죽어가는 어른들과 새로 태어나는 아이들을 보면서, 이 세상에 어떤 일이 일어났었고 일어날지 모른다는 것을 알려주고 싶었던 거라네. 그래서 남들이 남겨놓은 기록과 흔적을 기회가 되면 자연스레 찾아보곤 했던 것이야."

09

까옥까옥, 서녘 하늘에 갸웃거리는 태양을 쫓듯 떼까마귀가 무리

지어 날아간다. 전사들은 구릉과 구릉이 잇닿아 뻗어 있는 홍산에 도착했다. 허물어진 옛 성터 자리에는 돌덩이와 자갈이 굴러다녔고, 구석구석이 파헤쳐져 흉측한 몰골을 드러냈다. 인적이 끊긴 길가에는 잡초만이 무성했으며, 바람에 떠밀린 마른 모래가 삭막한 황야의 하늘을 뿌옇게 만들었다.

"우리가 어릴 때 배웠던 그런 곳이 아니야."

히누리는 한탄하듯 중얼거렸다.

"단군천자께서 이곳을 꼭 둘러보고 오라고 한 까닭을 모르겠습니다. 옛날의 영광을 돌이킬 수 없는 땅이 되어 버린 이곳을…."

"그래서 더더욱 둘러보라고 하신 게 아닐까요, 신불사님?"

히누리와 신불사는 진조선의 수도에 위치한 경당에서 수업을 함께 받았다. 경당은 삼조선의 귀족 자제 중에, 그리고 각 부족의 추장들로부터 추천 받은 아이들을 대상으로 가르치는 학당이다. 대개 열 살이 되면 이곳에 입학하여 오 년 과정의 수업을 받을 수가 있었다. 여기서는 제반 학문을 가르쳤는데 특히 종교, 무술, 언어, 의약, 기술, 교양을 중요시하였다.

이곳을 졸업하고 나면 민간 군사조직인 낭가에 자원할 수가 있었고, 가입이 허락되면 '국자랑'이라는 칭호를 얻었다. 둘은 그 국자랑 출신으로서 군대를 떠나 다른 일에 종사하더라도 유사시에는 전쟁터로 나서야 하는 무사 신분이었다.

"아! 지금이 봄날이던가요?"

뭔가를 본 듯 히누리가 푸른 눈빛을 반짝이며 묻자 신불사가 미소 지으며 답했다.

"전선의 바람은 겨울 아니면 여름이니까."

"돌 틈에 저리 작은 하얀 꽃들이 바람에 흔들리네. 이름이 뭘까?"

"바람꽃입니다."

"꽃 이름을 다 아세요, 신불사님?"

"방금 공주님이 지으셨잖습니까, 바람을 맞는 꽃이라고."

"아, 그렇담 저기 보랏빛 꽃망울을 터뜨린 꽃은, 내 마음속에 늘 피어나는 꽃, 에루화이겠어요."

전사들은 욕살 묘수천이 이끄는 군대 주둔지에 도착하여 여장을 풀었다. 그리고 오랜만에 심신을 달래며 목욕과 휴식을 즐겼다. 이곳은 키 작은 잡목이 우거지고 시냇물이 흐르고 있어 군사들이 기거하기에 그럭저럭 쾌적한 땅이었다.

다음 날, 상부에 보고를 마친 신불사는 히누리와 함께 신시배달국의 웅족(熊族) 발상지를 둘러보고자 진영을 나섰다.

"뭐야? 더부룩한 수염하고 머리칼은 안 깎으셨네?"

"아, 이거? 아직… 임무가 끝나지 않아서 그렇습니다."

그랬다. 전사들을 뒤로하고서 모처럼 둘이 되자 히누리는 여태까지, 또한 앞으로도 생겨나지 않을 것 같은 이 기회를 놓칠 수 없어 신불사의 마음을 넌지시 떠보려 했다.

"장교님은 왜 아직까지 결혼하지 않으셨지? 이미 스물셋이신데…"

"저 말고도 번조선 청년들 대부분이 결혼을 늦추고 있습니다. 전운이 짙어 편히 살 수 없는 까닭입니다. 그러는 공주님은 왜 결혼하지 않았을까요? 스물… 벌써 혼기가 다 차셨는데."

"모르지 또. 사귀는 사람이 있는지."

"제 얘기입니까, 공주님 얘기입니까?"

"아 참, 저는 새끼줄 꼬듯 배배 엮이고 싶지 않답니다. 그냥 사내답게 툭 털어놓으면 안 되나…요?"

"무엇 말입니까?"

운명 같은 이 기회를 놓치고 싶지 않던 마음이, 자기 자신을 너무 앞지르고 덤벙대게 만든 것이 아닌가 싶어 공주는 문득 화가 났다. '운명은 무슨 얼어 죽을!' 그녀는 자기의 말뜻을 빤히 헤아리면서도 빙빙 돌려대는 장수가 얄미워졌다. 그러면서도 마음 한쪽에는 '혹시나 그의 마음속에 내가 없는 것이 아닐까?' 하는 걱정까지 슬며시 깃들었다.

공주의 마음을 아는지 모르는지 신불사는 주위를 둘러보고 있었다.

"한웅 천왕께서 신시에 배달국을 창건했다지. 대를 이어가며 여럿의 천왕들이, 또한 거불단 천왕께서 이곳 가미 부족을 다스리던 왕녀와 혼인하던 시절만 해도 산천에는 수목이 울창하고 강물이 흘러넘쳤다던데, 왜 이다지 변해 버렸는지 모르겠네."

신불사가 푸념 섞인 혼잣말로 중얼거리자 히누리는 곧장 대꾸했다.

"이상 기후 때문이지. 남쪽 바다에서 비구름이 몰려오지 않아 급기야 땅이 황폐화되었고, 농업이 주업이었던 이곳 거주민들은 떠나갈 수밖에 없게 되었어."

"그렇지만 고인돌을 이고 가지는 않았을 텐데?"

"뭔 소리에요, 장교님?"

농담처럼 툭 던지는 신불사의 사소한 말조차도 히누리는 그냥 넘기지 않았다.

"이곳에 고인돌이 눈에 띌 정도로 없어서 그랬어요. 이상하잖나?"

"글쎄?"

"연나라 놈들이 성벽 쌓겠다고 돌들을 다 쪼개 간 게 아닐까요?"

"설마, 아무렴 그럴 리가? 너무 지나친 피해망상이 아닐까, 장교님?"

"그렇겠지요? 그놈들도 양심이라는 게 있을 테니까. 화하족 놈들만 떠올리면 별 희한한 생각이 다 들 정도이니, 거참."

"그놈들 언행 하나하나에 지나치게 민감할 필요 없어요, 신불사님. …근데 어느 시기부터인가, 우리 번조선은 땅을 파고 돌이나 나무로 된 관을 넣는 무덤을 만들어 왔잖아요. 그 위에 돌무더기를 쌓기도 하고. 그래서 드물어진 탓도 있겠지."

"하긴 그러네요. 그런데… 공주님, 그때 이곳의 사람들은 어디로 갔을까요?"

"장교님이 그것도 모르세요? 중원 대륙으로 가서 용산문명을 이루고 살았잖아요."

"참, 그랬었다고 했지. 물이 넘쳐흐르는 황하로 대다수의 주민이 이주하게 되었다고 했어."

"이곳에 가뭄과 질병이 돌자 사람들은 하나둘씩 사방으로 흩어졌어요. 때마침 이곳에서 태어난 치우 장군이 추대를 받아 신시배달제국의 천왕이 되었지요. 그러자 그분은 자기 출신 가미(熊) 부족의 오랜 전통과 기틀이 허물어지는 것을 안타깝게 여겨 그들 중 다수를 이끌고 황하 하류로 갔어요. 거기 평원에 정착한 자기 부족을 새로이 '구려(九黎)'라 부르며 농경을 일궜는데 다행히도 순조롭게 살아갈 수 있게 되었어요."

"그곳의 사람들은 어쩌고?"

"모두가 배달겨레였긴 한데, 십이지한국(12桓國) 중의 일국을 이뤘던 동이족(東夷族)은 여전히 자기 땅에 뿌리내리며 살았고, 구려보다 한발 앞서 들어왔던 태호복희와 후대인 염제신농의 후손들은 황하 남쪽의 회수 근처, 완구(지금의 회양)로 진출해서 진이라는 도시 국가를 이뤘어요. 나중에 하나라를 건국할 때 그 토대가 되었지요. 그리고 황하 중류 너머 다소 멀리 떨어져 있긴 했지만 한국의 십이국 시대부터 살았던 강족(현재 티베트의 일족) 등, 그곳의 유목 족속도 앙소 문명을 이루며 부족 국가를 여럿 꾸리고 살았어요."

"그런데도 충돌이 없었다니, 흠!"

"그때까지는 무엇보다 인구가 적었고, 농사짓던 가미 부족이 정착한 뒤 농사 도구를 개량해서 식량을 대폭 늘릴 수 있었기 때문에 아무런 문제가 되지 않았어요. 그뿐만 아니라 부족 간의 특성을 살린 다양한 문화를 일으켜 배달제국을 더한층 발전시켜 나갔는데 현재 우리가 누리고 있는 번조선 문명이 바로 그때 확장된 것들이었어요."

"흠, 여기까지 들으니 세상만사가 태평스럽게 느껴지는군."

"그러게. 그런데 문제가 생겼어. 그들 가운데 나중에 일어난 훤원이라는 자가 신시배달제국 중에서 구려 부족을 눈엣가시처럼 대하면서 자기 부족을 이끌고 무력 충돌도 불사했었어. 결국은 탁록에서 마지막 전쟁을 치르고 나서야 그들을 제국에 편입시킬 수가 있었지. 그러고 나서 그들의 반란이 염려된 치우천왕은 배달국의 도읍지를 태백산에서 아예 산동 지역의 청구로 옮겨 버리기까지 했답니다."

히누리와 신불사는 걸리던 말에서 내렸다. 언덕배기에 울긋불긋 만발한 야생화들을 보고 그냥 지나칠 수가 없었다. 두 사람은 흰나비들이 날아다니는 꽃밭 사이를 돌아다니다가, 여러 동물 모양과 기묘한 문양의 암각화가 새겨진 바윗돌에 앉아 산 아래의 들판을 내려다보았다.

"세상이 참 평화롭고 고요해 보이는군."

"그러게요."

"왜 그랬을까요?"

"뭐가요?"

"어차피 언어와 풍습이 같은 배달국 겨레인데 왜 훤원은 전쟁을 감수하면서까지 독자적으로 제국을 경영하려고 했느냐 하는 것입니다."

"다른 숭고한 뜻이 있어서가 아니라 뭣보다 패권을 쥐고 싶었겠지. 그리고 탐욕과 이기심이 앞선 것이에요. 황하가 흐르는 기름진 땅에서 농사를 짓다 보니까 모든 것의 수확이 풍성하고 거기다가 따뜻하고 편안하기까지 해서 살기가 좋았거든. 그러한 것들을 남들과 나누기 싫었던 거야. 자기 부족들 몫이 줄어들잖아요."

"하긴 그러네. 그때나 지금이나…. 삼조선 연합체의 해체를 바라는 탐욕스런 족속들이 날뛰고 있는 건 매한가지야."

"용산문명의 구려 족속들은 형법을 제정하고 무기를 만들고 종교를 체계화했어요. 논농사를 지었고, 가축을 기르고 집을 짓고, 배를 만들고 금속을 제련하고 천문을 관찰하고, 천신을 숭배했지요. 바다 건너 동쪽의 마한(막조선)과도 교류하며 한마디로 황해시대를 열었던 배달겨레랍니다. 그런데 치우천왕 이후로 사백 년의 세월이 흐르는 동안 북방 대륙에 이상 기후 현상이 허다하게 일어나고, 급기야 천재지변으로 땅까지 요동치는 바람에 북방의 여타 부족들은 물과 풀을 찾아 여기저기로 흩어지지 않을 수 없게 되었어요."

"북방 문명의 해체와 배달겨레의 분열이 불가피해졌겠군요."

"가뭄과 질병으로 굶주린 부족들 간에 접촉이 잦다 보니 충돌이 생기고 분열이 일어나서 결국 배달제국은 해체의 길을 밟을 수밖에 없었어요. 유목과 농경의 습속들이 맞부딪혀도 어우러질 수 있는 새로운 나라를 건국해야 했지요. 그게 단군조선이에요."

"나는 오래된 역사에는 본래 관심이 없었어요. 사실인지 아닌지도 모르겠고 해서 어렴풋이 짐작만 하고 끝냈지요. 그런데… 그렇지만 여전히 전쟁은 계속되고 있네요."

"결국은 인간의 욕망 때문이겠지요. 새로이 연합된 단군조선을 내세웠어도 또다시 복희씨의 후손들이 하나라를 건국하고, 상나라와 고죽국을 세웠다고 하는 훤원의 후손들이 단군의 정책에 반발하면서 떨어져 나갔어요. 그리고 난 뒤에 특히 상나라가 다 같은 배달겨레와 허구한 날 전쟁을 벌이곤 했지요. 북쪽의 선비 족속인 귀방과 동쪽의 구려 족속인 우리 번한, 그리고 산동 반도와 해안 지역으로 지배 영역이 축소된 동이 족속의 도시국가들을 상대로 말이에요."

"그놈들도 훤원처럼 탐욕과 이기심 때문이었을까요?"

"그랬어요, 탐욕! 그것이 지나치다 보니 힘 있는 자들에 의해 귀족 신분이 만들어지고, 그 귀족들에 의해 풍습까지 엄청 달라졌어요. 편하자고 노예를 부리고, 남들과 차별을 두려는 오만함에 편두를 하고, 생명을 가벼이 여겨 사람을 묻는 순장까지 치르고, 쾌락을 즐기느라 술독에 빠지고, 여자를 집 안으로 몰아넣고, 타락에 겨워 매춘을 일삼고…. 배때기가 불러서 생긴 현상이랄 수밖에."

"놀라운 일이군. 훤원은 굶주린 자들이 밥 먹는 꼴을 보기 싫어해 학살을 저질렀다면, 상나라는 남의 재물을 탐내어 전쟁을 벌인 꼴이로군. 그러니 망해도 싸지. 신시배달제국은 나눌 줄을 알았고 그 일족인 동이족의 제국들은 아직껏 번영을 누리고 있잖아요."

"지금은 그들도 어려운 시기예요."

"어렵다니? 그동안에 변고라도 생겼나요?"

"주나라의 침략을 막아내고 영토를 지킨 회하 중상류 유역의 서이(徐夷)나라와 중원 동부 해안 지역의 래이(萊夷)와 회이(淮夷) 등의 동이 세력은 아직까지 건재하지만, 화하족이 산동의 북쪽 접경지대에 제나라를 세운 뒤로 그곳의 구이(九夷) 등 몇몇 도시 국가들은 지금 현재 그들의 통제에 시달리는 식민지 상태라고 해요. 보고에 따르면 그곳의 동이 족속들이 고난의 세월을 보낸다고 들었어요. 세금 명목으로 걷는 수탈이 고름까지 짜낼 정도라고 하네요."

그 말에 신불사는 일순 주먹을 불끈 쥐었다.

"천벌을 받을 놈들! 도무지 용서 못할 족속이로군. …그런데 그런 것들을 어떻게 다 알았죠, 공주라서?"

대부여의 든든한 인재라 생각했던 신불사가 국내 정치 문제에만 민감할 뿐, 이토록 국제 정세에 어두운 줄은 미처 몰랐다. 후방에서 기껏 칸의 목숨이나 보위하는 장수로 주저앉아 이러나 싶어 그녀는 적이 실망의 빛을 감추지 못했다.

"최전방에 있으면서 적의 동태를 살핀 결과지요. 근데 수업 시간에도 배웠잖아, 그때 졸았었나 보네? 그 역사 스승님, 지금도 계시나 모르겠다. 굉장히 의욕적인 분이셨는데."

"아, 동이 제국 중에 서이에서 오셨다는 그분?"

"맞아요. 그 스승은 말끝마다 배달겨레를 강조하셨지. 흩어져서는 안 된다면서."

"나도 그분의 뜻을 따르고 있다오. 화하족은 억지로라도 합치려고 하는데 우리 예맥조선족은 자꾸만 쪼개질 궁리밖에 안 한다면서 단결을 촉구하곤 하셨지. 그런데 하나 궁금한 게 있어요, 공주님."

"뭣이 궁금한가요, 장교님?"

"요즘 화하족 사이에 떠도는 소문으로는 훤원은 화하족이었고 동이족인 치우천왕은 마지막 탁록 전투에서 패해 훤원 앞에서 무참한 최후를 맞이했다고 떠들던데 그게 또 거짓이었군요?"

"걔들은 대체 왜 그러는지 모르겠어. 치우천왕 세력이야말로 청동으로 된 무기류를 만들고 사용한 최고의 무력 집단이었는데 어떻게 돌도끼와 죽창을 든 나약한 자들에게 당할 수가 있겠어요?"

신불사는 흥미롭다는 듯 고개를 끄덕였다.

"흐흠, 그게 그렇게 된 거로구나. …그러니까 탁록에 진영을 구축해 놓고 중원으로 진입하려는 굶주린 난민을 상대로 무차별 학살을 자행하던 훤원이, 이것을 보다 못한 치우천왕의 칼날에 마침내 작살난 사건이 탁록 전투였다, 이 말씀인 게로군. 이제야 제대로 말이 되네. 어쨌든 같은 겨레라 해도 추악한 인간은 죽어도 싸지."

"죽이지 않았네요. 신하로 삼았어."

"그런 놈을? 그게 문제라니까, 악인은 처단만이 답이야."

"아니에요. 죽이는 것만이 능사가 아냐."

"그래요, 공주님 앞에서 내가 한껏 잔인한 놈이 되는군!"

장수는 공주 앞에서 무심결에 투덜댔다. 공주에 대해 처음으로 표출한 이 감정을 자신은 의식하지 못했지만, 그녀는 그의 이런 미묘한 변화를 눈치챘다. 더구나 때때로 반말까지 구사하지 않는가.

"그분이 한갓 전쟁을 잘해서만이 묘족까지 나서서 사당을 짓고 신으로 모시는 게 아니에요. 치우천왕은 생명을 소홀히 다루지 않는 홍익인간, 그 건국의 근본정신을 실현한 위대한 인물이라서 그러는 거예요."

"그래요. 화하족이 치우천왕을 도깨비로 희화화하는 그것이야말로 두려움의 발로일 테지."

"멋모르는 몇몇 화하족들이 훤원을 자기네 조상으로 착각해서 그랬던 거야. 동이족인 복희의 자손이며 태양과 밝음, 흰색을 숭상하고 흰옷을 즐겨 입던 그가 어찌…"

여자의 고운 심성이 우러나온 까닭에 은근히 화하족을 두둔하는 것이겠지만, 신불사로서는 그것이 불만스러웠다.

"착각이 아니라 알면서도 날조한 것이겠지."

신불사의 볼멘소리에 히누리는 잠시 그의 심정을 헤아렸다.

"그렇겠네. 저들의 얘기처럼 치우천왕의 패전이 사실이고 훤원이 화하족이었다면, 그날 이후로 배달겨레는 중원과 황하에서 뿌리내리고 살 수 없었겠지, 악랄하니까. 그러나 그러고도 2천 년 이상을 살았고 지금도 살고 있으니까."

히누리의 얘기에 새삼 기억이 떠오른 듯 신불사가 맞장구를 쳤다.

"그래 맞아. 화하족은 역사가 오래되지 않았어. 그놈들은 상나라 중기 때쯤 되어서야 겨우 남방 고원 지대(지금의 미얀마 지역)의 진흙 논두렁에서 맨발로 올라왔으니까. 그러나 그때도 양자강(지금의 장강) 아래로는 묘족이 터전을 이루고 있었지만, 그것이 이젠 얘기가 완전히 달라졌어. 그놈들이 묘족을 산간벽지로 몰아내 버렸고, 기세를 살려 지금은 우리마저 몰아내려고 날뛰고 있지."

"문자도 없고 역사도 모른 채 중원으로 올라온 화하족들이 배달겨레의 분란을 틈타 결국은 무력으로 상나라를 정복하자, 지금까지의 우리 역사를 마치 자기들 것인 양 차용하고 날조하고 있는 게 오늘날의 현실이에요. 게다가 묘족을 밀쳐 내고 있는 초나라는 자기네 동족보다 수백 년이나 뒤늦게 따라 올라온 후발 화하족이라 더욱 잔인하고 야만스럽지요."

"경당에서 배운 바로는 무력으로 점령한 족속들이 타 족속을 말살하면서 그들의 문명까지 자기네 것으로 둔갑시킨다더니 그게 사실이었던 게로군. 무지막지한 일이 아닐 수 없네, 거참!"

대화는 어느덧 친위대에 근무하면서 무사안일에 파묻힌 장수가 최전선에서 산전수전을 다 겪은 공주에게 중원 대륙의 정세를 묻는 국면으로 흘러가고 있었다.

"초나라 화하 놈들은 아직까지 북방 문명의 영향을 덜 받은 탓에 얼굴에다 문신을 하고 누더기 치마를 걸친 채 맨발로 다닌다면서요?"

"아마도 더운 데서 살았을 적에 생긴 습관을 미처 버리지 못해서 그렇겠지요? 우리네 화백 회의랑 비슷하게 그들도 제후국들 간에 회맹이라는 모임을 갖는답니다. 그런데 제후국으로 봉해 놓고도 정작 진나라는 배척해 버리고, 야만족이라 무시하면서도 초나라는 자기네 동족으로 받아들인다더군요."

"진나라와 위나라는 애초부터 배달겨레였고 신시배달국 시대 이후로 흩어진 동이 족속의 한 갈래였습니다. 지금도 진나라는 오르도스 지대 쪽으로 해서 북방 대륙의 유목 족속들이 자유롭게 왕래하는 땅이니 놈들이 그런 푸대접을 하는 것이겠지요."

"그래요. 특히 진나라는 상나라 유민이 세운 국가가 아니라 동이 족속에 뿌리를 두고 귀방과 진한 쪽에서 이주한 유목민이 합세해 세운 국가라며 그 언젠가 스승님이 그러셨어요. 어쩌면 앞으로 우리 쪽이 적극 나서서 그런 진나라와도 연합을 이루는 게 필요하지 않을까 싶어요. …근데 이 좋은 꽃밭에 앉아 대화가 자꾸 전쟁 쪽으로 흐르네? …장교님, 이제 그만 일어나 갈까요?"

10

두 사람은 말고삐를 잡고 걸으며 여전히 대화의 끈을 놓지 않았다.

"그런데요, 장교님?"

"왜요, 공주님?"

"장교님은 최근 거세게 몰아붙이는 화하족의 힘이 어디서 나온다고 생각하시나요?"

"글쎄? 정말 궁금해지네, 대체 어디서 나오는 것입니까?"

"짐승 새끼도 아니고…, 그리 말할지 몰라도 화하족은 일찍 혼인하고 자식을 계속해서 낳아요. 우리와는 달리 하루가 다르게 인구가 늘어나서 토굴집이 비좁아 미어터질 지경인데 어찌 남의 땅을 욕심부리지 않을 수 있겠어요? 전쟁조차도 인해전술로 하고 있는 마당에…. 이러한 것들이 참으로 두렵고도 무서운 일이네요."

"얘기를 들으니 답답해집니다. 우리한테도 뭐 좋은 소식이 없을까요?"

장수는 국가의 명운을 물었지만, 공주는 개인의 혼사로 몰아가고 싶어졌다.

"그러게요. …흠, 장교님은 어때요?"

"뭐가요?"

"지금 우리 모습을 봐요. 친구처럼 자연스레 지내니까 저는 좋은데, 장교님은 어때요, 아닌가요?"

"나도 …좋지."

"그런데 우리가 언제부터 예의범절을 갖추게 되었지, 신불사님?"

"남의 눈에 거슬리게 되면 살아남지 못하거든. 특히 내가…. 모함에 시달리게 되거든."

"아! 우리는 지금 격동의 시대를 살고 있는 것 같아. 반목과 분열과 자기 파괴적 증세…."

히누리의 이 말에 신불사의 낯빛이 어두워졌다.

"우리 앞에 강력한 지도자가 등장하지 않아서 그래요. 더욱이 귀족들이 득세하면서 그들의 시대가 되어 가고 있어. 자기들끼리 이권을 나눠 갖고 불의를 덮어 주며 백성을 옭아매는 도구로써 권력을 휘두르고 있어."

"설마, 그럴 리가…?"

"친위대에 근무하면 저절로 알게 되지. 자비와 화평의 시절은 이미 지나간 것 같다. 결코 이 시대에 맞지 않아."

"설사 그렇다 한들 무자비의 정신을 추구하는 건 아닐 테지, 장교님?"

"차라리 그랬으면 좋겠어."

"왜요? …신불사님?"

"나는 아직도 힘들어요. 희생이 너무 컸거든."

그 말에 놓쳤던 기억이 떠오른 듯 히누리 공주는 깜짝 놀란다.

"설마하니? …대장군님을?"

신불사는 고개를 끄덕였다. 히누리는 위기감에 전율을 느꼈다. 엄청난 사건이 일어나고 있다! 매사를 아무렇게나 넘길 일이 아닌 것이다. 단군 임금의 어명이 많은 희생을 불러일으키는 사건으로까지 비화되는 지경이라면 이것은 필시 정변에 해당한다고 할 것이다. 피비린내 나는 정치 소용돌이에 이미 자신과 신불사가 말려든 모양새라 생각되니 히누리는 일순 아뜩한 느낌까지 드는 것이었다.

"갑자기 나들이할 기분이 사라지네. 그만 돌아가요."

"아, 맞다. 이제 생각났어, 서우여! 우리 졸업반 때 학장이 되신 그 스승님의 존함이시지. 언젠가 그러셨지. 화하족의 만행을 진압하러 번한이 산동 너머 양자강 하류까지 진출했을 때, 서이나라 출신으로 칸이 되셨던 선조의 이름을 딴 것이라고…"

그러나 분위기를 바꿔 보려 했지만 의기소침해진 히누리의 마음을 다시 돌리기에는 이미 늦어 버린 듯했다.

두 사람은 말에 올라탔다.

"히누리 당신은 괜찮아요. 어떤 일이 있어도 내가 끝까지 지켜줄게."

"지금 그게 문제일까? 어서 돌아가요."

둘은 말고삐를 돌리며, '이랴!' 말 복부에 발을 굴렀다.

"참! 내 친구 목단이는 어떻게 됐어요, 장교님?"

"보고가 없었습니다, 공주님. 아마 그게, …별일 없을 거야."

신불사 장수의 말꼬리가 흐려졌다.

저편 언덕 기슭에서 일단의 사람들이 땅을 파고 있었다. 신불사는 그들 일에 간섭하고 싶어졌다. 아까 지나칠 때는 밭뙈기의 자갈을 고르는 작업인 줄 알고 무시했는데 그것이 어느새 둥그렇게 돌을 쌓아 올린 무덤의 모양을 하고 있었던 것이다.

"거기 뭣들 하시오?"

인부들이 주춤하는 사이에 우락부락한 사내가 앞에 나섰다.

"참견 말고 그냥 가시오. 조상의 묘를 수습하는 중이외다."

"조상이라니? 그럼 후손이 함부로 조상의 무덤을 훼손하고 있다는 것이오?"

마침 그때에 다른 한 인부가 거칠게 연장을 내리치며 투덜댔는데, 얼핏 화하족 말투가 묻어나왔다.

"거기 당신은 누구인가? 연나라 사람인가?"

신불사의 외침에 인부들이 작업하던 연장을 들고서 으름장을 놓았다. 조선어를 하는 사내가 거듭 소리쳤다.

"이놈! 목숨이 아까우면 냉큼 꺼지지 못할까! 어른들 일에 나서는 게 아냐!"

당장에 말을 몰아 그쪽으로 가려는 신불사를 히누리가 말렸다.

"그냥 가자. 신불사님, 내 말 들어."

"저놈들은 보통의 도굴범이 아니오. 배달 선조들의 무덤을 파헤쳐 겨레의 정기를 해치고 유물까지 약탈코자 하는 악질 풍수꾼들이야."

"저들이 용서를 빌면 살려 주고, 살려 달라고 하면 용서해 주세요."

"자신들의 소행이 나쁜 짓이라는 걸 전혀 의식하지 못하고 살아가는 벌레보다 못한 놈들이오. 숨이 붙어 있는 한, 언제고 일을 저지를 것들이야."

히누리는 이미 허리춤에 찬 장검을 뽑아 든 신불사를 어쩌지 못했다.

말을 휘둘러 닥쳐오는 신불사의 기세에 눌린 인부 한 명은 자루 하나를 어깨에 짊어지고 반대편으로 달아나기 시작했다. 신불사는 쟁기와 도끼를 들고 달려드는 인부들을 단칼에 날려 버리고, 말발굽의 위세에 눌려 나가떨어진 사내의 몸뚱이를 겨누었다.

"어디서 왔나?"

"여, 연나라에서…"

"무엇을 뒤졌나?"

"부장품 토기를…"

"이놈! 바른대로 대라."

"그, 금으로 만든 목걸이하고 옥팔찌, 나머진 아직 잘…"

파헤쳐진 돌널무덤 내부에는 다양한 생김새의 빗살무늬 토기, 그리고 옥으로 만든 귀고리와 조각상 등 다수의 기물들이 어지러이 나뒹굴고 있었다. 신불사는 말에서 훌쩍 뛰어내렸다. '어떻게 시뻘건 대낮에 남의 나라에 와서 감히 이런 짓을 할 수 있단 말이지?'

"누구의 무덤인 줄 알고 왔느냐? 왜 이런 짓을 하느냐, 무엇 때문이냐?"

"나, 나를 살려 주면 연왕께서 후하게 보답할 것이오."

'뭐라고?' 신불사는 칼자루를 허공에 띄워 고쳐 잡고는 그대로 내리찍었다. 언덕으로 달아나던 인부는 신불사가 쏜 화살을 등에 맞고 자갈밭으로 굴러떨어졌다. 짊어진 자루가 내동댕이쳐졌다.

"저는 이런 것이 싫습니다. 살육이 너무도 손쉽게 일어나는 이것이…."

신불사는 그녀의 푸념을 흘려들으며 말 머리를 돌렸다. 설마 이것을 보라고 하신 것은 아니겠지? 앞서거니 달리는 히누리의 하소연이 머릿속에서 윙윙거렸다. '너무 잔인하십니다, 장교님은….'

원망은 순간에 그쳤다. 히누리 공주는 시대를 잘못 타고 태어난 신불사 장수의 고독한 이성이 그의 눈빛에 이글거린다는 것을 알아차리고 그것을 감싸 안으려 했다.

욕살 묘수천은 신불사 일행을 극진히 대접했다. 천자의 어명을 받든 밀사라서가 아니라 번조선의 공주인 히누리의 환심을 사려는 배려였다. 그는 이십 대 후반에 장군으로 진급했고, 비록 후방이라지만 겨레의 상징적 성지라 이를 만한 홍산을 다스리고 있었다. 하지만 그 자신의 무공이나 능력에 의해 이룬 입신양명이라기보다 진조선의 대신으로 봉직하는 아버지의 권세와 그 추종 세력의 입김이 작용한 감투였기에 신불사는 평소 그를 탐탁지 않게 여기고 있었다.

그날 밤, 만찬을 즐기는 자리에서 묘수천은 맞은편에 앉은 히누리에게 곡주를 권하며 넌지시 말했다.

"공주님, 도성에 입궐하시어 천자를 배알하시거든 홍산의 욕살이 천자마마 뵙기를 간절히 앙망하고 있음을 귀띔해 주셨으면 합니다만."

"임금님께 무슨 긴히 아뢸 말씀이라도 있으신가요?"

"소신은 본래 진조선 태생이건만, 이곳 번조선 소속의 욕살로 근무한 지도 어언 3년이 지났지 뭡니까. 이제는 제가 태어난 본향으로 돌아가야 마땅할진대 무릇 장군 직위의 발령이 천자의 권능에 속하는 사항인지라, 그간 천자께서 소신을 잊으신 건 아닌가 하여 이러하게 부탁드리는 것입니다."

"네, 그러시군요. 임금님을 배알하거든 그대로 고충을 전하겠습니다."

히누리는 불현듯 기분이 좋아졌다. 욕살의 태도로 보아 적어도 다툼의 볼모로 자신이 불려 가는 건 아닐 거라는 생각이 들어서였다. 반면에 식탁 먼발치에 앉은 신불사는 그들의 대화를 못마땅해했다. '배달겨레의 성지를 이딴 식으로 다스리다니!' 신불사는 오늘 낮에 벌어진 천인공노할 사건으로 해서 심기가 편치 못했다.

묘수천은 공주의 입궐 사실에만 신경을 곤두세울 뿐, 고충특 대장군의 살해에 대해서는 아무것도 몰랐다. 술이 거나해지자 그는 마치 히누리의 동정을 얻으려는 듯 자기 신세를 한탄하기 시작했다.

"이곳은 거주민이 거의 없고 겨우 유목민들만이 오갈 뿐인 땅인데 굳이 군대를 배치하는 이유를 모르겠습니다. 쓸데없는 병력 낭비인 게죠. 또한, 사람 사는 데에 어떠한 희락이라도 있어야 하거늘, 거 참! 이 황막한 땅덩어리에 그저 덩그러니…"

다음 날 아침이 되어 묘수천은 임무 완수를 위해 길을 떠나는 히누리 공주 일행을 성곽 밖까지 따라 나와 배웅했다.

길을 떠나면서 신불사는 마음 한편이 꺼림칙했다. 묘수천의 실체를 모르는 공주일 거라는 짐작에 드세게 조언하지 않을 수 없었다. 더군다나 그녀는 대부여의 정치 상황을 모르는 상태가 아니던가.

"공주님, 우리는 대부여의 돌아가는 사정도 그렇고 천자마마의 속 뜻도 모르는 형편입니다."

"그래서요?"

"그러니 욕살의 청탁이 미칠 파장을 생각지 않을 수 없습니다."

"묘수천 장군의 부탁을 무시하라는 말씀이세요, 장교님?"

"그렇습니다."

그깟 부탁 하나 도움 주는 게 뭐 대단한 일이라고? 그렇게 되물으려다가 심상치 않은 그의 단호한 대답에 히누리는 말문을 닫았다.

히누리와 신불사, 그리고 전사들은 소나무 숲이 우거진 산길을 따라 거침없이 달렸다. 패수(지금의 대릉하)와 오열수(지금의 요하)를 건넜고 험준한 능선을 따라 올랐다. 그렇게 며칠이 흘렀다.

전사들은 심양에서 돌아가야 했다. 그들에게 던져진 임무는 거기까지였다. 임무를 무사히 수행했음에도 장수의 몸짓은 이른 봄 새벽녘의 공기처럼 싸늘했다. 공주는 또 이렇게 맞을 수밖에 없는 이별에 애가 타버렸다. 그녀의 원망이 엉뚱한 푸념으로 삐져나왔다.

"장교님, 이대로 인질이 되는 것은 아니겠지?"

"아무러면 그럴 리가요?"

"만일 제가 인질로 붙잡힌다면 장교님은 어떻게 할 거죠?"

신불사는 공주가 부러 엄살을 부린다고 생각했다.

"생각지도 못할 일이지만, 공주님을 구출하러 우레와 같이 말을 몰아 달려오리다."

히누리 공주는 진조선 군사와 임무를 교대할 때에 신불사 장수의 합류를 간곡히 요청했다. 그러나 단번에 묵살되었고, 그것이 그들에게 일말의 불안감을 안겨주었다.

"곧 뵐 날이 있을 것입니다. 히누리 공주님, 그때까지 옥체를 보존하소서."

"신불사 장수님, 수고하셨어요. 다시 뵈올 날을 손꼽아 기다리겠습니다. 무사히 돌아가소서."

막상 석별의 인사를 나누고 나니 미련이 고개를 쳐들어 발걸음이 쉬이 떨어질 것 같지가 않았다. 히누리는 심신이 고달프다는 핑계를 대고 이곳 심양에서 하룻밤을 더 묵기로 했다.

헤어지기 전날 밤, 신불사 장수는 머리칼을 동여매고 수염을 짧게 깎았다. 그리고 모처럼 화장과 몸치장을 한 히누리 공주와 함께 산뜻한 비단옷으로 차려입고 능수버들이 늘어진 호젓한 냇가를 거닐면서 애틋한 작별의 한때를 보냈다. 흐드러지게 피어나는 두 사람의 밤 나들이를 시샘하듯 골을 따라 흐르는 물소리가 새삼 낭랑하게 들려왔다.

"압록지 연못에 요즘도 원앙이가 날아드나요?"

"그렇습니다."

짧게 대꾸하곤 조용했다.

"아, 그래⋯ 그렇구나. 궁궐을 떠난 지 아득하여도 여전히 그것들은 수면 위를 고요히 떠다니는구나."

히누리는 여전히 자기를 공주 신분으로 대하는 그의 태도에 실망의 낯빛을 드리웠다. 맥이 풀리고 만사가 귀찮아져 목소리마저 생기를 잃었다.

"어서 내 집으로 돌아가 평범하게 살아 봤으면 좋겠어. 오두막이면 어때. 혼인도 하고, 아이도 낳고, 그렇게…."

혼례 언급에 신불사는 말문을 닫았다. 그녀 앞에서 달리 대꾸할 화젯거리가 떠오르지 않았다. 상대가 공주여서가 아니고, 연애를 시기할 자들이 두려운 것도 아니었다. 자기 속의 내재된 마음을 자신조차 명확히 끄집어내기가 어려울 정도로 미래에 대한 막연한 불안과 위기감이 늘 영육을 옥죄는 듯한 갈증 속에 있었던 만큼, 그러한 고뇌가 애정까지를 힘들게 하는 것인지도 몰랐다.

"소쩍새가 우네?"

히누리는 슬며시 신불사의 손을 잡았다.

"저기로 가."

히누리는 그러쥔 그의 손을 강하게 깍지를 끼고, 다시는 놓치지 않겠다는 듯, 그를 수풀 속으로 이끌었다.

깊은 밤에 슬픔을 노래하는 새는 얼마나 쓸쓸한 것일까. 아무도 노래하지 않는 어둠 속을 날아 고요히 날갯짓을 펄럭이는 새는 또 얼마나 아름다운 것일까.

히누리는 격정에 사로잡혀 그의 품속으로 파고들며 한껏 껴안았다. 신불사는 눈물을 머금은 듯 촉촉해진 그녀의 눈빛을 헤아리며 뜨겁게 입맞춤을 했다. 샛노란 보름달이 남쪽 하늘을 휘영청 밝힐 때에 소쩍새 울음을 따라 하듯 두 사람은 살포시 맞잡은 손의 온기를 서로 나누며 애달픈 정담을 속삭였다. 두 연인의 안타까운 심정을 저 우짖는 밤새만 아는 듯 세상은 온통 깊은 단잠에 들어 있었다.

 "임 따라 길을 걷노라니 산기슭 나무가 노래하고 들녘 풀꽃이 춤을 추고 있어요. 거기 보름달 비친 냇물에 내 고운 얼굴 비추고 아직 낯선 임의 이름을 부르니 아, 들꽃이 바람결에 흔들리어 나를 고이 바라보아요. 우리는 시방 그리움에 눈이 감기고 이제 먼 길을 나도 걸어가려 하오니, 저기 저 길을 우리 언제나 같이 걷게 될까요. 이 밤 저 얄궂은 소쩍새가 목청껏 울어 가슴이 자꾸 두근거린다오."

 신불사 장수는 전사들을 이끌고 번조선의 땅으로 되돌아갔다. 그리고 히누리 공주는 진조선 군사들의 호위 속에 마침내 장당경에 도착했다.

11

 "암만 봐도 내 눈엔 노새로 보이건만 말이라 우겨대니 거참! 그래 저 쥐방울만 한 놈으로 이 사막의 길을 끝까지 버텨낼 수 있겠나?"
 카르로스가 걱정된다는 듯 거듭 되뇌어도 을지는 끝까지 두둔했다.
 "영감님, 겉모양은 저래도 바빌론 사막을 종횡무진 내달렸던 강인

한 조랑말입니다. 우리 유목족과 오랜 세월을 같이한 말입죠."

"허어, 별일일세. 그건 그렇다 치고… 다니엘, 둔황은 언제쯤 나타날까?"

사암 언덕 기슭에서 쉬기 위해 차양을 친 카르로스 일행은 상당히 지친 기색을 보였다. 간식으로 아몬드를 먹던 다니엘이 파피루스에 그려진 지도를 들여다보며 말했다.

"지도와 제 경험상 파악하건대 사흘 안으로는 도착할 것 같습니다."

"그래? 고생도 얼마 남지 않았군. 고비는 넘긴 셈 아닌가."

다니엘 집사는 노련한 솜씨로 별자리와 지형지물을 더듬어가며 선두에서 길을 제대로 잡아주었다. 예상대로 오아시스가 나타나면 충분한 휴식을 취했고 물과 식량 등의 물자를 공급받았다. 결코 서두르지 않는 일정으로 움직인 덕분에 낙타 행렬은 순조로운 여행을 계속할 수 있었다.

다시 사막 길을 횡단하며 낙타 등에 올라탄 카르로스는 옆에서 따르는 을지에게 말했다. 이제 그들은 말벗이 되어 나란히 걷는 모습이 종종 눈에 띄었다.

"우리가 걷는 길에 마주치는 사람들은 동업자나 마찬가지라서 서로 간에 피해를 끼치지 않고 때로 자애로운 도움을 주곤 하지."

"어르신 말씀대로라면 굳이 우리를 용병으로 고용할 이유가 없는 것 같습니다만."

"자네들을 만나기 전까지는 나도 그렇게 생각했었네. 그런데 친구의 의견을 듣고 나서는 생각을 바꾸기로 했지. 자네들과 동행하는 것이 여러모로 안전할 것 같았다네. 중개상을 건너뛰고 주나라와 직접 거래하는 건 이번이 처음이거든. 암만 배짱 좋은 페르시아 상인일지라도 그쪽 동네가 낯설고 두려운 게 사실이라네. 더구나… 아니야, 다음에 얘기 나누세."

카르로스는 뭔가 말하려다 입을 다물었다. 그는 말 못 할 고민이라도 생긴 사람처럼 며칠 사이에 얼굴이 축나 보였다. 그런 탓에 평소보다 말수가 줄어들고 낯빛이 차츰 어둑해져 가는 게 아닐까 하고 을지는 어림짐작했다.

아침 일찍 식사를 마치고 떠날 채비를 차리는데 하인 하나가 달려왔다. 그는 동물을 전담해서 관리하는 애굽인 타키투스였다.

"집사님, 낙타 한 놈이 애를 먹입니다요. 어쩌죠?"

"짐을 옮겨 싣고 일으켜 세우게."

"그랬는데도 통 일어날 생각을 않습니다요."

부근에 있던 카르로스가 이 소리를 듣고 있다가 참견했다.

"그놈이 또 말썽인 게로군. 전부터 꾀병 부렸던 그놈이지?"

"예, 그렇습니다요."

"채찍으로 때려서라도 일으켜 세워라."

"그렇게도 해 봤습니다요."

이때 을지가 나섰다.

"제가 한번 해 보겠습니다."

"둔황 가서는 고깃값에라도 처분해야지, 이거야 원!"

노인의 푸념을 뒤로하고 을지는 성큼성큼 낙타 있는 곳으로 가더니 단검을 뽑아 들었다. 그러고는 그 칼끝을 낙타의 눈동자 가까이 들이댔다.

"일어나라, 이놈! 어디서 꾀병이냐!"

왝왝! 낙타가 괴성을 지르며 벌떡 몸을 일으켰다.

낙타 무리는 황야의 고적한 길을 계속해서 나아갔다. 모래바람이 이따금 회오리를 일으키며 몰아쳤지만 그래도 바람을 등지고 걷는 편이라 한결 수월했다. 바람에 깎여 형성된 기암괴석의 풍광이 한 걸음씩 내딛는 발길 따라 마치 거대한 스핑크스처럼 펼쳐져 있었다. 신묘한 문양이 어우러진 붉은 바위산의 눈부신 절경에 카르로스의 시선이 한참 동안 머물기도 했다. 굽이굽이 이어진 노을빛 언덕마루에 알록달록한 사암의 강렬한 색채까지 덩달아 물들어 갈 때쯤이면 황홀히 밀려드는 감동의 물결을 어쩌지 못해 그의 가슴이 벅차도록 부풀어 오르는 것이었다.

하지만 아무리 대자연의 위대한 풍광과 때로 마주한다 한들 험난한 사막의 길에서 어찌 떡하니 마음을 놓을 수 있겠는가. 알지 못할 두려움 속에 지친 나날을 보내던 페르시아 대상은 마침내 둔황에 도착하고 나서야 비로소 한숨을 돌릴 수 있게 되었다.

이곳은 음력 삼월 하순의 따사한 봄 햇살을 희롱하듯 버드나무의 푸르른 잎사귀가 살랑인다. 실개천의 낭랑한 물소리와 들꽃의 그윽한 향기가 이제 막 여장을 푸는 이들의 거칠어진 마음을 어루만진다. 살구꽃이 만발한 봄 요정의 자태에 시선을 빼앗기느라 모래바람 따위는 어느 틈에 신기루처럼 사라지고는 한다.

카르로스 노인은 일행을 향해 소리쳤다.

"앞으로 붉은 민둥산과 황량한 벌판 사이를 끝없이 지나가게 될 것이다. 가다 보면 물소리 시원한 오아시스 마을도 나타날 것이고, 만년설이 아스라이 드러나는 기련산맥의 푸른 산기슭에서 쉬어가기도 하겠지. 우리야 세월, 까짓것 급할 게 없으니 차근차근 발걸음을 세듯이 나아가 보세나. 어떤가?"

"네, 좋습니다."

일행들은 일제히 박수로 화답했다.

카르로스는 그렇게라도 일행을 다독거릴 수밖에 없었다. 그들의 사기가 떨어질까 우려되었기 때문인데, 막상 둔황에 와서 보니 이곳에 여장을 푼 대부분의 상인들은 지역별 특산품을 물물교환 방식으로 거래하곤 각자 왔던 길로 돌아가고 있어서였다. 긴 여정을 감행할 정도로 중원 대륙에서 얻는 이득이 많은 것도 아니었고 잦은 전란으로 자칫하면 잃는 게 더 많을 것이라는 소문에 모두들 무역을 꺼렸던 것이다. 그래서인지 둔황에 오래 머무는 상인 집단이 거의 없어 점점 고즈넉한 분위기가 감돌았다.

지루한 듯 온몸을 비틀며 카르로스가 외쳤다.

"촌락이 왜 이리 쓸쓸해? 안 되겠구먼, 노래라도 있어야…"

다니엘의 리라 연주 선율이 오아시스에 울려 퍼졌다. 사람들은 그의 연주에 몸을 흔들며 즐거워했다.

이사는 다니엘이 귀찮아할 정도로 따라다니면서 리라 연주법을 익혔고, 악기를 찬찬히 들여다보며 그것을 만드는 방법까지 꼼꼼하게 묻고 배웠다. 자신에게 음악적 소질이 있다는 사실에 고무되어 흥분을 감추지 못하는 이사였다.

"삼촌, 앞으로 저는 음악가가 될까 해요."

쉴 참에 드러누웠다가도 이사의 부탁에 통역해 주느라 시달렸던 을지가 은근히 비꼬았다.

"그러다 굶어 죽는다. 이사야, 느릿한 소떼 몰 때나 쓰려무나."

병약하여 지친 낙타들을 교체하고, 심신을 추슬르느라 둔황에서 닷새를 머문 카르로스 일행은 다시 낙타의 걸음을 재촉했다. 장사하려고 떠나온 마당에 편하다고 마냥 쉴 수만은 없었다. 길을 나서고 얼마를 갔을까. 잊어먹었던 모래바람이 또다시 낙타 무리의 움직임을 어지럽혔다.

낙타의 걸음이 멈췄고 한참 만에 모래바람이 사라졌다. 으레 이럴 때는 습관적으로 낙타의 숫자를 세어 보게 된다. 그런데 어럽쇼, 맨 끝에 따라오던 낙타 한 마리가 감쪽같이 사라져 버린 것이다.

"어디로 간 거지? 언제부터 없어진 게야?"

다니엘을 필두로 하인 전체가 발칵 뒤집혔다. 하인들은 열세 명 그대로였다. 모래 폭풍에 이탈할까 봐 낙타끼리 엮어 매었던 밧줄이 예리한 칼날에 싹둑 잘려 나간 것이다. 그러고서는 누군가가 낙타를 끌고 어디론가 달아났다는 얘기인데…. 어떻게 이것이 가능할까?

경호를 맡은 을지 입장에서도 일말의 책임이 따르는 문제였다. 잃어버린 낙타의 보호를 맡은 하인은 하메스 통역사였고, 그는 어처구니없다는 듯 대꾸할 말을 잃어버렸다. 을지는 불현듯 지난날 밤의 일이 떠올라 직감적으로 음식 담당인 다오리우스를 쳐다보았다. 자기에게 배당된 낙타를 붙들고 서 있던 그는 을지의 눈빛에 난감해하면서 억울하다는 듯 어깨를 들썩거렸다.

"다니엘, 그 낙타 짐짝에 뭐가 들었지?"

"그러니까, 거기엔 아라비아산 유향하고 페르시아산 몰약이 들어 있었습니다."

"다니엘, 무슨 좋은 방법이 없는가? 찾아야 하네. 그것 없이는 낙읍 상인이 싫어할 게야."

"여기서는 달아나 봐야 둔황밖에 없습니다. 뒤쫓으면 낙타를 찾을 수 있을지 모릅니다."

책임감을 느낀 을지가 나섰다.

"제가 가서 놈을 붙잡아 오겠습니다."

다니엘이 말렸다.

"잘못 나섰다간 길을 잃기 십상이라오. 주인님, 아무래도 제가 뒤쫓아야 할 것 같습니다. 저기 이사를 붙여 주시면 다녀올까 합니다."

"다니엘, 그러게나. 얼른 달려가게."

이사는 어느새 조랑말에 올라타고 있었다. 다니엘이 엉겁결에 짐을 꿰찬 낙타를 타려 하자 을지가 외쳤다.

"너무 늦습니다. 제 말을 타고 가세요."

'이랴!' 조랑말로 갈아탄 다니엘과 이사는 지나왔던 길로 내달렸다.

그로부터 얼마 지나지 않아서였다. 사암 언덕 기슭에 어정쩡하게 머물러 있는 카르로스 일행을 향해 요란한 말발굽 소리가 닥쳐왔다. 곧이어 회뿌연 먼지를 몰고 다니는 떼거리들이 덮치듯 일행 앞에 나타났다. 머리 양쪽에 기다란 깃털을 꽂은 그들은 거친 말들을 한바탕 빙글빙글 돌리며 뭐라 시끄럽게 떠들어 대더니, 이에 대꾸하는 하메스 통역사에게 화친의 손짓을 보냈다. 그러고는 이깟 모래 폭풍쯤은 예삿일이라는 듯 감쪽같이 앞질러 가 버렸다.

난데없는 무리들이 돌개바람처럼 후다닥 법석을 피웠다가 삽시간에 꺼져 버리자 카르로스는 긴 한숨을 내쉬었다.

"휴! 사막을 제집처럼 돌아다녀서 난 또 마적인 줄 알았네그려."

그들이 사라진 쪽을 바라보던 카르로스는 몸을 돌려 통역사에게 다가갔다.

"하메스, 아까 쟤들이 뭐라던가?"

낙타를 잃어버려 의기소침해진 하메스는 노인의 물음에 퉁명스럽게 대답했다.

"안녕들 하시냐! 머 대충 그런 인사말이었네요."

"그래? 하긴 그렇겠네. 나쁜 인상은 아니었어. 그런데 말로만 듣던 깃털을 꽂고 기마술이 엄청난 것이 정말로 스키타이 족속을 보는 듯했네. …아니라던가?"

자기를 쳐다보고 묻기에 통역사 하메스는 대답을 해야 했다.

"저야 모르죠. 물어보지 않았으니까요."

하메스가 여전히 풀죽은 얼굴로 심드렁하게 대꾸하자 카르로스는 그의 심기를 살폈다.

"그런데…. 하메스, 난 자네를 힐책하려고 이 말을 꺼내는 게 아닐세. 단지 궁금해서 그러네. …그러니까, 낙타가 제 발로 밧줄을 끊진 않았을 게고, 사람 누군가가 끊었을 테지?"

"그렇겠죠?"

"뻥 뚫린 황야 한복판을 가는데 우리 눈에 들키지 않고 뒤따라올 수 있었을까, 뱀도 아니고 사람이?"

"글쎄요? 힘들겠죠?"

"그게 어렵다면 일단 밧줄을 끊은 자가 우리 중에 있다는 얘긴데, 어떻게 생각하나?"

"우리들은 다 여기 그대로 있었는데 낙타가 어떻게 사라질 수 있을까요? 누군가가 데려갔을 테니 그자가 범인 아닐까요?"

"그렇게 되는 건가? …머, 어쨌든 오늘 횡단은 글러 먹은 것 같네. 언제 돌아올지도 모르겠고. 안내자 타부르가 인솔해서 계속 나아가게. 우선은 쉴 만한 동굴부터 찾아야겠어."

카르로스의 지시에 따라 낙타 무리는 다시 움직이기 시작했다. 낙타 등에 오른 카르로스는 갈증을 느꼈다. 변명의 낌새가 없진 않았지만 하메스하고 나눈 대화의 결론은 적어도 일행 중에 불순한 공범이 있다는 것을 의미했다. '대체 누굴까?'

"아까 지나왔던 길인데 계속 뻥글뻥글 도는구먼."

침묵 속에 길을 가던 카르로스가 낙타의 고삐를 잡아당기며 중얼거렸다. 불편한 기색을 보이는 그의 몸짓에 을지가 재빨리 다가왔다.

"영감님, 무슨 일이라도 생겼습니까?"

"저기 저 뼈다귀를 보게나. 아까도 저곳에 있었어."

모래 무덤 속으로 커다란 동물 사체의 일부가 드러나 있다. 을지는 빙긋 웃으며 그를 안심시켰다.

"영감님, 저것은 낙타 등뼈입니다. 아까 우리가 본 것은 사람들이 먹고 버린 양의 뼛조각들이었고요. 타부르 얘기로는 이대로 쭉 나아가면 된다고 그랬습니다."

"알겠네. 어서 가세나."

일행이 다시금 대상들의 왕래 흔적을 따라 길을 떠날 때에 한 줄기 돌개바람이 일었고, 묻혔던 낙타 사체의 모래알이 씻겨 나가면서 거기 백골이 된 시신들이 마구 뒤엉켜 있었다.

얼마쯤 걸었을까. 말발굽 소리와 함께 다니엘과 이사가 돌아왔다. 그들은 낙타와 짐까지 온전히 되찾아 온 것이다.

"놀라운 일이군. 다니엘, 내게 무용담을 들려주지 않겠나?"

"둔황 가까이 이르러서 우리 낙타를 끌고 가는 놈이 눈에 띄었습니다. 다가가자 그놈은 우리가 쫓는다는 걸 알아차리고는 곧장 줄행랑을 놓고 말았습니다."

"그놈을 붙잡았어야지."

"제가 그놈을 붙잡았습니다."

이사가 끼어들었다. 곁에 선 을지가 얼른 통역해 주었다.

"그런데?"

"그런데 집사님이 그냥 놔두라는 손짓을 하셨습니다. 그래서 풀어 줬죠."

"그냥 보냈다고?"

"잃은 걸 되찾았으면 됐다, 그런 표정이셨어요. 저는 그때 집사님의 자비에 깊은 감동을 받았습니다."

"다니엘, 왜 그랬나?"

"주인님, 그게 그렇습니다. 붙잡아서 여기까지 데려오면 혼자 되돌아가기도 힘들 테고, 여차하면 불상사가 생길지도 모르겠고, 그래서 그가 간절히 용서를 빌기에 갈 길 가라고 보냈습니다."

잠시 침묵이 흘렀다.

"알겠네. …다들 쉬게나."

다니엘은 자비를 베풀었다지만, 카르로스는 그것 때문에 심각한 혼돈에 빠지게 되었다. 그놈의 주둥이를 열게 했다면 공범을 잡았을 것이고 홀가분하게 여행을 계속할 수 있었을 것이다.

그러한데 다니엘이 일을 그르쳤기에 사건은 오히려 혼탁해져 오리무중의 상태에 빠져버린 것이다.

12

수탉이 울어 댔다. 이불을 걷어찼던 히누리는 도로 이불을 얼굴까지 꺼당기며 투덜거렸다.

"저놈의 닭 모가지는 아무도 비틀지를 않는구나."

이때 방문 두드리는 소리가 들리나 싶더니 한 궁녀가 문을 열고 들어섰다. 그녀는 히누리의 머리맡에 다가와 무릎 꿇고 앉았다.

"공주님, 일어나세요."

"먼동이 텄나, 어떠니?"

"해가 떴으면 큰일 나게요, 공주님."

"그건 그렇다만, 오늘은 노는 날이잖니. 조금 더 자면 안 될까?"

"말 타고 사냥하는 날이긴 한데 오늘은 장교님이 오신댔어요."

"그렇지 참!"

히누리는 벌떡 몸을 일으켰다.

"그런데 매화야, 네가 더 기다리는 것 같구나? 장교님 오시는 날을 다 기억해 두다니."

"제가 누굽니까. 시린 눈꽃 속에 파묻혀도 가장 먼저 봄의 취기에 흐느낀다는 매화가 아니옵니까, 호호!"

"얘는, 나랑 시절가나 읊을 것을 그랬어. 오늘 아침은?"

"궁중 식당으로 가서야 합니다. 궁궐 사람 모두가 비상근무라고 합니다."

"그래? 그럼, 나도 평소 일과처럼 해야 하나?"

"제 생각에 공주님은 이곳 근무자가 아니라서 되도록 남의 눈에 띄지 않는 게 좋지 않을까요? 따로 기별이 오면 몰라도."

"알겠다. 일단 씻고 아침 끼니부터 해결하고 봐야겠네."

"세숫물은 옆방에 준비해 뒀습니다, 공주님."

공주가 자리에서 벌떡 일어나자 궁녀 매화는 온돌방 바닥에 깔린 비단 요와 이불을 서둘러 걷었다. 옆방은 규방보다 훨씬 넓은 공간에 박달나무 마루가 깔려 있고 오짓물을 입혀 빚은 길쭉한 욕조 도기가 놓여 있다. 그 옆에 황동으로 만든 둥글넓적한 대야에는 가마솥의 물을 막 길어온 듯 김이 모락모락 피어오르고 있었다.

공주가 자작나무 달인 물로 가볍게 세안을 마칠 무렵 전갈이 날아들었다. 단군 임금의 오전 접견 시간에 맞춰 알현하라는 통고였다.

"입궐하고 사흗날에 임금님을 뵈었는데 또!"

자기를 예뻐하는 단군 임금이심을 잘 알고 있지만 그래도 공주는 왠지 꺼려했다. 어려운 천자의 위치에, 친아버지도 아니고, 그리고 무엇보다 천자와의 배알이 어떤 시혜나 은총을 받는 의례적인 자리가 아니라 저번처럼 부탁의 형식을 빈 이것저것의 요구 사항이 던져질 것이라는 생각이 들어서였다.

배알, 공주 생각에 그것은 배달겨레의 미래와 운명을 자기에게 떠맡기려는 것을 의미했다.

공주는 얼굴을 앞으로 쑥 내밀고서 궁녀 둘이 달라붙어 꾸미는 대로 내버려두었다. 한 궁녀는 붓으로 아교 섞인 향나무 잿물을 눈썹에 덧칠했고, 입술과 양쪽 볼에 연지를 바르고 손끝으로 부드럽게 문질러서 화사한 분홍빛이 얼굴에 감돌게 했다.

이러는 동안에 또 다른 궁녀는 공주의 긴 머리카락을 땋아 올려 비단 천으로 모양을 내어 묶고, 한쪽 끝머리에 갖가지 보석이 박힌 크고 작은 금은 비녀들을 머리카락 깊숙이에 구석구석 꽂았다. 명주실로 짠 녹색 저고리와 연노랑 치마를 입은 공주는 홍옥 귀고리와 금목걸이까지 더해 한껏 멋을 부려 치장했다.

"너무 이러면 욕먹지 않을까?"

"어휴, 공주님. 이건 사치가 아니라 여인의 품격과 미모를 과시하는 거랍니다."

옆에 서서 지켜보던 매화가 다른 궁녀의 말을 거들었다.

"관리 부인들은 말도 못하게 더하답니다."

장신구를 다루던 궁녀가 옻칠한 자개 보석함을 내밀고 뚜껑을 열었다.

"은가락지와 팔찌는 공주님이 직접 고르세요."

공주가 이곳 장당경 궁궐에서 보내는 하루 일과는 단군 임금의 어명에 의해 이미 정해져 있었다. 경당에서 배운 일부 학문의 심화학습 과정이라고나 할까. 중요 문서 필사, 역사 기록 암송, 길쌈, 악기 연주, 제례 의식 거행, 생활용품 제작, 무술, 약초 처방과 의술 수련 등을 요일과 시간대별로 나눠 학습하면서 실제로 업무 부서에 출근하여 적용하기까지 했다.

한마디로 부락을 이끌어 나갈 지도자를 양성하는 과정과 다를 바 없었다. 공주로서는 이런 일과가 딱히 불만스러운 것은 아니었으나 자신이 원하는 과외 활동을 맘껏 누릴 여지가 없다는 사실이 때로 싫증을 불러일으키곤 했다.

"공주님, 소도부터 가셔야 합니다."

"알고 있다. 그런데 매화야, 정말로 한님이 살아계신다고 생각하니?"

"그럼요. 저 하늘에서 우리를 지켜보고 계신답니다."

공주는 넓고 긴 회랑을 지나 궁궐 북쪽 마당에 자리한 소도로 향했다. 하늘로 높이 치솟아 쉽게 눈에 띄는 솟대 끝에는 기러기의 형상이 걸려 있어 인간이 지상에서 바라는 염원이 무엇인지를 어렴풋이나마 느끼게 해 주었다.

큰 바위들이 너울지듯 층층이 쌓여 있는 박달산 봉우리에 여명의 빛이 서려 있다. 그 아래 소도 앞마당에는 아름드리 박달 고목이 오방색 끄나풀을 두르고 우뚝 서 있다. 풀잎에 맺힌 이슬을 데굴 굴리며 은은한 꽃향기가 실바람 타고 묻어올 때에 공주는 작은 돌멩이를 얹어 인간의 손길이 쌓은 돌무더기에 정성을 더했다.

산자락에 자리한 소도의 본채인 대시전 근처에는 복사꽃으로 흐드러진 누각 아래 정화수를 담는 우물이 있다. 공주는 두레박으로 길어 올린 말간 우물물을 미리 준비한 청동 제사 그릇에 고이 담았다. 그곳을 지나 대시전 앞뜰에 다다르니, 커다란 화강암 바위를 깎아 만든 제사용 굽다리 그릇 모양의 둥그런 돌그릇이 장엄하게 놓여 있다. 그것은 제사를 모실 때에 몸을 정결하게 씻는 의례를 행하는 욕조인데, 제사장은 그 속에 들어가 상징적으로 자신의 몸을 하늘에 헌신하는 것이다.

공주가 손끝으로 돌의 꺼칠한 촉감을 더듬으며 지나쳐 가려니 때마침 자작나무 나뭇가지 사이로 아침 햇살이 비쳐들었다. 그녀는 눈이 부셔 언뜻 올려다보니, 마치 하늘의 고운 빛이 돌그릇 속으로 쏟아져 내리는 것 같아 고고한 신비로움이 주변에 그득 감돌았다. 화강암으로 네모반듯하게 기단을 쌓은 대시전의 고색창연한 지붕은 찰흙을 반죽하여 구운 붉은 기와가 빛바랜 무늬로 얹혀 있다. 대화재 참사를 모면한 까닭에 그 이후 새로이 오짓물을 입혀 구워 만든, 검은빛을 띤 궁궐의 매끄러운 기와지붕하고는 분위기가 사뭇 달랐다. 햇살이 빗금 지어 자른 듯 가파르게 매달린 귀서까래 끄트머리로 꽃잎이 하나둘 아련하게 나풀거렸다. 공주는 그러한 풍광을 햇살 머금은 낯빛으로 우러러보다가 돌계단을 조심스레 올랐고, 살짝 들어 올린 연노랑 치마 밑 하얀 갓신이 한 발짝씩 걸음을 뗄 때마다 도드라졌다.

화강암 기단 위에 박달나무를 올려 대문을 지은, 신전의 정면 현판에는 '대시전'이라는 붉은 글자가 음각되어 있다. 비교적 수수해 보이는 정문을 들어서면 참배자의 발길을 가로막듯 큼지막한 돌덩이가 눈앞에 펼쳐진다. 거기엔 태양의 햇살 아래 인간과 동식물들이 풍요의 삶을 누리길 바라는, 다소 기묘한 문양의 암각화가 그려져 있다. 그리고 약간의 간격을 둔 그 앞에는 눈높이의 박달 말뚝이 세워져 있고 그 위에 호박 크기 정도의 조각상이 비치되어 있다. 그것은 한국 시대부터 전해져 내려왔다고 알려져 있어 신성시하는 기물이다. 중심에 구멍이 나 있는, 태양을 나타내는 둥근 원형과 그 태양의 밝은 빛이 온누리에 비치는 것을 형상화한, 중심에서 뻗어 나갈

수록 끝이 뾰족해지는 열두 촉의 햇살들이, 그렇듯 섬세하게 조각한 태양 형상의 화강암이다. 히누리는 저도 모르게 경외감에 이끌리어 다소곳이 허리를 굽혔다.

근래 들어 신전이 확장된 듯 장인의 손길이 또렷하게 새겨진 회랑이 이어졌다. 그곳의 천장과 벽면을 둘러 가며 한국 시대 이래로 전설처럼 전해 내려온 건국 신화를 담은 채색 벽화가 쭉 그려져 있다. 회랑을 따라 걸어 들어가면 천신과 관련된 형상, 그러니까 한님, 한웅, 단군, 웅족의 왕녀, 태양, 봉황, 용, 삼족오 등등을 아로새긴 크고 작은 조각상들. 그리고 제사 의식에 쓰이는 도구들, 제기와 악기들이 기둥과 벽면 곳곳에 배치되어 있다. 그 성물들은 하늘에 제사를 드릴 때 사용했거나 지금도 사용하는 것으로 당골에 의해 선택된 암석, 나무, 청동, 옥 등을 소재로 만들어졌다.

목조 신전이 끝나는 지점에서 동굴이 나타난다. 역시 인간의 손길이 가해진 통로를 따라 쭉 나아가면 왼편으로 박달나무로 짠 마루방이 늘어서 있고 거기에는 그동안 점괘를 풀기 위해 갑골문을 새긴 거북 등딱지와 동물의 어깨뼈들이 가지런하게 진열되어 있다.

드디어 높다랗게 치솟은 동굴과 맞닿은 대시전의 중심에 이르면 거기 정면에는 삼신을 모시는 제단이 마련되어 있다. 박달 바위산에서 불거져 나온 새하얗게 빛나는 바윗돌 아래에 덮개돌이 놓였고 거기 세 촉의 대형 촛불이 그 앞쪽 하단에 놓인 세발 청동 향로의 향나무 숯덩이와 어울리며 훨훨 타오르고 있다.

언제 오든 늘 낯설게 와 닿는 신전⋯. 공주는 제단 앞으로 나아가

흰 야생 모시옷을 입은 여사제들의 도움을 받으며 한님께 정화수를 바치고 단향목의 가루를 숯덩이에 뿌렸다. 향내가 확 피어오른다. 뒷걸음쳐 공주와 시녀가 삼배를 올리는 동안, 먼발치에 서 있던 기다란 하얀 고깔모자를 쓴 당골 마곡유리가 청동 방울을 가볍게 흔들었다. '쩌렁!' 높다란 대들보 너머 둥근 동굴 천장으로 울려 퍼지는 맑은 소리에 제단을 은은하게 밝히던 백랍 촛불들이 나붓거린다.

동녘 하늘에 구름이 걷히고 태양이 붉게 타올랐다. 어디서부터 무엇이 잘못된 것일까? 자신에게 일말의 종교적 신념조차 없음을 다시금 확인한 공주는 입 속으로 그와 같은 말을 몇 번이고 되뇌며 궁중 식당으로 향했다.

현무암 판석을 디디고 걷는 길목 너머의 중앙 마당에는 한인, 한웅, 그리고 조선의 국조이신 단군왕검, 이렇게 세 분의 형상을 조각한 삼신상이 우뚝 자리하고 있다. 커다란 연회색 화강암 하나에다 조각한 것이라, 어릴 적 무심히 지나치며 바라봤을 땐 노루의 뿔 같기도 하고 때로 왕관처럼 비치기도 했더라마는… 세월의 풍파에 여문 까닭인지 오늘따라 성상은 자애로운 인간의 성정을 오롯이 품은 듯이 다가왔다.

마침 외방에서 입궐한 장교들로 북적대는 식당을 지날 때에 히누리는 혹시나 하고 주위를 둘러보았다. 한곳에 모여 앉아 있는 이국적인 낯선 복장의 무사들이 그녀를 힐끔힐끔 쳐다보았고 몇몇은 희롱조로 실실 웃기까지 했다. 곁에서 따르던 시녀 매화가 앞장서며 방을 안내했다.

"북막의 전사라고 하는데 그냥 무시하셔도 됩니다."

"그게 아니라, 무사 옷이 굉장히 화려하고 거창하구나."

북막 무사들은 바지저고리에다 덧대어 가느다랗게 자른 오방색 옷감을 새의 깃털처럼 어깨에서부터 축 늘어뜨린 형태로 옷을 지어 입고 있었다. 머리에 두른 두건에는 여러 갈래의 깃털들이 꽂혀 있었고 틀어 감은 상투에다 길쭉하게 꽂은 꿩 깃털들이 등줄기를 따라 화려하게 장식되어 있었다. 그들의 의복은 색상과 모양이 각기 조금씩 달랐는데 그중에서도 특히 우두머리로 보이는 무사의 옷이 한층 원색적으로 두드러졌다.

"우리도 두어 개씩 달긴 하는데 저건 마치 새의 분신 같아. 그런데 저 옷 입고 전쟁하는 건 아니겠지?"

"설마요? 그러기엔 너무 거추장스럽지 싶은데요?"

"아무래도 의전용이겠지? 근데 천상의 새가 저러하다고 흉내 낸 것일까? 아무튼 사람들이 순박해 보이는구나."

히누리가 한쪽 편의 마루를 디디고 올라서려 하자 매화가 그제야 생각난 듯 허둥댔다.

"아 참! 공주님 밥상은 저쪽 별실에 따로 차려져 있습니다."

매화가 가리킨 곳은 입궐한 사람들로 인해 식당이 붐빌 때에 궁실 여인들의 편의를 위해 별도로 마련한 공간이었다. 칸막이가 구비된 아담한 마루방에는 크고 작은 밥상이 여럿 차려져 있었고 열 명 안짝의 사람들이 식사를 하고 있었다. 언뜻 면면을 살피니 진조선 궁실의 귀부인은 보이지 않았고, 하얀 모시옷의 사제 댓 명과 부족에서 올라온 전사 차림의 족장 너덧이 아침을 맞이하고 있었다.

그녀들의 검소한 외모에 샐쭉해진 공주는 가벼운 목례로 인사를 대신하며 작은 네모융단이 깔린 자리에 새치름히 앉았다. 밥상에는 막조선에서 가져온 오곡으로 지은 밥과 갖은 산나물에, 동해에서 잡아 올린 명탯국과 해산물, 돼지고기 편육과 콩을 가공하여 요리한 두부 등의 음식이 발이 높은 굽다리 놋그릇에 담겨 가지런하게 차려져 있었다. 그리고 밥상 옆의 소반에는 식후에 입가심할 대추, 곶감 등의 말린 과일과 매실차가 든 찻주전자가 앙증맞게 놓여 있었다. 공주는 다소곳이 앉아 가만히 은수저를 들었다.

매일같이 반복되던 일과대로 중요 문서를 필사할 생각에 서고실로 향하다가 공주가 문득 발길을 멈추었다. 그렇다! 단군 임금의 알현, 그리고 무엇보다 신불사 장수와의 재회… 아직 알현을 알리는 종이 울리지 않았고, 그러기에는 시간적 여유가 있는 듯했다.

"매화야!"

공주는 불러 놓고 시녀를 쳐다보지도 않은 채 주위를 두리번거렸다.

"네, 공주님? …말씀하세요."

"어떻게 생각하니? 장교님을 만나 뵐 시간이 되기나 할까? 화급을 다투겠지?"

"그런데, 어디 계시는 줄 알아서요?"

"그렇구나!"

시녀의 말에 공주는 덜컥 맥이 풀렸다.

공주는 대기실이 아닌, 부근에 있는 연못가 정자에 앉아 알현 차례를 기다렸다. 담장 아래 돌 틈에 핀 돌단풍 하얀 꽃이 솜처럼 흩뿌려져 있고, 연홍빛의 꽃망울을 터뜨린 산벚나무가 나긋한 꽃잎을 피우며 봄바람을 건드리고 있었다.

'참! 좋은 시절인데 말이야. 저 홀로 꽃이 망울을 터뜨리면 뭐 하누! 뽕을 따야 임도 볼 것이고, 아들놈을 낳아야 전쟁터로 보내기라도 하는 것이지! 저 연못 속의 잉어마저도 조무래기 새끼들을 데리고 저리도 헤엄치며 노니는 것을…'

그때 어디선가 작은 새들이 연못가로 날아들었다.

'저 작은 새, 예쁜 새, 귀여운 새, 노란 새, 알록달록한 사랑스런 새가 나뭇가지를 붙잡고 오르내리며 곱디고운 목소리로 이 봄날을 희롱하여 애처로운 노랫가락을 저리도 불러대는구나! 저것들이 어데서 왔고 또 어디로 휘돌아 호르르 날아가려고 저 모양인지!'

혼자 너스레를 떨며 궁상스럽게 앉았던 히누리는 작은 찌르레기의 날갯짓을 눈으로 좇다가 일순간 깜짝 놀라 몸을 일으켰다. 신불사의 기척이 언뜻 느껴진 것이었다. 그는 동료 장교들과 휩쓸리며 사시나무에 바람이 일렁이듯 천자 알현실 쪽 전각 너머로 막 떠내려갔다.

까칠하게 자라난 턱수염과 초췌한 기색의 구릿빛 얼굴이 햇살에 시려 오듯 스쳐 갔던 내 그리운 임…! 공주는 치마를 걷어붙이며 허겁지겁, 사라져 간 그를 따르려는데 매화가 뒤에서 불러 댔다.

"공주님! 어디 가세요. 지금이 차례예요."

13

공주는 한 달하고 보름여 만에 여루 단군을 다시 배알하게 되었다.

단군 임금은 봉황이 아로새겨진 박달나무 권좌에 앉아 있었다. 쪽빛 모시옷에 두건을 쓴 소박한 차림새로 나선 것이 날씨가 따뜻해져 시원하게 입은 것과는 거리가 있어 보였다. 한쪽 벽면에 채색된 온갖 꽃들과 나비들의 물결로 뒤덮인 벽화를 제외하고, 내부 공간을 호화롭게 꾸몄던 조각상과 도자기들이 말끔히 치워져 마룻바닥에는 냉랭한 기운이 감돌 지경이었다.

앞서 배알할 때는 길쭉하게 솟은 금관을 쓰고 양쪽 어깻죽지에 봉황이 수놓아진 금색 비단옷을 입었었는데, 이처럼 단출한 차림새로 자신을 맞이하는 임금을 보니 공주로서는 당혹스러울 수밖에 없었다.

'혹시 나라가 어려운 사태에 직면한 건 아닐까? 검소한 궁실의 미덕을 몸소 발현한 게 아니라면, 만사가 귀찮아진 심사를 추슬를 생각에 주변의 것들을 물리친 조치는 아닌지…'

아무튼 이런 줄도 모르고 한껏 멋을 부려 치장했다는 생각에 히누리는 얼굴이 붉어졌다.

"공주는 언제 보아도 어여쁘구나."

'언제 또 보셨나?'

이따금씩 저지르는 말괄량이 짓거리를 들켜버린 것만 같아 그녀는 다시금 부끄러워졌다.

"아가 때 봐도 귀여웠고, 학도일 때도 기특했고, 아가씨가 된 지금도 여전히 꾀꼬리처럼 아름답구나. 그래, 생활하면서 불편한 점은 없느냐?"

단군 임금의 목소리는 맑고 고요했다.

"없습니다, 임금님."

"하루 일과는 수행할 만하더냐?"

"괜찮습니다, 임금님."

"그래, 이곳 외갓집은 들렀더냐?"

"한 달 전에 홀로 되신 할머니를 찾아뵙고 며칠 머무른 적이 있습니다."

히누리의 모계는 이곳 장당경에서 다소 떨어진 불함산 자락 두만 지역에 뿌리를 둔 호족 세력으로서 여루 천자의 문벌과도 혼인을 이뤄 먼 일가를 형성했다. 그런 연줄이 느껴져서인지 천자는 유독 히누리를 예뻐했다.

천자는 질문마다 짧은 대답으로 일관하는 공주의 말문을 열고자 했다.

'평소에 이야깃거리를 만들어 주위 사람들과 대화를 즐기곤 했던 아이가 아니던가.'

"연나라의 전투 능력은 어떠하더냐?"

별안간 시국 문제를 물어 와서 공주는 신경을 곤두세웠다. 핏빛에 물든 단궁의 팽팽한 활시위를 떠올리자 오래된 마룻바닥의 박달 판때기에서 올라오는 내음이 새삼스레 코끝을 스쳤다.

"솜씨 있게 활이나 칼을 다루는 자가 별로 없고, 말을 능란하게 다루지 못하고, 긴 창을 든 보병이 대다수인데, 전술 없이 막무가내로 덤벼드는 것이 가소롭기는 하여도, 한편으로는 그것이 두렵기도 합니다."

"숫자놀음, 인해전술에 때때로 지친다는 얘기로구나. …패수 유역은 우리네 깊숙한 후방임에도 불구하고 화하족 도적들이 수시로 출몰하고 있다. 그 이유를 알겠느냐?"

공주는 대답하려다가 주위를 슬쩍 살폈다. 그러고 보니 엿듣는 신하가 없는 독대였다. 문턱 넘어 들어서는 공주를 보고는, 단군 임금이 가신과 서기관을 조용히 물리친 것이었다.

"임금님, 그들은 산동 반도 부근에서 조각배를 타고 몰래 넘어오는 것 같습니다. 연나라 접경지대는 지금 번조선 군사가 빈틈없이 지키고 있습니다."

"그렇다. 우리 진조선 군사가 지금 약해빠졌다. 후방에서 번조선을 지원하고 경계 또한 강화해야 하거늘, 귀족들은 이권 다툼이나 일삼고 타락과 사치에 겨워 허우적거리는 실정에 있다. 오랜 가뭄으로 민심이 이반하고 나라가 점차 메말라가는 것에 아랑곳하지 않는 그들이다. 고작해야 하늘과 천자 탓으로 돌릴 줄만 알고, 부족의 당골들도 썩어빠져 재물이나 탐하고…."

천자는 차츰 높아지는 언성을 가라앉히려는 듯 잠시 한숨을 내쉬었다. 그 모습을 보다 못한 공주가 발끈했다.

"임금님, 그러하시면 왜 저들을 가만 내버려두십니까? 말을 듣지 않으면 처벌을 하셔야 하지 않겠습니까?"

128

"허허, 그 녀석! 말이나마 시원해서 좋구나. 그런데 그렇게 간단한 문제라면 나도 얼마나 좋겠느냐. 내 아버지인 마흔네 번째 구물 단 군께서 나라 이름을 대부여로 바꾸면서까지 대대적인 개혁을 펼치 셨고, 그리하여 한때 중흥의 시기를 맞기도 했었다. 나 또한 대를 이 어 나라를 새로이 일궈 왔다고 생각했었는데, 그것이 요즘 들어 무 력감으로 다가오고 있다. 공주 말대로 하려면, 타락한 귀족 세력의 저항을 제압해야 한다는 얘기인데, 마치 단군조선을 해체하겠다는 얘기와 별반 다르게 들리지 않는구나. …그만큼 짐의 의지가 박약하 다는 뜻이겠지."

그들 사이에 침묵이 흘렀다.

'흠흠!' 어전이지만 공주는 일부러 소리를 내고 몸을 들썩거렸다. 그녀는 침묵이 두려웠다. 단군 임금이 어떤 어명을 내리려고 심사숙 고하는지 알 수 없기 때문이다.

문득 미소를 머금으며 여루 천자가 고요히 말했다.

"히누리야, 지금 내 앞에서 한국 시대 첫 소절을 암송해 볼 수 있 겠느냐?"

"네? 아, 그러겠습니다, 임금님."

공주는 침을 한번 꼴딱 삼키고는 낮은 목소리로 암송했다.

"人類之祖曰那般初與阿曼相遇之處曰阿耳斯它夢得天神之敎而自成 昏禮則九桓之族階其後也(인류지조왈나반초여아만상우지처왈아이사타몽 득천신지교이자성혼례즉구환지족계기후야). 인류의 조상을 '나반'이라 한다. 처음 아만과 서로 만난 곳은 '아이사타'라고 하는데, 꿈에 천신의 가르침을 받아서 스스로 혼례를 이루었으니 구한의 무리는 모두가 그의 후손이다."

"막힘이 없구나. 수석으로 졸업한 인재라 무엇이 달라도 다르구나."

"부끄럽습니다, 임금님."

"아무쪼록 중요 기록물 필사뿐만 아니라 문방구 제작까지 통달해야 한다. 물론 한자를 잊어먹어서도 안 될 것이야. 그리고 특히 선조의 역사를 암송하는 데 만전을 기해야 할 것이다."

"소녀, 임금님의 분부대로 하고 있습니다. 그런데…."

"그런데 무엇이냐. 말해 보거라."

"분실이나 소실을 막기 위해 여럿이 필사를 매일같이 하고 있고 그것도 죽간뿐만 아니라 비단과 자작나무 껍질에다, 심지어 중요 문서는 청동 판에 새기기까지 합니다. 그것을 방수 기름으로 두른 박달나무 궤짝에 넣어 석조로 지은 지하 공간에다 안전하게 보관하고 있사온데 굳이 여러 사람을 부려 다시 암송까지 시킬 필요가 있을까 하여 여쭙는 것입니다."

"암송은 불필요하다고 보는 것이냐?"

공주는 문득 느낀 바 있어 한발 물러섰다.

"임금님, 역사 기록의 암송이 기억력 함양의 교육 수단이 아니라면 무미건조한 암기보다는 가죽 북을 두드리면서 가락에 맞춰 흥을 내어 읊조리는 것이 외우기가 쉽고 또한 풍악으로도 적당하여 널리 사람들에게 회자될 것 같습니다."

"그래? …흠, 그거 참으로 좋은 생각이도다. 전수는 각 부족의 당골에게 맡겨야겠구나. 그러고 히누리야."

"네, 임금님?"

"내가 생각하기로 암송이 필요한 이유는 이러하다. 43대 단군이신 물리 재위 36년 때에, 그러니까 지금으로부터 불과 76년 전의 일이다. 우리 단군조선의 역사에 있어 단군천자의 통치에 일격을 가한 일대 사건이 일어났었다. 북쪽의 융안 부족에서 우화충이라는 자가 스스로 장군이라 칭하고 수만 명의 반군을 일으켜 우리 도성을 함락시킨 것이지. 그때는 궁궐이 무사했지만, 이듬해에 내 아버지인 욕살 구물 장군께서 군대를 이끌고 반란을 진압하는 와중에 궁궐이 그만 불타버렸단다. 이때 모든 문서들이 소실되었다. 각 사람들을 부르고 기억을 더듬어 겨우 문서 일부와 배달유기를 다시 복원하였지마는 어찌 이것이 자고이래의 한국 시대와 배달국 시대의 기록과 역사를 온전히 담은 것이 될 수가 있겠느냐. 만백성의 추대로 단군에 오르신 구물 천자께서 이를 하도 분하고 원통하게 여겨 당시 태자였던 내게 신신당부하셨던 유언이셨다. 모든 것을 외워 두어라!"

공주는 놀랐다.

"너무도 많은 것을 외우게 하십니다, 임금님."

"흠, 나도 그렇게 생각한단다. 세상이 갈수록 복잡해지는데 어떻게 그걸 다 외울 수 있겠느냐. 다만 그중에서도 중요한 역사의 뼈대만큼은 외워 둬야 한다는 게 내 생각이다. 공주도 아까 잘 외우지 않았더냐. 그렇게라도 외워 나가면 되는 것이다."

'그렇지만…' 공주는 무모해 보이는 작업을 고집하는 단군 임금께 이의를 제기하고 싶었지만 차마 그럴 수는 없었다.

"히누리야."

"네? 임금님."

"옛적에 창제한 가림토 문자를 활성화시킬 방법은 없겠느냐? 우리가 갑골문을 해독하려고 한자를 만들어 쓰고는 있지만, 왠지 우리말과 구색이 맞지 않는 것 같구나. 엉뚱하게도 화하족 말이 한자와 궁합이 맞아떨어지는지 오히려 그들이 열심히 사용하는 형편에 처해 있도다. 우리말에는 소리 나는 대로 적을 수 있는 기발한 글자가 따로 하나 있으면 좋겠는데 말이다. 암송도 따지고 보면 우리말과 뜻을 보다 정확히 전달하려는 궁여지책이기도 한 것이야."

죽 쒀서 개 준다더니, 이런 경우를 두고 하는 말이런가? 너무나 많은 문물들이 적국인 화하족으로 흘러들어 간다는 생각에 공주는 괜히 심통이 났다.

"죄송합니다, 임금님. 그 문제는 소녀, 궁리해 본 적이 없습니다."

"그러하겠지. 내가 너무도 많은 것을 묻고 있구나. 너도 만사가 고된 것을 짐이 잘 알고 있다. 하지만 어쩌겠느냐, 서로 힘을 내는 수밖에 없지 않겠느냐. 이런 말까지 꺼내는 것을 보니 나도 이제 참 많이 늙었다는 생각이다."

"아닙니다. 임금님께서는 아직 정정하십니다."

그러고 보니 단군 임금은 몸이 무척 마르고 기력이 쇠한 것 같았다. 다만 무사의 기개를 잃지 않은 듯 야윈 몸에도 자세만큼은 꼿꼿했다.

"허허… 참, 잊어먹기 전에 말해 둬야 하겠구나. 공주는 물러나면 경당으로 가서 서우여 학장을 만나 보도록 하라. 나하고는 동갑내기 친구다. 아마 네게 좋은 말씀을 들려줄 것이야."

"네, 분부대로 하겠습니다, 임금님."

공주는 단군 임금의 말씀이 끝난 줄로 알고 물러날 생각에 자리에서 일어나려고 했다. 그러나 단군 임금의 잇따른 말씀에 그녀는 멈칫했다.

"그리고 히누리야."

단군 임금께서 이번에도 부탁처럼 들리는 어명을 자기에게 내리려고 하는 게 아닐까 하여 히누리는 마음이 초조해졌다.

"히누리도 벌써 나이가 스물이 넘었구나. 그러니 이제 자립해야 하지 않겠느냐?"

"임금님, 이전부터 말씀드리고 싶었던 것이 있사온데, 제 아버지 가색 한의 안부가 궁금합니다. 어머니와 오라버니도 무척 보고 싶고요."

여루 단군은 난처한 표정을 지었다.

"히누리야, 이것은 조상 대대로 내려온 전통이란다. 나도 딸이 다섯 있었지만, 모두 멀리 막조선으로 떠나보냈다. 아들도 셋이지만, 둘은 각기 부족 사람 삼백 명을 붙여 아주 먼 서역으로 떠나보냈고 겨우 한 놈이 태자로 남았다. 이놈도 천자가 될는지는 아무도 모른다. 만백성의 추대 없이는 아무것도 아닌 것이다."

"그럼, 저는 어떻게 되는 것입니까, 임금님?"

"이번 칠월 중순쯤, 내가 특별히 삼백 세대의 각 분야 전문가들을 붙여줄 테니 천해 유역으로 가서 고을을 이루고 사는 건 어떻겠느냐, 괜찮겠느냐?"

공주는 뜻하지 않은 그의 권유에 놀라 두려운 낯빛을 감추지 못했다.

'천해(지금의 바이칼 호수)라면 대흥안령 그 너머 북쪽에 위치한 춥고 황량한 땅이 아니던가. 그러한데 대체 무슨 이유로 그곳을 거론하는 것일까?'

"임금님! 천부당만부당한 말씀이십니다. 제가 어찌…."

히누리는 당혹한 마음에 더 이상 말을 잇지 못했다. 여루 임금은 슬쩍 말머리를 돌렸다.

"북을 치고 노래하면서 선조의 얼을 기린다라… 그것참, 생각할수록 좋은 발상이도다. 나태한 당골들도 외울 거리가 생겨 좋겠고…."

공주는 어름어름 넘어가려는 단군 임금의 의중을 그냥 둘 수 없었다. 거절의 뜻을 분명히 밝히지 못하면 이번에도 그대로 따르는 꼴이 되는 것이었다.

"임금님, 소녀는 번조선의 뜻을 따르는 그곳의 공주입니다. 아직까지 어른이 되지 못하는, 미숙한 아이인 저는 그저 앞으로 학자가 되고자 할 따름입니다. 가림토 문자도 제가 들여다볼 생각입니다. 부디 이번 수업 과정이 끝나면 번조선으로 돌아갈 수 있도록 허락해 주시옵소서.

공주의 당돌한 소청을 듣고 난 단군 임금은 의외로 담담했다.

"그래, 결정은 공주 몫이다. 아무런 부담 갖지 말고 짐의 말을 들어보아라. 천해 유역은 우리 한겨레와 인연이 깊은 곳이란다. 단군

삼한의 왕실이 공히 한씨임을 표방하는 까닭은 한국 시대 이래로 본디 그곳 한님을 모시는 백산 하늘 고을에서 시작된 자손이기 때문이다. 그래서 그런지 막상 가서 보면 생각보다 살 만한 곳이다. 줄곧 온화했던 그곳 날씨가 어찌된 영문인지 추워지고부터는 아직까지 얼어붙는 날이 많다고들 하더라마는. …흠, 그러나 북쪽으로 갈수록 여전히 맑은 영혼들이 하늘에 넘실거려 절경을 이루는 숭고한 땅이란다. 그리고 거기 가면 일찍이 내가 가장 아끼고 사랑했던 당골 할미가 입때껏 살아있다고 하더구나. 그 당골 이름은 '시라'이다. 박고 부락의 딸이었지. 내가 아무리 붙잡아도 뿌리치고 훌쩍 떠나가 버렸었다…. 국정이 암만 버겁더라도 그녀와 같이했다면 결코 외롭지가 않았을 것을…."

얘기 말미마다 문득문득 말꼬리를 흐리던 단군 임금은 피곤이 몰려오는지 이마에 손을 얹는다.

"무엇이든지 억지로 되는 일은 없다. 공주는 이만 물러가도 좋다."

"소녀, 이만 물러나겠습니다. 옥체에 만수무강하시옵소서."

히누리가 큰절을 올리고 나서도 머뭇거리자 여루 단군이 격려했다.

"저런! 적잖이 긴장한 게로구나. 저린 다리는 풀고 가거라."

단군천자는 푸른 눈빛을 허공으로 띄웠다.

히누리는 생각지도 않게 발이 저렸지만 천자 면전에서 머뭇거리고 싶지 않았다. 자신의 영육을 조여 오는 중압감에서 한시라도 달아날 길을 찾고 싶은 것이다.

천자는 퇴실을 서두르는 히누리를 물끄러미 바라보다가 문득 의미심장한 한마디를 툭 던졌다.

"공주야. …불새가 날기 시작했다!"

또다시 그녀의 발길이 무뎌졌다.

"네? …임금님, 그게 무슨?"

"화하족이 드디어 움직이기 시작했다는 이야기다."

그 말을 마치고는 자기를 쳐다보고만 있기에 히누리는 그 자리에 털썩 주저앉았다. 그리고 되물어야 했다.

"임금님, 무슨 말씀이신지 소녀는 전혀 알지 못하겠습니다."

줄곧 고요하던 단군 임금의 목소리에 물결이 술렁이는 것 같았다.

"농작물의 생산량이 늘고, 인구가 늘고, 경제력이 커지다 보니 자신감이 충만해져서일까. 버릇보다 끈적끈적하다는 선민이라는 역청 구덩이 속으로 제풀에 뛰어들고 불을 지폈다. 아마도 우리 북방 조선족의 위대한 문명까지 흡수를 끝냈다고 생각하는 모양이다. 마치 창공을 날기 시작한 불새라도 된 양, 주변 세계로 눈을 돌리기 시작했으니, 그것은 바로, 침략이다!"

"네? 침략이라니요?"

"자고로, 침략에 한발 앞서 저지르는 만행이 무엇인 줄 아느냐? 화하족들은 자기들의 역사를 왜곡하고 날조하기에 이르렀다. 심지어 우리의 고유한 역사까지 자기네 것으로 감쪽같이 둔갑시키고 허황된 주장까지를, 역사책이라는 빌미 하에 써 내려가고 있다. 그들에 의해서 세상이 거짓과 조작으로 더럽혀지게 된 것이다."

"임금님, 어찌 그런 일이 가능하겠습니까? 믿기지 않습니다."

"나도 믿어지지 않는다. 하나 그들은 대륙 각처를 다니면서 우리 선조들이 남긴 흔적을 지우고 다닌다는 사실이다. 나와는 생면부지인 주나라 왕이 감히 짐을 제후로 책봉했다고 떠들지를 않나, 민간 교류에 불과한 것을 조공 바쳤다고 하질 않나, 수많은 유물을 불사르며 수많은 거짓을 서슴지 않고 자기네 역사책에 적고 있다는 소식이 들려오고 있다. 이것이 무엇을 의미하겠느냐? 그러한 행위의 결말은, 전면전쟁이고 종족 말살로 이어진다. 이것을 부디 명심하고, 번조선의 공주는 그만 물러나도록 하라."

"네, 임금님. …소녀 이만 물러나겠사옵니다."

긴장 속에 다리를 접고 앉았던 무릎이 아직 저려 오는 듯, 못 다한 원망이 있어 미련이 남고 마음이 고달파져서 그러한 듯, 의기소침해진 공주는 문밖으로 나갈 생각을 못하고 그 앞에서 머뭇거렸다. 이를 지켜보던 단군 임금이 슬쩍 목소리를 높였다.

"참! 신불사는 만나봤더냐?"

"아닙니다. 만나지 못했습니다."

"신불사 장수를, 히누리는 어찌 생각하느냐?"

"임금님, 그게 저, 무슨 말씀이신지…?"

"아니다. 그냥 물어봤느니라. 됐다."

바깥에서 궁녀 매화는 발을 동동 구르다가 전각을 나서는 공주를 보고서야 한시름을 놓는다.

"휴, 무슨 일이라도 생긴 줄 알았지 뭡니까!"

"네가 왜 두려워하느냐?"

"누구도 이리 오래 접견하지 않습니다. 의례적인 인사로 그치지 않고 지체가 되면 대개는 경을 치게 되더라고요."

"무슨 허튼소리를! 그렇지 않아도 내 심기가 그리 편치 못하다."

공주는 몸에 부착된 귀고리와 팔찌, 가락지, 노리개, 목걸이 따위의 장신구를 후다닥 빼내어 매화에게 건넸다. 매화는 손이 모자라 엉겁결에 자신의 치마폭을 들어 그것들을 받아내었다.

"너는 따로 시간을 갖도록 해라. 저녁에 내 방에서 보자. 나는 지금 경당으로 나서야 한다."

"공주님, 점심은 안 드시고요?"

"생각 없다."

공주가 나서려고 하자 궁녀 매화가 그 앞을 가로막는다.

"그렇지만 지금 공주님 모습이 말이 아닙니다."

"그게 무슨 소리냐?"

"아무리 봐도 어색해서요. 그게 저…."

매화는 대답 대신 자신의 땋은 머리에 한쪽 손을 올려 비녀 뽑는 시늉을 했다. 그제야 공주는 알아차리고 얼른 비녀를 뽑아냈다.

"너도 보고만 있지 말고 후딱 거들어라."

"네, 공주님."

매화의 도움으로 머리와 옷매무새를 다시 고친 공주는 걸음을 옮겼다. 그러나 좀 전의 말과는 달리 경당으로 향하지 않고 신불사가 사라졌던 전각 쪽으로 바삐 걸어갔다.

　그날 밤에 공주는 자기 방에서 저녁상을 받았고, 국물을 몇 술 뜨
다가 은수저를 가만히 내려놓았다. 옆에서 시중드는 매화는 오늘따
라 유달리 구시렁거렸다.

　"공주님, 되놈들은 생선 날것을 못 먹고, 고기는 귀해서 못 먹고,
더벅머리가 유행하는지도 모르고, 팔뚝에 멋진 동물 문신 하나 그
려 넣을 줄도 모르고, 가죽옷은 귀해서 입지도 못하고, 가죽신도 없
고, 그저 땅바닥을 질질 끄는 통치마에 머리끈 하나 둘둘 묶는 걸로
으스댄다면서요?"

　"누가 함부로 그런 소리를 하고 다니더냐?"

　"그렇죠? 농담 짓거리인 거죠, 공주님?"

　"걔들이 죽간에다 그리 적었다고 하니 틀린 말은 아니겠지. 원숭
이 골수도 파먹는다던데?"

　그 말에 매화가 헛구역질 시늉하는 것을 그녀는 힐끔 쳐다보았다.

　"매화야, 일찍 자야겠다. 가서 목욕물을 준비해라."

　히누리는 쑥과 가시오갈피 껍질을 데운 목욕물에 몸을 담근 채로
멍하니 천장을 올려다보았다. 소나무 서까래와 오동나무 널빤지 위
로 모락모락 김이 피어오른다.

　"밖에 달은 떴더냐?"

　"네, 공주님. 휘영청 밝은 보름달이 중천에 걸려 있답니다. 밤마실
을 챙겨 둘까요? 아 참! 호랑이가 궁궐 근처에 얼씬거렸다고 합니다.

조심하셔야겠어요, 공주님."

"그러니? 영물이라는 것이 사람보다 쉽게 눈에 띄어서야 어데 쓰겠니? 아, 아니다. 달마중은 그만 됐다. 피곤하구나."

히누리는 딱히 무어라 꼬집어 말할 수 없는 울적한 마음에 거문고를 치마폭에 놓고 꽃잎으로 물들인 손끝으로 술대를 쥐고 일곱 줄의 가락을 가만히 뜯었다. 천신께 제례를 지낼 때에 여사제들이 부르는 시절가였다.

"산유화라, 산에는 꽃이 피네. 지난해에 만 그루 심고 올해도 신령 그득 심었다네. 화창한 봄날이라, 불함산에 꽃들이 지천으로 붉게 피었다네. 천신을 섬기는 노래에 천지가 태평하다네."

그러나 이것도 이내 시들해져 그녀는 평소보다 이르게 잠자리에 들었다. 그런데 어느 나뭇가지에 앉은 것일까? 가까운 데서 소쩍새가 우는 바람에 홀쩍 새가 날듯 신불사를 떠올렸다가 버럭 심통이 났다.

'여기 왔으면 먼저 나를 찾았어야지! 어디 있는 줄 알고서 그를 찾아 싸돌아다닌다는 말이더냐!'

그러다가 점점 걱정이 고개를 내밀어 달뜬 몸을 뒤척여야 했다.

14

을지는 크고 하얀 달에 빠져들듯이 가로질러 걷고 있었다. 횡단을 거듭하던 낙타 무리는 이윽고 간신히 토굴을 찾아 지친 몸뚱이를 은신할 수 있게 되었다. 카르로스 일행은 크고 작은 토굴에 나눠 피신처를 마련했다. 사막의 전갈과 날벌레, 그리고 어둠을 몰아낼 생각에 낙타의 마른 똥과 검불로 모닥불을 피웠다. 때늦은 밤이라 그들은 육포와 말린 치즈로 끼니를 때웠다.

다니엘 집사는 지열에 데여 화끈거리는 카르로스의 거칠어진 얼굴과 피부를 추슬르기 위해 아주까리기름을 노출 부위에 발라 주었다. 카르로스는 머리도 지끈거린다며 바르던 기름을 덜어서 한 모금 마시기까지 했다.

토굴 바깥을 쭉 둘러보고 들어온 을지는 한쪽 구석에 잠자리를 마련한 카르로스에게 보고했다. 그는 오늘도 다니엘이 마련한 포도주를 마시고 있었다.

"현재까지 낙타, 짐짝, 하인, 모두 아무 문제없습니다, 영감님."

"알겠네. 을지 군도 잠시 앉게나."

을지는 다니엘 옆에 앉으며 허리춤에 찼던 장검을 풀어서 왼편 바닥에 두었다. 카르로스는 양털 담요 깊숙이 노곤한 몸을 묻었다. 담요는 두껍게 눌러서 만든 것이라 무척 두툼했다. 울퉁불퉁한 땅바닥에 이것만큼 쓸 만한 게 또 있을까 싶다.

고행을 닮은 장삿길이 멀기만 하고 게다가 이상한 낙타 소동까지 겪은 탓인지 노인은 애굽 사막에 은둔하는 수행자의 고뇌처럼 초췌한 얼굴빛을 띠고 있었다. 아니면 기름등잔의 허망한 불빛에 그리 비치는 것일지도.

"저번에 그 낙타 사건, 우리 중에 공범이 있다고 보는데 다니엘 생각은 어떠한가?"

"제 생각에도 일행 중에 공범이 있었다고 생각됩니다만, 이젠 무시하셔도 될 것 같습니다, 주인님."

"될 것 같다니?"

"또다시 일을 저지르기에는 타국이고 오갈 데도 없습니다. 지금쯤 죄행을 후회하며 자숙하고 있을 것입니다."

"자네 생각은 어떤가?"

카르로스가 물어오자 을지는 잠시 망설이다가 대답했다.

"그게 저, 제 생각도 그렇습니다. 이제 와서 낙타를 몰고 달아난들 어디로 가겠습니까? 미련한 짓이지요."

"알겠네. 낙읍 상인과의 거래를 처음 제안한 것도 다니엘이고, 이번 왕실 관리와의 직접 거래도 다니엘이 추진했던 만큼, 다니엘의 의견을 전적으로 존중할 참이네. 그러니 앞으로도 신중하게 일을 처리하면서 일정에 만전을 기해 주게."

"알겠습니다, 주인님."

"다니엘, 고단할 텐데 그만 가서 쉬게나."

다니엘 집사는 고개 숙여 인사하고서 토굴 밖으로 나갔다. 그의 뒷모습을 물끄러미 바라보던 카르로스는 시선을 을지에게로 옮겼다. 잠시 뭔가 생각에 잠긴 듯하더니, 그는 회의와 실망을 품은 얘기들을 무뚝무뚝 쏟아내었다.

"젊은이는 아직 실감나지 않겠지만… 세월을 먹다 보니 언뜻언뜻

이런 생각이 드네. …왜 사느냐는 거지. 사람들은 무엇을 하려고 태어나고 무엇을 바라며 살아가느냐 하는 것이지. 자네는 알겠나? 그것이 무엇인지…."

다시 말이 끊겼다. 노인은 뭔가 궁리하는 듯했다. 을지는 먼저 나서서 말을 걸지 않았다. 카르로스는 때때로 생각이 많은 노인이었다. 그래서 그가 생각 끝에 다시 말을 꺼낼 때까지 묵묵히 기다려야 했다. 그럴 땐 대체로, 이제 그만 쉬어야겠다는 작별 인사로 끝이 났다. 그러나 이번엔 가슴속에 쌓아 둔 상념들이 용암처럼 부글부글 끓어오르는 듯 그가 침묵 끝에 다시 말을 꺼냈다.

"나는 여태껏 살아도 잘 모르겠네. 욕심을 버리며 살자고 하면서도 어쩌면 낯선 주나라로 가는 이 짓이 욕심 때문인지도 모르네. 보다 더 큰 욕망이라 나 자신이 알아차리지 못하고 있을 뿐…. 그래서 이것은 욕심이 아니다, 명예로우며 인간적 성취를 고양하는 더 높은 가치의 하나다, 그렇게 다짐해 보지만 하나의 변명에 불과하다는 생각이 오늘 같은 날이면 불쑥불쑥 마음을 비집고 뛰쳐나오지. 그리하여 다시금 나를 괴롭힌다네. …모닥불로 날아드는 부나비처럼 그리도 한심하게 죽어가는 미물에 다름 아닌 것들이 인간이라는 존재이던가?"

용병과 대장장이로 살아온, 눈앞에 닥치는 대로 살아왔던 을지에게 노인의 얘기는 충격적일 수밖에 없었다.

'과연 나는 어떤 형태의 욕망 속에서 꿈틀거렸던 것일까?'

전혀 대꾸할 구실이 없는 을지였지만, 그래도 말동무가 되어 그를 위로해야 한다는 조바심에 선불리 말을 꺼냈다.

"저는 왜 사는가 하는 문제를 생각해 본 적이 없었습니다. 적을 향해 달려들고 죽이고 달아나는 용병 짓을 하면서 오로지 생과 사, 그것만을 떠올렸습니다. 죽느냐 죽이느냐, 그것이었죠. 솔직히 결투 중에는 죽음이 두렵지가 않았습니다. 활화산처럼 솟아오르는 나의 분노를 터뜨릴 상대방을 노려봤을 뿐이니까요. 누가 죽든, 죽으면 이 세상의 온갖 재해와 질병과 굶주림과 절망의 고통으로부터 해방될 수 있을 거라는, 야릇한 낭만에 빠져들기를 꿈꾸듯 했답니다."

카르로스가 놀란 표정으로 자기를 뚫어지게 바라보자 을지는 문득 목소리를 높였다.

"정말로 의외죠? 이것이 나만의 당돌한 생각인지 모르겠습니다만, 전쟁터에서 내 휘하의 군사들을 향해 이렇게 외치곤 했지요. '자! 드디어 고통을 끝낼 때가 다가왔다! 사생결단을 내는 것이다!'"

"전사다운 발상이군! 정말 놀라워!"

정신이 확 드는지 카르로스는 벌떡 일어나 앉으며 머리를 절레절레 흔들었다. 그리고 소리 내어 웃었다.

"사실 자네한테 비밀로 했네만 이 비밀을 아는 사람이 다니엘 말고는 없어. 그게 뭐냐면, 내가 보물을…."

술기운이 들어 얼떨결에 실토한 것이었을까? 카르로스는 꿈쩍 놀라며 말을 멈췄다. 경호를 맡았으니까, 친해지다 보니 아들 같아서? 아니면…. 어떻게 해서 심사숙고 없이 금단의 비밀 상자를 남에게 열어 보이려고 했을까 하고, 그는 되짚어보려는 것 같았다. 적어도 보물을 자랑하려고 꺼낸 얘기가 아님이 분명했기에 현재 당면한 자신의 심정이 어떠한가를 알아내려 하는 것 같았다.

아득한 밑바닥에서 스멀스멀 기어오르는 절망의 악귀에 침탈당한 퇴색된 영혼이, 무언가의 그물에 얽혀든 불안한 육신에서 탈피하려고 저리 빛줄기를 갈라가며 암흑 속으로 숨어들려 했던 것이던가?

노인은 또 다른 희뿌연 이성적 망상이 엄습할까 두려워 비밀 얘기를 꺼내게 된 계기보다도 그것이 미칠 결과에 집중하려는 것 같았다. 앞의 젊은이는 충동적인 자기 행동을 묵묵히 바라보고 있다. 어떠한 악의 낌새도 맡을 수가 없다. 젊은이의 순수한 모습을 신뢰하지 않고서는 달리 방법이 없다.

마그마의 분출을 감지한 뱀의 혀처럼 날름거리는 본능에, 페르시아 노인은 죽음을 코앞에 두고도 억세게 살아남은 스키타이 전사의 운세에 덧대어 마치 물소와 새의 모양처럼 공생하고 싶었던 것이었는지 모른다.

"이번에 내가 보물을 가지고 가네."

오랜 침묵을 깨고 끄집어낸 얘기는 보물이었다.

"보물이요?"

"쉿, 조용히 하게. 하인들은 모르는 것이야. 탐욕이 인간의 두 눈을 불태워 멀게도 하거든. 이다음에 내, 자네한테 보여줌세. 땅에 파묻듯 짐 꾸러미 깊숙이 숨겨 뒀지. 바빌론 때의… 아니지, 고대 수메르 왕국 시절의 보물 같긴 한데 아무튼 황금과 보석으로 만든 세공품만 해도 여러 점 된다네."

"어떻게 생겨 먹었는지 정말로 궁금한데요. 그런데 영감님, 그걸 어떻게 하시게요?"

"주나라 왕실에 내다 팔 걸세. 이참에 한몫 톡톡히 챙겨야겠지?
지금껏 용병 없이도 장사를 잘 다녔네만 이번에 마음을 바꾼 것이
혹 보물 때문인지도 모르네. 혹시나 사람들이 알아차리는 날엔 아
귀의 수렁에 빠져들지 않을까 싶어서…."

15

다음 날 아침이 밝았다. 비밀을 토로한 까닭에 속이 후련해져서인
지 사암 바위에 기대앉아 쇠고기로 만든 육포와 말린 양젖 치즈에
다 건포도와 대추야자가 곁들여진 음식으로 아침을 먹는 카르로스
의 표정이 무척이나 밝아졌다. 을지는 그러한 노인의 모습을 바라보
면서 머지않아 알게 될 보물의 정체가 더욱 궁금해졌다.

그날 밤이었다. 을지가 야영지 부근을 살피고 돌아서는데 짐짝을
보관하는 천막 쪽 어둠 속에서 노인이 그를 불렀다.

"을지 군, 이것 좀 내려 주게나."

궁금증이 생각보다 일찍 풀렸다. 노인은 구석진 자리에 쭈그리고
앉아 짐 꾸러미 가운데 어느 하나를 풀고는 그 속에 든 보물을 보여
주었다.

"이것 하나만 봐도 대충 가치를 알 것일세. 뭣인 것 같나?"

여러 겹으로 에워싼 가죽 속에서 보물이 달빛을 받아 번쩍거렸다. 호리한 띠처럼 생긴 둥그런 금관이었다. 각종 보석들이 촘촘히 박힌 찬란한 금관을 바라보고 있자니 을지의 눈이 휘둥그레졌다.

"이것 정말로 대단한데요? 보나마나 여왕이 쓰던 왕관입니다. 우리네 최고 장인이 만드는 것과 비슷해 보이는데요?"

"예끼, 이것이 모조품이라고?"

"제 말은 그 뜻이 아니라…."

"알겠네, 무슨 말인지. 기술이야 대를 잇기도 하니까."

노인은 오히려 을지 얘기를 듣고 흐뭇해하는 것 같았다. 이것과 유사한 세공 기술을 스키타이 장인이 습득했다는 것은 그들의 북방 선조라 할 수 있는 수메르인의 보물일 가능성이 한층 높아질 것이기 때문이었다. 아무려면 유구한 역사의 수메르 보물이 어찌 바빌론의 것과 비교될 수 있겠는가.

"노루다!"

타부르가 외쳤고, 주위가 술렁거렸다. 을지가 사암 사이를 휙 둘러보니 뿔 달린 노루 한 마리가 바위 틈새로 껑충 뛰면서 달아나고 있는 게 아닌가. 하인들이 그놈을 잡으려고 우왕좌왕 뒤쫓고 있었다. 바로 그때 무르치가 바위 위로 뛰어올라 주변을 살폈다. 키는 크지 않지만, 근육질의 어깨가 떡 벌어진 것이 완력이 무척 세 보이는 무르치다. 그가 활시위를 힘껏 끌어당겼고 한 곳을 노려 화살을 날렸다. 그러고는 바위에서 뛰어내려 어디론가 달려갔다. 잠시 후 무르치는 숨을 헐떡이는 노루를 둘러메고 나타났다.

"삼촌, 하루 식량은 되겠어요."

하인들이 일제히 환호성을 질러 댔다.

"이야! 저 싱싱한 고기, 이게 얼마 만이냐!"

떠들썩한 자리에 끼어들며 카르로스가 중얼거렸다.

"노루를 보니 정말 눈물겹도록 반갑군."

곁에 선 을지는 무르치의 궁술이 대견하여 소리 내어 웃었다.

"영감님도 노루고기 맛을 아시는군요?"

"그럼, 알다마다. 물이 흐르고 풀이 자라는 골짜기가 곧 나타난다는 소리 아닌가."

동문서답을 나누는 카르로스의 입가에 미소가 번졌다.

낙타 무리는 멀리 기련산맥의 설산을 우러러보며 목적지를 향해 한걸음씩 나아갔다. 날씨가 점차 온화해졌고 노인은 차츰 식욕을 되찾아 원기가 왕성해졌다. 이곳 산기슭을 따라서 걷다 보니 곳곳마다 푸른 초원에 말들을 풀어놓고 키우는 사람들과 마주치게 되었다. 그런 걸로 봐서 이곳 사람들은 광활한 지역에 걸쳐 부락을 이루며 공동체를 형성하고 있는 게 분명해 보였다. 이들은 말과 소, 양, 염소, 돼지와 닭 등의 가축을 집단으로 키우고 있었고, 한결같이 을지 일행과 유사한 외모에 언어와 습관까지 엇비슷한 모습을 내보였다.

"이사, 자네가 물어봐 주게. 이곳의 나라 이름은 무엇이고, 왕이 누군지 말일세."

카르로스는 통역사보다도 더욱더 이곳 사람들의 언어와 잘 통하는 이사에게 부탁했다. 이사는 자기 스스로도 신기해했다. '어떻게 해서 이처럼 말을 알아먹을 수 있는 것이지?'

"이곳은 왕이 없다고 합니다. 족장이 여럿 있고 자기들은 우순씨 족속이랍니다."

"언제부터 여기서 살았다고 하던가?"

"까마득한 옛날부터 살아오기는 했는데, 하나라 때 왕족이었다고 주장합니다."

가히 이곳은 국가라 일컬을 만했다. 그런데도 묘하게 이들은 부락마다 언어와 습속이 조금씩 달라 보이기도 했다. 한마디로 각 민족의 문화와 종교, 언어를 존중하는 방식으로 포용정책을 펼치는 페르시아 제국의 나라들과 엇비슷한 사고방식으로 살아가는 것 같았다.

이와 같은 땅을 왕래한다는 것은 또 얼마나 기분 좋은 일인가. 오가는 나그네를 따뜻하게 맞이할 것이고, 평화로울 것이고, 그렇듯 저 뭉게구름 아래 불어오는 바람마저 상쾌할 것이리라. 카르로스는 경탄했다. 여태 한번도 밟아 보지 못했던 스키타이 땅의 흔적과 냄새를 여기서 대충이나마 맛보고 있다는 생각으로 설레었다.

카르로스 일행은 몇 채의 귀틀집이 있는 어느 과수 농장의 원두막 지역에서 앵두와 살구, 청포도로 목을 축이며 잠시 쉬고 있었다. 그때 무사로 보이는 일단의 무리들이 말을 몰고 달려왔다. 그들 모두가 머리띠를 둘렀고 깃털로 장식했다.

선두에 선 무사가 외쳤다.

"왕께서 그대들을 잠시 보자고 하십니다. 이곳 대표자는 나를 따라오시오."

이사로부터 말을 건네 들은 카르로스는 순순히 따랐다. 그로서는 고대하던 순간이기도 했다. '아무 탈 없이 무사하기만 하다면….

그런데 통역하던 이사가 불현듯 무사에게 알은척을 하며 손을 번쩍 치켜들었다.

"이게 누구십니까? 둔황에서 낙타 범인을 쫓다가 마주친 바로 그 무사가 아니십니까?"

그 말에 이사를 유심히 내려다보던 무사도 이내 반가워했다.

"그러하오. 여기서 다시 보게 되다니, 하하. 이건 대단한 인연이 아닐 수 없소. 그대도 같이 갑시다. 왕께서 기뻐하실 것이오."

카르로스가 앞으로 나섰다.

"그러고 보니 둔황 근처서 만났던 바로 그 떼거리 양반이로구먼."

대표 상인을 부른 자리에 이사와 을지까지 따라나서게 되었다. 다니엘 집사와 부족원 조카 무르치는 다른 하인들과 함께 낙타와 짐꾸러미를 지켜야 했다.

왕은 백성들이 거주하는 귀틀집을 지나 '연지산'이라 불리는 산중턱에 돌로 쌓아 지은 아담한 성곽에서 살고 있었다. 왕이 거처하는 처소로 들어서니 천장과 벽면의 뚫린 들창에서 쏟아져 들어오는 햇살이 실내를 환하게 밝혔다. 이곳의 창문은 전부 양탄자를 가리개로 사용했다. 또한 성곽의 여인들은 모두가 머리와 몸을 원색적이고 화려한 장신구 따위로 치장했고, 이마와 양쪽 볼에 동그란 붉은 점을 발랐다.

"매우 인상적이군. 내가 보기엔 마치 삼각뿔 모양의 피라미드가 떠오르는군."

호기심으로 가득한 카르로스가 혼잣말로 중얼거리자 옆의 을지가 끼어들었다.

"제가 보기엔 이곳 여인네들의 주술 치레이지 싶은데요? 우리 부족도 받들고 있는 삼신 신앙을 나타낸 것 같습니다."

"자네 부족도 저런 치장을 하는가?"

"아뇨, 우리는 저러지 않습니다. 이곳 부족의 풍습인 것 같습니다만."

"샤카족의 왕자였다는 싯다르타가 갠지스 강에서 불교를 창시했다잖는가. 그래서 스키타이 족속은 같은 북방족의 가르침을 따라 불교 신앙을 믿는 줄 알았건만 그게 아니었단 말인가?"

"글쎄요, 불교? 우리는 천신을 섬길 따름입니다."

나중에 신하의 설명을 들으니, 이곳에서 자라는 홍람초의 꽃을 찧어 만든 연지분이라 했다. 옛적부터 내려온 풍습으로써 연지와 곤지라 이름하며 성스러운 아름다움을 드러내려고 꾸미는 여자의 화장술이라 했다.

방문한 사람의 통과 의례인 듯, 흰옷 입은 남자 사제의 인도에 따라 향을 피워 제단에 바치고 무릎 꿇어 큰절을 세 번 올린 연후에야 왕을 배알할 수 있었다. 신하 몇 명과 함께한 왕은 카르로스 일행을 친구처럼 반겼다.

"어서들 오시오. 그대들을 환영하오."

왕은 마치 왕관이라도 되는 양, 새의 화려한 깃털들을 머리 뒷부분으로 돌아가며 배광처럼 치장하고 있었다.

사람들은 모두 둥그런 원탁에 둘러앉아 서로를 소개하고 인사하고 궁금한 것을 물었다. 왕이 물으면 카르로스가 주로 대답했고 이사와 을지가 통역했다. 왕의 언어는 간단하게 말하던 부족 사람들과 달라서 이사도 절반쯤은 알아듣기 힘들어했다. 다만 눈치껏 낱말들을 조합하여 대충 말뜻을 파악할 수 있었다.

왕은 페르시아 대상들과의 무역을 강력히 원했으며, 교환할만한 물품을 직접 제시하기까지 했다. 물론 카르로스도 이것에 화답했다. 그들은 곡식과 옥, 보석류 같은 생활용품 외에 철정과 싸리나무 따위의 목재를 원했고, 그 대가로 준마와 모피, 건조된 고기, 치즈를 제공할 수 있다고 했다. 짐작건대 철정과 목재는 무기를 만들 때 쓸 요량 같았다.

왕은 때때로 대답이 필요치 않다는 듯 자기 얘기를 장황하게 늘어놓았는데, 그럴 때 카르로스와 을지는 가끔씩 고개를 끄덕여 화답하는 것으로 만족해야 했다. 오히려 통역하는 이사가 왕의 얘기에 공감하면서 더러 자기의 생각을 피력하는 모양새였다.

마침내 왕의 긴 얘기가 끝나자 카르로스는 이사에게 물었다.

"왕이 뭐라던가?"

"자기들은 원래 황하에서 살았는데 주나라에 쫓겨 이곳으로 왔다고 합니다. 나라가 망하자 부족들이 뿔뿔이 흩어져서 각기 산으로, 사막으로, 바다로 달아났고, 자기들은 이곳 협곡에 갇혀 오갈 데가 없어서 버티고 살았답니다. 하지만 최근 들어 고비 사막 너머로 강 줄기를 따라 피를 나눈 형제들이 찾아오곤 해서 숨통이 트였다고 하네요. 그래서 언젠가는 본향으로 돌아갈 희망이 생겼다고 합니다. 꼭 돌아갈 거라 하네요."

"그래서, 돌아가서는?"

"그것까지는 속내를 드러내지 않는데, 아마도 복수심에 불타 있는 것 같습니다."

"그렇군. 역사가 때로 인간들을 피비린내 나는 전쟁으로 몰고 가는 것이야. 정말 두려운 일이군. 저 선량한 눈빛과 해맑은 웃음 너머로 그 엄청난 걸 품고 있다니, 허어…."

아까부터 한 신하는 을지가 소지한 무기들을 꼼꼼히 들여다보고 있었다. 나중에 을지는 그들 앞에서 무기의 성능을 직접 시연해 보였는데, 칼날이 날카로운 세형 청동 단검과 단단하면서도 예리한 강철 장검의 위력 앞에 그들은 두 눈이 휘둥그레졌다. 그리고 크기가 작아 가소롭게 여겼던 활을 일일이 돌아가며 직접 쏴 보고는, 긴 사정거리와 탁월한 명중률에 탄성을 지르며 혀를 내둘렀다. 그들은 삼에서 얻은 섬유를 엮어 활시위를 만들고 화살촉도 주로 청석을 사용하는 수준에 머물러 있었다.

예정보다 길어진 만남을 마무리할 시간이 되자 왕은 대화가 흡족했는지 작별 인사를 나누며 선물을 하사했다. 왕의 선물은 그가 생활하는 왕성의 단출한 분위기만큼이나 수수했다. 낙타 등짝에 깔만한 융단이었다.

"우리는 준비한 게 없는데 어쩌지?"

카르로스가 당황해하자 이사가 나섰다.

"괜찮습니다. 제 청동 단검을 하나 빼 드리면 됩니다."

"고맙게도 그래 주겠나?"

왕은 이사가 건네는 세형 청동 단검을 받아들고는 매우 기뻐하면서 양가죽에 인장을 새긴 증표를 카르로스에게 내밀었다.

"이것을 가지고 가시오. 진나라를 지나갈 때 제시하면 도움이 될 것이오. 서안은 우리 형제의 땅, 진나라의 영토가 됐거든. 우리가 동맹할 하늘의 때를 기다리고 있어서 잠잠할 뿐, 주나라와 그 조무래기 제후국들이 내지를 곡소리는 시간문제라오."

그날 밤은 이사가 이야기를 이끌었다. 원두막 마을에 천막을 치고 하룻밤 그대로 눌러앉은 카르로스는 자기 옆에 이사와 통역할 을지를 앉혀 놓고 오늘 궁성에서 있었던 일들을 물어 댔다.

카르로스는 주나라의 멸망을 호언장담하면서 거침없이 험담을 내뱉던 연지산 부족 왕의 황당하고도 침소봉대하는 말들이 한편으로 무척 신경에 거슬렸던 것이다.

"자기들은 어디 유민이고, 지금의 자신들을 뭐라고 부르던가?"

"왕이 말하는 전설에 따르면 자기들은 옛날에 상나라 사람이었다고 합니다. 그런데 불행하게도 위대한 선조의 전통을 이어가야 할 어른들이 그만 화하족의 도끼에 몰살당하고, 전수해야 할 문물조차 송두리째 빼앗긴 채, 그래도 이를 악물고 살아남으려고 이곳으로 숨어들었답니다."

카르로스가 혀를 내둘렀다.

"그런 전설, 여기저기 다니면서 한두 번 듣는 게 아니야. 다들 몰살당한 역사만큼은 절절이 기억하고 다니더군, 거참!"

"그런데 웬걸 어처구니없게도 한 세대가 채 지나기도 전에, 그것도 순식간에 모든 것들이 원시 상태로 바뀌어 버렸고 지금까지 지속되었다면서 탄식을 하더군요."

"이곳은 보아하니 물질이 부족한 땅이라서 문명을 일으키기가 쉽지 않겠어."

"자기들 스스로를 '한나'라고 부른다는데, 그 뜻은 위대한 태양족이라나요? 참! 그 왕 말로는 자기와 같은 왕이 이십여 명 된대요. 그러니까 실제로는 부락의 추장이라는 얘깁니다. 그들은 명절 때가 되면 다 함께 모여 하늘과 땅과 조상들에게 제사를 지낸다는데, 왕 없이 족장 체제로 연합체를 이룬 것도 그렇고, 하여튼 이곳의 여러 풍습이 우리 부족과도 별반 달라 보이지 않았습니다."

한때 역사를 찬양하기까지 했던 카르로스는 역사 앞에 허탈해졌다.

"복수는 역사에서 나오지. 피비린내 나는 복수는 또 다른 복수와 역사를 낳고…. 결국 다시는 복수 당하지 않을 적의 말살을 꿈꾸게 되지. 인간의 잔인성이 극도로 분출되는 것이지. 나는 한때 인간의 잔인성은 동물적 본성에서 나온다고 믿었네. 그것의 극복은 신성을 받아들임으로써 가능하다고 믿었지. 그런데 그게 아니야."

카르로스는 고개를 절절 흔들며 연기를 깊이 들이켰다. 생각이 깊어질 것 같아 을지가 얼른 물었다.

"영감님, 그럼 그게 아니면 뭘까요?"

"인간의 잔인성은 이성적 사유에서 나와. 분노의 요소들을 긁어모아 복수의 탑을 쌓는 것이지. 그리고 나서 새로이 역사를 쓰는 것이지. 선민의 붓으로 교만의 염료를 묻혀 뱀의 혀 같은 글씨로… 부들부들 떨며 기어코 조작과 왜곡의 역사를…."

16

며칠이 지났으나 궁궐은 여전히 비상근무 체제였다. 공주는 평소대로 자기 할일을 하며 하루를 보냈고 아무런 기별이 없는 신불사를 야속해했다. 설마, 신상에 나쁜 일이라도 생긴 것은 아니겠지? 불현듯이 그런 꺼림칙한 생각이 들 즈음, 옥을 가공하는 공방으로 들어서는 목단이와 마주치게 되었다.

"이것이 누구더냐!"

"공주님! 목단이옵니다. 호호!"

죽은 줄로만 알았던 그녀가 제 발로 찾아온 것이다.

신불사의 부관, 공양두치의 배려로 목숨을 건진 여전사 목단이는 그간 안덕향에 머물렀다가 이번에 신불사 장교의 호위를 받으며 번 조선의 한을 모시고 이곳에 왔다고 한다.

"아버지도 오셨다고?"

"네, 공주님. 며칠 전부터 영빈관에 머무시면서 화백 회의에 참석 중이십니다. 신불사 장교님과 같이요."

"그랬었구나!"

"뭣보다 제가 다시 공주님을 모시게 됐다는 사실, 공주님도 좋으시죠?"

"어! 그동안 도 닦듯이 살았었는데 매일같이 들엉기겠는걸."

목단이는 히누리 공주와 함께 나서는 것을 좋아했다. 고상한 인격을 갖춘 사람들을 대할 수 있을 뿐만 아니라, 다양한 곳을 쏘다니며 은근히 허세를 부리는 맛도 쏠쏠했던 것이다. 어양에서의 사건 이후에 궁녀 생활로 돌아온 목단이는 이것에 만족하면서도 온갖 고난을 겪은 여전사의 시절을 때때로 상기시켰다. 그것은 아직도 전사로서의 푸른 기상을 잃지 않았음을 내심 내세우고 싶었던 마음에서 비롯되었다. 실제로 그녀는 공주의 호위 무사를 겸하라는 명령을 받은 것이기도 했다.

"시간 나면 들리겠다고…. 전하랬어요, 신불사 장교께서."

신불사가 무사하다는 소식을 듣고 나서야 겨우 마음이 놓인 히누리는 그제야 단군 임금의 당부가 떠올라 옥을 다듬던 작업을 미루고 자리에서 일어났다.

히누리는 목단이와 함께 경당으로 향했다. 이곳은 궁중임에도 불구하고 갖가지 수제품을 제조하는 공방들이 갖춰져 있고, 더욱이 장인들이 머무는 숙소까지 마련되어 있다. 이것은 납치와 회유로 인한 기술 약탈을 방지할 목적으로 여루 단군이 조성한 궁여지책이었다.

각종 공방이 들어선 남쪽 배달문 오른편의 작업장을 벗어나 서쪽으로 가다 보면 웅장한 치우청사가 나타난다. 그러니까 정문인 배달문의 뒤편 중앙에 우뚝 위치하여 그 너머에 자리한 정전과 소도를 수호한다는 상징성을 띤 건물이다.

천자이자 전쟁의 신으로 추앙받는 치우천왕의 후예임을 강조하여 이름 지은 이곳 치우청사에는 도성의 수비와 치안, 천자의 경호를 맡은 친위대 본부가 있고, 유사시 대부여 군대를 통합 지휘할 천자의 권능을 대신하여 병무를 담당하는 관리들이 상주하고 있다.

치렁치렁한 궁녀 옷을 입은 목단이는 쪽빛 모시 저고리와 바지로 홀가분하게 옷차림한 히누리 공주의 뒤를 쫓기에 급급했다. 아직 이곳 궁궐의 지리가 익숙지 않은 목단이를 데리고 장난기가 발동한 것이다.

진조선의 궁궐 담장은 네모지게 다듬은 자연석으로 기단을 구축하고 안팎 겹겹이 크고 굵은 벽돌을 쌓아올리면서 그 중심과 틈새에 진흙과 짚, 자갈, 모래, 석회 따위를 필요에 따라 다양하게 반죽하여 넣는 방식으로 높다랗게 축조되어 있다. 특히 궁궐 북쪽으로는 박달산을 끼고 있어 담장 바깥에서 바라보면 위용을 갖춘 다층 구조의 웅장한 요새 같은 위력으로 와 닿는다.

담장의 사방에는 감시용 누각과 사대문이 세워져 있다. 유사시에 군사들이 수비할 수 있도록 담장 안벽으로 샛길 같은 통로가 이어져 있으나, 최후의 방어는 박달산 중턱으로 물러나 거기 구축한 산성에서 치르도록 되어 있다. 바깥 담장 둘레는 통행길이 나 있어 전략 지점에만 깊은 구덩이의 해자가 있고 끝이 뾰족한 말뚝이 땅에 박혀 있다. 서쪽의 청룡문을 나서면 지척에 경당으로 이어지는 뒷문이 나 있다.

경당 연병장에서는 마침 학도들이 목검 수련에 열심을 내고 있었다. 경당은 궁궐과는 달리 담장 주위를 요새화한 그믐달의 형태를 이뤘다. 이층 구조로 지은 웅장한 본채와 그 너머로 간격을 두고 여러 채의 별관이 각기 마당을 끼고서 자리했고, 그중에 박달나무와 흙벽돌로 지은 기숙사 한편에 서우여 학장의 사택이 있었다.

히누리는 외진 곳에 나 있는 대문을 두드렸다. 이윽고 문이 삐걱 열리더니 젊은 여자가 나왔다.

"어르신께서는 지금 본관 학장실에 계십니다."

"목단이는 잠시 여기 책방에 있거라."

공주는 비교적 한산한 회랑을 지나 학장실의 문을 두드렸다. 잠시 후 기다렸다는 듯 서우여가 문을 열고 나와 덥석 손을 잡고 히누리를 반긴다.

"우리 공주님을 참으로 오랜만에 뵙는군요."

"그간 안녕하셨어요, 스승님!"

"공주님께서도 평안하시겠지요? 이럴 게 아니라 어서 들어가십시다."

공주는 서우여가 권하는 높다란 나무 탁자 앞 의자에 마주보고 앉았다.

"느릅나무 껍질과 여러 약초를 넣어 달인 차입니다. 드셔 보세요."

서우여는 길쭉한 도기 주전자를 기울여 김이 모락모락 피어나는 약물을 두 벌의 오지 찻잔에다 부었다.

"향이 참 그윽하네요. 존경하는 스승님과 이처럼 둘만의 시간을 갖게 되니 무척 영광스럽고 한편으로 조심스럽습니다."

"별말씀을 다 하십니다. 영특하신 공주님께서 저를 잊지 않고 찾아주시니 제가 더욱 영광이올시다. 이번에 번조선의 칸께서 직접 행차하셨다는데 만나보셨습니까?"

"아직 뵙지 못했습니다. 나라에 큰일이 생긴 건 분명한데 구체적으로 알지를 못합니다."

"북막 추장이 말 2백 필을 몰고 찾아와서 선물을 주고 싶다고 하는데, 따로 건의 사항도 있나 봅니다."

"전국 각처에서 부족장들이 모두 모인 걸로 봐서는 예삿일이 아니겠습니다, 스승님."

"저는 일부러 화백 회의에 참석하지 않았습니다. 피곤한 난상 토론이 벌어지고 있겠지만 이미 결론은 정해진 게 아니겠는지요."

"스승님, 무엇이 어떻게 결론이 난다는 말씀이신지요?"

"이번 회의는 '무엇을 하자'가 의제이니 반대파들에 의해 '그 무엇을 하지 않는 것'으로 해서 끝나겠지요."

공주는 문득 무릎을 매만졌다. 육체가 힘든 것인지, 마음이 심란한 것인지 히누리 자신도 잘 알지 못했다. 그나저나 시국에 얽매인 가련한 공주가 되어 고단한 길을 걸어왔고 계속해서 고난의 길을 걸어야 하는 여정이 자기 앞에 놓이리라는 예감만큼은 틀림없을 것 같았다.

"스승님, 이 의자는 높이가 있고 발걸이가 있어서 참으로 편합니다."

"그렇지요? 문관들은 더러 경망스럽다고도 하던데 저도 이게 좋답니다. 특히 갑옷 입은 전사들이 앉아서 쉬고 식사하기에도 편하라고 만들어 본 거랍니다."

"여기 경당 본채 건축과 궁궐 전각도 스승님의 작품이라면서요?"

"이거 참으로 부끄럽습니다. 일부 훼손된 건물을 복원은 해야겠고, 그럴 바에는 새로운 건축 양식을 시도해 보는 게 어떨까 해서 평소 머릿속에 맴돌던 것을 실험 삼아 만들어 봤던 것입니다."

"스승님은 다방면으로 남다르세요. 참으로 뛰어나십니다."

"허어, 이것 참! 그래도 제자한테서 이런 칭송을 들으니 그리 나쁘지만은 않습니다. 허허."

두 사람은 잠시 웃음을 나누며 약차를 마셨다.

"그런데요, 스승님."

"예, 말씀하십시오, 공주님."

"일전에 임금님을 뵈었을 때 믿기 어려운 소리를 들었습니다."

"그래요? 그게 무엇이지요?"

"화하족이 움직이기 시작했다고 하셨습니다."

"아! 네, 그렇군요. 그 말씀을 들으셨던 게로군요."

서우여는 문득 잔기침을 했다.

"스승님도 알고 계셨습니까?"

"그럼요. 여루 천자께서는 그 생각으로 밤잠을 못 이루시지만 천만의 말씀입니다. 그들은 조족지혈입니다."

"어림도 없는 일이라는 말씀이세요?"

"그렇습니다. 화하족은 천년에 천년을 더하도록 나부대 봐야 우리 발끝에도 따라오기 힘듭니다. 새 발의 피라는 얘기지요. 공주님은 이런 제 얘기가 여루 임금님하고는 너무나 다르게 들리시겠지요?"

"그렇습니다, 스승님."

"제가 공주님께 차근차근 설명해 드리겠습니다. 무엇이냐면…."

서우여는 강의하듯 수많은 문물의 전수가 중원에서 일어난 과정을 상세히 설명해 주었고 히누리는 귀를 기울였다.

17

구한(九桓) 이래로 전개해 온 문명 가운데 특히 복희씨의 역법과 악기 제작, 희화자의 책력, 기성의 의약, 성조의 건축, 하백녀의 길쌈, 금은 장신구와 옥을 세공한 장인, 갑골 문자를 한자로 발전시킨 단군조선과 상나라의 당골, 도리를 모르는 화하족을 교화하고자 각지를 돌아다니며 배달제국의 중심 부족이었던 구려의 학문과 예법을 가르친 동이 족속의 숙량공구(공자), 그리고 상나라가 망하자 주나라에 귀화한 다수의 정치 사상가들과 학자, 장인들…, 이외에도 일일이 열거할 수 없는 수많은 문물의 창달이 모두 배달겨레의 후손들에 의해 이루어진 위대한 결과물이라는 얘기였다.

히누리는 배달겨레로서의 자긍심을 가져도 좋을 그의 설명을 들으면서도 근심 어린 표정을 떨쳐 버리지 못했다. '이미 지나간 것들이 무슨 의미가 있을까.'

"그래도 그들은 지금 놀라울 정도로 개화되었고 특히 문학이나 예술 쪽으로는 그럴싸한 재능을 보이는 것 같았습니다."

"풍요로운 땅에서 농사짓는 족속들의 특성이긴 하지요. 그런데 아직도 엉성한 분야가 있습니다. 성채 쌓기와 건축, 말을 부리며 활쏘기, 무기류 제조 등이 그렇습니다. 군사력과 밀접한 관련이 있어 전수를 꺼린 결과이기도 합니다. 이것이 무엇을 의미하겠습니까?"

"가르치지 않으면 따라오지 못한다는 얘기인가요?"

"그렇습니다. 더군다나 그들은 남방의 한 갈래 족속이라 골격이 작고 근육질이 미약하여 힘을 쓰는 체력이 형편없습니다. 마치 아이들 같지요. 그리고 다수의 능력과 힘을 하나로 결집시켜 나아가는 데 있어 그들은 제대로 된 위력을 발휘하지 못합니다. 이를테면 전쟁의 수행, 협력에 의한 작업, 불의에 대한 집단 저항 같은 것들이지요. 그런데 그럼에도 불구하고 기이한 선민의식에 빠져 허우적거린다는 게 그들의 가장 큰 약점입니다. 허풍 떠는 꼴을 그들 자신이 모르는데 어찌 남을 상대로 해서 이길 수 있겠습니까."

서우여 학장은 화하족이 배달겨레의 일부 세력과 합세해서 덤벼들지 않는 한, 우리가 패배할 가능성은 결코 없다는 것을 역설했다. 공주는 그 말을 들으면서 언뜻 한 생각이 치밀었다.

'만약 우리 배달겨레 중에 반역 세력이 나타나면 어떻게 할 것이며, 혼혈족이 생겨날 경우에는 이 또한 어떻게 전개될 것인지. 어찌보면 주나라를 중심으로 해서 모인 제국 자체가 이미 혼성된 국가 혹은 혼혈 족속에 의해 형성된 색다른 민족 형태라 여겨도 무방한 게 아닐는지?'

그러나 히누리는 불현듯 뇌리에 치솟은 이런 궁금증을 묻지 않았다. 보나마나 절망의 절벽으로 치달을 것만 같은 예감에 생각조차 차단하려 했다.

서우여의 이야기는 히누리의 상념 중에도 계속되고 있었다.

"오히려 우리가 두려워해야 할 상대는 멸망한 상나라의 유민들입니다. 단군조선으로 같이 출발했지만, 젖과 꿀이 흐르는 황하의 유혹에 빠져 그들은 탐욕과 교만에 젖어 들었고 결국 상나라를 따로 세웠지요. 그러고는 단군조선의 홍익인간 사상을 공유하는 하나라와 귀방, 그리고 한때 동방의 대인이라며 존칭하던 동이의 도시 국가들까지 조롱하면서 전쟁을 밥 먹듯 일으키곤 했습니다. 하지만 거듭되는 전쟁은 반드시 국력의 쇠진을 가져오게 되는 것입니다. 그렇게 되자 그들은 화하족을 노예로 삼는 것에 그치지 않고 용병으로 출전시켜 대리전을 치르게 하는 만행까지 저질렀습니다. 결국엔 어떻게 됐을까요?"

"상나라는 멸망했습니다, 스승님."

"그렇지요. 한발 앞서 하나라와 귀방을 패퇴시킨 상나라는 결국 군사적으로 성장한 화하족의 역습에 당해 자멸의 길로 갔습니다. 역설적이게도 화하족 천비(여자 노예)의 몸에서 태어난 서자들이 성장하여 반역 군대의 주동이 되었더랬습니다. 자, 그런데도 단군조선은 도망쳐 나온 상나라의 마지막 왕인 주왕과 그의 숙부이자 왕손인 기자와 그 무리를 내치지 않고 가엾게 여겨 받아들였습니다. 그리고 명맥을 유지한 채 덩달아 떠밀려 쫓겨 온 고죽국과 아울러 인접한 번한 경계의 땅을 떼어 주며 살아가게끔 해 줬습니다. 이것이 오늘날의 수유입니다. 기자조선이 그것이지요."

"스승님, 기자조선 사람들은 우리와 똑같은 언어에 유사한 풍습을 지녔습니다. 현재는 번조선에 속해 있는 부족 국가이기도 하고요. 그들은 자치권을 가지고 있습니다."

"그렇지요. 그래서 7백여 년 전, 26대 추로 단군께서 멸망한 그들을 받아들인 것입니다. 같은 핏줄의 같은 겨레로서 말이죠. 그러나 단군조선은 삼조선이 대원칙입니다. 그렇기에 기씨가 다스리는 부족을 조선이라 이름 붙일 수는 없는 것입니다. 아무튼 수유 족속들은 오랜 세월에 걸쳐 제풀에 자학하며 살아왔던 것인지, 자치를 원하는 그들을 배려한 단군천자의 은혜도 저버린 채 때를 노렸던 모양입니다. 조만간에 서역의 하나 세력들과 새로이 연방을 결성할 거라는 소문이 나돌고 있습니다. 제가 보기에는 바로 이들이 대부여의 강력한 대항 세력으로 등장할 것 같습니다."

"스승님, 그렇다면 장차 이 일을 어찌하면 좋을까요?"

"공주님, 국난을 극복하는 방법은 단 하나뿐입니다. 잃어버린 겨레를 받아들이는 것입니다."

"잃어버린 겨레라고요, 스승님?"

"그렇습니다. 이미 700여 년 전에 서역에서 석탈해(스키타이의 일족) 무리가 조선, 그러니까 진한을 찾아온 이래로 수차례 교류와 결합이 있어 왔고, 가까운 과거에도 그런 결단을 내린 적이 있었습니다. 불과 75년 전, 구물단제 재위 원년에 있었던 일이랍니다."

"지금 여루 임금님의 아버지 되시는 천자를 말하십니까?"

"네, 그렇습니다. 그때 반란군을 물리치고 난 뒤, 국운을 되살리고자 단군조선의 국호를 대부여로 바꾸셨습니다. 그러시면서 조선이라는 이름을 버릴 수 없어 진한, 번한, 마한의 삼한 명칭을 진조선, 번조선, 막조선으로 바꾸셨지요. 그런데 그때도 배달겨레의 통합을 반대하던 세력이 있었습니다. 이들은 야만의 북방 유목족과 함께할 수 없다며 남쪽의 막조선으로 갔고, 그곳의 가리 칸께서는 그 무리들을 야산이 많은 동남쪽 지방의 진국으로 옮겨 가서 살도록 조치하셨습니다."

"일찍이 주나라 황제를 알현해서 조공을 바치고 싶은데, 북쪽의 조선이 가로막아 찾아뵐 수 없다며, 주나라 왕에게 읍소했다고 하는 그 남쪽의 진국 말인가요?"

"주나라 왕의 허풍을 어디까지 믿어야 할지 모르겠습니다만, 만약 그랬대도 몇몇 추장들의 넋두리에 불과한 것을 전체의 뜻인 양 침소봉대한 것일 테지요. 300여 년 전쯤에 북방 겨레와의 통합을 꺼려 막조선으로 내려갔다가 점차 세력이 커지게 되자 자기들이 진정한 진한의 후예라고 주장하면서 따로 진국이라는 부족 연합체를 세운 건 사실입니다. 이렇게 되자 혹여 오만해진 진국이 북쪽으로 무단 침범할까 싶어 막조선은 진수(지금의 섬진강) 유역의 요지에다 산성을 쌓고 군대를 주둔하게 되었다고 하더군요. 그 바람에 국력의 분산은 물론이고 이제는 진국마저 잠재적 적군이 되어 버린 실정이랍니다."

"왜 그렇게 됐나요, 스승님?"

공주는 답답해진 마음에 호소하듯 물었다.

"왜냐하면 그들은 미래를 보지 못하고 배달겨레의 영속적 번영보다는 자기네들의 일시적 세력 유지에 급급했던 이기적 집단의 결합체였기 때문입니다. 그러니 불쑥 등장한 초원의 겨레들에게 결코 재물과 땅과 특히 권력을 나눠주고 싶지 않았던 것입니다."

"그렇지만 이주 자체가 모든 것의 포기를 의미하지 않나요?"

"그들은 중원의 '삼황오제'라 일컫는 시기에 소호 금천씨족의 후손이라 자처했는데, 상나라 건국에 가담해 권력을 누렸다가 말기에 이탈하여 진한으로 집단 이주한 세력이라고 합니다. 사실이라면 버릇처럼 또다시 이탈을 감행한 게 되겠지요."

"설마 그들이 같은 겨레를 공격해 올까요?"

"근시안적이고 자기밖에 모르는 그들이 장래에 화하족과 연합한다면 또 모르겠습니다만 아직까진 그리 염려하지 않아도 될 것입니다."

"근시안적이라고요, 스승님? 그들은 나라가 붕괴되는 냄새는 참으로 잘 맡고 잘 달아나는 집단 같습니다. 소호 무리라는 족속들이요."

"지금 이리된 마당에 어쩌겠습니까. 진국의 부족들 중에서 상나라

맥족의 한 갈래였던 왜족 일부는 동해 바다 너머의 많은 섬들로 이뤄진 섬나라로 건너갔다고 합니다. 그곳에는 이미 남방의 다른 섬나라에서 넘어온 족속(아이누족의 원류)과 황해를 건너 이동한 초나라의 무리(화하족, 묘족) 일부가 살고 있었는데, 그들을 타지로 몰아내고 진국과 가까운 어느 섬 지역에 정착했다는 소문도 들려오더군요. 아마도 그들은 따뜻한 남쪽을 선택해서 살 생각인가 봅니다. 공주님, 이런저런 경우를 감안할 때 현재 화급한 문제는 북방 유목족의 기개를 되찾은 한나 족속과 술수에 능한 수유 족속이 합세해서 우리에게 덤벼드는 것입니다. 그들은 일단 화하족을 우습게 알고 있어서 가장 강력한 상대인 우리를 먼저 공격할 가능성이 큽니다. 이것에 대한 대비로써 저는 북막족과의 연합이 시급히 이뤄져야 한다고 보는 것입니다. 그것만이 일시적이나마 놈들의 야욕을 저지할 수 있을 것입니다."

그러니까 서우여 학장의 주장에 의하면, 화하족보다는 한나(화하족의 한자 표기로 흉노)와 연방을 결성하려고 하는 수유가 더 위험하니 북막과 연합해서는 수유 족속을 우선적으로 견제해야 한다는 얘기였다. 먼저 화하족을 응징해야 한다는 단군천자의 생각과는 사뭇 다른 견해였다.

공주는 '어느 쪽이 더 정확한 진단을 내린 것일까?' 하고 약차를 마시며 곰곰이 생각해 보았다.

'서우여 학장은 자신의 직계 조상이 천년이라는 긴긴 세월 동안 상나라와 원수처럼 싸운 역사를 잘 알고 있으며, 이것을 뼈저리게 통감하는 동이 제국의 후손인 까닭에, 잠재적으로 수유와 한나를 적대시하는 것인지도 모른다. 그게 아니라면… 어쩌면 두 갈래의 도도한 위기들이 격랑에 휩쓸리듯 앞서거니 뒤서거니 덮쳐 오게 되는 것은 혹시 아닐지…?'

히누리 공주는 막연한 불안감에 잡혀 최근 진조선에서 회자되는 북막 족속의 실체가 궁금해졌다.

"북막이라고, 최근에 종종 듣습니다. 어떤 나라인가요, 스승님?"

"그들의 얘기로는 천해보다 더 북쪽에 있는 '사백력'이라는 얼어붙은 벌판에서 왔다고 하는데, 먼 옛날에는 자기네 조상들이 동쪽의 땅끝에서 살았다고 하더군요. 체구가 크고 언어의 나열이 우리와 같고 낱말 뜻과 발음이 상당히 유사한 걸로 봐서 우리네 잃어버린 겨레가 틀림없는 게 아닐까 합니다."

"잃어버린 겨레라… 여태껏 그 추운 곳에서 어찌 살았을까요?"

"야생 순록을 뒤쫓으며 사냥하면서 살았다는데, 부족 중에 일부는 동쪽 끝까지 가 보겠다며 얼음 땅을 건너간 이후로 기별이 없었다고 합니다. 지금으로부터 640여 년 전쯤, 그러니까 27대 두밀 단군께서 재위하실 때입니다. 오랜 가뭄 끝에 큰 홍수를 만나 너나없이 굶주렸던 시기가 있었는데, 그때 진한의 동북쪽, 흑수(지금의 아무르 강)와 사백력 지대에 걸쳐 살던 부족이 소수의 부락만을 남기고 갑자기 사라진 사건이 있었습니다. 지금 물길족이 살고 있는 땅이지요. 철광석을 잘 다뤄 철제 무기와 농기구를 공급하던 대장장이 집단이었는지라 단군조선으로서는 갑작스레 닥친 철기 부족 사태로 한동안 애를 먹었답니다. 아마도 그 후예들이 살아남아 지금에서야 나타난 걸로 보입니다. 그들이 다루는 철제 검을 살펴보니 우리네 검과 비슷하면서도 보다 더 단단하고 칼날이 예리하더군요. 지금껏 장인의 맥을 이어 왔었다는 얘기겠지요."

"이번에 무슨 연유로 대부여를 찾았는지 모르겠지만 아무튼 서로 가 잘되었으면 좋겠습니다. 참! 그런데 스승님, 잃어버린 겨레에 수유와 한나를 포함시키면 안 되는 것인가요?"

서우여는 잠시 고개를 의젓이 쳐들어 허공을 휘둘러보다가 나직이 말했다.

"음, 그러니까 중요한 것은 나라를 다스리는 방식의 마음 씀씀이에 있습니다. 반드시 홍익인간의 정신이 구체적으로 나타나야만 한다는 것입니다, 공주님."

"그게 뭔가요, 스승님? 빤히 알겠다 싶던 홍익인간의 정신이 스승님 말씀을 들으니 갑자기 어렵게 다가옵니다. 그게 무엇인지 통 모르겠습니다."

"쉽게 생각해 볼까요, 공주님? 생명을 귀히 여기며, 남의 것을 빼앗지 않으며, 우월을 과시하지 않으며, 이로운 것을 나누는 데 힘쓰는 것입니다."

"그들도 역사 흐름에 따라 그렇게 살아가지 않을까요?"

"물론 홍익인간의 정신에 맞게 공생할 수 있다면 얼마나 좋겠습니까. 하지만 실상은 정반대입니다. 평화와 정의를 찾아 모여드는 게 아니라, 되레 불만을 품고 침략 성향의 충동적 욕구를 좇아 하나둘씩 이탈하는 부족이 늘어나는 실정에 처해 있습니다."

"한심한 것들입니다. 그렇게 해서 얻는 게 대체 무엇이라고…."

"이러나저러나 단군조선의 국운은 이제 그 천명을 다해 간다고 보셔야 합니다. 국가도 생명체처럼 명멸을 비껴갈 수가 없는 법이니까요. 앞으로의 생존 전략은 오랫동안 이어져 온 이 나라가 해체되어도 좋다는 마음으로 과감한 포용 정책을 펼치는 것입니다. 서쪽으로 떠나보냈던 자식들이 무사히 살아 돌아왔다는 심정으로 하나씩 되돌아오는 배달겨레를 껴안는 것입니다. 그런 와중에 벌어질 갈등과 다툼은 감수해야 하겠지요. 그런 과정을 겪는 가운데 신묘한 법칙에 의해 끼리끼리 모여들고 합쳐져서 하나의 겨레를 형성하게 되는 것이니까요. 최근 이런저런 문제들을 놓고 족장들과 대신들이 회의를 거듭하는 걸로 알고 있습니다만 단군천자께서는 필시 도덕과 대의를 따지시느라 고민이 많으실 것입니다. 소란이 가라앉지 않으면 거북점을 쳐서 갑골문으로 직접 결단을 내리실지도 모르겠습니다. 어쨌거나 현 시국에서 가장 화급한 과제는 잠복한 적을 밝혀내어 그 침략 야욕을 저지하는 것입니다."

"적의 침략 없이, 적이 침략할지 모른다는 지레짐작으로, 먼저 침략하는 폐단을 우려하시겠어요. 단군 임금님께서는…."

"여자는 생명력이 강합니다. 사랑이 다하면 사내는 덜컥 손을 놓아버리지만, 아낙은 끝끝내 자손에게 매달린답니다. 우리에게 생명력의 정신이 절실한 대목입니다. 어떻든지 잃어버린 겨레를 찾아 끝끝내 손을 놓으려 하지 않는…."

18

히누리는 천자를 알현했을 때와 마찬가지로 당면한 시국을 격의 없이 논의한 뒤 서우여 학장과 아쉬운 작별의 인사를 나눴다. 그녀는 경당의 뜰을 거닐면서 대부여의 미래를 짊어질 학도들이 수업하는 모습을 멀찍이 바라보았다.

"목단이는 천해를 아느냐?"

"공주님, 천해를 모르는 대부여 사람이 어디 있습니까."

"만약에 내가 그곳으로 간다면 너는 어찌할 생각이냐?"

"공주님, 거길 왜요? …잠시 들리는 것입니까?"

"간다면, 아주 영원히 이주하는 것이다. 거기서 뼈를 묻는 것이지."

목단이의 두 눈이 뚱그레졌다.

"그, 그곳에 말입니까? …거긴 춥고, 심심하고, 무섭지 않을까요?"

"그렇겠지? 내가 쓸데없는 소리를 했구나. 거기 가고 싶은 자, 누가 있으려고."

히누리는 저녁 어스름이 들자 영빈관으로 향했다. 이제는 막연히 기다리고 앉아 있을 정신적 여유가 없었다.

"저 아이, 히누리가 아니더냐!"

때마침 회의를 끝내고 돌아오던 번조선의 칸이 멀리서 딸을 발견하고는 반가운 마음에 걸음을 서둘렀다.

"아버지!"

공주는 냉큼 달려가서 아버지의 품에 안겼다.

"내 딸 히누리야! 그간 힘들었지? 무사해서 다행이로구나."

번조선의 칸은 금수로 둥근 원을 수놓은 앞가슴에서부터 양쪽 어깻죽지로 길게 뻗어 나간 청룡의 형상이 수놓아진 진홍색 비단옷을 입고 상투 자리에서 옆으로 날개처럼 뻗은 금관을 쓰고 있었다.

"아바마마는 살이 더 찌신 것 같아요. 연세 많으신 단군 임금님보다 더 늙으셨어요. 어쩜 좋아."

"허허, 녀석도. 오랜만에 보는 아비한테 별소릴 다 하는구나."

그런데 호위 병사 중에 신불사 장수의 모습이 보이지 않는다. 그렇지만 공주는 선뜻 물을 수가 없었다.

"아버지, 어머니와 해인 오라버니는요?"

"네 엄마는 건강하게 잘 지내고 있다. 해인은 전선을 지키느라 지금 정신이 없단다. 다행히 무공을 세우고 있어 내 뒤를 이어 칸이 될 수 있을 것 같구나."

"결국은 궁궐을 떠났군요? 싸움터로 떠나고 싶다고 하더니만."

"어양 지역의 총사령관으로 복무 중이란다. 대장군이 되었다."

"고충륵 대장군이 죽었다더니?"

"쉿, 조용히 하라. 떠들 일이 아니다."

가색 칸의 제지에 공주는 몸을 사렸다.

"단군 임금님의 어명이 아니라는 말씀이세요?"

"너를 여기 장당경으로 데려오라는 어명은 사실이다. 그리고 고충륵은 반역자인 것 또한 사실이다. 오냐오냐하면 기어오르는 것들이 꼭 있기 마련이다."

공주의 목소리는 더욱 작아져 속삭이듯 물었다.

"아바마마도 그 일에 가담하신 거예요?"

"나는 모른다. 단지 천자의 뜻을 따를 뿐이다. 공주는 이것 외에 더 알려고 하지 마라. 다 나라를 위한 일이야."

"알겠어요, 아버지."

말은 고분고분 따랐으나 꾹 누르고 참아 냈던 천불이 나서 공주는 당돌한 질문을 번조선 칸에게 하지 않을 수 없었다.

"아버지, 그런데 왜 단군조선은 수유나 고죽국, 남쪽의 진국에 대해 분열을 방치하는 것이옵니까? 잃어버린 겨레도 껴안자면서요?"

번조선 칸은 의외로 깜짝 놀라며 당황해하였다.

"공주는 어디서 그런 말을 들었느냐?"

"아버지, 어디서 듣긴요. 나라가 돌아가는 꼴을 보면 누구에게나 빤한 것 아니겠어요?"

"흠흠, 그들은 홍익인간 정신과 유리되었다. 그들과 억지로 합치면 우리의 정신과 문명을 서서히 파괴하고 종국에는 그들 외에 무엇도 남지 않게 될지 모른다. 무서운 일이지. 그것이 우승열패에 의한 자연스런 소멸이라며 그들은 으쓱거리겠지만 말이다. 같은 언어와 풍습을 지녔다고 해서 같다고 말할 수 없단다. …우리가 그들을 멀리해야 하는 이유다."

"아버지의 말씀, 무슨 뜻인지 잘 알겠어요. 그런데…?"

공주가 다시 주위를 둘러보며 말을 꺼내려 하자, 이것을 눈치챈 칸이 넌지시 말했다.

"신불사는 북막 추장 액니거길과 담화 중이다."

"아바마마, 소녀 궁금하여 속이 다 타들어 갑니다. 조선에 무슨 변고라도 생긴 것입니까?"

"허허, 녀석. 급한 성질머리는 여전하구나. 일없다. 북막 추장이 찾아와서는 연합하여 연나라를 정벌하자고 하는데 우리가 굳이 그들의 말을 들을 게 뭐 있느냐. 그들의 말을 곧이곧대로 믿을 수도 없는 일이다."

"그러면서 회의는 뭐고 담화는 또 무엇입니까? 그냥 단칼에 싹둑 자르면 될 것을요?"

"신불사와 대신 몇몇이 전쟁을 원하고 있다. 더구나 신불사는 지금 최전방에서 유격 부대의 지휘관으로 있는지라 북막과 별도로 협의가 필요한 모양이더라. 나중에 오면 만나보고 가거라."

'그가 친위대를 떠나 전쟁터로? 대관절 그는 무슨 심중으로 그러는 것일까!'

그녀는 공연히 심통이 났다.

"아버지, 번조선으로 가실 때 저를 데려가면 아니 되옵니까?"

"네 심정은 이 아비도 충분히 알겠다. 하나 천자의 뜻을 잘 새겨봐야 한다. 겨레의 명운이 걸린 문제가 아니더냐? 너와 신불사가 배달겨레의 핏줄과 정통성을 계승할 수도 있는 사명이자 천운이 될 이 기회를 놓칠 이유는 없을 것 같다."

"네? 그게 무슨… 신불사와 함께하다니요?"

"참, 너는 아직 모르겠구나. 공주야, 너는 신불사 장수를 어떻게 생각하느냐?"

"아바마마도 단군 임금님과 똑같은 말씀을 하십니다. 어떻게 생각하다니요?"

"서로 간에 혼례를 치르고 한 고을을 이끌어 나가는 문제에 대해 어떻게 생각하느냐는 얘기다."

"어머! 혼례라고, 지금 말씀하셨습니까?"

히누리는 놀랐다. 오매불망 간절히 바랐던 신불사와의 혼인 통고가 아니더냐! 그러나 아버지의 이 언급이, 죽기보다 싫게 느껴졌던 천해로의 이주가 혼인의 전제 조건이 된다고 하는 것 같아 한편으로 막막해졌다.

아버지의 목소리가 먼 메아리처럼 아련하게 들려왔다.

"한 집단의 시조가 된다는 것은 한편으로 크나큰 영광이 되지 않겠느냐? 마다할 이유가 없다. 나중에 신불사와 잘 의논해 보아라."

신불사는 오지 않았고 무작정 기다리기에는 눈치도 보여 히누리는 영빈관에서 돌아왔다. 오늘도 자기를 찾지 않는 신불사의 안위를 걱정하면서, 한편으로 홍산에서 고대 역사를 놓고 나눴던 대화가 그를 전선으로 몰아세운 계기가 된 게 아닐까 하여 마음이 쓰라렸다.

잠자리에 들려는데 다급히 문을 두드리는 소리가 들렸고 곧바로 목단이가 문을 열고 들어섰다. 히누리는 얼른 몸을 일으켰다.

"공주님! 신불사 장교님이 지금 뒷마당에 와 계십니다. 잠시 공주님을 뵈었으면 한답니다."

그녀의 말이 채 끝나기도 전에 히누리는 겉옷을 후딱 걸치고 바깥으로 향했다.

"너는 여기 있거라."

뒷마당에는 신불사가 산벚나무 아래에 맹수처럼 어슬렁거리고 있다가 인기척에 돌아보았다. 히누리는 겉옷을 여민 채 누각 모퉁이에 우두커니 서 있었다. 그렇게 그대로 한참을 바라보다가 누가 먼저랄 것도 없이 두 사람은 서로를 향해 걸었다. 가까이 다가온 둘은 서로의 눈치를 살폈다. 그러다가 도도하게 팔짱을 끼고 서 있는 히누리의 시선을 피하며 신불사가 먼저 말을 꺼냈다.

"화백 회의는 아무런 합의를 도출하지 못한 채 내일 오전쯤 산회될 것 같습니다. 모두들 곧바로 부족으로 돌아갈 것이기에 미리 문안드리러 왔습니다."

"왜 그러셨어요? 왜, 전쟁을 자청하는지 도무지 모르겠습니다."

"장수의 앞길에 전쟁 외에 무엇이 있는지 저는 알지 못합니다."

"중원 대륙은 지금 주나라의 제후국들 간에 전쟁놀이하느라 정신없는 줄로 압니다. 나중에 하나로 합쳐져서 쳐들어오더라도 그때 대비하면 되는 것이지, 먼 미래를 보고 앞질러 전쟁을 벌여서 뭘 어쩌겠다는 것인지요?"

"합쳐지면 그때는 전멸입니다. 화하족은 자기들끼리 치르는 전쟁만으로도 이미 실전 경험을 쌓은 상태입니다. 지금 연나라 하나로도 벅찬 상대입니다."

"그래서 버젓이 살아있는 우리 둘의 미래는 내팽개치고, 있지도 않은 가상의 상황을 두려워하여 오로지 전쟁만을 궁리하겠다니요?”

“우리 대부여의 현실로는 연합 세력을 만들기조차 어려운 정세에 놓여 있습니다. 이러한 상황에 이번 기회를 놓쳐서는 안 되겠기에 제가 온 힘을 다해 설득에 나서게 된 것입니다. 어떻게 해서든 조만간에 전쟁을 치르고야 말 것입니다.”

“전쟁을 해서요, 전쟁을 벌여서 이긴다고 한들 장교님이 살아남는다는 보장이 있나요? 그대는 정녕 불사신이라도 된다고 생각하시나요?”

“내가 죽더라도 겨레의 명운이 회복되기만 한다면…”

공주는 신불사의 뺨을 강하게 후려쳤다.

“어떻게 그런 말을!”

공주는 몇 발짝 뒷걸음질을 치다가 돌아서서 뛰어갔다.

‘나라를 건지겠다는 망상으로 나를 무시하고 내게서 벗어나려 하다니!’

신불사 장수는 그녀가 모퉁이를 돌아 사라질 때까지 우두커니 서 있기만 하였다.

19

중원 대륙이 한 발짝씩 가까워질수록 카르로스는 보물 얘기를 자주 꺼냈다. 을지가 보기에 그것은 주술을 닮은 행위로까지 비쳤다. 영묘한 물건을 감추는 데서 오는 괴기한 불안감과 때로 시퍼렇게 질려 오는 공포심을 떨쳐 버리고자 밤하늘을 휘감아 도는 귀신들에게 꾸역꾸역 비밀을 실토하는 의식처럼 들려왔다.

"왕관을 썼던 자의 망령이 내 삭아가는 심장을 들쑤시기라도 한다는 것일까? 살다 살다가 요동치는 심장으로 길 떠나긴 처음이라네."

"영감님, 수메르 왕국의 보물인 건 어떻게 알죠?"

"확실치는 않지만, 유물을 맨 처음 손에 넣었을 때가 순장한 무덤 속이었다더군. 순장은 히타이트와 수메르의 관습이었다네. 그런데 유프라테스 강 너머 우르에서 입수했다고 하니 히타이트 시대보다는 수메르 때의 유물일 가능성이 높지. 바빌로니아 유물일 가능성은 더더욱 없는 것이고."

"보물의 운명이 어떻게 될까요?"

"주나라 왕실의 손에 넘어간다네. 지중해 특산품은 거래상에게 넘길 것이고, 보물은 궁궐 관리와 따로 흥정할 걸세. 얘기가 다 되어 있지. 근데 왕족이라는 족속들은 어째서 타국의 보물이라면 사족을 못 쓰는지 알다가도 모르겠어. 자기네들이 만든 것도 아닌데 말일세."

"어쨌든 우리야 금덩어리만 챙기면 되는 것이죠."

"하긴 그렇지. 이번에 운이 닿으면 왕실과 제후들을 상대로 대규모 무역 거래가 성사될지도 모르네. 사실 그것에 기대를 걸고 있다네."

수메르 보물은 을지도 봐서 안다. 장담컨대 주나라 왕실도 군침을 흘릴 게 뻔하다.

"그런데 영감님. 전에 본 그 왕관, 얼마나 받을 수 있는 거죠?"

을지는 자기 부족이야말로 귀금속 세공에 탁월한 솜씨를 지닌 집 단이라 자부해 왔다. 그래서 그것의 가치가 문득 궁금해졌다. 왜 진 작 물어보지 않았을까?

"적어도 금화 5천 다릭은 받는다네."

을지는 경악했다. 그 왕관은 금화 2백 다릭 정도면 넉넉히 만들어 내는 크기가 아니던가! 촘촘히 박힌 보석들을 감안하더라도 수지맞 는 장사가 아닐 수 없었다. 이런 거래를 왜 진작 몰랐을까? 오래된 골동품으로서의 가치를 제외하고, 그런 수준의 왕관은 자기네 장인 들의 솜씨로도 얼마든지 제작이 가능한 것이었다. 을지는 부족으로 돌아가면 자기들이 만든 황금 세공품을 가지고 장사에 나서야겠다 는 생각을 품었다.

그런데 을지는 한편으로 궁금해졌다. 보물이 대체 어디서 났을까? 어느 왕의 무덤을 파헤쳐 나온 부장품이라 했으니 전쟁 중에 약탈 하여 점령자의 침소에 모셔졌거나 보물창고에 처박혀 있던 것을 몰 래 훔쳐냈을 게 틀림없다. 백발이 희끗희끗한 노인이 직접 훔쳤을 리 는 없고 아마도 여러 단계의 손을 거쳐 카르로스에게까지 이른 것이 겠다. 보물의 진품 여부에 대해 확신을 갖지 못하는 걸로 봐서 더욱 그렇게 짐작이 가는 것이다.

높다란 바윗돌에 나란히 걸터앉은 그들의 모습은 마치 은싸라기 를 뿌려 놓은 검푸른 밤하늘에 두둥실 떠 있는 것처럼 보였다. 천막 끝자락을 손으로 젖혀 가만히 이 광경을 훔쳐보던 다니엘은 두 눈을 멀뚱거리며 담요 속으로 파고들었다. 그도 목적지가 가까워질수록 초조한 기색을 더하고 있었다.

밤하늘에 별똥별 하나가 쏜살같이 실금을 그으며 길게 떨어져 갔다.

카르로스 일행은 기련산맥과 텅거리 사막 사이의 건조한 땅, 무위를 무사히 지나갔다. 그리고 중원 대륙의 문턱이라 할 수 있는 난주 근처에 이르렀을 때 시냇물과 마주하게 되었다.

그들은 너나없이 냇물로 뛰어들었고 낙타 무리도 정신없이 냇물을 들이키느라 씩씩거렸다. 을지 그리고 이사와 무르치는 그간에 사막 길을 횡단하느라 고생한 조랑말의 머리를 다독거리며 껴안아 주었고 시원하게 목욕을 시켰다.

"여기가 대륙을 관통한다는 황하의 지류입니다. 문명과 전쟁이 곧 마주할 황하의 누런 물줄기를 따라 일어났다고 합니다. 대자연의 위협은 대충 사라졌다고 보셔도 되겠습니다."

다니엘 집사의 설명에 카르로스는 고개를 끄덕였다.

"그래도 목적지에 도착한 게 아니니 긴장을 늦추지 말게. 우리의 최종 목표는 거래를 완전하게 성사시키고 끝내는 것이야."

그런데 생각보다 난주로 들어가는 구역의 검문이 까다로웠다. 무장한 진나라 병사들이 주변을 빙 둘러가며 설치한 나무 방책의 관문 앞에 서서 출입을 통제하고 있었다.

사람들이 입구에 줄지어 서 있는 모습을 보고 다니엘 집사가 말했다.

"진 제후국은 지금 재물이 되는 것은 모두 국유화했다고 합니다.

백성들의 생활 하나하나를 통제하고 있는데, 아마도 주나라의 간섭에서 완전히 벗어나려는 조치인 것 같습니다."

"다니엘, 그럼 어쩌면 좋지? 저들이 짐 꾸러미 속을 뒤지지 않을까?"

"주인님, 검문 병사에게 증표를 미리 보여주시지요."

"참! 그렇군, 그게 있었지."

카르로스는 긴장했는지 가냘프게 떨리는 손으로 주머니에서 가죽으로 된 증표를 꺼내 들었다. 다니엘이 건네받아 인파를 헤치며 증표를 손에 쥐고 흔들자 이를 발견한 보초병이 손짓으로 그를 불렀다. 다행스럽게도 병사들은 카르로스 일행을 친절하게 맞이했고 무사통과하게끔 조치해 주었다. 예전에 한나 족속이 건네준 증표가 위력을 발휘한 것이다.

카르로스를 태운 낙타 무리는 난주를 지나 천수에 이르렀다. 한중막 같은 사막을 지나왔기 때문인지 춥다고 호들갑을 떨 정도로 이곳의 기온은 서늘했다.

카르로스 일행은 이곳 저잣거리에 거주하는 거래상의 측근과 접촉하게 되었다. 나이가 사십 대로 보이는 그는 이름이 제갈숙이고 카르로스 일행을 낙읍까지 안전하게 인솔할 검객이라며 자신을 소개했다. 거래상의 지시를 받고서 낙타 무리가 나타나기만을 줄곧 기다려 왔던 모양이었다. 카르로스는 거래상 측근의 요청에 따라 낙타들을 모두 처분한 뒤 당나귀가 끄는 스무 량의 수레에다 짐 꾸러미를 옮겨 실었다.

"삼촌, 바큇살이 열여덟 개나 되네요? 바퀴가 크고 무거워."

"어느 시절에 몰던 바퀴지? 아직까지 구닥다리를 쓰다니!"

요즘이 비가 잦은 장마철이라는 검객 제갈숙의 충고에 따라 나무 판때기와 천막을 써서 지붕처럼 수레를 덮었다.

을지는 주변을 둘러보면서 이곳 진나라 사람들의 모습이 자기가 사는 고장과 그다지 다르지 않다는 느낌을 받았다. 수량이 풍부해서 풀과 나무가 무성하게 자라고 날씨가 온화하다는 자연적 차이를 제외하면, 지금껏 지나쳐 왔던 지역과도 별반 다르지 않을 정도로 북방 유목족의 고유한 삶을 꾸리고 있었다.

카르로스는 이사의 조랑말을 탔고 이사는 무르치의 조랑말을 번갈아 타며 이동했다.

일행은 천수를 지나 서안으로 가는 도중에 급작스레 산적들과 맞닥뜨렸다. 당나귀가 앙앙 울어대고 수레가 뿌옇게 먼지를 일으키는 것을 멀리서 봤던 것일까! 웃통을 벗은 몸뚱이에 짧은 누더기 치마를 걸친 떼거지들이 집히는 대로 손에 쥔 듯 죽창과 쟁기와 낫, 돌도끼, 심지어 불쏘시개까지 마구 휘두르면서 가파른 언덕길을 고함지르며 맨발로 달음질쳐 내려오고 있는 것이었다.

"저 빌어먹을 놈들은 또 언제 적에 기어 올라온 것들이냐?"

한두 번이 아니라는 듯 짜증내는 검객을 뒤로하고 을지와 무사는 즉각 전투태세를 갖췄다. 무르치가 화살을 장전한 활을 허공에 들어 올리며 활시위를 당길 준비를 하자 카르로스가 이를 제지했다.

"그만두게! 무력을 사용해서는 안 돼!"

을지는 그들을 가소롭게 여겨 본때를 보여줄 작정이었다. 그런데 정작 자기를 고용한 노인이 이것을 제지하고 나선 것이다. 도대체 용병으로 자기들을 왜 고용했을까 하는 의문이 또다시 을지에게 일었다.

산적 떼거리들이 멧돼지 몰려오듯 우르르 밀어닥치자 검객이라는 거래상의 측근이 외쳤다.

"뭣 하는 놈들이냐! 노예로 팔려 가고 싶어서 이러느냐, 어딜 감히!"

"망할 놈의 소리! 통행세를 내라! 아니면 지나가지 못할 것이다!"

이마와 뺨에 기이한 무늬를 새긴 산적들이 낄낄거리며 으름장을 놓자 검객은 한발 물러서며 카르로스에게 물었다.

"어떻게 할까요? 위협해 봐야 먹힐 것 같지가 않은데요?"

통역사 하메스의 말을 건네 들은 카르로스는 곁에 다가선 다니엘에게 말했다.

"다니엘, 통행세가 뭣인지 물어보게."

진정한 아군인지 또 어찌 될지 모를 낯선 검객에게 좌지우지되고 싶지 않았던 카르로스는 산적과의 홍정을 다니엘에게 맡길 생각이었다. 다니엘은 일찍이 이곳 주나라를 오가면서 화하족 언어에 익숙해진 바빌론 출신의 유대 족속이었다. 따라서 이곳 사정을 그럭저럭 아는, 온유한 그가 원만하게 이 문제를 해결할 수 있을 것 같았다.

다니엘이 나섰다.

"대체 무엇을 요구하는 것이오?"

"나귀 세 마리와 먹을 것을 내놔라!"

"나귀는 수레를 끌어야 하니 먹을 것으로 쇠고기 육포를 한 꾸러미 주겠소. 그 이상은 절대 안 되오."

다니엘의 단호한 태도에 산적들은 자기들끼리 수군거리더니 순순히 그 제안에 응했다. 그들이야말로 어찌하든지 뜯어내는 몫 자체가 이미 남는 장사가 아니겠는가.

사태를 해결하고 나서 다시 발길을 재촉하는 가운데 카르로스는 을지 옆으로 다가갔다. 무력을 사용해서라도 저들의 행패를 저지하고 싶었던 을지의 심경을 달래려는 생각에서였다.

"무력을 사용하면 더 큰 무력이 찾아오는 법이라네. 내게 생명의 위협으로 다가오지 않는 한, 늘 평화의 그림을 그리는 게 좋다네. 내가 오랜 세월을 장사할 수 있었던 비결이야. 내가 무력을 사용하지 않으면, 사용하지 않는다는 것을 그들도 느끼고, 무력을 사용하지 않는다네."

하긴 그들은 으름장을 놓았을 뿐 결코 남을 해치려는 의도는 없어 보였다. 마치 의례 절차인 양 습관처럼 다가와서는 물품을 요구했었다. 그러다가 자칫 자신들이 다칠 수도 있다는 생각을 눈곱만큼도 갖지 않았던 걸로 봐서 카르로스의 견해가 옳은 것인지도 몰랐다.

길을 가면서 덜거덕거리는 수레 너머 창공의 뭉게구름이 하얀 날개를 접고 자기에게로 자꾸만 내려앉는 풍광과 마주쳤을 때 을지는 가만히 한숨을 내쉬었다.

'그래, 평화는 좋은 거라고.'

서안이 빤히 바라보이는 외곽에서 진나라 병사의 검문이 또다시 있었지만, 이곳은 검문이 겉핥기식이어서 증표를 제시할 필요가 없었다. 또한 서안의 관문에 도착해서는 아무런 검문도 없었다. 한때 도성의 울타리로 추정되는, 어른 키 정도 높이의 낮은 흙벽이 군데군데 흔적으로 남아 있을 뿐이고 그마저도 빗물에 허물어져 내리는 상태였다. 카르로스는 이런 모습에 당혹감을 감추지 못했다. 그가 예상한 풍경과 엄청 달랐던 것이다. 한나 족속 왕의 호탕한 웃음소리와 허세가 다시금 떠올랐다.

음력 유월 중순에 접어들었으나 이곳은 무척 선선했다. 카르로스 일행은 진흙을 다져 벽을 쌓고 나무 기둥과 판자를 잇대어 지붕을 올린 나지막한 토굴집에 분산해서 여장을 풀었다. 절반쯤 땅속을 파내려 간 집 안의 벽은 한쪽에 부분적으로 회칠을 했고 땅바닥에는 풀잎이 깔려 있었다. 때맞춰 여독을 달래 주려는 듯 바깥에는 비까지 부슬부슬 내리기 시작했다. 카르로스 일행은 오랜만에 접하는 빗방울을 신기한 듯 바라보며 탄성을 내질렀고 더러 빗물 속으로 뛰어들기도 했다. 이후 검객 제갈숙의 요청에 따라 일행은 여행하느라 낡고 누추해진 페르시아 의복을 벗고 누런빛의 넓은 저고리와 긴치마로 갈아입었다.

헛간에 임시 보관한 수레를 살피고 뒤늦게 숙소로 돌아온 을지가 갸웃거렸다. 이사와 무르치는 마침 외출 준비를 서두르고 있었다.

"목욕하러 갈 참이었는데 삼촌은 안 가세요?"

"너희들이나 다녀오너라. 근데 그게 웬 옷이냐?"

"이걸로 갈아입으래요. 안 그러면 조롱당한다고 하던데요?"

을지는 이삭이 건네는 옷을 받아들고 허둥댔다.

"옷이 암만 봐도 이상한데?"

이미 주나라 의복을 입은 더벅머리 이사가 빙긋 웃었다.

"우리 옷과 달리 왼쪽 옷깃을 이렇게 오른쪽 위로 여며야 한대요."

"이런, 어쩐지!"

을지는 옷을 갈아입으면서 계속해서 투덜거렸다.

'옷소매가 헐렁해서 어디 칼을 맘대로 휘두르겠나. 꼬락서니가 자루 같은 치마 입고 말을 어찌 맘대로 타며 육박전이나 제대로 하겠느냐. 놀고먹으려고 만든 옷이지. 이사야, 우리 옷이나 잘 챙겨 놔라. …이거야 원!'

주나라 의복으로 갈아입은 을지는 카르로스가 머무는 숙소로 갔다. 거기는 집 앞에 도랑을 파서 빗물이 빠져나가게끔 했고 찰흙을 다져서 지반을 높인, 나무오리로 만든 오두막집이었다.

을지가 집 안으로 들어섰을 때 카르로스는 방금까지도 하메스와 심각한 대화를 나눈 듯 얼굴이 무척 상기돼 있었다. 한쪽 구석에 놓인 살평상에 앉은 카르로스는 뭐가 불만인지 잇달아 투덜대었다.

"딴 세상에 왔다는 게 정말 실감이 나는군. 날씨뿐만 아니라 집, 사람들, 먹는 것, 무엇 하나 내 직성에 맞는 게 없구먼. 거래가 잘 될지도 모르겠어."

이렇게 된 마당에 거래라도 제대로 이뤄져야 하건만 이 또한 탐탁지 않을 거라는 예감에 심기가 불편해진 것이다.

"자네 보기에 어떤가, 이곳 분위기가?"

"어딘가 어수선하긴 합니다만 사람들이 많아서 그런 게 아닐까요? 오면서 보니까 길가에 아이들이 바글바글하더군요."

얘기하는 중에 카르로스가 손짓하자 하메스는 밖으로 빠져나갔다.

"자네 생각에 이번 보물 거래가 잘 될 것 같은가?"

"안 될 거나 있겠습니까? 어느 정도로 쳐주는가가 문제겠지요."

"낙읍을 가 봐야 확실하겠지만 여길 봐서는 글러 먹었어. 보물을 거래할 재력이 되겠냐는 것이지, 주나라 왕실이…."

"혹시 전쟁 때문에 어려울 수도? 전쟁 비용이 만만찮거든요."

이 말에 카르로스는 아까보다 더욱 심기가 불편해진 듯 헛기침을 연거푸 했다.

"을지 군, 자네는 다니엘 집사를 어떻게 생각하나? 혹 그간에 미심쩍거나 유별난 행동은 없었는가?"

"글쎄요? 저보다는 영감님께서 판단하실 문제인 것 같습니다만."

주나라의 처음 수도였던 이곳 서안은 진나라의 압박을 버티지 못하고 허울만 남긴 채 낙읍으로 천도했고, 주나라 왕실은 거기서 도시 국가 형태로 간신히 명맥만을 유지하고 있었다. 그러한데 카르로스는 이와 같은 상황을 모르고 있었다. 막연하게 페르시아 제국의 황제처럼 주나라 왕 역시도 제후들을 마음대로 다룰 수 있는 황제의 반열에 있는 걸로 착각하고 있었던 것이다.

이곳에 도착한 뒤 서안의 허술한 모습에 의문이 든 카르로스는 숙소를 빌려준 주민을 붙잡고, 이러한 사실을 캐내고 나서야 비로소 전모를 알게 되었던 것이다. 다니엘은 이 사실을 진작 알고 있었을 텐데도 여태껏 이것을 무시한 채 거래를 추진해 온 처사에 대해 카르로스는 깊은 의혹을 품게 되었다.

"그런데 영감님. 일행들이 보이지 않는데 다들 목욕 갔습니까?"

"기루라는 곳에 갔네. 검객이 하도 권하기에 다들 몸 좀 씻고 쉬라고 허락했네. 왜, 자네도 가고 싶은가?"

"저야 영감님을 곁에서 지켜야죠."

"보내고 나서 들려오는 소리로는 거기가 매춘 소굴이라는군."

"매춘이라고요?"

"왕실에서 돈 벌 목적으로 직접 운영한다는군, 제기랄!"

"그럼, 비용은 어쩌고요?"

"손님 접대 차원이니 걱정 말라고 해서 까짓것 그러라 했네. 말은 접대라지만 세상에 공짜가 어디 있겠나."

그의 불만 섞인 투정을 들을 때에 을지 이마 위로 빗방울이 툭, 하고 떨어졌고 한걸음 뒤로 물러나려니 마룻바닥이 삐걱거렸다. 을지는 섰던 발밑의 마룻바닥으로 시선을 떨궜다. 나무오리 사이로 빼꼼 드러나 보이는 땅바닥에는 빗물이 어지러이 흙탕을 일으키고 있었다.

20

계속해서 내리는 장대비로 사흘을 머문 카르로스 일행은 비가 그치자 다시 길을 나섰다. 당나귀가 끄는 수레 행렬은 땅이 젖어 질척질척해진 진흙탕 길을 헤쳐 나아가야 했고 진흙 구덩이에 빠진 바퀴를 끌어당기는 노역을 반복한 끝에 드디어 목적지인 낙읍에 도착했다.

낙읍 도성 역시 진흙을 달구질해서 쌓아올린 야트막한 토성인데 부분적으로 어른 키 높이의 구덩이를 판 해자가 있었다. 성벽을 공략하는 전투까지 치러 본 을지의 경험상 이런 성벽이 예사로 보일 리가 없었다. 그로서는 이깟 빗물에도 군데군데 흙물이 흘러내리는, 이 보잘것없는 성채를 가지고 제국의 수도를 지켜 나간다는 사실이 도무지 믿기지 않았다.

이것만을 놓고 보자면, 이곳 황제는 제후들의 보호를 받는 딱한 처지이거나 아니면 진나라와 같은 권력자에 의해 연금 상태에 처해 있는지도 모를 일인 것이다. 그것도 아니라면 전투 능력이 없는 집단끼리 애들 패싸움 같은 전쟁을 마구잡이로 치르고 있거나….

시국이 불안해서일까. 도성 입구에는 거래상이 추가로 보낸 세 명의 검객이 기다리고 있었다. 여기서 카르로스는 조랑말에서 내려야 했다. 성내에서는 왕과 귀족, 장군 이외는 일절 말을 탈 수 없다고 한다. 이곳은 네 명의 보초병이 성문을 지키고 있었지만 별다른 제지 없이 바로 통과할 수 있었다.

검객들의 호위를 받으며 거래상이 정해준 숙소로 가는 동안에 바라본 낙읍 도성 안의 풍경은 막 전쟁이라도 치른 듯 무척이나 어수선했다. 사람들은 전란을 피해 모여든 피난민인 듯 아무렇게나 대충 지은 것 같은 토굴집 앞에 웅크리고 앉았고, 그 앞을 지나치는 카르로스 일행을 우두커니 쳐다보기만 했다. 덥지 않아도 여름철이라 그러는 지 사람들은 한결같이 웃통을 벗고 있었다. 어느 한구석에서는 싸움이 벌어져 와자지껄한 소리와 함께 무엇이 마구 우당탕거렸다.

이러한 소동은 왕성에 가까워지면서 사라져 갔다. 더러 좋은 목재로 지은 집들이 보이기도 했고 길도 조금씩 넓어졌다. 가게들도 보이고 물건을 거래하는 매매 모습도 눈에 들어왔다.

카르로스는 아까부터 걸어가면서 다니엘과 심각한 대화에 빠져 있었다. 을지가 보기에도 가벼이 넘길 수 없는 이런 풍경에 카르로스의 심정은 오죽하겠는가. 을지는 낯선 분위기에 적응하느라 며칠간 잠이 부족했고, 거기다가 눈에 보이지 않는 두 사람의 미묘한 갈등까지 그대로 느껴져 이것이 그를 더욱 피곤하게 만들었다.

이것을 알 리 없는 이사가 을지 옆에 달라붙으며 턱으로 한곳을 가리켰다.

"삼촌, 저기 저쪽, 길게 늘어선 나무집들이 바로 기루입니다. 여인네들이 한 건물에 무려 백여 명씩 있다고 하네요."

"매춘 소굴이라던데?"

"어휴, 말도 마세요. 여자들이 홀딱 벌거벗고도 부끄러운 줄을 모르더군요. 어찌나 까불고 장난치려고 하던지, 혼쭐 날 뻔했어요."

"요 녀석, 좋았던 건 아니고? 그건 그렇고 대관절 왕궁이 어디 있다는 게야?"

이사가 팔을 길게 뻗어 손가락질을 했다.

"삼촌, 저기 한길 끝에 저 멀리 담벼락 보이죠? 그 너머 집이 왕궁이라던데요?"

"잘못 안 거 아냐? 기루라는 기생집과 비슷해 보이는데?"

"여기 잘사는 집들은 다들 똑같이 저렇던데요? 삼촌, 저리 가요."

선두에 선 수레가 왼쪽 길로 꺾어 들어가고 있었다.

대문이 '삐꺼덕' 열리고 당나귀들이 끄는 수레들이 줄지어 그 안으로 들어갔다. 야트막하게 찰흙으로 쌓은 담벼락에 넓은 앞마당이 있고 네모반듯한 여러 목조건물들이 하나같이 칸을 질러 방으로 만든 구조인 걸로 보아 한때 병영의 막사로 사용했거나 대상들의 숙소였던 것으로 보인다.

여기서 카르로스는 처음으로 단골 거래상을 만나게 되었다. 이름이 설인량인 그는 덩치가 크고 배가 불룩하게 나온 오십 대의 거구였다.

"어서 오십시오. 마중을 못 나가서 죄송스럽군요. 사람들 눈에 띄지 않으려고 그랬던 것이니 양해 바랍니다."

"오, 아닙니다. 덕분에 여기까지 무사히 올 수 있었습니다. 이렇게 환대해 주시니 정말 감사드립니다.

"전란 중이라 뭣이 많이 부족합니다. 목욕하고 식사는 기루를 이용하시면 그나마 맘에 드실 거라 생각됩니다만."

"호의는 한번 생각해 보겠습니다. 그건 그렇고, 물건부터 보시겠습니까?"

"아, 물론 그래야죠. 하나 서둘러 무엇 하겠습니까. 오늘은 푹 쉬시고 내일 보도록 하죠. 여봐라, 여기 있는 물건들을 조심해서 창고로 옮기도록 하라."

하메스의 통역이 잘못됐나 싶어 카르로스는 어리둥절했다. 거래 대금을 지불하지 않은 상태에서 자기 물건처럼 다루는 것도 그렇고, 물건의 확인을 미루는 것도 왠지 미심쩍었다. 확인 없이 혹시라도 훼손이 되면 그 책임 소재가 애매해질 게 분명했다.

한 검객의 안내를 받으며 을지 일행은 조랑말을 데리고 뒷마당에 있는 헛간으로 갔다. 거기엔 말들을 가둬 놓고 키웠던 흔적이 있는 울타리가 둘러쳐져 있었다. 카르로스 일행들이 수레에 실린 짐 꾸러미들을 창고로 옮길 동안, 검객 제갈숙은 미리 와 있던 가축 상인에게 당나귀와 수레를 넘겼다. 창고로 옮겨지는 짐 꾸러미의 숫자와 상태를 파악하느라 분주하던 다니엘이 카르로스에게 다가왔다.

"이상 없이 입고를 마쳤습니다, 주인님."

"내일 확인하자는데 그래도 괜찮을까?"

"별일이야 있겠습니까? 아마 내일 대금을 지불할 생각인가 봅니다."

"암, 늦어도 그래야지. 그리고 거래가 끝나면 한시바삐 신독으로 빠져나가고 싶네. 왠지 여기서 지체하고 싶지가 않아. 왕실의 관리는 어떻게 됐나?"

"내일쯤 만날 수 있도록 미리 연락해 놓겠습니다."

다음 날, 해가 중천에 머물 즈음에야 거래상 설인량이 모습을 드러냈다. 그는 건성으로 물건들을 살핀 후에 시큰둥한 표정으로 가격을 낮추자고 했다. 사전에 약조한 대로 해당 물건을 가져왔고 아

무런 문제가 없건마는, 그는 주나라의 어려운 경제 사정을 들먹이며
새로이 흥정을 시도하는 것이었다.

'날강도 같은 놈!'

카르로스는 흥분을 가라앉히려 애썼다.

"그럼 대체 얼마를 주겠다는 것이냐?"

옆에서 통역하는 집사 다니엘이 시종일관 능청스런 표정을 짓는
설인량의 요구를 전했다.

"두 달 전에 한바탕 전쟁을 치른 뒤라 지금은 물건을 팔아먹기가
어렵다고 합니다. 금을 모으기도 힘들어서 당초 약속한 금괴의 절반
밖에 확보하지 못했다고 합니다. 지금 절반만 받든지 아니면 기다려
달라고 합니다."

"그걸 말이라고 하다니. 무턱대고 기다리면 그때까지 들어가는 경
비는?"

다시 거래상과 대화를 나눈 다니엘이 난처한 듯 말했다.

"하루 이틀도 아니고 계산을 해야 한답니다. 남이 하는 장사라서
곤란하답니다."

카르로스는 온몸에 소름이 돋았다. 상도의에 어긋나는 짓을 서슴
없이 피력하는 걸로 봐서 어찌 처음부터 의도하지 않았다고 할 수
있으랴.

"다니엘, 자네 의견을 듣고 싶네. 어떻게 하면 좋겠는가?"

"제후국들 간의 분쟁은 옛날부터 있어 왔습니다. 새삼스레 이제
와서 전쟁 탓을 하는 것은 핑곗거리에 불과합니다. 약속한 금괴는

다 받아야 하며, 며칠 정도는 기다릴 수 있다고 언질을 주는 것이 좋겠습니다."

"내 생각도 그러하네. 그대로 전달하게나."

다니엘이 의견을 전하자 설인량은 적반하장으로 불쾌한 표정을 지었다. 그는 알겠다는 짧은 말을 남기고서 휑하니 대문 밖으로 나가 버렸고, 주변에서 얼쩡대며 딴짓하던 설인량의 자객들이 황급히 그 뒤를 쫓아서 빠져나갔다.

"자네는 이런 상황을 전혀 예측하지 못했나?"

"못했습니다, 주인님. 전쟁이 사람을 변하게 만든 것 같습니다."

거리를 두고 지키고 섰던 을지가 다가오자 카르로스는 작심한 듯 소리 죽여 다니엘에게 말했다.

"보물 꾸러미는 따로 내 방으로 옮기게. 을지에게 지키라고 해야겠어."

다가온 을지가 이 말을 듣고 어리둥절해하자 카르로스는 그의 어깨를 두드렸다.

"거래가 순탄치 않겠어. 위기가 올지도 모르겠네."

보물을 을지에게 맡기려는, 카르로스의 달라진 심경을 헤아리고 그의 표정을 살피느라 꿈쩍 않던 다니엘은 마침 부근을 지나던 하인 다오리우스를 발견하고 그를 불러 세웠다.

"이보게, 다오리우스. 나와 같이 창고 좀 가세."

야심한 시각에 카르로스와 다니엘은 주나라 왕실의 젊은 관리인 사마충을 만났다. 남의 눈을 피해 민간인 복장으로 숙소를 찾아온 그가 앞마당에 우두커니 서서 다니엘을 불렀던 것이다.

"몰래 와도 대문은 두드릴 줄 알았건만 담벼락을 넘어오다니, 허어!"

카르로스가 탄식하는 사이에 다니엘이 방문을 열고 밖으로 나섰다. 같이 있던 을지도 자리에서 벌떡 일어났다.

잠시 후, 밖에는 을지와 무사들이 감시하는 가운데 카르로스의 방에 좌정한 그들은 보물 꾸러미를 풀어헤친 채 하나하나 그것을 들여다보고 있었다. 왕실 관리는 왕관과 금은보배, 유리 장신구, 조각품 따위의 진귀한 물품을 조심스레 헝겊으로 매만졌다. 관리 사마충과 집사 다니엘은 예전부터 서로 잘 아는 사이였던 듯 화하족 언어를 사용하면서 친밀감을 드러내었다.

"정말 놀랍군요! 황제께서 반하고도 남을 위대한 보물입니다!"

"내일 왕을 만나 뵐 수 있겠나?"

"내일 황제께 아뢴 뒤 날짜를 따로 받으셔야 합니다. 바로 성사되려면 보물 하나라도 먼저 보여드리면서 아뢰어야 될 듯싶습니다."

"시간이 촉박해. 오래 머물 수 없을 것 같네."

"그렇습니까? 최대한 빨리 알현할 수 있도록 조치하겠습니다."

"전부 다 해서 왕실로부터 얼마를 받아낼 수 있겠나?"

관리 사마충은 잠시 머뭇거렸다. 하긴 왕실에 근무하는 관리라 한들 정확하게 액수를 매기기는 어려운 일이다.

"얼마를 받아낸들 이 사람에게는 금괴로 5천 다릭 상당의 분량을 주면 되지 않겠습니까? 이 사람, 제 말을 알아듣는 건 아니겠죠?"

"알아듣지는 못하지만, 그래도 말은 조심해서 하게. 잠시만, 내가 원하는 액수를 다시 물어보겠네."

다니엘은 속삭이듯 카르로스에게 물었다.

"주인님, 보물을 전부해서 금괴 얼마를 원하는지 묻고 있습니다."

"글쎄다? 이 양반은 얼마나 줄 수 있다고 하던가?"

"자기로서는 모르겠답니다. 이 사람은 왕이 주면 주는 대로 받아야 하는 입장이 아니겠습니까. 그러나 우리 쪽에서는 그럴 수 없으니 아무래도 우리가 먼저 액수를 제시하는 게 순서일 것 같습니다."

"내 요구 사항은 이러하네. 왕을 알현하고, 금괴를 하사받고, 제후국들하고 무역 거래 협정을 맺는 거라네. 그리 말하게."

"금괴 수량은 상관없습니까, 주인님?"

"아차, 그게 빠졌군. 무역 거래가 성사된다면 금괴는 다릭 금화를 기준으로 5천 개의 무게만큼만 받겠다고 말하게. 그게 아니라면 적어도 금괴 7천 다릭은 받아야 하네."

다니엘은 관리 사마충에게 짐짓 소리 높여 말했다.

"전에 말한 그대로야. 무역 거래가 되면 5천이고, 아니면 7천이라는군."

"알겠습니다. 일단 견본으로 보물 하나만 제게 주십시오. 얼른 돌아가 봐야 합니다."

"알겠네. 이걸 가져가게."

다니엘은 사슴 형상을 한 예스러운 청동 조각상을 사마충에게 건네면서 카르로스에게 말했다.

"이걸 왕에게 보여주어야 알현이 성사될 수 있답니다. 제가 가져가라고 했습니다."

"알겠네. 어차피 죄다 가져갈 것들이 아닌가."

주나라 왕실 관리는 조각상을 품에 감추고서 벌떡 몸을 일으켰다.

"그럼 사부님, 내일 오시에 제사장님 가게에서 뵙도록 하겠습니다."

"알겠네. 그때 보세. 밤길 조심해서 가게."

왕실 관리 사마충은 그의 몇 대 조상 때에 바빌론에서 이곳으로 집단 이주한, 다니엘과 같은 유대 족속이었다. 다니엘은 그러한 사실을 카르로스에게 감추고 있었다.

화하족 언어를 모르는 카르로스는 자기에게 작별 인사를 건네는가 싶어 고개를 끄덕이며 다니엘과 함께 마당까지 따라나섰다. 왕실 관리는 카르로스에게 넙죽 인사를 올리고는 다시 야트막한 담벼락을 뛰어넘어 어둠 속으로 사라졌다.

을지와 무사들은 장검을 품에 껴안은 채 묵묵히 그 광경을 지켜보았다.

21

때는 음력 칠월 초순이었다. 히누리 공주의 의지와는 상관없이 천 해 유역으로의 이주 준비는 착착 진행되었다. 이주할 전문가와 양민을 선발한 지 한참 되었고, 옮겨갈 물품들은 포장에 들어갔고, 운반

할 우마차가 경당 근처 마구간 공터로 속속 집결했다. 임시 천막촌이 형성되면서 사람들은 할당받은 이삿짐을 지게로 옮기느라 바삐 오갔다. 내일부터는 순차적으로 길을 떠날 것이고 예정대로 열흘 후면 이주 집단이 완전히 떠난다는 소식이었다.

그런데 이주 집단을 이끌 지도자는 아직 결정되지 않았다. 자원하는 귀족이 여럿 된다는 소문만 무성할 뿐 아직 구체적으로 거론된 인물은 없었다. 궐내 소도의 백리가슬만이 이주 고을의 당골로 입문할 여사제로서 실명이 언급된 유일한 것이었다. 물론 히누리 공주 이름은 궁녀들의 입방아에 아예 오르내리지도 않았다.

단군천자의 권유가 있었지만, 그것을 결정할 사람은 오직 히누리 자신이었던 것이다. 이주를 결행하면 신불사와 함께할 것이며 혼인을 하게 될 것이라는, 아버지의 말씀을 들은 이후로 히누리는 심한 갈등에 빠졌었다.

'고난을 감수하고 사랑을 얻느냐, 아니면 가족과 평온한 삶을 누리느냐.'

그러나 감춰진 히누리의 속내는 다른 데 있는지도 몰랐다. 신불사를 향하는 사랑과 그의 투쟁심을 대하는 존중이, 어떠한 외풍에도 무너짐 없이 한결같은 태도를 유지할 수 있는가 하는 것이다.

어전 회의를 하루 앞두고 신불사 장수가 입궐했다는 소식이 몇몇 궁녀의 수다에서 흘러나왔다. 그녀들은 이구동성으로 신불사의 늠름한 자태를 흠모하는 잡담들을 쏟아내고 있었다.

궁궐 밖 동편에는 대신 일가와 관리들이 모여 사는 집촌이 있고 거리 곳곳마다 회화나무들이 군락을 이뤘는데, 무더운 여름철에 나비 모양의 연노랑 꽃을 피웠다. 피를 맑게 하는 약제로 효험이 있어 궁녀들이 그 꽃을 따러 나왔다가 부근 활터에서 신불사를 봤다는 것이다. 그는 산들바람에 후드득 떨어지는 회화나무의 꽃을 지르밟듯 내닫는 말 위에서 과녁이 뚫어져라 화살을 쏘고 있었다고 했다.

"신불사님이 오신 게 확실해?"

"그럼요. 저도 애들이랑 꽃을 줍다가 두 눈으로 직접 본 걸요."

매화가 건네는 귓속말에 히누리의 가슴이 뛰었다. 내일 어전 회의가 있는 줄은 히누리도 알고 있었다. 그러나 신불사 장수는 거기에 참석할 수 있는 벼슬자리에 있지 않아 별다른 관심을 갖지 않았는데 오늘 뜻밖의 소식을 들은 것이다.

히누리는 베틀에 앉아 명주실로 옷감을 짜던 중에 곁에서 거드는 목단이에게 조용히 일렀다.

"내가 이것을 끝내면 신불사님을 만나러 갈 것이야. 그러니 지금 어디 계시는지 알아보아라."

히누리가 길쌈 수련을 마칠 즈음에 진조선의 친위대 장교가 공방을 찾아왔다.

그는 막조선의 어부 출신으로서 처음에는 진조선의 말단 수병으로 입대했으나, 몸이 민첩하면서 힘이 세고 특히 칼을 잘 다뤄 근접 전투에 탁월한 솜씨를 보이는지라 궁궐 수비를 맡게 되었고 어느덧 부관의 계급에까지 이른 자였다. 그러나 명문세가 출신이 아닌데다가 무공을 세운 적도 없어 더 이상의 진급은 못하고 있다가, 칠 년 전에 연나라 자객들이 궁궐을 야간 침입한 사건이 터진 그때에 적들을 단숨에 제압한 공적으로 마침내 천자의 눈에 띄어 친위대 장교로 발탁된 인물이었다.

그가 친위대 병사로 근무할 때에 히누리는 경당의 학도였고 수시로 궁궐을 넘나들던 무렵에 마침 그와 같은 위중한 사건이 일어났는지라 그가 또렷이 기억에 남았었다. 그 후 히누리는 소문으로만 듣던 그의 빼어난 칼 솜씨를 무술 경연장에서 직접 확인할 기회가 있었는데 그때 놀랍도록 화끈한 그의 무술에 감탄하여 뜨거운 갈채를 보냈었다.

그런 남다른 기억 속의 무사가 느닷없이 자기를 찾아온 것이기에 히누리는 한편으로 어리둥절하면서도 옛 친구를 만난 듯 반갑게 맞이했다.

"탁발도추 장교님 아니십니까? 오, 이렇듯 만나게 되다니 기쁘기 이를 데 없습니다. 그런데 여기는 어쩐 일이십니까?"

"천자께서 왕검대전 후원에 납시었습니다. 즉시 공주님을 모셔 오라는 어명입니다."

"알겠습니다. 앞장서시지요."

공주는 뜰을 걸으면서 서너 발짝 앞서가는 진조선의 친위대 장교에게 물었다.

"장교님께 하나 물을까 합니다. 혹시 신불사 장교를 잘 아시는지요?"

"장교 모임 때 몇 번 만난 적은 있습니다만 개인적으로는 알지 못합니다."

"그는 지금 연나라와의 전쟁을 원하고 있습니다. 어떻게 생각하십니까?"

친위대 탁발도추 장교는 일정한 보폭으로 앞을 보고 걸으면서 공주의 질문에 답했다.

"오랜 세월에 걸쳐 자행된 연나라의 침략에 대해 우리는 어설픈 관용과 용서를 반복해서 펼쳐 왔습니다. 결국엔 참극을 불러올 것입니다."

"용서가 어설펐다니요? 관용을 베푸는 일에 그런 도식이 있을 수가 있나요?"

"죄를 모르는 빈대 놈은 박멸만이 용서다. 그렇게 말씀드리면 되겠습니까?"

"오! 장교님, 이것은 벌레가 아니라 인간사의 문제입니다."

"저번 장교 회의 때 신불사 장수가 들려준 얘기입니다. 저는 그 말에 찬동하고 있습니다."

"설마 종족 말살까지를 의미하는 건 아니겠지요?"

"네? …우리가 말입니까?"

친위대 장교는 생각지도 못한 얘기라는 듯 발걸음까지 멈칫했다. 그러나 바로 내처 걸으며 말을 이어갔다.

"공주님, 국가 해체를 말합니다. 연나라를 멸망시키지 못하면 우리가 멸망당하게 됩니다. 사람 숫자가 열 가운데 하나에 불과한 우리야말로 그놈들이 전개하는 종족 말살에 내몰리게 됩니다."

"일국의 멸망은 또 다른 국가의 득세로 이어질 텐데 과연 해결책이 될 수 있을까요?"

"그렇긴 합니다. 살아있는 것들은 늘 버릇처럼 다투니까요. 공주님, 이 땅에서는 강한 것만이 정의라 부르짖기에 영원한 평화는 없는 줄로 압니다. 죽기까지 끊임없는 투쟁이 계속될 것입니다."

궁궐 담장의 사방에 외부의 침입을 감시하는 누각이 있고 사람들이 출입하는 사대문이 세워져 있다. 귀족과 관리들은 집촌을 오가느라 동쪽의 봉황문을 주로 이용하는데 그쪽 가까이 숲이 울창한 곳에 왕실의 후원이 있다.

단군천자는 그 후원의 호숫가 능수버들 그늘 아래에 신불사와 함께 돌의자에 앉아 있었다. 시중드는 내관과 친위대 군사는 멀리 정자가 있는 쪽으로 물러나 있고, 때마침 불어오는 산들바람을 타고 매미가 시원스럽게 울어대어 무더운 여름을 노래하고 있다.

"전쟁하면 승리의 개가를 올릴 수 있겠느냐?"

"천자마마, 기필코 이길 것이옵니다."

"군사는 어느 정도까지 모으면 되겠느냐?"

"마마, 군사 일만으로도 가능하옵니다."

"일만이라고? 그 적은 병력으로 대체 어떻게 싸울 생각이냐?"

"마마, 적의 중추 요새이자 배달겨레의 오랜 군사 도시였던 상곡을 북막과 협공해서 칠 것입니다. 고토를 회복하는 즉시 우리 유격대가 적의 수도 계성까지 기습 공격으로 쳐들어갈 것입니다. 그리고 연나라 왕, 문공을 단칼에 굴복시킨 뒤 그곳에 노예로 억눌려 있는 유목민을 해방시킬 것이옵니다."

"그리고는, 그러고 나서는?"

신불사는 단군천자의 말뜻을 몰라 머뭇거리다가 내처 말했다.

"그리고는 연나라의 해체입니다. 화하족들을 모조리 그네들이 원래 살았던 곳, 남방으로 쫓아낼 것이옵니다."

단군천자가 자리를 박차고 일어나자 신불사도 뒤따라 벌떡 몸을 일으켰다.

"흐음! 내 젊은 날의 패기를 보는 것 같구나. 알겠노라. 내일 어전회의 때 자네도 참석하라. 다만 질문에 답하는 것 외에 어떠한 논쟁에도 끼어들어서는 안 될 것이다."

"천자마마, 명심하겠사옵니다."

단군천자는 길게 늘어진 넓찍한 소맷자락 속 두 손을 들어 느긋하게 뒷짐을 지고서 하얀 연꽃들의 고고한 향연을 바라보았다.

"흠, 상곡 지명은 기밀로 해 두어라. 그런데 장교가 표적으로 언급한 상곡은 옛적에 탁록이었다는 말이 있다. 탁록 전쟁, 그 역사적 사실을 알고서 지목한 것이냐?"

"알기도 하거니와 지금도 여전히 우리 북방족에게는 요충지라 판단되옵니다."

"알겠다. 우선은 말뿐이라 해도 왠지 한시름 놓이는구나, 허허. … 그건 그렇고 공주가 아직까지 마음을 다잡지 못했다. 아무래도 자네가 설득해야 이 일이 풀리겠구나."

그때 마침 저만치서 다가오는 히누리를 발견하고 단군천자는 빙그레 미소를 지었다.

"허허, 녀석! 저기 아리따운 공주가 오는구나."

히누리는 단군 임금과 같이 있는 신불사 장수를 발견하자 반가움보다도 두려운 마음이 들면서 속이 울렁거렸다. 줄곧 끓어오르다가도 물거품처럼 사라지곤 했던 전쟁의 성난 물길이, 결국은 도도하게 넘쳐흘러 걷잡을 수 없는 진창 상태가 되어 버리는 게 아닐까 했다.

"공주야, 어서 오너라."

경의를 표할 겨를도 없이, 단숨에 다가온 단군천자가 자신의 어깨를 보듬고 돌의자로 이끄는 바람에 히누리는 어찌할 줄 몰라 허둥댔다.

"격식 차릴 것 없다. 편안하게 앉아 있어라. 자네도 공주 옆에 앉게."

단군천자의 권유에 신불사는 공주 옆에 나란히 앉게 되었다. 단군천자의 허물없는 거동에 신불사는 난처해했고, 히누리 역시 태연하려 했지만 두려운 심정을 감출 수가 없었다.

"우리 대부여의 선남선녀가 이처럼 다정하게 앉은 모습을 보니 참으로 보기에 좋고 예쁘고 기쁘기가 이를 데 없구나."

단군천자는 둘의 모습을 대견해하면서 맞은편 돌의자에 앉았다. 그의 하얀 모시 두루마기가 불어오는 미풍에 펄럭였다.

"히누리야."

"네, 임금님."

"가만, 그러고 보니 어느덧 삼 년이 훌쩍 지났구나. 일찍이 천해 유역으로 떠났던 선발대가 무사히 고을 건설을 끝내고 일부는 돌아오는 중이다. 열흘 후면 삼백 세대의 양민이 그곳에서 완전히 정착하

게 된단다. 용맹한 우리 전사들이 백성들을 수호할 것이고 정착해
서 고을을 보위하는 역할을 하게 될 것이다. 그리고 히누리 공주와
신불사 장수, 두 사람은 그곳에서 혼례식을 올린 뒤 고을의 시조로
새로운 출발을 하게 될 것이다."

"단군 임금님, 저는…."

"히누리야."

"네, 임금님."

"천해 그곳에다 고을을 만든 이유를 설명하마. 한겨레의 근원지를
복원한다는 의미도 있지만, 무엇보다 역사적 중요 기록물과 서책들을
은밀히 보관하려는 것이다. 공주도 필사를 해 봐서 짐작하겠지만, 지
역을 나눠 분산하지 않으면 제아무리 필사를 더하고 철저히 보관한다
한들 멸실될 가능성이 한층 크지 않겠느냐. 그래서 그렇다."

궁녀들이 차와 과일을 내왔다. 그러고 보니 화강암을 빚어 만든
조각상들과 돌의자들이 곳곳에 배치되어 있는 이곳은, 중요한 국정
의 현안 문제를 다루는 와중에 대신들을 따로 불러내어 설득하거나
그들의 지원이 필요한 상황이 닥쳤을 때에 특별히 마련하는 자리라
는 얘기를 들은 적이 있다. 그만치 단군천자는 절실한 심정으로 신
불사 장수까지 불러놓고 자기를 설득하려는 게 아닌가 싶어 히누리
의 마음이 복잡해졌다.

"단군 임금님, 그러하시다면 영고탑이나 평양이 있지 않습니까?"

"거긴 별궁이 있고 많은 유물들이 보관되어 있는 곳인데 어찌 적들

이 모르겠느냐. 더구나 영고탑에는 태자가 머무르고 있어 적들이 눈여겨보는 지역일 것이다."

하긴 그렇다. 그곳엔 경당의 도서관처럼 많은 중요 문서와 제작기법서, 학자들의 사상서와 서책들이 비치되어 있다. 참, 그러고 보니 이미 여러 지역에 문서들이 분산되어 있다 할 것인데 그것으로도 부족하여 외딴곳까지 따로 모색하시겠다니? 천자의 강박증이 날로 심해지는 것이 아닌가 하여 히누리는 심히 우려되었다.

허튼 생각에 그녀가 머뭇거리는 사이, 버드나무 가지에 작은 참새들이 날아들었고 짹짹거리며 앙증맞게 울어 댔다.

"허허, 요 녀석들! 오늘은 어찌 안 보인다 했노라."

단군천자는 쌈지에서 낟알을 한 줌 꺼내 손바닥을 펴자, 기다렸다는 듯 참새들이 한둘씩 날아들며 주둥이로 쪼아 댔다. 손끝에 앉으려 하며 작은 날개를 퍼덕이는 깜찍한 생김새에 히누리와 신불사도 탄성 속에 한동안 시선을 떼지 못했다.

히누리는 어느덧 두려움이 사라지고 마음이 편안해졌다. 전쟁과 관련된 어떠한 언급도 없었을 뿐만 아니라 눈앞에 펼쳐진 자연의 정취에 매료되었기 때문이었다.

"됐다. 다음에 또 오너라."

단군천자가 두 손을 툭툭 털자 쉼 없이 짹짹거리던 참새들이 어디론가 후르르 떼 지어 날아간다. 단군천자는 두 사람을 바라보며 빙긋 웃다가 다시 말을 이었다.

"내가 이제 살면 얼마나 더 살겠냐마는, 그래도 여태껏 단군으로 살아온 까닭에 먼 후손의 삶까지 헤아리지 않을 수가 없구나. 겨레에 대한 온갖 근심과 걱정이 이 늙은이를 맘껏 죽지도 못하게, 참으로 모질게도 나를 붙들고 있단다. 흠, 짐은 그만 일어날 것이니 너희 둘은 못다 한 얘기도 서로 나누면서 회포를 풀도록 하여라."

단군천자가 일어나려 하자 히누리의 마음이 영문도 모르게 불안해졌다.

"단군 임금님, 그러겠습니다. 천해로 떠나겠습니다."

'까짓 뭐 어떠랴. 신불사 장수가 호위한다지 않는가. 그곳에서 혼례를 치르고 평생을 같이할 거라 하지 않는가.'

히누리는 혼란과 갈증 속에 보낸 시간들을 이참에 말끔히 정리하고 싶었다. 단군천자는 히누리의 결단에 감격해하였다.

"오! 오늘은 참으로 기쁘고도 기쁜 날이로다. 만세에 이르도록 이 날을 기억해야 할 것이야. 두 사람이 떠나기 전에 성대한 잔치를 열고 도성의 모든 풍악을 울려 경축할 것이니 그리 알라."

단군천자가 홍겨워하며 몸을 일으키자 두 사람은 따라 일어서며 그의 면전에 머리를 조아렸다.

"참! 당골은 어쩐다, 공주가 겸하는 게 어떠하냐?"

히누리는 멈칫했다. 백리가슬을 내세웠다더니?

"소녀는 감당키 어렵습니다. 따로 세우시옵소서."

"허허, 내 그럴 줄 알았다. 흠, 짐이 알아서 뽑아 놓으마."

그는 하얀 도포 자락을 휘날리며 성큼성큼 걸어 나갔다. 내관과 친위대 군사가 부리나케 호위에 나섰다.

단둘이 오붓하게 머물기에는 어색한 자리가 분명했지만, 단군천자의 권유 때문인지 두 사람은 다시 돌의자에 나란히 앉아 호숫가를 바라보았다. 하기야 여기까지 떠밀리어 온 마당에 굳이 남의 시선을 두려워해서 무엇 하겠는가!

"저리도 좋으실까?"

이제 둘의 운명은 단군천자가 겨눴던 활시위를 떠난 화살촉과 같다는 생각에 히누리는 마음이 조급해졌다. 이때 가까운 나뭇가지에 날아든 박새가 쏙독쏙독 울어 대었고 그제야 주변 숲에서 노래하는 뭇새들의 지저귐이 요란스럽게 귓가에 쏟아졌다. 그녀는 불쑥 몸을 일으켰다. 그리고 한두 걸음 나아가며 춤사위를 부드럽게 펼쳤다.

그러다 몸을 돌려 신불사를 바라보는, 흡사 새들의 노랫가락에 맞추듯이 허리와 손목이 하늘하늘 휘어지도록 그녀의 양팔이 좌우로 흐느적거렸다. 히누리는 여전히 미소를 띤 채 입술을 떼었다.

"좀 전에 제가 내린 결정을 장교님은 어떻게 받아들이실 건가요?"

"공주님!"

"네?"

미소 속에 바라보던 장수의 표정이 일순 비장해지자 히누리는 긴장하여 춤사위를 우뚝 멈췄다.

"저는 공주님과의 혼인을 간절히 원했습니다. 그래서 칸과 천자마마에게 우리의 뜻을 전하고 혼인을 허락해 주실 것을 간청했었습니다. 그리하여 두 분께서 흔쾌히 받아주셨습니다."

꿈결 같은 얘기에 히누리는 덥석 그의 곁으로 다가가 앉았다. 그녀의 손길은 어느새 그의 육체를 흠모하였고 신불사는 그녀의 눈동자 속으로 빠져들듯이 들여다보았다.

"저는 공주님과 한평생을 같이할 것임을 거룩하신 하늘 아래에서 언약하는 바입니다."

"오, 신불사님! 저도 정말 기쁩니다. 강제된 혼인이 아니라 사랑으로 맺어진 가시버시가 된다고 생각하니 제 가슴이 자꾸만 두근거리고 자꾸만 설렌답니다."

신불사는 가만히 그녀의 어깨를 끌어안았다. 히누리는 콩닥거리는 가슴을 그의 푸근한 온기와 나누며 행복에 젖어 들었다.

신불사는 전쟁 이야기를 꺼낼 수 없었다. 전쟁의 잔혹성을 잘 아는 그녀에게 지금 누리고 있을 희열과 평강의 기운을 흩어뜨리고 싶지가 않았다.

'내일 당장 어떤 결론에 도달할지는 그 누구도 예측할 수 없는 일이 아닌가. 그런데 만약, 전쟁이 선포되고 자신이 출정하게 되면 히누리 공주와의 혼인은 어떻게 되는 것일까? 혼례식은 내년이라니까 아무 문제없을 것 같지만 과연 그녀가 이것을 납득하고 기꺼이 받아들일 것인지…?'

신불사는 상념에 멍하니 앉았다가 그녀 목소리에 번쩍 깨어났다.

"신불사님? …무엇을 그다지도 골똘히 생각하시는지요?"

210

다니엘은 간밤에 숙소에서 자지 않은 모양이다. 아침 식사에 그는 모습을 드러내지 않고 있다. 카르로스가 가까이서 아침을 들고 있지만, 을지는 물어볼 수가 없다. 그의 불편한 심기를 쓸데없이 건드리고 싶지 않은 것이다.

그건 그렇고 처음 며칠 동안은 돼지고기와 닭고기 요리가 쌀밥과 곁들여 나왔으나 그 후로는 씹기 거북한 수수 잡곡밥에 정체 모를 채소 나부랭이 일색의 식단이다. 하지만 그 누구도 이것을 두고 투정하는 자가 없다. 고기가 아니라, 입에 풀칠할 곡식조차 구하기가 하늘의 별 따기라는 소문이 항간에 떠돌고 있었으니까. 그나마 다행인 것은 이동 중에 비축해 뒀던 육포와 말린 치즈가 아직 남아 있어 조금씩이나마 식탁에 오른다는 것이었다.

이곳의 판자 지붕 위로 태양이 넘어간 횟수가 어느덧 열흘이 훌쩍 지났건만, 사정은 좀처럼 나아질 기미가 보이지 않았다. 다니엘은 숙소에 머무는 시간보다 어디론가 누군가를 만나러 바삐 돌아다니는 모양이었다.

낙읍 거래상의 계약 불이행에다 주나라 왕실과의 거래 또한 제대로 풀리지 않는 이 난제를 어떻게 헤쳐 나가야 좋을지에 대해, 그 누구도 속 시원한 해결책을 제시하지 못했다. 페르시아 상인 카르로스는 애초부터 단독으로 일을 추진해 왔던 유대 족속 다니엘 집사의 대책 강구만을 멀뚱히 지켜볼 뿐 속수무책이기는 매한가지였다. 마치 가물에 말라가는 물웅덩이에 갇힌 가물치 신세와 다를 바 없었다.

을지는 며칠날에 걸쳐 이 같은 형편을 눈여겨보았고 마침내 전운이 감도는 전장의 장수가 된 심정으로 조카 무사들에게 지시했다.

"오늘부터는 우리 모두 밤 올빼미처럼 지내야 할 것이다. 동트면 자고 늦어도 오후 일찍 일어나야 해. 언제든 적과 맞붙을 태세를 갖춰야 할 것이다."

"삼촌, 상대는 누구입니까?"

"나도 지금은 모른다. 예측 가능한 것은 물건을 노리는 자들이 아닐까 싶다. 영감님 방과 창고를 염두에 두고 경계에 임해야 할 것이다."

그러나 을지의 직감을 조카들에게 알리는 그때, 이미 사건은 밤사이에 터져 있었다. 창고에 보관한 6십여 개의 짐 꾸러미 중에 절반가량이 사라져 버린 것이다. 그러한 사실을 맨 처음 발견한 사람은 창고를 지키기 위해 아침에 들어온 거래상 측의 검객, 제갈숙이었다. 카르로스의 하인들은 밤에, 그리고 낮에는 중개상의 검객들이 창고를 지키기로 약속이 되어 있었다.

흥분한 카르로스는 즉각 하인들을 앞마당 한자리에 불러 모았다.

"간밤에 창고 감시자는 누구냐?"

"접니다요. 주인님."

한 젊은 하인이 나섰다.

"자네 이름이 뭐랬지?"

"아르페리오라고 합니다."

그는 음식 담당 다오리우스의 조수였다.

"도대체 어찌된 일이냐? 그리고 자네 혼자서 감시했는가?"

"주인님, 저는 자시까지만 지키고, 그 후로는 타부르가 맡았습니다요."

그러나 소집된 하인 중에 타부르의 모습이 보이지 않는다.

"타부르는 어디 갔느냐? 후딱 가서 데려오너라."

그러나 안내인 타부르를 어디에서고 찾을 수가 없었다. 그는 숙소를 완전히 떠난 것이다. 그런데 없어진 하인은 타부르뿐만이 아니었다. 음식을 담당했던 다오리우스, 동물 담당의 타키투스도 사라진 것이다. 이쯤 되면 그들 역시 타부르와 작당하여 물건을 훔쳐 달아났을 개연성이 높아지는 것이다. 그런 마당에 다니엘 집사 역시도 모습을 감춘 모양새이지 않은가?

당황한 카르로스는 하인들에게 불호령을 내렸다.

"당장에 모두 밖으로 나가서 다니엘이 어디 있는지 찾아오너라."

위기의식을 느낀 하인들이 우르르 대문 밖으로 몰려나갔다. 카르로스는 애써 위안을 찾으려는 듯 중얼거렸다.

"기다려 보세. 다니엘과 함께 다들 나타날지도 모르지."

발걸음을 옮기려다 카르로스가 휘청거리자 곁에 선 을지가 그를 부축했다. 안쓰러운 마음에 을지는 힘을 북돋워 주고 싶었다.

"영감님, 우리에게는 보물이 있습니다. 힘내십시오. 거래상 놈한테 이득 보는 건 없다손 치더라도 아직 왕실이 있지 않습니까. 하루아침에 왕을 만날 수 없어 늦는 것일 뿐이니 때가 되면 모든 게 풀릴 것입니다."

그러나 카르로스는 고개를 절레절레 흔들며 근처 나무 둥치에 걸터앉았다. 을지의 위로처럼 아직도 그같이 희망을 품는다는 것은 집착이자 절망의 구렁텅이인 늪지대에서 헤어나지 못하고 여전히 맴돌며 헛디딘다는 것을 의미했다. 적어도 오늘 아침 이 같은 상황에 있어서는….

  장작불을 들쑤신 듯 한바탕 뒤숭숭했던 아침 공기가 겉으로 평정을 되찾아갈 즈음에 거래상 설인량이 불쑥 모습을 드러냈다. 도난 사실을 알리고 사라졌던 검객 제갈숙과 함께 대문 안으로 들이닥친 것이다. 그는 걷기에도 힘들어 보이는 살찐 몸을 이끌고 흡사 자기 물건을 잃어버리기라도 한 것처럼 갈피를 못 잡고 허둥지둥 소란을 피워 댔다. 심지어 도난당한 물건이 무엇인지를 알아내려고 창고 속의 짐 꾸러미를 뒤지려고까지 했다.
  안하무인의 거래상 횡포에 통역을 맡은 하메스가 전전긍긍했다.
  "너무 지나치지 않소? 거래되지 않은 물건에 손을 대다니요."
  "남은 물건의 가치를 알아야 거래를 해도 할 수 있는 게 아니겠소? …빌어먹을 놈! 무엇 하는 게야, 냉큼 확인하지 않고!"
  거래상은 짐 꾸러미를 뒤지다 말고 머뭇대는 제갈숙에게 괜한 성깔을 부렸다.
  한편으로는 그의 말도 일리가 있어 보였다. 결국 카르로스는 남은 물건의 확인을 승낙했고, 도난을 면한 물건을 살펴본 결과는 충격적이었다. 가장 값나가는 물건만을 골라 감쪽같이 훔쳐간 것이다. 살아남은 짐 꾸러미들은 페르시아산 중에서 저렴한 물품이 태반이었고, 그 외에 건조된 식량 꾸러미와 여행 중에 하인들이 더러 사용했던 중고 생활용품 따위였다. 도둑들은 대체 어떻게 알았을까?

상인답게 물건의 가치를 알아차린 설인량이 노발대발했다.

"제기랄! 값나가는 것만 골라 빼돌렸군! 이건 농간이야!"

설인량의 무례한 태도에 카르로스도 발끈했다.

"무슨 말을 그리하시오? 내 물건을 내가 어떻게라도 했다는 것이오?"

"물건을 고이 넘겨주지 않겠다는 뜻이 아니겠소이까? 이 물건으로는 일행들의 숙식비도 안 되는 값이올시다. 아시겠소?"

"뭣이라고? 이런 날강도 같은 놈들이라니!"

카르로스의 분노에도 아랑곳없이 설인량은 뻔뻔스럽게 외쳤다.

"흥정은 물 건너간 것, 더 이상 거래는 없소이다."

"의심스럽소. 도둑들이 당신네들과 작당해서 훔쳐가지 않고서야!"

"무슨 허망한 소리를! 당장 내일 아침에 숙소를 떠나시오. 물건은 숙식비로 압수하겠소이다. 가자!"

설인량은 일방적으로 퇴거를 통고하고는 제갈숙을 대동하고 대문 밖으로 빠져나갔다.

"지금 이 사태를 어찌 생각하는가?"

카르로스는 순식간에 벌어진 이 상황을 놓고 을지에게 의견을 묻지 않을 수 없었다.

"신의에 어긋나는 추한 인간의 작태를 봤습니다만 저들이 저지른 짓 같지는 않습니다. 우리 쪽에서 벌어진 일 같습니다."

그렇다면? 카르로스는 생각이 미친 듯 갑자기 허둥댔다.

"혹시 다니엘이 선수 쳐서 물건을 빼돌린 게 아닐까?"

"네? 그게 무슨…"

"그러니까 내 말은 거래상 놈이 저딴 식으로 물건을 강탈할 걸 미리 알아차리고 안전한 다른 곳으로 물건을 옮겨 놨다는 얘기지."

"설마요? 영감님께 귀띔도 없이 말인가요?"

"그런가?"

카르로스는 다시금 늪 속으로 떠밀려 가는 것 같은 절망감에 휩싸여 고개를 절레절레 흔들었다.

그런데 노인의 말에 을지는 번개처럼 한 생각이 스쳤다.

'물건을 옮겨 놓은 게 아니라 다니엘이 주도해서 훔쳐낸 것은 아닐까? 물건의 가치를 하인들은 알지 못하니까. 물건을 운반하면서 들키지 않고 숨기려면 이곳의 지리와 언어에 익숙해야 하니까. 그리고 달아난 하인들 외에 이곳에 거주하는 지원 세력이 있어야만 판로가 가능할 텐데 이 또한 다니엘은 왕실의 관리까지 알 정도니까. 그렇다면 앞으로 보물과 카르로스 영감, 그리고 우리의 운명은 어떻게 되는 것일까?'

여기까지 생각이 미치자 을지는 저도 모르게 불끈 움켜쥔 주먹과 팔뚝의 힘줄이 한껏 불거지면서 순식간에 맥박이 뛰고 숨소리가 거칠어졌다. 어쩌면 이와 같은 생각을 저 카르로스 영감도 하고 있는지 모른다. 이것은 망상이 아니라 이런 상황에 누구든 떠올릴 수 있는 생각이 아니겠는가.

을지는 숫돌에 갈아 칼날을 세운 세형동검으로 구레나룻 수염을 깎았고 뒤로 묶어 길게 늘어뜨렸던 머리카락을 삭둑 잘라 더벅머리가 되었다. 본래 더벅머리였던 이사는 더욱 짧게 머리카락을 쳤다. 무르치도 수염을 짧게 깎고 옆과 뒤로 땋았던 머리카락을 냉큼 잘라 냈다. 그들은 하나의 의식처럼 경건하게 무릎 꿇고 앉아서 서로의 외모를 번갈아 손질하여 주었다. 결전을 앞둔 비장한 무사의 의례 절차인 것일까. 멀리 턱을 괴고 앉은 카르로스의 두 눈에 그리 비쳤다.

결전의 순간이 도래할 것을 예감하고 머리카락을 짧게 자른 그때, 을지의 판단을 비웃기나 하듯 다니엘이 헐레벌떡 뛰어 들어왔다. 도난 사실을 알게 되고 그리 오래지 않아 나타난 것이다.

"마침 왕족 한 분을 만날 참이었는데 도난 소식을 듣고 급히 달려왔습니다, 주인님."

카르로스는 죽은 자식이 살아 돌아온 듯이 기뻐하며 그를 부둥켜 안았다.

"다니엘, 이 일을 어찌하면 좋은가? 물건을 찾아내야 하지 않겠나?"

"주인님, 여태껏 왕족과의 접촉을 시도했었는데 이제 겨우 이뤄지려나 봅니다. 우선은 이것부터 해결 짓고 나서 대책을 세워야 할 것 같습니다. 급박해서 저는 다시 나가 봐야 합니다."

"다니엘, 그러게나. 그것만큼 급한 게 또 어디 있을까."

"어쩌면 내일까지 상황을 지켜봐야 할지도 모릅니다만, 아무튼 다녀와서 자세한 말씀드리고 도난당한 물건도 확인하도록 하겠습니다. 참! 그리고 이사를 데려가도 되겠습니까? 호위가 필요할지도 몰라서 그렇습니다."

"그럴 테지. 이사를 데리고 어서 다녀오게."

을지는 바깥으로 나가는 이사의 단독 호위를 허락하면서 다니엘의 동태까지 살필 것을 몰래 지시했다.

"다니엘도 미심쩍은 게 한둘이 아니야."

"알겠습니다, 삼촌. 그럼 다녀오겠습니다."

다니엘이 황급히 뛰쳐나가자 이사가 그 뒤를 따랐다. 사라지는 그들의 뒷모습을 바라보던 을지는 신중한 표정이 되어 카르로스에게 말했다.

"영감님, 이건 제 생각에 불과합니다만⋯."

카르로스는 서둘렀다.

"그래, 어서 자네 생각을 말해 보게. 참! 여기서 이럴 게 아니지."

그는 주변을 둘러보더니 소리 낮춰 말했다.

"무슨 생각인지 내 방에 들어가서 얘기하세.

카르로스와 을지는 집채 안 마룻바닥에 마주보고 앉았다.

"영감님, 모든 미련을 버리고 이곳을 떠나는 게 어떻겠습니까?'

"돌아가자고? 곧 성사된다고 하지 않던가?"

"어제오늘의 사태를 짐작건대 피비린내가 감돌고 있습니다. 재물을 놓고 각축전이 벌어졌고 욕망에 불이 붙었습니다."

"그게 무슨 소린가? 살육이라도 일어난다는 것이야?"

"지금 상황이 그렇지 않습니까? 하인들이 물건을 훔쳤고, 거래상이 남은 물건을 노리고, 왕족이 이제 보물을 탐낼 테고, 그런 형세의 중심에 영감님이 있습니다. 그들의 손아귀에서 속히 벗어나셔야 합니다."

"듣고 보니 자네 말이 하나도 틀리지 않아. 두려운 일이야! 다니엘이 돌아오면 심사숙고하여 결정을 내리도록 하겠네."

다니엘의 행각 역시 미심쩍었지만, 그가 모습을 드러냄으로써 카르로스 입장에서는 모든 의혹이 눈 녹듯 사라진 상태였다.

"저희들은 목숨 걸고 영감님을 지켜 드리겠습니다."

"고마우이. 자네를 만난 것이 내게 크나큰 행운일세."

23

다음 날 오후였다. 진조선의 궐내 정전인 왕검대전에서는 단군천자의 주재하에 토론이 한창 진행되고 있었다. 오늘 어전 회의는 앞서 화백 회의 때처럼 북막과 연합하여 연나라를 정벌하는 문제를 의제로 삼고, 그 최종 담판을 짓기 위해 단군천자가 소집한 것이다.

회의에는 단군천자와 조정의 오가 대신 외에 번조선의 사신과 한수(지금의 한강) 하류의 미추홀에 도성을 둔 막조선의 사신, 그리고 선비국, 고죽국, 물길국의 세 왕이 참석했다. 그리고 신불사 장교가 참고인으로 출석하여 서기관들이 좌정하는 자리 쪽에 착석했다. 신불사를 제외하고 도합 열 명의 신하가 특별히 마련된 어전 회의에 참석한 것이다.

이번에도 치열하게 전개된 난상토의는 좀처럼 합의점에 이르지 못하고 있었다. 그럴 경우에 논의된 안건의 최종 결정은 화백 회의 때와 달리 단군천자가 직접 내릴 수 있지만, 반대자의 반발을 우려하여 대개는 점을 쳤다. 천신에게 제물로 바친 황소의 내장과 어깨뼈 상태, 그리고 거북 등껍데기의 균열 상태를 당골이 살펴보고 신의 뜻과 운명을 갑골 문자로 기록하면 그것의 해석과 채택 여부를 대제사장인 단군천자가 결정하는 방식이었다. 그런데 이러한 점괘에 의한 천자의 결정권이 융안 족장 우화충의 반란 이후 그 존엄이 심히 훼손된 상태였다.

당시 권문세가 집단들과 연줄이 없었고 인맥이 보잘것없었던 변방의 욕살, 구물 장군이 군대를 이끌고 반란을 진압한 그 여세로 권좌에 앉았고, 내처 그 아들인 여루 자신이 대를 이은 경우라서 그 권위가 제약적일 수밖에 없는 처지였다. 특히 전쟁과 관련해서는 삼조선 내 각 부족들의 의견을 반드시 수렴해야 하는 허약한 권력 기반에 놓여 있었다. 여루 단군은 부족 단위로 흩어져 있는 군사력을 통합하는 데 실패했던 것이다.

그뿐만 아니라 경제적 측면을 살펴보더라도 천자가 직할하는 장당경 내의 세금만으로는 국가 기반의 유지와 궁중의 재정을 감당하기 어려워 부족장들이 제공하는 공물에 의존할 수밖에 없는 상황에 놓여 있었다.

두만누르하 물길 국왕은 토론에 지친 듯 축 가라앉은 목소리로 북막을 두둔하는 논지를 느릿하게 이어 나갔다. 그러자 묘무실 구가 대신이 참다못해 두 눈을 치켜뜨며 날 선 목소리로 대응했다.

"도대체 똑같은 얘기가 자꾸 길어지기만 하는데요, 북막은 국가 체제를 갖춘 집단도 아니고 누가 보더라도 야만스럽고 미개한 족속입니다. 이렇듯 아무런 근본도 없는 부족과 연합을 하겠다는 발상 자체가 가당찮은 일입니다. 더군다나 그들의 주장을 곧이곧대로 믿고 대뜸 연국을 응징하겠노라 떠들면서 부화뇌동하여 칼날을 세우는 행위는 더더욱 무모하고도 무책임한 처사라 아니할 수 없습니다."

그러자 두만누르하 물길 국왕이 반박했다.

"말씀을 그리 험하게 하시면 안 되지요. 야만스럽다니요. 같은 한 핏줄인 배달겨레를 무시하시면 우리는 뭐가 됩니까? 우리 물길족 또한 유구한 세월을 유목하면서 살아왔습니다. 북막의 풍습도 자연을 경외하는 우리와 비슷한 구석이 많다고 하더이다. 농사를 짓고 반듯한 집 한 채를 지어야만 문명이라는 말씀입니까? 자연 상태 그대로 가축을 방목하고 별을 따라 처소를 옮겨 다니는 삶을 어찌 미개하다고 하시는지요. 그리고 설마하니 연나라 측의 얼토당토않은 주장까지 귀담아듣자는 말씀은 아니시겠지요?"

신불사 장수는 꿈쩍도 하지 않고 좌정한 채로 신하들의 논쟁에 귀를 기울였다. 늘 그랬듯 이번 회의 역시도 출신 지역과 정치 성향, 그리고 이해득실에 따른 편 가르기 식의 주장이 극심했다. 우가, 마가, 구가, 양가, 이렇게 네 명의 대신과 고죽국 왕이 안건에 대해 강력하게 반대했다. 오가 대신 중에는 오직 만사유숙 저가 대신만이 연합 전쟁을 지지했고, 번조선과 막조선의 사신 그리고 선비국과 물길국의 왕이 저가 대신의 주장에 힘을 보태는 형세였다.

지난번 전체 화백 회의 때에는 의견 개진이나 숫자에 있어 주화파가 상당히 득세했었으나 규모를 축소한 오늘 어전 회의에서는 균형을 이뤘는데, 단군천자는 이런 점을 노려 또다시 회의를 개최한 게 틀림없을 터였다. 주화파는 천자의 속셈을 짐작하고 이것에 불만을 품었지만 감히 노골적으로 드러낼 수는 없었다.

내재된 불만은 주화파에게만 도사린 게 아니라 주전파도 그러했다. 그리고 단군천자 또한 타성에 젖은 무력감이 지겨워 꿈틀댔다. 허구한 날 토론해 봐야 자기주장만을 입버릇처럼 되뇌는 회의에 오래전부터 염증을 일으킨 것이다. 그는 봉황좌에 비스듬히 기대앉아 턱을 괸 채, 졸음이 몰려와 실눈이 된 두 눈으로 신하들을 내려다보고 있었다.

여표박 우가 대신이 빈정거리는 말투로 논쟁을 이어갔다.

"아니! 사사건건 배달겨레니, 하늘의 자손이니 그러는데 머 그딴 걸 챙기면 대관절 그네들이 밥이라도 먹여 준답디까? 연국의 침략으로 자기네 부락이 불타고 죽고 한 것은 자기네들의 사정이고 우리가 관여할 바가 아니지요. 그렇지 않습니까? 오히려 우리 입장에서는 북막을 경계하고 멀리해야 국익에 도움이 될 거라 보는 입장이올시다."

그러자 시종일관 짜증난 표정을 짓고 있던 사공연지 마가 대신까지 가세하여 따지듯이 언성을 높였다.

"소문을 듣자 하니 북막은 여자가 귀하다고 하던데 이게 어찌된 일입니까? 장차 조선의 여자를 마구잡이로 납치해 갈지 모른다며 벌써부터 걱정이 이만저만이 아니라는 얘기가 도성에 파다하다고 합니다. 이것부터 진상을 파헤친 후에 연합하든지 어찌하든지 해야 하는 것 아니겠습니까? 그러고 아무리 좋은 쪽으로 생각해 보려고 해도 북막은 경제력이 없는 집단인 데다가 군사력 또한 의심스럽고 추후 상황이 불리해지면 언제든지 꽁무니 빼고 달아나 버릴 수 있는 유목 집단이라서 우리 조선의 진정한 연합 세력이 될 수는 없다고 보는 바입니다."

이후로도 계속되는 주화파의 집중포화를 주전파는 묵묵히 듣고만 있었다. 북막 족속과 연합했을 때의 유리한 요소와 전쟁의 불가피성을 설명하는 데에 한계가 있었고 그간의 강변으로 지쳤기 때문이었다.

주전파가 침묵하는 동안 주화파들은 의기양양했고 자신들의 주장을 최종적으로 관철시킬 작정인 양 지금껏 말을 아껴 왔던 연놀치 양가 대신이 발언에 나섰다.

"그렇습니다. 북막은 결코 우리 대부여의 우방이 될 수 없습니다. 그런 반면에 연국은 주나라 황제의 일가가 세운 제후국인 까닭에 우리는 주나라를 의식하지 않을 수 없습니다. 주나라로 말하자면 그들은 영토가 광활하고 수많은 제후국을 거느린 강대국입니다. 문물도 엄청 발전하고 있는 선진 족속이라 할 수 있습니다. 그들은 법으로 백성들을 엄하게 다스릴 뿐만 아니라, 죄지은 자들을 벌금에 처해 재정을 확충하고 그렇지 않을 경우엔 잡아들여서 노예로 부려먹어

농작물 생산량을 획기적으로 늘리고 있다고 합니다. 더욱이 지금 그곳은 수많은 학자들이 배출되어 다양한 사상을 전파하고 있다 하니 우리도 그것들을 하나하나 배워 나가야 할 줄로 압니다. 그리고 또한 주나라는 인구가 엄청나게 많은 큰 나라인데 전쟁해서 어떻게 그 많은 병력을 이겨낼 수 있겠습니까? 그들과 싸워 봐야 아무런 승산도 없을 뿐만 아니라 오히려 위험천만한 불장난에 빠지게 될 것입니다. 그러니 우리 대부여도 산동 반도에 있는 동이 족속의 도시 국가들처럼 현명하게 주나라의 제후국으로 들어가야 아무 탈 없이 영토와 재산을 보전할 수 있을 것이라 사료됩니다. 들리는 소문에 의하면 화하족들은 인간에게 유익한 온갖 위대한 종교까지 창시한 문화족속으로서 세간으로부터 칭송이 자자하다 하니 그들과 화친을 도모하는 것만이 나라를 위한 올바른 처신이 된다고 할 것입니다."

침묵하던 주전파들이 격분하여 웅성거렸다. 이때 물끄러미 지켜만 보던 단군천자가 논쟁에 끼어들었다.

"흠! 좌중의 신하들은 잠시 조용히들 하시오. 짐이 한마디 언급할까 하오. 양가 대신이 지론을 펼친 것들 중에, 법으로 백성을 엄하게 다스리는 그것이 마치 좋은 제도인 것처럼 내게는 들렸는데, 그렇다면 우리는 법이 없어서 백성들이 죄를 짓고 있다는 것이오? 그리고 벌금이나 노예가 없어 우리가 가난하다는 것이오? 대관절 어떤 것이오? 아니면 짐이 잘못 듣기라도 한 것이오?"

단군천자가 거듭 되묻자 양가 대신은 움찔할 뿐 어떠한 대답도 하지 못한다.

"흐음! 그렇담 이 문제는 예법과 형벌을 관장하는 우리 구가 대신이 아실는지 모르겠군. 어디 구가 대신이 나서서 말해 보시오."

묘무실 구가 대신도 당혹해했다. 그러나 응답을 하지 못했다간 질책을 당하게 될까 두려워 이리저리 생각을 짜낸 끝에 간신히 아뢰었다.

"어찌 법의 유무에 따라 죄악의 유무가 일어날 수 있겠사옵니까. 천신의 가르침에 따르자면, 죄악은 양심에 의해 반드시 드러나는 것이옵니다. 또한 우리에게는 한국 시대로부터 이어져 내려온 전통과 관습법이 있어 그것에 따르는 법집행으로 충분하다고 할 것이옵니다."

"흠! 답변이 썩 그럴듯하군. 또?"

"마마, 또 무엇을 말씀하심이옵니까?"

"벌금과 노예 말이오."

"마마, 그것은 부의 축적과 생산력 향상에 큰 도움이 되는 줄로 아옵니다."

"오호! 그렇담 그것으로 노예도 부유해지는 것이오? 그들은 백성이 아닌 것이오?"

"네? …그, 그것은…."

구가 대신은 더 이상 말을 잇지 못했다.

"근래에 주나라의 제후국들이 서로 골육상잔에 지치다 못해 온갖 정치 모리배들이 들고일어나 갖은 사상을 퍼뜨리고 다닌다는 얘길 들었소. 그런데 오늘 이 자리에서 그 실체를 확인하는 것 같으오. 바로 우리 대신들의 입을 통해서 말이오. 앞서 짐이 파악한 바로는 지금 나온 주장처럼 우리에게 도움이 될 만한 사상이 아예 없는 건 아니었지만, 우리 홍익인간의 근본정신이 아닌 귀족들의 편리에 가치를 두는 법을 만들어 백성을 공포로 몰아가는 작태는 도저히 용납할수 없는 법이오. 법치라 착각하는 그것은 법치가 아니라 억압과 수탈을 노린 관권 체제에 다름 아닌 것이오. 자, 제신들은 토론을 계속 진행하도록 하시오. 다만 주의를 주건대 요즘 독버섯처럼 퍼져 가는 사대 발작적 발언은 부디 삼가 주시길 바라오. 오늘 회의가 결론에 이를때까지 짐이 더 이상 언급하는 일이 없기를 바라는 것이오."

그러고 보니 논쟁하느라 눈여겨보지 않았던 천자의 낯빛이 심히불쾌한 기색으로 얼룩진 듯하다. 천자의 발언이 끝나자 모두들 그의눈치를 살피느라 주위가 조용해졌다. 잔기침 소리가 유독 많이 들릴뿐이었다.

부족 연합체의 국가에서, 그것도 연방을 대표하는 천자를 면전에모신 상황에서 타국, 타 종족의 왕과 문명을 숭앙한다는 것은 천자의 불쾌한 감정 표출 그대로 사대주의의 발로이자 연방으로부터의탈퇴를 암시하는 반역처럼 비치기에 충분한 것이었다. 아무리 권위와 권력의 상당 부분을 상실한 나약한 천자라 해도 아직 마음먹기에 따라서는 얼마든지 무례한 자를 역적 죄인으로 몰아 처형할 수있는 지고의 자리에 있는 것이다. 심사가 뒤틀려 있는 천자의 발언을 가벼이 여겨 발작적 행위를 더 이상 계속했다가는 목숨이 배겨나기 어렵겠다는 생각에 모두들, 특히 주화파가 입을 다문 것이다.

그러나 고요는 오래가지 않았다. 가라앉은 분위기를 깨려고 작심한 듯 엄소루 막조선 사신이 문득 목소리를 높였다. 한편으로 그는 단군천자의 발언에 힘입어 어떤 자신감을 얻은 것처럼 비쳤다.

"흐음! 제가 한마디 좀 해야겠습니다. 웬만하면 후방에 있는 막조선이라 추이를 지켜보는 것에 그치려 했습니다만 주안점이 엉뚱한 데로 흘러가는 것 같아 말을 하지 않을 수가 없군요. 우리가 북막과 연합하려는 것은 궁극적으로 북막이 좋아서가 아니라 주나라 제후국, 그중에서도 우리 대부여제국을 연일 괴롭히는 인접한 연나라와 제나라, 이 두 나라를 집중 견제하기 위해 펼치는 군사적 정략이라 할 수가 있겠는데 어떻게 이 자리에서 적국의 두목인 주나라와 졸개 연나라를 두둔하는 의견이 득세할 수 있느냐 하는 것입니다. 더욱이 이번 회의에서 아무도 중원의 배달겨레에 대한 언급이 없어 안타깝기만 합니다. 그나마 우리 막조선 사람들이 바닷길을 통해 옛 배달국의 도시국가들과 교류를 해오고 있긴 합니다만 태백산에 자리한 옛 도성의 고리국(구이) 사람들은 현재 제나라 놈들의 침략으로 인해 고난의 가시밭길을 걷고 있다고 합니다. 저들의 해방과 배달국의 영광을 되찾기 위해서라도 전쟁은 불가피하다 할 것입니다. 이렇듯 적의 침략을 분쇄하자는 어전 회의에서 적을 두둔하고 심지어 추종까지 획책하는 발언은 참으로 심각한 반역적 행태가 아닌가 하여…"

"그 무슨 망발을!"

"어허, 반역이라니!"

숨죽이고 있던 주화파들이 화들짝 놀라 참을 수 없다는 듯 다시 술렁거렸다. 가만히 입다물고 있다가는 반역의 사슬에 매일지도 모른다는 생각이 들었기 때문이다. 그러자 잠자코 지켜보려 했던 단군 천자는 또다시 손을 뻗어 모두를 진정시켰다.

"다들 조용히 하시오. 발언자의 의견이 귀에 거슬린다고 해서 경청 없이 이의를 제기해 버리면 어찌 회의가 순탄하게 진행될 수 있겠소? 차분하게 마음을 가라앉히고 마저 얘기를 들어봅시다."

막조선 사신은 장내의 격앙된 분위기를 피할 생각에 만사유숙 저가 대신에게 발언을 양보했다.

"소신의 의견은 이 정도로 끝내고 우리 저가 대신이 마무리를 지어 줬으면 합니다."

이에 저가 대신은 이의가 없는지 주위를 둘러본 뒤 목청을 가다듬으며 말했다.

"에에 흠, 제 의견은 화백 회의 때 주장한 그대로입니다. 간단하게 말씀드리지요. 하루속히 연합해서 연나라를 치자는 것입니다. 이번 기회에 적의 싹을 잘라 버리고 아예 뿌리까지 뽑아 버려야 한다는 것이지요."

양상출 번조선 사신이 고개를 끄덕이며 맞장구쳤다.

"그렇습니다. 방어만으로는 반드시 한계가 오고 결국엔 당하고 맙니다. 적이 강성해지기 전에 정벌해서 후환이 없게 해야 할 것입니다. 그러려면…"

번조선 사신이 발언하기를 벼렸다는 듯 고낙혼 고죽 국왕이 도중에 툭 치고 나왔다.

"자고로 우리 대부여는 명예로운 삶과 정의에 입각한 행동을 중요시했습니다. 그러한데 도대체 무슨 근거로 연나라를 치겠다는 것인지 그 저의가 의심스럽습니다. 함부로 무력을 행사하는 번조선의 야만적 침략성으로 인해 우리 대부여는 그야말로 마적단 국가로 전락한 지 오래입니다."

번조선 사신이 되받아쳤다.

"아니, 연나라와 제나라의 만행을 모른다는 말씀입니까? 그들이 불과 15년 전에 일으킨 야만스런 침략을 벌써 잊어먹었다는 것입니까? 우리 번조선의 우문언 대장군이 즉각 침략을 분쇄하고 단번에 운장과 오도하까지 진출하여 적군을 무찌르고 쫓아내고 나서야 겨우 지금껏 유지된 평화인데 그새 잊어먹고 근거와 명분을 따지다니요? 누구 덕에 이곳 후방에 드러누워 부귀영화를 누리고 사는 것인지 생각이나 좀 하고서 그놈들에게 아첨을 해도 하도록 하세요. 요즘 같은 시절에 연국 놈들을 가만 내버려뒀다간 머지않아 또다시 대군을 이끌고 쳐들어올 무지막지한 놈들이라는 사실을 명심하고서 발언해 주기를 바랍니다."

고죽 국왕은 물러설 생각이 추호도 없었다.

"그래서 잘 싸우고 있던 우리 고충륵 대장군을 어찌 하셨소? 아직도 모른다고 발뺌할 참이오?"

"왜 그자를 여기서 자꾸 들먹이는지 모르겠소이다. 그자는 대부여를 배반하고 추종자 무리와 함께 연나라로 넘어갔다가 거기서 행방불명된 사건이라고 하지 않았소? 그렇게 답답하면 직접 알아보시든가 하시구려."

"그러한 의혹투성이의 사건도 그렇고, 아무튼 나는 절대로 이번 안건에 찬동할 수 없소이다. 그러니 회의를 이만하고 마무리지었으면 하는 바람이오. 돌아갈 길이 멀다 할 것이오."

고죽 국왕이 회의를 끝내고 싶어 하자, 단군천자가 봉황좌에서 벌떡 몸을 일으켰다.

"짐은 긴한 볼일이 있어 나가 봐야 하오. 내일 오전 사시에 회의를 속개하겠소."

그는 침전으로 통하는 쪽문을 향해 성큼성큼 발걸음을 옮겼다. 신하들은 예기치 않은 천자의 돌출 행동에 다들 어리둥절해하며 앉은 자리에서 엉거주춤 몸을 일으켰다.

24

궁궐 영빈관에서 예정에 없던 하룻밤을 더 묵게 된 신불사는 천자의 호출을 받고 남몰래 궁중 소도로 나아갔다.

대시전 입구에서 마침 밖으로 나오던 당골 마곡유리와 마주쳤다. 신불사는 고깔모자를 쓰지 않은 당골의 얼굴과 머리카락을 처음 보았다. 생각보다 앳된 얼굴을 띤 그녀의 머리카락은 마치 하늘을 우러러는 듯 길게 올려 땋아져 허공에 우뚝 곧추선 모양을 하고 있는 게 아닌가. 평소 충분히 가늠할 만한 모습임에도 불구하고 신불사는 신묘한 자극에 이끌리듯 그녀의 눈길을 계속해서 응시했다.

"천자께서 기다리시옵니다. 장군의 뜨거운 충정이 토해져야 천자께서 움직이실 것이옵니다. 아무쪼록…"

신불사를 장군이라 호칭한 마곡유리는 말끝을 맺지 않고 총총히 자리를 빠져나갔다.

그녀는 본래 마곡 마을의 당골로 지내던 자로서 굿과 점술에 있어 신통력을 발휘한다는 소문이 자자하여 여루 천자가 직접 그를 만나 인물됨을 살펴보고 뽑았었다. 궁중 소도의 여사제로 들어와 단번에 최고의 당골 자리까지 꿰찬 그녀를 두고, 궁녀들은 홀몸이 된 천자를 도도한 색기로 홀렸을 거라며 한때 쑥덕거리기도 했었다.

마침 천자는 천신을 우러러 구국의 기도를 드리고 있었다. 미처 이 상황을 예측하지 못하고 제단 모퉁이를 돌아 불쑥 들어선 신불사는 곧장 그 자리에 넙죽 엎드려 기도에 동참해야 했다. 새하얀 바윗돌 제단의 덮개돌 자리엔 세 촉의 대형 백랍 촛불이 단향목 향로의 그윽한 향내와 어우러지듯 피어나고 있었다.

한참 만에 기도가 끝났다. 두 눈을 지그시 감고 묵상하는 자세로 좌정한 천자는 신불사를 등진 채 엄숙히 말했다.

"전부터 짐작한 일이지만 귀족들의 이반이 심각하다. 그것이 반역인 줄, 매국인 줄 망각한 무리들이 감히 주나라를 떠받들려 하고 있다. 어찌 다스리면 좋겠느냐?"

이번이 두 사람 사이에 두 번째 독대다. 어명을 내리기만 했던 처음 독대와 달리 직접 신불사의 의견을 묻고 있다.

"마마, 어찌 다수의 뜻이겠습니까?"

둥근 천장이 쩌렁 울리는 바람에 지레 움츠러든 신불사는 슬그머니 목소리를 낮췄다.

"마마, 소수의 헛된 주장에 심려하지 마시옵소서."

"물론 백성을 포함한다면 소수에 불과하다. 하나 저들은 권력을 쥐고 있는 귀족들이다. 저들에 의해 나라의 운명이 좌우되는 것이다."

비탄에 잠긴 천자 앞에서 신불사는 내세울 충언을 잃어버려 침묵했다. 그의 말을 기다리던 천자는 답답한 듯 목소리를 높였다.

"이번 전쟁도 저들은 반대하고 있다. 사대의 망령에 휘둘려 화하족을 위대한 족속으로 여기고 있다. 경호대장의 보고에 의하면 노예 없는 귀족이 무슨 의미가 있느냐며, 나라를 팔아넘겨서라도 주나라의 귀족이 되어 떵떵거리고 싶다는 막말을 주저하지 않는다는 얘기다."

'설마하니!' 신불사는 꿈쩍 놀랐다. 다시 말해 반역을 도모한다는 얘기가 아닌가?

"짐은 그러한 보고가 도무지 믿기지 않는다마는 설령 그렇다고 해도 저들을 싸잡아 처단할 수도, 처단한다고 해서 해결될 문제가 아닌 것이다."

"천자마마, 제 자신이 그렇듯 만백성은 자유인이옵니다. 화하 족속이 만든 천박한 제도의 도입을 저들이 획책한다 한들 어찌 만백성이 굴복할 리 있겠으며, 만백성의 정의로운 힘이 불의한 자들의 세력에 미치지 못한다고 할 수 있겠사옵니까?"

천자는 서서히 두 눈을 떴다.

"그러한가. 장교의 말처럼 정녕 그러하겠더냐?"

"마마, 정녕코 그러하옵니다."

"그러나 저들은 이미 스스로를 귀족이라 명명했다. 다신 돌이킬 수 없는 저들의 우월 의식으로 굳어졌다. …장교?"

"마마, 말씀하시옵소서."

천자는 가만히 몸을 일으켰다. 그리고 돌아서서 저만치 떨어져 무릎 꿇은 신불사를 바라보았다.

"흠, 짐은 자네를 믿고 이번 안건을 관철시키겠다. 밖에 있는 경호대장 탁발도추를 따로 만나고 가라. 그는 짐의 충직한 심복지인이다."

이러할 때에 궁궐 동문 밖 구가 대신의 사택에서는 주화파 거물들이 모여 술자리를 벌이고 있었다. 자작나무 원목으로 실내를 꾸민 구들방 한가운데에 기다란 술상이 차려져 있었고 거기 빙 둘러 가며 퍼질러 앉은 그들의 분위기는 거나하게 도는 술기운으로 무척이나 뒤숭숭했다.

"천자는 전쟁의 뜻을 굽히지 않을 것 같소이다."

우가 대신의 말에 마가 대신이 들이키던 술잔을 거칠게 내려놓으며 소리쳤다.

"제기랄 것! 굽실거려도 모자랄 판에 치겠다니, 이 무슨 해괴망측한 작태란 말이오!"

"어허, 소리를 낮추세요. 누가 듣겠소이다."

대화의 내용이 천자의 뜻에 반하는 의견을 개진하는 것인지라 주화파들은 얼결에 움츠렸고 주변의 공기를 살폈다.

"젠장! 우리가 대관절 언제까지 질질 끌려다녀야만 하는 게요?"

거듭되는 마가 대신의 투정에 양가 대신이 말했다.

"그렇다고 당장 천자를 내칠 수는 없는 일 아니겠소? 다시없는 기회가 올 때까지 좀 지켜봅시다."

"무슨 소리, 난 한시바삐 이 왕정을 끝장내고 싶소이다. 이런 상태에서 거지같이 지내느니 수유와 손잡고 연방을 결성하든지 아니면 차라리 연국처럼 제후국의 제도 속에 들어가는 게 훨씬 낫지 않겠소이까?"

오래전부터 대부여제국의 체제에 대해 유독 불만이 많았던 고낙흔 고죽 국왕이 거칠게 나오자 막로중무 친위대장이 이에 의미심장한 주장을 펼쳤다.

"천자의 기력이 예전만 못합니다. 대신들께서 결단을 내리신다면 소관의 지휘하에 즉각 궁궐을 장악할 수 있습니다."

그 말에 주화파 거물들은 대뜸 어깨를 들썩이며 긴장했다. 구가 대신은 열린 방문 너머 바깥뜰을 내다보았다. 비록 어전일지라도 잘못된 정책이라 판단되면 이의 제기와 비판을 서슴지 않는 그들이지만, 이처럼 노골적으로 반역적 의사를 꺼낸 적은 없었다. 자칫 천자의 귀에 들어갔다가는 빈말에 그칠지라도 대역 죄인으로 몰려 참수를 면하지 못할 게 뻔했다. '대체 친위대장은 무슨 배짱으로 청천벽력과도 같은 소리를 내질렀단 말인가?'

"대장군은 말이 지나쳤소. 나중에 그 책임을 어떻게 지려고?"

겁먹은 양가 대신의 지적에 우가 대신이 나섰다.

"아니 뭣이 지나쳤다는 게요? 그것참, 속 시원히 얘기했소이다. 이 참에 우리도 물러서기만 할 게 아니라 힘을 합쳐 전략을 짜야 할 때가 온 것 같소. 우리도 이런 식으로 허송세월을 보낼 게 아니라 우리 입맛에 맞는 천자를 내세울 때가 된 게 아니겠소? 여기 친위대 대장군께서도 우리 쪽에 가담해서 군사를 쓰시겠다고 하니 천군만마를 얻은 게 아니겠습니까. 이제 여루 천자께서도 연로하시니 제국의 앞날을 생각해서라도 쉬실 때가 된 것입니다."

유구한 역사를 이어온 단군조선에서 가장 많은 천자를 배출했고 현재도 강력한 세력을 유지하고 있는 심양 부족의 여표박 우가 대신이 일갈하자 나머지 대신들도 이 말에 동조한다는 듯 고개를 끄덕였다.

"거사 전에 사람을 보내는 게 좋지 않을까요?"

"그렇습니다. 우리의 결의를 표명하면 주나라 황제께서도 기꺼이 우리를 지지할 것입니다."

묘무실 구가 대신이 정변을 고취시키는 분위기로 몰아갔고, 이것에 고무된 대신들이 새삼 투쟁심을 드러내었다.

"일거에 정권을 무너뜨리려면 그에 앞서 경호대의 해체가 우선이 되어야 할 것입니다. 탁발도추 놈을 제거할 방책이라도 있으십니까?"

우가 대신의 물음에 대신들은 잠시 머뭇거렸다. 그러면서 탁발도추의 상관인 막로중무 친위대장에게로 일제히 시선이 쏠렸다. 그의 생각을 듣고 싶은 것이다.

친위대장은 자기를 향하는 중압감에 헛기침을 했다.

"그것이 말입니다. 에, 연나라 자객들이 시도 때도 없이 벌이는 특기랄까, 그것처럼 야밤에 몰래 침입해서 그의 목을 따는 것입니다. 그러한 습격에 소관의 부하들을 쓸 수도 있습니다만 그것이…"

말을 그치며 머뭇거리자 마가 대신이 독촉했다.

"그것이, 그것이 무엇입니까?"

"만약에 작전이 실패했을 경우에는 소관과 부하들이 문책을 당할 것이고 필경 우리의 모의가 만천하에 드러날지도 모릅니다. 그래서…"

"대장군의 그 말씀은 기껏 놈 하나 제거하는 것조차 자신이 없다는 소리가 아니오?"

"그건 아니지만, 그래도 만일을 생각해야 하는지라…"

"허어! 탁발도추 그놈이 그리도 매서운 존재라 하더이까?"

대신들은 탄식 속에 혀를 내두르며 한바탕 떠들썩하게 술잔을 나누었다.

"그건 그렇고, 번조선의 장수라는 자는 쓸데없이 왜 참석한 게요?"

마가 대신이 오가는 잡담 속에 물어오자 양가 대신이 술잔을 기울이며 말했다.

"거야 뭐, 누가 물으면 최전방 상황에 대해 설명하려고 나왔겠지."

둘의 얘기에 구가 대신이 끼어들었다.

"혹시나 해서 내가 진작에 알아봐 뒀지요. 그자는 옛적 어느 땐가 반역을 꾀한 가문의 후손이라더군요. 일족이 변두리 어촌에 기거하는 모양이던데, 그가 유일하게 출세했다고나 할까, 흠."

"얼마나 다급했으면 그런 놈을 부르기까지…"

피식, 비웃음을 흘려 가며 모두가 신불사 장수의 존재를 가소로이 여겼다.

조금 전 우유부단한 태도를 보여 일순 머쓱해졌던 친위대장은 술잔과 잡담이 난무한 소란이 가라앉자 무시당한 자신의 이미지를 되살리고자 떡하니 단검을 꽉 틀어쥔 채 강변에 나섰다.

"대신 여러분! 소관의 말을 마저 들어보십시오. 그래서 제 생각은 연나라 자객들을 끌어들이는 전략이 어떻겠는가 하는 것입니다. 그리하면 설령 실패하더라도 우리와는 상관없는 일이 되는 것이니까요."

일순 찬물을 끼얹은 듯 장내가 조용해졌다. 기상천외의 발상에, 그러나 실제로 과거 역사상 치욕적인 사실이었던 대사건을 새삼스레 들먹인 친위대장의 계략 앞에 다들 멍한 표정이 되었던 것이다.

술기운에서 깨나려는 듯 양가 대신이 고개를 세차게 흔들며 주절거렸다.

"화하족을 끌어들인다고?"

친위대장은 새삼 자기 의견의 심각성을 깨닫고 주위 눈치를 살피기만 했다.

"그것도 궁궐에?"

"그럼 천자는 어찌하고?"

"연나라는 가만있을까?"

"집어삼키려 들지 않을까?"

주화파 거물들은 저마다 한마디씩 의문을 툭 던졌다. 그간 자기들이 떠들어 댄 온갖 주장 그대로의 실행이 나라와 겨레를 얼마나 지대한 파국으로 몰아갈 것인지에 대해 그동안 아무 생각이 없었던 듯했다.

그들은 연달아 헛기침을 내지르며 술잔을 들이켰고, 그 뒤로 이와 같은 얘기를 또다시 꺼내는 자는 아무도 없었다. 그나마 겨레의 자존감을 되새겼다기보다는 자칫 자기 앞에 들이닥칠지 모를 거대한 소용돌이를 두려워하는 모습들이었다.

'에잇, 조무래기 같으니라고!' 야망과 패기도 없이 사소한 것에 집착하고 두려워 주춤대는 자들의 모습에 실망한 묘무실 구가 대신은 술병을 손아귀에 움켜쥐고서 쪽마루로 내려섰다.

저 멀리 호랑이의 포효가 박달산의 지축을 흔들며 들려오는 듯했다.

25

다음 날 오전 사시에 회의는 속개되었고 양측 정파의 첨예한 대립은 여전히 계속되었다. 그러는 와중에 우문철리 선비 국왕이 문득 신불사를 주목했다.

"저기 번조선의 장수를 불러놓고 어제부터 아무런 질문도 없어서야 되겠습니까? 그래서 내가 장수에게 한마디 묻겠소이다. 장교, 만약 연나라와 전쟁을 벌인다면 승패는 어찌될 것 같소?"

번조선 군대에서 유격 부대를 지휘하는 신불사 장수가 대답했다.

"천하없어도 이깁니다."

"오호! 무슨 근거라도 있어 하는 말이오?"

"지금 여기서는 상세히 말씀드리기 어려우나 확실한 근거를 가지고 말씀드리는 것입니다."

간밤에 들이킨 술로 여태껏 숙취가 가시지 않은 묘무실 구가 대신이 고개를 절레절레 흔들었다.

"허망한 소리일 뿐이야. 어떻게 이길 수 있다는 것이지? 엄청난 병력 동원과 전쟁 자금의 소모로 인해 국력의 쇠잔은 물론이고 나라의 존폐까지 위협받을 것이야. 번조선 장수에게 묻겠소. 방금 이길 수 있다고 했는데 대체 전쟁 기간은 생각해 보셨소이까?"

신불사 장수는 아무 망설임 없이 즉시 대답했다.

"열흘이면 충분합니다."

'열흘? 열흘이라고!' 회의에 참석한 대신들은 물론이고 단군천자도 깜짝 놀라 봉황좌에 비스듬히 기댔던 몸가짐을 반듯이 세웠다.

"이게 무슨 허풍이람? 뜬구름 잡는 헛소리 아닌가!"

놀람은 잠시였다. 이내 주화파들은 반발과 비아냥으로 뒤죽박죽된 태도를 보이며 신불사 장수를 윽박지르려 했다.

"허어! 전쟁이 애들 장난도 아니고."

"이긴다는 것도 어이없지만, 더더군다나 열흘 만에 끝낸다고?"

단군천자는 비웃음과 조롱이 더 이상 허공에 맴돌지 못하도록 주화파에게 주의를 주었다.

"조용히들 하시오. 다들 부질없는 다툼을 끝내고 짐의 말을 들으시오. 매번 회의라는 것을 해 봐야 두 쪽으로 갈라져 다소의 의견 접근조차 이뤄지지 않는 것이 근래의 실정이오. 이 사실을 대신들도 모르지는 않을 테지? 국정을 의논하는 데 있어 이런 화백 정신에 입각한 자유로운 토론 방식이 나쁘다는 건 아니지만, 때로 이것이 짐을 피곤하게 만들고 있소. 나라의 정책을 건전하게 이끌 적재적소의 의견을 구하려고 회의를 여는 것이건만, 그러고자 만든 전통의 가치가 갈수록 훼손되어 이젠 오로지 당리당략에 얽매인 논쟁만을 벌이는 실정이고, 그것을 상대하다 보니 짐은 급기야 신물이 나는 지경에 이르게 되었소."

천자는 거칠게 한숨을 내쉬었다. 끓어오르는 진노를 삼키며 속으로 울분을 터뜨렸다.

'으흠! 주장한다는 것들이 사대와 속임수로 나라꼴을 죽사발로 만들고, 그것도 모자라 뙤약볕에 나동그라진 개 밥그릇처럼 내팽개치고서도 그 허물을 모를 지경이라니!'

천자는 거친 몸짓으로 옥체를 꼿꼿이 세운 뒤 정색하고 거듭 말했다.

"도저히 참을 수가 없구려. 이제 짐이 직권으로 결론을 내리겠소."

그러자 주화파들이 이구동성으로 단군천자의 발언을 제지하고 나섰다.

"천자마마, 아니 되옵니다! 어떠한 결정도 단군천자께서 내려서는 아니 되옵니다! 결정을 거두어 주시옵소서!"

"내가 어떤 결론을 내릴 줄 알고 대관절 이러는 것이오? 말해 보시오."

아무도 대답이 없자 단군천자는 연눌치 양가 대신을 콕 집어 물었다.

"어디, 양가 대신이 말해 보시오. …이번에도 짐의 물음에 답하지 않을 작정이오?"

그러고는 말할 때까지 단군천자는 입을 다물고 지켜보았다. 주위가 조용해졌고 냉랭한 침묵이 엄습했다.

신불사는 회의를 지켜보면서 겉으로는 태연했지만, 속으로 분노를 삭이는 데 진력했다. 발작하는 자들을 애써 추슬러 가며 나라를 이끌고 있는 천자의 깊은 고뇌가 다시금 그의 뇌리에 아로새겨졌다.

마침내 중압감을 이기지 못하고 연눌치 양가 대신이 조심스레 말문을 열었다.

"우리 대부여는 장차 재물과 노예를 축적하고 땅을 확보하고 백성들이 정착해서 농사를 짓는 농업 국가로 나아가야 합니다. 그래야만 문명을 더욱 확충시키고 국부를 쌓아나갈 수 있을 것입니다. 그러려면 선진 농업 기술을 지닌 주나라와 그 제후국들과의 화친 도모는 물론이고 궁극적으로는 그들과 동화되어 살아가는 것이 후손들에게 떳떳한 나라를 물려주는 과업이 될 것이기에 북막과의 연합은 물론이고 전쟁 또한 반대하는 것이옵니다. 이 점을 헤아려 통촉하여 주시옵소서."

양가 대신의 발언이 끝나자마자 엄소루 막조선 사신이 투덜거렸다.

"우리 막조선을 뭐로 보고 저러실까? 우리 농업의 솜씨를 하찮게 여기다니. 이봐요, 양가 대신. 벼농사와 양잠은 물론이고 그 외 온갖

작물 재배가 우리 막조선 농부의 손에서 뻗어 나갔다는 사실을 여태 모르시나 본데, 허어! 하긴 알려고도 하지 않겠소이다만, 거참!"

"뭐요? 이봐요 라니? 아니 지금…."

"조용히들 하시오. 짐이 양가 대신에게 다시 묻겠네. 그렇다면 일찌감치 주나라에 조공을 바치는 제후국으로 들어가는 것에 대해서는 어떻게 생각하오?"

"그러니까 에, 그것이야말로 현실적으로 타당하고도 온전한 조치로써 나라의 국토와 재산, 만백성의 생명을 지키는 첩경이 될 것이라 사료되옵니다."

이 말을 듣다못해 주전파들이 구시렁거렸다. 배달겨레로서의 자존과 유대를 최고의 가치로 삼는 그들 입장에서 양가 대신의 발언은 겨레의 치욕으로 여겨질 만한 것이었다. 전쟁을 치르지 않고도 이미 적에게 무릎 꿇은 것만 같은 비참한 자괴감에 그들은 하나같이 분통을 터뜨렸다.

마침내 발언을 자제하던 만사유숙 저가 대신이 분을 참지 못해 들고 나섰다.

"연, 제의 동맹 군대와 우리 단군조선은 무려 4백여 년에 걸쳐 크고 작은 전쟁을 치렀습니다. 지금도 국지전은 계속되고 있고요. 왜 이렇게 됐는지 알기나 하십니까? 우리 조선이 강할 때면 저들은 사절을 보내 평화를 노래하고 조공까지 바칩니다. 그러다가 우리가 분열되고 힘이 약해졌다 싶으면 저놈들은 자기 동족인 제나라와 동맹을 맺고 마구잡이로 우리를 침략해 들어오곤 했습니다. 물론 세 차례에 걸친 큰 전쟁에서 놈들을 물리치고 항복을 받아내긴 했지만 말입니다. 실상이 이런데도 언제까지 명분과 평화를 운운하며 이렇듯 수세에 몰리는 자세로 놈들을 상대해야 하는 것입니까? 때늦었지만 이제라도 저놈들을 완전히 멸망시키겠다는 각오로 정벌에 나서야 할 것입니다. 지금이 그 마지막 기회라고 감히 주장하는 바입니다."

발언이 끝나기가 무섭게 주화파들의 고함이 걷잡을 새 없이 터져 나왔다.

"언사가 지나치도다!"

"당장 그 말을 취소하시오! 어디다 대고 함부로 전쟁이라니!"

"전쟁에 미쳐 모략까지 일삼다니!"

묘무실 구가 대신이 어깨를 들썩이며 신불사 장수에게 질책하듯이 따졌다. 천자는 분쟁을 수습할까 하여 손을 내밀려다가 묘무실의 공박에 대한 신불사의 대처를 지켜보기로 했다.

"대관절 무슨 이유로 연국을 공격하지 못해 안달이 난 것인지 명확하게 그 의도를 밝혀 보시게."

신불사는 두 눈 하나 꿈쩍 않고 즉각 질문에 답했다.

"화하족은 그들의 군사력이 형편없던 옛날부터 침략을 일삼았습니다. 왜냐, 자아도취에 빠져 고집이 세고 허울을 내세우며 선민이라는 과대망상이 뼛속 깊이 박혀 있는 종족이라, 시건방지기가 이를 데 없고 따라서 타자와의 알력조차 천추의 치욕이라 여기며 끊임없이 이를 되새김질하면서 집요하게 복수의 칼을 갈아 왔기에 침략을 멈추지 않았던 것입니다. 그런 자들이 이제 실력이 비등해지고 장차 군사력이 앞서나가게 됐을 때, 과연 그때 우리를 가만 내버려두겠습니까?"

신불사는 화하족의 허물을 노골적으로 들추어내어 망조가 든 대신들의 부끄러운 민낯을 은근히 까발리고 꾸짖을까 하여 그리 말했다.

그러자 아니나 다를까, 구가 대신이 흥분하여 반말을 내질렀다.

"망측한 소리! 아까, 이길 수 있다고 떠들었는데 그들과 대적할만한 병력이 우리에게 있다고 보는가? 그마저도 생업으로 한창 바쁜 시기에 군사를 차출할 수 있다고 보는가?"

신불사는 물러서지 않았다.

"오가 대신 여러분의 지원은 필요 없소이다. 우리 번조선 유격대와 북막 병사들을 합쳐 정예 군사 일만이면 얼마든지 적을 압살시킬 수 있소이다."

"오! 말도 안 돼!"

또다시 주화파로부터 괴성이 터져 나왔다.

단군천자는 수습 없이 방치할 경우에 터져 나올 심각한 분열을 직감하고 서둘러 분쟁을 제지했다.

"다들 조용히 하시오! 이것이 회의인지 난동인지 도무지 분간을 못 할 지경이로고!"

이때였다. 정전 문밖에서 다급한 목소리가 들려왔다.

"천자마마! 아뢰옵나이다."

단군천자가 손짓을 하자 서기관이 외쳤다.

"무엇이냐?"

"지금 막 전령이 긴급한 전갈을 가지고 달려왔사옵니다."

"속히 들라 하라!"

문이 열리고, 가쁜 숨을 몰아쉬며 전령이 무릎을 꿇었다.

"천자마마, 천해에서 돌아오던 선발대가 백성골 부근에서 불의의 습격을 당했다고 하옵니다."

격랑이 몰아치듯 정전이 출렁거렸다.

"무엇이? 그래서 어찌됐느냐?"

"호위 병력은 살해당하고 건축 장인들은 실종되었사온데, 아마도 납치된 듯하옵니다."

"대체 어느 놈의 짓이더냐?"

"시신의 칼자국을 확인한즉 화하족의 만행으로 추측된다 하옵니다."

"알겠노라. 그만 물러가거라."

정전 문이 닫히고, 천자는 좌중의 신하들을 둘러보았다.

"여러 신하들의 고견을 듣고 싶소. 어떤 말이라도 해 보시오."

만사유숙 저가 대신이 굳은 표정으로 운을 떼었다.

"좀 더 자세한 조사가 뒤따라야 하겠지만 전령의 보고대로 화하족의 소행이 틀림없을 듯하옵니다. 최근 들어 부쩍 우리 공방의 장인들을 회유하거나 납치해서 자신들의 기술과 문화를 일으키는 작업에 혈안이 되어 있다고 하옵니다. 이로 인해 우리 대부여의 문명이 급속히 쇠락하는 조짐을 보이고 있사옵니다. 그러하오니 국난에 준하는 이번 사건을 지렛대로 삼아 앞으로도 지속될 화하족 도적들의 만행에 대해 철저한 대응책을 마련하는 것이 시급한 줄로 아옵니다."

단군천자는 묘무실 구가 대신에게 물었다.

"피격당한 곳이 백성골 부근이면 구가 대신의 관할이잖소. 더욱이 거긴 욕살이 이끄는 부대까지 배치된 지역인데 어찌하여 도적들이 날뛰게끔 방치할 수가 있는 것이오?"

천자의 지적에 당혹하여 얼굴이 벌게진 구가 대신은 시국을 논할 때의 도도함은 온데간데없이 사라진 채 숨죽여 머리를 조아리며 아뢰었다.

"마마, 빠른 시일 내에 진상을 규명하여 대책을 세우겠나이다."

이번 사건으로 주전파의 입지가 드세질 것을 우려한 여표박 우가 대신이 궁지에 몰린 구가 대신을 옹호하는 발언에 나섰다.

"아직 진상 파악도 안 된 사건인데 가타부타할 일이 무엇 있겠습니까? 이 상황에서 무엇보다 시급한 문제점은 그깟 도적놈들에게 살해당할 정도로 우리 군사가 오합지졸이었다는 얘기 아니겠습니까? 소신이 파악하기로는 친위대 군사들이 파견된 걸로 알고 있습니다만, 굳이 책임 소재를 밝히려 한다면 그쪽의 기강과 전투 능력부터 따져 보는 것이 순서가 아닐까 하옵니다."

달리 생각하면 사실을 거론한 고언으로 들릴 수도 있겠다. 적과의 전투에서 패한 무기력한 군사를 감쌀 여지가 없는 것이다. 그러나 단군천자는 자신의 권능을 은근히 무시하는 불충으로 받아들였다.

"우가 대신은 각종 농수축산물의 생산과 관리의 책임을 맡은 신하로서 오열수 유역에서 왕검성, 심양 지역에 이르기까지 널리 세력을 뻗치고 있는 최고의 명문 후손이 아니겠소. 그러한데 수많은 천자를 배출한 세력가의 자손께서 짐이 직할하는 친위대의 희생을 질책하시니 차마 몸 둘 바를 모를 지경이오."

"천자마마, 소신의 고언은 그런 뜻이 아니옵고…."

우가 대신이 해명에 나서려 했으나 천자는 일언지하에 말을 끊어 버렸다.

"됐네! 알겠으니 지금 짐이 하는 말이나 답해 보시오. 두 해 전에 패수 유역의 여러 고을에서 있었던 일이니 기억날 것이오. 식량 창고에 보관해 둔 콩들을 밤사이 모조리 약탈당한 당시에, 대신은 누구의 소행이라 했었소?"

"마마, 그것은 저, …그때는 잘 모르고, 확실치 않아, 북방 마적 떼의 소행이라 추측했사옵니다."

"한때는 애꿎은 백성의 소행으로 몰아세우기도 했고, 그로 인해 수차례 민란을 야기하기까지 했었지."

식은땀을 흘리는 우가 대신을 노려보며 천자가 일갈했다.

"죄다 머릿속에 대체 무엇이 들었을꼬? 가증스럽도다! 모두들 닥치고 들으시오. 짐이 이제 회의를 마무리짓겠소."

급작스런 상황 전개에 장내가 물 끼얹은 듯 조용해졌다.

단군천자는 위엄을 갖추고 근엄한 목소리로 어명을 내렸다.

"북막 부족을 우리 대부여의 일원으로 받아들일 것이며 따라서 편입 절차를 밟게 될 것이다. 또한 같은 배달겨레의 피해를 묵과할 수 없는 법이니 응당 그 책임을 물어 연나라를 정벌할 것이다. 다만 우선적으로 한 곳의 성을 공격할 것이며, 그때 연국에서 항복하고 사과의 뜻으로 화해를 요청해 올 경우에는 전면전 없이 휴전을 선언할 것이다. 이것은 하늘의 아들인 나, 단군천자의 명령이니 그 누구도 이를 어기지 못할 것이다. 그리고 조만간에 이러한 결정의 옳고 그름과 아울러 전쟁의 승패를 점괘로 물을 것이다."

어전 회의는 끝났다. 신불사 장수는 천자께서 조건부 정벌을 결심한 것에 대해 적이 실망했다. 그렇듯 회의에 참석한 신하들 공히 천자의 선포에 동의하는 기색이 아니었다. 그중에서도 특히 주화파의 불만이 두드러지게 눈에 띄었다. 양쪽을 아우르는 결단이야말로 그얼마나 무기력하고 무의미한 짓인가를 또다시 여실히 드러내고 있었다. 이 사실을 모를 리 없는 단군천자는 고질병처럼 반복되는 신하들의 작태에 심히 불쾌해졌다.

유사시에 대부여 군대의 최고 대장군을 겸직하는 단군천자가 봉황좌에서 벌떡 몸을 일으켰다. 자신이 내린 일방적 결정에 대해 신하들이 가질 불만과 저항을 단숨에 차단시키려는 것이다.

"지금 당장 치우청사로 가겠다! 오가 대신들은 나를 따르라!"

단군천자는 곧바로 바람을 일으키며 정전을 나섰다. 정전 마룻바닥에 몸을 조아린 오가 대신들과 신하들은 황급히 그의 뒤를 따랐다. 이런 와중에 묘무실 구가 대신은 뒤처져 나가면서 투덜거렸다. '가증스럽다니!' 속으로 분노를 삼키듯 웅얼거리다가 언뜻 신불사 장수의 이글거리는 두 눈과 마주쳤다.

신불사는 천천히 몸을 일으켰다. 다들 떠나고 텅 비어 어느새 적막해진 정전을 둘러보며 한껏 숨을 들이켰다.

'잇속을 챙기고 정적을 꺾을 수만 있다면 기꺼이 겨레와 나라를 팔아먹고도 남을 저 썩어 문드러진 것들 같으니라고!'

신불사는 속으로 삼킬 수밖에 없는 울분을 억누르느라 주먹을 불끈 쥐었다.

26

다니엘과 이사는 어젯밤에 돌아오지 않았다. 게다가 아직까지 아무런 기별도 없다. 거래상 설인량은 점심나절에 들이닥쳐서는 고래고래 소리를 질러 댔고, 내일까지 물러가지 않으면 강제로 끌어낼 거라며 엄포를 놓았다.

소동이 그치자 어둠이 내리고 어느덧 숙소 주변이 깜깜해졌다. 카르로스가 머무는 집채 주변을 횃불이 밝히는 가운데, 을지와 무르치가 앞마당에 우뚝 서서 지키고 있었다.

"조용하네."

침묵을 깨는 을지의 한마디에 무르치가 대꾸했다.

"뭐가요?"

"해 저물세라 짖어대던 개들이 요즘 조용하잖아."

"식량도 귀한 데다가 여름철이 되면 개를 잡아먹는답니다."

"저런! 생각이 멀쩡한 놈인 것을. 야만이 따로 없군."

잠시 후 대문 두드리는 소리에 나가 보니 이사였다. 그런데 같이 나갔던 다니엘의 모습은 보이지 않았고, 이사는 먼 길을 달려온 듯 가쁜 숨을 몰아쉬며 헐떡거렸다.

"삼촌, 영감님께 전할 말씀이 있습니다."

이사가 도착했다는 소리에 뛰쳐나온 카르로스는 그를 붙잡고 물었다.

"그래, 말해 보게. 다니엘은 왜 오지 않았는가?"

"영감님, 다니엘 집사의 측근이 통역해 준 얘기를 그대로 전하겠습니다. 주나라 왕이 보물을 조공으로 바치라고 했답니다. 조공에 값의 지불은 일절 없다고 합니다. 설인량과의 거래도 끝장난 셈이고, 음흉한 왕족이 아무래도 오늘밤 내로 흉계를 꾸밀 것 같으니 당장 보물을 챙겨서 빠져나오라는 당부였습니다. 하루 걸려 남쪽으로 가다 보면 시온이라는 부락이 나타나는데, 그곳에 자기네 유대 족속이 산다고 합니다. 거기서 훗날을 도모하자고 했습니다. 은신처를 마련하러 먼저 그곳으로 가니 지리를 아는 하인을 앞세워 속히 뒤따라오기를 바란다는 얘기였습니다."

카르로스는 털썩 그 자리에 주저앉았다. 넋이 나간 듯했다. 어떠한 판단도 행동도 내릴 수 없는 사람처럼 그렇게 앉아 있었다. 이 모습에 을지는 주변을 휘둘러보곤 서둘러 조카들에게 지시를 내렸다.

"즉각 우리 옷으로 갈아입고 전투태세를 갖춰라. 또한 말을 챙기고 이동할 준비를 갖춰라."

조카들이 어둠 속으로 사라지자 을지는 카르로스를 부축하여 집 안으로 들어갔다. 등잔불이 바람에 그을음을 내며 흔들리고 있다.

"영감님, 괜찮으십니까? 진정이 좀 되시는지요?"

"을지 군, 이제 괜찮아. 잠시 충격을 받긴 했네만 인생 살면서 이런 일 한두 번 겪은 게 아닐세. 걱정 말게나."

"괜찮으시다니 다행입니다. 영감님, 어서 이곳을 빠져나갈 준비를 하셔야겠습니다."

"내 물건을 가지고 내가 도망쳐야 하다니 허허, 그것참."

카르로스는 냉정을 되찾은 듯 잠시 생각에 몰두하더니 다시금 말문을 열었다.

"다니엘은 나를 버리고 가 버렸어. 일을 저질러놓고 수습 없이 나를 팽개쳤어. 딴 게 아니라 나는 그것이 아쉬운 것일세. 이제 나는 모든 집착과 탐욕을 버렸네. 마음이 홀가분하이."

"제 생각에는 하인과 짐짝은 여기 놔두고 보물만 챙겨 진나라로 가는 게 좋겠습니다. 여기서 가깝고 우리에게 우호적일 것 같습니다."

"그렇게 하게나. 마치 우리가 전장 한가운데 내던져진 것 같구먼. 자네는 전술이 몸에 배여 있는 것 같아."

'보물을 지키려면 짐 꾸러미와 일행을 두고 가야 놈들의 추격을 피하는 데 도움이 되겠지? 나중에라도 다니엘이 챙길지도 모르는 일…'

그런 생각에 카르로스는 을지의 의견을 따르기로 했다.

"을지 군, 일행들을 모두 이 자리에 불러 모으게."

"네? 무엇 하시게요?"

"우리가 먼저 떠난다는 것을 알려야 하지 않겠나."

을지는 순간 멍해졌다. 자기로서는 하인들 몰래 감쪽같이 이곳에서 사라지자는 얘기였다. 하인 중에서 도둑이 나왔고 남은 자들 중에 첩자가 없다고 누가 장담할 수 있겠는가. 그럼에도 카르로스의 뜻을 꺾을 수 없었다.

남은 일행 아홉 명이 앞마당에 모인 가운데 카르로스가 작별 인사를 했다.

"그동안 여러분과 희로애락을 함께해서 즐거웠네. 힘들고 고된 이번 장삿길에도 묵묵히 같이해 줘서 뭐라 감사의 뜻을 표해야 좋을지 모르겠네. 자네들도 알다시피 우리가 계획한 상거래의 목표를 달성하지 못하고 말았네. 우리 잘못이라기보다는 운이 따라주지 않았다고나 할까. 흠흠, 어쨌든 지금껏 같이 동행해 준 여러분께 감사하다는 인사를 다시 드리면서 이만 작별의 정을 나누고자 하네. 창고에 있는 물건들은 이곳 거래상이 가져가겠다고 하니 그들에게 넘겨주고, 자네들에게는 약소하나마 페르시아 금화 1백 다릭씩을 주도록 하겠네. 내일 날이 밝는 대로 각자의 길을 가게나. 다니엘을 찾아가도 좋네. 낯선 땅에 방치하는 것 같아 마음이 안쓰럽네만 어쨌든 자네들은 이제부터 자유일세, 그럼."

한쪽에서 울음소리가 새어 나왔고 질문이 터져 나왔다.

"주인님, 어디로 가시려고 이러십니까? 같이하면 아니 되옵니까?"

카르로스는 그들의 하소연을 외면하면서 호위하느라 뒤에 서 있는 을지를 돌아보았다.

"자네는 금화가 든 자루를 가져오게."

을지가 방으로 향하자 카르로스는 다시 일행들을 바라보며 말했다.

"리라는 어디 있는가? …아는 사람 없는가?"

한 젊은 하인이 굼뜬 동작으로 일행들 사이를 헤집고 나왔다.

"제가 다니엘 집사와 같은 방을 썼습니다. 리라는 거기 있습니다."

"다니엘이 아끼던 악기다. 잘 챙겼다가 만나면 건네주게나."

"주인님, 그동안의 호의에 존경을 표하며 주인님의 뜻에 따르도록 하겠습니다. 다만 한 가지 부탁드릴 게 있사온데 괜찮으시겠는지요?"

"그래? 그게 무엇이냐, 말해 보아라."

"약속을 저버린 쪽은 거래상인데 어찌 우리 물건을 그들에게 그냥 내어 줄 수 있겠습니까. 창고의 물건들도 저희에게 넘겨주셨으면 하는 것입니다."

젊은 하인의 당찬 주장에 카르로스는 새삼 그를 주목했다.

"자네 말도 일리가 있다. 근데 자네들에게 물건을 넘기면 거래상과의 분쟁을 피할 수 없을 텐데 대체 어떻게 해결할 생각이냐?"

"주인님께서 떠나시면 곧바로 저희들도 떠날 작정입니다."

"그래? 떠난다는 것이, 대체 어디로 가겠다는 얘기인 게냐?"

"다니엘 집사가 입버릇처럼 말하던 부락이 있습니다. 그곳으로 갈 생각입니다."

"여기서 남쪽에 있다고 하는 그 부락 말이냐?"

"그렇습니다."

카르로스는 잠시 생각하다가 다시 말을 꺼냈다.

"알겠다. 내가 떠나고 난 뒤 어떻게 하든 자네들이 결정할 몫이다. 참! 자네 이름은 무엇이냐?"

"요셉이라고 합니다."

"역시 그렇군!"

대화가 끝나자, 을지는 제법 묵직한 자루를 풀어 일행들에게 금화 1백 다릭씩을 나눠 주었다.

"영감님, 주고 나니 거의 바닥인데요?"

"어쩌겠나, 앞으론 보물을 하나씩 처분할 수밖에."

그들은 카르로스에게 다가와 손등에 입을 맞추며 작별의 인사를 올렸다.

잠시 후 어디서 구했는지 요셉의 주도하에 손수레 여러 대가 대문 안으로 들어왔다. 그것으로 물건들을 실어 나를 모양이었다. 이러한 움직임이 을지의 눈에 심상치 않게 다가왔다. 카르로스의 결단이 있고 나서 얼마 지나지 않아 곧바로 운반 도구가 동원될 정도로 그들은 민첩하게 움직이고 있었다. 마치 일행 전체가 잘 짜인 조직 같았다. 하긴 본디 카르로스가 오랫동안 운영하던 상인 집단이라서 호흡이 잘 맞는 것인지도 몰랐다. 어쩌면 그들도 본능이라 할 직감에 위기의식을 느낀 것일까?

그때였다. 대문가에서 시끌벅적한 소리가 들려오나 싶더니 설인량의 검객 넷이 대문을 박차고 들이닥쳤다. 그들은 큰소리부터 쳤다.

"여기 우두머리는 당장 모습을 드러내라!"

이사가 그들을 가로막았다.

"무례하게 이 무슨 짓이오? 조용히 하시오!"

"새파란 조무래기 놈이 어딜 가로막느냐! 물러서지 못할까!"

통역 없이 아무렇게나 내뱉는 말들은 서로가 소귀에 경 읽기나 마찬가지였다. 떠날 채비를 갖춘 카르로스는 무르치와 함께 마침 집채 밖으로 나서던 중이었다.

"조용해야 할 이 밤중에 웬 소란이지요?"

검객 중에서 제갈숙이 나섰다.

"오호라! 옷까지 다 차려입으시고. 이 야밤에 어디를 가시겠다는 것이지?"

카르로스는 통역사 하메스를 불렀다. 그가 허겁지겁 달려왔다. 통역사가 올 때까지 창고를 기웃거리던 제갈숙이 큰소리를 쳤다.

"좀 전에 수레가 들어가는 것을 봤소. 도대체 무엇을 싣고 가겠다는 것이오?"

"내가 그것까지 남들에게 알릴 필요가 있을까?"

"그렇긴 하네. 하지만 당신네들이 야반도주할지 모르니 밤에도 감시를 서라는 설인량님의 분부이시다. 그러니 다들 꼼짝 말고 있으시오."

"어딜 가든 말든 그건 내 자유요."

"숙박비를 떼먹고 달아나는 건 자유에 속하지 않는 것이지."

을지가 벌컥 울화통을 터뜨렸다.

"미친놈들 같으니라고! 누가 누굴 감시한다는 것이야!"

제갈숙이 거들먹거렸다.

"이것 보게, 한판 뜨자는 것인가 보네?"

분위기가 험악해지자 카르로스가 황급히 나서서 말렸다.

"진정들 하시게. 싸움은 왜 하나. 좋게들 말로 하고 그만두게나."

그때 제갈숙이 하메스의 머리채를 잡아당기며 으름장을 놓았다.

"통역 똑바로 해. 다 필요 없고, 황실에 바칠 보물 몇 개만 슬쩍 빼내 주면 순순히 물러나겠다고 전해라."

벌벌 떠는 하메스로부터 이 말을 전해 들은 카르로스는 참았던 분노가 터져 나왔다.

"보물 그딴 거 없네! 왕인지 거지인지 그딴 놈에게 줄 보물은 더더욱 없다네! 떼거지 짓거리에 진절머리가 났으니 어서 썩 물러가거라!"

하메스가 통역을 채 끝내기도 전에 제갈숙은 외쳐 대는 카르로스의 긴 수염을 확 잡아당겼다가 그대로 밀쳐 버렸다. 그는 '윽!' 하는 외마디 비명과 함께 땅바닥에 내동댕이쳐졌다.

일순 정적이 흘렀다. 이사가 재빨리 다가가 카르로스를 부축하는 사이, 몇몇 하인들은 후다닥 자리를 피했다. 이윽고 검객들이 낄낄거리며 웃어 대기 시작했다. 분위기가 더욱 험악해지자 하메스는 통역을 포기하고 줄행랑을 쳤다.

을지가 장검을 쓰윽, 뽑아 들었다. 검객들은 가소로운 듯 더욱더 낄낄거리더니 요것 봐라는 듯이 느긋하게 칼을 빼 들고서 을지를 겨눴다. 조카들도 뒤질세라 칼을 빼 들자 을지가 소리 높였다.

"이사는 영감님을 안쪽으로 모셔라. 무르치는 지붕으로 올라가라."

말을 마치자마자, '이얍!' 하는 기합과 함께 을지는 장검으로 제갈숙의 칼을 향해 내리쳤다. 제갈숙은 휘청거렸고 칼날이 울렁거렸다. 다시 두 차례 연거푸 내리치자 제갈숙의 칼날이 형편없이 부서져 내렸다. 검객들의 칼은 담금질을 하지 않고 녹인 쇳물을 틀에 부어 주조한 방식이라 강도가 약했다. 게다가 검객들이 휘두르는 칼을 을지가 한번 척 보고는 제련 자체가 형편없는 싸구려 칼이라는 사실을 간파한 것이다.

이처럼 단숨에 벌어진 칼부림에 검객들은 겁을 잔뜩 집어먹었다. 달빛에 처음 마주친 먹이를 노리는 맹수처럼 을지의 눈빛은 이글거리는 불꽃과 같았다. 검객들은 화들짝 놀라 뒤로 물러섰다.

"이놈들을 살려 보내선 안 된다. 처단하라."

카르로스를 피신시킨 뒤 이사가 싸움에 끼어들었다. 그는 달아나려는 검객들 속으로 뛰어들며 칼을 휘둘렀다. 알아듣지 못할 괴성을 질러 대며 허겁지겁 칼을 휘젓던 검객들은 하나씩 피를 토하며 쓰러졌고, 등 뒤에서 주춤거리다 달려들던 검객은 무르치의 화살을 연달아 맞고서 고꾸라졌다. 을지는 칼에 피 한 방울 묻히지 않고 조카들의 손으로 이들을 끝장낸 것이다. 을지는 타오르던 불꽃을 누그러뜨렸다.

결투 장면을 무서워하면서도 빠트리지 않고 숨어서 지켜본 카르로스가 뛰쳐나와 무사들을 격려했다.

"정말로 잘 싸웠네만 죽일 필요까지 있었을까?"

"살려 주면 단박에 무리를 이끌고 몰려오게 됩니다. 영감님, 이미 나발은 불었고 시간이 없습니다."

"나는 준비 끝났네. 지금 당장이라도 떠나면 되네."

흥분이 채 가라앉지 않은 탓에 카르로스의 목소리는 들떠 있었다.

"얘들아, 이것들을 구석으로 치워라."

을지의 명령에 조카와 상인 일행들은 너부러진 시신들을 기민하게 마당 뒤편으로 옮겼다. 그러고 나자 카르로스가 소리쳤다.

"하메스, 요셉, 모두들 지금 당장 이곳을 떠나게. 붙잡히면 범인으로 몰려 처형당할 게 뻔하네. 다니엘이 있는 부락까지 가려면 서둘러야 할 게야."

말이 떨어지자마자 일행들은 어느새 짐짝을 손수레에 싣기 시작했고 대문 밖으로 한 채씩 이동하기 시작했다. 하메스가 다가와 작은 꾸러미 하나를 카르로스에게 건넸다.

"육포와 치즈인데 며칠 동안 먹을 수 있는 분량입니다요. 무사히 목적지까지 가시고 훗날 다시 뵙기를 바라옵니다."

"고맙네, 하메스. 연분이 닿으면 다시 만나게 될 걸세. 잘 가게나."

"대상인님, 아무쪼록 평강하시기를…"

하메스와 부근에 섰던 일행들은 다시금 고개 숙여 작별 인사를 건네고는 대문 밖으로 하나둘 사라져 갔다.

물끄러미 지켜보던 을지가 카르로스에게 조심스레 물었다.

"영감님은 왜 저들을 따라가지 않으십니까? 제가 볼 때는 가장 안전한 행보 같아 보이는데요?"

"그렇군. 내가 봐도 그렇게 보이는군."

"그러한데 왜?"

"저들 틈 속에 나와 보물이 뒤섞여 있다고 생각해 보게. 그래도 가장 안전한 행보로 보일까?"

"아! 그러네요."

그간 보물의 실체를 숨긴 채 횡단했던 카르로스의 번뇌가 새삼 떠올려졌다.

이사가 대문 빗장을 잠그고 가까이 다가왔다. 카르로스는 그의 무공을 격려하느라 어깨를 두드려 주었다. 겉보기와는 달리 결코 애송이가 아니었던 것이다.

"다들 갔네그려. 이제 우리들 차례인가?"

노인의 주문에 을지가 찡긋 미소 지으며 두 팔을 활짝 벌렸다.

"영감님, 잠시만요. 옷을 갈아입고 오겠습니다."

삼베 윗도리와 가죽 바지를 입고, 쇠가죽을 다져 말린 갑옷과 각반을 차고, 다시 겉면에 늑대 가죽 조끼를 덧입은 을지는 칼을 차고 활을 두른 무장한 무사의 모습으로 숙소 앞마당에 나와 섰다. 이사와 무르치는 어깨에 짊어진 보물 두 꾸러미를 조랑말 앞에 내려놓고 있었다.

"영감님, 보물은 포기하시는 게 어떻겠습니까?"

피비린내 나는 결투를 치렀고 계속해서 전투를 벌일지도 모를 위기 속에서 무거운 짐짝을 맞대게 되자 을지는 별안간 그것이 성가시게 여겨졌다. 막막한 도주의 앞길에 애꿎은 애물단지가 될지 모른다는 생각에 툭 하고 던진 조언이었지만, 카르로스는 단호했다.

"뭔 소리인가? 포기를 하다니?"

"제 얘기는 왕관과 특별히 귀중한 것들만 빼고 나머진 버리든가 하는 것이…."

"그런 소리 말게나. 내가 죽으면 죽었지 그렇게는 안 되네."

아닌 게 아니라 보물 때문에 이 난리법석을 피우는 마당이 아니던 가! 일이 터질 대로 터져 버린 지금, 이제 그것은 그 무엇과도 흥정할 수 없는 자존심 이상의 존재가 되어 있었다.

이사와 무르치는 각자 자기 조랑말에 보물 한 꾸러미씩을 얹었다. 을지 조랑말에는 노인을 태울 작정이었다.

"삼촌, 우리까지 타도 괜찮을까요?"

"이곳을 한시바삐 벗어나려면 다들 타고 가야 해."

을지는 눈앞에 불어닥친 위기 상황에 그리 말했지만, 과연 짐짝에 사람까지 태우고서 조랑말이 어디까지 버틸 수 있을지 걱정이 앞섰다.

"을지 군, 이제 어디로 가는가?"

"그런데 이상합니다."

"뭣이 이상한가?"

"다니엘의 예측도 그랬고, 제 판단도 왕족이 보낸 관군이 들이닥칠 거라 봤는데, 생각지 않은 거래상 측 검객이 나타나지 않았습니까?"

"그래서?"

"오늘 다니엘이 만났던 왕족이 야밤에 군사를 보낼 것 같다는 얘기는 필시 보물 욕심 때문이겠죠? 그렇다면 왕 몰래 자기 사병을 보내는 게 분명할 테니 그놈들을 처치하고 나서 떠나는 게 좋지 않을까 하는 생각이 듭니다."

"그렇게 해야 할 이유가 있는가?"

"그놈들이 와서 아무도 없고, 시신을 발견하게 되면, 그때는 군대를 총동원해 대대적인 추격전을 펼칠 것입니다. 그리되면 하인들도 붙잡히게 되고 우리들도 결국 포위당하게 됩니다. 다들 살아남지 못하게 되겠지요."

카르로스는 다시금 초조해졌다.

"그놈들마저 처치하면 어떻게 되는가?"

"개인 사병들이라 왕족은 당황해서 쉬쉬할 것이니 최소한 아침까지는 별일 없을 것입니다. 그때 되면 다들 추격권을 벗어나게 될 테니 아마 문제될 게 없겠지요."

"그놈들이 오긴 오는 걸까?"

"보물을 두고 가만있을 놈이 아니다 싶었으니 다니엘도 달아났겠죠?"

그러나 만약 그랬다가 허탕을 치게 되면 달아날 시간만 잡아먹는 꼴이 되는 게 아닐까? 그 생각에 불안감을 떨쳐 버리지 못한 카르로스는 이사를 힐끗 쳐다보았다. 이사는 두 사람이 나눈 대화 내용을 을지에게 물었고 그런 뒤에 자기 의견을 말했다.

"삼촌 말을 듣고 보니 제 생각에도 들이닥치지 싶습니다. 그래서 추격당하면 밤낮으로 잠 한숨 못 자 버티기 힘들 것 같습니다. 그나마 우리에게 익숙해진 이 집에서 놈들을 해치우는 게 보다 유리할 것 같습니다."

이사의 의견까지 귀담아들은 카르로스는 굳은 표정으로 결정을 내렸다.

"그러세. 자네들이 전술에 능통할 테지. 올 때까지 기다려 봄세."

마침내 카르로스와 무사들은 횃불 아래 전의를 불태우면서 주나라 왕족 군대가 속히 나타나기만을 손꼽아 기다렸다.

27

소도는 천신을 섬기는 단군조선의 성전으로 고을마다 한 군데씩 세워져 있다. 진조선의 도성인 장당경에는 오래전에 천도하면서 지었던 궁중의 소도 외에, 만백성이 어느 때든지 찾아들어 기도드릴 수 있도록 대규모로 지어진 중앙 소도가 도성의 중심부에 자리해 있다.

바로 이곳 중앙 소도 앞마당에서는 만조백관과 만백성을 거느린 가운데 단군천자의 집전으로 천신을 경배하는 제사를 모시고 있었다. 누구 할 것 없이 모두 흰옷을 입고 있어 정녕코 배달, 빛의 자손이라 일컬을 만한 광경이었다.

단군천자는 삼신의 얼이 서렸다는 단목 앞으로 나아갔다. 한국시대의 십이지한국을 상징하는 열두 촉의 대형 백랍 촛불이 대기의 숨결을 불사르느라 푸른 불꽃을 피워 올렸고, 그 사이사이마다 부족의 혈연을 상징하는 수많은 작은 촛불들이 붉게 타올랐다. 대형 청동화로에서 이글거리는 향나무 숯덩이의 그윽한 향내와 연기가 단목을 휘감으며 비췻빛 밤하늘로 퍼져 나갈 때에, 단군천자는 청동 제사 그릇에 담긴 정화수를 제단에 바쳤다.

그리고 큰북의 장단에 맞춰 삼육대례의 절을 올렸다. 첫 번째 절에 세 번 머리를 조아리고 두 번째 절에 여섯 번 머리를 조아리고 세 번째 절에 아홉 번 머리를 조아려 예를 올리는 것이었다.

대례를 마치자 여사제들의 수장인 당골 마곡유리가 곡주를 담은 술잔을 향로 위로 치받들고 원을 세 번 그린 후에 단목에다 힘껏 뿌렸다. 여사제들이 제물로 바친 황소의 어깨뼈를 추려 청동 판에 담아 오자 당골은 박달 장작에 불을 지펴 뼈를 지지기 시작했다.

당골 마곡유리는 뼛조각이 굽히는 동안에 열두 개의 작은북들의 격렬한 연주와 어우러지며 청동 방울을 흔들어 대었고 펄쩍펄쩍 공중으로 날 듯한 기세로 신들린 춤을 추었다.

이윽고 넓적한 어깨뼈 뒷면에 실금이 가고 기이한 흔적이 드러났다. 굿을 멈춘 당골은 그것을 얼굴 가까이 들이대고 희번덕거리며 살피다가 곧바로 뼈에다 갑골 문자를 새겨나갔다.

히누리 공주는 여루 단군의 막내아들인 보을 태자와 몇 되지 않는 단군 천손들과 함께 만조백관의 맨 앞줄에서 오가 대신들보다 우선순위에 서서 제례를 치렀다. 비록 명맥만 유지하는 단군조선의 천손이라 할지라도 권력의 서열과 상관없이 한님을 섬기는 제례 의식에서는 그나마 대접받는 위치에 있었다.

마침내 당골 마곡유리로부터 갑골문을 받아든 여루 단군의 가슴 정중앙에는 청동 거울이 불빛을 받아 번쩍거렸다. 그는 무릎을 꿇고 엎드린 만조백관과 만백성에게 천신의 뜻을 알렸다.

"한님께서 친히 자손들에게 천명을 알리셨노라. 모두들 귀를 기울여라."

단군천자는 갑골 문자를 풀이하면서 읽어 내려갔다.

"너희들이 하고자 하는 일들은 올바르다! 다시 한 번 천명을 알린다. 너희들이 하고자 하는 일들은 올바르다! 내가 이것을 허락하노라!"

단군천자의 선언이 내려졌다. 만백성은 그대로 엎드린 가운데 천손과 만조백관은 일제히 큰절을 올리며 제창하였다.

"하늘은 깊고 고요하여 큰 뜻으로 가득하옵나이다."

단군천자는 엎드린 만조백관과 만백성을 내려다보며 근엄하게 목청을 울렸다.

"한님께서 우리들이 하고자 하는 얽이를 맡기셨도다. 이에 우리들은 한님의 거룩하신 뜻을 충심으로 받들 것임을 엄숙히 맹서하노라."

또다시 만백성은 그대로 엎드린 가운데 천손과 만조백관은 일제히 큰절을 올리며 제창하였다.

"모든 일은 참된 것에서 비롯되옵나이다."

제창이 끝나자 큰북이 울렸다. 그러자 단군천자, 당골과 여사제, 천손과 만조백관, 만백성 모두 일어나 일제히 삼배를 올렸다. 큰북이 삼세번 우렁차게 울렸다.

건국 이래로 매년 두 차례씩 행하는 공식 제례는 아니었으나, 요즘의 시절이 하도 어수선한 까닭에 특별히 예를 다해 장중하게 거행된 제례는 큰북의 삼세번 두드림 속에 무사히 마쳐졌다.

배달문은 가장 웅장하고 화려하게 지어진 궁궐의 정문이다. 제례가 끝난 그날 밤, 배달문 앞 너른 마당에서는 백성들이 참여하는 잔치가 펼쳐졌다. 원래 천해 유역으로의 이주를 기념하는 축제여야 했으나 당초 계획과 달리 만사형통을 기원하는 제례 의식으로 바뀌면서 도성 안에서만 조촐하게 거행되었다.

그리하게 된 까닭은 얼마 전에 선발대 일부가 참사를 당하는 국가적 비운을 겪었기 때문이었다. 근래 들어 크고 작은 사건들이 연이어 일어나는 것에 대해 죄 없이 옥에 갇힌 백성들이 있을까 염려한 여루 단군은 얼마 전에 살인과 강도 등의 중죄인을 제외한 죄수들을 대대적으로 사면하는 어명을 내리기도 했었다.

어디론가 바삐 걷는 히누리는 곁을 따르는 목단이에게 일렀다.

"너는 가족들과 며칠 지내다가 오너라."

"그리해도 되겠습니까, 공주님?"

"되다마다. 참! 미리 말해 둘 게 있다. 천해는 나 혼자 갈 것이니 그리 알라. 이번 기회에 고향 갈 생각하고 있어라. 너도 혼인을 해야 하지 않겠느냐. 그동안의 사례금은 후하게 지불할 터이니 생활에 어려움은 없을 것이다."

"공주님! 너무 급작스레 말씀하시니 뭐라 대답하기가…."

"천해는 힘든 곳이다. 무리하게 따를 필요 없다. 지금껏 수고로 충분한 것이다."

너른 마당의 중앙에는 대형 모닥불이 활활 타올랐고, 배달문을 배경으로 놀이마당이 임시로 설치되어 있었다. 남녀노소 백성들의 흥을 돋우기 위해 거문고, 비파, 장구, 크고 작은 북, 꽹과리, 징, 퉁소, 나팔 등으로 구성된 궁중 악단이 풍악을 울리는 가운데 일곱 명의 여사제들이 시절가인 어아가를 노래하고 있었다.

"어아, 어아, 우리네 한배검의 크나큰 은덕이시여! 배달의 아들딸 모두 백백천천 잊지 못하오리다. 어아, 어아, 착한 마음 큰활 되고 악한 마음 과녁이라. 백백천천 우리 모두 큰 활줄같이 하나 되고 착한 마음 곧은 화살처럼 한마음 되리라. 어아, 어아, 백백천천 우리 모두 큰활처럼 하나 되어 수많은 과녁을 꿰뚫어 버리리라. 끓어오르는 물 같은 선한 마음속에서 한 덩이 눈 같은 게 악한 마음이라네. 어아, 어아, 백백천천 우리 모두 큰활처럼 하나 되어 굳세게 한마음 되니 배달나라 영광이로세. 백백천천 오랜 세월 크나큰 은덕이시여! 우리 한배검이로세. 우리 한배검이로세."

무대에서는 노래가 한창일 때에 마당 바닥에 깔아 놓은 멍석자리 곳곳에는 궁궐에서 근무하는 관리들과 장인들, 그리고 목단과 매화를 비롯한 궁녀들이 자못 눈에 띄었다. 이런 제사가 펼쳐질 때면 멀리 떨어진 가족들과 만나서 사나흘씩 회포를 풀며 즐기는 것이 오랜 하나의 풍습이었다.

잔치는 점차 막바지에 이르렀고 너른 마당에 운집한 백성들은 거나하게 취한 몸짓으로 둥글게 모여 서서 덩실덩실 춤을 추었다. 한편에서는 멍석에 모여 앉아 단군천자가 하사한 잔칫상을 받았는데 거기 차려진 음식은 곡주와 수육이 그득하여 먹고 즐기기에 충분하였다.

단군천자는 제사에 참석한 신하들을 격려하기 위해 뒤풀이로 후원에서 향연을 베풀었다. 이때는 배달문 앞 너른 마당에서 거행되었던 백성들의 잔치가 막 파한 시간이었다. 평소에 단군천자의 정책을 꼬치꼬치 따지던 무리들도 속마음이야 어떠하든 점괘의 결과에 대해 별다른 내색 없이 춤과 노래로 여흥을 즐겼다.

그 신명과 취기가 차츰 고조되어 분위기가 산만해지려 할 때쯤 단군천자는 조용히 그 자리를 빠져나갔다. 그리하면 이때부터 본격적으로 악단과 광대들을 대거 불러들여 희락의 밤을 지새우는 술판이 벌어지게 마련인데, 이것은 궁궐에서 제례 뒤풀이로 으레 해 왔던 유희의 한 방식이었다. 어쩌면 이런 관습이 점괘가 내린 천명의 거역을 잠재우는 고도의 회유책에서 비롯되었는지도 모른다.

그런데 천자가 떠나고 얼마 지나지 않아 혼잡한 술자리를 기회로 삼은 묘무실 구가 대신과 부하들, 그리고 몇몇 신하들이 슬그머니 자리를 이탈하기 시작했다. 그들은 궁궐 밖 은밀한 장소에 따로 모임을 갖기로 밀약이 되어 있었던 것이다.

"첩보에 의하면 납치 사건을 그 전날부터 알았다고 하더군."

묘무실의 주장에 다른 대신들이 귀를 기울였다.

"으응, 그게 정말이오? 그렇다면…?"

"교활한 영감탱이지. 자기 뜻대로 밀어붙이려고 전령을 그때서야 불러들인 것이야.

단군천자는 내관의 수장인 시중 두문소치와 함께 친위대 탁발도추 장교가 지휘하는 군사 아홉 명의 호위를 받으며 잰걸음으로 어둑한 오솔길을 지나갔다. 천자는 히누리와 신불사, 이 두 사람과의 약속을 더 이상 늦출 수가 없었다. 제례가 끝난 지 한참 지난 시각에도 두 사람은 어명을 받아 궁중 소도로 이동한 후 여전히 거기에 머물러 있었다.

중천에 뜬 보름달이 궁궐의 숲길을 환하게 비추었지만, 횃불 없이 걷는 밤길이라 천자는 이따금 휘청거렸다. 술기운이 그의 밤눈과 기력을 한층 쇠하게 하였으리라. 그가 이동하는 오솔길의 중요 지점에는 남의 눈에 띄지 않게 잠복한 무사들이 있었다. 이들 옥빛 옷과 복면을 쓴 무사들은 천자의 어명을 받아 창설된 경호 전담 부대인데 탁발도추 장교가 직접 선발하여 훈련시키고 지휘하는 전사였다. 특히 눈여겨볼 부분은 총 2백여 명의 병력들이, 그러니까 지휘관을 비롯한 전사들 모두가 막조선에서 데려온 양민 출신으로 조직되었다는 점이다.

단군천자가 비척거리며 바삐 걸어간 곳은 궁중 소도에서 동쪽 맨 구석, 해가 떠오르는 박달산 언덕배기에 있는 성황당 구역이었다. 그곳에는 크고 작은 돌들을 얼기설기 쌓아 올린 탑들이 여기저기 흩어져 있었고 그것들 가운데 돌산에 기댄 형상으로 황룡이 용솟음치듯 지어진 돌탑이 유독 거대하게 솟아 있었다.

친위대 장교와 군사들은 돌탑 근처에서 경계에 임했고 천자는 어느 좁다란 굴속으로 몸을 숙이고 들어갔다. 뒤미처 시중이 따라 들어갔다가 이내 고개를 내밀며 바깥에 서 있는 탁발도추 장교에게 소리쳤다.

"뭣 하시오, 장교? 들어오지 않고?"

"본관은 배달문에 나가 있는 친위대장의 지휘를 기다려야 합니다."

"허어, 고지식하기는! 이것은 천자의 어명이라오."

그 말에 장교가 휘익, 하고 휘파람을 불자 몸짓이 날랜 부관이 냅다 달려왔다.

"지금부터 귀관이 외곽 경호를 지휘한다."

28

내부는 긴 동굴이었고 입구와 달리 천장이 높고 무척 넓었다. 언덕과 벽을 따라 인위적으로 깎고 다듬은 돌계단을 꾸불꾸불 올라가자 그것은 돌탑 안으로 이어졌고 또 하나의 웅장한 공간이 만들어져 있었다. 돌탑의 실내는 십여 명의 사람들이 머물러도 충분할 만큼 여유롭고 쾌적했는데, 석회암 동굴과 연계하여 복층을 쌓고 주변으로 통로를 내는 등, 장인들이 덧붙여 공간을 조성한 건축물이었다.

실내에는 미리 전갈을 받은 나인들이 술상을 차리고 있었다. 천자는 곧바로 복층으로 나 있는 돌계단을 따라 성큼성큼 발걸음을 옮겼다. 그는 가쁜 숨을 몰아쉬며 복층 공간으로 들어섰고 대기하고 있던 신하들의 경례를 대충 거르며 널평상에 털썩 주저앉았다.

"내가 많이 늦었지? 자, 그리 서 있지 말고 어서들 앉게나."

요리를 곁들인 술상이 차려지고 막 연주를 시작하는 거문고 소리에 천자는 비로소 주위를 둘러보았다. 대화에 불필요한 사람들이 있다는 생각에 연주자와 시중드는 나인들을 모두 물리쳤다. 그러나 어쩐 일인지 평소와는 달리 시중과 친위대 장교를 술자리에 그대로 동참시켰다.

"자네들도 앉게. 오늘밤엔 짐의 술친구가 되어 줘야 하네. 날이 날이니만큼…"

어쨌거나 널찍한 평상 위에 차려진 둥그런 자개 술상 자리는 다섯 명이 앉고도 넉넉했다. 천자를 중심으로 신하들이 주섬주섬 자리를 잡자 주위가 조용해졌다. 천자는 호흡을 가누려는 듯 길게 숨을 내쉬더니 말문을 열었다.

"어떤가?"

의문의 한마디를 툭 던지고 천자가 고요히 있자 신하들이 술렁거렸다.

"천자마마, 무슨 말씀이신지 소신이 그만 알아듣지 못했사옵니다."

늙은 시중이 천자의 말씀을 거듭 요청하자 그는 빙긋이 미소를 머금었다.

"도성 바깥의 백성들은 짐이 신인 줄로 알고 있다. 정확히 말하자면 한님의 아들로 아는 것이지. 자네들도 그리 생각하는가?"

모두들 다시 말을 잃었다. 겉으로 보기보다 천자께서는 취기가 돈 상태가 아닐까 하고 우려하는 기색들이다. 신하들과의 만찬은 종종 과음을 불러왔다. 천자는 언제부터인가 한밤중에라도 취하지 않고서는 잠을 제대로 이루지 못했고, 이 험난한 시국에 대처할 기운을 회복하지 못할 것만 같은 불안감에 시달려 왔다.

"어디 시중이 한번 말해 보시지 그래?"

시중은 쩔쩔매며 목이 메는 소리로 아뢰었다.

"천자는 살아서 한님의 아들이시오, 죽어서는 신의 반열에 드는 줄로 아옵니다."

"오호라, 죽어 귀신이 된다는 소리구만."

"마마, 그것이 아니옵고…."

"됐다, 알겠노라. 자네가 한 말이 그럴싸해서 썩 괜찮은 생각같이 들렸다네. 흠, 적절한 꼼수야. 이보게, 시중."

"네, 마마. 말씀하시옵소서."

"짐이 생각난 김에 부탁하는데 말이야."

"네, 마마."

"내가 언제고 죽게 되면 순장 같은 요물 짓은 하지 말게."

"마마, 그것은…."

"쉿! 나의 죽음을 간섭하지 말게. 죽고 나면 다 하루살이 고깃덩이 야. 나는 키우는 개도 없고 따로 좋아하는 동물도 없네. 그렇다고 내가 치장을 좋아하는 사람도 아니야. 내가 죽었다고 슬픔에 무너져 뒤따라 죽을 사람도 없겠지만 설령 내가 죽고 우연히 잇달아 죽는 사람이 생겨나더라도 내 무덤에 같이 묻을 생각은 아예 하지 마라. 나는 살아서도 나 홀로 독방에서 자는 몸이다. 매사가 귀찮고 성가시다. 상나라의 못된 풍습이 멋모르고 뒤늦게 마구 퍼져서는 안 되는 것이야. 무슨 말인지 알겠느냐?"

"천자마마, 무슨 뜻인지 충분히 헤아렸사옵니다. 다만 국상의 문제를 지금 언급하심은 적절치 않은 것 같사옵니다."

"그렇겠지. 그래서 생각났을 때 말한다고 하지 않았느냐? 짐의 말을 잘 기억해 뒀다가 추후 또다시 언급이 있을 시는 망설임 없이 만백성에게 공표하고 짐의 뜻에 합당한 국상을 준비해야 할 것이야."

시중은 천자의 본심을 채 헤아리지 못해 대답을 머뭇거리자 그가 짓궂게 웃으며 술잔을 들었다.

"이런! 오늘같이 좋은 날, 쓸데없이 죽음을 놓고 떠들었구나. 허허, 우리 모두 건배를 해 볼까?"

모두들 일제히 술잔을 들었고 천자가 외쳤다.

"단군 자손의 영원한 존속을 위하여, 건배!"

'건배!' 모두가 외쳤다. 천자가 술잔을 비우자 모두들 따라서 술잔을 기울였다.

천자는 다 함께 건배한 뒤에도 모두에게 연거푸 술잔을 돌렸다. 맑은 술에 붉은 약초를 우려내어 빚은 약주는 도수가 무척 높았다. 신하들 중에 특히 인상을 찌푸리며 마지못해 약주를 들이키는 히누리 공주의 모습을 바라보면서 천자는 빙그레 미소를 지었다.

"허허, 이제야 슬슬 취기가 맞아떨어지려나? 흠, 명색이 천자인데 혼자 술주정을 부려서야 어데 쓰겠는가, 흠흠."

단군천자는 울가망한 심기를 달래어 보려는 듯 술잔을 거듭 들이켰다.

선발대 사건이 터진 이후로 조정에서는 회의론이 대두되었다. 그 것은 천해 유역으로의 이주가 그 본뜻을 상실한 게 아닌가 하는 것 이었다. 왜냐하면 이주의 궁극적 목적은 문서의 보관과 전통의 계승 이라 할 것인데 공교롭게도 이번에 피습이 일어났다는 것은 그러한 정보가 적에게 드러났거나 앞으로 누설될 가능성이 크다는 이유 때 문이었다.

그래서 단군천자는 천해 유역으로의 이주를 망설였다. 무고한 백 성들의 희생이 빤한데도 헛되이 감행할 수는 없는 일이었다. 더욱이 한창 꽃필 시절의 사랑스런 두 사람, 히누리와 신불사를 어찌 죽음 의 동토로 내몰 수 있겠는가. 취기 탓인지 단군천자의 목소리가 탁 하게 가라앉았다.

"천해 이주를 재검토해야 한다는 의견이 대두되고 있는데…."

그가 말끝을 맺지 못하자 신불사는 시선을 내리깔며 아뢰었다.

"천자마마, 선발대 양민 중 다수는 이미 천해 고을에 터전을 잡았 습니다. 그들을 내팽개칠 수는 없는 일이옵니다."

"앞으로 닥칠 위험은 어떡하고?"

"마마, 중원에서 천해로 가려면 반드시 북막이나 몽고리, 때로 선 비족의 땅을 거쳐야 합니다. 이번 사건은 그곳에서가 아니라 이곳 가까이 다다라서 발생한 만큼 상황이 다르다고 할 것입니다. 두고두 고 천해 고을은 우리 배달겨레의 후손에 의해 지켜질 것이옵니다."

"히누리 공주의 생각은 어떠하냐?"

"단군 임금님, 소녀도 신불사 장수와 뜻을 같이하옵니다."

"그래? …음, 알겠노라."

천자는 내심 그와 같은 대답을 기다렸던 듯 선뜻 최종 계획을 결심했다.

"그렇다면 사흘 뒤에 일정대로 나머지 백성들을 모두 보내겠다. 단, 공주는 그들이 무사히 도착한 이후에 따로 날짜를 잡아 떠나도록 하여라. 그때 신불사와 같이 가게 될지, 어찌 될지는 모르겠구나."

히누리는 살며시 고개를 떨어뜨렸다.

"아무래도 장수의 길은 따로 있나 봅니다, 임금님."

그녀는 앞서 신불사로부터 참전하게 되었다는 얘기를 들었고 묵묵히 그 뜻을 받아들였다. 국가와 겨레의 보위만이 삶의 전부인 줄 아는 장수와 혼인하는 일국의 공주로서, 그것은 마땅히 감내해야만 하는 운명으로 받아들이기로 마음을 단단히 다잡았었다.

신불사가 무겁게 말문을 열었다.

"공주님, 저는 겨울이 지날 때까지 여기 남을 것입니다."

"눈 내리는 겨울에 적을 치실 생각이신가요, 장교님?"

북막의 추장과 머리를 맞대고 전략을 짜야 했기에 신불사는 진조선과 북막 그리고 번조선을 오가며 전열을 가다듬어야 했다. 따라서 히누리 공주와의 합류는 빨라도 내년 봄 이후로나 가능해 보였다.

"만반의 태세를 갖추는 데 시일이 걸립니다. 한편으로 우리의 공격이 임박한 것으로 오판하고 노심초사하게끔 만들어 서서히 적의 사기를 떨어뜨리고자 하는 전술의 하나이기도 합니다."

두 사람의 대화에 천자가 끼어들었다. 얘깃거리를 바꾸고 싶은 것이다.

"그렇다. 우리 쪽에 화하족 첩자가 있어 기밀 유출을 피할 수 없다면, 그걸 역이용해서 교란시켜야 하겠지. 자, 우리 다시 건배할까? 이 잔은 이번에 출정하는 신불사 장수를 위한 송별의 술잔이도다."

천자가 술잔을 들며 권하자 자리한 사람 모두가 술잔을 들었다.

"우리 한님의 가호를 입어 우리 대부여가 승리하기를 기원하며, 건배!"

단군천자는 이번에도 단숨에 술을 들이켰다.

"하하, 속이 다 후련하구나. 자, 어디 안주도 먹어 볼까? 꼬치구이가 참 먹음직스럽구나."

천자는 꼬챙이를 들어 양고기를 맛보다가 문득 생각난 듯 히누리에게 물었다.

"참, 그렇군! 공주는 저기 북쪽으로 뚫려 있는 저 구멍이 무엇인 것 같으냐?"

"바깥을 보려고 낸 들창 같습니다."

"무엇을 보려고 창을 냈을까?"

"번조선 궁궐 근처 구월산에도 이것과 유사한 참성단이 하나 있습니다. 그것으로 보아 시시때때로 천신께 기도를 드리고 북극성과 같은 천체를 관측하는 창이 아닐까 합니다."

"그렇다. 막조선 머리산에도 있다. 별자리의 파악이야말로 유목민에게 더없이 소중한 지혜에 속한다. 모든 별자리는 조금씩 그 궤적을 달리하지만 북극성은 언제나 그 자리를 지키는 별이다. 우리 북방 유목족은 북극성을 중심으로 하는 천체를 관찰하고 고찰하여 그 이치에 따르는 삶을 살아가는 것이다. 바로 우리가 앉은 이 자리가 천문가들이 해와 달과 별의 자리를 연구하고 집필하던 곳이었다. 그러한데 요즘은 보다시피 술자리를 펼치는 곳이 되어 버렸구나. 수차 례 도성을 옮겨 다니다 보니 관측도 그렇고 죄다 엉망이 되었어. 허허, 근데 뭣들 하느냐? 짐의 눈치 볼 생각 말고 오늘밤 양껏 먹고 즐기도 록 하여라. 자자, 어서들 들게. 아니면 억지로라도 먹일 것이야."

신하들은 천자의 권유에 못 이겨 술과 안주를 먹기 시작했다. 사 실 다들 저녁을 넘긴 탓에 자못 배고픈 상태이긴 했다. 히누리는 양 고기 요리를 먹고 있는 신불사의 모습을 물끄러미 바라보았다. 그러 다가 그가 앞으로 내디딜 발길에 어떤 운명이 도사리고 있을까 하여 절로 근심이 깊어졌다.

"단군 임금님, 한 가지 여쭐 게 있습니다."

"오, 그래? 말해 보거라."

"그러니까 두세 달여 전에 서우여 학장을 만난 적이 있었습니다. 그때 말씀하기를, 대부여의 해체가 불가피하다고 하면서 잃어버린 겨레를 끌어안고 새로이 나라를 세워야 한다며 담차게 피력했었습 니다. 소녀는 그 고견이 끝내 제 귓가에서 떠나지를 않습니다. 그래 서 임금님의 고귀하신 뜻은 어떠한 것인지 못내 궁금하여 여쭙는 것입니다."

단군천자는 듣는 중에 고요히 히누리 공주의 표정을 살폈다. 그 러다가 새삼 그녀의 우수에 찬 그늘을 발견하고서 슬며시 흐트러진 옥체를 가다듬었다. 실내에 침묵이 흘렀고, 그 쓸쓸한 침묵을 깨듯 천자는 몸을 움직여 자세를 꼿꼿이 세웠다.

"으흠! 학장께서 우리 공주에게 그런 말씀까지 하셨구나. …히누리야!"

"네, 임금님."

"그 의견을 마음에 담지 말거라. 그는 학자로서 나름의 생각을 밝힌 것일 뿐이다. 굳이 학장의 사상을 풀이하자면 이런 거겠지. 우리 대부여의 국력이 쇠잔해져 가고, 그렇게 쇠하는 까닭은 생각이 다양해지다 못해 국론분열이 일어나고, 대부여 연합에서 이탈하는 부족이 늘어가고, 오랜 기간에 걸쳐 가뭄이 지속되고, 땅이 흔들려 숲이 불타고, 아마 그래서일 것이다. 백성들은 먹고살기 힘드니 불만이 늘어나고, 귀족들은 탐욕과 이기심에 빠져 권력 유지에만 급급하고, 몹쓸 사상에 국력이 흐트러지고, 아마 그래서일 것이다. 그런데 이러한 문제는 천자라는 한 인간이, 혹은 어느 일개 집단이 나선다고 해서 해결될 문제가 아니라는 점이다. 그래서 학장은 대부여의 해체를 노래한 것일 테지. 학장의 의도를 달리 말하자면 대부여 체제하에 모인 각 나라와 부족, 그 연합체를 해체하고 생각과 행동을 같이할 사람끼리 새로이 모이자는 얘기겠지. 뜻을 달리하는 사람들은 떨어져 나가 따로 나라를 세우거나 다른 나라에 합류해서 살아가라는 얘기 말이다. 이것이 부분적으로 대부여의 영토와 국력의 축소를 가져오겠지만, 불가피한 일이다. 그럼에도 홍익인간의 정신을 건국 이념으로 받들고 따를 신념의 사람끼리 새로이 건강한 나라를 세우자는 얘기가 아닐까? 국론의 분열 없이 일치된 사상과 행동으로 무장한 단일국가를 건설하자는 뜻이 아닌가 하는 것이다. 내 말이 학장의 생각과 일치할는지 모르겠구나."

"임금님, 그 말씀은 만백성의 다양한 의견 수렴을 포기하는 전제 정치를 의미하는 것이 아닙니까?"

"흠, 공주의 생각이 그렇단 말이지? 그럼 신불사의 생각은 어떠하냐?"

"마마, 제 소견을 아뢰옵기로는, 지금이야말로 천자로부터 나오는 강력한 전권 통치가 절실히 필요한 위기의 시대가 아닌가 하고 생각되옵니다."

천자는 술잔을 드는가 싶더니 단숨에 술을 들이켰다. 이를 눈여겨보던 시중이 흠칫 놀라 어깨를 들썩였다. 그는 천자의 지나친 과음에 신경이 곤두선 상태여서 안절부절 어쩔 줄 몰라 했다.

"봐라. 가시버시라 해도 이리 생각이 다르구나."

천자는 술기운이 돈 탓에 무심히 부른 호칭이겠지만 이미 마음속으로 이 두 사람을 부부로 단정 짓고 있다는 얘기다. 그러나 히누리는 그 말을 듣고도 들뜨지 않았다. 오히려 중압감이 그녀를 짓누르고 있어 세상이 달리 보이기까지 하는 요즘의 심정인 것이다.

"다양한 삶과 문화는 더없는 세간의 지표라 하겠다. 다양한 생각과 의견의 표출도 때에 따라 부는 바람처럼 참 좋다. 하지만 작금의 정치 동향을 살핀다면 신불사의 주장이 설득력을 갖지 않을 수가 없다. 왜냐, 요즈음의 우리 정치에 다양한 의견은 실재하지 않는다. 오로지 이것 아니면 저것, 옳음과 그름, 선과 악, 이렇듯 둘로 나뉜 조건이 끊임없이 맞부딪히면서 오로지 음양의 이분법적 사고방식만이 뇌리에 똬리를 튼 채 허공에서 쟁패를 다투어가고 있을 뿐이다.

날개깃을 뜯겨 가며 다투는 독수리처럼 저마다 자기들이 내세우는 편견과 집착이 세상의 진리인 양 떠들면서 나라를 혼란 속에 빠트리고 있는 것이다."

히누리는 답답한 마음에 천자의 설명을 거들었다.

"어째서 사람들은 서로 배척되는 두 개의 개념으로 세상을 구분해 놓고 그것에 잣대를 들이대려고 하는 것일까요?"

"지금껏 살다 보니까 그렇더구나. 인간은… 세상에서 뛰노는 아이들의 생각은 들판의 꽃잎처럼 다채롭지만, 웅크리고 사는 어른들의 생각은 작두에 얹힌 목초와 다를 바 없구나. 그것들은 곧 잘려도 여물에 집착하는 것이다."

"임금님! 잃어버린 겨레를 받아들인다는 것이, 일치된 사상과 행동을 꿈꾸는 무리를 국가 구축에 동참시킨다는 뜻으로 이해해도 되는 것입니까?"

"그렇다. 공주가 잘 이해했다. 홍익인간의 정신을 지닌 무리는 모두가 같은 배달의 겨레이다. 북막뿐만 아니라 몽고리, 진국, 수유와 고죽의 형제들도 같은 정신을 지녔다면 겨레로서 받아들여야 하는 것이다. 실제로 그곳에는 우리와 뜻을 같이하는 무리가 적지 않은 걸로 알고 있다."

"임금님의 말씀에 따르면 마치 홍익인간의 정신만이 세상의 진리인 것처럼 들려옵니다. 그것에 대적하는 자들은 악의 무리인 것처럼 들리고, 그렇습니다. 다양성의 존중인 화백 제도와도 대치되는 게 아닌가 싶습니다."

천자는 거듭 토로하는 공주의 의문을 풀어 줄 생각에 열의를 다해 설명했다.

"다양성도 선의 테두리 안에 머물러야 하는 것이다. 악을 선별할 능력이 상실됐을 때 인간은 불행해지는 것이다. 무엇이 악이고 선인지는 그 열매를 보면 알 수 있다. 싹을 보고 알 수 있다면 더욱 좋겠지."

"그렇다면 임금님께서 이런 대역사를 이루는 작업에 적극 앞장서 나아가시면 아니 되옵니까?"

"아까도 말했지만, 인위적으로 되지 않는 것이 국운의 흐름이다. 이미 선대께서 대부여를 내걸고 시도하지 않았느냐. 그런데도 요 모양으로 흘러가는 운명을 어찌하지 못한단다. …공주야."

"네, 단군 임금님."

"가만? 그것보다 우선…"

천자는 무언가 말하려다 말고 자리에서 일어섰다. 그가 비틀거리자 옆에 앉았던 시중이 얼른 천자를 부축했다.

"이깟 술에 휘청거리다니, 허어. 자네들에게 보여줄 게 있네. 다들 나를 따라나서게. 시중은 전망대로 안내하라."

이런 일이 이따금씩 있는 듯 시중은 전망대 입구에 맨 먼저 다가섰다. 그러자 천자는 시중의 허리춤을 뒤에서 꽉 붙잡았다. 그런 뒤 한 사람이 겨우 지나갈 넓이의 가파른 돌계단을 오르기 시작했다.

"무엇 하는가? 속히 나를 따르지 않고."

탁발도추 장교는 걸음걸음 내딛는 천자의 뒷모습이 위태롭게 여겨져 두 손으로 그의 허리춤을 은근슬쩍 떠받쳐야 했다.

"먼저 오르십시오, 공주님."

신불사의 요청에 히누리가 앞섰고 그가 맨 뒤에서 돌계단을 밟았다.

29

나선형으로 이어진 좁다란 돌계단을 오르고 나니 전망대가 나타났다. 거기 올려다보이는 밤하늘에는 휘영청 밝고 탐스런 보름달이 중천에 떠 있었다. 그리고 상쾌한 밤바람이 허공에 휘돌고 있었다. 무수히 반짝이던 은빛 별자리들은 노란 달빛의 위세에 눌려 그 너머로 숨어 있었다.

천자는 넓고 평평한 바위를 가리키며 외쳤다.

"저것이 별자리 지도다!"

천자는 너럭바위로 다가가 그 위에 떡하니 자리를 잡고 앉았다.

"다들 아무렇게나 편한 자세로 있어라. 이것이 우주에 떠 있는 주요 별들의 위치를 새겨 넣은 바위다. 18대 구모소 단군 때 대학자 지리숙께서 선대의 칠회력을 기초로 해서 천체의 궤도를 관측하여 만든 책력인 주천력과 팔괘상중론을 지으셨지. 이담에 와서 찬찬히 살펴봐도 좋다. 우리가 지금 사용하는 달력(이른바 은력)이 바로 이러한 학문을 기반으로 해서 만들어진 것이란다. 흠, 밤공기를 쐬니 술이 깨고 절로 기분이 상쾌해지는구나."

신하들은 부근에 널린 크고 작은 바위에 걸터앉았다.

"옛적에 선조들이 새긴 별자리와 비교해 보자면 별들의 위치가 조금씩 이동한다는 것이야. 흠, 공주야!"

"네, 단군 임금님."

"공주와 신불사 장수가 함께 꾀하여 보는 것은 어떻겠느냐. 천해에서 홍익인간의 정신과 어우러지는 진정한 고을을 세우는 것이지."

"임금님, 그 홍익인간 정신이 무엇인지 소녀는 채 알지 못합니다. 서우여 학장으로부터 답을 듣긴 했으나 생각과 경험이 짧다 보니 여전히 소녀의 의식 밖에서 가물거리고 있습니다."

"그렇구나. 상세한 것은 나중에 궁리하고 오늘은 간략하게 운을 떼마. 홍익인간의 정신은 하늘의 깊이만큼이나 이 세상에서 가없는 것이다. 그러나 그 무엇을 논하거나 행하든지 간에 반드시 선으로 이끄는 것에 근거를 두어야 한다는 점이다. 자, 여기서 나라를 다스리는 마음가짐에 대해 말해 볼까. 외세와 연합하여 평화를 이루되 의존하지 않으며, 무력을 과시하기 위해 타국을 침략하지 않으며, 선민과 정의를 명분으로 다름을 말살하지 않는 것이다. 항상 만백성의 뜻을 헤아려야 하고, 공평한 세상이 펼쳐지도록 힘써야 하고, 거레가 흩어지지 않도록 정의로운 뜻을 한결같이 모으는 것이다. …그러나 이와 같은 홍익인간 사상은 건국 이념으로서 숭고한 정신이긴 하다만, 실제로 나라 살림에 적용시키기에는 많은 무리가 따르는구나. 왜냐하면 세상이 혼돈과 죄악으로 그득해서 그렇다. 그것이 현실이다."

공주는 천자의 말씀에 고귀한 뜻이 알알이 맺혀 있음을 깨닫고 허리 숙여 경의를 표했다.

"임금님의 귀한 말씀이 소녀에게 큰 도움이 되었습니다."

"그래? 허허!"

천자는 크게 웃었다. 금방 말뜻을 깨치는 공주가 기특하여 기분이 좋아졌다.

"그나마 흥겨워지는군. 이왕 나온 얘기니 한소리 더해 볼까? 그릇된 사고방식의 의식 구조를 구축한 자들이 원래 탐욕과 착취에 민감하다. 그러다 보니 권력에도 유달리 집착이 강해 실제로 권좌와 무력의 자리를 무시로 손아귀에 틀어쥐곤 한다. 그런 뒤에 불의를 합리화하고 그것이 정의라며 스스로를 속이고 양심을 도태시키는 짓을 태연하게 저지르지. 역사를 돌아보자면 이럴 때 반드시 나라가 위태로워졌는데, 이것의 극복은 늘 순백한 백성의 몫이었다. 역사가 돌고 도는 것이 아니라 인간이 변하지 않는 것이기에 이런 현상은 천년만년 되풀이해서 일어나는 것이다. 배달겨레의 선하고 정의로운 이 의지의 발로는 바로 홍익인간의 정신이 핏줄에 녹아들어 만고 이래로 도도하게 흐르고 있어서이다. 공주야, 우리가 격류와 풍파의 세상 속에서도 홍익인간 정신을 포기하지 않는 가장 큰 이유란다."

천자가 말을 마치자 신하들은 모두 엎드려 그의 높으신 덕을 칭송했다.

"천자마마! 거룩하신 한님의 아들이신 마마의 더없는 지혜와 은덕을 저희들이 굳게 받들겠나이다."

천자는 흥겨워져 소리 내어 웃었다.

"그만 들어갈까? 남은 술은 마저 먹어야겠지, 흠."

시중이 얼른 천자를 부축했다.

"마마, 그렇사옵니다. 안으로 드시는 게 나을까 하옵니다."

모두들 자리에서 일어나 어수선할 때에 천자가 곁에 선 공주에게 귓속말을 했다.

"내키지 않으면 다른 귀족을 보내마."

천자는 곧장 신불사에게 다가가 덥석 어깨동무를 하더니 마찬가지로 속삭였다.

"자네가 이번 대부여 군대의 총지휘를 맡게."

히누리는 자기와 똑같은 얘기를 신불사에게 들려준 것으로 알았다. 그런데 내려가면서 천자는 친위대 장교에게도 뭔가 귓속말을 하는 게 아닌가? 공주는 미심쩍은 마음에 고개를 갸우뚱거렸다. 탁발 도추와의 귓속말은 꽤 길었다.

돌계단을 내려온 천자와 신하들은 다시 술상 자리에 앉았고, 천자가 건네는 술잔과 건배 속에 모두가 서서히 취해 갔다. 그런데 천자가 주도하는 취중 잡담에 마음을 놓았던 것일까. 신불사가 어쩐 일인지 천자에게 질문을 던졌다. 지금껏 공주 외에 그 누구도 감히 범접하지 못한 물음이 아니던가.

"마마, 자고이래로 우리 배달겨레는 타국, 타민족보다 열등하거나 그들에게 굴복한 적이 없었사옵니다. 그런데 어찌하여 최근에 이르러 사대 발작적 풍조가 귀족들 사이에 만연할 수 있는 것인지 그 내막을 도무지 알 수 없어 천자마마의 고견을 듣고자 아뢰는 것이옵니다."

"흠! 가장 쓸데없는 질문이면서도 가장 절실하게 와 닿는 의문을 던졌구나. 누가 여기에 답할 사람 없느냐?"

아무도 선뜻 나서지를 못하자 천자가 답했다.

"이것은 짐의 의견이 아니다. 사람들은 제각각 천차만별인 것 같아도 혈통이라는 것이 있다. 속일 수 없는 핏줄의 공통되는 성질이 있다는 것이지. 단군조선 1983년 동안, 아니 옛적의 한국 시대까지를 소급해서 언급하자면 무려 6847년의 역사를 지금껏 이끌어 왔다, 그러다 보니 같은 겨레라 하더라도 점차 갈래가 생기고 부족별로 흩어지고 하다 보니까, 그 혈통의 성질이 탈락하거나 변이되고 또한 각기 다른 요소가 덧붙게 된다는 것을 일찍이 우리 경당의 학자, 홍운성 선생이 밝힌 적이 있었다. 이것으로 자네 질문에 대한 풀이가 되겠는가?"

"그것이, …저, 그러니까…."

신불사뿐만이 아니라 듣고 있던 다른 신하들도 여전히 의문에서 헤어나지 못하는 표정을 지었다. 그러자 천자는 민망한 듯 덧붙여 말했다.

"이것은 짐이 보충하는 풀이로다. 잘 들어라. 나뉘고 덧붙인 핏줄들이 현재 조정과 부족의 귀족들 사이에 뒤섞여 있다면…? 가장 눈에 띄는 것이, 저항을 잊은 상나라 유민의 혈족이 수유와 고죽국을 떠나 단군조선에 상당히 뿌리내린 상황이라는 것이다. 더욱이 이들은 귀족과 지식인 출신이 태반이어서 이내 단군조선에 적응했고 기반을 구축해 왔다. 물론 이들이 우리 겨레가 아니라는 소리는 아니다. 다만 오래전에 살았던 중원 고토를 향한 왜곡된 향수와 거기서 비롯된 이지러진 사상이 부지불식간에 핏줄 속으로 녹아들어 고착된 게 아닐까 싶어 안타까울 따름인 게야. 자네들은 어쩌겠느냐? 현재 같은 땅에서 같은 옷을 걸치고 같은 언어를 말하며 살고 있는데 천자가 어찌할까? 그들을 어떻게 해야 좋을까?"

'아!' 신불사는 그제야 탄성을 내질렀다. 입술을 비집고 삐져나오는 탄식은 신불사만이 아니라 히누리도 탁발도추도 마찬가지였다. 달리 언급할 말이 뭐가 있으랴.

"마마! 황공무지로소이다."

단군천자는 소리 내어 웃었다.

"허허! 제군들, 여긴 경당이 아니네. 이제부터 골치 아픈 생각 나부랭이는 굶주린 이리에게나 던져 주고, 한번 맘껏 놀아 보는 것이 어떻겠느냐. 웃고 즐기자고 마시는 술이 아니겠는가. 어디, 풍악이라도 울리는 것이 낫겠더냐?"

엄숙한 대화들이 언제 오갔냐는 듯 술자리 분위기가 확 바뀌었다. 가끔씩 콧노래를 흥얼거리는 천자가 일부러 그렇게 몰아갔는데, 밤 짐승의 기척이 뜸할수록 군신 간의 분별이 사라지고 술잔이 흥청망청 오갔다. 탁발도추는 옆에 앉은 신불사에게 술을 권하면서 낮은 소리로 중얼거렸다.

"귀족들의 만행과 착취가 극에 달하고 있소이다. 백성을 노예처럼 부려먹을 지경이라오. 이러다간 이주가 아니라 봉기가 일어날지도 모르겠소."

불쑥 튀어나온 그의 말에 신불사는 선뜻 대꾸를 하지 못했다. 탁발도추는 내처 말했다.

"천자께서는 소신의 절박한 충언을 심각하게 받아들이지 않으십니다. 그러니 이 문제를 공주님께 대신 알리셔서…"

천자는 피곤한 기색으로 이마를 짚다가 이 모습을 보고는 성가신 듯 외쳤다.

"탁발도추!"

"넷! 천자마마."

"귀관은 얼마 전에 호랑이를 맨손으로 때려잡았다던데 그게 사실인가?"

"마마, 맨손이 아니라 칼을 써서 잡았사옵니다."

"흠! 어쨌거나 대단하군. 탁발도추의 용맹과 신불사의 지략이 있는 한, 짐은 두려울 것이 없다네. 자, 다들 어서 술잔을 받게나."

천자는 네모꼴의 호로병을 들어 일일이 신하들에게 술을 따랐다. 그 틈을 타서 신불사는 얼른 탁발도추에게 귀엣말로 답했다.

"장교님의 고언에 대해서는 따로 만나 논의합시다."

탁발도추는 고개를 끄덕였다. 천자는 히누리에게 술을 권하면서 나지막한 목소리로 말했다.

"참, 그렇구나. 공주에게 줄 선물이 있다. 북막 추장이 짐에게 가져온 조랑말인데, 유격 기병이 훈련하는 것들 중에서 따로 빼놓은 놈이 있다. 털이 많고 조그마한 것이 추위에 강하고 눈 속에서도 잘 달리는 야무진 말이라더군. 마구간에 일러뒀으니 반드시 챙기도록 하여라."

"네, 임금님. 성은이 망극하옵니다. 그리하겠습니다."

탁발도추 장교는 무쇠 같은 체격만큼이나 술에 강하여 천자가 건네는 술잔마다 넙죽 받아 마시면서도 좀처럼 취한 기미를 보이지 않았다. 그러나 히누리가 보기에 신불사의 몸가짐은 점점 흐트러져 갔다. 그를 만나고 처음 마주하는 낯선 모습이었다.

지금부터는 술자리를 즐기자고 했으면서도 어느덧 단군천자의 얘기는 시국 문제로 되돌아갔다.

"화하족이 우리 단군조선보다 부유했던 상나라를 잡아먹고 난 뒤 국력이 급성장한 건 사실이다. 그건 어쩔 수가 없다지만 골칫거리가 뭐냐면, 자기 개인과 가문의 영달을 위해 화하족에 들러붙었던 일부의 상나라 귀족들이다. 나라가 기운다 싶으니 주나라 문왕과 내통하여 망국의 길에 적극 가담한 놈들이야. 급기야 화하족의 친위 세력이 되어 황하 유역에 살던 배달겨레 만백성을 전쟁터로 내몰아 학살했고 평생을 괴롭혔던 족속들이지. 그때 그놈들의 핏줄이, 사상이 오늘날의 우리 대부여를 분열시키고 있다. 고유한 화백 회의 정치부터 오염되고 있는 것을…. 휴! 국운도 이 지경인 마당에 지금 영고탑 고을을 다스리고 있는 태자마저 숙맥이라 걱정이다. 내가 죽고 나서 무사할는지 도무지 의문이다."

모두가 취했다. 따라서 태자의 안위까지 거론된 천자의 엄숙한 얘기에 누구 하나 선뜻 나서서 답하기가 어려웠다.

"제군들은 지금껏 짐이 한 발언이 무엇이라 생각하느냐? 정치적 수사였더냐?"

탁발도추가 나섰다.

"마마, 역사이옵니다. 역사로서 한 획을 긋는 일에 소신 또한 전심전력을 다하겠나이다."

천자가 술잔을 들며 혼잣소리처럼 중얼거렸다.

"제군들! 짐이 아까 전망대서 귓엣말로 했던 얘기, 취하도록 마시고 내일 다 잊어먹어도 좋다. 물론 기억하면 더 좋고, 허허…."

신불사와 탁발도추, 이 혈기왕성한 장수에게 단군천자는 어떤 부탁을 귓속말로 건넨 것일까? 문득 천자의 심기를 다시금 살피니 제례를 올릴 때의 고결하고도 강직한 자태는 어디론가 연기처럼 사라지고, 다만 작은 술잔을 손아귀에 쥔 나약하고 쓸쓸한 노인이 히누리의 눈앞에 자리할 따름이었다.

"덮어놓고 궤사를 씨불이고 희희낙락하는 육시랄 것들! 죄다 내 손으로 모가지를 쳐 날릴 작정이라오."

신불사 곁에 바짝 다가앉아 귓엣말을 하는 탁발도추의 탁한 음성이 히누리의 귀에까지 들려왔다. 히누리는 깜짝 놀라 힐끗 주위 사람들의 눈치를 살폈다. 마침 천자는 몹시 취한 듯 두 눈을 감고서 몸을 흔들거렸다.

히누리는 이것이 술 취한 자의 꺼드럭거리는 호기인지, 실제로 그렇게 움직일 의지를 술김에 누설한 것인지를 분간할 수 없는, 이 위태위태하고 아스라한 천자와의 술자리가 언제 어떤 모양으로 끝날 것인지 알 수 없어 초조해졌다.

히누리 공주는 진땀을 빼는 시종에게 소곤거렸다.

"임금님을 이대로 두실 건가요? 술자리란 게 원래 이런 거예요?"

때는 단기 1983년, 여루 단군 재위 47년. 기원전 350년, 음력 칠월 중순의 어느 날, 늦은 밤이었다.

30

마침내 기다리던 결전의 순간이 다가왔다. 죽음을 두려워하지 않는 용맹한 스키타이 전사이자 히타이트 후손이라 주창하는 해씨족 무사들이 만반의 전투태세를 갖추고 잠복 중이다. 이 사실을 모르는 주나라 군사들은 마치 밤마실을 나온 사내처럼 어기적거리며 대문을 두드렸다.

"여봐라, 게 누구 없느냐? 대문을 썩 열지 못할까."

손꼽아 기다렸던 이사가 대문을 활짝 열어젖혔다.

"어서 오시오. 애타게 기다렸소이다."

군사의 두목으로 보이는 자가 앞장섰다. 사병들의 숫자는 얼핏 열 댓 명가량 되었다. 뭐 한다고 이리 많이 보냈지? 이사는 살짝 긴장했다. 그나마 다행인 것은 사병들이 헝겊 옷에 거의가 창을 들고 있어 영락없는 조무래기들 같았다. 이들이 방심하게끔 비무장한 이사는 미소 띤 얼굴에 북방 유목족의 언어와 몸짓까지 써 가며 들어오기를 권했다.

"뭐야? 우리가 온다는 걸 알고 있는 눈친데? 여봐라, 들어가자."

말이 통하지 않아도 서로가 상대방의 의도를 눈치로 읽고 있다. 이때 방문을 열고 문턱에 선 카르로스가 환하게 웃으며 두 팔 벌려 환영의 표시를 했다.

"어서 오시오. 안 오실까 봐 걱정하던 참이었는데 마침 잘됐소이다. 하하."

페르시아어로 거침없이 말하자 두목과 사병들은 무슨 말인지 알아듣지 못해도 덩달아 시시덕거렸다.

"여기 우리 말을 하는 자는 없는가? 말이 통해야 물건 가지러 왔다고 알리지."

두목이 외쳐 대자 이삭이 그 앞에 나섰다.

"보물을 달라고? 알았어. 기다려 봐."

이사는 웃는 표정과 손짓으로 그들을 안심시킨 뒤 잽싸게 방으로 들어갔다. 두목이 주위를 휘익 둘러보며 호기롭게 큰소리를 쳤다.

"그런데 이 썩을 놈의 노예들이 코빼기도 안 보이는데? 다들 어데 처박힌 게야?"

이사가 곧바로 보물이 든 짐 꾸러미 하나를 짊어지고 나왔다.

"이것을 찾는가, 응?"

뭔가 싶어 사병들이 웅성거리자 이사는 재빠르게 짐 꾸러미를 풀었다. '어어!' 두목이 이를 제지할 겨를도 없이 이사는 유리구슬로 엮

은 목걸이들을 두 손으로 움켜쥐고 번쩍 치켜들었다. 그러자 사병들이 일제히 탄성을 질러 댔다. '야아!'

두목은 황급히 부하들을 진정시켰다.

"이놈들아! 주둥이 닥치고 조용히 하라!"

이사가 지체 없이 짐 꾸러미를 마당으로 집어던지자 사병들은 너나없이 '와!' 하고 창을 집어던지며 우르르 달려들었고, 짐 꾸러미 속에 든 보물들을 서로 먼저 차지하려고 아우성치며 법석을 떨었다.

이때였다. 화살이 연달아 날아들며 아귀다툼하던 사병들을 보릿자루처럼 쓰러뜨렸다. 대여섯 명이 한꺼번에 고꾸라지자, 을지가 판자 지붕에서 뛰어내렸고 무르치는 계속해서 화살을 쏴 대었다.

카르로스는 재빨리 방으로 숨었고 이사가 칼을 챙기는 사이, 을지는 적들을 맞상대했다. 찌르는 적의 창을 옆으로 피하며 칼로 내리치자 창대가 부러지고 이어 팔이 떨어져 나갔다. 달려드는 적의 머리를 내려쳤고 몸을 돌려 도끼를 치켜든 적의 복부를 찔렀다. '얍!' 기합과 함께 몸을 날려 적의 틈새로 파고들며 칼을 휘두르자 여기저기 검붉은 피가 뿜어져 나왔다.

무르치가 쏜 화살촉이 적의 심장에 박혔다. 뒤늦게 뛰어든 이사는 적의 허리를 베었고 목을 잘랐다. 여기저기 터져 나오던 신음소리가 점차 잦아들고 꿈틀대던 적의 몸뚱이들이 식어갔다.

'적들은 이제 끝장이 났는가?' 이때 기이한 소리에 을지가 고개 돌리니 두목이 집채 앞에서 카르로스의 목에 칼을 겨눈 채 인질로 잡고 있었다. 군사의 두목은 턱을 달달 떨며 간신히 말을 뱉어 내고 있었다.

"무, 무기를 버려라. 그, 그러지 아, 않으면…"

을지는 선뜻 무기를 내려놓았다. 말하지 않아도 무엇을 원하는지 아는 것이다. 이사도 지붕에 있는 무르치도 무기를 버리고 두 손을 들었다. 두목은 겁에 질려 덜덜 떨며 카르로스를 앞세워 마당으로 내려선 뒤 허겁지겁 대문 쪽으로 걸음을 옮겼다.

"이보게, 이놈을 보내면 안 되네. 나는 괜찮으니 어서 이놈을 처치하게나."

카르로스의 당부를 무시하고 무사들은 꿈쩍도 하지 않았다. 두목이 카르로스를 방패 삼아 대문의 빗장을 여는 그때에 한 발의 화살이 날아들었다.

화살촉은 손목을 관통했고 손아귀에서 칼이 떨어져 나갔다. 그러자 을지는 잽싸게 달려가 놈의 얼굴을 강타했고 다리를 걸어찼다. 땅바닥에 쓰러진 두목은 을지가 휘두른 자신의 칼에 맞아 외마디 비명 속에 축 늘어졌다. 무르치가 삐걱거리는 판자 지붕에서 날랜 동작으로 뛰어내렸다.

"보물은 버리고 가세."

"도피자금 없이 어쩌시려고요? 영감님, 이젠 가져가야 합니다."

처절한 난리굿의 끝을 보자 카르로스는 정말로 모든 물욕과 집착에서 떠난 듯했다. 그러자 이번에는 을지가 보물에 집착을 보인 것이다.

"그렇담 이제 어디로 가야 하는가?"

카르로스의 물음에 이사가 나섰다.

"무조건 북쪽으로 달아나야 합니다."

"오던 길, 진나라는 어쩌고?"

"너무도 많은 사람, 더군다나 관군까지 죽었습니다. 진나라도 제후 국인 이상 우리를 체포해서 이곳으로 넘길 것입니다."

을지가 이사의 말에 힘을 보탰다.

"영감님, 제 생각도 그렇습니다. 오로지 살길은 이사와 말이 통한 다는 북쪽으로 가는 길뿐입니다."

'가자!' 망설일 겨를이 없었다. 일단은 이곳을 벗어나야 했다. 카르 로스와 무사들은 보물을 추려서 하나로 만든 꾸러미와 식량 보따리 를 조랑말에 싣고 허물어진 도성의 담벼락을 넘어갔다. 짐짝과 사람 을 태운 조랑말은 짙은 밤안개로 지척을 분간하기 힘든 어두컴컴한 광야를 헤쳐 나갔다.

추격은 없었다. 그다지 넓지 않은 낙읍이라는 도성을 벗어나자 더 이상 거기는 주나라 영토가 아니었고 주 왕실의 입김이 미치지 않는 땅이었다.

"나는 사람을 믿지 않았네."

"왜요, 영감님?"

"세상을 알아갈수록 모순으로 가득하고, 그 모순은 사람들에 의 해 만들어진 것들이고, 나는 그 모순이 싫어 한때 은둔을 선택하기 도 했지만, 그때 누가 그러더군. 자네 말대로 세상이 모순이라면 죽 기까지 그 모순에서 벗어날 수 없는 것이 아닌가. 달아날 수 없는 모순이라면 차라리 그 모순을 즐기는 것이 어떠한가. 그러면 조금은 마음이 평온해지고 그럭저럭 살만한 세상이 되는 것이 아니겠는가."

"그런데요?"

"그런데 나는 그걸 알면서도 그렇게 살 수가 없었어. 모순을 즐길 수 있는 사람은 따로 있었던 것이야. 나는 결국 모순을 즐기는 존재들과도 어울릴 수 없게 되었지."

"그러셨다지만 항상 사람을 상대하셨잖습니까?"

"그래서 더 그랬겠지. 약육강식의 세상에서 살아남아야 했고 나 또한 모순 속에 있었으니까. 우리 메디아 족속들은 차라투스트라가 설파한 종교를 믿었지만 나는 믿지 않았네."

"사람을 믿지 않는데, 종교까지 말입니까? 그러면 영감님은 무엇을 믿으시는 거죠?"

"나는 사람이 전하는 종교를 믿지 않는 것일세. 내 본래의 마음, 양심에서 우러나오는 신을 믿는 것이지."

"양심이라고요?"

"내가 믿는 신은, 순수하게 빌고자 하는 마음의 저편일세. 나는 을지 자네를 만나고 나서 믿을 사람도 있다는 사실을 깨닫긴 했네. 그걸로 나는 이번 여행에 만족하네. 보물보다 소중한 가치야."

포도주가 없어도 카르로스는 휴식과 식사와 수면을 취하는 데 아무 문제가 없었다. 이따금씩 밭뙈기가 눈에 띄면 농작물을 서리했고 버섯 같은 야생의 식물을 채취하거나 들짐승을 사냥하기도 했다. 카르로스와 무사들의 도피 생활은 순탄하였다.

산등성이에 오르기 위해 오솔길에 접어들었다. 이사와 무르치는 짐을 실은 조랑말의 고삐를 잡고 걸었고, 을지는 카르로스를 조랑말에 태운 채 호위하며 그 옆을 따랐다.

산허리쯤 오를 때에 어디선가 '슝, 슝' 바람소리가 연달아 나더니 화살들이 날아와 조랑말에 꽂혔고, '히히힝' 비명 속에 말들이 버둥거리며 나뒹굴었다. 카르로스는 말에서 떨어져 비탈 아래로 굴렀다. 무사들은 땅바닥에 납작하니 몸을 엎드렸다. 이것은 순식간에 벌어진 일이었다.

계속해서 화살이 빗발치듯 날아들었다. 무사들은 포복하여 바위 구덩이와 고목 뒤로 몸을 숨겼다. 을지가 명령했다.

"움직이지 마라! 놈들이 다가오면 그때 나를 따르라!"

드디어 화살 세례가 멈췄고 화하족의 음성이 왁자지껄 들려왔다. 그러고도 한참 뒤, 생사를 확인하려는 듯 그들이 다가오는 소리가 바스락거렸다. 멈췄다가 걷기를 반복하던 적들이 마침내 무사들의 사정권 안에 들어온 순간, 을지는 엄폐된 바위에서 뛰쳐나가며 적을 향해 칼을 휘둘렀다. 을지와 이사의 반격에 적들은 추풍낙엽처럼 쓰러지며 비탈로 나뒹굴었다. 무르치의 화살이 적의 정수리에 박혀 대롱거렸다.

댓 명의 적군이 쓰러지자 주위는 이내 조용해졌다. 화살이 언제 또다시 날아들지 몰라 무사들은 을지의 명령에 따라 바위 뒤로 몸을 숨겼다. 어딘가에서 까치가 깍깍 울어댈 뿐 더 이상의 공격은 없었다.

"저들은 누구이기에 아무 경고도 없이 공격했을까요?"

"글쎄다. 옷차림을 보고 자기편이 아니라고 판단했겠지."

나라가 제아무리 쑥대밭이라 할지언정 막무가내로 타인을 공격하는 행위를 두고 뭐라 구시렁거려야 적절할까?

"영감님을 찾아야 한다."

무사들은 근처에 쓰러져 죽은 말들을 쓰다듬어 주었다.

"그동안 많이 애썼다. 부디 좋은 데로 가거라."

그리고 그다지 멀지 않은 곳에 쓰러져 있는 카르로스를 발견했다. 그는 가슴에 화살을 맞고 신음하고 있었다. 을지가 얼른 다가가 그의 상체를 끌어안았다. 카르로스는 가쁜 숨을 몰아쉬었지만, 표정은 미소를 띠고 있었다.

"영감님, 정신이 드십니까?"

"자네가 와서 정말 기쁘이. 어때, 내 몸은 괜찮아 보이는가?"

을지는 그 말에 대답하지 않았고 침통한 표정으로 고개를 가볍게 저었다.

"그렇군! 별것 아닌 세상, 너무 오래 살았어. …그래도 내가 죽을 때 나를 끌어안고 슬퍼해 줄 사람이 있을 줄은 생각지도 못했는데… 나는 정말 행운아로군."

카르로스는 가쁜 숨을 격하게 몰아쉬더니 빙긋 웃어 보였다. 그리고 말했다.

"이제 끝내고 싶네. …잘 있게나."

을지는 눈물을 보였다. 그러고 안았던 그의 상체를 조용히 바닥에 눕혔다.

"영감님! 안녕히 가십시오!"

그러면서 단번에 그의 가슴에 박혔던 화살촉을 힘껏 뽑아내었다. 뜨거운 피가 뿜어져 나와 을지의 얼굴을 적셨다.

고단했지만 즐거웠던 세상을, 그는 떠났다.

"몸과 넋은 새가 하늘로 인도할 것이야."

을지는 보물 꾸러미 속에서 왕관이 든 가죽 뭉치 하나를 꺼냈다. 사막을 횡단할 때에 본 그것을 이사에게 주면서 말했다.

"품에 넣어 둬라. 이것 하나면 우리한테 충분해."

무사들은 오솔길을 계속 거슬러 나아갔다. 얼마 지나지 않아 어디선가 무리들이 내는 발소리가 메아리로 들려오는 듯했다. 을지는 즉각 위기를 느꼈다.

"사태를 파악한 적이 공격해 오는 모양이다. 떼 지어 몰려오는 소리 같다. 만약 그 숫자가 많으면 내가 놈들을 다른 데로 유인할 테니까 둘은 달아나다가 숨을 곳이 보이면 거기다 몸을 은신하도록 해라. 쓸데없이 나서지를 말아라. 내 말을 명심해야 한다."

"삼촌, 우리가 흩어지면 어떻게 다시 만나게요?"

"어딘가에서 만나게 되겠지. 아니면 고향에서 보자."

"삼촌!"

무리들이 다가오는 소리가 점점 크게 들려왔다. 을지의 예상대로 적군은 적은 숫자가 아니었다. 세 사람은 황급히 달아나다가, 가파른 비탈에 몸을 엄폐할만한 바위와 고목이 있고 자갈돌이 깔린 지형이 나타나자 을지는 조카들을 독촉하며 소리쳤다.

"바로 이곳이다! 내가 적들을 상대할 수 있는 적절한 지세야. 너희들은 뒤돌아보지 말고 계속 달려가거라. 내가 놈들을 산머리 쪽으로 유인하마."

"삼촌! 그렇지만…!"

"무얼 망설이느냐, 어서! 이건 전사로서 내리는 명령이다!"

조카 이사와 무르치는 삼촌 을지의 독촉에 무릎 꿇고 큰절을 올렸다. 그런 뒤 무르치는 자기가 쓰던 화살통을 내려놓았다. '삼촌!' 두 사람은 을지의 승전을 기원한 뒤 곧바로 산기슭 쪽으로 내리달렸다.

을지는 무르치의 화살통을 집어 들었다. 전투 뒤 회수한 화살대에 핏자국이 얼룩졌고 비린내가 진동했다. 을지는 코를 들이대고 킁킁거렸다. 야수의 본능을 일깨우려는 것 같았다.

그는 오솔길에서 1백 보가량 떨어져 있는 비탈진 곳, 고목 뒤로 몸을 숨기고 활시위를 당겨보았다. 최적의 조건이라 판단한 을지는 적군이 나타나기만을 기다렸다.

잠시 후 적군들이 오솔길에 모습을 드러냈다. 예상한 대로 적은 숫자가 아니었고 아까 쓰러뜨린 적들과 똑같은 복장을 한 군사들이었다. 그들은 여러 재질의 옷감을 누비질한 군복을 입었고 긴 창을 들었거나 칼을 가진 무리들이 다수였다. 그리고 대여섯 명이 화살을 가지고 있었다.

을지는 적군들이 화살의 사정거리에 접어들 때까지 기다렸다. 우선적으로 저격 대상자는 지휘관으로 보이는 자와 화살을 든 궁수들이었다. 을지는 유별난 모자를 쓰고 색다른 옷을 걸친 사내를 노리다가 활시위를 당겼다.

칼을 뽑아 들고 고래고래 호령하던 사내가 가슴에 화살을 맞고 땅바닥으로 쓰러졌다. 일순, 주위가 혼란에 빠지면서 몸을 피하느라 허둥대었다. 화살이 이번엔 궁수의 목을 꿰뚫었다. 이윽고 화살이 날아오는 방향을 확인한 적군들이 투쟁심을 가다듬은 듯 한둘씩 언덕을 올라오기 시작했다. 고함치며 전투를 독려하는 적병의 정수리에 화살이 박혔다.

적의 궁수들이 을지가 있는 곳을 향해 화살을 쏘아 댔으나 거리가 미치지 못했다. 그들은 사정거리를 맞추기 위해 별수 없이 보병들과 함께 언덕을 올라와야 했다. 을지는 큼직한 돌을 굴렸고 비탈을 오르던 적군들은 그것을 피하려다 서로 뒤엉키며 나뒹굴었다. 을지는 화살을 쏘아 대는 또 다른 궁수를 겨눴고 화살은 바람을 가르며 날아갔다. 조준하던 궁수의 어깨에 화살이 꽂히자 비명 속에 비탈 아래로 굴러떨어졌다.

적들을 상당수 처치했다고 생각했지만 적군들은 여전히 바글거렸다. 을지는 적들이 가까이 접근하기 전에 산머리 쪽으로 달아났다. 이때를 노려 적의 궁수들이 화살을 쏘아 댔으나 아직 먼 거리인지라 어림없었다. 을지는 눈여겨봐 뒀던 두 번째 엄폐물인 바위에 몸을 의지하고 잠시 가쁜 숨을 몰아쉬었다. 그런 뒤 다시 활시위를 당겼다.

칼을 휘두르며 떠드는 자를 노렸고, 숨었다가 활 쏘려고 나타나는 궁수를 향해 화살을 날려 보냈다. 통솔할 지휘관을 잃은 적군들은 오합지졸이 되어 우왕좌왕하면서도 한 방향만 아는 벌레처럼 끈질기게 비탈을 기어 올라왔다.

을지는 자갈돌을 아래로 던지면서 남은 궁수의 수를 파악하려고 애썼다. 나중에 격투가 벌어지게 될 때에 가장 위협이 되는 두려운 존재가 그들이었다. 다행히도 적의 궁수는 단 한 명뿐이었다. 을지는 바위에서 나와 몸을 완전히 노출시키며 그가 활을 쏘게끔 유도했다. 적의 궁수는 겁을 집어먹은 듯 나무 뒤에 몸을 숨긴 채 꼼짝도 하지 않았다. 을지는 일단 가장 앞장서서 올라오는 적병의 심장을 꿰뚫었다. 움찔 놀란 적병은 가슴에 박힌 화살을 움켜쥐며 아래로 굴러떨어졌다.

이때 이것을 노린 듯 적의 궁수가 모습을 드러내었고 길게 활시위를 당기고 있었다. '아차!' 한발 늦었음을 감지했지만, 을지는 피할 생각 없이 뒤늦게나마 다시 활시위를 당기며 침착하게 조준에 집중하였다. 궁수의 화살이 '슈욱!' 하고 날아들었다. 그리고 을지는 힘껏 당긴 활시위를 놓았다. 날아간 화살은 달아나려는 궁수의 등짝에 냅다 꽂혔다.

을지는 몸을 옮기는 와중에 통증을 느꼈다. 적의 화살이 넓적다리를 스치며 상처를 입힌 것이다. 핏자국이 검붉게 내번지는 다리를 절뚝거리며 남은 적을 향해 화살을 쏘아 댔고 마침내 활을 집어던진 뒤 칼을 뽑아 들었다. 간신히 살아남아 바위 지척까지 올라온 적병들을 하나하나 잔가지 치듯 쓰러뜨렸다. 저 멀리 나무 뒤에 숨어 벌벌 떠는 잔당 몇몇을 내버려두고 을지는 산등성이에 올랐다.

한때 산성이었던 것 같은 구조물이 을지의 시야에 들어왔다. 큼직한 바윗돌들이 맨 밑에 놓였고 그 위로 자갈돌 덩어리들이 가지런히 쌓여 있는 걸로 봐서 사람들이 의도적으로 쌓은 성벽처럼 보였다. 을지는 고개를 갸우뚱거리면서도 별다른 의심 없이 허물어져 내린 나지막한 성벽 쪽을 타고 뛰어 넘어갔다.

이때였다. 느닷없이 화살촉이 날아와 을지의 왼쪽 어깻죽지에 꽂혔다. 허공을 가르는 휘파람 소리가 연달아 들리는가 싶더니 그의 앞과 옆으로 화살이 떨어졌다. 거듭해서 또 한 발이 그에게로 날아들었다. '헉!' 그는 쓰러졌다. 벌렁 드러누운 상태로 꼼짝하지 않았다.

푸른 하늘에 하얀 뭉게구름이 두둥실 떠 있었다.

'언제부터 저게 떠 있었지?'

을지는 고단했던 몸이 풀어지며 평온한 기분이 들었다. 머리로 떠올린 평화가 아니라 저기 내려오는 뭉게구름처럼 온몸으로 느껴졌다. 을지는 두 눈을 감았고 세상이 삽시간에 어두워졌다.

매서운 바람 소리가 그의 귓가에서 울다가 떠나갔다.

31

당골 박고시라는 신당 통나무 벽에 기대앉으며 길게 숨을 내뿜었다.

302

'휴우, 이 뭣이냐!'

눈 깜짝할 새 백일몽에 들었고, 눈꽃 흩날리는 허공 속으로 커다란 하얀 나비가 펄럭이며 날아오르는 꿈을 꾼 것이다.

'별일이네!'

언제부턴가 그녀는 꿈을 믿지 않았다. 꿈속에서 기이한 일이 벌어지고 설사 그것이 너무나 선명하여 마치 생시인 듯 착각할 지경이라 하여도 전혀 내색하지 않았다. 꿈은 자신의 원망이나 집착, 과거의 잔상이 이렇듯 뇌리에 스멀스멀 기어들어 온다는 것을 어느 날 번개 치듯 깨달았기 때문이다.

아직도 눈앞에 어른거릴 정도로 강한 여파가 떠다니긴 했지만, 그녀는 자리를 박차고 일어났다. 예전 같았으면 올리던 기도에 더욱더 정진했을 것이고 북과 징을 쳐서 신도들을 죄다 불러 모았을지도 모른다.

큰 바위 아래 동굴 됨됨이로 움쑥하게 패여 들어간 곳에 통나무로 지어진 신당은 좁고 스산했다. 하나의 촛불이 밝히는 바윗돌 신단에는 아무것도 보이지 않는다. 판자를 잇대어 붙인 문짝이 바람에 삐꺽거린다.

문을 밀고 나온 시라는 느티나무 고목을 성황당으로 삼은 그 앞머리 돌무더기에 잔돌 하나를 얹은 뒤 천해 바다로부터 불어오는 선선한 바람을 폐부 깊숙이 들이마셨다. 고목의 잎사귀들이 온통 구릿빛으로 물들어 가며 바람을 껴안고 넘실거린다.

'한데 잔상이 솟아날수록 기이한 나비일세!'

기도하다 꾸벅하고 고개를 처박은 짓도 얄궂은데 그것에 더해 너무도 생생하게 펼쳐진 찰나의 광경이라 어쩌면 꿈이 아닐지도 모른 다는 의구심마저 들 지경이다. 실재했다는 기억으로 점차 탈바꿈하여 마치 벌레처럼 뇌리 깊숙이 꾸물꾸물 헤집고 다니는 것 같았다.

시라에게는 한때 진조선의 궁중에서 시절가를 부르고 제례 의식을 돕던 여사제의 시기가 있었다. 지금도 여전히 그때의 목청을 지녔는데 구슬픈 밤 부엉이 울고 우는 서늘한 저음의 성량에, 나이 오십 줄을 넘겨서는 쌉싸름한 곡주로 목을 축인 것 같은 음색을 더하고 있었다.

그녀는 될 수 있으면 새들의 교감처럼 인간과의 대화를 노래로 풀려고 했다. 소리도 그렇고 의미와 감정도 선율로 보여 주려고 했다. 그래서 그녀의 언어는 탁한 격류를 마상이로 움직이는 사람처럼 가락을 탔고 아슬아슬했다.

'거지중천에 날아오른 나비는 대체 무엇인고? 왜 하필 하얗고 나비이고 날았던 것이더냐? 그러한데 고것이 무슨 연고로 내게 보였던가? 과연 꿈은 은밀한 천체의 지고한 비밀을 은근슬쩍 내비친다는 얘기더냐?'

찰나의 백일몽이 부푸는 몽상의 뜬구름이 될까 하여 그녀는 성가신 마음에 망념을 내쫓고자 했다. 괜히 애꿎은 고목을 바라보며 부질없는 넋두리를 늘어놓았다.

"휘이, 요것이 무슨 꼴이겠소? 갈바람 바다 냄새에 코 처박고 사는 당골에게 대체 귀띔할 세상사가 뭣이 있겠고, 생선 젓국처럼 곰삭는 당골이 고깟 꿈으로 건져낼 건더기가 뭣이 있겠소?"

시라는 푸념도 잠시, 삼라만상의 어떤 불길한 기운이 자기 몸에 덕지덕지 달라붙을까 우려하여 양손을 휘젓듯이 노루 가죽 겉옷을 툭툭 털어 댔다. 그러다가 자기를 부르는 여자 목소리에 홀끗 뒤돌아보았다.

"당골님!"

저 아래 풀밭 길을 아이가 아장아장 걸어온다. 바로 뒤에 아이의 엄마로 보이는 젊은 여자가 따르고 있다.

"당골님, 저 왔어요!"

시라는 금세 얼굴이 활짝 피며 아이를 마중하려고 달음박질쳤다.

"할미!"

아이는 할미를 보고 고사리 같은 손을 뻗으며 뒤뚱거리다가 길가에 난 울긋불긋한 들꽃들이 눈앞에 보이자 언제 그랬냐는 듯 걸음을 덜컥 멈추고서 꽃을 따려고 바둥거린다. 시라는 그런 아이를 번쩍 들어 올려 품에 안는다.

"그래 에구, 내 새끼 왔는가! 어디 한번 안아보자. 에구구, 그새 못 봤다고 둥실둥실해진 것이 바윗돌만큼 무거워졌구나. 기특하기도 하지."

시라는 아이를 안고 빙글빙글 돌았다. 아이는 할미의 목을 끌어안고 재미난 듯 까르르 웃는다.

"낭군은 어쩌고?"

"지금 마을에 와 있어요. 당골님, 겨우살이 채비는 하셨어요?"

"이제 해야지."

"안 그래도 조금이나마 도울까 하고 왔어요. 우리 개똥이, 두 돌이 지났고 해서 이름도 지을까 하고요."

"서두를 것 없다. 개똥이로 별 탈 없이 넘겼잖느냐. 이런! 날도 쌀쌀한데 어서 집으로 가자."

시라 품에 안긴 아이가 거듭 재치기를 하자 어른들은 발걸음을 서둘렀다. 느티나무 가지에 앉았던 흰꼬리수리가 퍼드덕 날갯짓을 하며 거침없이 창공으로 날아오른다.

"혹시 당골님도 아세요?"

"무엇 말이냐?"

"진조선이 천해 남동쪽에 있는 골짜기에다 성을 세우고 사람들이 이주했대요. 공주가 와서 다스린다고 하던데 그게 사실이에요?"

"그래? 그것 금시초문이구나. 무엇 하러 여기까지 몰려왔다더냐?"

"글쎄요? 저도 그게 궁금해서 당골님께 물어봤던 거예요."

시라는 혹시 꿈의 나비가 그것과 끈이 잇닿은 게 아닐까 하여 갸웃거렸다.

개똥이 엄마 우문달니는 천해 서남쪽, 아리수(지금의 안가라 강)가 흐르는 곳에 위치한 성지곡(지금의 이르쿠크) 고을의 부여족 부락에서 살고 있다. 그녀는 박고시라의 굿과 설법을 추종하는 신교 분파의 신자다. 그곳 성지곡은 오래전부터 붙박이처럼 거주했던 돌궐족 외에도 수시로 이동을 반복하는 몽고리족과 사백력에서 새로이 남하한 북막족의 일부 잔류, 그리고 남쪽 대흥안령 주변에 사는 선비족의 인구 팽창 등등, 이런저런 이유로 해서 간격을 두고 꾸역꾸역 모여든 다양한 계통의 북방 유목 부족들이 저마다 천해 유역을 에워싸듯 부락을 이루면서 자연스레 고을을 형성하게 된 지역 중의 하나다.

더욱이 이곳 천해는 초승달 모양을 하고 있어서 태백성이 내려앉는 땅자리를 찾아 천체의 운행을 신봉하는 서역의 사람들도 한둘씩 모여드는 곳이었다. 이들은 모두 한인의 십이지한국 시대부터 한겨레의 뿌리를 지닌 혈통으로 쭉 이어져 내려온 북방 족속이라, 언어와 기질 그리고 종교와 관습 등등이 유사하였다. 따라서 서로 간에 쉽게 어울릴 수 있었고 동화되어 공동체를 이루어 나갈 수 있었다.

본래 천해 유역은 한국 시대 때부터 배달겨레의 발상지이자 한님을 모시는 신교의 성지이기도 했던 성스러운 땅이었기에 단군조선으로서는 지배와 관심의 끈을 끊으려야 끊을 수 없는, 유구한 역사와 종교의 전통이 아우러진 지역이었다.

십여 년 전, 박고시라는 막 마흔을 넘긴 나이일 때 장당경을 떠나 바로 그곳 성지곡으로 신교 신자 육십여 명을 이끌고 들어갔던 것이다. 이주 초창기에는 성지곡에서 설법과 굿을 펼쳤고, 멀리 떨어진 알혼섬에서 기도와 수행을 쌓는 방식으로 당골 활동을 전개해 나갔다.

그러나 신도 수가 늘어나고 타인과 접촉이 잦아질수록 타 부락의 당골들과의 알력을 피할 수가 없게 되었다. 이미 대부여에서 갈등을 경험했던 시라는 헛되고 덧없는 분쟁을 피하기 위해 3년 전에 성지곡의 반대편, 그러니까 천해의 동북쪽에 자리한 무주공산의 땅으로 거처를 옮겨 와 '수로곶'이라 이름 짓고서 지금에 이르게 된 것이다.

돌이켜보면 그때에 시라는 가는 곳마다 기존의 세력과 갈등을 일으키고 만다는 웃지 못할 굴레를 뒤집어쓴 꼴을 하고 있었다. 진조선 도성인 장당경에서의 일화를 되돌아봐도, 당골 선정을 놓고 벌어진 어전 회의에서 반대파의 시기와 모함에 시달렸을 때 그들의 주장은 그러했다.

"저 여사제의 언행은 기괴하도다. 사악한 입술로 떠들기를, 신앙은 강요할 수 없다. 굿할 때는 오직 냉수만을 바쳐야 한다. 한님을 모시는 당골은 이미 신과 언약한 관계이니 결혼을 해서는 안 된다. 당골은 세습될 수 없다. 당골은 재물에 손을 대서는 안 된다. 당골은 정치에 관여해서는 안 된다. 당골은 예언을 그쳐야 한다. 타락한 교리를 바로잡아야 한다. 자, 어떠한가. 이 같은 황당무계한 주장들은 그야말로 천신을 모독하는 짓이며 전통을 말살하고 귀족의 씨를 말리겠다는 귀신 씻나락 까먹는 소리와 매한가지가 아니겠는가?"

그때 박고시라는 이렇게 외쳤다.

"당골은 권력을 떠난 자, 특히 여자가 맡아야 하고, 그 까닭은 다들 살아 봐서 알 것이오! 세습이 아니라 그 누구든 신내림을 받아 당골에 이르는 것인데 귀족의 씨가 마를 턱이 있겠소!"

어전 회의에 참석한 귀족들은 와르르 무너졌고 분노에 칼을 갈았다. 여루 단군은 급히 그녀를 영고탑 별궁으로 피신시켰으나 속세의 삶에 회의를 느낀 그녀는 천자의 만류를 뿌리치고 천해에 웅크렸다는 신교의 근원을 찾아 떠나갔다. 그때에 소식을 접한 추종자 무리들이 집과 논밭을 내팽개친 채 시라의 뒤를 쫓았고, 아버지의 손목을 꼭 잡은 열 살배기의 우문달니가 신도들 틈에 섞여 시라가 인도하는 천해에 다다랐던 것이다.

시라의 설법은 그 당시로 봐서 파격 그 자체였다. 그런 까닭에 변고가 없으면 대다수의 남자가 부족장이 되고 당골을 겸직하는 제정일치의 전통 속에서 다른 부족의 족장, 그러니까 다른 부족의 당골과의 갈등이 천해 유역의 공동체라 해서 없을 리 만무했다. 진조선의 궁중 시절과 마찬가지로 갈등과 충돌은 불 보듯 뻔한 노릇이었다.

그래서 시라는 한숨을 거두며 미지의 땅을 새로이 개척해야 했는데, 이때는 확장된 교세의 전체가 아닌 사십여 세대의 신도가 합세했다. 정착한 곳에서의 안정된 기반을 포기하고 또다시 이주를 결행한다는 것이 생각만큼 쉬운 일이 아닌 까닭에 시라 역시도 잔류를 권유했었다. 그렇게 성지곡에 머물게 된 신도들은 이처럼 절기에 맞춰 수로곳을 찾아와서는 노동력과 신앙의 기운을 이곳 신도들과 함께 나누곤 하는 것이었다.

그런데 파격이라 할 박고시라의 설법이 파란을 일으켜 놓고서 한갓 물거품으로 꺼져 버린 것만은 아니었다. 십여 년의 세월이 흐르는 역사 속에서 여루 단군의 주도 아래 대부여의 당골들에게 적지 않은 지각 변동이 일어난 것이다.

신교는 북방 유목족들이 공히 믿는 국교이지만 타 종교를 믿는 신앙을 억압하지 않았고, 일반 백성을 상대하는 푸닥거리에 냉수만 얹는 제사상을 권장했다. 강제하지는 않았지만 당골들은 점차 결혼을 포기했고, 제정 분리를 이뤄 정치를 떠났고, 신내림이 아니고는 남자의 당골 입문을 금하여 세습을 끊었다.

이것은 시간을 두고 천천히 하나씩 이룬 여루 단군의 개혁 정책이고 결과물이었다. 그러나 끝내 뒤죽박죽되면서 어쩌지 못한 것들이 있었으니, 타락한 귀족과 작당하여 놀아난 당골은 암암리에 예언을 정치에 이용했고, 재물을 탐냈으며, 남모르게 자식을 남겼다.

나뭇가지를 홀쩍 타고 오르던 다람쥐가 인기척에 멈칫하며 앙증맞게 바라다본다. 박고시라가 한님을 우러러 기도드리는, 천해가 바라보이는 언덕의 신당에서 5리쯤 떨어진 곳에 동산 기슭을 따라 수로곶 마을이 펼쳐져 있다. 이곳은 통나무로 집을 짓고 외벽에 진흙을 두껍게 발라 온기가 새 나가지 않도록 했고 다시 간격을 두고 흙벽돌과 널돌 지붕을 쌓아올려 외풍과 눈보라 차단에 힘을 쏟았다. 이런 집들이 좁다란 골목에 잇달아 촘촘히 지어져 아늑한 분위기를 이루고 있다.

마을 어귀에 들어서자 남녀 한 쌍의 목각 장승이 서 있는 그곳에 신도 십여 명이 옹기종기 모여 서서 시라를 맞이했다.

"당골님! 그간 평안하셨는지요? 자주 찾아뵙지 못해 송구스럽습니다."

남녀 신도들이 땅바닥에 넙죽 엎드려 큰절을 올린다.

"어쩌자고, 이런! 후딱 일어나게나, 민망스럽소. 그래, 이렇게들 얼굴 보니 참으로 반갑네."

"당골님, 저희들이 오면서 몇 가지를 좀 장만했습니다."

털 많은 사백력 조랑말(요즘의 야쿠트 말과 유사)이 끄는 수레에는 자루가 잔뜩 쌓여 있었는데, 모두가 한겨울을 보낼 곡식과 말린 고기, 치즈, 기름, 모피 등등의 생활용품이다.

"뭣을 이리 많이도 가져왔나 그래? 아무튼 여기 신도들에게 큰 도움이 되겠군. 고맙네, 고놀추."

개똥이를 안고 곁에 다가선 우문달니의 남편 고놀추가 다시금 허리를 조아렸다.

"별말씀을 다 하십니다. 저희들이 응당 해야 할 일인 걸요."

"그래, 여기는 얼마나 머물 생각인가?"

"글쎄요? 땔감으로 매탄 좀 캐고 장작도 패야 하고요. 월동 채비가 되게끔 물고기하고 물개도 대충 잡은 뒤에 돌아갈까 합니다."

이 말에 시라는 힐끗 하늘을 올려다보았다. '하늘이 얄궂기도 하시지!' 하지만 읊조리는 하늘의 풍경은 더없이 맑고 푸르렀다.

"머물다 간다니 좋긴 하네만, 불쌍한 물개는 적당히 잡게나. 그건 그렇고 말려 둔 약제가 있으니 나중에 잊지 말고 챙기게나."

엄마 품에 안겼던 개똥이가 다시 재치기를 하자 시라의 마음이 바빠졌다.

"에구! 여기서 이럴 게 아니라 냉큼 안으로 들어가세. 우리 개똥이 놈이 공기가 달라져서 저러나 보네? 잎차를 먹여야겠어."

시라와 신도들은 마을 앞 너른 마당 한편에 자리한 통나무집으로 들어갔다. 솟대가 서 있는 이곳은 신도들에게 설법을 펼치는 집회소인데 이렇듯 외부에서 손님이 찾아오면 숙소로도 사용되었다.

개똥이를 자기 곁에 재우고 잠을 청했던 박고시라는 그날 밤에 또다시 꿈을 꾸었다. 흩뿌리는 눈꽃 속에 하얀 나비가 훨훨 날아올랐고 이번에는 나비가 까마득하게 멀어져 갔다. 이윽고 보이지 않게 되자 함박눈이 펑펑 내렸다. 마치 하얀 나비의 찢어진 조각이듯이…. 아니다. 그것은 우박이었다. 거칠게 쏟아져 내려 '투두둑!' 북소리를 냈다. 어느새 그것은 진눈깨비가 되고 눈보라가 되어 산천을 하얗게 적시고 있었다. 청동 방울이 시린 소리를 냈다.

'쨍그랑!'

32

때는 단기 1983년, 여루 단군 재위 47년. 기원전 350년, 음력 팔월 하순의 어느 날이다.

히누리 공주는 산맥과 산맥이 겹쳐진 깊은 계곡 가운데를 이 강과 저 강이 흐르다가 만나는 곳이 바라보이는, 거기 너른 평원과 잇닿은 산기슭 자리에 우람한 돌을 차곡차곡 쌓아올려 세운 석성의 고을을 '아사달'이라 이름 짓고 부족장으로서의 삶을 새로이 시작했다.

배달겨레의 오랜 선조들이 명명한 이름들을 후손들이 때때로 자랑스럽게 계승하는 관습을 히누리도 그대로 본떠서 사용하는 것이다. 그녀는 두 줄기의 강 이름도 번조선 땅의 향수를 불러일으키기

좋도록 '살수'와 '한수'라 이름 지었다. 산맥의 가장 높은 멧부리는 아사달이라는 부족 명에 걸맞게 '백악산'이라 불렀다. 그녀를 중심으로 해서 빙 둘러선 부족민들은 산이 늘 흰 눈으로 덮여 있어 매우 성스러운 영산이라며 경외로 가득한 칭송을 아낌없이 쏟아 내었다.

부족민과 함께 아사달의 산하를 둘러보며 특별히 눈에 띄는 곳마다 이름을 붙인 히누리는 역사를 배우는 후손들이 언젠가는 명칭 문제로 혼선에 빠질 거라 걱정하여 꺼려했던 지명의 중복 사용을 결국은 자신도 되풀이하고 있다는 생각에 그만 씁쓰레한 미소를 지었다.

그런데 아사달 성채의 건설에 있어 히누리가, 아니 단군천자가 가장 핵심을 두고 추진했던 역사적 사명은 다름 아닌 문서의 보존이었다. 그렇기 때문에 이것의 중요성을 익히 알고 있던 히누리는 내정된 우가 대신만을 대동한 채 은밀히 비밀의 서고를 찾았다.

서고의 입구는 민가로 위장한 통나무집이었고, 거기 지하 창고의 땅굴을 거쳐 땅속 깊숙이 조성한 지하 석실에 서고가 자리했다. 그녀가 대략 살펴본바 장당경에서 가져온 필사된 서책들은 이곳이 차갑고 건조한 공간인 데다 방부 처리된 나무 곽에 잘 보관되어 있어 외부의 침입이 아니고서는 훼손될 가능성이 없어 보였다.

내년에 신불사와 함께 다스릴 고을을 직접 둘러본 히누리는 만족스러웠다. 주변의 자연석을 다듬어 쌓아올린 성벽은 혹시나 있을지 모를 마적 떼의 소규모 침략을 막기에 충분해 보였다. 양민이 거주할 집들은 경사진 너새 지붕에 통나무와 찰흙, 석회를 사용하여 야무지게 지어졌고, 집집마다 월동에 필요한 식량과 물품을 저장할 수 있도록 땅속 깊숙이에 지하 창고를 만들어 두었다.

부족장의 관저는 부족민의 집들과 그다지 차이가 없었다, 다만 오가 대신과 원로들이 모여 회의하고 업무를 관장하게 될 관아, 그리고 무기고, 부족민이 공동으로 사용할 도구나 재물 따위를 보관하는 곳간, 아이들을 가르칠 글방과 각종 공방, 이러한 공공 기관들이 높이 쌓은 석축의 한곳에 몰려 있어 묶어서 보면 거대한 집채처럼 보이기는 했다.

그리고 성채에서 2백여 리쯤 떨어진 곳에 천해 바다가 있어 얼마든지 물고기를 잡을 수 있었고 주변에 곰, 표범, 멧돼지, 산양, 사슴 등의 야생 동물도 많아 다양한 고기와 가죽을 얻을 수 있었다. 물론 이주할 때 몰고 온 소, 염소, 닭, 양 따위의 가축들도 아직까지 별다른 어려움 없이 잘 적응하고 있어 안심이 되었다.

이렇듯 이곳 천해 유역은 겨울이 길다는 것을 제외하고는 의외로 식량 획득이 손쉬웠고, 우거진 숲이 많아 임산물과 목재 구하기가 수월했다. 그리고 무엇보다도 잔잔한 고요가 대기 중에 흐르는, 전쟁의 공포가 씻가신 말간 얼굴의 땅이었다. 히누리는 아사달 사람들이 보편적 삶을 누리는 데 있어 별다른 어려움과 두려움이 일지 않을 것 같아 비로소 마음이 놓이는 기색이다.

그리고 또 하나 주목하자면 아사달 수비대가 지형지세를 파악하기 위해 백악산 계곡 주변을 살피던 중에 우연히 동굴 하나를 발견했는데, 거기서 온천수가 솟아난 것이다. 더욱이 그것은 깨끗한

물이어서 목욕물만이 아니라 겨울철 식수로도 적절한 것이었다. 나중에 알고 보니 이러한 온천수는 천해 유역 곳곳에서 발견되고 이미 많은 부족들이 이용하고 있었다.

민가 저편의 하얀 자작나무 숲이 샛노란 잎들을 떨어뜨리며 곧 다가올 겨울을 소곤거리고 있다. 실구름의 푸른 하늘을 우러르던 히누리는 '바스락바스락', 부근을 맴돌며 낙엽을 밟는 목단이에게 일렀다.

"여기서 꼬박 하루면 닿는 곳에 박고시라 당골께서 사신다는구나. 엄동설한이 닥치기 전에 가 봐야 하지 않을까?"

"생면부지의 당골을 만나는 일이 그리도 급하십니까, 공주님? 아니 저, 족장님."

"목단아, 족장은 내가 아니다. 신불사님이 오실 때까지 임시로 맡았을 따름이다. 임금님도 그리 알고 계시다. 나는 무엇을 다스리고 하는 것에 관심 없다."

"왜 그래야 합니까? 공주님이 그렇듯이 남자보다 뛰어난 여자들이 얼마나 많은데요?"

"알고 있다. 우리 단군조선은 사내들이 거의 요직을 차지하고 있지. 그렇다고 여자들이 무기력해서가 아니다. 단지 세력 다툼에 말려들기가 싫은 까닭일 뿐이다."

"하긴 족장보다 공주로서 영원히 남는 게 멋지겠어요, 호홋!"

"애가 싱겁기는! 아무래도 목단이 네가 수고 좀 해야겠다. 내일 아침 일찍 수로곳에 다녀오너라. 길을 아는 병사들이 안내할 것이다.

당골을 만나거든 우리 아사달을 알리고 면담 날짜를 받아 오너라. 서두를 것 없으니 거기서 하룻밤 묵도록 하고. 알겠지?"

"그럴게요, 공주님."

히누리는 주변의 풍경을 둘러보았다.

"그런데 지내면 지낼수록 이곳이 점점 더 마음에 드는구나. 매서운 겨울 한철 겪어 보고나 할 소리이겠다마는…. 왠지 이 성채를 지은 장인들의 솜씨와 노고가 곳곳에 서려 있는 듯하구나."

대부여의 건축 장인들은 산과 계곡, 강의 조화로운 배치뿐만 아니라 전나무와 자작나무가 군데군데 숲을 이룬 곳에 성채를 지어 자연의 혜택을 누리기에 부족함이 없도록 섬세하게 설계하여 건설했던 것이다. 그러한데 그토록 뛰어난 솜씨를 발휘한 그들이 임무를 마치고 돌아오는 길에 불의의 납치를 당했으니 지아비와 자식을 졸지에 빼앗긴 백성들의 분통함이야 오죽하겠는가. 그럼에도 생사를 알 길 없는 그들에게 어떠한 도움도 주지 못하고 있다는 자책에 마음이 씁쓸해졌다.

신불사는 아직 이곳에 오지 않았지만 다행히 성채 경계에 대한 불안을 어느 정도 해소할 수 있게 되었다. 전쟁 준비로 분주한 신불사를 대신하여 번조선의 공양두치 장수가 기병 서른 명을 이끌고 이곳 자치 수비대에 가담한 것이다. 그는 앞서 어양 성채를 떠날 때에 공주를 호위했던 신불사의 부관이었다.

히누리는 관아 앞 너른 마당에 부족민을 모두 불러 모았다.

316

단군조선의 제도에 따라 부족 조직으로 오가를 편성했고, 업무를 수행할 인물들을 하나하나 소개하면서 양쪽 귓가에 흰 깃털이 꽂힌 가죽 두건을 직접 씌워 주었다. 다른 부족들과 달리 별도로 치우청사를 두었고 수장으로 공양두치를 내세웠다. 그에게는 장군의 표식이 두드러지는 청동 투구를 씌워 주었다. 부족민의 길흉사를 처리하고 부족의 제례를 치러 나갈 당골로는 백리가슬이 소개되었고 고깔모자와 청동 방울이 내려졌다. 이렇게 선발된 사람들은 장당경에 머물 때 이미 단군천자와 상의하여 선정된 인물들이었다.

국가 성립에 만반의 준비를 갖춘 히누리 공주는 최종적인 절차라 할 수 있는 족장의 대관식을 유보했다. 환두대도, 천자로부터 하사받은 그것은 오직 신불사만이 받을 수 있는 영광인 것이다.

"이제 머지않아 화백 회의를 열어 족장을 추대하는 절차를 진행할 것이다. 그분이 이곳의 첫 군주가 되는 것이다."

성채 안에 자리한 야트막한 바위 언덕에 높다란 솟대를 세운 뒤 오방색 천을 두르고 부족민이 둥글게 돌아가며 조약돌 하나씩을 놓았다. 그 옆으로 장당경에서 가져와 옮겨 심은 박달 어린나무 앞에 고인돌을 세워 제단으로 삼고 촛불과 향을 피웠다.

당골 백리가슬은 부족민의 정성 어린 손길이 닿은 돌무더기를 돌며 주문 속에 곡주를 뿌렸다. 그리고 히누리 공주는 제단에 정화수를 바치고 부족민과 어울려 삼배를 올렸다. 그리고 마침내 선포했다.

"우리 부족 국가의 이름은 아사달이다. 백악산 기슭에 자리한 이곳 신시는 태양이 늘 내리비치는 밝은 땅이다. 우리는 하늘의 자손이자 배달겨레의 후예이다. 우리 아사달은 그 어느 누구의 지배도 받지 않되 홍익인간 정신을 받드는 대부여제국의 화백 회의 가족으로서 다 함께 공존해 나갈 것임을 천명하노라."

33

'저기 오시는 이가 뉘더냐?'

신당의 문짝 너머로 고개 내민 박고시라는 기억을 더듬어 보았다.

'아사달을 세웠다고 하는 젊은 공주가 혹시 꿈속의 그 하얀 나비는 아닐는지?'

멀리서부터 울려오는 말발굽 소리에 쉽사리 그날의 백일몽이 떠오른 시라는 외투를 단단히 껴입고 바깥으로 나섰다. 나이 들어 침침해진 그녀의 시선으로 저기 맨 끝 초원의 지평에 말 세 필이 점점이 나타나며 말발굽의 먼지와 말갈기의 움직임이 뒤섞여 흡사 날아오르는 하얀 나비의 형상을 피워내는 것이다. 그러나 짧은 순간의 흐릿한 잔상은 한낱 신기루에 불과할 뿐, 점점 닥쳐오는 말발굽의 억센 소리만큼이나 물체의 윤곽은 또렷해졌다. 그것은 앞서 만남을 선약한 아사달 사람들이 말을 몰아쳐 달려오는 광경이었다.

"워워, 서라!"

가까이 다가온 조랑말들이 기진한 듯 부르르 입김을 뿜어낸다.

말 잔등에서 뛰어내린 세 명의 젊은 여인은 히누리와 목단이 그리고 백리가슬이었다. 말들의 거친 숨결을 어루만지는 그녀들에게 다가간 시라는 따뜻한 환영의 인사를 띄웠다.

"어서 오십시오. 한님의 이름으로 맞이합니다. 이곳의 당골, 박고시라입니다."

"처음 뵙습니다. 번조선의 공주, 한씨의 히누리입니다."

추대에 의한 것이든 세습에 의해 물려받았든, 단군조선의 법통에 편입되어 있는 동안에는 출신 부족의 명칭 대신 천신의 거룩한 이름인 한을 성씨로 삼았다. 이것을 익히 아는 시라는 그녀가 현재 단군천손의 반열에 있음을 알아차렸다.

"오신 것을 다시 한 번 감축하옵니다. 옆의 분은 요전 날에 뵈었더랬지요?"

"그렇습니다. 공주님을 보좌하는 목단이입니다."

"네, 선약 없이 아무 때나 오셔도 되는데 굳이 먼 걸음을 하셨더랬지요. 그 옆에 이분이?"

"네, 제가 아사달의 당골인 백리가슬입니다. 뵙게 되어서 정말 기쁩니다. 앞으로 잘 부탁드립니다."

"별말씀을, 제가 아는 거나 있어야지요. 이제 곧 날이 기울 텐데 마을로 가실까요?"

"말로만 듣던 천해의 수로곶을 처음 와 봅니다. 구경 삼아 잠시 거닐고 싶은데 괜찮을까요?"

히누리의 부탁에 시라는 선뜻 응했다.

"그러시죠. 이곳 낯선 생활에 도움이 된다면 기꺼이 제 경험담을 들려 드리지요."

히누리는 빙긋 웃으며 싹싹하게 말했다.

"좋습니다, 당골님. 마땅히 찾아뵙고 드려야 할 인사이지만, 부족을 이끄는 데 있어 종교의 역할이 무엇인지 알고 싶어 찾아온 속사정도 있으니, 아무쪼록 많은 조언을 들려주셨으면 하는 바람입니다."

"제 설법에 분란이나 없었으면 좋겠습니다."

"당골님, 그럴 리가요?"

시라의 역경을 대략 짐작하는 히누리가 씁쓰레한 미소를 지었다.

나뭇가지에 앉았던 물새가 번뜩이는 먹이를 잽싸게 채 간다. 이곳에 사는 주민들은 천해를 바다라 불렀다. 물이 맑아 깊은 속까지 내보이는, 가없는 수평선이 그어진 호숫가를 거닐면서 질문을 쏟아낸 건 의외로 시라였다.

'무엇이 당골이냐? 천신과 인간을 어떻게 매개하느냐?' 그녀는 백리가슬에게 이 두 물음을 붙들고 자질을 가려내려는 듯 집요하게 파고들며 물었다. 그리고 목단이에게 천해의 자연과 생활에 어울릴 지혜를 전했고, 사람과 문명에 관한 의견을 히누리와 묻고 답했다. 그랬다가 히누리와 단둘이 대화할 기회가 생기자 그녀는 나라와 천자의 안위를 물었고 히누리의 근황과 건강을 짚었다. 전쟁이 임박했다는 사실에 놀라워했고 신불사의 존재를 알았다. 신생 부족이라 할 아사달의 책무에 긴장했고 그 불확실성을 두려워했다.

시라는 자신을 짓누르는 중압감에 지쳐 무심결에 나비의 꿈을 들려주었고, 예삿일이 아닐 듯싶으니 몸가짐에 유념할 것을 당부하면서 자신도 그것의 해몽에 신명을 다하겠노라며 소곤거렸다.

"공주님."

"네? 말씀하십시오, 당골님."

"인간이 신을 섬긴다는 것은 지극히 개인적인 행위라서 개개인이 수양을 쌓아 더 높은 혜안과 도덕심에 이르러야 하는 것이고 때로 진리의 복을 갈구하는 것일진대, 이것이 그만 집단과 결합하고 정치 도구화하여 잿밥이 신의 상징인 것처럼 되어 버렸습니다. 저로서는 통회의 기도를 드리는 나날이지요."

"당골님께서 왜요? 종교가 무리를 이룬 게 어제오늘의 일이 아니잖습니까?"

"세상이 그렇다 하여 저까지 무리를 이루고 살아왔었으니… 이제야 그 어리석음을 깨닫는 중이랍니다."

서녘에 노을이 깃들자 수로곳 사람들이 한둘씩 소도의 통나무집으로 모여들었다. 오늘은 아사달에서 온 귀한 손님을 환영하는 뜻에서 시라의 설법이 준비되어 있었다. 물론 히누리가 어렵게 부탁한 것을 그녀는 쾌히 승낙한 것이다.

떠들썩하게 자리에 앉는 뭇 신도들과 인사를 나눈 뒤 아사달의 히누리와 두 여인은 맨 앞쪽에 좌정했다. 이윽고 조용해진 가운데 박고시라는 목청을 가다듬었다.

"오늘은 외지에서 손님이 오셨으니 설법을 짧게 하고 마칠까 합니다."

"당골님 원래 짧으셨습니다."

한 청년 신도의 외침에 실내가 들썩거렸다.

"그래요. 좀 더 길게 해 주세요. 굿도 자주 좀 해 주시고요."

신도들의 요청에 시라는 멋쩍은 표정을 지었다.

"손님이 오시니 마치 떼쓰는 아이들 같으시네. 알겠소이다. 에, 뭣이냐."

이윽고 설법을 시작하는 그녀의 말투에 가락이 묻어났다. 히누리가 듣기에 그것은 궁중의 어전 앞에서나 들음직한 영락없는 시절가풍이었다.

"우리 신교는 천신을 섬기는 종교일세. 천신은 우리 단군조선의 국조이신 '단군왕검'과 신시배달국의 국조이신 '한웅', 그리고 최초의 나라인 한국 시대의 국조이시자 상징적 해석에 의해 두 시조의 한아버지 되신다는 '한인', 즉 이 세 분을 우러러 칭하게 된 존재라네. 이렇듯 피상적으로 더듬어 보면 아마 천신은 조상신에 해당되지 않을까 다들 그리 생각할 것이야. 우리는 선조의 가르침에 의해, 혹은 본능적으로 하늘과 땅 그리고 인간에게는 별도의 정령, 즉 넋이 존재할 것이라 믿으며 살고 있네. 그래서 때때로 위대한 조상을 신의 반열에 올려 섬기기도 하고, 땅에는 온갖 귀신이 머문다고 믿고 있으며, 그런 입장에서 하늘에도 어떠한 신이 존재할 것이라 유추하다 보니 우리네 최고 지존의 조상을 하늘의 신으로 대치하게 되었다네. 우리 배달겨레를 천신의 아들, 하늘의 자손에 버금가는 신분으로까지 올려놓고 싶은 열망이 반영된 결과라네. 그 후로 역사가 전개되고

의식이 확장되면서 그 와중에 혼돈을 되풀이했던 천신의 개념도 이제는 제법 정리가 되었다고 본다네. 삼신 사상이 그중 하나라고 할 수 있겠는데 우주의 주된 존재가 되는 하늘, 땅, 인간, 이것의 테두리 안에 놓인 다양한 개별적 존재가 인간의 마음속에 각기 독자적인 신으로서 자리 잡다가도 종국엔 하나로 귀결된다는 인식의 확장에 있다네. 모든 것이, 모든 세상의 물(物)이거나 넋이 하늘 즉 천신으로 이어져 맺어진다는 얘기라네. 그러나 천신은 땅과 인간의 전체를 아우르기도 하지만 결코 물질이거나 육체를 지닌 그것들과 같은 개체, 개념일 수 없는 최고의 지존, 절대적 존재자로서 계시다는 것의 발견이야. 천신, 그러니까 한님은 신교의 숭배 대상으로 그치는 조상의 신, 인격적 존재자가 아니라 본래 우주 만물에 내재하는 정의, 공평, 사랑 등등, 그러한 정신(넋)의 그 자체인 절대 선이시라는 것이네. 천신은 본래 인간이 아니었고 물질이 아니되 이성적 인간을 매개로 비로소 발현되는 유심론적 존재이기도 하기에 한님이라 부르고 있는 거라네. 그런 까닭에 물질이되 고도의 정신을 품은 우리 인간에 의해 때로 조상의 한아버지로, 만물의 어머니로, 사랑하는 임으로 노래되기도 하는 것이라네. 이러한 신교의 근본 사상이 우리 북방 기마족에 의해 일찍이 세상에 널리 퍼져나갔지만, 최근에 메아리쳐 되돌아오는 소리는 그리 밝지만은 않다네. 많은 것들이 왜곡되고 탈색되었다는 사실이야. 어디 슬쩍 읊어 볼까? 정신으로 실재하는 천신은 어느덧 인간의 탈을 쓰고 인격신이자 부족에 상주하는 땅의 지신으로 슬쩍 둔갑하고 있다네. 천신마저도 선신과 악신으로 나뉘어 공존하고 그것도 모자라 서로 간에 쟁패를 다투는 자리에 올려놓았다네. 삼라만상을 창조하고 그러다가 파괴도 하고 침략과 도륙을 정당화하다가도 죄악을 물어 인간을 무참히 벌하기도 한다네. 인간은 죽고 나서도 다시 태어나고 짐승으로 태어나기도 하다가 천상에서 살 수도 있다는 말들을 하네. 죽은 조상에게 제사를 지내고 잘 보여야 귀신의 보살핌을 받아 운세가 좋아진다는 말까지 들려온다네. 육신을 괴롭히고 자학해야 몸 안에 도사린 더러운 넋이 맑고 가벼워져 신의 경지에 이를 수 있다고도 한다는 것이야. 이렇듯 사람들은 잡다한 말들을 쏟아 내면서 갖가지 기발한 종교들을 새로이 뚝딱 만들어 내고 있다더구나. 그것들은 피었다가 지는 꽃처럼 이내 시들기도 하겠고 운때 좋으면 꽃밭을 확장해 나가기도 할 것이야."

여기서 시라는 잠시 설법을 그치고 물을 한 모금 마셨다. 좌중은 조용했다.

"사백력 초원을 질주하는 우리 수로곶 마을의 패기만만한 기마 상인들이 해가 지는 서방의 곳곳을 돌아다니다가 얼마 전에 무사히 보금자리로 귀환했다던데, 어디 잠시 손들어 보실래요?"

시라가 신도들을 둘러보자 여기저기서 손드는 청년들이 보인다. 아까 외쳤던 청년도 손을 번쩍 치켜들었다.

"저 늠름하고 씩씩한 우리 수로곶 청년들의 슬기로운 기백은 다들 잘 아실 것입니다. 우리 겨레의 보배입니다. 일찍이 우리 청년들이 서역의 소그드 상인들과 중개 무역을 하는 중에 여러 종교 경전들과 그것에 관련하여 기술한 파피루스를 입수해서 가져왔었습니다. 물론 제 주제넘은 부탁을 차마 거절하지 못해서 그러했겠습니다만, 여하튼 늦게나마 다시 한번 감사를 드립니다. 가져온 서책의 내용들은 무척 다양한 정신세계를 사유할 수 있도록 저를 이끌었고 우리를 되돌아보게끔 해 주었습니다. 서책을 통해 다양한 종교와 그 종교들의 가르침이 무엇인가를 어렴풋이나마 알게 된 것은 참으로 다행이었습니다. 자칫 비뚤어져 가는 우리의 모습을 눈치채지 못하거나 방관하여 우물쩍 넘겨 버릴 수도 있었으니 말입니다. 여기서 짚고 넘어가야 할 점은 제가 좀 전에 언급한 종교의 흐름이랄까, 가르침에 관한 제반 현상이 비단 타지에서만 일어나는 일이 아니라는 사실입니다. 우리네 신교도, 신교를 받드는 당골도, 당골에게 가르침을 펴는 경당의 수업마저도, 타락하고 무지하여 옳고 그름을 망각한 상태에서 오직 답습에만 골몰하고 있다는 사실입니다. 자, 우리네 현실을 들먹여 볼까요? 아님 이 정도로 해서 그만둘까요?"

시라는 신도들의 의견을 물었고 그들은 이구동성으로 현실을 적시해 주길 원했다.

"알겠소이다. 그럼, 설법을 이어가도록 하리다."

그런데 이어서 읊조리는 시라의 설법은 지금까지 펼쳤던 논조와는 뭔가 달라진 느낌이었다. 노골적이라 할까. 거칠어졌다고나 할까.

"지역과 부족의 습속에 따라 더러 차이를 보이기도 합니다만, 당골은 언제부터인가 성욕을 억누르지 못하겠노라 하면서 교미를 하

고, 아이를 많이도 낳고, 커 가는 자식의 영달까지 꾀하다 보니 재
물에 탐욕을 부리고, 그것도 모자라 세습까지 획책하고, 신자들을
겁박하여 재물을 갈취하고, 심지어 폭력까지 휘두르고, 천신의 권능
을 위임받은 존재인 양 위장하여 주술을 행하고, 한술 더 떠 내림굿
을 마구 펼치고, 예언을 한답시고 정치 놀음에 뛰어들고, 혹세무민
하여 천신의 이름을 더럽히고, 오만이 극에 달해 스스로 신의 경지
에 오르기도 하는 실정이로다. 그렇다면 당골을 따르는 신자들은
어떠할까? 그들은 당골의 설법을 맹목적으로 따르며, 당골의 결정
을 신의 뜻으로 알고 추종하며, 자기가 받드는 당골의 도덕성과 진
정성을 의심치 않으며, 기도와 굿으로 오로지 복락에 이르기만을 간
절히 비는 형편이로다. 또한 그러는 가운데 사악한 교리와 요술을
피우는 당골에게 현혹되어 가족을 버리고 자신의 영육 훼손과 온갖
재물을 탕진하는 자들까지 생겨났으니 이것은 또 어찌된 일인가? 그
것은 다름 아닌, 당골의 요물 짓에 앞서 자신의 이기심이 심장을 불
살랐기 때문인 게야. 극도의, 극한의 이기심이 불타는 장작더미로
뛰어들게 만든 것이지. 이처럼 신교 집단 전체가 무엇에라도 홀린
듯이 잿더미 속으로 기어들어 가 제풀에 허우적대고 있으니, 마치
이것을 노리듯 마구잡이로 당골이 되어 볼까 하고 눈에 쌍심지를
켜고 달려드는 오늘날이로다. 망조가 든 것이야. 세상의 붕괴가, 아
니 신교의 몰락이 시작된 것이야. 그렇담 도대체 왜 이런 몽중방황
적 현상이 벌어지게 됐으며 이 지경이 되도록 모두들 나 몰라라 하
고 있는가에 대해서 말할까 하네. 앞서 말한 개돼지 같은 당골들과

신교의 타락, 그리고 몰락은 무엇 때문일까? 저들의 주장대로 영원 불변하고 전지전능하신 천신의 거룩한 뜻이 있을 테니 그래서 그런 것일까? 바보 천치래도 그건 아니라고 말할 것이야. 타락한 당골들은 필히 그러하다며 뚝 잡아뗄 게 분명하겠지만 말이다. 휴! …문제의 골자는 당골의 타락에 있네. 탐욕에서 비롯되어 신의 대리자라는 교만과 무명, 무지로부터 자라난 타락은 만백성보다 우월하다는 선민의식을 싹 틔웠고 잘난 자기를 내세워 분별심을 키웠다네. 결국, 만백성과의 벌어진 간격을 맹신자들로 채우면서 신앙의 권력을 쥐게 되었고, 그 권력을 공고히 하려고 엉뚱한 교리를 설파하기에 이른 것이야. 황당무계한 가르침이 비일비재하다만 그중 가장 먼저 떠오르는 것들 몇 가지만 거론해 볼까? 하나는, 천신은 우주 전체를 아우르는 정신 그 자체인데 어떻게 성별이 있을 수가 있겠으며 더군다나 일방적으로 수컷일 수 있겠는가 하는 것이야. 걸핏하면 발정하는 수컷이 천신이라니 좀 우스꽝스럽지 않을까? 또 하나는, 천신을 인격화하다 보니 뭇 동물의 생명을 가벼이 다루는 경향이 생겨나고 심지어 귀신까지 인격화하기에 이른 것이야. 저는 인격체의 귀신은 커녕 귀신 자체가 없다고 누누이 말해 왔다네. 귀신이거나 악신은 인간 자신의 영육에 내재하는 기운이 분출하여 일으키는 현상일 따름이야. 신기루나 아지랑이, 늦은 밤하늘의 오로라를 못 보셨나? 그럼 굿은 왜 하고 기도는 왜 하느냐고? 바로 그런 기운을 진정시키고 정화시키기 위해서 하는 것이야. 그러니 제단의 희생물이 필요 없는 것이고 자기 정성을 담은 냉수 한 사발로 충분한 것이지. 또 하나는,

천상과 지옥 특히 지옥이 존재한다는 주장은 정신이신 천신 그 자체를 훼손하는 행위와 다를 바 없다네. 절대 선의 정신세계에 도사리는 악, 그것도 스스로 창조한 절대 악이라니 참으로 가당치 않은 얘기일세. 또 하나는, 신의 뜻이라 하면서 자신들의 생각을 함부로 강요한다는 것이야. 세상일에 간섭하면서 제 맘대로 신의 뜻이라 갖다붙이다가도 그것이 어긋나기라도 하면 천벌이나 마귀 탓으로 돌린다는 것이네. 엉터리 가르침을 지적할 것은 먼지처럼 셀 수도 없이 많으나 이쯤에서 그치고, 우리 신교가 앞으로 나아가야 할 방향에 대해 간략하게 짚어 보고 마칠까 하네. 내가 서두에 설법을 짧게 하겠다고 한 얘기는 나름 이유를 가지고 있네. 이곳 수로곳으로 옮겨 오면서 실천해 왔던 사항이기도 하다네. 내가 하는 설법을 포함해서 인간들이 배우고 사유하고 깨달아서 기록하거나 내뱉는 모든 가르침에는, 특히 이와 같은 종교들의 경전이나 교리에는 항상 교주와 사제들의 인간적 논리와 사상이 짙게 배여 있기 마련이라는 사실이야. 그렇게 해서 가르치는 모든 종교 교리는 항상 시대적이면서 인간적인 모순과 오류를 담기 마련이고, 종종 왜곡된 가르침이 진리로 둔갑하여 인간사 전체에 퍼지기도 한다는 것이지. 다시 말해 모순의 인간이 설파한 교리가 모순의 인간에 의해 진리로 왜곡되어 모순과 오류의 세상에 널리 퍼진다는 얘기야. 그럼, 그러한 오류들이 언제쯤 수정되어서 진정한 진리의 시대로 나아갈 수 있는 것일까? 교리이거나 사상이거나 간에 절대적 맹신으로 세뇌당하기 십상인 인간들에게 말이야. 그래서 말씀드리는 것이네. 당장에 설법부터 줄이고 끊어 버리라는 것이야. 일시적 위안을 줄 뿐인 굿도 줄이고 끊어 버리라는 것이야. 그런 뒤에 인간 각자의 마음에서 우러나오는 기도를 정화수 한 사발 떠 놓고서 천신의 소리를 들으라는 것이야. 절대 선이신 한님의 그윽한 정신을 기도 중에 받아들이라는 것이네. 마음 저편에 있는 양심의 소리에 귀 기울이고 선한 기운을 돌이켜 한님의 소리에 화답하는 기도를 스스로가 드리라는 것이네. 숨지 말고 달아나지 말고…. 제 설법은 이것으로 마칩니다. 다들 질문 있으시면 하세요."

34

좌중의 신도들은 환호성 없이 뜨거운 박수를 보냈다. 히누리는 처음 경험하는 설법에 두 눈이 둥그레진 채 꼼짝 않고 앉아 있었다. 좀처럼 종교적 신념이 생겨나지 않았던 자신의 마음과 태도가 바로 이런 데서 비롯되었나 싶어 적이 놀란 것이다.

잠시 후 앞서 그 청년이 또다시 소리를 높였다.

"당골님 설법은 진정 감사히 들었습니다. 그런데 아직까지 제가 혼란스러운 점은 한님의 존재에 관해서입니다. 설법의 내용으로 봐서 분명히 한님은 실재하는 신이시긴 한데 인간사에 있어 그 영향력이랄까, 구체적 간섭이나 역사하심은 너무도 미미한 게 아닌가 하는 생각이 들었습니다. 그렇다면 구태여 천신을 믿어 무엇 하겠냐는 것입니다."

신도의 질문에 답하는 박고시라의 목소리는 가락이 사라졌다.

"실만하치의 그런 생각을 충분히 이해합니다. 천신에 대한 기대치가 너무 높았기 때문입니다. 단도직입적으로 말하자면 천신께서는 주관이 아니라 이미 갖추어진 법칙을 운용하신다는 것입니다. 천신은 전지전능하시고 만물을 주관하시는 최고의 신이시니 그분을 믿는 우리는 당연히 선택받은 선민 족속이자 하늘의 자손이라는 의식을 갖게 되고, 그분의 인도하심에 따라 이 세상의 온갖 재앙에서 벗어나 축복과 복락을 누리며 살다가 그분의 품에 귀의한다는 믿음을 다져 왔습니다. 그러한데 근래에 이르러 제가 그렇지 않다고 설파하니 여러 신도의 의식 속에 천신의 가치가 희석되고 존재조차 희미해지는 느낌을 갖지 않을 수 없을 것입니다. 사실 그것 때문에 제가 기존 당골들로부터 핍박에 시달리는 것이라 해도 과언이 아닐 것입니다. 사랑, 공평, 정의 등의 정신이신 한님은 우리의 육체를 지키는 친위대가 아니라, 우리 스스로가 그러한 정신을 고취시켜 정신적 삶의 풍요를 누리고자 하는 데 있습니다. 남을 희생시켜 얻고자 하는 육체적이고 물질적인 탐욕과 착취가 아니라, 의로운 정신의 수용과 그 행위로서 진정한 평강을 누리며 살자는 것입니다. 우리가 이것을 기도할 때 정신이신 한님은 저절로 응답하시는 것입니다. 우리가 구하는 법칙에 의해 종국에 우리가 구원을 받는 것입니다. 이 정도로 질문에 대한 답이 될까요?"

"오! 그렇습니다, 당골님. 말씀에 감사드립니다."

다시 한번 박수가 터졌고 주위가 들썩거리는 가운데 신도들은 한 둘씩 몸을 일으켰다. 히누리와 두 여인도 자리에서 일어났다.

　설법이 끝나자 수로곶 사람들은 만찬을 서둘렀다. 이곳 사람들은 설법이 있는 날에는 늘 이렇듯 소도 앞 너른 마당에 멍석자리를 마련하고 다 함께 모여 수렵한 짐승들을 구워 먹는 잔치를 벌였다. 사람들은 벌겋게 이글거리는 매탄 불덩어리에다 쇠꼬챙이에 꿴 고깃덩이와 물고기를 걸쳤고, 넓적하게 포를 뜬 살코기는 달궈진 돌판 위에 올렸다.

　아사달의 여인들이 앉은 자리에 시라가 다가왔다. 그녀는 히누리 곁에 앉았다. 두 우두머리가 나란히 앉은 만큼 많은 대화가 오갈 줄 알았건만 의외로 두 사람은 한참 동안을 말없이 침묵 속에 있었다. 수로곶 사람들이 쏟아 내는 잡담으로 주변이 시끌시끌하기는 했다. 어느 누구는 퉁소를 불고 있었다. 그러던 중에 시라가 나지막한 목소리로 말문을 열었다.

　"설법을 하고 나서도 때때로 흔들립니다. 확신이 부족해서일까요?"

　"당골님의 설법이 지극이 타당하다고 여겨집니다. 많은 절망을 되씹고 사유케 하는 훌륭한 가르침이셨습니다. 흠! 흔들림은 혹시 인간적 여린 마음 때문이 아닐까요?"

　"그럴까요? …꿈에서 나비의 소멸을 보여줬고, 처음에 나비는 공주님을 가리키나 했습니다. 그런데 그게 아닌 듯합니다. 단군천자도 아니신 것 같고 딱히 드러나는 인물도 없습니다. 거창하게 단군조선의 멸망을 들먹일 근거는 더욱 없는 것이고요. 한마디로 개꿈이라는 얘깁니다. 정신으로 실재하는 한님께서 굳이 개입할 까닭이 전혀 없는 것입니다."

"저도 그러기를 바라지만 설법의 내용처럼, 혹시 기도 중에 당골님의 넋이 천신의 정신세계 영역과 맞닿아 맺어진 잔상일 수 있지 않을까 하는 것이에요."

히누리의 추측에 시라는 놀랍다는 기색을 보였다.

"어쩌면! 제 사유를 금방 적용시켜 논리를 펴시는군요. 한데 그것이…경사스런 꿈이 아닐진대, 누구나 무엇이든 때가 되면 소멸에 이르긴 하겠는데 그걸 굳이…. 흠! 이래서 설법도 폐하는 게 옳다는 것을, 다시금 되뇌게 하는군요."

시라가 막판에 얼굴을 찡그리며 짓궂게 말하자 히누리는 빙긋 웃어 보였다.

"잘 알겠습니다, 후훗. 꿈은 몸조심하라는 안부 정도로 받아들이면 충분할 것 같습니다. 근데 당골님, 혹시 압니까. 누군가에 의해 하얀 나비의 정신이 눈처럼 하얗게 뿌려져 온누리에 사랑과 평화를 듬뿍 안기는 날이 오게 될 것이라는 암시인지도요."

"아, 그렇군요. 그렇게 되었으면, 그리되길 염원하며 기도하겠습니다. 종교가 비열한 자들의 안식처가 되어서는 안 될 것입니다. 차라리 저 하늘을 우러르는 게 만 번 나을 테지요."

잠시 둘 사이에 침묵이 흘렀다. 그러자 이번에는 히누리가 먼저 말을 꺼냈다.

"당골님, 저기 소그드인이 썼다는 서책을 저도 볼 수 있을까요? 쉽게 읽을 수 있는 글이던가요?"

"그럼요, 이따 보여드리지요. 책자에 쓰인 글씨는 아람문자라고 하던데 소리 나는 그대로 옮겨 적는 방식이더군요. 성지곡에는 한 번씩 소그드 상인들이 오가고, 문자를 아는 돌궐 족속도 있어 번역하는 데 큰 어려움은 없습니다. 저도 이제는 웬만큼 읽고 쓸 줄 안답니다."

히누리는 깜짝 놀랐다. 새로운 문자를 갈망했던 여루 단군의 말씀이 절로 상기되었다.

"아, 그 정도예요? 그들의 문자가 우리 가림토 글자처럼 어색하진 않던가요?"

"투박하기로는 매일반이랍니다. 그래도 그들은 계속 사용하면서 불편한 점은 고쳐나가는 것 같더군요. 글자가 그것밖에 없으니 별수 없어 그러겠지만, 우리야 가림토 대신 한자를 쓰면 되는 것이고 하니…"

"네…"

히누리의 표정이 심각해졌다. 앞으로 가림토 글자를 다듬어 나가든지, 아니면 타국의 소리글자를 차용하든지 간에 여하튼 소리글자에 대한 궁리의 필요성을 자각하는 듯했다.

"참! 공주님께서 당분간 족장을 맡으셨다고 하니 한마디 조언을 드릴까 합니다. 부족을 이끌다 보면 천신의 뜻을 따르는 것처럼 기만하여 허무맹랑한 교리를 내세우며 뭉쳐 다니는 종자들을 필히 접하게 될 것인데 그럴 때에 저들을 물리치셔야 고을에 평화와 질서가 유지됩니다. 저들은 거짓과 꼼수에 능숙하고 외세를 추종하며 종국에는 분란과 파멸로 몰고 갑니다. 청정해야 할 소도에 사이비 당골이 창궐하고 탐욕과 거짓과 폭력이 난무하는 까닭은 진리의 뜻을 왜곡하여 가르치는 사악한 저들 무리에 의해 철옹산성같이 쌓아졌기 때문입니다."

'권력 주변에서 늘 부딪히는 문제일 것이다. 그런데 그런 자들을 어떻게 가려낼 수 있단 말인가? 선과 악의 경계가 흐릿해지고, 옳고 그름의 분별이 손바닥 뒤집듯이 달라지기도 하는 세상에서, 어떻게 추려낼 수 있다는 것일까? 한편으로 시라의 이런 주장은 반대자들의 농간에 의해 되레 정의로운 자들이 옭매이게 되는 술수로 악용될 수도 있는 문제가 아닌가? 그렇듯 실제로 경계의 혼돈에 휘말린 시라 일파가 그야말로 거짓과 분란을 일으키는 무리로 내몰리어 졸지에 이곳저곳을 떠도는 형국에 처해 있는 게 현실이 아니던가?'

치솟는 의문에 히누리는 조심스레 물었다.

"그 종자들을 식별하는 게 쉬울까요?"

"시기와 술책이 유별나게 강한 탓에 자신들의 탐욕이 채워지지 않으면 소도뿐만 아니라 부족의 운명, 아니 나라와 겨레마저도 팔아먹을 정도랍니다. 하하! 뜻밖에 이런 자들이 곳곳에 박혀 있어 저도 무척이나 놀랐답니다. 멸망한 상나라의 귀족 가문들이 너무도 많이 단군조선으로 흘러든 탓일까요? 그게 아니라면 인간 세상 자체가 두 부류의 종자로 끊임없이 분열되기라도 한다는 것일까요? 만백성이 시름에 겨울 때마다 거기 등짝에 칼을 꽂으려는 인간들이 늘 나타나곤 하니까요. 하핫! 이런, 배고프시겠다. 고기가 대충 다 굽힌 것 같습니다."

웃을 일이 아닌 데도 시라는 연거푸 소리 내어 웃었다. 분통 터지는 소리를 웃음으로 희석시키려고 저러나 싶어 히누리는 맞장구를 쳐 주고 싶어졌다.

"듣고 보니 그렇습니다. 상놈의 새끼들이 유독 탐식의 능력만큼은 대단하나 봅니다. 저도 자칫 그놈들을 쳐내지 못할까 두렵습니다."

히누리의 거친 입담에 시라는 멈칫했다. 누가 엿들었나 싶어 휙 하고 주위를 둘러보다가 참을 수 없다는 듯 다시 피식 웃음을 터뜨렸다. 히누리도 따라 웃었다.

"아! 새삼 떠오르건대 종교 창시자는 물론이고 깨친 선인들조차 죽음 앞에서 다들 하늘을 우러러 원망의 소리를 내었다더군요. 그래서일까요, 솔직히 말씀드려 저는 인간들을 그다지 좋아하지 않는답니다."

뜻밖에 내뱉는 박고시라의 고백에 히누리는 일순 머쓱해졌다.

"네, 그러시군요. …그런데 인간을 좋아하지 않는데도 인간 앞에 서야 하는 운명은 또 무슨 얄궂은 운명이던가요?"

'하하!' 또다시 박장대소하는 두 우두머리의 웃음소리에, 무슨 일인가 싶어 잠시 조용하던 주변이 다시금 떠들썩해진다.

한쪽 편에서는 퉁소 가락과 어우러지는 북장단에 신명이 난 몇몇 사람이 칼춤을 추고 있는 가운데 한 낯익은 젊은 청년이 다가왔다. 설법 때부터 싹싹하게 질문을 던지곤 했던 그가 노릇노릇하게 익은 불판의 살코기를 질그릇 접시에 담아 가져온 것이다. 코를 자극하는 구수한 냄새에 목단이는 절로 입맛을 다셨고 무심결에 청년과 눈이 마주쳤다. 그러자 청년이 다가와 귓속말로 일렀다.

"당골님께서 살생을 싫어하시어 그대에게만 몰래 전하는 소식인데 흠, 단군조선의 구가 대신과 그 추종자들이 숙청되었다고 하네요."

"네? 숙청이라면!"

"쉬잇! 확실치는 않아도 귀양이 아니라 반역죄로 척살됐다는 것 같습니다. 이건 비밀입니다."

"어떻게 그럴 수가? 그분들은…."

"쉣! 그곳에선 억울하게 누명을 썼다는 둥, 가만있다간 다 죽겠다는 둥, 반격에 나서야 한다며 오만소리가 다 쏟아지더군요. 어떻게 알았냐고요, 흐흠! 이 몸이 장당경에 물건 팔러 갔다가 귀족들 간의 대화를 몰래 엿들은 소리랍니다."

그는 빙긋 웃으며 돌아가려다가 생각난 듯 다시 몸을 돌렸다.

"참! 목단 아씨, 제 이름은 실만하치라고 합니다."

"저기, 이봐요!"

가려는 그를 목단이가 불러 세웠다. 남들이 듣지 못하게 입을 가리고 재빨리 물었다.

"그곳 백성들, 사람들은 모르고 있던가요?"

그 말에 청년 실만하치는 한층 몸을 낮춰 목단이 귓가에 대고 소곤거렸다. 그 바람에 그녀의 귓불이 빨개졌다.

"웬걸요. 저잣거리를 쏘다니다 보니까, 한발 늦었다간 자칫 나라가 망할 뻔했다며 여기저기서 수군대더군요."

그는 눈과 코를 찡긋하고는 원래의 자기 자리로 돌아갔다. 그러고는 당황해하는 목단이의 눈길을 모르는 척하며 고기 굽는 일에 열심을 내었다. 목단이는 이 놀라운 소문을 히누리 공주는 아시려는가 하여 힐끔 그녀의 눈치를 살폈다.

그때 공주는 퉁소의 구성진 곡조에 심취한 듯 몸을 하느작거리고 있었다. 박고시라가 오지그릇 사발에 담긴 곡주를 히누리에게 내밀었다.

"공주님, 수수와 약초로 빚은 술이라는데 맛이 그만이랍니다. 천천히 음미해 보세요."

"아, 그렇습니까? 그럼 한 모금만 마셔 보겠습니다."

히누리는 술잔을 들어 살짝 맛보고는 고개를 끄덕였다.

"혀끝이 후끈하고 속이 따끈해지는 게 뒤끝이 깔끔한 술맛 같습니다."

"한파를 이겨낼 생각으로 천해의 유목족이 주조한 독한 술이랍니다. 입가심으로 이것과 같이 드시지요."

박고시라는 싸리로 엮은 소쿠리를 내밀었다. 그 속에는 띠글띠글 잘 여문 산돌배와 대추가 담겨 있었다.

"참, 당골님께 드릴 질문이 하나 있습니다."

"말씀하세요, 공주님."

"각 부족의 당골이거나 사제의 위치라면 그에 합당한 전문 교육을 받아 그 누구보다 또 무엇보다도 신을 잘 알고 선한 의지를 잘 드러낼 수 있을 것이라 봤는데, 어찌하여 엉뚱한 말과 행위를 거리낌 없이 해댈 수 있는 것인지 그게 궁금해서 여쭙습니다. 교만과 타락이 진리마저 눈멀게 한다는 게 당최 용납이 되지 않습니다."

"자기들이야말로 신과 신의 가르침, 이른바 신의 세계를 가장 잘 아는 존재라고 우쭐대는 망상에 빠져서 그렇습니다. 그래서 잘못에 눈멀고 그릇된 논리를 예사로이 설파하는 것이지요."

"아, 그러니까 역사의 지식을 가장 많이 알고 있고, 가장 능통하게 역사의 맥을 꿰뚫는 자라고, 자가당착의 허세를 부리는 통에 정작 배달겨레의 혼이 눈앞에서 흐트러지는 꼴 하나 제때 알아채지 못하는 경당의 학자들처럼 말인가요?"

"이런! 그쪽 세계도 그러하던가요? 시국이 전반적으로 암울해져 안타깝습니다."

"여루 임금님께서는 나날이 시름에 겨워하신답니다."

박고시라는 표정이 더욱 어두워졌다. 저 하얀 나비처럼 단군조선의 몰락은 불가피하다는 것일까!

"박고시라 당골님!"

"네? 아, 말씀하세요, 공주님."

"새삼 말씀드리건대 제 아버지 쪽 가계가 박고족이랍니다."

"아! 그러세요?"

"그러니 당골님과 저는 그리 무관한 사이가 아닌 것이지요."

"네, 혈족을 멀리한 지 이미 오래입니다만 막상 들먹여지니 감회가 없을 수는 없군요. 흠, 공주님께 부탁이 하나 있는데 괜찮으시겠습니까?"

"당골님, 주저 말고 말씀하십시오. 무슨 부탁이신지요?"

"혹시 성지곡이라는 고을을 아시는지요?"

"부족 간에 연합을 이룬 하나의 공동체인 줄로 압니다. 비록 대부여제국에 귀속하지는 않았지만, 형제나 마찬가지라서 우리 아사달과 협력 관계를 맺었으면 하는 바람을 가지고 있습니다. 조만간 그곳을 방문할 예정입니다."

"네, 그러시군요. 얼마 전에 다녀간 성지곡 신자의 자식 중에 개똥이라고, 두 살배기 사내애가 있는데 훗날 그놈의 교육을 아사달에 의탁할 수 있을까 해서 말씀드립니다."

"개똥이? 음, 어떤 아이인지 궁금해지는군요. 엄청 귀하게 여기는 아이인가 봅니다. 물론 교육은 당연히 받아야겠지요. 그렇지 않아도 아사달의 교육 기관을 모두에게 개방할 생각이랍니다."

"고맙습니다, 공주님. 케케묵은 고민 하나 덜게 되었습니다."

박고시라는 그간 부락을 이끌면서 못내 아쉬웠던 교육 문제 해결의 실마리가 보여 한 시름 놓은 듯 손에 든 곡주 사발을 단숨에 들이켰다. 왁자지껄 떠드는 사람들의 소란이 퉁소 가락에 실려 밤하늘을 맴돌았다.

　고토 회복과 유목 해방을 이번 정벌의 명분으로 내세운 대부여 군대는 현재 1만여 명의 병력으로 편성되어 있다. 추후 전개될 전투의 움직임을 예의 주시한 뒤 총지휘관 신불사 장군의 판단에 따라 북막 추장 액니거길의 추가 참전이 결정될 것이다.

　대부여 군대는 병사 각 개개인이 창, 검, 활 등 다수의 무기를 두루 다룰 줄 알았지만, 전술상 의도에 들어맞게끔 군대를 특화하여 2천 명의 병사를 단위로 해서 부대를 나눴다. 그러니까 적진 깊숙이 침투하여 적군의 지휘관들과 핵심 병력을 해치우는 용맹무쌍한 유격 부대, 원거리서 화살을 쏘아 기선을 제압하는 번개 부대, 삼지창과 언월도로 돌격하여 적진을 흐트러뜨리는 청룡 부대, 방패와 장검으로 겨루는 백호 부대, 불화살과 도끼로 무장한 천둥 부대, 이렇게 총 다섯 부대로 편제되어 있다.

　병력 동원에 있어 대부여는 우선 번조선의 유격대 병력 2천 명을 주축으로 했다. 그런 뒤 어양 집결지에서 비교적 가까운 각 부족에서 기마병 5천 명을 차출하여 총 7천 명의 군사를 소집했다. 별도의 정규군이 없는 북막은 평소 사냥 솜씨가 뛰어난 기마 목자 3천 명을 선발하여 청룡 부대와 천둥 부대에 각각 1천5백 명씩 배속시켰다. 여기에 전투 경험이 많은 대부여 병사를 각기 5백 명씩 투입하여 북막 병사들의 사기와 전투 능력을 고취시키고자 했다.

　그러나 성곽을 무너뜨리는 공정에 있어 필수 전력이라 할 공병과 보병은 물론이고 장비조차 징발하지 않았다. 외부 지원이라야 보급 임무까지 떠안은 민간 의무대 1백여 명을 겨우 배치했을 뿐이다. 그러니 실제 전투에 투입되는 병력은 오로지 기마병들뿐인 전무후무한 군대를 조직한 것이다. 이렇듯 소규모 병력에 화급을 다투듯 급조한 연합 군대라 주화파의 눈에는 오합지졸로 비치기에 충분했을 것이다. 이와 같은 군사력 정보는 일찌감치 첩자의 수중에 넘어갔을 것이고 적국인 연나라 역시 코웃음 치며 긴장의 끈을 늦추고 있는지 모른다.

지원을 미루고 둘러댈 구실을 찾는 주화파의 견제로 인해 적재적소의 병력을 동원하지 못하게 된 난국을 돌파할 묘책으로써 이같이 특이한 형태의 군대를 창설한 장본인은 다름 아닌 신불사였다. 주전파가 내세운 고토 회복의 깃발, 그 선봉에 패기의 젊은 장군이 등장하자 주화파들은 일제히 모략의 비수를 가슴에 품었고 이것에 위기를 느낀 신불사가 특단의 전략을 짜냈던 것이다.

이번 정벌에 있어 신불사는 장군 특진과 함께 총지휘관에 임명되면서 여루 천자의 지지에 힘입어 병력 동원의 전권까지 부여받았기에 가능할 수 있었던 군대 편성이기도 했다. 대부여 군대는 앞서 두달 전에 각개 병사들을 한차례 소집하여 손발을 맞추는 연합 훈련을 가진 뒤 일단 생업으로 돌아갔었다. 그랬다가 불과 나흘 전 상곡 지역에 눈보라가 휘몰아쳤다는 전갈에 이어 첫 교전이 벌어졌을 때, 전격적으로 전쟁 동원령이 선포되면서 각처에서 모여든 것이다.

그리하여 일차 주둔지인 번조선의 어양에 총집결한 시점이 엊그제

정오 무렵이었다. 앞서 미리 북막으로부터 사백력 조랑말을 제공받은 병사들은 촌각을 다투듯 도착하자마자 전열을 정비하는 작업에 즉각 돌입했다. 각개 부대별로 전투 장비를 지급받고 맡은 바 전투 임무를 숙지하느라 각급 장수들의 지휘 아래 일사분란하게 움직였다.

그런데 신불사는 어양의 주둔 병력을 일절 동원하지 않았다. 성을 방어하는 데에 이미 전문화된 이들 병사는 성을 공략하는 임무로는 적합하지 않을 뿐만 아니라, 자칫 병력 손실이 생겼을 경우에는 언제라도 어양 성채가 적의 위협에 봉착할 수 있기 때문이었다.

날이 어둑해지자 신불사는 일찌감치 전군을 취침에 들게 했다. 그리고 휘하 부대의 참모 장수들과 함께 어양 성의 대장군이자 히누리 공주의 오라버니인 해인 태자께 문안드리러 갔다.

오랜만에 다시 만나게 된 해인은 본래 무술하고는 거리가 먼 문관으로서 예술과 문학 쪽에 조예가 깊은 다정다감한 사람이었다. 그런 그가 어양의 대장군으로 나설 수밖에 없었던 속사정에는 칸의 승계와 밀접한 관련이 있었다. 기자조선과 고죽국의 왕위 세습과는 달리 문무를 겸비하지 않고서는, 특히 무장으로서의 과정을 제대로 거치지 않고서는 화백 회의에서의 칸 추대가 순탄치 않았기 때문이었다.

그는 전장에 나서는 신불사와 휘하 장수들의 노고를 일일이 격려했고 승리를 기원해 주었다. 그런 뒤 해인 태자는 신불사를 따로 불러냈다.

"장군, 이것이 얼마 만입니까? 참으로 얼굴 보기가 어렵습니다."

"태자마마, 이렇듯 알현하니 반갑기가 이를 데 없사옵니다."

"하하, 본인도 그러하다오. 장군, 그런데 소식 들으셨습니까?"

"마마, 무슨 소식 말씀이십니까?"

"묘무실이 죽었다는 소식 말입니다."

"백성골 군읍의 족장이자 구가 대신인 그 묘무실 말씀이십니까?"

"그렇습니다. 그자가 역모를 꾸미다가 발각되어 현장에서 척살되었다고 하던데, 장군께서도 모르고 계셨군요. 나도 얼마 전에야 알게 됐습니다. 그게 사실일까요?"

"마마, 무엇 말씀입니까?"

"역모를 꾸몄다는 것 말입니다. 사실 믿기지가 않습니다. 그런 무모한 짓을 저지를 자가 아닌 걸로 아는데…"

"그자는 사사건건 반역의 언행을 일삼았습니다. 충분히 역모를 꾀할 위험한 인물이었습니다."

"그런데 설령 그런 의혹이 있다고 해서 확실한 증거 없이, 더구나 정당한 절차 없이 권력을 휘둘러 단숨에 제거한 것이 타당한가의 문제가 걸립니다. 인간에게, 특히 선과 정의를 표방하는 세력들이 지녀야 할 가장 중요한 덕목은 고결과 도덕이 아니겠습니까. 그런 까닭에 그것의 심각한 훼손을 마다않고 야만적 불의의 수단을 사용한 것에 대해 지적하지 않을 수 없는 것입니다."

"마마, 악을 제거하기 위해서는 때로 폭력이 불가피한 줄로 아옵니다."

"그런 것이오? 장군 그대에게 실망했소이다. 목적을 위해서는 수단을 가리지 않아야 한다는 말씀이 아니오?"

"마마, 반드시 그래야 하는 것은 아니나 자칫 그것이 올무가 되어 정의를 구현하지 못하는 사태가 발생하지 않을까 하는 두려운 마음에 아뢰는 것입니다."

"고결한 도덕성이 정의의 실현을 가로막기라도 한다는 말씀이십니까?"

"마마, 우리는 신이 아닙니다. 더욱이 이것은 정치적 문제입니다. 그런데도 우리는 고결하고 도덕적인 사람들이라는 덫에 걸려 결단을 요구하는 문제에도 주춤거리고, 혹여 결점이 드러나기라도 하면 스스로의 검열과 심판에 갇혀 제풀에 포기하거나, 그 바람에 불의한 것들에 굴복당하기까지 하는 참혹한 현장을 무시로 목도했었습니다. 정적들은 바로 그런 허점을 교묘히 파고들며 충동질을 획책하는 것입니다. 그런 면에서 진흙탕 같은 정치판을 상대로 어떻게 처신해야 영명한 길을 걷는 무사가 되는 것인지를… 진정 그 같은 현실에 대해 눈뜨게 해 준 친위대 근무를, 소신은 천재일우로 여기고 있습니다."

"그러니까 장군의 뜻은 한편으로 사사로운 일에 집착하여 대의를 거스르는 우를 범해서는 안 된다, 그 말씀이로군요?"

"그렇습니다, 태자마마."

"하지만 과연 무엇이 대의인가 하는 문제가 여전히 남은 과제인 것이고…"

"마마, 역적모의를 밝혀내지 못하고 척살하지 않았다면 필시 천자와 대부여의 존립이 위태로웠을 것입니다. 그러한데 그 만행의 차단이 대의가 아니면 무엇이 대의라 하겠습니까? 대의의 수호를 어찌 야만적 불의라 할 수 있겠사옵니까?"

신불사의 강변을 듣는 태자의 낯빛이 한순간에 붉게 변했다. 태자의 돌변한 태도에 신불사는 멈칫했다. 단호한 주장이 귀에 거슬렸는지, 아니면 말을 가로챈 무례에 기분이 상했다는 것인지⋯. 그러나 태자는 이내 미소를 띠며 대화를 마무리지었다.

"아무튼 잘 알겠습니다. 딴 뜻은 없고, 단지 이번 사태를 접하는 장군의 견해가 무엇인지를 알고자 물어봤을 뿐입니다. 아무쪼록 장군께서 지대한 무공을 세우시길 기도하겠습니다."

"태자마마의 크나큰 은덕, 황공하여 몸 둘 바를 모르겠습니다."

허리 숙여 절을 올리고 물러나려던 신불사는 문득 빠뜨린 내막이 떠올랐다.

"마마, 그런데 반란 진압을 주도한 장수는 누구였습니까?"

"친위대 장교 탁발도추였소. 그런데 가증스럽게도 암행 경호대를 동원했소이다. 그자를 잘 아시오?"

탁발도추라는 소리에 신불사의 기색이 예사롭지 않자 해인은 이것을 포착하고 물은 것이다.

"아닙니다. 장교 모임 때 몇 번 인사를 나눈 게 전부입니다. 마마, 소신 이만 물러갈까 하옵니다."

신불사는 휘하의 장수들과 흩어진 뒤 이동용 천막 숙소로 돌아와

잠을 청했다. 그러나 좀 전에 나눈 태자와의 대화가 자꾸만 마음에 걸렸다. 막사 바깥으로 부는 갈바람이 심상치 않다. 그는 잠을 이루지 못하고 야전 침상에서 몸을 일으켰다.

반란의 진압이었을까, 아니면 정적의 제거였을까? 소도 천문대에서 탁발도추에게 귓속말하던 천자의 모습이 어양 성 고충륵 대장군의 살해 광경과 겹치면서 자꾸만 눈앞에 어른거렸다. 혹시 천자의 결정 이면에 그의 입김이 작용하고 있는 것은 아닐까? 올해 들어 부쩍 두드러진 암살과 실종에 얽힌 사건들, 이것에 연루될세라 대신들을 비롯한 귀족들의 드세어진 반발과 은연중에 피비린내가 진동하는 어제오늘의 사태들은 대관절 무엇이 도화선이 되어 불타오른 것일까?

신불사는 이런저런 상념 끝에 문득 무심결에 들은 한 얘기가 떠올랐다. 그때 천문대에서 천자의 신임을 한 몸에 받고 있는 친위대 장교 탁발도추가 그랬던 것 같다. '귀족들의 만행과 착취가 극에 달하고 있다. 백성을 노예처럼 부려먹고 있다. 이대로 가다간 머지않아 백성들이 들고일어날지도 모르겠다!'

귀가 멀고 눈이 먼 자라도 이 땅덩어리가 귀족들의 세상천지임을 통감하는 마당에 권좌 찬탈이 목적이 아니고서야 반란을 획책할 귀족이 대체 누가 있으랴. 그의 말대로 귀족들의 교만과 탐욕에 흉흉해진 민란의 발발이 우려되는 시점이 아니겠는가? 스스로 의중을 드러냈듯 해인 태자는 곤룡포를 갈망하고 있다. 귀족 집단의 존립과 지지가 있어야만 비로소 명맥을 유지할 수 있는 칸의 권세, 그리고 나아가 단군천자의 존엄까지도!

이러한 귀족들의 권세에 무모하게 대항하는 민란의 발생을 충언했던 탁발도추 장교. 그는 천자에게 최근의 사태를 알려 양민을 억압하려 했던 게 아니라 귀족들의 횡포를 제지하려 했던 의도가 아니겠는가. 그는 출세에 한계가 있는 양민 출신이면서 한편으로 양민들로 구성된 막강한 부대를 지휘하고 있는 것이다.

그런 까닭에 귀족들 사이에서는 파벌 간의 시시비비를 떠나 공히 탁발도추의 경호대를 상대로 묘한 긴장감을 자아내고 있음을 직감할 수 있었다. 태자는 그와 같은 그자의 숨은 권력을 두려워한 까닭에 이번 역모 진압을 놓고서 내심 강한 불만과 반발을 품게 된 것은 아닐까? 자신의 출세와 영달을 위해서라도 귀족들의 세계가 붕괴되면 아니 될 것이기에….

36

다음 날 둥둥, 북소리가 새벽을 깨웠다.

일찌감치 눈을 뜬 대부여 병사들은 개인별 전투 식량으로 열흘 치 분량의 식량 꾸러미를 지급받았다. 동물의 오줌보를 가공한 가죽 속에다 말린 마유와 육포를 짓이겨 꾸역꾸역 다져 넣은 그것은 북방 유목민들이 먼 길을 이동할 때에 주로 애용하는 고단백 간편식이다.

군대는 9백여 리 길에 달하는 평원과 얼어붙은 강, 험준한 산악을 이틀 내내 꼬박 내달린 끝에 마침내 상곡 성에서 2십 리가량 떨어진 가문비 숲속에 당도했다. 그리하여 처음 계획대로 이곳에다 막사를 치고 군대 주둔지로 삼았다.

산하는 며칠날을 두고 드문드문 내린 눈으로 하얗게 뒤덮여 있었다. 오는 도중에 점차 흩날리던 눈발은 이곳에서 눈보라로 바뀌었으나 다행히도 가문비나무 숲이 어지러이 휘도는 그것들을 막아 주었다.

군대는 도착 즉시 정찰병을 유격 부대로 보내 연합군의 진주를 알렸다. 고개 중턱의 분지에 자리한 상곡 성으로부터 먼발치서 맞대하고 있는 구릉지 쪽에 진을 친 유격 전사들은 지금껏 소수의 병력으로 고군분투하느라 기진맥진한 상태였다. 이제 이곳 구릉지는 내일 총공격을 펼칠 때에 성안의 화하족 군졸들에게 훤히 노출되는 황야로써 기마 군대의 위용을 과시할 최종 집결지가 될 것이었다.

바로 그날 밤이다. 각급 지휘관들이 번개 부대와 천둥 부대 구역의 막사를 돌며 곤하게 잠든 병사들을 조용히 흔들어 깨운다. 담요를 끌어안고 웅크린 채 자던 병사들이 휘번덕거리며 깨어나고 나무에 매여 있던 군마들도 입마개 사이로 거친 콧김을 내지르며 들썩거린다. 칠흑같이 어두운 창공으로 희끗희끗한 눈발이 날벌레처럼 떠돈다. '출격 준비하라!' 각급 지휘관들의 지시에 따라 병사들은 자신의 애마와 전투 장비를 꼼꼼하게 챙긴다.

대부여 군대를 총지휘하는 본부 막사에서는 신불사 장군과 휘하

부대의 장수들이 전략을 가다듬느라 머리를 맞대고 있다. 까칠한 수염에 구릿빛 얼굴의 신불사 장군이 질문을 던졌다.

"현재 적의 동태는 어떠하오?"

전략을 논의하기 위해 달려온 유격대장 숙손부해가 보고했다.

"놈들은 현재 진퇴양난에 봉착해 있습니다. 성안에 갇힌 무리 전체가 굶주림과 추위에 직면한 상태입니다. 한편으로 연국이 추가로 원군을 파병했다는 첩보가 막 입수됐습니다."

숙손부해는 어양 성의 위병 장교로 근무하다가 신불사의 후임으로 번조선의 유격 부대 지휘를 맡은 장수이다. 그는 보름 전에 유격대 전사 1백여 명을 이끌고 나아가 상곡 성이 빤히 바라보이는 구릉지까지 진출했고, 그곳에 진지를 구축하면서 연나라의 움직임을 예의주시하고 있었다. 그때 연나라는 소문으로만 떠돌던 대부여의 침공이 마침내 개시됐다고 판단하여 상곡 성을 굳게 폐쇄했었다.

그런 뒤 닷새쯤 경과하여 주 왕실의 제후국인 제나라와 연나라의 2만여 지원군이 당도했고 이때 번조선의 유격대는 싸움을 피해 한 발 물러섰었다. 화하족들은 대다수가 긴 창을 든 보병 부대이고 장기간의 강행군으로 지친 상태였지만, 인해전술의 적들과 접전을 벌일 경우 불가피해질 아군의 무모한 희생을 피해야 했다. 따라서 작전상 후퇴의 지침에 따라 적당히 길목을 틔워 주었던 것이다. 이것을 눈치채지 못한 화하족은 마치 개선 군대라도 된 양 의기양양하게 상곡 성으로 입성했다.

신불사는 바로 이때를 놓치지 않고 대기 중이던 2천여 명의 유격대 전 병력을 급파하여 성채를 포위했고, 그때부터 본격적으로 화하족과 대치했다. 불의의 공격에 당황한 화하족 동맹군은 처음엔 상곡성을 방어하는 데 전력을 다했으나, 예상치 못한 눈보라에 한파까지 몰려오자 자칫 고립무원의 상황에 빠질지도 모른다는 불안감에 성문 밖 진출을 꾀하기도 했었다.

하지만 성문을 나설라치면 그때마다 빗발치듯 날아오는 화살촉의 세례. 가죽으로 만든 미늘갑옷과 마갑으로 중무장한 기마 전사들의 치고 빠지는 매서운 칼날. 마치 굶주린 독수리같이 덮치는 그 사나운 전투력 앞에 속수무책으로 당하기만 할 뿐이었다. 결국 화하족은 눈밭에서의 전투를 포기하고 추가 원군이 올 때까지 성채에서 웅크리는 전략을 취했던 것이다.

병사들의 눈두덩에 달라붙었던 피로와 불안이 차가운 눈송이 세례에 점차 흩어졌다. 눈밭에 도열한 번개 부대와 천둥 부대의 병사들은 일선 지휘관들의 절도 있는 구령에 맞춰 일제히 말에 올랐고 출격을 시작했다. 발이 푹푹 빠지는 설원에서도 매서운 한파와 눈보라 속을 끄떡없이 헤쳐 나아가는, 질주 본능을 지닌 사백력 조랑말이 이번 대부여 군대의 주력 군마였다. 물론 이 수많은 조랑말은 북막에서 키우고 조련한 것들이며, 북막과 연합을 이뤘기에 지원이 가능할 수 있었다.

신불사 장군을 위시한 대부여 군대의 전 병력은 차갑고 무거운 철갑 대신에 가죽 갑옷과 마갑을 착용했다. 또한 체온 유지를 위해 털모자와 장갑, 가죽신과 각반, 가죽바지를 꺼입었다. 그리고 이번 전쟁에서 신불사는 철저히 적의 약점을 노려 단기간에 승부를 내는 속도전을 천명했다.

"새벽까지는 별도의 작전 명령이 없을 것이오. 그때까지 좌장교는 눈 좀 붙이도록 하시오."

"그러겠습니다, 장군!"

신불사 장군은 고단한 잠에 빠져든 군대 본진을 임시 지휘할 참모, 용촉가연 좌장교를 격려한 뒤 앞장서 말을 몰았다.

"가자!"

횃불을 치켜든 대부여 군대는 번개같이 상곡 성이 바라보이는 구릉지에 도착했다. 그리고 그간에 제일선에서 전투를 치렀던 유격 부대 전사들과 교대했다. 피로가 누적된 그들은 곧바로 본진으로 돌아가 내일 총공격이 개시될 때까지 달콤한 잠에 빠져들 것이다.

신불사는 도열한 군대의 맨 앞쪽으로 대형 청동화로를 옮기게 했다. 화로 속에 숯덩이를 잔뜩 집어넣자 불길이 활활 타올랐다. 그는 병사들을 대표해서 천신에게 분향하고 삼배를 올렸다. 머리를 조아려 땅에 맞닿은 이마 위로 눈 부스러기가 하얗게 묻어났다.

잠시 후 신불사는 위풍당당한 기마 군대를 향해 외쳤다.

"치우의 화신들이여! 고귀한 전사들이여! 그대들은 들을지어다. 이번 성전은 고토 회복과 유목 해방을 성취하고자 치르는 숭고한 전쟁이로다. 저 하늘로부터 내려오는 천신의 도우심을 기뻐하라. 고고한 배달겨레의 정기를 뜨거운 심장에 품고 우리 모두 온몸이 불살라 죽기까지 맹렬히 싸워 나가자!"

그가 불끈 쥔 청동 단검을 허공에 찌를 듯이 높이 치켜들자 병사들은 일제히 환호성을 질렀다.

"와아!"

"우리의 북막 전사들은 하루 일과로써 사냥터에 나왔다고 생각하라. 순록과 멧돼지를 잡듯 사냥을 하는 것이다. 단, 비무장한 노약자가 보이거든 절대 해쳐서는 안 된다. 우리의 사냥감은 오직 무장한 적들이다. 알겠느냐!"

병사들은 이번에도 활을 높이 치켜들며 환호했다.

"와아!"

"이번 성전에 천신의 가호가 함께할 것이니 결코 두려워 말라! 자, 나를 따르라!"

신불사의 우렁찬 외침에 4천 군대는 '와아!' 하며 활을 치켜들고 함성을 질러 댔다. 바로 그때, 조용하던 먼 성루 쪽에서 횃불들이 요란하게 오가더니, 화하족 군졸들이 떼 지어 모습을 드러내며 이 광경을 내려다보았다. 그러더니 곧바로 밧줄에 묶인 시커먼 물체 십여 개를 성벽에다 내거는 게 아닌가.

"가서 확인하라!"

말을 내달려 가까이 다가가서 살펴본 정찰병이 돌아와 아뢰었다.

"사내들을 죽여 목매달았습니다. 처형한 죄수로 보입니다."

보고를 받은 신불사의 눈빛이 횃불에 이글거렸다.

"놈들은 어리석은 짓을 저질렀다. 그런다고 두려워할 대부여 군대가 아닌 것을! 오히려 생명을 가볍게 여기는 자들에 대한 피 끓는 분노가 더할 뿐이 아니겠는가."

"가자!"

신불사가 맨 선두에 섰다. 성곽 가까이 천둥 부대를 전진시키자 성벽 위의 화하족들이 화살을 쏘아 대기 시작했다. 적의 화살이 채 미치지 못하는 지점까지 다다른 뒤 신불사는 부대를 정렬시켰다. 코앞까지 들이닥친 무력시위에 화하족들은 허둥대며 성문 쪽으로 병력을 집결시키고 있었다. 어느덧 성루 주변으로는 나무 방패와 창을 든 군사들로 빽빽이 들어찼다. 성문이 파괴됐을 때 밀어붙일 인해전술을 준비하는 것이 분명했다.

신불사는 부하가 건네는 화살을 받아들고서 숯덩이가 이글거리는 화로 속에 담갔다. 헝겊 뭉치로 뚤뚤 감싼 화살촉은 송진이 묻어 있어 즉각 불덩어리가 되어 활활 타올랐다. 그는 불화살을 단궁 시위에 걸었다. 산뽕나무와 동물의 뿔, 힘줄, 아교 등의 재료를 합성하여 만든 단궁은 사거리가 2백 보에 달하는 대부여의 신무기였다. 그는 조준한 활시위를 힘껏 당겼다가 놓았다. 전쟁의 서막을 알리듯 불화살은 궤적을 그리며 성안으로 날아갔다.

"공격하라!"

벼락같은 명령을 내리고 신불사가 뒤로 빠지자, 2천 명의 천둥 부대 궁수가 재빠르게 교대로 돌아가며 이글거리는 불화살을 성안으로 날렸다. 송진과 기름에 절어 있는 화살대는 기세 좋게 한참을 타올랐다.

"피하라!"

인해전술로 밀어붙일 태세였던 성문 근처의 화하족 군졸들은 혼비백산하여 흩어지려 했지만 그 바람에 우르르 겹쳐 넘어지고 짓밟혀 아수라장이 되어 버렸다. 그들은 계속해서 날아드는 불화살들을 피하지 못해 쓰러졌고 방패와 군복에 불이 옮겨붙었다.

주나라의 득세 이후 수백 년간 상곡 요새를 차지하기 위한 뺏고 뺏기는 전투가 빈발했다. 그 후 한동안 화하족이 장악했던 상곡 성내의 저잣거리는 널빤지로 지붕을 이은 토굴집이 즐비했고, 외부 지원군의 임시 천막까지 빼곡히 들어찬 상태여서 쉬이 불이 옮겨붙었다. 불길은 새삼 불어닥친 매서운 눈보라 속에서도 검은 연기를 내뿜으며 잘도 타올랐다. 번조선 유격대의 잦은 야간 기습 공격 탓에 허구한 날을 잠 못 이루며 시달렸던 성안의 화하족들은 야심한 시각에 번지는 불길에 놀라 아우성쳤고 혼란의 도가니에 빠졌다.

신불사는 일부러 성문을 공격하지 않았다. 뛰쳐나올 빌미를 주지 않고 될 수 있으면 적 스스로 내부에서 자멸하기를 바랐다. 성 밖에서 바라보기에도 불길은 걷잡을 수 없이 번져 나가는 것 같았다. 어쩌다가 적의 기름 창고를 강타했는지 퍽퍽 소리와 함께 시커먼 연기가 치솟았고 시뻘건 불꽃들이 띄엄띄엄 허공으로 피어오르고는 했다.

신불사는 재차 공격을 명령했다. 이번에는 천둥 부대 군사들이 일제히 흩어져서 언덕 산을 끼고 가파른 산성처럼 쌓아올린 성채

외곽을 돌아가며 불화살을 여러 발씩 날렸다. 그런 뒤에 성문이 바라보이는 벌판으로 재집결했다.

드디어 선두 대열에 선 번개 부대 궁기병들은 예리한 철제 화살촉을 장전한 단궁을 집어 들었다. 이들이 활약을 펼치고 뒤로 빠지면 쇠도끼로 바꿔 든 천둥 부대가 아수라장에서 살아남아 저항하는 잔당들을 마저 해치울 것이다. 물론 뒤로 빠진 번개 부대 궁기병들은 측면에서 지원 사격을 가할 것이었다.

예상했던 대로 둔중한 성문이 열리고 창을 든 화하족 군졸들이 뛰쳐나왔다. 그러나 그들은 추위와 굶주림에 시달리고 불화살의 공격까지 당한 마당이라 이미 사기가 꺾인 상태였다. 더군다나 푹푹 빠지는 눈밭 속을 제대로 걷지도 못했다. 화하족 군졸들은 휘뚝거리며 어둠 속에 자기들끼리 밀려 넘어지는 등 우왕좌왕하였다.

신불사는 그들 모습에 순간 멈칫했다. 저들의 항복을 받아 내고 전투를 멈추는 것이 지당하지 않을까 하는 잡념이 뇌리를 스쳤다. 그러다가 달려온 번개 부대 양사무흘 대장의 외침에 문득 깨어났다.

"장군! 적과의 거리가 가깝습니다. 공격 명령을 내리셔야 합니다!"

'아차!' 신불사는 늦을세라 청동 단검을 빼 들고 공격 명령을 내렸다.

"번개 부대는 진격하라!"

최종적으로 명령을 하달받은 제일선의 지휘 장수가 우렁차게 구령을 내렸다.

"번개 부대 1진 돌격 앞으로!"

장수의 명령이 떨어지자 선두에 길게 늘어선 번개 부대 궁기병들은 대열을 유지한 채 적들을 맞상대하기 위해 곧장 질주했고 날렵하게 여러 발의 화살을 쏴 댔다.

"2진 돌격 앞으로!"

그들이 옆으로 빠지면 다음 궁기병 대열이 이어받아 화살을 쏴 댔다.

"3진 돌격 앞으로!"

엄호 사격을 가하는 성벽 위의 화하족 궁수들을 향해서도 화살은 빗발처럼 날아갔고 그들을 추풍낙엽처럼 성 아래로 거꾸러뜨렸다.

이것이 수차례 반복되자 화하족 군졸들은 오도 가도 못하는 몰골로 모조리 쓰러졌고 서 있는 자가 아무도 없게 되었다. 되돌아 달아나는 적만 몇몇 보일 뿐 성문을 나서는 자가 아무도 없었다.

화하족의 활보다 사정거리가 두 배 이상 길고 명중률과 관통력이 탁월한 대부여 단궁의 위력 앞에 대적할 적수는 없어 보였다. 새로이 진격 채비를 갖췄던 천둥 부대 진영 앞으로 막 전투를 치른 번개 부대가 돌아왔다.

신불사가 병사들을 맞이하며 외쳤다.

"궁기병들의 무공을 치하한다. 그러나 전투는 이제부터 시작이다. 화살을 재충전하고, 적의 공격에 대비해 만반의 태세를 갖추도록 하라! 적이 성문을 나서면 재출격할 것이다."

그러나 적은 다른 계략이라도 세우고 있다는 것일까? 굳게 닫힌 성문은 조용했다. 요란하던 징소리도 잠잠하다. 눈밭에서 짐승 같은 울음으로 신음하고 꿈틀거리는 자기 군졸들마저 방치하고 있다.

치우천왕 치세 이래로 오랜 세월에 걸쳐 바윗돌을 덧대어 쌓아올리고 중축을 거듭했던 웅장한 석성이 어둠 속에 고고하다. 성루 틈 사이로 기웃거리는 화하족 초병들의 어둑한 모습은 마치 두려움에 잔뜩 움츠린 살쾡이같이 어설픈 객기가 서려 있을 뿐이었다.

야전 지휘 막사에서 신불사 장군은 자기를 보좌하는 참모 우장교, 번개 부대와 천둥 부대의 대장, 그리고 각급 지휘관들을 소집했다.

"적은 생각보다 오합지졸 같소. 적의 현황에 대해 짐작 가는 것이 있으면 주저 없이 말하시오."

신불사 장군의 물음에 국자랑 무사 신분으로 참전한 사공용 우장교가 먼저 보고했다.

"이곳 상곡 성의 주둔군은 아직까지 청동 무기를 쓰고 있습니다. 앞서 나흘 전에 치렀던 전투에서 청동 도끼와 창, 청동 검을 다수 포획했었습니다. 그리고 이번에 출정한 지원군의 대다수는 쇠붙이 장창을 무기로 하는 보병들입니다."

"보나마나 농사짓던 자들을 강제로 끌어모았겠지."

신불사는 번개 부대 양사무홀 장교에게 물었다.

"적은 앞으로 어떻게 나올 것 같소?"

"우리 쪽이 성내 진입을 꺼린다는 걸 눈치챈 것 같습니다. 무턱대고 성문 밖으로 나올 가능성은 없다고 봐야 하겠습니다."

"알겠소. 눈보라도 거의 그쳐 가는군."

"보시다시피 화하족 놈들은 월동 대책 없이 천을 꿰매 지은 군복

357

을 입고 있습니다. 추위를 견딜 기력이 소진한 상태라 우리가 항복을 요구하면 순순히 응할지도 모릅니다."

"그런 자들이 또다시 원군을 보냈겠소? 필시 원군이 도착하면 살길이 생긴다고 생각하고 있겠지. 하나 천만의 말씀. 놈들이 이곳에 도착하기 전에 성안의 적들을 모조리 섬멸할 작정이오. 다들 들으시오. 동이 트면 즉각 성을 공격할 것이고 함락시킬 것이오. 그러니 사전에 준비한 대로 만반의 태세를 갖추도록 하시오."

"네, 알겠습니다, 장군."

"그런데, 장군님?"

천둥 부대의 대장 두만굴루가 물어왔다.

"말해 보시오, 장교."

"비록 속은 목재라지만 불화살과 도끼로 쉽게 파괴할 수 있을는지 모르겠습니다. 청동과 쇠로 덧씌운 성문이라서 자칫 시간만 지체되면 아군의 손실이 만만찮을 것입니다."

"전략대로 실시하면 문제 될 게 없어요. 쇠도끼로 아래쪽 모서리를 집중해서 찍은 뒤 기름을 붓고 불을 지르면 될 것이오."

"알겠습니다, 장군."

바로 그때에 전령이 다급하게 말을 몰고 달려왔다. 어양의 대장군이자 번조선의 태자, 해인이 보낸 전갈이었다. 신불사는 첩보가 적힌 죽간을 죽 훑은 뒤 우장교에게 넘겨 낭독하게 했다.

"연나라의 본거지, 계성에서 출병한 화하족 군대가 금일 아침에 이천 지역을 통과했다. 보병 6만 명, 전차 부대 2천 명, 창기병 1천 명,

궁수병 2천 명, 보급대 등등, 이렇게 해서 총 7만 명가량의 병력이다. 적장은 15년 전에 뱃길로 청장수 유역을 침공했던 늙은 구렁이 배도다. 놈의 계략에 유념하라."

한바탕 막사에 바람이 몰아쳤고, 신불사는 심기가 불편한 듯 말씨가 투박해졌다.

"놈들의 추악한 인해전술은 때와 장소를 가리지 않는군. 넘쳐나는 게 사람이라 이거지."

신불사는 잠시 침묵했다가 장수들이 수군거리자 대뜸 소리 높여 말했다.

"장수들은 들으시오. 이천 쪽은 눈이 오지 않아 이동이 제법 빠를 것이오. 그래도 사나흘은 걸려야 당도할 테지. 우리에게 시간은 충분하오. 어떻게 대응하는 것이 좋겠소?"

장수들이 선뜻 나서지 못하는 가운데 사공용 우장교가 운을 뗐다.

"군대 숫자가 다소 많을 뿐, 이미 우리가 예측했던 상황이 아니겠습니까. 기존 전략대로 능라 협곡에서 기다렸다가 놈들을 습격하는 것이 최선의 묘수일 것 같습니다."

번개 부대 양사무흘 장교가 화답했다.

"제 생각도 그렇습니다. 놈들은 우리가 성을 포기할 거라고는 생각지 못할 것이고 방심하여 진군만을 재촉할 것입니다. 그때 대규모 병력이 옴짝달싹하지 못하도록 협소한 계곡으로 몰아넣고 치는 전략이 유효할 것입니다. 그곳 매복지만큼 우리에게 유리한 지형은 없는 줄로 압니다."

이에 각급 지휘관들도 동조하여 고개를 끄덕였다.

"그렇습니다, 장군님!"

"일단 알겠소. 우장교는 지금 당장 정찰병을 보내 그곳에 눈이 내렸는지, 어느 정도 쌓였는지 확인한 뒤 내게 보고하도록 하시오. 그리고 놈들의 이동 경로를 놓치지 않게 척후병을 붙이도록 하시오."

"네, 알겠습니다."

신불사는 간이 나무 의자를 돌려 앉아 앞이 탁 트인 막사 바깥을 바라보았다. 가슴속의 억눌린 기운을 쫓아내려는 듯 깊숙이 숨을 몰아쉬더니 벌떡 몸을 일으켜 걸어 나갔다. 그러자 장수들이 서둘러 그 뒤를 따랐다.

신불사는 아직까지 군데군데 시커먼 연기를 내뿜는 상곡 성을 물끄러미 바라보다가 이윽고 휘하의 장수들에게 명령했다.

"번개 부대는 이곳 구릉지에서 경계 속에 휴식을 취하시오. 천둥 부대는 본진으로 돌아가 내일 총공격 때까지 잠을 청하도록 하시오. 이만 회의를 마치겠소."

"명령대로 따르겠습니다, 장군님!"

"참! 조나라의 동태는 어떻소?"

중요한 사항을 빠트렸다는 듯 신불사가 소리쳐 질문하자 돌아가려던 장수들이 주춤거렸다. 진지 구축 이후로 초원을 오가는 북막 목자들과 접촉했던 숙손부해 유격대장이 보고했다.

"장군, 심려 마십시오. 그쪽은 아무런 움직임이 없다고 합니다. 우리 북방 유목족이 오갔던 길목을 연나라가 차단한 상태라 물물

교역 없이 오직 농사만을 지으며 살아온 자들입니다. 전투 능력이 조무래기 수준에 불과한 농민 집단이니 마음 놓으셔도 될 것입니다."

신불사는 비록 일천한 50여 년 역사의 약해빠진 조나라일지라도 같은 동족의 패퇴에 불안을 느껴 막무가내로 인해전술 공격을 감행할 여지가 있는 만큼, 이에 대한 대비책으로 경계와 저지의 임무를 북막에게 맡긴 상황이었다. 이때의 조나라는 인접한 북방 유목민들과의 잦은 접촉으로 대부여의 전투 방식과 의관문물이 서서히 스며들던 시기였다. 조나라의 왕은 주변의 제후국들에 앞서 부국강병을 이루고자 백성들에게 바지와 짧은 옷자락의 조선옷 입기를 강제하고 병사들에게 기마 전법을 가르치는 등의 군사 정책을 펼치려고 애썼다.

"알겠습니다. 만에 하나 화하족 군대의 협공 작전이 우려되어 물어봤습니다. 어서들 돌아가셔서 쉬도록 하세요."

"넷! 알겠습니다."

각급 지휘관들은 자기 부하들이 있는 곳으로 돌아갔다.

37

희끗거리던 눈발이 어느덧 그쳤다. 하늘은 칠흑의 먹구름에 묻혔고, 땅은 군대의 횃불에 하얗게 빛났다. 한바탕 소용돌이를 일으킨 전장이라 믿기 어려울 만큼 고즈넉한 어둠…, 그 속을 뚫고 꿈틀거리는 물체들이 한둘씩 생겨났다. 몸뚱이를 짓누르던 사체를 간신히 밀쳐 내고 살에 박힌 화살을 이 악물고 뽑아 든 그들은 느릿느릿 사체 무더기에서 벗어나며 대부여 군대 쪽을 향했다.

신불사는 야전 침상에 몸을 눕히고 잠시라도 눈을 붙일까 했다. 그러나 그럴 틈을 주지 않고 번개 부대 양사무흘 대장이 임시 숙소 앞에서 소리쳤다.

"장군! 긴급 상황이 발생했습니다."

신불사는 벌떡 몸을 일으켜 숙소 밖으로 나갔다.

"무슨 일이오?"

"방금 적군 열세 명을 체포했습니다. 조금 전 전투에서 살아남은 적군으로 시체 더미 속에 숨어 있다가 달아나는 걸 붙잡았습니다. 별다른 저항 없이 투항했고, 그중 한 놈은 우리 조선어를 하면서 첩보가 있다고 주장했지만, 아무래도 말단 포로의 진술이라 미심쩍은 상황입니다."

"그자들을 당장 지휘 막사 앞으로 데려오시오."

"알겠습니다, 장군."

신불사는 지휘 막사 쪽으로 성큼성큼 걸어갔다.

잠시 후 두 손을 뒤로 해서 줄줄이 결박당한 포로 열세 명이 의자에 앉은 신불사 앞으로 끌려 왔다. 그중 댓 명은 피범벅이 된 몰골로 화살을 맞은 상흔이 뚜렷했다.

"부상당했는데 결박이라니? 밧줄을 풀어 주도록 하게."

"장군, 그렇지만 만에 하나 기습을 경계하시는 것이…"

그러나 신불사의 단호한 태도에 양사무흘 장교는 흐지부지 말끝을 흐렸다. 그는 끌고 온 병사들에게 결박 해제를 지시했다. 밧줄에서 풀려난 적군들은 신불사 앞에 덥석 무릎을 꿇었다.

"저런, 피 흘리는 자가 있구나. 지혈이 되게 고약과 삼베를 써서 응급 처치하게."

"넷, 알겠습니다."

신불사의 명령에 양사무흘은 병사를 시켜 의무대원을 호출케 했다. 그러는 와중에 신불사는 포로를 직접 심문했다.

"그래, 제공할 첩보라는 것이 대체 무엇이냐?"

무리 중에 가장 멀쩡해 보이는 덥수룩한 사내가 더듬거리며 조선어로 하소연했다.

"제 옆의 사람들은 제가 그러했듯이 노예로 끌려왔다가 강제로 싸움에 동원된 농민들입니다. 이번 전쟁과 아무 상관없는 선량한 양민에 불과하니 아무쪼록 살려 주시기를 간절히 바랄 뿐입니다."

포로들에 대한 경계를 늦추지 않던 양사무흘 장교가 윽박질렀다.

"허튼소리가 많다! 제공하겠다고 한 정보는 무엇이냐? 거짓 없이 고하라!"

"다름이 아니라 성곽 한쪽 구석에 가면 개구멍이 하나 있습니다. 저를 노예처럼 부려먹던 장사치가 몰래 들락거리면서…"

이 말에 주변이 술렁거렸다. 소란에 말을 중단한 사내는 힐끗 눈치를 살폈다.

"얘기를 계속하라! 그래서…."

양사무홀 장교의 독촉에 사내는 언동이 다급해졌다.

"그리고 지원 군대의 두목이라는 구문소의 거처를 제가 알고 있습니다. 지금 성안에는 굶주린 노예들이 상당수 있고 민심이 극도로 흉흉한 상황이라서 본보기로 그놈을 처단한다면 모두가 두 손 들고 항복할 것입니다."

잠자코 듣고 있던 신불사는 양사무홀 장교에게 넌지시 일렀다.

"아무래도 우장교를 불러야겠소."

"네, 알겠습니다."

적에게 타격을 가할 수 있는 수준의 중대한 정보가 입수된 상황이라 이에 적절히 대응할 전략 회의가 필요해진 것이다.

신불사는 사내에게 물었다.

"너는 어떻게 해서 조선어를 할 줄 아는 것이냐?"

"저는 알타이 산맥 너머 오시라는 연맹체의 해씨 부족 사람으로서 이웃 부족인 부여족과 친했습니다. 그뿐만 아니라 어릴 때부터 북방 초원을 이곳저곳 돌아다니다 보니 저절로 부여족 말씨를 익히게 되었습니다. 그랬는데 최근에 페르시아 상인을 따라서 이곳에 왔다가 길을 잃고 우여곡절 끝에 노예로 전락했습니다."

"가만, 부여족이 이웃이었다고?"

"네, 그렇습니다. 그곳에는 장군님과 똑같은 말을 사용하는 사람들이 제 이웃으로 있습니다."

신불사는 문득 잃어버린 겨레를 강조하시던 단군천자의 말씀이 떠올랐다.

"흠, 여하튼 자네는 북방 유목 족속이 분명하겠다. 그래, 앞으로 어떻게 할 작정인가? 노예로 지냈다니 화하족을 따르지는 않을 테고?"

"물론입니다. 제 부족은 모두가 태어날 때부터 전사입니다. 여기 군대에 가담해서 저들과 싸우고 싶습니다."

신불사는 그 말에 빙긋 미소를 지었다.

"흥미로운 답변이군. 어떻게 싸우겠다는 것이지?"

"놈들의 두목을 제 손으로 잡고 싶습니다. 거처를 기습하면 해치울 수 있습니다."

"야망이 엄청나군! 자네의 패기는 노예의 분노에서 나오는 것인가?"

"장군님! 사실은 같이 노예로 붙잡혀 온 친구가 아직 성안 어딘가에 있습니다. 성을 해방시켜야 친구와 만날 수 있지 않을까 합니다."

신불사는 이번 전쟁의 목적이 그럴듯한 핑계와 변명이 아니라는 사실을 직접 증인의 목소리로 듣게 되니 묘한 기분이 들었다.

"그래, 고토 회복과 유목 해방을 통한 배달겨레 자존의 함양이 분명하도다. 알겠네, 자네를 어떻게 변통할지 궁리해 보겠다. 이름이 무엇인가?"

"해씨족의 이사라고 합니다."

"이사? 흠, 이곳은 북방의 길목이다. 선조들이 유구한 세월에 걸쳐 오갔던 땅이지. 자네는 덥수룩하게 자라난 머리카락과 수염에다 상하고 거칠어진 피부 몰골을 한 걸로 봐서 고생이 이만저만이 아니었던 것 같군. 뭣보다 그런 몸으로 전투를 치를 수 있을까?"

이사가 대답하려는 참에 뒤늦게 호출된 사공용 우장교가 무장을 갖추고 나타났다.

"우장교, 어서 오시게. 머리를 맞댈 사건이 하나 생겼소이다."

신불사는 병사들을 향해 명령했다.

"여봐라! 여기 있는 포로들은 모두 귀순병이다. 즉시 의무대가 있는 본진으로 보내고, 추후 본인들이 원하는 대로 하게 하라. 여기 이 사내는 내가 데리고 있겠다."

그의 명령이 떨어지자 병사들은 신속하게 귀순병들을 데리고 막사 저편으로 사라졌다. 신불사는 우장교와 번개 부대 장교를 바라보며 말했다.

"막사로 들어갑시다. 전략에 수정을 가해야 할 것 같소."

전쟁의 공포를 이기지 못해 귀족들과 그 일가를 비롯하여 외곽에 거주하던 농부와 목자, 상인 등의 일반 백성들까지 일찌감치 대거 상곡 성 일대를 빠져나갔다고 한다. 그리고 오늘 벌어진 심야의 기습 공격으로 수많은 막사와 집들이 불타고 화하족 군졸들이 죽었다고 한다. 성안은 지금 혼란의 도가니 상태라서 성을 함락할 수 있는 절호의 기회라고 한다.

귀순한 이사로부터 성안의 상황을 전해 들은 참모 우장교와 번개 부대 대장은 고민에 빠졌다. 어떤 방식의 공격이 아군 피해를 최소화하는 최상의 병법이 될 것인지 혼선이 일었기 때문이다. 더군다나 정체가 불명확한 귀순병의 첩보에 의존해서 전술을 짜기에는 어딘가

꺼림칙한 구석이 있었다.

"아무래도 당초 계획대로 움직여야 할 것 같습니다. 불확실한 것들이 많아 위험 부담이 큽니다."

평소 신중한 태도를 보이는 우장교의 의견에 신불사는 귀를 기울였다.

"알겠소. 아침에 전군이 모이면 그때 다시 논의해서 결정짓도록 합시다. 잠도 모자랄 텐데 어서들 가서서 마저 눈을 붙이도록 하세요."

"네, 장군. 그럼 나중에 뵙겠습니다."

두 장교가 의자에서 몸을 일으키려 하자 이사가 사태를 깨닫고 황급히 나섰다.

"장군님! 제게 댓 명의 군사라도 붙여 주시면 기꺼이 성안으로 들어가겠습니다."

"그게 무슨 소리냐?"

"개구멍은 장사치의 집으로 이어지는데 다들 떠나고 아무도 살지 않습니다. 저는 비록 그곳에 매였던 노예였지만, 늘 오갔던 길목이고 현재 군졸 신분인지라 아무도 저를 경계하지 않을 것이니 얼마든지 어둠과 혼란을 틈타 기습을 감행할 수 있습니다."

"자네 생각은 알고도 남음이 있다. 하나 서두를 것이 없다. 내일 총공격을 개시할 그때에 얼마든지 자네 말대로 후방을 교란시킬 수 있지 않겠느냐? 안 그래도 놈들은 초조하여 밤새 잠 한숨 못 잘 것이다. 동트고 영육이 혼미할 그때에 쳐도 충분하다."

"장군님, 그러시면 저 혼자라도 잠입하게 허락해 주십시오."

'혼자?' 이사의 당돌한 요청에 신불사는 벌떡 의자를 박차고 일어섰다.

"좋다! 자네가 가는 길에 스무 명의 전사를 딸려 보내겠다. 단, 전사의 지휘권은 우리 장수에게 있다. 자네는 길을 안내하는 역할만 맡게 될 것이다."

"감사합니다, 장군님!"

"장군! 전사들의 목숨이 헛된 희생이 되지 않을까 심히 염려되옵니다."

안도의 한숨을 내쉬는 이사와 달리 깊은 우려를 드러내는 우장교의 발언이 있자 신불사는 작심한 듯 말했다.

"전쟁에는 늘 희생이 따르기 마련이오. 소수의 삶에 마음을 쓰다가 전체를 놓치고 국가의 존속을 위태롭게 하는 일이 일어나서는 안 될 것이오. 이번 건은 활용할 가치가 높은 첩보임에도 불구하고 사사로운 자비에 매여 자칫 놓칠 뻔했소. 지금 이 사내의 기개가 그런 나의 중심을 올곧게 잡아 주었다고 보오."

신불사의 결단에 두 장교는 더 이상 이의를 제기하지 못했다.

"우장교는 지금 즉시 유격 부대의 최선봉에 설 돌격 전사 스무 명을 차출해서 침투시키도록 조치하시오. 돌격대의 지휘관은 모용철릭 장수가 나을 것 같소."

"명령대로 조치하겠습니다."

우장교는 명령을 하달하러 막사 밖으로 나갔다. 신불사는 이사의 헤진 군복을 물끄러미 바라보며 말했다.

"적진 깊숙이 잠입하려면 화하족의 군복으로 위장하는 것이 유리할까?"

"제 생각으로는 어차피 단숨에 치르는 습격이라서 장군님 군대의 군복이 결투에 유리할 것 같습니다."

"그렇담 자네도 우리 군복을 착용하고 싶은가?"

"네, 장군님! 제게도 똑같은 무장을 허락해 주십시오."

"알겠네. 양사무흘 장교?"

"명령을 내리십시오, 장군!"

"이자에게도 군복과 무기를 지급하시오. 그리고 나는 잠시 눈을 붙일 것이니 작전이 개시될 때 나를 깨우시오. 그리고 작전이 성공했을 때의 교신 방법에 대해 미리 정해 두시오."

"네, 알겠습니다. 장군!"

신불사는 막사 밖으로 나섰다. 그리고 숙소를 향해 무거운 발걸음을 옮겼다. 그때 어린 전나무 가지 끝에 대롱 매달린 눈꽃이 어둠 속에서 반짝였고 그의 눈에 쏙 들어왔다.

'저 찰나의 빛이 오늘따라 무척이나 아름답구나. 그러나 나는 아주 잠깐이라도 눈꺼풀을 붙여야 하느니!'

명철과 끈기를 요구하는 생사존망의 투쟁 앞에 우뚝 선 신불사는 온몸이 바스라질 것 같은 긴장감에 짓눌리고 있었다.

38

어둠 속에 격한 숨소리가 요동친다. 허리를 수그린 자세로 긴 땅굴을 지나는 자세가 여간 버거운 게 아니다. 단출한 노예 옷차림으로 여러 차례 들락거린 이사도 막상 무장한 복장으로 이동하려니 평소보다 좁아진 너비에 걷는 속도가 더디다. 횃불 든 이사를 뒤따르는 돌격 전사들도 힘에 겨워 거친 숨소리를 쏟아 낸다.

어느덧 한 외딴 판잣집의 헛간에서 이사가 올라오고, 한 명씩 또 한 명, 마침내 땅속에서 빠져나온 스무 명의 전사들이 주변을 경계하며 전열을 가다듬는다. 단궁과 양가죽 화살통, 장검과 단검을 몸에 두른 전사들은 선두에 나선 이사를 민첩한 동작으로 뒤쫓는다.

여기저기서 아이들이 칭얼대는 소리가 들려올 뿐 화하족 군졸들이 움직이는 기척은 없다. 이사는 암흑천지의 자갈길을 잘도 빠져나갔다. 이곳은 불화살의 공격이 미치지 않았지만, 화하족 군졸들은 매서운 한파와 불면에 시달린 듯 죄다 막사 안으로 숨어들었고, 찬바람이 몰아치는 길가에는 아무런 기척이 없다. 이사의 말대로 얼마 달음질치지 않아 상곡 성의 총지휘관이 머무는 처소가 나타났다.

담장 가까이 접근하는 중에 이사는 일단의 무리들이 웅크리고 있는 토굴집을 지척에서 맞닥뜨린다. 느닷없는 돌발 상황에 두 눈을 부릅뜨며 당황하나 그것은 찰나에 불과하다. '쉬잇!' 노예로 짐작되는 늙은 남녀 무리들은 서로 부둥켜안고 숨죽인 채 꿈쩍도 하지 않았다.

그들을 무시하고 이사와 전사들은 날렵하게 몸을 날려 담장을 뛰어넘는다. 여기저기 횃불 아래 웅크린 채 잠든 보초병들의 목을 단검으로 감쪽같이 벤다. 비몽사몽간에 입막음을 당하고 한순간 소스라치듯 두 눈을 떴을 뿐 곧바로 피를 쏟으며 옆으로 고꾸라진다.

후퇴와 항복을 모르는 지휘관, 모용철륵 장수의 지시에 따라 열댓 명의 전사는 흩어져 경계 매복에 돌입하고 이사와 모용철륵, 그리고 댓 명의 전사들은 먹이를 노리는 살쾡이의 그림자가 되어 어둑한 침소로 진입한다.

적장 구문소는 침상에서 여자를 품고 잠들어 있다. 두툼한 이불을 젖히자 벌거벗은 두 남녀의 알몸이 드러난다.

"누, 누구야!"

깜짝 놀라 두 눈을 휘둥그레 뜨는 여자의 입을 헝겊으로 틀어막고, 번쩍 들어 맞은편 방구석에 처박는다.

"저항하면 목이 날아갈 것이다!"

소란에 적장도 눈을 떴으나 눈 깜짝할 새 이미 두 손과 몸뚱이가 결박당한다. 그리고 모용철륵의 발 앞에 무릎이 꿇려진다. 적장은 사태를 직감하고 태도가 고분고분해졌다.

"바라는 게 뭣이오?"

자기를 에워싼 패거리와 두목이 위압적인 자세로 아무 말도 않고 침묵을 지키자 적장이 먼저 협상을 제시했다.

"나를 살려 주면 금괴를 몽땅 내놓겠소."

그는 가죽조끼를 덧입은 대부여 전사들을 산적쯤으로 생각한 것일까. 모용철륵이 드디어 말문을 열었다.

　"우리는 대부여 군대다. 살고 싶으면 모두 무기를 버리고 항복하라."

　"그, 그건 나 혼자 독단으로 되는 문제가 아니오. 이곳엔 성주가 따로 있소이다."

　"어차피 네놈들은 죽음의 낭떠러지 앞에 서 있다. 성주 놈 목은 내게 맡기고 네 목숨이나 걱정하라. 어쩔 셈이냐? 전군의 몰살이냐, 아니면 목숨을 건지고 싶으냐? 택일하라!"

　"우리 연국의 왕께서는 항복을 용납하지 않으실 것이오. 그러니 제발…."

　"닥쳐라! 긴말하지 않겠다!"

　모용철륵 장수는 칼집에서 단번에 장검을 쓱 뽑아 든다. 허공으로 내뻗는 칼에 베인 바람 소리가 섬뜩하다. 이때 출입문이 덜컥 열렸다.

　"장수님!"

　매복 중이던 한 전사가 조금 전에 적장과 동침한 여자를 끌고 침소로 들어온다.

　"몰래 도망치는 여자를 붙잡았습니다."

　겉옷을 어설피 걸친 채 반라의 몸으로 달아나려 했던 여자는 두려움에 벌벌 떨고 있다. 적장에게 집중하느라 방심한 사이에 뒷문으로 탈출을 감행한 것이다.

　"나는 적장을 예우하지 않는다. 이놈 앞에 저년의 목을 늘어뜨려라!"

　명령 즉시 전사의 억센 팔이 여자의 호리한 몸을 번쩍 붙잡아 들더니 적장의 면상 앞에 꿇어앉히고 여자의 머리채를 잡아채어 적장의 얼굴을 마주보게 만든다. 적장은 상대편이 무슨 짓을 저지를지 눈치채고 부르르 몸서리를 친다.

"제발 그러지 말아 주시오! 내가 가장 애지중지하는 애첩이라오."

"항복은?"

"그, 그건 내 소관이 아니라…"

장수의 칼날이 횃불 아래 번뜩이자 여자의 목이 딸각 떨어져 나간다.

"다음은 너다!"

그 말에 적장은 상체를 앞뒤로 격렬하게 흔들며 외쳤다.

"하, 항복하겠소이다! 칼을 멈춰 주시오!"

상곡 성 너머 허공으로 불화살이 세 발 쏘아 올려졌다. 맞은편 구릉지에서 진을 치고 대기 중이던 번개 부대 병사들은 일순 환호성을 질렀다. 적이 항복했다는 신호인 것이다. 신호를 확인한 신불사는 전군의 출격을 명령했다.

'둥둥', 북소리가 가문비 숲속에 울려 퍼지고 본진의 각 부대 병사들은 이른 새벽에 기지개를 켰다. 봉황 깃발과 치우 깃발을 펄럭이며 북소리에 맞춰 진군한 1만여 군대는 이윽고 상곡 성 앞 벌판에 총집결했다. 마침 먹구름을 헤치고 붉은 태양이 떠오르기 시작했다. 신불사는 지시를 받으려고 모인 휘하의 장수들에게 명령했다.

"적의 퇴로를 막아서는 아니 되오. 적군이 완전히 철수할 때까지 경계를 늦추지 말되 섣불리 적을 살상하는 행위, 그리고 재물을 회수하기 전에 개인이 몰래 약탈하는 행위가 발생하지 않도록 병사들에게 만반의 경각심을 불러일으켜 주시오. 그리고 좌장교는 성문이 열리면 즉시 유격 분대를 이끌고 들어가 성주와 적장을 굴복시키고 공식적으로 성을 접수하도록 하시오."

그가 지시를 끝내자 휘하의 장수들은 충성을 다짐한 뒤 각자의 자리로 돌아갔다.

잠시 후 둔탁한 꿍음을 내며 상곡 성의 육중한 성문이 열렸다. 이윽고 무장 해제된 상태에서 화하족 군졸들이 우르르 쏟아져 나왔다. 그들은 수십 채의 손수레를 끌면서 성문 주변에 너부러진 시신들을 하나씩 거두어들였다. 그런 뒤 선두에 선 지휘관의 지시에 따라 눈밭 속에 행로를 정하고 꾸역꾸역 대열을 이루며 떠내려갔다.

"이놈들아, 비켜서라!"

좌장교와 유격 분대는 계속해서 쏟아져 나오는 화하족 군졸들의 틈을 비집고 성안으로 진입했다.

한참의 시간이 흐른 뒤에 말을 탄 적장 구문소와 극갈묵 성주가 성문을 빠져나왔다. 그들은 어수선한 군졸들의 행렬과 이리저리 휩쓸리며 초췌한 뒷모습을 드러냈다. 그때 성주는 문득 주위를 둘러보다가 먼발치서 지켜보는 신불사를 바라보는 듯했다. 하지만 겁에 질린 모습의 성주는 곧바로 고개를 떨궜고 신불사는 아무런 동작을 취하지 않았다.

마침내 신불사는 운집한 대부여 군대를 향해 외쳤다.

"우리의 선조께서 오매불망 수복을 꿈꿨던 상곡 성을 이제 접수하노라. 가자!"

대부여 연합군은 대열을 유지한 채 천천히 말을 걸리며 좌측으로 성채 진입을 시작했다. 우측으로는 아직도 화하족 패잔병들이 줄지어 걸어 나오고 있다.

성안으로 들어서는 말 잔등에서 신불사는 생각했다.

'아직껏 밀려나오는 저 무수한 족속들을 보유하고도 허덕대다가 두 손을 들다니? 그런데도 어째서 침략을 일삼는 저 허약한 족속들을 정복하고 굴복시켜 우리 대부여의 속민으로, 속국으로 삼을 생각을 안 하고 있는 것일까? 장차 배달겨레의 순수성이 훼손될까 두려워서 그렇다는 선각자의 교훈은 정녕 타당한 것일까?'

한 북막 병사가 퇴각하는 군졸들을 향해 가래침을 냅다 뱉었다. 이 모습을 발견한 좌장교가 신불사 장군에게 다가와 물었다.

"장군! 특히나 북막 병사들의 원성이 자자하온데 놈들을 그냥 돌려보내시렵니까?"

줄곧 장군을 곁에서 보좌했던 우장교가 불쑥 나서며 대꾸했다.

"이미 항복한 자들이고 태반이 강제로 끌려온 양민이니 살상은 합당치 않은 조치입니다."

갑론을박을 우려한 신불사가 얼른 좌장교에게 되물었다.

"좌장교는 어떻게 생각하시오? 필시 저놈들과 원군이 도중에 맞닥뜨리게 될 터인데 그때 상황이 어떻게 전개될 것 같소?"

"아! 그렇군요. 일시적으로 대열이 뒤섞이면서 혼란이 야기되겠지만 퇴각하는 군졸들이 돌이켜 원군에 합류하는 일은 없을 것이라 봅니다. 그러한데 제 생각으로는 저놈들을 위협하여 뒤쫓고 몰아붙여 제 놈들끼리 맞부딪혔을 때 서로 간에 혼란을 더욱 가중시키는 전술을 구사함이 어떨까 합니다. 원군 놈들은 수레에 실린 시체 더미를 보자마자 질겁하여 사기가 곤두박질칠 테고, 저놈들은 뱃가죽이 들러붙은 상태라 필시 원군의 보급 식량을 가만두지 않을 게 분명하니, 아귀다툼이 벌어질 그때에 모조리 일망타진하는 것이 또 하나의 전술이 될 것 같습니다."

"그럴듯하군, 알겠소. 귀관들은 방금 얘기 나눈 전술의 효용성에 대해 신중히 검토해 보도록 하시오. …그런데 저기 따로 모인 자들은 대체 무엇이오?"

저편 연병장 공터에 쭈그리고 앉은 패잔병 무리들을 힐끗 보더니 좌장교가 대답했다.

"귀순을 결심한 패잔병인데 거의가 유목족 출신의 노예들입니다."

"생각보다 훨씬 많은 숫자로군. 저들을 어떻게 할 생각이오?"

"이곳에 정착시키고 훈련을 거친 뒤에 성곽 수비대로 삼을까 합니다."

청사진을 제시하는 용촉가연 좌장교는 상곡 성의 수복을 전제로, 대부여 어전 회의의 사전 결의에 의해 상곡 지역의 욕살에 내정되어 있었다.

"알겠소이다. 무엇보다 좌장교는 지금부터 성채의 기강을 바로잡고 안정시키는 데 집중하도록 하시오. 특히 전리품을 회수하는 과정에 불미스런 잡음이 일어나지 않도록 각별히 유념하길 바라오.

그리고 우장교는 상곡 성을 수복했다는 소식을 천자께 즉각 알리도록 하시오."

"바로 실행에 옮기겠습니다, 장군."

우장교는 어양 성의 대장군 앞으로 전령을 보냈다. 그러면 그곳에 설치된 봉홧불을 거치고 거쳐 오늘 내로 대부여제국 진조선의 단군 천자와 조정에까지 승전 소식이 전해지게 될 것이다.

신불사 장군과 휘하 장수들이 상곡 성주의 거처인 궁에 당도하자, 입구에는 유격대장 숙손부해 장교와 돌격 전사를 이끌고 무공을 세운 모용철륵 장수가 기다리고 있었다. 신불사는 소리 내어 웃었다.

"그대들의 용맹을 치하하는 바입니다. 천자께 그대들의 무공을 상신할까 하오."

장군의 칭송에 황공하여 그들은 머리를 조아렸다. 유격대장이 나서서 답했다.

"천만의 말씀입니다. 모두가 장군님의 예지에 의해 성취된 결과인가 합니다."

"하하, 겸손하시기까지… 그런데 이사라는 사내가 보이지를 않는군?"

의기양양한 모용철륵 장수가 대답했다.

"장군님, 그자는 친구를 찾아 동분서주하나 보옵니다."

"친구? …아! 같이 왔다는 그 친구 말이로군. 아직까지 만나지 못했다는 것이오?"

"장군님, 그렇습니다."

곁에 있던 좌장교가 자신의 추측을 조심스레 말했다.

"친구라는 자가 아직까지 제 발로 나타나지 않았다면 아마도 죽임을 당해 수레에 실려 갔을지도 모를 일입니다."

"애석한 일이로다! 무공을 세운 자가 비탄에 잠기게 되다니."

저녁 무렵에 한 척후병이 달려왔다.

"모레 저녁 무렵에 연나라 원군이 능라 협곡을 지나갈 것 같습니다. 눈은 쌓여 있으나 더 이상 내리지 않아 내일쯤 햇살에 대부분 녹을 것으로 예상됩니다. 퇴각하는 패잔병은 늦어도 모레 오전 중에는 그곳을 통과할 것 같습니다."

숙손부해 유격대장이 거들었다.

"그렇다면 모레 새벽녘에 우리가 출정해도 여유롭게 선점이 가능하겠습니다. 보나마나 원군은 굶주린 이리떼로 돌변한 놈들에게 식량까지 뜯겨 가며 꽤나 혼쭐이 날 것입니다."

"어쨌든 적군은 사기가 꺾이고 전열이 흐트러진 상태에서 협곡에 진입할 가능성이 크겠군."

척후병의 보고에 이어서 줄달아 어양 성의 전령이 도착했다.

"장군님, 적이 항복했으니 일체의 전투를 금하라는 명령입니다."

"그게 무슨 소리냐? 본관 말고 총사령관이 또 누가 있더란 말이냐? 대체 누가 그런 명령을 내렸다는 것이지?"

"해인 태자이옵니다."

"해인 태자께서?"

"그러한데 일찍이 천자께서 내리신 어명이라 하시면서 태자께서는 그 어명을 대신해서 전달하는 것이라 하셨습니다."

하긴 그랬다. 어전 회의에서의 어명과 그 후에 전개된 오가 대신 조정의 결의에 따르자면, 연나라가 항복하거나 화해를 요청해 올 경우에는 즉각 전투를 끝내도록 되어 있었다. 하지만 지금은 상황이 다르지 않은가.

어처구니없다는 듯 숙손부해 유격대장이 끼어들었다.

"적은 지금 이곳을 향해 진군 중이다. 놈들의 도발을 가만히 지켜보고 있어야 한다는 말이더냐?"

"원군이 출정한 이후에 결정된 사항이라 아직 적장에게 전달되지 않았을 따름이라 합니다. 이제 곧 회군이 있을 것이라 하옵니다."

신불사가 벌컥 원탁을 박차고 일어섰다.

"하지만 우리 군대가 싸워서 상곡 성을 공략한 것일 뿐, 연나라가 항복했다는 정식 통고를 아직까지 접하지 못했다. 돌아가거든 태자께 전하라. 연나라 문공의 굴복이 확실할 때까지 연합군은 기존의 전략대로 움직일 것이다."

신불사는 몹시 불쾌했다. 쉼 없이 도발을 일삼는 적을 눈앞에 두고서 언제까지 방어에만 급급하다가 허송세월을 보내겠다는 것인지. 기껏 마음 다잡고 일으킨 정벌이건만 이 또한 헛되이 성을 반납하고 철군하게 되는 것은 또 아닌지.

신불사와 휘하의 장수들이 연합군의 거취를 놓고 의견이 분분할 때에 지척에 포진해 있던 북막 추장 액니거길이 기마 군사 5백여 명을 이끌고 한밤중에 찾아왔다. 그는 병력뿐만 아니라 3십여 량의 마차에 화살과 장검, 고기와 기름 등 다량의 무기와 군수품을 싣고 온 것이다.

"잘 오셨습니다. 유구한 역사의 이 땅이 또다시 화하족의 수수밭으로 나뒹굴지 않도록 북막의 목자들이 무시로 이곳을 왕래하면 좋겠습니다."

삼십 대 후반의 건장한 액니거길 추장은 날카로운 눈매를 번득이며 신불사 장군의 환대에 호탕하게 웃었다. 검푸른 긴 수염이 바람에 흩날린다.

"하하, 장군님의 지략에 경의를 표하는 바입니다. 무고한 유목민까지 해방시켰다는 보고를 받고 나서 심중에 통쾌한 바람이 불어 먼 길을 한달음에 달려왔소이다. 아무쪼록 여기서 머뭇거리지 않고 적의 심장부를 향해 말갈기가 타오르도록 전력 질주하여 놈들을 완전 섬멸하길 바라는 바입니다. 그 가열한 투쟁에 우리 북막 전사도 혼을 불살라 도울 것이올시다."

액니거길 추장은 끊임없는 연나라의 침략으로 피폐해진 북막 부족의 초목지에 항구적 평화가 깃들기를 바랐다. 따라서 여세를 몰아 연나라 도성인 계성을 함락하고 왕과 귀족 집단을 해체시켜 화하족의 북방 지배 야욕이 완전히 분쇄되기를 오매불망 꿈꾸고 있었다.

39

대부여 군대는 차분한 분위기 속에 하루를 보내며 전열을 재정비했다. 다음 날 새벽, 신불사는 전 병력을 연병장에 집결시켰다. 뒤늦게 합류한 액니거길의 군사 5백여 명도 이에 포함되었다. 혹시 모를 성곽 방어와 치안을 위해, 머지않아 욕살의 임무를 수행하게 될 좌장교와 번개 부대 병사 3십여 명, 그리고 귀순한 패잔병들을 잔류시켰을 뿐이다. 전적으로 기습 작전에 승패를 건 총력전을 펼치려는 것이다.

"가자! 적들은 우리가 교만의 축배에 취해 곯아떨어졌다고 부르짖으며 진군을 서두를 것이다. 이때 눈보라 속을 거슬러 나아가는 백호가 되어 여우 같은 놈들의 숨통을 마저 끊는 것이다. 전사여, 출격하라!"

신불사 장군의 명령이 떨어지자, 진군의 북소리와 함께 기세등등한 유격 부대를 필두로 하는 출격이 전개되었다. 그러는 차에 어양 성에서 한 장교가 분대 병력을 이끌고 달려왔다.

"어양의 대장군이신 해인 태자마마의 명령입니다. 상곡 성은 지금부터 욕살 용촉가연이 다스릴 것이니 이곳에 번개 부대와 유격 부대를 우선 배치하고, 신불사 장군은 나머지 병력과 함께 어양 성으로 철군하라는 명령입니다."

신불사는 어처구니없는 명령의 하달에 당혹해하면서도 한편으로 심히 불쾌했다. 자신이야말로 이번 전쟁을 수행하는 데 있어 전권을 부여받은 연합군 총사령관이 아니던가. 그러한데 천자 외에 그 누가 이런 명령을 내릴 수 있단 말인가.

"가서 전하라. 적군을 향해 진격할 것이다. 맞상대해서 적이 회군하는지 항복하는지 무기를 겨누는 것인지 확인한 이후에 철군을 결정할 것이다. 아직 단군천자로부터 아무런 교서도 받지 못한 상황인지라 전쟁은 계속해서 수행될 것이다."

진군을 독려하는 북소리가 연속해서 울려 퍼졌다. '둥둥!' 태자의 명령을 수행하지 못해 쩔쩔매는 장교를 뒤로하고 신불사 장군은 위풍당당하게 말을 몰아 나아갔다.

대부여 연합군은 해가 중천에 희끄무레하게 떠 있을 때 능라 협곡에 당도했다. 한파는 물러갔지만, 우중충하고 차가운 날씨 탓에 두텁게 쌓인 눈은 녹지 않았다. 대부여 군대는 기동력이 현저히 떨어지는 화하족 군졸들을 상대로 돌격과 후퇴를 반복하며 화살을 쏘고 빠지는 기마 전술로써 적들을 유린하게 될 것이다. 제아무리 수많은 대군이라 해도 기마병이 겨우 1천여 명에 불과한 데다 더욱이 기마 자세에서는 전혀 활을 쏘지 못하고 오직 창을 휘두를 뿐인 적의 취약점을 노린 작전인 것이다.

대부여 군사들은 전술에 따른 매복을 마친 뒤 그곳에 머물며 식사와 휴식을 취했다. 신불사는 퇴각하는 상곡 성의 화하족들이 오전 중에 협곡을 지나갔다는 척후병의 보고를 받고도 그들의 뒤를 추격하지 않았다. 매복의 낌새를 맡게 될까 우려되어서였다. 한참

만에 정찰을 나갔던 병사들이 돌아왔다.

"보고 드립니다. 새로이 식량과 무기를 제공받은 퇴각 군대의 다수가 구원군에 다시 합류했습니다. 적어도 십만여 명에 이르는 적군이 늦어도 오늘 저녁쯤에는 이곳에 당도할 것 같습니다. 그런데 정찰을 가던 중에 적의 척후병 분대와 마주쳐 교전 끝에 전원 사살했습니다. 적군은 여전히 이곳으로 진격해 오고 있습니다만, 이 사실을 눈치챘을 경우에 적군이 어떤 돌발 행동을 취할지는 아직 불투명한 상황입니다."

신불사는 휘하의 장수들을 둘러보며 호령했다.

"다들 들으셨소? 한 놈도 남김없이 전멸시키시오. 이곳이 놈들의 화장터가 될 것이오!"

저녁녘이 되어 찬바람이 산등성이를 따라 휘감을 때에 방패 든 보병 부대를 필두로 하는 십만여 명에 달하는 화하족 군대가 서서히 능라 협곡 어귀에 모습을 드러냈다. 그런데 선두에 나선 지휘관의 움직임으로 보아 행군을 멈추고 그곳에서 하룻밤을 야영하려는 모양 같았다. 협곡 사이를 지나갈 때 습격하려던 작전에 차질이 생기자 대부여 군대 지휘관들의 움직임이 바빠졌다.

대부여 군대는 긴급 작전 회의 끝에, 번개 부대 3백여 명의 궁기병을 능라 협곡 어귀로 신속히 투입시켰다. 마중물을 써서 물길을 꾀어내려는 것이다.

'핫, 알라라라라!'

적의 사기를 꺾으려는 듯 박차를 가하며 일제히 허공을 향해 내지르는 괴성과 함께 협곡의 지축을 뒤흔드는 격렬한 말발굽 소리!

'두두두두!'

질풍노도처럼 휘달려 오는 대부여 기마 군대를 정면으로 맞닥뜨린 화하족 군졸들은 예기치 못한 기습 공격에 혼비백산했다. 그들은 대부여 궁기병들의 화살 세례에 허둥대며 속수무책으로 쓰러졌다. 치고 빠지는 전술을 반복하기를 수차례….

소지한 화살을 죄다 날린 궁기병들이 마지막에 뒤돌아 달아나자 가까스로 전투태세를 갖춘 화하족 군대의 창기병들이 반격에 나섰다. 선민의식의 발로였을까. 복수심이 불타올라 앞뒤 가리지 않게 된 그들은 협곡 깊숙이 달아나는 대부여 궁기병들을 맹렬히 추격했다. 덩달아 화하족 군대의 대열 또한 질러 대는 함성과 나팔 소리 속에 행군을 이어 나갔다.

"진격하라! 상곡이 머지않았도다!"

철갑을 두른 적장 배도가 의기양양하게 호령했다.

드디어 화하족 군대의 중심부가 능라 협곡 깊숙이 들어섰다. 그러자 전략에 따라 매복해 있던 대부여 군대의 끓는 혈맥들이 용솟음치기 시작했다. 산정에서 조망하던 신불사 장군이 비파형 청동 단검을 치켜들고 승전을 주문할 때에 그의 뜨거운 입김이 칼날 끄트머리에 서릿발 치며 싸하게 번져 나갔다.

"쳐라!"

외마디 공격 명령이 떨어지자, 우렛소리와 같은 북소리들이 협곡에 메아리쳤다.

'두둥둥 둥둥!'

적장 배도는 협곡에 들어설 때부터 낌새를 기이하게 여겨 창공에 맴도는 독수리의 비상과 기묘한 협곡의 능선을 훑으며 의혹의 시선을 거두지 않고 계속해서 휘둘러봤었다. 그랬다가 신출귀몰하듯 등장한 대부여 군대의 기습에 깜짝 놀라 허겁지겁 칼을 빼 들며 목청껏 외쳐 대었다.

"위대한 황제의 군대여! 우리를 능욕한 철천지원수 오랑캐 놈들이 드디어 목덜미를 내밀었도다! 처절한 복수의 쓴맛을 보여줄 때가 다가온 것이다! 단칼에 오랑캐를 무찔러라! 공격하라!"

적장 배도의 앙칼진 호령에 이어 전투를 독려하는 나팔 소리가 사방에 울려 퍼졌다.

'뛰뛰! 따따따!'

그러나 그때는 이미 산중턱에 매복한 번개 부대 궁기병들이 일제히 화살을 쏴 댔고 흩어져 배치된 천둥 부대의 불화살이 곳곳에 날아들고 있었다.

전투 대형을 갖출 새도 없이 단숨에 허물어진 화하족 군졸들은 근처 산기슭의 소나무와 잡목 사이로 뿔뿔이 흩어졌고 맥없이 쓰러져 갔다. 더욱이 패배와 퇴각을 겪은 바 있는 상곡 성의 군졸들이 대열 속에서 혼비백산하는 바람에 화하족의 정예 부대라 할 수 있는 원군조차 기습에 바로 맞대응하지 못하고 눈밭에서 덩달아 우왕좌왕하는 것이었다.

"물러서지 마라! 맞서 싸워라!"

입김을 내뿜으며 고래고래 외치는 화하족 군대 지휘관들의 호령은 말발굽에 짓이겨지는 싸라기눈처럼 허망할 뿐이었다. 초반의 기세를 읽고서 필패를 예감한 듯 적장 배도는 군졸들에게 돌격을 독려하면서도 슬슬 뒤꽁무니를 빼기 시작했다.

일거에 적군이 지리멸렬하자 이때라는 듯 두려움을 모르는 용맹한 유격 부대 전사들이 마갑의 준마를 휘달려 화하족 군대의 핵심 지휘부를 향해 돌격했다.

"쳐부숴라!"

숙손부해 유격 대장은 적장 배도를 엄호하던 한 화하족 장수와 대결을 펼친 끝에 그의 목을 날린 뒤 소리 높여 외쳤다.

"적장을 때려잡아라!"

불화살과 도끼로 무장한 천둥 부대가 마차 부대와 보급대가 있는 후방을 유린했고, 청동 방패와 철제 장검으로 겨루는 백호 부대는 창기병과 궁수가 포진한 적진의 측면을 공략했다. 청룡 부대는 삼지창과 언월도를 휘두르며 오합지졸이 되어 흩어지는 적의 보병들을 짓밟는 동안, 번개 부대는 언덕배기를 오르내리며 적군의 지휘관들과 궁수들을 집중적으로 노려 사격했다. 북막의 액니거길 기마 부대는 산허리 쪽으로 달아나는 적들을 가로막으며 화살 세례를 퍼부었다.

둥그런 만월이 창천에 떠오른 순백의 눈밭은 뿜어져 나오는 선혈로 낭자하게 물들어 갔다. 피비린내가 진동하는 숨 막히는 전투가 밤을 지새우며 계속되었다. 괴성과 비명이, 칼부림 소리와 절규가 메아리쳐 산하를 들썩이게 했다. 화하족의 군대를 총지휘하던 배도는 일찌감치 말꼬리를 보이며 어디론가 달아났고, 퇴각했다가 회군한 패장 구문소와 극갈묵 성주는 유격 부대 전사들의 날 선 칼날에 목이 달아난 지 이미 오래였다. 그럼에도 전투는 그칠 줄을 몰랐다.

엄밀히 말해 이것은 전투가 아니었다. 전의를 상실한 채 달아나는 적군의 몸뚱이를 거친 말발굽으로 짓밟으며 가차 없이 칼을 휘두르는 것이다. 처참한 살육의 현장이었고 불길에 타들어 가는 음산한 화장터였다.

"단 한 놈도 살려 두지 말라! 남김없이 쓸어버려라!"

모용철륵 장수의 쩌렁쩌렁한 외침이 협곡의 삭풍에 휘돌며 울려 퍼졌다.

"장군! 적군은 이미 무너졌습니다. 전투를 멈추셔야 합니다."

전투를 독려하다가 급히 말을 몰아 달려온 번개 부대 양사무흘 대장이 산마루에 우뚝 선 신불사 장군에게 전쟁 종료를 재촉했다.

"투항하는 적들을 마구잡이로 살해하고 있습니다. 물불 가리지 않는 아군들을 당장에 진정시켜야 합니다."

신불사 곁에 서 있던 사공용 우장교가 고개를 가로저었다. 그는 지척에서 장군을 보좌하며 작전 명령을 대행하고 있었다.

"항복 없이 적장이 죽었는데 어느 누가 항복을 선언했다는 것입니까? 내버려둡시다. 언제고 쳐들어올 놈들이 아닙니까. 하늘을 찌르는 병사들의 분노를 제지하느니 후환을 제거하는 게 나을 것입니다."

억센 말발굽이 요동치니 칼끝이 핏빛으로 흩뿌려진다. 발아래 펼쳐지는 아비규환의 땅을 지켜보면서 신불사는 줄곧 냉엄한 태도를 유지했다. 이마 위로 툭, 떨어지는 물기를 가만히 손끝으로 훔치더니 이윽고 그가 말문을 열었다.

"한차례 목숨을 구원받고도 돌이킨 놈들이오. 저들이 강했을 때의 잔혹성을 되새긴다면 이것은 자비에 가까운 전쟁이오. 그냥 지켜봅시다."

동녘에 해가 떠올라서야 전쟁은 종식되었다. 화하족의 십만여 군졸들은 모조리 몰살되었고 불태워져 두고두고 타오를 것이다.

핏빛으로 물든 들판에 너부러진 시신들을 바라보며 생각을 돌이키자니 서릿발처럼 곤추선 허망한 마음이 왈칵, 폐부를 찌르고 헤집는 바람에 신불사는 긴장이 풀린 지친 육신을 언덕 기슭에 털썩 기대야 했다. 아직 녹지 않은 눈송이의 차가운 감촉이 목덜미를 적신다. 그는 눈을 감고서 중얼거렸다.

"히누리, 내 말을 들어보시오. 격정의 밤이 지나고, 막상 차디찬 대지에 드러누운 시신을 바라보자니 마음이 안타깝기 그지없소. 저들도 일전에는 지아비와 아들로 살았을 게 아니겠소."

살아남은 대부여 군대의 병사들이 능라 고원의 빈터에 집결했다.

"장군님! 유격대장이 보이지 않습니다."

"뭣이, 숙손부해가? 전 병력을 풀어서라도 찾아내라! 한시가 급하도다!"

전령의 보고에 신불사는 당혹감을 감추지 못했다. 시체 더미 속에서라도 제발 신음하고 있기를 바랐다. 그러나 간절히 바랐건만, 정의로운 세상 앞에 영원토록 함께하자고 맹세했던 숙손부해…. 그는 결국 싸늘한 시신으로 발견되었다.

대첩을 거둔 대부여 군대는 회군하여 상곡 성으로 돌아갔다. 그리고 5백여 전사자와 부상자는 의무대의 수레에 실려 어양 성으로 옮겨졌다.

부상자들은 치료와 회복에 들어갔고, 전사자들은 전나무 더미에 얹혀 화장되어 대형 고인돌 아래에 합장되었다. 그리고 어양 당골의 주재로 위령 제례를 엄숙하게 치렀다.

무장을 갖추고 도열한 병사들은 일제히 무릎을 꿇었다. 그리고 한 사람씩 일어나 돌아가며 대형 향로의 연기 속으로 애도의 향을 뿌렸고 묵념했다. 병사들에 이어 장수들의 추모가 끝나자, 마침내 신불사가 나서서 위령곡을 장엄하게 노래했다. 참혹한 땅거죽의 일에 무심한 듯 창공에는 보드라운 흰 구름이 점점 뭉글뭉글 피어올랐다.

"고향에 가지 못하고 서글픈 대지에 몸을 눕힌 전사들이 여기 있구나. 우리는 왜 가끔 우두커니 하늘을 올려다보는 것인지. 선조들의 오랜 육신이 삼족오로 화하기라도 한 것일까. 늘 우리 심장 속에 깃들어 있어 이제 그대들의 넋을 고향의 뒷동산으로 데려가려 하느니. 전사들아, 곱디고운 각시와 더없는 엄마의 하얀 미소를 보았거든 검푸른 창공에 고요히 맴도는 저 삼족오를 따라 천상의 품속으로 돌아갈 채비를 차리려무나. 그대들이 누웠던 대지에 수리 떼가 군무를 추고 기러기 무리가 여울지어 천상으로 날아가는, 이처럼 거룩한 날에 왜 우리는 할 말을 잃고 우두커니 하늘을 우러러야 하는 것인지⋯. 의로운 전사들아, 우리는 결코 그대들의 노래를 잊지 않으리니 심장의 고동을 움켜쥐며 끝끝내 진군할지니 순백의 눈밭을 더없이 걸어갈지니 우리를 지켜보시게. 한껏 겨레를 끌어안고 지켜보시게나."

40

전사자를 추모한 뒤 신불사는 어양의 성문을 나섰다. 휘하 장수들과 함께 상곡 성에 주둔 중인 연합 군대로 돌아가려던 참이다. 말고삐를 힘껏 틀어쥐고 박차를 가하려는 바로 그때에 말발굽 소리가 다급하게 들려왔다.

"잠깐 멈추시오!"

말을 몰아 달려온 장수는 해인 태자의 보좌 장교였다. 그는 유달리 식은땀을 흘리며 씩씩거렸다.

"대장군이신 태자마마께서 장군과의 독대를 요청하셨습니다."

신불사는 의아한 듯 고개를 갸웃했다.

"알겠네."

신불사는 일순 술렁이는 장수들을 둘러보며 말했다.

"먼저들 귀대하세요. 나는 태자마마를 만나 뵙고 뒤따라가겠소."

장수들 틈에서 사공용 우장교가 빠져나왔다.

"장군, 왠지 마음이 썩 내키지 않습니다. 진작에 면담할 기회가 있었음에도 왜 하필 돌아가는 이때일까요?"

"흠, 그대도 부쩍 예민해진 상태인가 보군. 이젠 전쟁이 끝났소이다. 다들 긴장을 누그러뜨릴 필요가 있을 것 같소. 하하."

"소관이 장군 곁을 따를까 합니다."

"독대라 하질 않소. 태자마마와는 어릴 적부터 알고 지낸 사이입니다. 이번에 큰일을 치렀으니 옛정을 생각해서 회포나 풀자는 얘기 외에 또 뭐가 있겠소. 제 염려는 마시고 장수들과 함께 돌아가도록 하세요."

사공용은 해인 대장군의 명령을 따르지 않은 신불사 장군의 항명을 떠올리고 그의 신변에 대해 일말의 불안을 느꼈으나 달리 어쩌지 못했다. 한편으로는 '신불사 장군은 히누리 공주와 혼인할 상대인 만큼 오라버니인 해인 대장군과는 인척 관계가 될 사이가 아니던가.' 하는 생각도 들었다.

어쩌면 신불사 장군은 백년가약을 맺은 히누리 공주의 소식이 궁금하여 그를 만나려는 것인지도 몰랐다.

"장군, 바람이 드셉니다. 매사에 조심하십시오. 그럼 먼저 귀대하겠습니다."

장수들은 일제히 말이 요동치게 발을 굴렀다. '핫, 이랴!' 힘차게 내닫는 그들을 뒤로하고 신불사는 말의 고삐를 되돌렸다.

두 사람은 관아 누마루에 햇살을 받으며 마주보고 앉았다. 둘 사이에는 냉랭한 기운이 감돌고 있었다.

"장군은 내 누이 히누리 공주의 근황을 아십니까?"

"모르고 있습니다."

무덤덤한 신불사의 태도에 태자는 자세를 고쳐 잡았다. 신불사는 그가 누이의 소식을 전하려는 것인가 하여 내심 기대를 하는 눈치다.

"내가 무슨 말을 꺼낼지 혹시 짐작이 가십니까?"

그러나 엄숙해진 태자의 표정에 신불사는 대답에 신중을 기했다.

"소신은 영문을 모르겠습니다."

"장군은 무모하게 전쟁을 치렀습니다."

"연왕 문공의 숨통을 끊으려고 돌격한 것도 아닌데 무모했다뇨? 전쟁을 도중에 멈추지 않은 행위를 질책하시는 것이옵니까?"

"그것만이 전부가 아닙니다. 정치적으로 얽혀 든 문제입니다."

"정치적? …정의보다 도덕을 우선 따져야 한다는 그 정치 말씀이십니까? 아니면 주나라를 사대하는 주화파가 개입된 문제라는 말씀이십니까?"

"문제가 복잡하게 얽혀 있긴 한데 그것들이 갈등의 골자가 아닙니다. 일찍이 단군조선이 상나라와 대적할 때에는 상의 노예가 되어 억눌려 지내던 화하족을 불쌍히 여겨 측면에서 지원해 주던 시절이 있긴 했습니다. 결국 화하족이 주나라를 세웠고 상나라가 멸망하자 우리는 구적을 무찔러 평화가 도래했다며 한때 기뻐하기도 했었지요."

"그렇지만 퇴패하고 쫓겨 온 상나라 유민들을 우리 동족으로 받아들인 이후로는, 가일층 침략 근성을 드러낸 주나라와 그 제후국들을 견제하고 막아내면서 지금껏 보낸 세월이었습니다."

"장군, 겨레의 역사적 대세가 그러했듯 나는 주화파 무리가 아니고 주나라를 추종하는 세력도 아니올시다. 다만 최근 들어 무모한 소동을 일으키는 일부 백성들의 분란을 제압하여 반란 세력의 준동을 사전에 제거코자 하는 것이 내 뜻입니다."

"그러한데 그것이 전쟁을 승리로 이끈 소신과 어떤 연관이 있다는 것이옵니까?"

"장군, 귀족 집단들은 자신들의 고유한 세계가 훼손될까 노심초사하여 대척점에 탁발도추를 두고 있습니다."

'탁발도추라면 단군천자의 신임을 한 몸에 받고 있는 양민 출신의 친위대 경호대장이 아니던가.'

"무슨 연고로 탁발도추 장수를 적대자의 위치에 둔다는 말씀이십니까?"

"그자는 많은 귀족들을 암암리에 처형했습니다. 그자의 공공연한 만행은 귀족 세계의 적개심을 불러일으켰고, 특히 이번 구가 대신의 척살 사건이 그 적개심에 불을 질렀습니다. 이젠 돌이킬 수 없는 지경에까지 이르렀습니다."

"하지만 그는 단군천자의 어명을 받아서…."

"쳇! 그자는 늙은 천자를 꼬드겨 권세를 잡고 마침내 민란을 부추기려는 천한 놈에 불과합니다."

"그것을 입증할 근거라도 있다는 말씀이옵니까?"

"근거는 없지만… 아니, 그따위가 뭐 그리 중요하겠소. 굳이 따지자면 천자가 내린 어명들이 그 증거의 일종이 아니겠습니까? 여기 어양 성 고충륵 대장군의 암살 사건도 그렇듯이 죄다 그자가 부추긴 짓이 분명할 테지요."

태자는 불과 며칠 전에 자신과 독대했을 때와는 정반대의 이율배반적인 논리를 내세우고 있다. 무엇보다 고결한 도덕을 내세웠던 그가 지금은 만사를 정치권력 문제로 얽어매고 있다. 그리고 고충륵 암살은 천자의 명령을 받들어 자신이 저지른 사건이건만, 태자는 그것을 아무 상관없는 탁발도추의 소행으로 단정 짓고 있다. 천자를 직접 언급했다가는 반역죄가 될 테니 눈엣가시 같은 그 오른팔을 우선 제거하려는 의도가 아니겠는가? 그런데, 그렇다면 이것은 실상 또 다른 역적모의가 아닌가?

"그런데 왜 하필 소신입니까?"

"그게 무슨 말씀입니까?"

"정치적 문제라면서 왜 저를 끌어들이는 것입니까? 제가 군대를 움직여 반란을 획책하거나 탁발도추와 내통하기라도 했다는 말씀이십니까?"

태자는 헛기침을 연달아 내질렀다. 잠시 어색한 침묵이 흘렀다가 태자가 넌지시 말했다.

"장군, 그대는 내 누이의 부군이 될 사람이 아니오. 일국의 공주와 혼인을 치르고 아사달의 맹주가 될 위인이 아니겠습니까. 그러니 이번 정치적 결단에 있어 우리 쪽에 서 달라는 부탁이외다. 그대도 이제 귀족에 편입되었고 따라서 권세를 누릴 자격이 충분한 존재가 아닙니까. 이번 거사는 반역이 아니라 우리 귀족 세력과 천박한 백성들 간의 대결, 아니 전쟁이랄 수 있습니다. 장군, 어떻습니까?"

"마마, 소신은 어쩌다 귀족이오나 정신은 자유로운 한 인간이옵니다."

"어허, 장군의 그런 마음가짐은 나 또한 마찬가지 아니겠어요. 하지만 귀족 중에는 장군의 연합 군대를 의심의 눈초리로 바라보는 자가 적지 않습니다. 더욱이 군대가 대첩까지 거두게 되면 그 힘이 막강해질 것을 우려한 나머지 서둘러 휴전을 시도했던 속사정이 있습니다. 장군은 그걸 아서야 합니다. 이번 귀족들의 집단 반발에 동조하는 많은 부족 중에는 소작 노예를 자청한 천민 무리들까지 끼여 있습니다. 아무 생각 없는 그놈들조차 우리 귀족들의 결기에 찬 의지를 따르는 까닭이 뭣이겠습니까? 귀족들의 독기에 주눅 들고 휘말려 든 상태라 그렇습니다. 귀족들은 지금 화하족들과의 전쟁, 그 승패보다도 귀족 권력의 유지와 확장에 혈안이 된 지경이라 그것에 방해되는 세력의 제거에 목숨을 내걸었기 때문입니다. 한마디로 대세가 귀족들의 손아귀에 있다는 것이지요. 지금까지의 내 말이 죄다 장군과 누이의 안위를 걱정해서 꺼낸 고언임을 새겨들었으면 하는 것이외다."

대부여제국은 천민 신분이 없다. 태자가 언급한 천민 무리는 주나라 제후국들 간에 벌어지는 전쟁에서 자행되는 강제 징병과 징용, 강간 따위를 피하려고 번조선으로 넘어온 화하족 무리들을 두고 이른 말이다. 그들이 토지를 빌려 농사지을 생각에 소작을 자청한 행위를 두고 하찮게 여겨 내뱉은 소리였다. 그런데 무심결에 들먹인 태자의 이런 언사는 앞으로 그가 번조선의 칸이 된다면 주화파의 주장에 발맞춰 노예제를 구체화하겠다는 의중을 드러낸 게 아니겠는가.

"태자마마, 한 가지만 여쭙겠습니다."

"말해 보세요, 장군."

"말려든 정치 소용돌이에서 의도대로 헤쳐 나갔을 경우, 태자마마께서 얻는 것은 무엇이옵니까?"

"나 말입니까?"

태자는 머뭇거렸다.

"태자마마의 목숨이거나 안녕이옵니까?"

태자는 얼른 손사래를 쳤다.

"아니, 그게 말입니다. 제아무리 천자라 해도 귀족 집단의 힘에 함부로 대적할 수 없는 게 지금의 현실이지 않습니까? 그렇다고 목숨까지 들먹일 이유야 없겠지만, 그럼에도 장군이나 나나 안위를 무시할 순 없는 것이고… 아니 그것보다 우선 대부여의 귀족들이 귀띔하기를, 칸의 용좌가 아니라 단군천자의 봉황좌에 나를 추대하려는 움직임이 있다고들 하더군요. 아니지, 그건 그때 가서 나눌 얘기이고… 장군, 부디 나와 함께 손잡읍시다. 안락과 무고 또한 권력에서 나오는 것 아니겠어요? 그 권력이 머지않아 우리 손에 들어올 것입니다."

한 모금도 마시지 않은 신불사의 찻잔이 탁자 위에서 싸늘하게 식
어 버렸다.

"결국 얘기의 결론은 천자의 제거이고 그것은 반역, 바로 역적모의
를 의미하는 것이 아닙니까?"

"아니, 장군 내 말은…."

신불사는 태자의 당부를 무시한 채 자리를 박차고 일어섰다.

"분노를 넘어 제 심중의 충정이 가엾는 절망의 나락으로 빠져듭니
다! 없었던 일로 하겠습니다."

당황한 해인 태자는 신불사의 바짓가랑이를 붙잡았다.

"이보게, 신불사! 왜 이러시나! …내 누이가, 아니 그대의 소중한
배필이 당할 고초를 부디 생각해 보시게. 신불사 자네가 귀족들을
능멸하는 심정을 내 모르는 바 아니나, 한편으로 귀족들이 누리는
부귀영화 또한 모두 그들 능력의 발로이자 떳떳이 행사해도 될 당연
한 권리이지 않겠나?"

끓어오르는 분노를 억제하지 못해 신불사는 태자의 손아귀를 드
세게 뿌리쳤다.

"태자마마, 소신이 작금의 귀족주의를 질타하는 것은 물질의 욕망
을 따지는 빈부의 문제가 아니라, 타락한 권력을 사용하여 인간의
영육을 무참히 짓밟는 행위를 경멸하기 때문이옵니다. 더 이상 저를
추하게 만들지 마옵소서."

"이보게!"

어찌할 줄을 몰라 갈팡질팡하며 태자가 바짓가랑이를 거듭 잡아채자, 신불사는 그를 뿌리치며 허구리를 힘껏 걷어찼다.

"헉!"

"썩은 것들은 가랏!"

외마디 비명 속에 나뒹굴던 태자가 허둥지둥 몸을 일으킨다.

"어, 어쩔 수가 없군. …여, 여봐라!"

태자가 외치자 문밖에 대기하고 있던 군사들이 들이닥쳤다.

"반역자를 당장에 체포하라!"

비무장 상태로 있던 신불사 장군은 즉각 체포되었다. 해인 태자는 그의 죄목으로 항명, 내란음모, 양민 학살 등등을 외쳤다.

"마, 마지막으로 할 말은 없으시오?"

흥분된 상태를 가라앉히려는 태자의 얼굴에 식은땀이 돋아났다. 신불사는 두 눈을 부릅뜨고 태자를 노려보기만 했다.

"어서 끌고 가라!"

신불사는 전광석화같이 벌어진 사태에 대항할 겨를도 없이 포박을 당했다. 그리고 곧바로 폐쇄된 마차에 실려 어디론가 압송되었다.

다음 날 대부여 연합 군대는 즉각 해체되었다.

"결국은 올 것이 오고야 마는군!"

수군거리며 연병장으로 모여드는 각급 장수들 중에 사공용 우장교가 푸념을 늘어놓았다. 입을 악다물고 어슬렁거리던 양사무흘 번개대장이 별안간 욕을 내지르더니 투구를 벗어 거칠게 땅바닥에 내팽개친다.

"개지랄할 쌍놈들 같으니라고! 도처에 피투성이 꼬락서니를 보자 이거지!"

대부여 장수들은 군대 해산을 통고받았다. 신불사 장군은 천자의 어명을 받들어 곧장 장당경으로 떠났다고 한다. 이것에 의혹을 품은 사공용 우장교와 몇몇 장수들이 격하게 반발했지만, 이미 전쟁은 끝난 것. 군대 총지휘관마저 부재하는 상황에서 해산 자체의 결정을 거역할 수 없었다.

전쟁을 승리로 이끈 대부여 군사들은 각자의 몫으로 전리품을 분배받은 뒤 제각기 소집 이전의 고향으로 귀환을 서둘렀다. 상곡의 욕살로 임명된 용촉가연 좌장교는 재편된 병력을 이끌고 상곡 지역에 본격적으로 주둔했다.

액니거길 추장이 이끄는 북막 전사들은 북방 근거지로 말발굽을 돌렸다. 추장은 곁을 따르는 심복에게 넌지시 물었다.

"형제는 어찌 생각하는가? 사악한 기운이 허공에 떠돌지 않는가?"

"추장이시여, 그렇습니다. 피비린내 나는 바람이 거푸 코끝을 스칩니다."

"역시나 그렇군! 지금 즉시 날쌘 전사를 뽑아 신불사의 행방을 추적하게."

고향 쪽으로 한발 더 나아갈 생각에 이사는 북막 무리의 말 잔등에 올라탔다. 그는 활의 고수였던 친구 무르치를 끝내 찾아내지 못한 자괴감에 괴로워했다.

'고향에 돌아가 을지 삼촌과 마주치면 무슨 낯짝으로 변명을 늘어놓는단 말인가!'

41

히누리 공주가 신불사 장군의 압송 사실을 알게 된 건 그로부터 열흘이 지나서였다. 그녀가 성지곡을 방문하여 두 고을의 부족민들 간에 형제의 우애를 다지는 자리에서 승전 소식과 함께 날아든 것이다.

"당장, 장당경으로 전령을 급파하세요!"

히누리는 마음이 다급해졌다.

'대첩을 거둔 장군을 체포하다니! 그것도 해인 오라버니가 주도했다고?'

신불사를 다시 만나면서부터 아슬아슬한 외나무다리를 건너는 듯했던 위기감이 드디어 눈앞에 현실로 나타나는가 싶어 아뜩한 심경에 빠져드는 것이다.

히누리는 소식을 전했던 상인을 재차 불러 다그쳐 물었으나 신불사의 신상에 관한 더 이상의 내막을 알아낼 수 없었다. 그녀는 자신이 직접 장당경으로 달려가는 것까지를 고심했다. 그러나 마음을 다잡고 일단 아사달로 돌아가서 제신들의 의견을 들어보는 것으로 고뇌를 추슬렀다.

그녀는 성지곡 족장과의 만찬을 끝내자마자 귀국을 서둘렀다. 성지곡을 떠나면서 고놀추와 우문달니, 그리고 아이 개똥이를 행렬에 합류시켰다. 이들 가시버시는 아이의 교육을 생각하라는 박고시라 당골의 권고를 받고 아사달 고을로의 이주를 결행한 것이다.

저물어 가는 석양의 아스라한 빛을 무시한 채 히누리가 귀국길을 재촉하는 그 시각에, 진조선 궁궐의 치우청사에서는 여루 단군의 주재로 비상 대책 회의가 열리고 있었다. 신불사와 관련된 정세는 히누리의 짐작보다 더욱더 혼탁하고 암울한 형국에 내몰려 있었다.

신불사를 태운 호송 마차가 번조선의 안덕향에서 다시 진조선의 심양을 향해 출발한 이후로 행방불명이 되었고, 그 후 부랴부랴 이동 경로를 추적한 끝에 오늘에서야 겨우 패수 하류 근처 숲길에서 호송 마차의 흔적을 발견하게 되었다는 것이다.

그곳 현장에는 부서진 호송 마차와 함께 격전을 벌인 흔적이 역력한 다수의 전사자들이 너부러져 있었다는 보고였다. 호송 병사뿐만 아니라 화하족과 북막족에다 심지어 정체가 불분명한 마적까지 뒤엉켜 유혈이 낭자했다는 것인데….

그러나 신불사의 모습은 어데서도 눈에 띄지 않아 그의 행방이 미궁에 빠져든 것이다. 이 때문에 진조선의 대신들과 관리들 사이에서는 이번 사건의 성격 규명을 놓고 혼선이 빚어질 수밖에 없었다.

"현장을 수색한 결과에 따르자면 신불사 장군은 지지 세력의 도움을 얻어 탈출을 감행한 것으로 파악되옵니다."

신불사의 압송을 지휘했던 친위대장, 막로중무 대장군의 보고가 있자 만사유숙 저가 대신이 이의를 제기했다.

"마마, 호송 마차를 두고 교전이 벌어진 것은 사실이며 신불사 장군의 행방이 묘연한 것도 사실이오나, 그것만으로 탈출이라 단정 짓기에는 아직 이른 판단이 아닐까 하옵니다."

"그렇습니다, 마마. 보급품 마차로 오인한 마적 떼의 소행 가능성도 염두에 두어야 하옵니다."

공석이 된 구가 대신을 대신해서 출석한 백성골의 홍두성 욕살이 찬동하는 의견을 올렸다. 이에 여표박 우가 대신이 발끈하고 나섰다.

"그렇다면 왜 아직까지 신불사 장군이 모습을 드러내지 않는 것입니까? 달아난 것이 아니라면 말입니다."

잠시 주위가 산만해지자 단군천자는 배석한 친위대 장교 탁발도추를 바라보았다.

"귀관의 생각은 어떠한가? 신불사가 도주했다고 보는가?"

천자의 물음에 그는 상관인 친위대장의 눈치를 슬쩍 살피며 아뢰었다.

"마마, 신불사 장군은 귀족들의 탄원에 의해 소환되는 중이었습니다. 불미스런 사건으로 행방불명된 상태일 뿐, 그 자체를 놓고 도주라 단정 지을 수는 없사옵니다."

"탄원이라…. 탄원만으로 체포를 결정한 친위대장의 뜻을 묻고 싶네. 대첩을 거둔 개선장군 신불사가 그런 수모를 당해야 할 만큼 막중한 범죄를 저지른 것이었는가?"

402

천자의 질책성 질문에 막로중무 친위대장은 허둥댔다.

"마마, 신불사는 귀족들의 탄원뿐만 아니라 번조선 태자의 명령을 어기고 포로를 처형하는 등 제 맘대로 권력을 휘두른 자이옵니다. 태자의 지휘 아래 범죄자로 체포되었고 소신은 단지 사실 규명을 위해 소환만을 지시했을 뿐이옵니다."

"그런가? 흠, 때가 되면 밝혀지려나 모르겠군. 그건 그렇고 짐의 귀에 들려오는 소문으로는 친위대와 일선 치안 부대가 귀족들의 월권과 비리에는 적당히 눈감는 반면에 여린 백성을 상대해서는 가차 없이 철퇴를 가하고, 그뿐만 아니라 때로는 없는 죄까지 뒤집어씌운다 하여 그 원성이 자자하다고 하던데 대체 어찌된 것이냐?"

친위대장이 꿈쩍 놀라며 급기야 말까지 더듬는다.

"마, 마마! 가, 가당치 않은 헛소문이자 저희를 음해하려는 불순한 자들의 노, 농간이옵니다. 소신은 오로지 공평무사하게 법을 집행할 뿐이옵니다."

"백성들의 한숨 소리가 거짓으로 내지른 것이라 이건가? 흠, 알겠네. 이것도 때가 되면 밝혀지려나 모르겠군. 참! 가설에 일가견이 있는 저가 대신이 어디 한번 추론을 펼쳐 보게. 신불사가 어찌 되었다고 보는가?"

천자가 느닷없이 추측성 발언을 요구하는 바람에 만사유숙은 잠시 머뭇거렸다.

"어림짐작을 말한다고 해서 분노할 자가 여기 누가 있는가? 오히려 사건의 실마리를 찾는 데에 도움이 될지 모르지. 모두들 한마디씩

이야기보따리를 풀 준비를 해 두어라. 어쨌거나 다들, 신불사가 죽지는 않았을 거라 보는 모양이로군."

오늘따라 천자는 시종일관 반말을 구사하고 있다. 아무리 치우청사에서 갖는 비상사태 회의라고 하지만 이렇게까지 으름장을 놓은 적은 없었다. 아끼던 장군을 졸지에 잃은 충격이 큰 탓에 이러리라 짐작되지만, 다른 한편으로 노한 심기를 드러내지 않고 부드러운 얼굴 표정에다 어조까지 느긋하게 구사하는 바람에 그것이 신하들을 더욱 주눅 들게 만들었다.

단군천자의 강권에 저가 대신이 마지못해 말문을 열었다.

"현장에는 번조선 호송병, 화하족 자객, 북막 전사, 북방 마적, 이렇게 네 부류의 시신들과 부서진 수레 하나가 있었습니다. 남긴 흔적들이야 간단할지 몰라도 여기에는 변수가 많아 이야기가 여러모로 전개될 수 있기 때문에 일일이 다 설명할 수가 없어 소신은 다만 한 가지 가설만을 아뢸까 하옵니다.

"그래, 어디 말해 보게."

"제 추측은 이렇습니다. 전쟁 대패에 적개심을 품은 화하족 자객들이 신불사 장군의 압송 사실을 알아내고서 도중에 그를 습격하여 살해하고자 우리 호송병들과 전투를 벌인 것입니다. 여기서 누가 이겼는지는 차치하고 이 승자가 때마침 노략질하려고 나타난 북방 마적들과 또다시 격전을 치렀고, 이때 신불사 장군을 구출하기 위해 멀리서 달려온 북막 전사들이 호시탐탐 기회를 엿보던 끝에 마지막으로 등장하여 승리를 거둔 뒤 마차에 갇혔던 신불사와 함께 사라졌다는 얘기입니다."

"흠, 이야기의 결말이 희락이 되는 것인가? 그런데 북막 전사가 최종 승자가 된 이유는 무엇인고?"

"전사한 숫자가 가장 적었으며 신불사 장군과는 피로써 결의형제하고 하늘에 맹세한 연합 전사들이었습니다. 부족의 본거지가 아닌 먼 곳까지 달려와 사투를 벌였다는 것은 신불사 장군의 구출이 목적이었다는 반증이옵니다."

"흠, 그럴듯하군. 의라곤 눈곱만큼도 없는 우리네 가슴의 정곡을 찌르는 이야기로군. 또 다른 이야기를 들려줄 자는 없는가? 어차피 추측을 말하는 마당이니, 이를테면 호송병이 화하족 자객들과 내통했을 가능성 또한 거론할 만하지 않을까?"

주화파뿐만 아니라 귀족들의 세상을 꾀하는 세력들이 획책했을지도 모를 음모까지 들먹인 천자의 뼈 있는 추리에 내심 뜨끔해할 신하들이 또 얼마나 되는 것일까. 어떠한 경우의 이야기든 아무렇게나 떠버릴 성격의 사건이 아닌 만큼 배석한 신하들은 까딱하면 자신의 속내가 드러날까 두려워 몸을 사렸다.

의도해서 추측이라는 과제를 던졌고 이렇듯 주저하는 신하들의 모습을 눈여겨본 천자는 지금까지 견지한 유연한 태도를 접고 강직한 무사의 기풍을 드러내었다.

"친위대장!"

"마마, 말씀하시옵소서."

"신불사 장군의 일가붙이는 이번 일로 어떻게 지내는지 알고 있는가?"

"번조선의 토곡이라는 마을에 터전을 잡고 어로와 농경을 하는 집 안이옵니다. 아직까지 구체적으로 결정된 바 없으나 단지 신불사 개인의 범죄에 해당한다고 여겨져 달리 처벌의 대상이 아닌 줄로 아옵니다."

"앞으로 신불사 장군과 관련된 사건은 짐이 직접 관여하겠다. 그와 일가에 관한 모든 수사 상황을 모두 취합하여 치우청사 감찰관에게 이첩하도록 하라."

여루 단군의 근엄한 목소리 너머 그의 눈빛에 섬광이 번뜩였다.

신불사의 실종 사실을 전혀 알지 못하는 히누리는 아사달까지 하루하고 반나절이 걸리는 여정의 어디쯤에서 고놀추 일가족, 그리고 이십여 명의 수행원들과 함께 야영지를 펼쳤다. 그녀는 피곤을 이기지 못하여 금세 잠에 빠져들었다.

신불사가 천막을 슬쩍 열어젖히며 자기가 누운 쪽으로 다가온다. '아, 신불사님!' 무척이나 평화로운 얼굴빛으로 자기를 내려다보며 그가 방긋 웃는다. 그러나 일순 그의 옷깃에 불꽃이 피더니 불길이 치솟는다. '불이야, 불!'

히누리는 벌떡 몸을 일으켰다. 화염에 휩싸인 천막이 활활 타오르고 있었다. 그녀는 얼른 몸을 피해 밖으로 빠져나갔다. 밖은 누군가가 불을 지른 듯 여기저기 천막이 불타오르고 있었다. 수행원들은 잠이 덜 깬 비무장 상태에서 허둥댔고 그때 누군가가 달려들며 칼을 마구 휘둘렀다.

"공주를 찾아내라!"

이 광경을 목격한 히누리는 근처 숲으로 몸을 숨겼다. 그러나 이를 눈치채고 뒤따라온 자객의 칼을 간신히 피했고 허리춤에 찬 단검으로 자객의 심장을 찔렀다. 자객은 '옥!' 하는 외마디 비명과 함께 풀숲으로 쓰러졌고, 자객의 칼을 빼앗아 든 히누리는 어느 한 곳을 향해 달려갔다.

'아아! 아가, 개똥이!'

어디선가 뛰쳐나와 덤벼드는 한 자객을 수차례의 접전 끝에 무찌른 그녀는 아이가 있는 천막으로 뛰어 들어가 일가족과 함께 피신을 서둘렀다.

"짐은 놔두고 아이를 챙겨요!"

그러나 곧장 자객 무리와 맞닥뜨리는 바람에 피할 수 없는 결투를 벌이게 되었다.

"무엇 하는 놈들이냐! 대체 무슨 원한으로 이러는 것이냐!"

히누리의 외침에도 끄떡없는 자객들이 그녀에게 칼을 들이대며 윽박질렀다. 화하족 말씨였다. '이놈들은?' 그리고 보니 대부여 북방족과 화하족이 뒤섞인 비적들이었다. '대체 이곳까지 뭔 꿍꿍이속일까?' 허투루 방심하여 고작 다섯 명의 수비병을 경호에 투입시킨 게 불찰이었다. 그러나 이미 물은 엎질러진 것. 아직도 비적들은 일곱 명이나 되었다. 평생을 종교 수련에 전념했던 고눌추와 우문달니 부부도 다급하게 칼을 뽑아 들었다.

아이의 부모는 천막 주변을 오가며 힘겨운 격투를 벌였다. 고눌추는 어릴 적에 배운 무술 실력을 되새겨 비적 한 명을 처치했으나 싸움에 익숙한 비적들의 칼 솜씨를 끝내 당해 내지 못했다. 결국 부부는 그들이 휘두른 칼날에 무참히 쓰러졌다.

"대체 왜 이러느냐? 누구의 지시냐?"

히누리의 분노에 피 묻은 칼을 거머쥔 한 북방족 비적이 외쳤다.

"네년 모가지를 염장해서 가져가면 금덩어리를 엄청스레 준다더라고, 껄껄."

"뭣이라, 야앗!"

위기에 직면한 히누리는 비적들을 상대로 혼신의 힘을 다해 격투를 벌였다. 간신히 비적 둘을 무찔렀으나, 결국 중과부적으로 칼을 놓치고 비적들의 칼날 앞에 노출되는 상황에 이르렀다. 그러자 히누리는 한쪽 구석에서 벌벌 떨며 무서워하는 개똥이에게 달려갔다. 그러고는 아이를 품에 꼭 끌어안았다. 그리고 무릎을 꿇었다.

"나를 살려 주시게. 이 아이를 살려서 키우고 싶네. 부탁이다!"

두목으로 보이는 화하족 비적이 소리 내어 웃으며 빈정거렸다.

"꼬락서니가 살려 달라는 애걸복걸일세. 천하의 우리 군대를 마구잡이로 도륙하고도 네놈들은 살고 싶다고? 푸하핫."

한바탕 웃음을 내지른 화하족 비적이 칼을 번쩍 치켜들고 아이 안은 히누리를 내리치려는 순간, '윽!' 하며 그자가 그대로 고꾸라졌다. 깜짝 놀라 돌아보는 다른 두 비적의 목도 단번에 날아갔다. 선혈이 뚝뚝 듣는 칼을 들고 서 있는 더벅머리 비적이 동료 비적들을 처치한 것이다.

돌변한 이 같은 상황에 히누리는 천천히 몸을 일으켰고 비적에게 화해의 미소를 지어 보였다. 아까부터 그는 건성으로 칼을 휘둘렀고 몇 차례 자기와 부딪혀 겨뤘을 때도 방어에만 급급하던 사내였다.

"무슨 일인지 모르겠지만 아무튼 고맙군요."

그러나 비적은 의외로 그녀를 거칠게 다루며 완력으로 잡아끌었다.

"죽은 저들을 저래 두고 간다고?"

비적은 히누리 수행원들이 물품을 실었던 쌍두마차에 히누리를 태웠다. 그녀가 달아나지 못하게 온몸을 밧줄로 묶었고 고삐를 잡을 수 있을 정도로만 손놀림을 허용했다. 아이는 비적의 억센 팔에 안겼다. 결국 비적의 포로가 된 히누리는 어디론가 정처 없이 끌려가는 신세가 되고 말았다.

비적은 노획한 2십여 마리의 말들을 능수능란한 목자처럼 몰고 나아갔다. 그러다가 어느 강기슭 외딴 마을에 이르러 접촉한 상인에게 금덩이를 받고 팔아넘겼다. 그는 느긋하게 쌍두마차에 올라탔다. 거칠게 내달리는 쌍두마차는 해가 저무는 땅으로, 개밥바라기별이 반짝이는 서녘 하늘을 향해 달려갔고 점점 아사달과 멀어져 갔다.

'아아! 여루 임금님께서 분명 이번 사태를 현명하게 처리하실 거야. 아무 죄 없는 신불사님은 결코 당하고만 있을 사람이 아니야.'

뒤늦게 비적들의 습격을 알아차린 아사달의 공양두치가 군사들을 풀어 추격에 나섰으나 이미 사백력 평원 깊숙이 숨어든 쌍두마차를 찾아내기란 모래밭에서 낟알 줍는 일만큼이나 막막한 것이었다.

얼마를 내달렸을까. 어느덧 비적은 동여맨 밧줄을 풀어주었고, 아이를 그녀의 품에 맡겼다. 그는 얼어붙은 광막한 대평원을 질주하면서 순록 사냥을 했고 밤이 되면 모닥불을 피웠다.

히누리는 포로 상태에서 벗어날 기회를 이따금 엿보았으나, 그의 무술을 당해 낼 재간이 없었고 무엇보다 아이의 안전이 염려되었다. 때로는 밤중에 몰래 일어나 그를 해치울까, 아니면 아이를 데리고 달아날까를 궁리하고 시도해 보기도 했다. 그러나 그럴 때마다 그는 언제나 깨어 있어 기척을 했다.

'도대체 언제 잠드는 것이지?'

그나마 그는 화하족이 아닌 북방 유목족이 분명했고 아이와 자기를 해칠 의도가 전혀 없어 보였다. 그런 까닭에 조금은 경계심이 느슨해져 때로 묘한 해방감마저 깃들기까지 했다. 달리 생각하면 그는 나름 생명의 은인이 아니겠는가.

그는 종종 화살 맞은 상처로 얼룩진 알몸을 드러낸 채 약초를 붙이고 천 조각을 둘렀다. 나중에는 이를 애처로이 여긴 그녀가 상처를 보살펴 주었다.

"쇠비름 풀을 말린 거네? 물에 불려 으깨야 더 효과가 있지. 이 지경이 되어도 죽지 않았다니 천운이 닿은 거라 할 수밖에는. 어쨌든 덕분에 나도 살아났으니 이처럼 기막힌 곡절이 또 있을까."

둘은 포획한 사냥감을 구워 먹으며 문득 실없이 미소를 지어 보이기도 했다. 어느 날부터 히누리는 손짓 몸짓을 써 가면서 자기 의사를 전달하려고 애썼다.

"나는 히누리, 히누리. 너는?"

줄곧 무시하는 태도를 보이던 그가 말대꾸를 했다.

"너는 히누리, 나는 을지."

"너, 을지. 나, 히누리. 우리, 어디 가?"

그러나 을지는 눈만 멀뚱거릴 뿐 대꾸를 하지 못했다. 둘의 대화는 마치 천진난만한 어린아이를 연상시켰다.

"어휴! 이 답답한 양반아. 모르면 모르는 대로 아무 말이라도 그냥 막 내뱉어 보라고. 당신네 나라 사람들은 대체 무슨 말을 하고 사는지 들어 보기만이라도 좀 해 보자고요."

답답한 마음에 이따금 말을 내질러 보기도 했지만 그의 침묵은 여전했다. 필시 그의 과묵한 성격 탓이리라.

"아무래도 내가 당신네들 말을 배우는 게 빠르겠어."

42

때는 단기 1984년, 여루 단군 재위 48년. 기원전 349년, 음력 정월 대보름날이다.

우여곡절 끝에 보름달을 두 번 맞이하고서야 히누리와 을지는 해씨 부족의 땅(지금의 키르기스스탄 일부 지역)에 당도했다. 고향 사람들의 뜨거운 환영을 받으며 을지는 기고만장한 모습을 보였다. 그러다가 앞서 우루무치에서 귀향한 이사의 친구 파미솔나와 묘아리로부터 두 친구가 아직 돌아오지 않았다는 얘기를 듣고는 이내 시무룩해졌다.

"삼촌, 그런데 어깻죽지 상처는 어찌된 일입니까?"

"말도 마라, 죽다 살아났다. 그나마 다져 지은 가죽 갑옷 덕분이었다."

비적들의 습격을 받고 쓰러졌으나 목숨이 붙어 있자 이리저리 끌고 다니면서 도적질을 시키더라는 것이다.

"무술 실력을 감추고 맹꽁이같이 행세한 게 살아남은 비결이었다. 오히려 말이 통하지 않은 게 다행이었다고나 할까. 상처가 아물 때를 기다려야 했지."

"혹시나 삼촌이 당한 것처럼 걔들도 어디 붙잡혀 간 게 아닐까요?"

"글쎄다, 알아낼 방법은 없고 정말 답답하구나."

을지는 두 조카와 흩어져 달아나야 했던 결정을 새삼 후회했다.

그는 부여족의 부락으로 달려가서 통역할 노인을 데려왔다. 의사소통이 되지 않았던 그간의 행로에 심한 갈증을 느낀 모양이었다. 노인의 이름은 술루였다. 히누리는 이곳 멧부리 너머 구릉지에 부여족속이 살고 있다는 얘기를 듣고 다소나마 위안이 되었다. 그들은 단군조선의 국호가 대부여로 바뀌는 혼란기에 진한에서 무리를 이끌고 온 천손의 후예들이라 했다.

히누리는 자신이 번조선의 공주 신분이자 아사달의 족장이라는 사실을 숨겼다. 아니, 묻지 않았기에 구태여 말하지 않았을 뿐이다. 자기는 납치됐으니 도와 달라고 요청하지도 않았다. 그래 봤자 아무 도움이 안 될 게 뻔해 보였다. 실제로 노인은 마주한 여자의 실체에 대해서는 아무런 관심도 없는 듯했다. 단지 이곳 부족에서의 생활에 도움이 될 너저분한 얘기들과 자기 푸념을 잔뜩 늘어놓고는, 을지가 모는 말 잔등에 실려 휑하니 돌아갔다.

노인이 떠난 뒤에 히누리는 언뜻 한 생각이 떠올랐다. 가만 보니 노인은 부여 부족의 내력을 얘기하는 중에 은근슬쩍 자신의 신상에 관해 물어 왔던 것이다. 나이, 아이, 고향에 대해…. 사내는 노인을 데려다주면서 필시 그러한 궁금증을 되물었을 것 같다.

말이 통하지 않는 이웃 사람들은 히누리가 을지의 아내인 줄로 알고, 그것도 세 살배기 아이가 있는 과부를 보쌈해서 데려왔다며 귀틀집 안을 기웃거리는 등의 야단법석을 떨었다. 히누리는 당분간 아사달로 돌아갈 가망이 없다는 사실을 받아들이고 이곳의 생활과 언어에 익숙해지리라 마음먹고 있었다. 다행히도 이곳의 자연 풍토와 취락, 그리고 사람들의 외모와 풍습 따위가 북방 대륙, 그중에서도 진조선의 북서쪽 지방에 자리한 선비족의 습속과 비슷하게 비쳐져 그다지 이질감이 들 것 같진 않았다.

모처럼 해맑고 포근한 날씨를 보이는 어느 날에 히누리는 을지가 이끄는 대로 해씨 부족장이 거처하는 저택을 찾아갔다. 첩첩이 쌓인 눈길을 헤치고 걸어가야 했지만, 그다지 멀지 않은 곳에 자리한 저택은 여러 채의 귀틀집이 겹겹이 둘러싼 모양새로 지어져 있었다.

얼어붙은 실개천과 주변의 키 작은 나무들, 야트막한 언덕의 풍경 속에 오롯이 드리운 저택 입구의 양편에는 엎드린 형상의 돌짐승이 고개 쳐들고 정면을 향해 포효하고 있었다. 뿔과 사나운 이빨을 드러낸 사자를 닮은 짐승, 그것을 '해태'라 불렀는데 예로부터 문밖의 악령을 쫓고 액운을 물리친다는 전설상의 동물로서 궁궐이나 신전 앞에 배치한다고 했었다.

아무도 보초를 서지 않는 저택의 앞마당을 지나 중앙의 귀틀집에 들어선 두 사람은 가죽 외투와 모자, 장갑을 벗고 이곳에 비치된 흰색의 도포로 갈아입었다. 소름 돋는 냉기에 입김을 내뿜으며 이어진 또 다른 귀틀집으로 나아가자, 그곳에는 흰옷을 입은 족장과 네 명의 원로들이 화롯가 근처 널평상에 나란히 앉은 모습으로 두 사람을 맞이했다. 히누리는 눈치를 살피며 을지의 행동거지에 맞춰 그들에게 큰절을 올렸다. 그러자 족장은 환영의 표시인 듯 두 사람에게 다가와 보석이 치렁치렁 매달린 큼직한 금목걸이를 하나씩 목에 걸어 주었다.

잠시 후 알아들을 수 없는 족장의 연설과 기도가 시작되었고 두 사람은 양탄자 위에 무릎 꿇고 한참 동안을 경청해야 했다. 그것이 끝나자 두 사람은 족장이 따라 주는 포도주를 나눠 마셨고, 마치 안녕을 기원하는 의식인 양 족장과 원로들이 돌아가며 두 사람의 머리 위로 생수를 흩뿌렸다.

의례를 마친 뒤 을지와 히누리는 한 원로의 인도에 따라 귀틀집을 물러나와 뒷마당에 자리한 고목의 돌무더기 제단으로 나아갔다. 그곳에 조약돌을 하나씩 얹고 포도주를 뿌리고 허리 굽혀 절을 세 번 올린 뒤 그곳을 떠났다.

히누리로서는 지금까지의 의례가 자신을 부족의 일원으로 받아들이는 절차였을 거라 여겼지만 실상 그것은 혼례나 다를 바 없는 행위이기도 했다. 이국의 여자가 혼인에 의하지 않고서는 해씨족의 가족이 될 수 없기 때문이었다.

어쨌거나 히누리는 배달겨레의 정서와 예절을 빼닮은 이곳 생활에 금세 익숙해졌고 한편으로는 놀라워했다. 노래와 춤을 무척이도 좋아하는 이곳 사람들은 남녀 공히 탄탄한 근육질에 무술 솜씨도 뛰어날 뿐만 아니라 귀금속과 철까지도 능수능란하게 다룰 줄을 알았던 것이다.

화창한 봄날이 되자, 한 달에 서너 번꼴로 부여족 노인 술루가 놀러왔다. 해씨 족속의 말을 완전히 터득할 생각에 히누리가 자청한 것이다.

"우리 부여족 고을은 족장이 당골까지 맡고 있는데, 지난가을에 할미 족장이 죽고 아들이 자리를 물려받았지. 근데 이놈은 점괘나 푸닥거리는 고사하고 사소한 문제 해결조차 흐리멍덩해서 뭣 하나 변변치가 않아. 맨날 곡주만 처마시고 말이지. 지금이야 원로들의 지혜로 어물쩍 넘긴다 할지라도 장차 부족에 크나큰 변고라도 생기면 어찌할 거나, 다들 그러고 있다네."

"어르신, 너무 걱정하지 마세요. 무슨 좋은 해결책이 생겨나겠죠."

말은 그렇게 했지만 히누리는 듣는 것만으로도 가슴이 답답해져 왔다. 이곳의 부여 족속은 뜻밖에도 족장 세습에다 당골까지 겸직하고 있었다. '개혁 이전의 대부여제국 내 부족들이 이랬을까?' 히누리는 세습과 겸직이 뒤엉켜 생기는 폐단에 대해 전혀 생각해 본 적이 없다가, 막상 술루로부터 이런 고충을 들으니 왠지 부여 부족의 앞날이 암울하게 와 닿는 것이다.

한편 생각에 겸직을 끊고 어느 한쪽만이 세습이라 해도 역시 마찬가지로 폐습이 분명하겠다. 겸직이나 세습 속에 도사리고 있는 그 집단의 부조리와 붕괴의 조짐이라는 것이! 새삼 당골 박고시라의 혜안에 고개가 끄덕여졌다.

부락 아이들이 퍼덕이는 검독수리를 어깨에 달고 어린 양들을 괴롭히는 붉은 여우를 쫓느라 환호성을 지른다. 소리에 놀란 듯 야생염소가 비탈길을 내달리고 털 많은 눈표범이 등성이에 웅크렸다.

지나쳐 가는 소그드 상인들이 늘어놓는 입담 덕에 이따금씩 듣게 되는 풍문으로는 대부여와 주나라의 제후국들 간에 허구한 날 피비린내 나는 싸움을 벌인다는 것이었다. '젠장맞을!'

격정의 풍파가 그칠 새 없는 그곳에 비하면 이곳은 그 얼마나 고요하고 평화로운 대지인가. 비록 고원에 자리 잡은 부락이지만 금수처럼 펼쳐진 계곡 따라 잔잔한 물결이 반짝거리고 포근한 동산에 수풀이 우거져 온갖 날짐승이 날아드는, 그지없이 아름다운 산천초목의 땅인 것이다. 이처럼 우리 단군조선도 잔잔한 어둑새벽의 물안개가 흐르는 대지로 회복될 해법이 없는 것인가 하여 절로 한숨이 새어 나왔다.

"아마도 대여섯 달, 타지에 머무를 것 같소."

을지는 소그드 상인들과 어울려 부락을 떠났다. 페르시아 등지로 장사 떠나느라 집을 비우는 것이다. 여태껏 어떠한 강요도 없었던 그가 의로운 부류에 속하는 사람이라는 걸 알아차렸지만, 히누리는 그의 호젓한 삶을 일부러 도외시했다. 운명을 함께하기로 언약한 신불사를 어찌 쉬이 잊을 수 있겠는가.

그녀는 언제부터인가 보름달이 휘영청 뜰 때면 뒷동산 언덕에 올랐다. 기약도 없이 생이별한 신불사가 못내 그리웠지만 정녕코 죽었는지, 어드메쯤 살고 있는지…. 하지만 운무처럼 희뿌옇기만 한 격동의 대부여 속으로 또다시 뛰어들 의지를, 그녀는 잃어버렸다.

'신불사… 아아, 신불사! 이 가슴이 미어터지도록 몹쓸 내 임아!'

세월이 흘러 수로가 다섯 살이 되던 해의 어느 여름날이다. 아사달에서 급파한 전령이 먼 길을 달려왔다.

파란만장한 갈등과 충돌을 겪은 뒤 작년 가을부터 진조선의 건축가이자 국자랑인 사공용 무사가 아사달 족장을 맡고 있다고 한다. 그는 예전의 상곡 대첩 때 신불사를 도와 참모 장교를 맡은 적이 있었다.

한편 신불사 장군의 행방은 여전히 묘연하다고 한다. 일설에 의하면 그가 살아 있고 어디론가 숨어들어 전사들을 양성하고 있다는 풍문이 떠돈다는 것이다. 단군조선 조정에서는 상곡 성에 주둔한 군대를 철수할 움직임을 보이고 있다는데, 그리하면 만백성을 피폐의 나락으로 몰아넣는 연나라의 끊임없는 침범을 종식시킬 수 있지 않을까 하는 기대 때문이라고 한다.

히누리는 전령에게 이르기를, 언젠가는 단군조선으로 돌아가겠지만 아직은 그럴 때가 아니라 했다. 그러나 말은 그렇게 했지만, 그녀는 이미 모든 것을 잃어버렸고 고통만을 안겨 줄 뿐인 땅으로의 귀향을 이곳에 온 후로 생각해 본 적이 없었다.

전령이 돌아간 그날 밤부터 히누리는 다시금 깊은 번뇌에 빠졌다. 그토록 좋아했고 따랐던 해인 오라버니가 어떻게 해서 자신과 신불사의 운명을 함부로 훼방 놓고 겨레와 국가의 안녕까지를 위태롭게 만들 계략을 꾸미게 된 것인지…, 그 우울했던 과거의 곡절을 도무지 알 수 없어 그녀는 애끓는 통곡의 악몽 속을 헤집으며 실의의 나날을 보내는 것이었다.

'꿈이로다. 꿈이구나, 모든 게 꿈이로다. 저기 하늘보다 먼 땅 그곳이나 하늘 아래 이곳 이 땅이나, 이 모든 삶이 다 헛되이 흩어지는 뜬구름이로구나. …아아, 나는 지금 운명의 불가마 속으로 타들어 가고 있도다. 한 가닥의 숨결마저 끊어져 이 육신의 몹쓸 저주가 연기처럼 산산이 흩어지려 하는구나.'

우레가 울고 벼락이 떨어져 하늘을 뒤덮은 먹구름 속으로 날던 독수리가 폭풍의 수레에 얹혀 기진한 날갯짓을 퍼덕이던 어느 날에, 히누리는 놀다 비 흠뻑 맞고 들어온 아이의 손을 거칠게 이끌다가 그만 품속으로 꼭 끌어안았다. 그리고는 아이의 얼굴을 찬찬히 쓰다듬으며 오랫동안 잊어먹었던 이름 하나를 지어 주었다.

"얘야! 이제부터 네 이름은 수로란다."

"수로야!"

그녀가 이름을 불러 주자 아이는 두 눈을 반짝이며 방긋 웃었다.

"엄마!"

"내재된 운명은 설령 있다손 치더라도 초월의 지경에 이를 운명만큼은 존재할 수 없는 것이야!"

그녀는 번뜩이는 뇌우를 응시하며 거듭 뇌까렸다.

그날 이후로 그녀는 아이의 교육에 집중하려고 했다. 그러다가 해씨 부족의 아이들까지 한둘씩 불러 모아 가르치게 되면서 비록 작은 규모지만 조금씩 글방 체계를 세워 나갔다. 그리고 이웃 부여족 부락을 오가면서 교육을 통한 해씨 부족과의 통합을 모색했다.

"별이 부서져 하얗게 가루 된 서리는 동녘의 입김에 흩어지고 내 우울한 노래는 부스스한 아이 하품에 꽃밭의 햇살로 흩뿌려지누나. 인생은 아름답다고, 덧없을지라도, 덧없이 흘러가는 저 구름 같을지라도, 그렇게."

"얘들아, 망태기 둘러메고 어디 가니?"

저 멀리 크고 작은 마을 아이들이 삼삼오오 무리 지어 계곡 쪽으로 몰려가자 귀리 밭을 매던 히누리가 뻐근한 허리를 펴며 외쳤다. 아이들 속에 어울려 있는 수로의 모습이 언뜻 보였다. 꼬마들의 대장으로 보이는 큰 아이가 냅다 고함을 질렀다.

"별똥 주우러 가요!"

길게 꼬리를 그으며 하늘에서 떨어진 별똥 중에서 철을 많이 품은 별띠를 이곳 사람들은 천신의 선물이라 여기며 무척이나 귀하게 다뤘다. 아이들이 앞다퉈 별띠를 가져오면 을지와 대장장이 사내들은 그것들을 불가마에 넣고 반복해서 제련을 거친 끝에 철정을 뽑아내었고 억센 망치질과 무수한 담금질을 가해 강력하고도 날카로운 강철 검을 빚어내었다. 히타이트의 후예라고 자처하는 이곳 사람들은 광산에서 채굴한 철광석을 가지고도 뛰어난 제련과 담금질 솜씨를 발휘하여 그에 버금가는 명검을 만들어 낼 정도였다.

"엄니, 엄니! 이것 보세요. 제가 주운 별똥이에요. 아하하!"

고사리 같은 손으로 운석을 주워 온 수로는 제 자신이 대견하다는 듯 떠들썩하게 자랑을 했다. 히누리는 어리광 떠는 수로의 몸짓이 기특하여 그를 덜렁 품에 안고 대장간으로 향했다.

"아버지가 뭐 하시나 우리 가 볼까? 눈썰미 좋은 우리 수로가 찾은 이 귀한 보물을 아버지께 고이 드려 볼까나?"

쇳물이 뚝뚝 듣는 불가마를 풀무질로 들쑤시다가, 시뻘겋게 달아오른 쇳덩어리를 쉴 새 없이 뚜들기다가, 격하게 숨을 몰아쉬며 비 오듯 비지땀을 쏟아 내는 을지의 모습에, 대장간 언저리에서 머뭇거리던 히누리는 문득 시선 둘 곳을 몰라 하며 앞세운 수로를 고개 떨궈 내려다보았다.

먼발치에 우두커니 서 있는 히누리와 수로의 모습을 발견한 을지는 혼신의 힘을 다해 담금질하던 손길을 우뚝 멈추며 묵직한 쇠망치를 내려놓는다.

"사람은 본래 아득히 먼 하늘을 날아다니다가 지상에 내려왔다고 하더군요. 별똥별처럼 말이죠."

연못가를 거닐며 을지가 나직이 말하자 수로 손을 잡고 따르던 히누리가 대꾸를 했다.

"그래서요? …그게 다예요?"

"그래서 사람들은 늘 하늘을 그리워하고, 그러다가 죽으면 하늘로 되돌아간다고 하더군요. 수리처럼 날쌔게 날아서 말이죠."

이곳의 언어를 습득한 히누리는 짬짬이 나누는 을지와의 대화를 통해 조금씩 그의 삶과 생각, 마음을 알아가게 되었다.

'때로 우두커니 서 있기만 하는 신불사 당신의 모습이 내 눈에 비칠 때면 어떤 그리움에 겨워 그리하는지 궁금하기도 했었지만, 이제 내가 그리합니다. 그래도 당신의 속마음까지를 알지는 못합니다. 그렇듯 저 사내도 당신의 그림자를 닮은 모습을 내게 언뜻언뜻 내보이곤 한답니다. 저 사내의 마음은 무엇을 떠올려 저러는 것일까요?'

깊어가는 가을날, 뭉게구름 떠가는 하늘을 묵묵히 바라보는 을지의 눈빛을 어쩌지 못하고 히누리는 낙엽이 뚝뚝 떨어지는 진홍빛 단풍나무 아래에서 그의 마음을 받아들였다. 그와 혼인에 이른 것이다. 그리고 해씨 부족의 삶에 녹아들면서 둘 사이의 아이들을 낳기 시작했다.

가만히 등 뒤로 와서 히누리를 끌어안는 을지의 투박한 양손을 더듬으며 그녀는 나직이 속삭였다.

"운명은 자신이 만들어 가는 거라 말들 하지만, 그렇다면 버둥대는 들짐승의 몸짓에 지나지 않겠지. 운명은 만사가 지긋지긋해질 때 들러붙는 체념같이, 발버둥 없이 물속으로 가라앉는 그것을 노래하는, 그 어떤 것이 아닐까…."

양부모의 보살핌 속에 수로는 무럭무럭 자라났다. 아버지 을지의 억센 팔에 매달리며 무예와 대장장이 기술을 하나씩 익혔고, 어머니 히누리 앞에 앉아 조선어와 의약, 병법 등의 제반 학문을 배워 나갔다.

"엄마, 엄마! 아버지가 저를 페르시아에 데리고 간답니다."

양떼 치던 히누리의 품에 덥석 안기며 수로가 신나는 듯 떠들어 댔다.

"밀린 공부는 어떡하고? 우리 수로를 상인으로 만들 생각은 아니시겠지?"

수로는 이를 대견해하는 히누리를 바라보며 헤벌쭉 웃었다.

"어머니, 저는 이것저것 다 배울 작정입니다. 페르시아어도 그렇고요."

'야호!' 탄성을 내지르며 수로는 곧장 조랑말을 몰아 산마루 쪽으로 쏜살같이 달려갔다.

"저런! 저러다 다치면 어쩌누!"

푸른 초원 위에 양과 염소 떼들이 한가로이 풀을 뜯고 있다. 저편의 야크 무리들이 느릿느릿 움직이며 고개를 쳐들 때에 까악 깍깍, 마침 떼까마귀들이 창공 속을 군무하듯 무리 지어 날고 있다.

수로가 일곱 살이 되자, 그때부터 을지는 가까운 페르시아 도시로 장사하러 떠날 때면 수로를 데리고 갔다. 아이에게 선진 문물과 다양한 문명의 세계를 체득하게 하여 호연지기를 쌓게 해 주려는 의도였다.

43

"장군, 더 나아가면 광막한 몽고리 평원에 들어서게 됩니다."

무리의 선두에 선 신불사가 말을 돌려세웠다.

"알겠소. 이곳에 양떼를 풀어놓읍시다."

그는 하늘 아래 대기의 기운을 호흡하려는 듯 얼굴을 허공으로 추켜올렸다.

"겨울이 머지않았군. 홀승골의 푸른 땅이 우리를 구원할 것일세."

어느덧 스물아홉 살이 된 신불사는 여러 갈래의 유목민이 모여들어 건국한 고리국을 6년째 이끌고 있었다. 이곳의 사람들은 대흥안령 산맥 북서쪽 북단 깊숙이 자리한 계곡에 부락을 건설하고 산악과 초원을 동서로 횡단하는 반농반목 생활을 하고 있었다. 이 지역은 대부여제국의 진조선 관할에 속하는 선비와 북막 외에 돌궐, 한나, 고원의 몽고리 등 여타 부족들이 말과 양떼 등의 가축을 방목하느라 절기에 따라 순환하는 목초지이며, 문물 교류를 위해 북방 유목족 간에 왕래가 잦은 길목이기도 했다.

신불사는 그간에 급변했던 대부여제국의 정세를 전해 듣고도 묵묵히 지켜보기만 했다. 귀족 집단의 음해로부터 자신을 구출해 준 북막 전사들과 구이 족속, 그리고 이동 중에 합류한 여타 유목족들 등, 다양한 무리들이 결합하여 하나를 이루게 된 이들 고리 족속과 생사고락을 함께하는 동안에 어느덧 인구가 3만여 명에 이를 정도로 부족이 커져 있었다. 그런 까닭에 신불사는 이들의 평화로운 정착과 안정된 삶에 최우선을 두고자 했다.

그러니까 신불사 집단은 3년 전에 대흥안령 서쪽 지대를 지나치다가 지세가 쓸모 있는 땅 같아 보이고 토착 부족이 없는 데다가 마침 유랑에 지친 사람들이 정착을 원하고 있어 호수 부근에 부락 건설을 시도했었다. 인구가 늘어나면서 식량 자급이 무엇보다 절실했기에 일부 유목 출신의 반대를 무릅쓰고 구이 족속의 오랜 생활 방식이었던 농경을 시도하기까지 했다. 고리국 사람들은 콩과 귀리, 보리, 밀, 수수, 조 등의 경작을 주로 하고 목축을 부수적으로 병행하는 나라 체제를 갖춰야 온전한 정착 생활이 가능하다고 판단했던 것이다.

하지만 이러한 원대한 계획은 얼마 가지 못해 좌절을 맛보며 초지와 강물이 지속적으로 공급되는 땅을 찾아 옮겨 가지 않을 수 없는 상황이 되고 말았다. 정착 이후 계속된 가뭄과 격심한 추위로 2년여에 걸쳐 땅은 서서히 메말라 갔고 결국 기근이 들어 총체적 위기에 처하게 된 것이다. 오죽했으면 여태껏 버려진 땅으로 있었을까! 경작

한답시고 함부로 땅을 파헤친 죗값이라는 둥, 고리국 사람들 사이에 원망과 후회가 흉흉히 떠돌았다.

신불사는 속히 결정을 내려야 했다.

'하지만 대체 어디로 또다시 떠나간다는 말인가?'

유랑을 접고 정착을 선택한 집단이, 그것도 국가임을 대내외에 표 방한 세력이 정착지를 버리고 또다시 어디론가 떠난다는 것은 타 부 족과의 알력과 투쟁까지를 감수하겠다는 의지인 것이며, 그것은 타 자의 입장에서 침략이 될 수도 있었다.

주저하는 그사이에 백성들이 퍽퍽 쓰러져 갔다. 굶주림에 지쳐 질 병까지 넘나들게 된 것일까. 메마른 밭두렁에, 스산한 장터 귀퉁이 에, 또한 거주지의 문설주를 넘지 못한 시신들이 곳곳에 너부러졌 다. 콜록거리다 숨지는 자들이 속출했고, 궁여지책으로 고통에 힘겨 워하는 백성들을 무력으로 격리시키고 진정시켜야 했다.

"장군님, 특단의 대책을 세우셔야 합니다. 이대로 가다간 나라의 운명이…."

동이족 구이 출신의 엄나우가 기진맥진하여 호소했다. 그는 신불 사를 측근에서 보좌하면서 농업 정책을 주창했던 일말의 책임이 있 는 만큼 죄책감에 시달렸다.

"지금 당장 백성들에게 고기를 나눠 주도록 하세요."

"네? 그게 무슨…."

"보유한 군마를 모두 잡으세요. 사람이 우선 살아야 하지 않겠소."

백성들이 일단락 허기를 면하고 질병이 진정세를 보이자 신불사

425

는 한밤중에 움집으로 지어진 소도를 찾아 맨땅에 끓은 무릎으로 기어들어 갔다. 상투 튼 머리를 풀어 헤치고 해어진 누런 삼베옷을 걸친 죄인의 모습으로 구국의 기도를 올렸다.

'아아, 한님이시여! 어찌하여 저희를 불쌍히 여기지 않으시나이까? 기우제를 올리고 제물을 바치고 애끓는 통곡을 내어 울부짖어야 정녕 들으시려 하나이까? 심중의 기도를 간절히 드리는 이 영혼을 헤아리시어 만백성을 이제 구원하시옵소서!'

사슬에 묶여 저승길로 내닫는 수레 속에서도 올리지 않았던 기도였다. 그것을 일국의 왕이 되고서야 피눈물을 쏟아 내며 몇 날 며칠을 절절히 하늘에 바치는 것이었다.

신불사가 단식기도에 들어갔을 그때에 해씨족의 이사는 액니거길 추장의 심복이 되어 북막 부락에 거주하고 있었다. 그는 예전에 신불사가 체포됐다는 소식을 듣고 추장의 지시에 따라 뜻을 같이하는 스무여 명의 북막 전사들과 함께 기습 작전을 감행했던 바로 그 주역이었다.

지금으로부터 6년 전, 그러니까 그때 신불사 장군을 압송하던 마차를 놓고 각축전이 벌어진 패수 유역에는 동이의 제국 중에서 구이나라 사람들 중 일부가 제나라의 박해를 피해 산동 반도에서 배를 타고 진조선으로 넘어와 피신해 있던 와중이었다. 그런데 그곳에서 공교롭게도 화하족 자객들과 뒤엉켜 버린 것이다. 자객들은 신불사를 넘겨받은 뒤 바다(지금의 발해만)를 통해 연나라로 끌고 가려고 잠입한 상황이었다.

얼결에 숙적들과 맞닥뜨린 동이 족속은 목숨을 건 저항에 나섰고, 이 같은 상황에 뛰어든 이사와 북막 전사들이 호송병들과 화하족 자객들을 가차 없이 무찔렀던 것이다. 만사유숙 저가 대신이 추측했던 정체불명의 북방 마적은 실상 동이 족속이었다.

호송 마차에서 탈출한 뒤 신불사 집단은 귀족 세력과 화하족의 보복을 피해 대흥안령 산맥을 오르내리며 유랑의 길을 전전했다. 무술 실력이 보잘것없고 말을 부릴 줄 몰랐던 농민과 장인 출신의 7백여 구이나라 유민들은 신불사를 따르면서 그가 생존 차원의 일환으로 내세운 고된 군사훈련을 이겨 냈다. 그들은 북막 전사들이 보금자리로 삼는 둥근 천막(지금의 게르와 유사)을 치고 이동하는 유목의 길을 점차 밟아 갔다.

일찍이 중원 대륙에 많은 소국을 건설한 동이 족속으로서 그중에 찬란한 문명의 도시 국가를 건설했던 구이나라 유민들은 그들의 선조들이 오랜 세월에 걸쳐 불렀던 '구려(九黎)'라고 하는 명칭을 떠올려, 신불사와 함께하는 부락을 '고리(高離)'라 명명하고 스스로를 고리국 사람이라 칭했다. 잡다한 부족의 사람들이 모여들어 형성된 집단인 만큼 공통의 목표를 가지고 결합을 이룰 상징적 이름이 필요했던 것이다.

이사는 이런 고리국 사람들과 어울려 떠돌면서 늘 고향을 그리워했지만, 돌아갈 생각은 추호도 하지 않았다. 예전에 다니엘로부터 배웠던 기억을 더듬어 오동나무를 깎아 울림통을 만들고 명주실을 꼬아 일곱 줄을 맨 리라를 만들었다. 말을 타고 이동 중에 그것을 연주하고 노래하여 유랑민의 시름을 위로했다. 그러다가 인근의 북막 처녀와 혼인하게 되었고, 액니거길 추장이 자기를 후계자로 지명한 것에 고무되어 북막 부족의 일원으로 완전히 정착하게 된 것이다.

이즈음 시기의 북방 유목족은 황사 바람처럼 몰려오는 화하족의 북상을 가장 두려워했다. 땅을 함부로 훼손하고 괴질을 아무렇게나 옮길 뿐 아니라 생명을 가벼이 여기는 되놈이라며 그들을 무시했다. 그런 만큼 화하족의 북상을 저지하여 상곡 전쟁에서 대첩을 거둔 신불사 장군을 열렬히 지지했고, 특히 진조선의 서북쪽에 위치한 북막과 선비 등지의 무사들은 그를 우상시하여 삼삼오오 무리 지어 모여들기까지 했던 것이다.

두문불출하는 단식기도 끝에 신불사는 불끈 자리를 박차고 일어섰다. 드디어 신불사는 벼르고 벼렸던 땅, 목초지와 강과 호수가 있는 홀승골 지역으로 고리국 사람들을 이끌고 이동했다.

하지만 그곳에는 조상의 땅임을 내세우는 토착 부족이 초지를 내놓을 수 없다며 완강하게 버티고 있었다. 그러나 그럴수록 혼란만 더해 갈 뿐, 이미 기근을 피해 난입한 여타 유목 부족들로 인산인해를 이룬 통제 불능의 상태였다. 심지어 부족들 간에는 혼란과 분쟁 속에 충돌의 조짐마저 일고 있었다.

"장군님, 폭동으로 번지기 전에 각 부족들을 통제해야겠습니다."

구이 출신 엄나우의 조언에 신불사는 심각해졌다.

"저들은 어디 족속이기에 조상을 들먹이는 것입니까?"

"그들의 주장에 의하면 한나 족속으로 옛적 상나라 후손의 갈래라고 합니다."

"한나? 그들은 황하에서 쫓겨난 자들이거늘, 여기가 어디라고 감히 조상의 땅을 운운한다는 것이오!"

신불사는 한나라 일컫는 부락의 추장과 담판을 지으려 했다. 모두가 한 걸음씩 양보하는 선에서 공생의 길을 찾고자 했으나 추장은 일언지하에 거절했다. 조상의 땅이니만큼 협상의 대상이 아니라는 것이다. 사실 염치가 없기는 했다. 이미 터전을 잡고 사는 타인의 집에 배고프다고 무작정 쳐들어온 격이랄 수 있었다. 그 때문에 텃세에 눌린 타 부족의 유목민들 중 일부는 다른 초지를 찾아 무거운 발걸음을 돌리기도 했다.

그러나 신불사는 호락호락 물러서지 않았다. 더 이상 갈 데도 없었다. 초지가 있는 곳이면 어디든 이동할 수 있어야 하는 다 같은 유목 족속이거늘 이렇듯 대지에 울타리를 치고 영토를 획정 짓는 작태야말로 용납할 수 없는 패악이라 주장했다. 결국 협상은 결렬되었다.

신불사는 북막 출신의 무장 팽복주극을 시켜 추장과 그 심복들의 목을 베게 했고 저항하는 일부 한나 족속을 일거에 굴복시켰다. 한나 족속의 사제가 신불사 앞에 무릎 꿇려졌다.

"벼락불처럼 정의롭다는 풍문과 달리 신불사 그대는 천신의 뜻을 거역하고 추장의 고결한 삶을 헛되이 꺾었소이다!"

"그자는 타인의 고통에 둔감한 청동 투구를 쓴 자에 불과했소!"

"살고자 여기 모인 제군들은 들으시오!"

신불사는 광장의 비탈에 서서 일장 연설을 했다. 그는 집결한 유목족들에게 선택을 강권했다. 떠나든지 모두와 어우러져 나라를 이루든지…. 한나 사제와 추종 무리들은 저주를 퍼부으며 그곳을 떠나갔다.

신불사는 더불어 운명 공동체가 될 것을 피로써 맹세한 부족들의 면면을 살폈다. 원주민이라 할 한나 족속 외에 대다수는 남쪽의 상곡과 어양, 황하 유역과 고비사막을 넘나들며 유목 생활을 하던 번조선 변경의 부족들이었다. 자존심이 강하고 자유로운 영혼을 지닌 북방 유목족의 한 갈래인 것이다. 그러한 그들이 가뭄과 한파의 빈발, 영토 반환 이후에 다시금 벌어진 화하족의 드센 북상, 거기다가 귀족들의 착취에 쫓기고 토착민의 텃세에 내몰리다 보니 어느덧 사백력의 문턱에까지 이르게 되었다는 것이다.

신불사는 북쪽의 유목족이 남하하지 않은 사실에 주목했다. 다들 살아가기에 부족함이 없다는 것일까? 그곳 사백력엔 성지곡을 중심으로 다수의 부족이 연맹체를 이루고 있고, 자기가 몸담으려 했던 아사달이 독자적인 부족 국가를 이루고 있다. 대부여 연합군을 이끌 때에 작전 참모였던 사공용이 아사달의 족장이라는 소식을 접하고는 일부러 찾아가지 않았다. 저 멀리 서역에서 지낸다는 히누리 공주의 안부 역시 궁금했지만, 어찌 되었든 그들의 삶과 정치에 일말의 영향조차 끼치고 싶지가 않았다.

"이곳은 누구나 자유롭게 오갈 수 있는 북방의 하늘 아래에 있는 땅이오."

신불사는 홀승골 일대를 유목족의 자유지대로 선포한 뒤 일정한 땅에 백성들이 매이지 않도록, 기존에 지어진 소도를 제외한 일체의 땅에 붙박이 구조물의 건축을 불허하고 양가죽으로 만든 천막을 사용케 했다.

한편으로 정치와 치안의 원활을 위해 제도를 갖추고 씨족 단위로 거주할 계절별 초지를 분배했다. 그런 뒤 각 부족의 족장들을 오가 체제로 나눠 임명하면서 깃털로 장식된 두건을 씌워 주었고, 팽복주 극에게는 고리국 군대의 최고 직책인 대장군의 증표로써 수려한 문양이 새겨진 청동 장검을 하사했다. 모두에게 익숙한 단군조선의 고유한 제도를 그대로 따른 것이다.

그러나 화백 회의는 없었다. 오가 대신의 의견을 듣고 칸이 최종 결정하는 선에서 끝냈다. 관리는 있되 귀족은 없는 군주 전제 체제를 선택한 것이다.

"천 부족과 만백성의 뜻이 올곧게 드러난다면 화백 회의는 더없이 소중할 것이오. 그러나 이것이 고착되면 특권 의식을 고취하고 전에 없던 관권의 세력과 결탁하여 국운까지 뒤흔드는 타락에 빠져들게 되는, 실제 그러한 과정을 지켜봐야 했소. 격동의 이 시대에 결코 어울리지 않는 제도라 생각하오."

"그것이 어찌 화백 회의 제도의 문제이겠습니까? 욕망에 빠진 개인과 조직 집단의 탓이 아니겠는지요?"

동이 족속 출신의 엄나우 우가 대신이 의문을 품자 신불사가 일갈했다.

"각 지파 관리들에게 중대사의 결정 권한이 주어지면 서서히 세상의 신처럼 행세하게 되더이다. 결국은 교만해져 지상에 없던 무리를 이루고 칸과 대적하며 탐욕을 불살라 착취의 잿더미를 얻고자 하더이다."

고리국은 하루가 다르게 국가로서의 면모를 갖춰 나갔다. 그러는 과정 중에 생겨난 벼슬자리와 이해타산을 놓고, 어느 날 부족 간에 불협화음이 일어났을 때 신불사는 이를 개탄했다. 부질없는 것에 목매는 인간들의 헛된 야욕이 가증스러운 것이다.

"이럴 것이면 왜 나를 따르는 것이며 나를 우두머리로 내세우고자 하는 것이오? 그 잘난 왕의 자리도 그대들이 돌아가며 감투 쓰고 앉을 것이지!"

신불사의 강한 질책에 소도에 모인 각 씨족의 족장들은 머리를 조아렸다.

신불사는 국가의 기틀이 갖춰지자 그간에 유지했던 장군의 호칭을 버리고 오랫동안 공석으로 둔 당골을 겸직하면서 스스로 '칸'이라 칭했다. 연호를 '배달'이라 명명하고 삼조선의 반열에 고리국을 올려놓았다. 물론 이런 일련의 조치에 이의를 제기한 자는 아무도 없었다. 고리국의 만백성은 하나같이 그의 지도력을 추존하고 있었다.

고리국은 예전의 실패를 거울삼아 백성들의 식생활을 바꾸고 지리적 특성을 감안하여 목축 산업을 대대적으로 일으켰다. 그리하여 식량 자급을 이뤘고, 부족 간의 결합을 단시간에 성취하고도 혼란을 최소화했으며, 문물 교류와 기술 인력의 확충을 단숨에 이룩하여 국력이 급속히 신장되었다.

44

수로가 아홉 살이 되던 해에 신불사가 살아 있다는 소식을 듣게 되었다. 히누리의 거처를 뒤늦게 알게 된 박고시라의 부탁을 받고 수로곳의 실만하치와 몇몇 청년이 직접 말을 몰아 달려온 것이다.

"그래, 신불사 장군은 어디서 어떻게 살고 있다는 말씀입니까?"

"홀승골 일대의 땅에다 나라를 세웠다고 합니다."

"홀승골? …우리 대부여, 아니 아사달은 어찌하고!"

"제가 직접 보고 들은 게 아니라서 뭐라 말씀드릴 수 없군요."

'어쨌든 살아 있다니, 그것만으로도 하늘이 도운 것이고 땅의 나무들이 신명에 겨워 야단할 경사가 아닌가!'

히누리는 신불사 얘기를 더 이상 입 밖에 꺼내지 않았다.

몇 해 전에 아사달의 전령이 귀띔한 대로 대부여 군대가 결국 상곡 성에서 철수했다고 한다. 연나라와 화친을 맺어 청장수 유역 조양의 서쪽과 어양을 경계로 하는 국경을 새로이 설정했다는 얘기다.

신불사가 공들여 수복한 요충지 고토를 또다시 잃어버린 것이다. 노환이 깊어져 병상에 드러누운 단군천자가 결국은 버티지 못하고 철군 결정에 옥새를 찍었다는 후문이 한동안 떠돌았다고 한다.

'아! 여루 임금님이시여.'

무릎 위에 가지런히 모은 히누리의 두 손이 바르르 떨렸다.

히누리는 그간에 궁금했던 이것저것을 실만하치에게 물었고 그는 성심성의껏 답했다. 아사달 고을뿐만 아니라 천해의 모든 부락들이 화평을 누리며 무사하다고 한다. 당골 박고시라도 평온한 삶을 누리고 있고 개똥이의 생존 소식에 크게 기뻐했다고 한다.

"가거든 당골께 말씀드리세요. 개똥이 이름은 수로곳의 지명을 따서 수로라고 지었습니다. 해수로, 이곳 부족이 해씨족이라 그리 부른답니다. 저는 이곳 사람과 혼인했고 지아비와 더불어 반듯하게 키우고 있으니 걱정 마시라고 전하세요."

"당골님께 그렇게 전하겠습니다. 공주님, 다음에 올 때는 제 아내와 같이 오도록 하겠습니다."

히누리는 문득 의아해했다.

"헤헤, 사실 목단이와 제가 혼인을 했습니다. 원래는 같이 무역하러 돌아다녔는데, 아이를 낳는 바람에 지금은 집에 머물러 있습니다."

"그랬군요! 정말 잘됐군요. 어쩜, 목단이가 혼인을 하게 되다니…."

실만하치는 같이 온 청년들과 함께 이곳 사람들과의 중개 거래를 위해 여러 날을 체류한 뒤 다른 지역으로 떠났다. 고을 몇 군데를 더 돌고 난 뒤에 수로곳으로 돌아간다고 했다.

말 탄 히누리가 여럿 목자들과 함께 양 떼를 걸몰아 우리에 넣고 있을 때, 수로가 말 등에서 재주를 부리며 요란스럽게 말을 몰아 달려왔다. 아이는 어느새 기골이 장대해졌고 아직 어린 나이에 벌써 어엿한 무사의 기풍을 지니고 있었다.

"수라랑 네 동생들은 어찌하고 여기 왔느냐?"

"어머니! 아버지가 오셨습니다."

"그러니? 웬일로 이리도 일찍…. 별다른 일은 없고?"

"오시자마자 수라를 데리고 검술 놀이를 하고 계세요."

"저런! 딸내미마저 전사로 키울 작정이시려나."

히누리와 을지는 혼인을 맺은 이래 수로 동생이 될 수라를 낳았고 연이어 쌍둥이로 도수와 천수를 낳았다. 그 후로도 아이 셋을 더 낳고 수정, 수강, 모수라 이름 지었다. 히누리는 십 년 세월이 흐르기까지 될 수 있으면 많은 아이를 낳으리라 맹세하고 있었다.

수로가 열 살이 되던 그해 여름에 가뭄이 크게 들어 단군천자가 몸소 기우제를 드렸다. 그 뒤 얼마 지나지 않아 대부여제국의 여루 단군은 기력이 다한 옥체를 회복하지 못하고 번뇌 속에 붕어하시었다. 온 나라의 만백성이 비탄에 잠겼다. 그러면서 언제 닥칠지도 모를 전쟁과 분열, 그리고 거기서 야기될 혼란을 두려워했다.

때는 단기 1991년, 여루 단군 재위 55년. 기원전 342년, 음력 구월 어느 날이다. 그러니까 여루 천자가 붕어하기 열흘 전이다.

병약한 몸으로 기우제를 지내고 돌아온 천자는 기진맥진해져 또

다시 자리에 몸져누웠다. 머지않아 삶이 다할 것임을 직감한 그는 경호대장 탁발도추를 은밀히 병상으로 불러들였다. 유언과도 같은 당부를 남기려는 것이다.

"일흔다섯 해를 불살랐던 육체의 꽃불이 이제 꺼져 가려 한다."

"마마!"

"쉿! 내 말을 귀담아들어라. 살고 싶다면 사흘 내로 이곳을 떠나라. 부하들을 이끌고 신불사 군대와 합세하라."

"마마, 막중한 경호 임무를 수행해야 할 소신이 어찌…."

"병상에 드러누웠는데 무엇이 더 필요할까. 내 말을 명심해야 해. 이제 내가 죽고 정변이 일어나거든 주저 말고 반군을 제압해야 할 것이야. 자네가 신불사를 천자로 옹립하게나."

"마마!"

"조용히 말하라."

탁발도추의 목소리는 떨렸고 침울했다.

"설령 반란 세력을 진압하더라도 어찌 화백 회의를 거치지 않은 추대가 가능하겠사옵니까?"

"거치면 되지. …잠시 나를 일으켜 주게."

탁발도추의 부축을 받아 침상에 기댄 천자는 그의 두 손을 꼭 붙든 채 그윽한 눈빛으로 바라보았다.

"정변을 일으킨 세력은 의례를 따질 것이다. 그러니 만백성이 볼 때는 화백 회의의 정당한 절차를 밟아 천자에 오른다고 생각하겠지. 그런 까닭에 그들을 제압한 자네들이 되레 정변의 실체처럼 비쳐져 자칫 궁지에 몰리게 될지도 모른다. 하지만 어쩌겠나. 그리되더라도 무엇보다 국운을 되살려야 하지 않겠는가. 거사가 성공하면 곧장 화백 회의를 열고 족장들을 겁박해서라도 신불사를 추대하게끔 만들어야 해. 그자야말로 단군조선을 강력한 나라로 부흥시켜 나갈 것이야. 그때 자네는 내 아들과 가족을 옆에서 지켜 주게."

"마마, 충심을 다해 어명을 받들겠나이다."

천자는 고개를 끄덕이며 안도의 미소를 지었다.

"고맙네. 내 살아생전 매국적 사대에 빠진 자들을 가엾이 여긴 것이 일생일대의 과오였다. 언젠가 자네 충언을 가벼이 흘려듣고 무기력하게 내버려둔 걸 후회한다네. 그때 나는 너그럽게 포용할 줄 아는 군주처럼 행세하면서 속으로는 잔뜩 움츠러들고 있었지. 어떡하든 평화와 화합의 나라를 이뤄 나가야 하지 않겠느냐, 그리 주절대면서⋯. 오늘날의 단군조선은 안팎으로 벌어진 상황 변화로 인해 일치된 힘에 의한 통치가 그 어느 때보다 절실히 요구되는 시기였음에도 불구하고 나는 여건의 한계를 탓했을 뿐 그것에 치열하게 대응할 의지가 미약했었네. 그날, 자네나 신불사의 의견이 옳았던 것이야. ⋯휴! 때가 늦었네. 그만 자야겠어. 자네도 물러가서 떠날 채비를 서두르게나."

"마마! 소신은 거룩하신 천자와 태자의 면전에 무릎 꿇고서 신명을 바쳐 충성할 것을 맹세하옵나이다."

탁발도추는 일어서려다 결별의 미련에 잠시 머뭇거렸다.

"마마, 그런데 천자의 자리에 보을 태자가 오를 수는 없는 것이옵니까?"

'보을?' 아비인 자신이 보기에도 아들은 천자로서의 자질이 부족했다. 그런 태자를 천자로 추대할 대신과 족장들이 아닌 것이며, 나라와 겨레의 명운을 생각해서라도 결코 추대해서는 아니 되는 것이었다.

"자네의 애틋한 충심에서 나온 위로의 말이라 생각하겠네. 무훈을 비네."

탁발도추는 다시금 큰절을 올리고 물러났다. 천자는 긴 한숨을 몰아쉬며 그의 퇴장을 지켜보다가 고목이 쓰러지듯 침상에 몸을 눕혔다. 탁발도추가 침전 문밖으로 사라지자 늙은 시중이 서둘러 모습을 드러내었다.

단군천자는 다음 날 오후가 되어 여표박 우가 대신의 병문안을 받았다. 그는 반역자 척살 사건 이후로 한동안 숨죽이며 기회를 엿보던 주화파 세력의 지지를 얻어 묘무실을 대체할 인물로 급부상했다.

우가의 직책이라는 것은 나라의 중요 살림살이를 도맡아 하는 부서인 까닭에 당대에 세력이 우월한 부족 집단 출신이 거의 그 자리를 차지했다. 따라서 단군조선 개국 이래 가장 많은 천자가 우가에서 배출됐었다. 물론 이번에도 혈통에 의해 일찌감치 선정된 태자를 제치고 차기 천자의 대상으로 그의 맏아들이 강력하게 대두되는 상황이었다.

우가 대신은 여루 천자에게 기선을 빼앗겨 자기 맏아들의 태자 책봉에는 실패했지만 새로이 대두된 이런 움직임을 확실히 굳히기 위해 달려왔을 것이다. 여루 천자가 자기 아들을 후계자로 지명해 주거나 그게 아니라면 후계자 문제에 대해 침묵하기를 바라고 있을 게 분명했다. 죽음을 앞둔 단군천자가 유언으로 언급하는 후계자 거명은 때때로 화백 회의의 추대 결정에 지대한 영향을 끼치기도 했던 것이다.

"짐은 그동안 자네의 충정을 눈여겨보고 있었네. 앞으로 있을 짐의 후사를 살펴보건대 귀족들 중에 그 어느 누가 천자가 되든지 간에 그 순간부터 자신의 권력을 다지기 위해, 혹은 숙청에서 살아남거나 천자의 자리를 찬탈하기 위해, 서로 앞다퉈 정적 제거에 혈안이 되고 말 것이야. 피비린내 나는 아귀다툼의 땅이 되는 것이지. 특히 이번에 그리될 공산이 커다 할 것이야. 다들 야망이 차고 넘치기 때문이지. 어떤가, 보을 태자는 그런 면에서 완전 숙맥이지 않은가. 정치도 모르고 남에게 해코지도 못 하는 위인이야. 그런 자가 천자에 앉아야 귀족들이 부려먹기도 좋고 귀족들 간에 분쟁도 없을 게 아닌가. 귀족들이야 사이좋게 나눠 먹으면 되는 것이고 그런 세상으로 족한 것이지 굳이 골치 아픈 천자, 그 허울 좋은 자리에 앉아 봐야 대체 무엇에 쓰겠는가. 갈수록 귀족 정치가 드세어지는 판국에 말일세."

'천자는 지금 침소봉대해서 말하고 있다!'

우가 대신은 떨리는 몸을 가라앉히며 애써 그렇게 생각했다. 굳이 태자의 자질을 깎아내리면서까지 권력 다툼의 폐해를 피력하는 천자의 진정성에 대해 강한 의구심이 들지 않을 수 없었다. 그러면서도 천자의 말마따나 불시에 파도처럼 들이칠지 모를 잔혹한 핏빛 그림자의 엄습을 두려워했다.

'아, 그렇다, 탁발도추! 공포의 떨림에 섞여 늘 끼어드는 그의 존재를 이제는 그대로 둘 수 없는 게 아닌가! 천자의 병세가 극도로 악화되어 다시는 회복할 수 없는 상태에 놓인 게 분명한 만큼, 뒷날의 우환덩어리가 될 게 뻔한 탁발도추의 제거를 더 이상 미룰 하등의 이유가 없는 것이다.'

그는 갑자기 마음이 바빠져 허둥댔다. 천자 면전을 물러나면서 대신들과 당면한 국사 문제를 신중하게 의논해 보겠다고 했다.

천자는 우가 대신이 물러난 뒤 고심했다. 그의 불순한 의중을 곰곰이 짚어 내곤 작심한 듯 어명을 내리게 했다. 대부여제국 삼조선의 도성을 관장하는 대신들과 고관대작들, 그리고 각 부족의 족장들에게 옥체의 위중을 알려 한시바삐 문안드리도록 조치한 것이다.

"마마, 경호대의 책임 장교 탁발도추가 부하들을 이끌고 야밤을 틈타 달아났다 하옵니다."

드디어 시중으로부터 그가 도주했다는 보고를 받았다. 우가 대신의 계략에 한발 앞서 달아난 것에 대해 천자가 안도의 한숨을 내쉴 때에, 우가 대신을 비롯한 다수의 귀족들은 막연한 불안과 공포에 휩싸여 좌불안석하였다.

"마마, 택일하여 만수무강을 기원하는 굿을 펼치심이 어떠할까 하옵니다."

"시중의 마음을 내 모르는 바 아니나 이제라도 유리의 근심을 덜어 주고 싶네. 요즘 어찌 지낸다고 하더냐?"

"황공하오나 소도에서 두문불출하는지라 무어라 아뢸 말씀이…"

"알겠네. 떠나보내야 하는 심정을 가누려니 힘들 테지. 어차피 삼라만상은 가고 오는 것이거늘 인지상정이라 어쩌겠느냐. 그래도 줏대가 꿋꿋한 아이니 곧 괜찮아질 게다."

오후에 접어들자 노구를 이끌고 서우여가 찾아왔다. 그는 은퇴한 뒤 초야에 묻혀 유유자적하는 여생을 보내고 있었다.

"뜻 맞는 백대지과객을 만나지 못해 몰아닥치는 한파 속으로만 걸어오셨습니다. 이제 근심을 덜고 하늘로부터 내려오는 저 뭉게구름을 바라보셔도 좋을 계절 같습니다."

"벗이야말로 노심초사하는 장고의 세월을 보냈어. 고마웠소. …이제 한님의 자애로운 손길에 모든 것을 의탁할 때가 되었네요."

창 너머로 한줄기 바람이 불어오자 두 사람은 문득 대화를 그쳤다. 오랜만에 대면한 두 친구는 세월의 풍상고초 속에 희어진 머리오리와 주름 잡힌 얼굴을 물끄러미 바라보며 잔잔한 미소를 나누었다. 코끝을 스치는 파릇한 솔향기에 서우여는 슬쩍 고개를 쳐들었다.

한껏 숨을 들이키던 천자가 나지막한 목소리로 말했다.

"히누리는 잘 살고 있다고 합니다."

처음 듣는 소식인 듯 서우여는 놀란 표정이 되었다.

"아! 무사하시군요."

"그럼요, 무사하다말다요."

천자는 새삼 기억이 새로운 듯 슬쩍 미소를 지었다. 평온해 보이는 천자의 표정에 서우여는 궁금해져 내처 물었다.

"어떻게 지낸다고 하던가요?"

"혼인하고 아이 낳고 오붓하게 살고 있다고 합니다."

"다행한 일입니다. 사는 곳이…."

"우리네 아이들을 떠나보냈던 땅, 전쟁 없이 평화로운 땅, 그곳의 북방 전사와 백년가약을 맺었다고 그럽디다."

앳되기만 한 공주를 무리하게 떠나보냈다는 회한이 그동안 짙은 그늘로 드리웠겠다 싶어 서우여는 슬그머니 천자의 손을 잡고 어루만졌다.

"네, 그러면 됐지요. 이제 절실할 게 뭣이 있겠습니까."

"아무려면 그렇지요. 좋은 시절이 오면, 태양을 심장에 품고 날아오른 삼족오의 귀환처럼 그렇게 다들 찾아들겠지요."

"그렇습니다, 마마."

두 사람은 모처럼 가슴속에 묻어 두었던 찌기를 게워낸 듯 평온한 표정을 지었다. 마치 시름을 잊은 사람처럼 우두커니 앉아 창공을 바라보기만 했다. 하늘의 뭉게구름을 보려고 열어둔 나무창 문짝이 건들거리는 소슬바람에 한참을 삐걱거릴 뿐이었다.

도주하는 탁발도추 일당의 길목을 차단한 여표박 휘하의 사병들이 그들과 교전을 벌여 대승을 거뒀다는 소식이 궁녀들의 입소문을 타고 늙은 시중의 귀에까지 들려왔다. 그는 병상에 누운 천자에게 이러한 풍문을 아뢰야 하는 것인지 판단이 서질 않아 허둥댔다. 그런 그의 허튼 몸짓을 모를 리 없는 천자가 그를 불러 곁에 앉게 했다.

"시중, 이제 나는 분노할 여력도 행동할 기력도 다 소진되었다네. 무슨 일인가?"

시중은 들려오는 소문을 눈치 보며 더듬더듬 아뢰었고 천자는 천장의 높은 서까래를 올려다보며 담담히 듣기만 했다.

어명을 하달받은 신하들이 속속 입궐했다.

천자는 한 사람씩 차례로 불러들였다. 그러고는 일일이 신하들의 손을 감싸며 자신의 유언을 간곡하게 호소했다. 천자는 탁발도추의 소문을 접한 뒤 자신의 생각을 돌이켰다. 자신이 죽기 전에 감언이설로 꾀서라도 태자의 목숨을 구해야겠다고 작심한 것이다. 비록 아들이 천자로서의 자질이 부족할지라도 천자가 되어야만 살얼음판 같은 권력 다툼에서 살아남을 수 있을 것이라 생각했다. 그리고 그때까지 신불사와 탁발도추가 무사하다면, 그러면 언제고 그들이 개입하여 나라와 겨레를 위해서라도 기꺼이 천자를 보필해 줄 것이라 확신했기에 여루 천자는 마지막 노고까지를 감수했다.

"예전에 박고시라가 내게 그러더구나."

천자는 옛일이 떠오른 듯 시중에게 조용히 말했다.

"넋은 몸과 일체라, 육체가 온전히 소멸하기까지 떼어낼 수 없다고 하더군. 넋이 있는데 어찌 귀신이 없다고 말하는가 하고, 물은 것에 대한 답이었네. 그래서 내가 그랬지. 그렇다면 사람은 죽으면 그것으로 끝인가, 또 다른 삶은 영영 없는 것인가, 그러자 시라가 그랬네. 몸과 넋 외에 혼이 따로 있는데 그것은 아무에게나 존재하는 것이 아니고 새벽녘에 맺는 영롱한 이슬처럼, 태어날 때 뿌려진 씨앗이 싹을 틔우고 점점 선의 결정체로서 자라나는 것이라 하더군. 그렇긴 하나 그것이 천신에게로 나아가는지 어찌 되는지는 자신도 알 수 없는 일이라더군. …내 삶이 다하는 마당에 서니 문득, 내게 낱알만큼의 선이라도 있었는지 돌아보게 되는구나."

"마마, 천자께옵서는 하늘의 아들이시옵니다. 추호도 심려치 마시옵소서."

천자는 가늘게 숨을 내쉬기만 했다. 그러다가 한참 만에 다시 말문을 열었다.

"만백성의 생각과 행동을 한결같이 끌어안아야 천자라고 생각했었네. 그러기에는 내 그릇이 너무 작았던 것이었을까. 휴!"

여루 천자는 병상 곁을 지키고 앉은 늙은 시중에게 언뜻 속닥이더니 동녘 하늘에 여명의 빛이 동틀 때에 고요히 숨을 거두었다.

궁궐 배달문 앞 너른 마당에는 부복한 백성들로 인산인해를 이뤘다. 하얀 옷과 하얀 머리끈으로 상투를 튼 만백성의 애끓는 애도 속에 하얀 꽃과 하얀 새의 깃털로 장식한 여루 천자의 상여가 궁궐을 떠나갔다. 상여는 저기 푸른 하늘로 오르듯 꼬박 한나절을 오르는 산행 끝에 깊은 산골짝에 자리한 천자들의 무덤, 선산의 바윗돌

앞에 도착했다.

그곳에서 보을 태자를 비롯한 당골 마곡유리 등의 장례 위원들은 사흘 밤낮을 추도 속에 지새웠다. 그리고 천자의 유언에 따라 미리 준비된 박달나무 장작더미에 얹혀 장엄하게 화장되었다. 그리고 유해는 둥그런 사기그릇 항아리에 담겨 북두칠성 성혈이 박힌 바윗돌 아래에 안치된 뒤 봉황 문양이 새겨진 자그마한 선돌 하나가 세워졌다.

"여루 단군이시여! 살아서 하늘의 아들이시다가 이제 돌아가시어 북두칠성의 어느 한 별자리가 되시었네요. 슬픔에 겨워 이 소녀도 기꺼이 당신의 품속에 묻히고 싶었으나 끝내 만류하시는 당신의 뜻을 거역할 수 없어 이렇듯 눈물로 당신을 보낼 수밖에는 없었사옵니다. 부디 이 소녀가 당신의 궤적을 따를 때까지 이 나라와 이 겨레의 명운을 고이고이 살피시옵소서."

마곡유리는 무덤가에 퍼져 앉아 청동 방울을 땡강거리며 하염없이 비탄의 소리를 내었다. 모두가 물러난 자리에서 그녀는 좀처럼 일어날 줄을 몰랐다.

대부여제국의 차기 천자를 옹립하기 위한 화백 회의가 장례를 치르고 얼마 지나지 않아 소집되었다. 천자를 일시 대행하는 우가 대신의 교서에 따라 각 부족의 족장들이 말을 몰아 장당경으로 모여들었고, 저마다 자기 부족에 유리할 천자를 추대하기 위한 물밑 협의에 돌입하였다.

대부여제국을 이끌 제46대 단군 임금의 즉위는 우여곡절 끝에 그 이듬해 음력 정월에 이루어졌다. 화백 회의의 최종 추대를 받은 보을 태자가 지고하고 거룩한 지존의 봉황좌에 좌정한 것이다.

45

때는 단기 1992년, 보을 단군 재위 1년. 기원전 341년, 음력 삼월 어느 날이다.

순탄할 것 같았던 신불사의 고리국 통치는 엉뚱한 곳에서 불똥처럼 튀었다. 한나의 한 갈래였던 홀승골 부락이 신불사에 의해 몰락한 사실을 수유가 뒤늦게 파악하고서 강력히 반발하고 나선 것이다. 중원 대륙의 동쪽과 서쪽으로 갈라져 떠돌던 한나 무리들, 그리고 단군조선의 영역으로 옮겨와 난민으로 거주하던 수유는 같은 상나라의 후손답게 서로 형제의 나라라 일컬으며 긴밀한 관계를 맺어 왔었다.

오랜 세월에 걸쳐 상나라와 대적했던 역사를 익히 알고 있는 동이족, 구이 출신의 엄나우는 잔뜩 긴장했다. 스스로 기자조선이라 일컫는 수유! 비록 지금은 번조선의 영향력 아래에 있는 부족 국가라지만 옛적 상나라의 영광을 여전히 내세우고 있는 기씨 가문의 국가를 덮어놓고 무시하기가 어려운 것이다. 더구나 고리국은 단 한 차례도 제대로 된 전쟁을 치러 본 적이 없는 이제 갓 태어난 신생 국가가 아니던가. 그러나 그런 절대 열세 속에서 정벌까지 들먹이는 막강한 수유와 맞서면서도 신불사는 꿈쩍도 하지 않았다.

"칸, 우리 고리국은 번조선이 아니지 않습니까. 칸도 대장군도 더 이상 대부여제국의 군대가 아니올시다. 칸! 적당한 선에서 화친을 도모하는 게 어떻겠습니까?"

근심 가득한 표정이 되어 안절부절못하는 엄나우를 다독이면서도 신불사의 결의는 단호했다.

"우가 대신, 나는 수유 족속을 잘 알고 있소. 한번 무릎 꿇으면 다신 일어서지 못하게 우리를 짓밟을 것이오."

그런데 어쩐 일인지 전쟁까지 호언장담하던 수유가 하루 이틀 지나면서 슬그머니 한발 물러서는 것이 아닌가. 번조선의 개입 우려와 신불사의 무공을 뒤늦게 두려워했다는 것일까? 수유의 분노는 이내 잠잠해졌고 일시적 소동으로 그치는 듯했다. 그러던 어느 날, 수유의 침입을 알리는 전갈이 날아들었다.

"칸, 수유 놈들이 망수라 계곡을 지나 이곳으로 진격해 오고 있다고 합니다."

다급하게 비상사태를 전하는 팽복주극 대장군의 보고에 신불사는 말고삐를 강하게 잡아챘다.

"운명의 격류를 피할 수 없다면 내 이것을 헤쳐 나아가리라!"

긴급을 알리는 나발 소리가 산야에 울려 퍼졌다. 들녘에서 양을 치던 남녀 목자들이 신속하게 무장을 갖추고 조랑말을 몰아 달려왔다. 그런데 계곡을 지나 들판에 모습을 드러낸 기마 무리는 싸울 의사가 없는 듯 천천히 말을 걸린 채 다가오는 게 아닌가. 멀리서 봐도 지쳐 보이는 그들은 다름 아닌 탁발도추와 경호대 전사들이었다.

신불사는 뜻밖에 대면하게 된 탁발도추를 격하게 끌어안았다.

"아니, 이것이 뉘시더란 말이오!"

"장군! 제가 왔소이다. 천자의 어명을 받들고 천하의 탁발도추가 왔소이다."

"하하, 정말 잘 오셨소!"

두 사람은 한참을 부둥켜안고 너털웃음을 지었다. 그것은 획기적인 만남이었다. 전운이 뒤덮은 위기의 국난 앞에서 신불사로서는 마치 단숨에 천리를 달리는 백마 무리를 얻었다고나 할까. 또한 탁발도추의 등장은 그것에 날개를 달았다 할까.

고리국에 귀의한 뒤 주변의 정세를 살핀 탁발도추는 한시바삐 진조선의 보을 천자와 우호적 관계를 맺고자 했다. 그리하면 잠재된 적일 수밖에 없는 남쪽의 수유를 견제하는데 최적의 동맹을 갖는 것이며, 아울러 보을 단군의 적대 세력들을 제압하는 일석이조의 비책이 될 것이었다. 그러나 신불사의 태도는 의외로 냉정했다.

"칸, 여루 천자의 유언을 따르지 않겠다는 심사이신지요?"

"이제는 이곳이 덩치가 너무 커져 나름 국가의 형태를 갖춰 나가고 있습니다. 아무렇게나 나설 문제가 아닙니다."

탁발도추는 신불사가 칸이 되고 나서부터는 너무 소심해졌다고 생각했다. 저돌적인 기질을 지닌 탁발도추는 천자와 얽힌 정치적 행보에 있어서 패기만만한 행동을 보이는 반면에, 신불사는 보을 천자가 귀족들의 농간에 놀아날 것이라 짐작하면서도 그것에 관여하려 들지 않았다. 엄밀하게 말해 그것은 진조선의 내정에 간섭하는 행위인 것이다. 여루 천자의 아들인 보을 태자가 대를 이어 천자로 즉위한 만큼 탁발도추가 전하는 유언을 따를 이유가 없기도 했다.

신불사는 만약 여루 단군의 유언을 따랐다가 계획대로의 실행이 여의치 않을 경우에는 진조선 귀족들과의 충돌이 불가피해질 것이고, 그로 인해 발생할지 모를 고리국의 멸망, 혹은 대부여제국 체제의 혼란 내지 붕괴가 심히 두려웠던 것이다. 그것이 더욱이 자신에 의해 초래된다는 것은 도저히 있을 수 없는 끔찍한 매국이 되는 것이었다.

이글거리는 태양의 열기가 대지의 흙먼지를 뜨겁게 달구던 어느 날, 패권 교체의 와중에 빚어진 알력과 갈등이 아직 채 가시지 않은 바로 그해 여름날에 번조선의 가색 칸이 의문의 병을 얻어 서거하시었다. 그러나 칸의 급작스런 죽음에도 불구하고 별다른 동요 없이 일사천리로 국상이 치러졌고, 안덕향에서 열린 번조선 내 부족들 간의 화백 회의에서 해인 태자가 순조로이 추대되었다. 그는 대부여제국 보을 천자의 추인을 거쳐 칸의 용좌에 등극했다.

번조선의 가색 칸이 서거했다는 보고를 뒤늦게 받은 신불사는 분노가 치밀어 일순 어찌할 바를 몰랐다. 한때 받들던 상전이었다는 애착심에 더해 자기를 음해한 해인 태자가 저지른 패륜이 아닐까 하는 의심이 불같이 치솟았기 때문이었다. 그러나 이때도 신불사는 끝내 나서지 않았다. '이미 엎질러진 물!' 설사 번조선의 친위대 병력이 생사존망을 같이했던 자신의 의로운 분노를 지지할지라도 다수의 사상자 발생이 불가피한 전투를 같은 겨레끼리 차마 치르고 싶지가 않았던 것이다.

이는 신불사가 한때 그곳의 백성이었고 장군이었다는 사실 이외에도 고리국 자체의 군사력 열세를 절감하고 있었기 때문이기도 했다. 그런 까닭에 신불사는 경호대 출신 군사들을 주축으로 하는 특별 부대를 따로 만들어 탁발도추와 함께 특수 군사훈련에 가일층 매진했다. 이른바 백주에 말을 몰고 싸우는 전면전 방식의 훈련이 아니라 야밤에 칼을 품고 기습적으로 덮치는 암살 방식의 훈련을 쌓아갔다. 이것은 백병전에 약한 화하족 자객들이 시시때때로 써먹는 방식이기도 했다.

신불사는 자신이 몸담았던 번조선 유격대의 전투 경험을 되살려 그것을 경호대 전사들의 무술 실력에 접목시켰다. 그런 뒤 1천 명의 유격 전사로 조직된 부대의 이름을 '삼족오 부대'라 명명했다. 그리고 부대의 지휘관으로 탁발도추를 임명하면서 그에게 장군의 청동 투구를 하사했다.

비로소 팽복주극의 민병 군대와 함께 탁발도추의 삼족오 부대가 완성되면서 전력이 확고해졌다. 바로 그럴 즈음에 수유와 고죽국의 연합 병사들이 접경한 산악의 초지에서 유목하던 고리국 목자들을 마구잡이로 살해한 뒤 양떼를 빼앗고 목초지를 점령했다는 보고가 들어왔다. 또다시 전개된 수유의 노골적 침략에 신불사는 즉각 회의를 소집했고 오가 대신이 모여 대책을 논의했다.

"목초지를 점령한 일개 졸개 정도야 단칼에 물리칠 수가 있겠습니다만, 그 뒤에 들이닥칠 수유의 대군을 어찌 막으시겠다는 것입니까?"

대신들의 나약한 소리에 탁발도추가 분을 못 참고 버럭 언성을 높였다.

"방금 이길 수 있다고 하고선 무슨 놈의 약해 빠진 소리입니까? 숫자놀음보다 사기충천이 중요하다는 걸 모른단 말씀이오?"

속 시원한 해결책이 보이지 않는 회의의 결론은 전쟁 없이 평화를 이루기 힘들다는 현실을 직시하고 다들 난감해했다. 초지의 일부를 양보하고 굴복하느냐, 아니면 희생을 치르더라도 자존을 지킬 것이냐, 그러한 양자택일의 숨 막히는 순간만이 남은 자리에서 모두가 한탄했다.

"평화를 정착시키기 위해 반드시 한번은 치러야 할 피눈물이라면 지금이 그때가 아닐까 합니다."

"전쟁이 불가피하다면 북막의 병력들을 끌어들이는 게 어떻겠습니까?"

"남의 일이 아닌 만큼 사백력의 부족들도 기꺼이 우리를 도울 것입니다."

"무엇보다 우리 고리국은 현재 철정이 모자라 무기 생산에 차질을 빚고 있습니다. 긴급히 상인을 보내 철정 수입을 늘리지 않으면 안 됩니다."

오가 대신들의 갖가지 제안을 묵묵히 듣던 배달 칸이 마침내 발언에 나섰다.

"북막과 그 밖의 다른 부족은 대부여제국에 편입된 연합체라 함부로 나설 입장이 아닐 것이오. 그들과 연합한다면 우리도 연방에 편입되어야 한다는 얘기겠지. 그러나 우리 고리는 자주국임을 표방한 바이오. 따라서 외세에 의존할 이유가 없는 것이니 독자적 군사 행동으로써 전쟁에 임할 생각이오. 그리할지라도 반드시 이번 전쟁을 승리로 이끌 것이니 제신들은 나를 믿고 당당히 맞서기를 바랄 뿐이오!"

신불사의 명령이 떨어지자 탁발도추는 즉각 전쟁 준비에 돌입했다. 일차로 삼족오 군대를 집결시켰고, 배후에서 수유의 궁성을 공략할 유격 전투태세를 갖춰 나갔다. 드디어 작전 명령이 내려진 날, 삼족오 전사들은 빼앗긴 대지 위에 멋대로 쌓아 올린 수유의 진지를 일거에 무너뜨리고 초지를 탈환했다. 그리고 전투 때 무찌른 사체뿐만 아니라 투항한 포로들마저 인정사정없이 모조리 참수했다. 그런 뒤 말수레에 실어 그들의 땅으로 돌려보냈다. 필사 항전의 기개를 널리 알리고 공포심을 불러일으키어 적군의 사기를 꺾고자 했던 것이다.

과연 전면전이 벌어질 것인가. 일촉즉발의 위기가 감도는 가운데 뜻밖에도 수유 쪽에서는 잠잠했다. 적의 동태와 그 속셈을 파악하느라 분주하던 차에 번조선의 해인 칸이 보낸 밀사가 고리국의 배달 칸을 은밀히 찾아왔다. 밀사는 해인 칸이 직접 죽간에 썼다는 밀서를 품에서 꺼내 들었다.

　　존경하옵고 우애의 정을 나누기를 바라 마지않는 고리국의
의로운 신불사 장군에게 보내다.

　　장군이 건재하다는 소식을 접하고 무척 기뻤소. 국가와 겨레
의 영광을 위해 혼신의 힘을 다했던 장군의 충정을 외면하고
귀족들의 음모에 가담하여 장군을 모함하고 인신의 구속을 가
했던 지난날에 대해 심히 부끄러움의 뜻을 표하는 바이오. 이
제라도 장군을 만나 그간의 오해를 풀고 회한의 정을 나눌 기
회가 있기를 바라고 있소. 새삼 돌이켜보건대 나로 인해 누이
의 미소마저 앗아간 불찰을 무엇으로 대신할 수 있겠소. 그러
니 속히 만나 이 앙금을 풀어헤쳐야겠소. 그리고 장군께서 길
을 잃고 떠도는 부족을 모아 어엿한 국가를 세우셨다는 소식
을 들었소. 귀띔하건대 앞서 귀국에게 으름장을 놓은 수유의
군사 행동을 제지한 건 바로 짐의 어명이었소. 이렇듯이 앞으
로 양국 간의 관계가 돈독해지길 바라는 것이오. 이런저런 호
사를 차치하고 장군께서는 빠른 시일 내에 본국으로 일차 내
왕하여 시급한 국사를 함께 논하게 되기를 무엇보다 바라며 이
만 편지를 줄이오.

　　대부여제국의 거룩하신 단군천자의 뜻을 위임받아 번조선의

칸이신 해인이 편지를 쓰다.

신불사는 번조선 칸의 친서가 비단이 아닌 죽간을 써서 작성된 사실에 주목했다. 그것은 내관들조차 알지 못하게 그야말로 기밀을 요했다는 얘기인 것이다.

신불사가 건넨 죽간을 훑어본 탁발도추는 그것을 이글거리는 화로 속에 집어던졌다. 탁발도추가 보기에 해인이 신불사를 장군이라 호칭한 것은 다분히 의도적이라 여겼다. 고리국을 하나의 국가로 인정하지 않는다는 암묵적 의사일 수 있었다. 한편 그러면서도 해인이 신불사와 은밀한 대화를 원한다는 사실이 그를 고무시켰다.

"이번엔 계책을 꾸미지 않을 것 같습니다. 칸과 긴히 나눌 말이 있나 봅니다."

"최근 수유의 작태와 관련해서 해인이 위기를 느꼈을는지 모릅니다."

"일단 밀사를 보내 저의를 파악한 뒤 회담 여부를 결정하는 것이 좋겠습니다."

"그러세요. 빠를수록 좋을 것 같소."

46

다사다난했던 한 해가 저물기도 전에 대부여제국의 번조선은 또다시 크나큰 변고를 당하고 말았다. 용좌에 앉은 지 불과 석 달 만에 해인 칸이 시해된 것이다. 그 충격의 여파는 대부여제국 안팎의 북방 족들에게 거칠게 불어 닥쳤다. 건곤일척의 전면 전쟁이 터질까 노심초사했다.

해인 칸과의 밀담을 앞뒀던 신불사의 심정은 복잡해졌다. 음모를 둘러싼 케케묵은 증오의 해소와 그 진실의 규명이 묻혀 버리는 건 물론이고, 우군이 될 수 있었던 세력의 소멸에 덧대어 적대 세력의 재등장까지 가능한 상황이 되었기 때문이다. 신불사는 안덕향으로 화급히 밀정을 파견했다.

수일이 지난 뒤 임무를 마치고 돌아온 밀정이 배달 칸에게 아뢰었다.

"번조선 친위대의 발표에 따르자면 연국에서 보낸 자객들이 시해한 것이라 하옵니다. 그런데 자객의 침입과 도주의 흔적이 애매모호하여 속단하기 이르다는 소문이 항간에 떠돌았습니다. 사건 이후 번조선 관리들 중 일부가 궁궐 밖 소도 앞마당에서 농성한 적이 있었다고 하나 그 후로는 조용하고 오가 대신들도 잠잠한 가운데, 진조선의 조정 또한 사태 추이를 지켜볼 뿐 아직까지 어떠한 움직임도 보이지 않고 있다고 하옵니다."

"지금 열거한 첩보가 정녕 신뢰할만한 것이냐?"

"그, 그것이 사실을 수집한 내용이긴 하오나 추후 구체적인 확인 과정이 필요할 것이옵니다."

신불사는 곁에 자리한 탁발도추에게 한탄하듯 중얼거렸다.

"저 지경이 되도록 대부여 천자께서는 뭣을 하고 계셨단 말입니까?"

"아직은 불확실한 첩보라고 했습니다만 만약 실제로 그러하다면 그건 필시 여표박 대신을 비롯한 일부 귀족들의 계략에서 나온 소행이 아닐까 합니다."

회의실 막사 입구 쪽에 무릎 꿇고 앉은 밀정이 눈치를 살피며 여쭸다.

"마마, 첩보가 하도 기이하여 보고를 누락한 것이 있사온데 어찌할까 하옵니다."

"무엇이든 획득한 첩보는 가차 없이 말하라. 판단은 내가 할 것이다."

"그것은 다름이 아니옵고, 기자조선의 귀족 중에 기창이라는 자가 군사들을 이끌고 와서 입궁했다고 합니다. 그런 뒤 스스로 번조선의 왕이라 일컫고 보을 천자께 사람을 보내 윤허를 구했다는 풍문이 있사옵니다."

배달 칸이 버럭 언성을 높였다.

"허튼소리! 그것은 수유가 군사력으로 안덕향을 점령했다는 소리가 아니더냐? 밀정은 그와 같은 조짐을 겪어 봤느냐?"

"제가 암중비약할 때는 전혀 느끼지 못했사옵니다."

배달 칸은 곧추세운 몸을 서서히 가라앉혔다.

"그렇겠지. 단군조선의 제도를 모르는 무지몽매한 풍문에 불과하도다. 참! 그곳 번조선의 친위대장은 누구이더냐?"

"모용철륵이라는 자이옵니다."

"모용철륵?"

그는 뒤늦게 번조선 군대에 입대한 선비 족속 출신으로서 신불사의 상곡 공략 때에 유격 부대 소속 돌격대의 지휘관으로 참전하여 혁혁한 전공을 세웠던 바로 그 장수였다. 신불사가 친위대를 거쳐 유격대 장교로 근무할 때 그의 노련한 기개에 주목하여 임무 수행이 필요할 때마다 동참시켰고 공적을 쌓을 수 있게끔 배려한 장수였다.

신불사는 모용철륵의 이름을 다시금 들으니 감회가 새로우면서도 한편으로 꺼림칙한 기분이 듦을 어쩌지 못했다. 아무리 무공이 남달랐다고 해도 그가 벌써 친위대 최고의 자리에까지 이르렀다는 사실이 쉽게 수긍이 가지 않는 것이다.

"그 정도면 충분하다. 수고했으니 그만 나가 보도록 하라."

"칸의 은택을 받자와 충심으로 따르겠나이다."

밀정은 머리를 조아린 뒤 물러갔다.

신불사로서는 의혹이 뇌리에서 사라지지 않았다. 해인 태자가 칸으로 즉위하면서 각별히 모용철륵을 아꼈기에 단번에 대장군으로 임명했다는 얘기가 아니겠는가. 그런데 은총을 입어 임명된 그가 친위 경계를 그처럼 허술히 다뤄 칸이 시해당하도록 방치했다는 것이…?

신불사는 문득 좌중을 둘러보았다. 신하들은 칸의 의중을 들을까 하여 침묵 속에 기다리고 있었다. 신불사는 상념을 지우려는 듯 가볍게 고개를 가로저었다.

"첩보와 장군의 의견을 검토해 보면 연국과 수유에다 대부여의 귀족들까지 결탁한 연합 공세라는 소리가 아닙니까? 그것은 대부여제국의 붕괴가 임박했다는 전조인 것이니 나로서는 당장 받아들이기 어렵습니다. 이번 사태는 수유가 주도해서 저지른 소행이 아닐까 하는 생각입니다."

탁발도추는 깜짝 놀랐다.

"수유 놈들이 말입니까? 안 하던 짓을 갑자기 놈들이 왜? 설마하니 감히 대부여를 갈아엎겠다는 소린 아니겠지요?"

"얼마 전에 우리를 공격하려니 번조선이 목에 걸렸을 것입니다. 때마침 해인은 정통성이 결여된 칸이고 권력 기반도 없다 보니, 이런 약점을 노리고 손쉬운 수법으로 번조선을 장악하려고 했을지 모릅니다. 우리가 군사적 열세를 만회하려고 삼족오 전사를 양성했듯이 충분히 그럴 놈들입니다."

"그런데 알려온 첩보로는 연나라 자객들의 소행이라지 않았습니까?"

탁발도추가 거듭 되묻자 함께 배석한 북막 출신의 내만눌치 마가 대신이 끼어들었다.

"제가 한 말씀 올려도 괜찮겠습니까?"

"물론이고말고요. 마가 대신께서도 어서 의견을 개진하십시오."

"두 나라는 작년에 상곡 성을 돌려주고 화친을 맺었다던데 벌써부터 연나라가 노골적으로 적의를 드러냈을 리 없지 않겠습니까. 첩보를 살펴보건대 왕위 찬탈을 노린 번조선 귀족의 단독이거나 혹은 수유의 귀족과 사사로이 결탁해 일으킨 정변일 가능성을 눈여겨봐야 합니다. 화하족 자객의 짓이라는 소문은 위장하려고 교묘히

458

용병을 동원한 것일 테지요."

내만눌치의 추측에 탁발도추의 신경이 곤두섰다.

"그렇다면 대체 누구를 권좌에 앉히려고 그런 극악무도한 짓을 저질렀단 말입니까?"

추측이 난무하다 보면 자칫 정확한 판단이 흐트러질까 하여 신불사는 여럿 의견을 하나로 모았다.

"일단 한 가지 생각에 집중하는 게 좋을 것 같소. 어떻게 해야 번조선이 원상회복될 수 있는가 하는 것이오."

탁발도추가 재빨리 힘주어 말했다.

"칸께서 번조선의 용좌에 앉으시는 것이 어떻겠습니까? 일찍이 여루 천자께선 신불사 장군을 대부여의 천자로 옹립하라고까지 유언하셨지 않습니까."

"장군, 현실을 돌아봅시다. 고리국의 칸이 번조선의 칸을 겸직한다는 것은 북방 만백성의 시선에 침략과 정복의 군주로 비칠 게 아니겠소? 그것은 고리국뿐만 아니라 대부여제국 전체의 붕괴를 초래하게 될 것이오."

"칸, 듣고 보니 그렇습니다. 제 발언을 거두겠습니다."

"지레짐작으로 나라의 정책을 결정할 사항이 아닌 것 같습니다. 밀정을 추가로 파견하심이 나을 것 같습니다."

엄나우 우가 대신의 조언에 배달 칸은 결단한 듯 몸을 일으켰다.

"장군, 삼족오 전사 서른 명을 선발하세요. 직접 안덕향으로 가서 동태를 살펴봐야겠습니다."

탁발도추는 지체 없이 삼족오 전사들을 불러 모았다. 고리국의 군대는 삼족오 부대를 제외하곤 북방 유목족의 전통을 살려 평상시에는 생업에 종사하다가 유사시에 소속된 부대로 집결하는 징집 체계를 갖추고 있었다.

우가 대신은 고리국의 두 기둥인 배달 칸과 탁발도추 장군이 다 함께 원정에 오르는 것을 우려했다.

"만백성은 칸의 명운과 같이하는 고리국임을 잘 알고 있어 절대적으로 칸에게 의지하고 있습니다. 옥체를 가벼이 거동하시는 것을 삼가야 하지 않을까 합니다."

"염려 마시고, 나 없는 동안 우가 대신이 국정을 원만하게 다스려 주세요. 나의 행보가 곧 국력으로 이어지게 될 것입니다."

탁발도추를 대동한 신불사는 삼족오 전사들을 직접 이끌고 번조선의 안덕향을 향해 거침없이 말을 몰았다.

때는 단기 1993년, 보을 단군 재위 2년. 기원전 340년, 음력 섣달 어느 날이다.

차디차고 으슥한 밤공기를 헤치며 안덕향 도성 가까이 다다르자 신불사는 꽁꽁 얼어붙은 냇물이 있는 계곡에 삼족오 전사들을 머무르게 한 뒤 공양모리 장수에게 지휘를 맡겼다. 그리고는 따로 탁발도추와 전사 세 명을 데리고 걸어 숨어들었다. 도성 외곽에 은신한 신불사는 그곳에 잠복한 첩자로부터 시해 사건의 전말을 보고 받았다.

"자네 이름은 뭔가?"

"조양 출신으로 사공마득이라 합니다."

"그래, 내게 전할 말이 무엇이냐?"

칸의 권한을 대행하는 번조선의 우가 대신 홍두치가 진조선에서 달려온 귀족 누군가와 함께 시해 사건의 수습 및 사후 대책을 논의 중에 있다는 것이다. 수유의 군사 동원 소문의 진상은 해인 칸 사후에 기창이라는 수유 귀족이 추도 차원에서 방문한 것으로 파악되었다고 한다. 사건 초기에 시해의 주범으로 부각되었던 연나라 자객들은 현재까지도 아무런 흔적이 없어 시해 사건은 아직껏 뚜렷한 주모자가 없는 첩첩산중의 상태라는 것이다.

"하아! 아무래도 놈들의 수중에 넘어간 것 같습니다."

탁발도추의 한탄에 신불사는 잠시 침묵에 빠졌다.

"칸, 일단 철수하시지요. 훗날 추이를 봐서 대응하는 게 좋을 것 같습니다."

"장군, 기다려 보세요. 생각을 해 봐야겠습니다."

신불사는 생각에 생각을 더했고 장고 끝에 그가 말문을 열었다.

"놈들의 정체가 누가 됐건 분명한 것은… 놈들은 나를 제거해 권력을 유지했고 해인은 놈들의 술수에 농락당했다는 사실이오. 즉위한 뒤 권력을 되찾으려다 제거당한 것일 테지. 이제 단 하나의 해법은 놈들의 실체를 밝혀내야 한다는 것이오."

"지금 첩보대로라면 외세를 끌어들여 권좌를 찬탈했다는 소리입니다. 놈들이 꼭두각시를 칸으로 옹립한다면 처단이 힘들어지지 않겠습니까?"

"단군조선의 후손들은 우두머리에게 함몰되지 않습니다. 불의한 수단을 써서 등장한 지도자를 따르지 않는다는 얘기지요."

"하긴 그렇습니다. 우리 겨레는 지도자의 부재에도 자신의 길을 뚜벅뚜벅 걸을 줄 아는 족속입니다. 개개인이 하나의 부족이나 다름 없으니까 말입니다."

"그렇소. 단군조선 중에서도 특히 치우의 혈통을 이어받은 구려 족속, 번조선 후예들에게 유별난 기질입니다. 그러한데 어리석게도 놈들은 칸의 제거만으로 나라와 권력을 손아귀에 쥘 수 있을 거라 오판하고 있다는 얘기가 아니겠습니까. …그게 누굴까?"

문득 신불사는 예전에 해인 태자가 자신을 설득하려 할 때의 모습이 뇌리를 스쳤다. 진조선 귀족들에 의해 천자로 옹립될 것이니 거사에 동참하라고 강권하던 반역적 얘기들이 아스라하게….

"칸, 앞으로 어떻게 움직일 생각이십니까?"

"보나마나 궁궐 수비가 매우 삼엄할 것이오. 첩첩이 진을 친 그곳을 몰래 뚫고 들어가기란 불가능할 테지. 다만, 친위대가 지키고 있을 것 인데 그들이 나를 알아보고 지지해 준다면 그보다 좋은 일이 어디 있 을까 싶소만, 일단 민가에 침투해서 동태를 살피도록 합시다."

신불사는 현지인 첩자 사공마득에게 말했다.

"자네 은신처 부근에 묵을 데가 있겠느냐?"

"물론입니다. 제가 아는 숙소로 가시지요."

"공연히 우리 때문에 해를 입지는 않겠느냐?"

"전혀 그렇지 않습니다. 제 동료들은 장군님을 오매불망 기다려 왔습니다."

"고맙네, 사공마득. 계곡에 머무는 전사들도 마저 불러들이게. 우리에겐 휴식이 필요하다네."

"넷! 즉시 명령에 따르겠습니다, 장군님."

한때 신불사 군대의 부하 병사였다는 상인 신분의 사공마득은 신불사를 아직껏 장군으로 깍듯이 모셨다. 신불사와 삼족오 전사들은 그의 안내를 받아 안덕향 도성 외곽에 맞대어 지어진 민가 촌락으로 들어섰다.

그곳에는 벽돌을 쌓아 올려 지은 기와집과 판잣집들, 짚단으로 이엉을 이은 초가지붕의 흙담집 등 형편에 따라 각양각색의 집들이 지어져 있었다. 각처에서 모여든 상인들이 묵을 숙소와 마구간, 창고, 식당 등이 자갈이 깔린 길가를 따라 쭉 늘어섰고 길손들의 여흥을 위한 춤과 노래, 씨름, 마술, 태견 등의 크고 작은 공연장이 주거지 뒤편 초원의 동산 기슭에 따로 마련되어 있었다.

삼족오 전사들은 타고 온 말들을 마구간으로 몰아넣은 뒤 사공마득이 권하는 황토방 숙소에 여장을 풀었다.

"지금부터는 고리국의 상인 신분으로 체류하시는 것입니다."

종사자들의 환대 속에 삼족오 전사들은 감쪽같이 상인으로 둔갑되었다. 신불사의 도성 진입은 출입이 비교적 자유로운 한낮을 택하기로 했다.

다음 날, 상인 신분으로 성문을 통과한 신불사와 탁발도추는 의혹투성이인 시해 사건의 실마리를 풀어볼 요량에 사공마득과 함께 도성 곳곳을 누볐다. 삼족오 전사들은 민가에 은둔하며 혹시라도 있을지 모를 작전 명령에 대비하여 주변 지형의 파악에 들어갔다.

햇살을 비집는 뒤바람 속에서도 거리는 활기에 넘쳤다. 장터에서는 각처에서 운집한 상인들이 길가에 즐비하게 늘어선 가게와 모여든 주민을 상대로 갖가지 물품을 거래하느라 시끌벅적했다.

신불사와 일행은 관청가의 이곳저곳을 떠돌다가 경계가 삼엄한 궁성을 먼발치서 지나쳤다. 널따란 평지에 우뚝 솟듯 건설된 채색 벽돌과 붉은 기와의 궁궐은 그 규모가 작지만 화려했다. 언덕과 돌산을 끼고 오랜 세월 하나씩 쌓아 올려 지어진, 자연석과 오지기와의 웅장한 장당경 궁궐과는 분위기와 모양새가 사뭇 달랐다.

방어를 위해 궁성 대문 밖에서부터 양쪽으로 둥글게 벽돌을 쌓아 진을 쳤고 폭이 널찍하고 깊숙한 해자 구덩이에는 날카로운 창날이 촘촘히 박혀 있었다. 중앙 성루에는 대형 화살대인 쇠뇌가 다수 장착되어 있어 대규모 마차 부대와 공성 병력의 진입을 제압하는데 만반의 태세를 갖춘 요새로 우뚝 자리 잡고 있었다. 게다가 칸이 시해당한 혼란기라 그러할까. 중무장한 상태로 빽빽이 배치된 파수병들의 눈빛이 마치 심야의 맹수처럼 살기등등했다.

안덕향을 처음 와 본 탁발도추는 슬쩍 사기가 꺾인 듯 어깨를 움찔거렸다.

"진취적 기풍이 느껴지는 게 예사로운 병력이 아닌데요?"

"이곳 궁궐은 평상시에도 저렇게 수비하고 있소. 육로와 해상, 때를 가리지 않는 돌발적 침입에 이골이 났다고나 할까."

"네? 아니 그럼 저다지 경계가 삼엄한데도 자객들에게 뚫렸다는 말씀이십니까?"

"그러니 내통한 세력이 없을 수가 없다는 것이오."

"그렇다면 친위대까지 가담한…?"

"쉿! 단정 짓긴 이르지만 아무튼 그래서 내 신분을 숨기는 게 아니겠소."

그날 밤에 신불사는 사공마득만을 대동한 채 말을 몰아 50리가량 떨어진 해변에 면한 토곡 마을을 찾아들었다. 별빛에 길을 찾아야 하는 그믐밤이라지만 유독 괴이하리만큼 사방이 고즈넉했다.

"장군님, 이쪽입니다."

사공마득은 희미한 등잔 불빛이 비치는 외딴 흙담집의 싸리문을 밀고 들어갔다. 쿨룩쿨룩, 방문 열고 내다보며 연달아 잔기침하던 쇠약한 노인은 어둠 속에서 모습을 드러내는 신불사를 보곤 선뜻 반겼다.

"이게 누구야? 정말로 신불사로군."

"득태 아버지 아니십니까? 다 같이 떠나지 않으셨군요?"

"늙은 내가 가면 어딜 가겠나. 그것보다 왜 이제 나타난 게야?"

"누명 쓰고 숨어 지낼 때라 여의치 않았습니다."

"그러고 있을 게 아니라 어서 안으로 들어오게나."

신불사는 등잔 불꽃이 흔들거리는 방 안으로 들어갔다. 사공마득은 잡초가 듬성듬성 나 있는 마당으로 내려서며 어둠에 묻힌 마을 전경을 빙 둘러보았다.

"날씨가 춥네. 이쪽 구들 아랫목에 앉게."

신불사는 호의를 베푸는 노인의 두 손을 덥석 감싸며 다가앉았다.

"그간 마을이 쇠퇴해진 것 같아 안타깝습니다."

"신씨 일가가 떠난 뒤 마을이 생기를 잃고 근근이 살아가고 있다네. 거기다가 해적들까지 시도 때도 없이 나타나선 노략질을 일삼으니 이곳에서 오래 살긴 힘들어졌어. 다들 동쪽으로 갈까 어쩔까 그러고 있다네."

"아저씨, 제 가족이 어떻게 떠나갔는지 궁금합니다."

"자네가 체포됐다는 소식을 전해 듣자마자 자네 큰아버지가 일가를 불러 모은 뒤 큰소리로 외쳤다네."

마을의 추장이었던 신불사의 큰아버지가 씨족들이 모인 가운데 대성일갈했다.

"역적의 누명을 쓴 기록이 있는 가문에서 모처럼 장군이 탄생하니, 일가붙이들이 천하의 인재를 배출했다며 다들 환호했었지. 한데 이것이 한편으로 불길했다네. 고깃배를 노 저으며 살던, 귀족 가문이 아닌 자가 호화로운 귀족들의 놀잇배에 올라탔을 때 한번은 휘몰아칠지도 모를 폭풍우를 어찌 헤쳐 나갈까 했던 우려가 막상 이렇듯 눈앞에 닥치니 무척 당황스럽다고나 할까, 어처구니없다고나 할까. 어쨌든 배는 난파되어 엎어졌으니 시기와 음모에 부서진 파편이 우리마저 갈기갈기 찢어 놓기 전에 이곳을 떠나야 하는데, 북방의 하늘을 떠나 이곳에까지 떠밀려 온 우리 가문의 사람들은 이제 막조선의 바다로 가는 막다른 길밖엔 없다고 보는데, 다들 어찌 생각하는가?"

지난날을 회상하며 옛적의 일화를 들려주던 노인은 길게 한숨을 내질렀다.

"휴! 사람들은 그래도 조금은 버텼어. 그랬다가 자네가 실종됐다는 소식을 나중에 접하게 되자 내내 망설였던 사람들 모두가 결국은 동의하고 다 함께 떠났다네. 자네 어머니와 형제들도 그때 떠났지. 그나마 하늘님께서 도왔던 게야. 어찌 보면 일가가 몰살되어도 항변할 여지가 없었던 사건이 아닌가."

들기름 등잔의 심지가 그을음을 내며 꼬리 모양의 연기를 피웠다.

"아저씨, 떠났다는 막조선의 고을 이름을 모르십니까?"

"그들도 몰랐네. 무작정 배 다섯 척에 나눠서 타고 갔지. 하여간 남쪽의 따뜻한 바닷가로 간다고 했어."

"아저씨, 혹시 어머니가 제게 남긴 말씀이 없었습니까?"

"떠날 때 훌쩍이기만 하셨지. 자네가 살았을 거라고는 전혀 짐작도 못 하셨네."

신불사는 철썩거리는 파도 소리만 뱃전에 부서져 들려올 뿐 칠흑같이 어둑어둑한 바닷가에 검푸른 장승처럼 우뚝 섰다.

'지나온 내 삶을 되짚어 보니 정녕 철없었다고나 할까. 세상물정을 몰랐다고나 할까. 아무튼 매사를 낙천적으로, 긍정하며 지내려는 속성 때문에, 참된 것을 잊어먹거나 잃어버리고 살았던 세월의 연속이었던 것 같다. 반역 가문의 멍에를 짊어지고도 고집부려 경당을 선택했고, 무사의 길을 걸었으며, 결국 암살과 음모, 정변의 소용돌이에 휘둘리는 결과를 낳았어. 나의 선택이 이러해서 부모 형제와 씨족의 해체를 불러오고, 사랑하는 여인을 잃는 지경에 이른 것이다. 이제 또 어떤 운명이 기다리고 있어 나를 이 굴레에서 벗어나게 할 것인지!'

신불사는 물살의 서늘한 기운을 온몸으로 흠뻑 적시며 밤하늘의 뭇별들을 언제까지고 우러렀다.

47

번조선 궁궐 근처에 자리한 소도 앞 너른 마당에는 남녀노소 할 것 없이 사람들이 꾸역꾸역 모여들었다. 오늘 정시에 중대 발표가 있다는 친위대의 포고가 있었기 때문이다. 운집한 백성들은 저마다 비장함과 기대, 불안의 빛이 교차하는 가운데 시해 사건의 전말에 대한 결과가 속히 발표되기만을 기다렸다.

이윽고 마당의 동쪽 층층다리 끝자락에 벽와를 올려 지은 연단

위로 늙고 뚱뚱한 친위대 장수가 무장한 병사 둘을 데리고 올라왔다. 그는 긴장한 낯빛으로 군중을 둘러본 후 죽간을 펼쳐 들고 격문을 읽어 내려갔다.

"으흠, 알린다. 우리의 용맹하신 친위대장 모용철륵 대장군께서 일찍이 오가 대신들의 천거를 받으시어 칸의 후보에 오르신 사실을 만백성은 알 것이다."

곧바로 주변이 웅성거렸다. 장수는 눈알을 굴려 죽간 너머 군중의 동태를 살폈다. 그는 일부러 목소리를 높이며 계속해서 읽어 내려갔다.

"그리하여 대부여제국의 거룩하신 보을 천자의 윤허를 거쳐 마침내 모용철륵 대장군께서 칸의 용좌에 옹립되시기에 이르렀다."

지켜보는 군중 사이에서 원성이 터져 나왔다.

"그게 무슨 말이오? 우리가 모르는 화백 회의가 언제 열렸다는 것이오?"

불평을 늘어놓으며 불안해하는 아낙들과 장정 무리에 휩쓸려 있던 첩자 사공마득은 이 같은 광경을 묵묵히 지켜보고 있었다. 친위대 장수는 군중들의 원성을 무시하며 낭독을 계속했다.

"그런즉 머지않아 세세손손 길이 남을 즉위식을 성대히 거행할 것이니… 만백성들은 그날이 이르기까지…"

"시해한 범인이 대체 누구요! 그야말로 만고역적의 만행을 얼렁뚱땅 덮겠다니 도저히 묵과할 수 없소!"

연단 가까이 몰려든 일단의 장정들이 목에 핏대를 세우며 고래고래 소리를 질렀다.

"덮다니? 범인을 모른다니? 허어! 일전에 발표하지 않았는가! 고죽국 출신의 마가 대신 엄부리가 연국 자객 놈들을 동원해 일으킨 역모라고! 내 이것을 마저 읽어야 하니…."

"거짓말!", "엄부리 대신은 지금 어디 있소?", "누명 씌워 죽인 게 분명하다!"

너른 마당에 한줄기 회오리가 흙먼지를 불러일으키고, 장정들의 고함과 거친 몸짓이 화산 불덩이처럼 여기저기 툭툭 불거지자, 수수 방관하던 사람들의 거동조차 부쩍 번잡해져 갔다. 이에 놀란 장수의 발언이 뚝뚝 끊기고는 했다.

"만백성들은 거룩한 그날까지 소도로 나아가… 천신께 축복과 감사의 기도를 올리고…."

늙은 장수는 시해 사건과 관련된 명명백백한 수사 결과의 발표보다 칸의 옹립을 확정시키는 선포에만 매달려 허둥거렸다. 이러한 어리석은 작태를 보다 못한 백성들의 함성과 질타가 여기저기서 터져 나오자 그는 격문을 마저 읽지 못하고 변명하기에 급급했다.

"사건의 실체는… 진실은 이미 이곳 당골께서도 인정하신 것이오. 아니, 천신의 거룩하신 뜻을… 뜻을 감히 거역하겠다는 것이냐!"

외치듯 내지르는 늙은 장수의 고함조차 군중들의 조롱 섞인 함성에 어이없이 묻혀 버렸다.

"고로한 당골이 주책바가지일세!", "이곳 당골은 추한 요물이도다!"

그러자 뒤늦게 사태의 심각성을 깨달은 늙은 장수는 황급히 연단에서 내려와 그곳을 빠져나가려 했다.

"이놈들아! 냉큼 비켜라!"

그러나 에워싼 군중에 의해 옴짝달싹하지 못하고 심지어 멱살을 잡힌 채 이리저리 끌려가기까지 했다. 삽시간에 소동으로 번진 것이다.

이때, 군중의 배후로 무장한 친위대 기마 분대가 바람을 일으키며 나타났다. 말의 울음과 말발굽 소리에 군중들은 놀라 뒤돌아보았고 일순 찬물을 끼얹은 듯 잠잠해졌다. 선두에 선 우락부락한 외모의 장수가 허리춤에 찬 칼집에서 장검을 쓰윽, 빼 들었다. 그가 우렁찬 목소리로 외쳤다.

"해산하라! 저항하면 즉시 체포될 것이다!"

전광석화처럼 등장한 기마병들의 살기등등한 위용에 남녀노소의 군중은 화들짝 놀라 몸을 사렸다. 첩자 사공마득은 황급히 군중에서 이탈하여 피신하려고 했다. 이때 군중 속에서 한 장정이 외쳤다.

"조선은 우리의 나라다! 우리는 진실을 알기 원한다!"

"그렇다!" "우리가 이룩한 나라다!"

군중은 부화뇌동하여 다시금 분개했다. 진실을 알기 원하는 백성들의 정당한 요구를 무력으로 진압하려는 친위대의 행위야말로 단군조선 건국 이래로 유례가 없는 폭거이자 용납할 수 없는 수치였던 것이다.

경고에도 불구하고 군중의 거센 저항에 부딪히자, '돌격 앞으로!' 기마병들은 대열을 유지한 채 군중 속으로 질주했다. 그리고 채찍을 휘둘렀다. 어디선가 잇달아 가세한 친위대 보병들이 방패를 앞세우며 군중을 밀어붙였고 몽둥이를 마구 휘둘렀다. 예상치 못한 폭압에 군중은 비명을 지르며 흩어졌으나, 일단의 장정들을 비롯한 일부 군중은 부당한 처사를 성토하며 물러서지 않고 저항했다.

그들은 몽둥이와 채찍 세례에 쓰러졌고 몸뚱이가 말발굽에 짓밟혔다. 한편에서는 항거하는 장정들에게 포위당한 친위대 병사들이 칼을 치켜들고 마구 휘두르기 시작했다. 장정들은 물러서지 않고 칼을 빼 들고 맞섰다. 기마병의 말들이 칼에 맞아 고꾸라지고 기병들이 나가떨어졌다.

아수라장이 된 소도 앞마당은 뿌연 먼지를 일으키며 핏빛으로 물들어 갔다.

그때 신불사는 민가 숙소에서 탁발도추와 머리를 맞대고 있었다. 오늘 밤 이슥한 시간에 접선하는 한 친위대 장교로부터 시해 사건의 실체를 알아내고 그것에 적절히 대응할 지략을 짜내기 위해서였다. 밀약한 친위대 장교는 심양 출신의 연소춘이라는 인물로서 상곡 정벌 때에 신불사가 지휘한 연합 군대의 유격 부대에서 장수로 활약했으며 당시에 전사였던 사공마득의 직속 상관이기도 했다.

마침내 걷잡을 수 없이 번져 나간 너른 마당의 아비규환은 도성 밖에까지 우렛소리와 같이 덮쳤다.

"이게 무슨 소리지?"

탁발도추는 방바닥에 놓인 장검을 집어 들었다. 방문을 열어젖혀 내다보니 털가죽 조끼를 걸친 공양모리 장수가 싸리나무 울타리를 넘어 헐레벌떡 달려왔다.

"큰일 났습니다! 도성 안에서 난동이 일어났습니다. 그 와중에 우리 전사 두 명이 친위대에 붙잡혀 갔습니다."

"그게 뭔 소리지? 무슨 죄목으로 체포됐다는 것이냐?"

"다름이 아니라 난동을 진압하면서 구경하던 사람들까지 마구잡이로 끌고 갔다고 합니다."

"이런 멍청한 놈을 봤나! 그까짓 진압 작전 하나 제때 피하지 못하다니!"

탁발도추의 질책을 뒤로하고 신불사가 뜰로 내려서며 물었다.

"오늘 발표에 무슨 문제가 있었더냐?"

"이곳의 친위대장이 칸의 보위에 오른다고 공표했답니다."

"무엇이? 모용철륵 그자가?"

"그래서 도성의 백성들이 들고일어났다고 합니다."

신불사의 안색이 먹구름에 휩싸이는 듯 어두워졌다.

'그렇군! 이것이야말로, 지고하고 거룩하신 한님께서 주관하시는 천체의 운행 중에 가장 또렷해야 할 태양의 심오한 흐름을, 감히 손바닥으로 가리고야 말겠다는 반역의 실체가 아니겠는가! 이번 시해 사건의 주범이, 놈들의 정체가, 적나라하게 드러난 게 아니겠더냐!'

덧없이 주변을 휘 둘러볼 때에 싸리 울타리 너머로 사공마득의 모습이 어른거렸다.

"장수는 가서 전사들을 계곡으로 이동시켜라. 추후 다시 명령을 내리겠다."

신불사는 공양모리 장수를 돌려보낸 뒤 허둥대며 다가온 사공마득을 방안으로 불러들였다.

"장군님, 갑자기 상황이 급박하게 돌아가고 있습니다. 지금이라도 접선을 포기하고 서둘러 철수하는 게 어떨까 합니다."

"혼란을 역이용하면 기회가 되기도 하지. 우리에게 천우가 닿을 것 같지 않은가."

오히려 패기만만한 신불사의 장담에 사공마득의 몸짓이 일순 누그러졌다.

"그런데 우리 전사 두 명이 붙잡혀 갔다는군."

"아, 그렇습니까?"

"계획한 대로 장교와의 밀약이 이뤄지겠느냐?"

신불사의 담담한 태도에 사공마득은 도성의 소동을 금세 잊어먹은 듯했다.

"그야 물론입니다. 만나서 확인한 바로는 달아났다던 엄부리 대신이 지하 감옥에 갇혀 있는 게 틀림없다고 합니다. 대신을 만나게 되면 시해 사건에 관한 증언을 들을 수 있을지도 모릅니다."

"알겠네. 그런데 잡힌 두 전사를 빼낼 방법이 없을까?"

"아! 그것은, 구경꾼이야 바로 풀려나지 않겠습니까? 수틀리면 이따 연소춘 장교에게 말해 보십시오."

조마조마한 심정으로 듣고 있던 탁발도추가 대화에 끼어들었다.

"칸, 굳이 만나시겠다면 아무래도 제가 대신 가는 게 낫지 않겠습니까? 상황이 무척 나빠졌습니다."

"그런다고 위험 부담이 줄어드는 게 아니잖소. 장군보다는 내가 일면식이 있어 여러모로 나을 것이오."

그날 밤, 신불사는 사공마득과 함께 가파른 산중턱에 자리한 감옥소 입구에 들어섰다. 도성에서 북쪽으로 30리가량 떨어진 곳으로 부식물을 운반하는 수레꾼들 틈에 섞여 검문 초소를 뚫고 무사히 이곳까지 올 수 있었다. 이곳은 본래 옥석을 채굴하던 채석장이었는데, 전쟁 포로와 중범죄 죄수를 격리 수용하기 위해 일부 폐광된 자투리땅에다 별도의 감옥소를 지은 것이다.

위병 초소 앞에는 보초병들 외에 당직 사령인 연소춘 장교가 무장한 장수 두 명을 대동하고서 기다리고 있었다.

"무장은 해제하셔야 합니다."

장교의 언급에 신불사는 품속에 은밀히 감췄던 단검을 풀어 헤쳤다. 그에게는 부적과도 같은 호신 무기로써 한때 부하였던 연소춘이 그 기억을 떠올린 것이다.

"사공마득은 수레를 따라 창고로 가고, 장군께서는 저를 따르시지요."

냉철한 태도로 일관하는 연소춘의 지시에 사공마득은 일순간 움찔했다.

'아차, 이럴 수가! 그러고 보니 위병소가 아닌 부식 창고에서 장교와 접촉하기로 약속한 게 아니었던가? 그것도 은밀히, 아무도 모르게 말이다! 그런데 약속과 달리 그는 무장한 부하들까지 거느린 채 불쑥 나타났고, 게다가 자기와 신불사 장군을 떼어 놓겠다고 하니 이것이 뜻하는 바가 무엇일까? 아, 함정에 빠졌고 사로잡힐 운명에

처했다는 신호가 아닐는지!'

그러나 돌발 변수 탓에 혼선이 일어난 머릿속을 추슬를 겨를도 없이 사공마득은 동료들이 끄는 수레 뒤꽁무니를 엉거주춤 쫓을 수밖에 없었다.

지시를 내린 뒤 연소춘은 곧장 길을 가로질러 나아갔다. 얼결에 신불사는 장교를 따랐고 부하들이 감시하듯 그의 뒤를 따랐다.

"저를 아십니까?"

한발 앞서 걷는 장교의 말투는 여전히 무미건조했다.

"용맹한 유격 전사로 기억하고 있지."

장교는 큼직한 황토 벽돌을 겹겹이 쌓아 올려 안을 들여다볼 수 없게 지은 감옥소 부근을 지나 돌산의 동굴 입구에 다다랐다. 거기엔 청동 문이 설치되어 있었다. 장교가 다가가자 그 앞을 지키고 섰던 보초병 둘이 문빗장을 푼 뒤 활짝 열어젖혔다.

"병사들은 모두 여기서 대기하라."

장교는 이글거리는 횃불을 손아귀에 틀어쥐고 땅속 깊숙이 파 들어간 지하로 거침없이 내려갔다.

"채석장이 언제부터 감옥으로 사용됐나?"

"지금도 뒤편 언덕배기에서는 옥석을 캐내고 있습니다. 감옥을 따로 만들어 죄수들을 노역에 동원시키고 있습니다."

"저런! 그러다 무고한 사람들까지 노예로 삼게 되지 않을까?"

"광석 채굴과 국토 건설을 위해 불가피한 조치로 알고 있습니다만."

옥 원석을 캐내느라 구석구석이 움푹 파진 땅굴을 지나다 보니

476

어느덧 지하 감옥의 어느 음침한 독방 근처에 이르렀다.

"저는 여기 있겠습니다. 오래 지체하시면 안 됩니다."

장교는 횃불을 건네지 않았다. 암벽에 걸려 있는 등잔 불빛이 감방 주변을 간신히 밝히고 있었다. 뚝 뚝, 어둠 너머로 들려오는 낙숫물 소리가 신경을 곤두세웠다. 신불사는 가만히 다가가 통나무 창살로 엮은 감방 안을 들여다보았다. 거기 짐승 우리처럼 생겨 먹은 골방에는 한 쇠약한 노인이 몸뚱이를 구부린 채 모로 누워 있었다.

"어르신! 저, 신불사입니다."

"응?"

노인은 잠들지 않았던 듯 기척을 냈다.

"일어나 보십시오, 엄부리 대신님."

해져 너덜해진 흰 두루마리를 걸친 노인이 희미한 불빛 속에 몸을 일으켜 앉는다. 고문을 당한 듯 얼굴에 온통 생채기가 났고 핏물이 엉겨 붙었다.

"누구라고? 신불사?"

"그렇습니다. 제가 왔습니다."

노인은 기진맥진한 몸을 질질 끌며 옥 문살을 붙들고 다가앉았다.

"이보게. 나는 역모를 꾸미지 않았어. 그건 자네도 알 걸세."

감겨드는 음성이 목젖에서 그렁거렸다.

"대신님, 몸이 어쩌다 이 지경이 됐습니까? 누가 감히 이런 짓을!"

"고문을 당한 거라네.

"아니? 고문은 결코 있을 수 없는 일이온데 감히 대신님께 이 짓을

하다니요? 오! 되놈들이나 하는 짓인 것을. …어르신, 정변의 주모
자가 누군지 아십니까?"

울분을 억누르느라 신불사의 목소리는 낮고 탁했다.

"느닷없이 끌려와 당최 영문을 모르겠네만, 친위대 장수들이 나를
고문했고 묘무실의 셋째아들 묘수천이 이곳에 나타나 내게 허위 자
백을 강요했다네."

"묘무실이라면, 진조선의 구가 대신이었던 자가 아닙니까?"

"그렇다네. 역적모의로 처형을 당한 자였지. 그 자식 놈이 이곳 번
조선을 휘젓고 다니는 모양이라네."

"그렇다면?"

"묘수천이 모용철륵과 합세해서 반란을 일으킨 거라 봐야 하지 않
겠나."

"대신님, 혹시 수유나 다른 귀족들의 움직임은 없었습니까?"

"없었네. 다들 눈치나 보며 개처럼 끌려다녔지. 그나마 내가 해인
칸의 서거를 놓고 진상 조사에 들어가려 하니까 불현듯 나를 강제
로 체포한 것이야."

"대신님, 어떡하든 전모를 밝혀내어 기필코 불의한 자를 처단할
것입니다."

"고맙네. 어떻게 여기까지 찾아왔는지 모르겠네만 부디 몸조심하
게나."

"네, 아무쪼록 대신님께서는 그때까지 의기가 꺾이지 않으셔야 합
니다."

이러할 때 연소춘 장교는 모퉁이에 우두커니 서서 두 사람의 대화를 귀담아듣고 있었다.

48

밖으로 나온 신불사는 아까처럼 앞장서서 걸어가는 장교의 뒤를 따랐다. 그 뒤로 무장한 두 장수는 여전히 감시 태세를 취했다.

"들어갈 때 그 길이 아닌데?"

"친위대장 모용철록 대장군님을 뵈러 가는 길입니다."

예상치 못한 기류 변화에 신불사는 몸을 사렸다.

"내가 여기 온 것을 알고 있다고?"

"제 권한만으로 엄부리 대신과의 옥중 면회가 가능했겠습니까?"

"왜 그랬지? 내가 계략에 걸려든 것인가?"

"장군님, 음모를 파헤치려면 막다른 수를 쓸 수밖엔 없지 않겠습니까?"

"그런가? …만약 그가 나를 체포하려 했다면?"

"그랬다면 사전에 사공마득에게 귀띔했을 것이고, 대장군님께는 눈치채고 달아났다는 식으로 보고했을 것입니다."

신불사는 문득 지척에서 뒤따르는 장수들의 눈치를 살폈다. 이처럼 비밀스런 얘기를 아무렇게나 내뱉어도 뒤탈이 없을 것인지 우려되었다. 이를 알아차린 장교가 덧붙여 말했다.

"저와 생사고락을 피로써 결의한 형제들입니다."

자신만만해하는 장교의 태도에 긴장의 끈을 늦춘 신불사는 갑작스레 생긴 의문점을 묻지 않을 수 없었다.

"나를 만나려는 이유가 뭘까? 그는 엄부리 대신의 증언에 의해 주모자의 실체가 명명백백히 밝혀지게 될 것을 알면서도 가만 내버려 두었다."

"친위대장께서는 처음엔 주저하셨습니다. 제가 권유해서 옥중 면회가 성사된 것입니다."

"가만, 자네가 나를 끌어들여 면회를 꾀한 것이라고?"

"그렇습니다. 제 자신도 엄부리 대신의 양심과 진실에 입각한 진술이 못내 궁금했었습니다. 그랬던 것이 오늘 비로소 추측에서 벗어나 사건의 전모를 파악하게 된 것입니다."

"장교, 참으로 당돌하고도 무모한 추진을 한 것 같네. 나의 수족을 이렇게 묶어 놓고, 그래서 얻은 정보 외에 달라질 게 뭐가 있다는 것이지? 이제라도 여차하면 모두가 그의 칼에 죽게 되는 게 아니겠는가?"

장교는 눈빛이 언뜻 흔들렸을 뿐 더 이상의 답변을 하지 않았다. 그가 근무하는 검붉은 벽돌의 감옥소 본부에 다다랐기 때문이었을까.

"저기 지휘소에 와 계십니다."

멀리 본부 주변으로 횃불을 든 기마 분대의 근위병들이 불야성을 이루고 있었다. 그들은 시해 사건 이후에 특별히 조직되어 모용철륵을 밀착 경호하는 임무를 부여받은 전사들이었다.

　연소춘이 걸음을 재촉할 때에 감옥소 본부의 외곽 지대에서 웅성대는 일단의 보초병들이 눈에 띄었다. 족히 스무여 명은 될 성싶다.
　'돌담을 쌓아 테두리를 두른 그곳에까지 둘러 가며 경계를 서다니? 오늘 낮에 벌어진 소동 때문에 병사들을 집결시키기라도? 혹시 나를 체포하려는…?'
　온갖 잡생각이 맴돌다 문득 불길한 예감이 뇌리를 스친 신불사는 황급히 장교에게 물었다.
　"이곳의 주둔 병력은 다 뭣인가? 노역에 시달리는 비무장 죄수를 상대로 부대 단위의 병력까지 과연 필요할까?"
　"옥에 환장한 화하족 도적들이 뜬금없이 기어들곤 합니다. 골칫덩어리들이지요."
　"이곳까지 넘본다고?"
　다행히 자신과는 상관없는 병력 배치인 것 같아 신불사는 마음을 누그러뜨렸다.
　"그렇습니다. 뱃길을 우리 수군이 통제하는데도 불구하고 거머리같이 악착스럽습니다. 조금이라도 방심하면 곳간 이곳저곳에 들이닥쳐 옥은 물론이고 콩, 가죽, 비단 따위를 손에 집히는 대로 싹쓸이해 가는 실정입니다."
　"큰일이로군. 나라가 망조에 든 것인가?"
　"곳곳이 곪아 터졌습니다. 그러니 썩은 내에 버러지들이 엉겨 붙듯이…으음!"

연소춘 장교는 울화가 치미는 듯 말을 중단하더니 불쑥 큰소리로
외쳤다.

"제군들은 거기서 뭣들 하는 것이냐?"

그러자 한 병사가 한달음에 달려와 불만을 토로했다.

"근위병 애들이 본부를 접수하면서 외곽 경계와 영내 순찰을 지시
했습니다요."

연소춘은 불쾌한 감정을 드러내며 이맛살을 찌푸렸다.

"저놈들이 갈수록 안하무인이로군!"

연소춘 일행과 신불사는 지휘소 입구를 지키고 있는 근위병들의
눈총을 받으며 앞마당으로 들어섰다. 그곳에는 커다란 수레바퀴가
장착된 호화찬란한 이륜마차가 대기하고 있었다. 빛살 문양의 태양
이 수놓아진 양탄자와 금박을 입힌 마갑 등, 온갖 장식으로 치장된
백마 세 필이 연신 드센 콧김을 내뿜고 있다. 생전에 가색 칸이 즐겨
애용하던 삼두마차가 절로 연상될 만큼 지존만이 탈 수 있는 명마
의 자태였다.

내부로 통하는 출입문 앞에 버티고 섰던 구레나룻의 근위병 장수
는 입가에 냉소를 머금은 채 자기보다 상관인 연소춘 장교의 등장
에도 거들먹거렸고 마치 수하를 대하듯이 고갯짓을 했다.

"거기 둘은 대기하고! 나머진 들어가 보슈."

시건방지고 무례하기 이를 데 없는 구레나룻 장수의 행태에 연소
춘의 미간이 또다시 찌푸려졌다.

'네놈이 감히!'

다 같은 우군이고 자신의 근무지이건만 철저히 타자 취급을 받아야 하는 이 상황이 연소춘에게는 치욕으로 새겨졌다.

연소춘은 노기 띤 낯빛으로 출입문을 열었다. 그의 불편한 심사를 엿보던 신불사가 먼저 안으로 들어섰다. 실내는 의외로 어둑했다. 맨 안쪽 구석에서 쇠락한 빛으로 가물거리는 등잔불이 맨 먼저 눈에 들어왔다. 아무 기척이 없는가 싶더니 정중앙에 설치한 화로 너머에서 모용철륵이 의자 소리를 내며 벌떡 몸을 일으켰다. 아마도 숯불이 타들어 가는 화롯가에 앉아 졸고 있었던 듯 약간 몸을 휘청거렸다. 그는 신불사를 보자 한껏 두 팔을 벌리며 옛정을 과시했다.

"결국은 장군님을 다시 뵙게 되는군요! 하하."

모용철륵은 소리 내어 웃었다. 진심에서 우러나오는 호의적인 말투였으나 그 역시도 장군이라는 호칭을 사용했다. 그것은 부하 시절을 떠올린 자연스런 경칭이라기보다 예전에 해인 칸이 보낸 밀서의 경우처럼 신생 고리국을, 그리고 칸의 위치를 인정치 않겠다는 외교상의 숨은 의도가 다분한 표현이라 봐야 했다.

"때늦은 인사나마 대장군이 되시어 친위대장으로 취임하신 위업을 진심으로 축하드리는 바입니다."

신불사는 목례까지 곁들이며 그의 숨겨져 있을 적의를 흐트러뜨리려 했다.

"아이고, 과찬의 말씀이십니다. 그러지 말고 이쪽으로 오시지요."

모용철륵은 화롯가로 인도했고 탁자 너머 맞은편에 놓인 의자에 앉기를 권했다. 그가 손짓하자 문 앞에서 대기하던 연소춘 장교가 막대처럼 긴 청동 기름등잔을 가져와 불을 붙인 뒤 가까운 거치대에 걸었다. 실내가 삽시간에 환해졌다. 그러자 모용철륵의 얼굴에 사선의 칼자국이 선명하게 드러났다. 그간에 수차례 치열한 격전을 치른 듯했다.

"귀관도 여기 있게."

모용철륵은 자기 곁에 연소춘 장교를 머물게 했다. 모용철륵은 맞은편에 앉은 신불사에게 훈시하듯이 말했다.

"장군! 이번 사건은 단언컨대 묘수천과 기창이 진조선 귀족들과 결탁해서 일으킨 정변이었소. 해인 칸께서 그들을 가까이하시는 바람에 호위에 실패한 거였소. 다만 엄부리는 진조선의 저가 대신 패거리와 내통하여 불한당들의 반란을 부추긴 것은 물론 사건의 날조까지 획책했기에 체포했던 것이오. 다시 말해 묘수천의 복수전에 기창과 여표박 등의 세력이 가담했고, 엄부리와 같은 일부 귀족들이 반발하여 뒤엉킨 정변이었다는 얘기지요."

그럴듯한 모용철륵의 주장이 일단락되자 신불사가 즉각 의문을 던졌다.

"그렇다면 묘수천과 기창은 지금 어디 있습니까? 왜 그들을 체포하지 않는 것입니까?"

모용철륵은 주위를 환기시키려는 듯 손바닥으로 자기 무릎을 세게 내리쳤다.

"그들은 이미 번조선의 칸으로 나를 추대했소. 이제 와서 그들과 대적해 본들 새삼 무슨 경사가 있을 것인지 나는 도무지 모르겠소. 한때 홍산의 욕살이었던 묘수천과 처형당한 애비 묘무실이 지금 진조선의 실권을 쥐고 있는 여표박 무리와 평소 끈끈한 사이였다는 사실을 모르는 사람이 없을 테지. 그러니 이왕에 불은 싸질러 버린 것. 나라를 지탱하기 위해서라도 환란의 수습이 더 중요한 게 아니겠소? 더더군다나 혼란한 틈을 노려 불한당 패거리까지 무도한 폭동을 일으키는 이 시국에 말이오."

"그러할진대 유독 엄부리 대신을 잡아들인 까닭은 또 무엇입니까?"

"어허, 내가 말하지 않았소. 그자는 환란을 일으킨 자라고!"

그가 발칵 화를 내자 신불사가 맞받아쳤다.

"정의는 일단 칼집 속에 묻어 둘지라도 그들과의 야합을 멈추지 않는 한, 대장군께서도 해인과 똑같은 운명의 길을 걷게 될 것이 아닐까 합니다."

신불사는 선뜻 말을 내뱉고는 자신이 분노하고 있음을 자각했다. 그런데 독설 가득한 그의 말을 듣고는, 천하에 두둑한 배짱을 지녔다고 하는 모용철륵이 새삼 주눅 든 기색을 내비쳤다. 어쩌면 그는 신불사의 이런 언행이 내심 자신을 경멸하는 데서 나온 것이라 생각했을지 모른다.

그래서일까. 그는 자신이 시해 사건 와중에 행한 일련의 조치에 대해 강변하는 말들을 두서없이 마구 쏟아 내었다. 그런데, 갈수록 열변을 토하던 그가 갑자기 사나운 들짐승처럼 몸을 들썩이더니 연소춘 장교의 단검을 단숨에 낚아채는 게 아닌가! 그러고는 그 단검을 콧등에 문지르며 킁킁대는가 싶더니 탁자 위에 냅다 꽂는 것이다. 일순 맞부딪혀 불꽃이 튈 때에 풍겨오는 쇳가루의 쌉싸름하고도 비릿한 맛이 혀끝에 물큰 고이는 듯했다.

그는 내처 이렇게 덧붙였다.

"나라 꼴이 이러할진대 천자를 쥐고 흔드는 귀족 집단은 물론이거니와 이젠 섣불리 건드릴 수조차 없는 기자조선을 상대로 어찌 대적하겠다는 것이오?"

신불사는 항변에 열을 내는 그를 지켜보며 이럴 때 회유의 술책을 펴는 것이 어떠할까 하는 생각으로 간절했다.

"대장군! 나와 함께 정변의 주모자를 제거하심이 어떻겠습니까? 나에게 좋은 지략이 있소이다."

"장군! 답답한 것이, 내 말을 들어보시오. 단순히 대가리 몇몇을 제거하는 것만으로는 또 다른 변란의 빌미를 그들에게 제공하는 꼴이 될 게 아니겠소? 그러니 그것보다는, 차라리 그것이…."

여기서 모용철륵은 말꼬리를 흐리더니 계속 말하기를 주저했다. 그는 물불을 가리지 않고 덤벼들던 예전의 전사가 아니었다. 식은땀까지 뺨에 비쳤다가 울컥 목소리를 높였다.

"아니! 단도직입적으로 말하겠소. 장군께서 만방을 향해 나의 우군임을 선언하고 그저 내 편에 가담해 주기만 하면 되는 것이오. 더 이상의 칼부림 없이 평화 체제를 유지하는 게 정녕 낫지 않겠소이까?"

아무래도 모용철륵은 정변을 치르는 와중에 목도한 귀족 세력들

의 갖은 정치 술수에 압도당하고 그 간교함에 혀를 내두른 모양 같
았다. 야전에서 천하제일의 용맹을 자랑하던 모용철특도 간계와 흉
계가 널뛰는 정치 수렁에 뛰어들어서는 무사의 습속으로써 지녔던
강직한 기개가 오히려 한계의 틀이 되어 그를 옥죄고 있는 것이었다.
모용철특은 칸의 용좌라는 미끼를 얼결에 덥석 받아먹고는 그 대가
로 그들의 패륜적 만행과 권력의 찬탈을 눈감아 주는 절차를 밟고
있었던 것이다.

신불사는 이 같은 생각이 전광석화처럼 뇌리를 스쳤지만, 아직 영
문을 모르는 척하며 짐짓 엉뚱한 소리를 냈다. 더 이상 그를 회유해
봐야 어리석은 일이라는 판단이 선 것이다.

"잘 알겠습니다. 대장군의 뜻을 헤아려 심사숙고할까 합니다."

그러나 웬걸, 모용철특은 기뻐하지 않았다. 어찌된 일인지 지금껏
간곡히 설득하던 모습은 온데간데없이 시큰둥하기까지 했다. 아니,
겉모습은 짐짓 밝은 표정을 지어 보였지만 그것은 어색했고 잡생각
으로 가득한 몸짓을 부릴 뿐이었다.

고개를 언뜻 갸우뚱거리며 모용철특이 말했다.

"그러시오. 우리 연소춘 장교가 길을 안내할 것이오. 장교!"

"넷! 대장군님, 명령을 내리십시오."

"장군께서 돌아가신다. 숙소까지 잘 모시도록 하라."

"넷! 분부대로 받들겠습니다."

연소춘 장교는 허리를 숙여 모용철특에게 경의를 표했다. 그런데
그때 그의 몸에서 술 냄새가 확 풍겨 왔고 무심결에 장교는 눈살을

살짝 찌푸렸다.

"그럼, 내일 기별하겠습니다."

신불사는 의자에서 몸을 일으켰다.

"잘 가시오, 장군."

모용철륵은 의자에 앉은 채 답례했을 뿐 신불사가 문을 나설 때까지 꿈쩍도 하지 않았다.

신불사는 지휘소를 빠져나오면서 이상야릇해진 공기의 흐름을 주시했다. 연소춘과 그 부하들의 선부른 몸짓조차 살기를 띠는 것만 같았다.

신불사는 무심코 그믐의 밤하늘을 올려다보았다.

49

앞마당에 도열한 삼두마차를 지나칠 때에 마차에 널브러진 칼과 활 등의 무기류가 눈에 띄었다. 그것은 보나마나 모용철륵의 무기였다. 그는 이곳이 안전한 데라 판단한 때문일까. 어수선한 시국임에도 불구하고 무기를 몸에 지니지 않은 것이다.

신불사는 문득 그를 제압할 유일한 기회가 지금이 아닐까 싶었다. 아까처럼 한발 앞서 지휘소를 빠져나가는 연소춘의 뒷모습을 바라보며 탄식하듯 중얼거렸다.

"허구한 날 전란에 시달리다 보니 사람들이 죄다 이상해졌어."

그의 넋두리가 분명 들렸을 텐데도 연소춘은 대꾸 없이 가던 길을 계속해서 걸어갔다. 신불사는 온몸으로 느껴 오는 위기감에 상대방의 의중을 파악해 내야 했다.

"장교, 지금은 어디로 가는 길인가?"

그가 구체적으로 질문을 던지자 장교는 그제야 침묵을 깨뜨렸다.

"부식 창고 쪽으로 가고 있습니다."

"거긴 왜?"

"사공마득이 아직 그곳에 있습니다."

신불사는 삭풍이 새삼 차갑게 와 닿는 듯 양털 조끼를 양손으로 추슬르며 거칠게 말을 내뱉었다.

"아무리 모질게 땅이 얼어붙을지언정 그는 충직한 자이며 정의를 아는 자인 것을!"

이 말에 연소춘의 눈빛이 흔들렸다.

"장군님, 하나 묻고자 합니다."

장교가 물어오자 일순 신불사의 태도가 단호해졌다.

"그래 어서 말해 보게."

"모용철륵 대장군님의 발언을 신뢰하십니까?"

"그렇지 않네. 절대 믿지 않아."

신불사는 모용철륵의 부당한 처사를 알려 연소춘을 깨어나게 하고자 했다.

"장교, 모용철륵의 주장은 허구로 가득 찼다네. 패륜을 저지르고도 막상 그 죄를 공모한 타인에게 전가했네. 그자의 말 중에 뭣이 허점이냐면 정변의 주체는 밝히면서도 칸에게 칼을 휘두른 자의 언급을 피했다는 것이야. 소문만 흘렸을 뿐 자객들의 실체가 없다는 것이지. 그것이 무엇을 의미하는 것이겠나?"

장교는 서슴없이 대답했다.

"시해는 우리 친위대의 칼날에 의해 자행된 것입니다."

"그렇다. 모용철륵이 직접 진두지휘한 사건이다. 그래서 음모를 파헤치려던 엄부리 대신을 긴급 체포했고 고문을 가한 것이다. 묘수천과 기창을 체포할 수 없는 이유다."

"그런데 장군님을 회유하려고 했습니다. 무엇을 노리고 그랬을까요?"

"그들과 공모한 뒤 차츰 깨달았겠지. 칸이 되어도 결국 얼빠진 꼭두각시가 되거나 해인과 똑같은 최후에 직면할 거라는 공포가 그를 짓누른 것일 테지."

장교는 발걸음을 멈췄다. 그리고 허공을 우러르며 들뜬 목소리로 말했다.

"신불사 장군님을 내세워 권력을 확고히 장악한 뒤 민심을 수습할 작정이었습니다. 지금 번조선의 오경 가운데 험독(지금의 천진)은 이미 군중이 궁성을 장악한 상태입니다."

장교는 뒤돌아서며 신불사를 응시했다. 차가운 밤바람이 그의 거칠어진 입김을 얼어붙게 했다.

"장군님! 그러한데 모용철륵 친위대장께서는 면담 막판에 여의치 않자… 그러니까 장군님을 처형하라는 명령을 제게 암암리에 내렸습니다. 그건 대체 무엇 때문일까요?"

신불사는 긴장을 더했다. 어느새 살기등등해진 장수들의 몸짓에 자신이 백척간두에 섰다는 것을 느꼈지만, 막상 장교로부터 처형 명령이 내려졌다는 얘기를 듣고 나니 다시금 온몸의 신경이 곤두서는 것이다. 그러나 그럴수록 신불사는 침착하려 애썼다.

"결코 자기편이 될 수 없다는 것을 안 것이야. 주모자는 까발려졌고…. 자신의 끔찍한 죄과가 내 눈동자 속에서 불꽃처럼 아롱졌을 테지. 그자는 나를 죽여야 한다는 강박에 빠진 상태라네."

"장군님! 저 역시 공포감에 휩싸여 있습니다. 저는 어떻게 해야 합니까?"

"장교! 지금 당장 되돌아가서 죄인을 체포하는 것일세."

그러나 장교는 그 말을 듣자 주춤거렸다. 선뜻 결정을 내리지 못하는 것이다. 신불사는 그의 잠재된 패기를 북돋워야 했다.

"이보게, 연소춘! 매달려 있는 한 놓지 못하는, 놓으려 하지 않는 의지의 왜곡이 일어나지. 불의에 대해 분별을 잃고 집착하려는 인간의 유약한 이성을 깨트려야 하네. 자네도 목격했고 증언까지 듣지 않았는가! 오늘밤이 번조선뿐만 아니라 대부여제국을 구할 마지막 기회라네."

"알겠습니다."

장교는 자신의 결단을 다잡으려는 듯 거듭 힘주어 말했다.

"배달겨레의 이름으로 모용철륵을 처단하겠습니다!"

"장교, 죽이지는 말고 체포하게. 우리의 조치가 정당성을 확보하려면 반드시 심판대에 세워야 하네."

"그렇습니까?"

"체포하면 그를 끌고 궁궐로 진입해야 해. 그런 뒤 주모자들을 궁성으로 불러들여야 하네."

"지금부터 장군님의 명령을 따르겠습니다."

연소춘 장교는 다시금 결의를 다진 뒤 부하들을 향해 목소리를 높였다.

"형제여! 지금껏 나눈 얘기들을 귀담아들었을 것이다. 아우들도 나와 함께 대의를 따르는 것이 어떻겠는가?"

"넷! 치우의 정신으로 대의를 따르겠습니다."

"좋다. 지휘소로 돌아간다."

이때 어둠을 뚫고 말 울음 소리가 한차례 들려왔다.

"모용철륵이 돌아가는 게 아닐까?"

"아닐 것입니다. 집행 확인 없이 움직일 위인이 아닙니다."

"일단 내게 칼 한 자루 줄 수 있겠나?"

연소춘은 부하 장수에게 지시했다.

"돌고, 자네 칼을 드리게. 그리고 내무반으로 달려가 병사들을 불러 모으게."

"넷! 알겠습니다."

돌고 장수는 자신의 장검을 신불사에게 건네고 어둠 속으로 냅다 달렸다. 장교와 다른 부하 장수는 빠른 걸음으로 되돌아갔다. 신불사는 어둑한 집채 사이로 몸을 숨기며 멀찌감치 그들의 뒤를 쫓았다.

외곽 지대를 경계하던 일단의 보초병들과 또다시 길에서 맞닥뜨렸다.

"모두 모여라!"

보초병들이 연소춘 장교 앞으로 우르르 몰려왔다.

"제군들은 나를 따르라. 짐작했겠지만 지휘소에는 반란군과 그 괴수가 도사리고 있다. 나는 지금 그들을 때려잡으러 가는 길이다. 나와 함께 이 나라를 구하는 게 어떻겠는가?"

보초병들은 잠시 어리둥절해했다.

"건방을 떠는 놈들에게 당한 수모를 잊었는가!"

곁에 선 부하 장수가 가세하여 항쟁을 부추겼고, 평소에 따랐던 직속 상관인지라 그들이 충성을 다짐하는 데 그리 오랜 시간이 필요하지 않았다.

선임 보초병이 용기백배하여 나섰다.

"저희들은 장교님과 함께하겠습니다."

"좋다. 든든한 구원병을 얻어 힘이 용솟음치는구나. 제군들은 나를 따르라."

연소춘이 이끄는 병사들이 지휘소 마당으로 들어섰다. 마침 모용철륵은 백마의 순백색 긴 갈기털을 쓰다듬으며 근처에서 어슬렁거리고 있었다. 근위병 전사들이 제지하려 하자 모용철륵이 손을 내저었다.

"그만둬라!"

모용철륵은 사태의 심각성을 깨닫지 못한 채 연소춘에게 다가갔다.

"장교, 대체 무슨 일이냐?"

"체포하라!"

연소춘 장교의 명령이 떨어지자마자 병사 너덧 명이 달려들었다. 그러나 어느 틈에 빼든 그의 칼에 맞아 병사 둘이 나가떨어졌다. 삽시간에 지휘소 안마당은 골육상잔의 싸움터로 변했다. 모용철륵이 이끄는 근위병과 연소춘의 병사들이 일대 접전을 벌이는 것이다. 관록의 모용철륵과 젊은 패기의 연소춘이 불꽃을 일으키며 맞붙었다. 두 사람은 서로 어금지금하여 백중지세의 결투를 펼쳤다.

줄곧 동태를 살피던 신불사도 승세를 굳히기 위해 백병전에 뛰어들었다. 그는 기선을 제압하기 위해 근위병 장수를 노렸다. 표적으로 삼은 구레나룻 장수의 목숨이 신불사의 칼날에 싱겁게 끝장이 났다. 너무도 일찌감치 끝나는 승부에, 아니 근위대 장수라는 자의 무기력한 칼 솜씨에 신불사는 어이없어했다.

일순, 근위병들의 사기가 한풀 꺾여 주춤거렸다. 제아무리 모용철륵의 근위병이라 할지라도 보초병들 역시 정예 군사 훈련을 치른 친위대 소속인지라 수적으로 열세인 상태에서는 도저히 당해 낼 수가 없는 것이다. 급기야 내무반의 대기조 병사들까지 들이닥치자 맞버티던 근위병들은 순순히 손에 든 무기를 땅에 떨어뜨렸다.

그러나 구석에 몰린 모용철륵은 최후의 일각까지 저항했다. '으윽, 이것들이!' 모용철륵은 속수무책으로 당하며 놀란 눈을 한껏 치켜뜰 뿐 부하들의 하극상에 대해 일말의 항변도 하지 않았다. 결국은 이렇게 항명과 반역이 되풀이되는 것인가 하고 체념 속에 자조하는 기색이었다.

연소춘 장교가 외쳤다.

"대장군! 승패는 갈렸소이다. 무기를 버리시오."

마침내 모용철륵이 말문을 열었다.

"신불사! 내게 운명이란 없다고 생각했소이다."

움켜쥔 칼을 맥없이 펼치자 칼이 스르르, 땅으로 떨어진다.

"그러나 내 손아귀의 모든 것을 내려놓는 이 순간에 운명이 찾아왔소이다."

그는 다시 잽싸게 칼을 낚아챘다. 모용철륵은 항복 대신 자결을 택했다. 스스로 할복한 것이다.

한바탕 모래바람이 회오리쳤다. 이글거리는 눈빛으로 신불사가 읊조렸다.

"그래, 썩은 것들은 가라! 다시는 이 땅에 발을 붙이지 마라!"

연소춘은 서둘렀다. 사태는 걷잡을 수 없이 밀어닥친 것, 신불사의 명령을 받들어 이번 정변의 끝장을 봐야 했다.

"주둔 병력을 전원 집결시켜라!"

엄부리 대신이 즉각 풀려났다. 모용철륵 대장군의 시신은 궁성으로 옮겨졌다. 연소춘 장교를 필두로 한 친위대 군사들은 아무런 제지 없이 무혈입성을 이룰 수 있었다.

해인 칸을 시해하고 권력을 찬탈하려 했던 주모자들이 속속 입궐했고, 그 즉시 체포되었다. 긴급 비상 회의를 소집했다는 친위대장의 전갈에 속아 넘어가 야심한 시각임에도 의심 없이 종종걸음으로 궁궐을 찾은 것이다. 만백성의 저항과 부족장들의 불만 표출 등등, 갈수록 더해지는 일촉즉발의 시국에 대응하기 위해 그들도 잠 못이루며 노심초사했을 것이었다.

신불사는 연락을 받고 합류한 탁발도추와 사공마득, 연소춘 장교 및 휘하의 장수들과 함께 번조선의 기틀을 바로잡을 지혜를 모으느라 밤새워 회의를 전개했다. 그동안에 고리국의 삼족오 전사들은 도성 밖 숙소에 다시 집결하여 만일의 사태에 대비했다.

50

누명을 벗고 원래의 지위로 복권한 엄부리 마가 대신은 그날 정시에 친위대의 호위를 받으며 소도 너른 마당의 군중 앞에 모습을 드러냈다. 그리고 정변의 실상을 만천하에 알렸다. 시위로 붙잡힌 백성들이 일제히 풀려났고 반란의 주모자들은 심판대에 올라 분노한 군중들의 판결을 받아야 했다.

포승줄에 묶인 채로 차가운 황토 바닥에 무릎 꿇린 자들의 면면은 이러했으니 번조선의 우가 대신 홍두치, 수유로 달아났다가 이곳에 잠입한 진조선의 귀족 묘수천, 수유의 귀족이라는 기창, 번조선 도성의 당골 손무상치, 이들을 추종하여 반역에 가담한 장수와 관리들이 마흔두 명, 그리고 싸늘한 시신이 된 친위대장 모용철록, 이렇듯 죄상이 드러난 자만 도합 마흔일곱 명에 이르렀다.

"이들의 죄를 두둔할 자 누구 없는가?"

"처형하라!" "우리는 저들의 목을 원하노라!"

운집한 군중은 이구동성으로 사형을 요구했다. 백성들의 원성도 그러했지만, 땅끝에 웅크린 채 노려보고 있을 추종자들의 반격을 사전에 제거한다는 측면에서 이들의 공개 처형은 불가피한 것이었다.

재판은 강복술 구가 대신의 선언으로 간단하게 끝장이 났다.

"전원 참수형에 처한다."

선언과 함께 일제히 환호와 탄식이 쏟아졌다. 사색이 된 죄수들은 무장한 병사들에 의해 형장으로 끌려갔다.

군중이 운집한 소도 마당 저 너머의 언덕 기슭으로 황조롱이가 내려앉는다.

"저들은 어찌하여 만백성이 무서운 줄을 몰랐을까요?"

그곳 측백나무 아래서 서성이던 탁발도추가 탄식을 자아내자, 우두커니 서서 지켜보던 신불사가 무겁게 입을 열었다.

"내 일찍이 밤중에 우는 소쩍새를 보고서, 거나하게 한잔 술을 걸친 사제와 귀족들을 떠올리며 그들처럼 유유자적 한가로이 시절가나 읊으며 한때를 풍미하는 호사가라 생각했었지."

말을 그치기에 탁발도추는 궁금증을 참지 못했다.

"칸, 그래서요?"

"그런데 어느 날, 귀족 같기만 했던 그 소쩍새가 몰래 나무를 타고 오른 살쾡이에게 '꺽!' 하고 한입에 물려 죽어가는 것을 보고, 개탄을 금할 수 없었소. 어리석게도 나는 그제야 깨달았던 것이오. 날개를 퍼드덕거렸던 그 소쩍새는 시절을 구슬피 노래하는 만백성이었다는 사실을."

"그렇다면… 살쾡이가 귀족이라는 말씀이신가요?"

"글쎄… 소싯적에 나는 마냥 순진했던 것이었소."

그날 신불사는 탁발도추와 함께 삼족오 전사들을 이끌고 고리국으로 돌아갔다.

그 후 석 달이 지난 어느 봄날에 번조선에서 파견한 사신이 고리국을 방문했다. 사신은 신불사를 알현하는 자리에서 화백회의를 거쳐 험독의 젊은 성주가 번조선의 68대 칸으로 추대되었으며, 수한이라는 연호를 채택했음을 아뢰었다. 여표박 세력의 견제를 받는 보을 천자는 필시 허울 좋은 윤허를 내려야 했을 것이다.

"듣자 하니 작금의 진조선은 사대 주화파들로 득시글하는 모양새이던데 그래도 괜찮을까?"

"배달 칸이시여, 그게 무슨 말씀이신지?"

사신은 처음 듣는 소리라는 듯 어리둥절한 표정을 지었다. 사신의 입지와 배경을 모르는 마당에 부질없는 얘기를 꺼낸 것이다.

"아, 그것이… 그저 실없이 군소리 한번 해 본 것이었소. 사신께서는 유념하지 않으셔도 되겠습니다."

신불사로서는 대부여제국의 시국이 걱정되어 무심결에 언급한 얘기였지만, 생각이 미치다 보니 문득 당골 마곡유리의 안부가 궁금해졌다. 국가의 중대사에 관해 여루 천자의 심중을 흔들었을 인물로 여겨지는 만큼 이제 정적의 모략에서 자유롭지 못할 것만 같았다. 그녀도 그렇고, 만년의 서우여 스승도 그렇고, 만사유숙 구가 대신도, 그리고….

신불사는 여루 천자의 서거 이래 구심점을 잃어버린 대부여제국이 머지않아 분열과 혼란의 가시밭길을 걷게 되지 않을까 우려했다. 그러나 타국의 칸인 자신으로서는 그들의 문제 앞에 어떻게 할 도리가 없었다.

"나풀나풀 흰나비가 향기 머금은 연보랏빛 꽃을 찾고 저기 하얀 실구름이 하늘하늘 산마루에 한가로이 노니거늘 어찌 사람이라고 다를쏘냐."

남녘에서 봄바람이 불어와 산벚나무의 꽃망울을 건드릴 때에 신불사는 난간에 기대어 시절을 노래하듯 나긋하게 읊조렸다. 그러자 근처에서 서성이던 백리수이 내관이 성큼 다가서며 나직이 소곤거렸다.

"시방 아리따운 처자들이 칸의 부르심에 화답하고자 섬섬옥수 가녀린 손길로 가락을 뜯어 가며 곱디고운 노래를 부르고 있더이다. 그러하듯 때가 때인지라 마마께옵서도 이제 후사를 생각하심이…."

내관의 말에 시큰둥하던 신불사는 여전히 봄빛에 지친 사내처럼 중얼거렸다.

"해가 지는 알타이 너머에 히누리 공주가 살고 있다는 풍문이 들려왔네. 전사 다섯을 보내 공주의 근황을 낱낱이 알아 오게."

"머나먼 페르시아 땅에 다녀오라는 말씀이십니까?"

"서두르게나. 이 봄빛이 시샘할 것이야."

멀리 서편 하늘에 떼까마귀들이 나그넷길을 떠나듯 날아가고 있었다.